모던 마리아
못된 마돈나

모던 마리아
못된 마돈나

박초초 지음

나무옆
의자

차 례

프롤로그 | 7

1 가디스 | 11

2 그리 생각하신다면 | 26

3 흰백 | 34

4 빨간 앵두 물결 | 58

5 배우 | 80

6 '미스코리아'여 단발하시오 | 91

7 출국 | 110

8 아직 믿을 수 없으니까 | 118

9 전형 | 128

10 해할 줄 모르는 눈 | 153

11 꽃 | 177

12 꽃을 즐길 자격 | 202

13 여행 | 230

모던 마리아 못된 마돈나

14 오월의 태양 아래 | 250

15 영웅 | 270

16 취조와 연서 | 291

17 과거 | 314

18 네가 친절한 이유 | 339

19 레코드 | 357

20 나를 부정하는 말 | 374

21 화 | 387

22 탄생으로 희생을 | 393

23 전시품 | 407

24 욕망과 허망, 희망 한 장 | 434

작가의 말 | 469

프롤로그

영화 팸플릿은 욕망이다.

영화 팸플릿은 희망이다.

영화 팸플릿은 허망이다.

팸플릿 한 장이 거리에 낮게 깔렸다. 거의 바닥에 붙어 뒹굴듯 나는 팸플릿은 때때로 오가는 사람들의 발걸음에 툭툭 채였다. 누군가의 욕망과 허망이 쓰레기로 온 바닥에 굴러다녔다.

1930년대 경성 거리는 깨끗하지 않았다. 근 십 년 동안 급작스러운 인구 증가로 포화 상태에 이른 경성은 외곽으로 행정구역을 넓혔다. 외곽 주민들은 대도시로의 수혜가 허무한 공약인 것을 알고 분뇨 저장소 터를 순순히 내주지 않았다. 쓰레기 수거는 제때 이루어지지 않았고, 경성 거리는 휴지 조각과 하수도에서 넘치는 오수로 퀴퀴한 냄새가 옅게 흘렀다.

사람들의 발길에 걸리는 순간에는 달갑잖은 시선을 받아내야 한다는 것을 아는 듯 팸플릿은 아슬아슬하게 오가는 발들을 비켜갔다. 운 나쁘게 행인의 발에 걸리면 그들은 한낱 휴지 조각으로 보이는 이 종이를, 귀찮음을 담아 차버렸다. 그럴 때면 움츠러드는 마음을 감추려는 듯 팸플릿은 부러 높이 봉 솟아오른 후 바닥에 내려앉고, 다시 굴러갔다.

멈추고 싶어 하는 이 종이 한 장을 계속 움직일 수밖에 없게 하는 바람이 불어왔다. 흰 무명 저고리 밑 검은 통치마 자락에서 일어나는 바람이었다. 열을 지어 타박타박 걷는 헌병이 찬 날카로운 칼 선에서 일어나는 바람이었다. 화려한 무늬의 하오리 소매 끝에서 일어나는 바람이었다.

차라리 하늘로 날아오를 수 있도록 거세게 한번 훅 불어주면 좋으련만, 바람은 끈적끈적한 기운으로 팸플릿이 길바닥 위를 얕게 떠다닐 만큼만 불어왔다. 팸플릿은 쉬지 못하고 고단한 몸을 날릴 수밖에 없었다.

욕망 한 장이 한 군관의 발에 채였다. 각진 턱선과 곧은 콧날이 날카로운 인상이었다. 그는 목을 채운 단추가 답답한 듯 옷깃을 만지작거리며 아래를 흘깃 내려다보았다. 쓰레기가 되기 직전의 자신의 본 역할에 충실할 수 있는 마지막 기회를 잡은 팸플릿은 인쇄된 글자와 그림이 잘 보이도록 온몸을 쫙 펼쳤다. 멈추어 선 팸플릿에는 여배우의 사진과 그 옆으로 광고 문구가 어지러이 떠다니며 실려 있었다.

'연극 〈청춘의 꽃마차〉, 연이은 공연 성황리에. 쇄도하는 재공연 요청에 일동 감사함에 큰절 올리는 바. 재공연에 이은 경사. 영화화 가능성. 저명 감독이 은막에 옮기는 〈청춘의 꽃마차〉, 많은 관람 청하옵니다.'

군관은 광고 글귀를 보고 조소했다. 현재 연예는 산업이 됐다. 연예 산업은 연쇄적이다. 어딘가 하나에서 인기를 끌면 파생 상품이 쏟아진다. 연재소설이 인기 있으면 라디오드라마가 된다. 청취율이 높으면 극장에서 무대장치를 급조해 연극을 올린다. 관객이 많으면 값비싼 필름까지 끼어들어 영화를 촬영한다. 영화가 성공하면 레코드 회사는 주제곡을 축음기판에 꼭 맞는 길이로 편곡해 소속 가수에게 녹음시킨다. 가수 홍보와 레코드 판매에 열을 올린다. 이 순서들의 전후가 뒤바뀔 때도 있다. 그러나 이들이 때로는 긴밀하게 때로는 경쟁적으로 하나의 상품을 이리저리 재단한다. 실컷 우려먹고 인기가 시들해지면 조용히 사라진다. 그리고 새롭게 난도질당할 대상을 찾아낸다.

군관의 시선은 여배우의 사진에 잠시 머물렀다. 커다란 눈과 역시 커다란 코를 지닌 여성이었다. 큰 눈인 양 의도적으로 잉크를 눈언저리에 번지게 인쇄한 것이리라. 요즘은 너도나도 서양 여자를 따라해 결코 높아질 리 없는 낮은 콧등에 분칠을 잔뜩 쳐대는 시대니까. 군관은 다시 조소하고 걸음을 옮겼다. 팸플릿은 다시 굴러갔다.

희망 한 장이 구두닦이 소년의 발에 채였다. 구두약 깡통 몇 개와 해진 솔이 담긴 커다란 나무 상자는 깡마른 소년이 어깨에 지기에 버거워 보였다. 소년은 동경과 부러움, 체념이 뒤섞인 눈으로 팸플릿을 내려다봤으나, 터덜터덜하는 발걸음을 멈추지는 않았다. 연극도 영화도 소년에게는 꿈의 세계였지만 꿈의 파편 조각이나마 가지면 배부를 것 같았다. 소년의 새까만 손마저도 무색할 만큼 팸플릿은 때가 묻고 너덜너덜했다. 언젠가 새하얀 팸플릿을 쥐고 당당히 극장에 들어서리라 다짐하며 소년은 구두 상자를 멘 여윈 어깨를 추켜올렸다.

허망 한 장이 룸펜의 발에 채였다. 동그란 안경을 걸친 시력은 크게 나쁘지 않아 안경 없이도 길을 가는 데 무리 없었고, 마침 그도 안경을 접어 주머니에 넣던 중이었다. 혹여 룸펜이 벗어 들었던 안경을 다시 코끝에 걸치고 자신을 바라봐주지 않을까 하는 기대로 팸플릿은 바스락 소리를 내며 몸을 뒤적였다. 발밑 종이를 바라보는 룸펜의 양미간에 살짝 주름이 잡히고, 안경 없는 그의 맨눈에도 들어가도록 종이 속 글자들마저 긴장해 기립했다. 그러나 룸펜은 안경을 넣는 손을 멈추지 않았다. 그에게는 허리를 굽혀 종이를 찬찬히 들여다본다거나 두 개의 유리 동그라미를 코에 다시 걸친다거나 하는, 제대로 팸플릿을 읽어볼 수고를 들일 마음은 없었다. 겉멋에 빠져 룸펜을 자처하는 이들이 있다. 말끝마다 도스토옙스키니 사르트르니 파스칼이니 찾고 룸펜의 전매특허인 고뇌 어린 표정을 곁들이는 사이비 인텔리겐치아들이다. 십 년 전만 해도 총독부로부터 불령선인으로 관리 대상이었을 실업자들이 이제는 글자깨나 알면 룸펜으로 둔갑한다. 유복한 집안 환경 덕에 무위도식해도 되는 청년들도 모던보이라는 말은 경박하오 인텔리로 보이고 싶소 하는 욕심에 룸펜인 양 행세한다. 차라리 그가 이런 부류였다면, 구직보다 영화, 연극, 음악, 유행에 민감한 이 부류의 특성상 팸플릿을 그냥 지나칠 리 없었다. 그러나 그는 연예문화에 지식도 관심도 없는 진정 서생이었다.

팸플릿이 굴러갔다. 한 여인의 발에 채였다. 여배우처럼 생겼다는 말을 듣는 것은 좋은 것일까, 여인은 사진을 스쳐 지나듯 보며 스치는 생각을 지나 보냈다.

팸플릿이 굴러갔다. 전찻길로 굴러간 팸플릿은 달리는 전차 바퀴에 말려 들어갔다. 누군가의 욕망이, 누군가의 희망이, 누군가의 허망이 조각 조각 찢겨 날렸다. 팸플릿은 이제 영원히 쉴 수 있게 되었다.

1 가디스

극장은 무료하다. 교이치는 의자 등받이에 몸을 기댄 채 눈을 감았다. 며칠 전 사치코와 갔던 대한극장이 떠올랐다. 경성 여행을 온 사치코가 졸라서 간 것이었다. 경성에 처음 온 사치코는 신나 있었다. 동경보다 약간 촌스러운 듯하면서도 더 고풍스러운 것이 고상한 멋이 있네 하며 사치코는 매사에 들떠 있었다. 이참에 아주 경성에 눌러살까 하는 사치코를 교이치는 멀뚱한 눈으로 쳐다보기만 했다. 동경보다 추운 경성 날씨에 근무가 끝나면 그저 족욕이나 하고픈 그가, 경성 구경을 하고 싶다는 사치코의 성화에 마음에 없는 가이드 행세를 해야 했다. 무엇보다 사촌이나 되면서 교이치에게 은근한 눈빛을 보내는 사치코가 그는 거북했다.

동경 아가씨에게 경성의 풍경은 이국적인 것이었다. 쪽빛 하늘로 솟아오를 듯 휘어진 숭례문 처마와 아찔하게 선명한 단청에, 빗방울이 또록또록하게 떨어지는 경운궁 돌담 기와에, 화신백화점에 진열된 오색빛 자개 경대에, 곱다란 한복 맞춰 입고 햇빛도 미끄러지는 하얀 레이스 양산을 든 채 나들이 나선 기생 한 무리에 사치코가 탄성을 지를 때면 교이치는 속으로 생각했다. 경성의 좋은 점은 이런 것들이 아니라 일본과 달리 사촌과 결혼하는 풍습이 없는 것이야. 교이치가 행여나 이 말을 입 밖에 내어 사치코를 무안하게 만들지 않은 까닭은, 그녀의 부친이기도 한 숙부에게 품은 감사함과, 숙부에게 은혜를 갚아야 할 것 같은 의무감 때문이었다.

그 교이치가 지금은 사치코와 함께 갔던 대한극장을 떠올리고 있었다. 무료하다 따분하다 여기는 극장이 좋아서도, 가느다랗게 그린 눈썹의 사치코가 좋아서도 결코 아니었다. 요사이 교이치의 눈과 귀는 대한극장을 향해 열려 있었다. 그는 자신이 찾아 헤맸던 사람과 꼭 닮은 이를 극장에서 봤다. 연극 〈청춘의 꽃마차〉의 여배우였다. 그녀는 자신의 배역에 열심이었고, 무대 세계에 있는 그녀에게 교이치가 끼어들 여지는 없었다. 교이치는 그녀에게 관객이 아닌, 한 인간으로 말을 붙여보고 싶었다. 그는 무대가 아닌 곳, 이 배우가 있을 만한 곳, 카페에 가기로 했다.

카페는 술을 팔기 위해 연애를 끼워 파는 곳이었다. 반대로 손님들은 여급의 연애를 사고자 술을 주문했다. 술은 연애의 수속비이자, 팁은 연애를 거래하는 현물이었다. 여급이 제공하는 연애의 성질은 팁에 따라 달라졌고, 액수에 따라 애욕의 수위가 정해졌다. 그래서 카페는 사촌누이와 갈 만한 곳이 못 되었다.

교이치는 사치코에게 넌지시 물었다. "이제 경성쯤은 너 혼자 다닐 수 있지 않아? 전담 인력거꾼을 붙여줄게, 자신 없으면 조선인 가이드도 내 구해줄까?"

사치코가 "오빠는 내가 귀찮아?" 물었다.

여기에 "아니"라는 답을 내놓을 만큼은 교이치도 여자의 질문에 대한 처신을 알고 있었고, 이 말을 그대로 믿지는 않을 만큼 사치코도 교이치의 성격을 알고 있었다.

사치코가 산뜻하게 "그럼 나 전용택시 타고 다닐게" 했다.

여행 온 외국인 특유의 가벼운 흥분에 빠져 사치코는 제 발로 하는 관광을 대견해했다. 그녀는 여행책자를 보며 새로운 탐방지를 구상했고, 교이치가 휙휙 지나쳤던 경성의 명소들을 혼자 여유 있게 거닐었다. 마땅히 갈 곳 없어지면 본정통에 나가 백화점 세 곳을 한꺼번에 둘러봤다. 백화점 하나로 성에 안 차는 것이 여자들이었다. 그들에게는 미쓰코시와 조지아가 다르고 미나카이와 화신이 또 달라서 미묘한 차이점을 콕콕 골라내 품평하는 재주가 있었다. 여자의 쇼핑이 지치면 다음 순서는 다방에 들러 차를 마시는 것이다.

카페가 술과 연애를 판다면, 다방은 차를 팔고 현학하는 시간을 파는 곳이었다. 교이치는 다방을 싫어했다. 철학과 문학, 예술을 논하는, 인간의 본성과 이상을 논하는 그곳이 싫었다. 교이치는 다방에서 비생산적인 한담에 시간을 죽이는 룸펜을 경시했다. 그들은 자명한 사실을 두고 억지로 문젯거리를 만들어 설전을 벌였다. 영원히 결론 나지 않을 주제들만 일부러 골라내는 듯 보였다. 브라질 커피만 고집하는 기름진 룸펜이나 하루 종일 차만 홀짝여 파리한 인텔리 모두 온갖 고상한 척하는 곳이 다방이다 하여 교이치는 그곳에 얼씬도 하지 않았다.

대신 그는 카페를 찾았다. 고급 카페들은 물 건너온 술과 색색의 서양 음료를 늘어놓고 그 고급스러움에 구색을 맞추려는 듯 원두 가는 기계까지 두었다. 하지만 교이치는 양주 대신 탁주나 청주를 주문하는 것이 어울리는 작은 주점형 카페를 찾곤 했다. 적당히 퇴폐적인 곳, 풀어질 수 있는 곳이었다. 여기에서 교이치는 근무 후 스트레스를 풀 겸 노닥노닥 시간을 보냈고, 덤으로 주는 안주에는 술을 더 팔아주었고, 카페걸의 교태는 적당히 받고 적당히 물리쳤다.

교이치와 사치코는 각자의 원대로 경성의 시간을 보냈다. 속으로는 서로의 생활을 실없게 보면서도, 겉으로는 '제 할 일 따로 있는 거지' 하는 식으로 참견하지 않았다.

카페 '가디스(Goddess)'는 본정통에 새로 생긴 고급 카페였다. 지상 3층, 지하 1층의 건물 전체를 카페로 쓰는 거대한 환락 세계에, 교이치는 오늘 첫발을 디뎠다. 카페 1층 입구에는 로비라고 할 만한 세 평 남짓한 공간이 있었고 오른쪽에는 화장실이 붙어 있었다. 로비 한가운데 타원형 탁자 위로 큼지막한 사기 화병이 놓여 있었다. 울긋불긋 꽂힌 조화가 외소해 보일 만큼 화병에 양각된 그리스풍 여신이 커다랗게 번쩍이며 카페 이름을 온몸으로 외치는 듯했다. 의자 몇 개가 벽에 딱 붙어 있었고 커다란 금박 거울이 걸려 있었다.

로비를 지나자 널따란 홀이 나왔다. 홀의 한끝에는 계단 네 개 정도 높이의 단이 있어 무대처럼 꾸며져 있었다. 왼쪽으로 음료 바가 있고, 넓은 홀 중앙에는 원형 탁자와 의자가 즐비했다. 바로 위 2층은 중앙이 뚫린 1층이 내려다보이는 발코니식이었다. 탁자마다 어슴푸레한 빛을 발하는 스탠드가 놓여 있었다. 주로 식사하는 손님이나 커피를 마시는 손님이 2층을 찾는다고 했다. 홀에서 가수나 댄서가 공연도 한다고 하니 난간 아래로 무대를 내려다보며 먹고 마시는 재미도 팬찮겠다 싶었다.

술손님만 받는다는 3층에는 좌석들이 빼곡했다. 네모진 모양의 짙은 검자줏빛 소파가 탁자 하나를 사이에 두고 두 개씩 마주했다. 소파 양옆마다 나무 칸막이가 세워져 '탁자 하나 소파 둘'이 독립적인 공간을 조성했다. 이 네모진 작은 공간이 일률적으로 늘어선 모습은 마치 층 전체를 바둑판처럼 보이게 했다.

멀찍이 구석에는 문 달린 방 몇 개가 전화부스 마냥 툭 튀어나와 있었다. 천장까지 고동색 나무판자 벽을 댄 방에는 저마다 '편의실'이라는 문패가 붙어 있었으나, 이곳이 여급들의 휴게 공간이 아니라 연애의 편의를 위한 곳이라는 것쯤은 누구나 알았다. 덩굴 모양의 구불구불한 금빛 문고리가 천박하면서도 화려해 호사취미에 잘 맞았다. 개업한 지 얼마 안 된 카페치고 닳아서 반질반질한 문고리는, 이 카페가 인기 있다는 것과 동시에 화려한 외관과는 달리 이곳의 여급들도 팁에 사활을 걸어야 할 만큼 박봉이라는 것을 말해줬다.

3층 자리를 잡은 교이치는 메뉴판을 펼쳤다. 고급 카페라고 똑같은 상표의 위스키도 다른 카페보다 비쌌다. 교이치는 별 고민 없이 가장 위에 적힌 위스키를 손가락으로 가리켰다.

경성의 고급 카페들이 가장 신경 쓰는 것은 역시 여급일 것이다. 어느 카페가 미모의 여급을 많이 보유했는지가 카페의 질을 결정했다. 경성극장 일대 최고급 카페로 공인되던 '목단'이 위협을 느낀다는 말이 허언이 아닐 만큼, 카페 가디스 안에는 미모의 여급들이 오갔다. 무릎 위까지 올라오는 짧은 치마로 날씬한 다리를 뽐내는 여급이 지나갔고, 잠자리 날개 같은 나이트가운을 걸친 여급이 하품을 했다.

혼자 앉은 교이치 앞에 빈 술잔 두 개가 놓인 것을 보고 급사가 다가와 싹싹하게 말을 걸었다.

"나리, 일행이 있나요?"

"아니, 없소."

"그럼 같이 마실 술친구를 불러드릴까요? 미인으로."

"여급은 내가 선택하고 싶은데 가능하오?"

"물론이지요. 원하시는 유형을 말씀해보세요. 여학생 느낌으로는 유키코가 있고, 서구적이기로는 마리코가 제일이랍니다."

"배우 출신 여급이면 좋겠소."

"전직 배우 출신이 있지요. 나리는 젊어 뵈시는데 그 애는 은막에서 은퇴한 지 좀 돼서 나리보다 약간 연상으로⋯⋯."

"아니. 지금 활동하는 배우로."

급사에게 '네깟 게?' 하는 눈빛이 일순간 스쳤다가 교이치를 재빠르게 훑고는 고개 숙여 인사하고 물러났다. "오늘은 목요일이라 주중 가장 한가한 날이니 에렌이 시간이 빌지도 모르겠네요, 나리가 날을 잘 맞춰 오신 덕입니다." 에렌을 부르면 이 일본 남자에게서 위스키 이상의 비싼 술 몇 병을 남겨먹을 수 있겠다, 아마도 급사는 재빨리 계산했을 것이다.

"에렌은 우리 카페에서도 제일 잘 나가는 여급이라, 부른다고 다 오지 않아요. 본인이 안 내키면 안 간답니다. 에렌이 못 오더라도 이해해주시기 바랍니다."

급사가 남기고 간 말이 단순히 에렌이 콧대 높은 아가씨인 것에 양해를 구하는 것이 아니라는 것쯤은 교이치도 알았다. 에렌이 특별하다는 암시를 함으로써 그만큼 불러준 값을 하라는 무언의 압력이었다. 또한 더 비싼 값을 할 손님이 있다면 여급을 그쪽에 보내기 위해 연막을 치는 것이기도 했다. 에렌은 손님이 돈주머니를 풀도록 유도하는 재주가 있으리라. 때문에 정말 제일 잘나가는지는 알 수 없어도 특별 대우를 받는 여급 중 하나일 것이다. 실로 '제일 잘나가지' 않는 여급이 어디 있나. 여학생 취향의 남자는 유키코가 제일 잘나가는 여급인 줄로, 구라파 취향 남자는 마리코가 제일 잘나가는 줄 알고서, 브랜디며 코냑이며 주문하는 것이다.

교이치가 배우 출신 여급을 지목한 것은 단순한 허영기 때문은 아니었다. 그가 찾던 사람이 정말 맞을까 확인해보고 싶은 마음에서였다. 그가 촉각을 곤두세운 여배우, 그가 찾는 이와 꼭 닮은 배우, 연극 〈청춘의 꽃마차〉 배우가 카페 가디스에 여급으로 나간다는 소문이 있었다.

"본정통의 경성극장 뒷길 카페 '가디스'라지."

"여신(Goddess)이라. 종로통 '앤젤'과 경쟁이라도 할 태세인가."

종로의 명물 카페 앤젤 못지않게, 가디스 역시 카페 이름으로 정말 어울리지 않는다고 교이치는 생각했다. 술에 취해서 여신을 보라는 것인가, 술에 취하면 눈앞의 여급이 천사로 보인다는 것인가.

사촌여동생의 길안내 역에서 해방된 이후 교이치는 벼르고 별러 카페 가디스를 찾았다. 그가 바라는 대상이 여기 있는지도, 오늘 만날 수 있을지도 확실하지 않았다. 하루 시간 낭비가 될 수도 있었다. 그러나 한 여자를 찾기 위해 오랜 시간을 버텨온 그에게 하루쯤은 아무것도 아니었다.

급사가 공손히 내려놓고 간 위스키병에 교이치는 눈길도 주지 않았다. 급사는 물 흐르듯 익숙한 몸놀림으로 병을 따서 술잔을 채우고는 뒷걸음질로 물러났다. 술잔 속 찰랑찰랑한 황갈색 액체는 벌꿀처럼 끈적한 빛을 머금었다. 술잔에 손을 뻗으려던 교이치가 멈추고 다시 손을 거두었다. 술이 들어가야 할 것 같은 정신이면서도, 취기에 가려 여자를 똑바로 알아보지 못할까 염려됐다.

무심코 통로를 바라본 교이치의 눈이 번쩍 뜨였다. 기다리던 사람이 나타났다. 그 배우다. 여급은 일부러 또각또각 구두 소리를 울리며 교이치에게 다가왔다. 검은 슬리브리스 드레스 차림이 날렵해 보였다. 무심한 듯 느슨하게 묶어 가슴께로 길게 늘어뜨린 머리칼은 굽슬굽슬 곡선을 그렸다. 유행을 쫓는 모던걸이 그녀를 봤다면, 한창 미장원에서 도입한 고불고불 파마와는 판이한 우아한 곡선이라고 감탄할 법했다.

멀리서 무대 위로 봤던 여자를 막상 직접 눈앞에서 대하니 교이치는 말문이 막혔다. 가까이에서 본 그녀는 지난 몇 년간 교이치가 온 경성을 찾아 헤맸던 사람과 꼭 닮아 있었다.

"저를 찾으셨다고요?"

오자마자 여급은 위스키병을 옆으로 밀었다.

"이 위스키는 보리차를 탄 거예요. 앞으로 여기 오면 이건 시키지 마요. 여기 카페는 이 상표 위스키에는 꼭 보리차를 타요."

"그런 거 이야기해도 되나?"

가까스로 입을 연 교이치는 퉁명스러운 자신의 말투가 원망스러웠다.

"조니워커에는 불순물 안 섞는데. 순도 100퍼센트 지킨 제대로 된 술이 고프지 않아요?"

"너 그런 식으로 술값 많이 나오게 하지?"

"위스키 별로 안 좋아하시구나? 그럼 뭐 마실까요? 내가 내 비밀의 술 대접해드릴게 대신 나도 한잔 사주세요. 술친구를 부르셨으면 한잔 사주시는 게 예의잖아요?"

여급이 보이 한 명을 불러 세웠다.

"여기 커피 한 잔이랑, 내 애주 알지?"

생긋 웃은 여급은 교이치를 향해 나직하게 말했다.

"앞으로 어느 카페든 메뉴판 제일 위에 있는 술은 시키지 마세요. 보통 그런 건 저렴한 값을 하느라 물을 섞어요. 이걸 주문하는 사람들은 다 위스키 처음 시켜본 사람들이라 어차피 맛을 잘 몰라요."

여급은 교이치가 손도 대지 않은 술잔을 보았다.

"나리가 한 모금만 마셨어도 바로 알고서 컴플레인 넣으셨을 텐데. 오늘 음료 담당은 나리가 아직 목이 안 말랐던 것을 다행으로 여겨야겠어요."

교이치는 여급이 상대를 치켜세우며 기분을 맞춰주는 솜씨가 보통이 아님을 깨달았다. 보이가 와서 탁자 중앙에 술 한 병과 얼음바구니, 여급 앞에는 커피를 놓고 갔다. 여급이 술병을 열고 한 잔 따라 교이치 가까이 밀어줬다.

"살짝살짝 마시는 내 전용 술인데 같이 마셔요. 이건 내가 대접할게요. 카페의 사기 행각에 사과의 의미로."

여급이 계산서로 살짝 눈짓을 보내며 말했다. 계산서에는 커피 한 잔만이 더 적혀 있을 뿐이었다. 교이치는 여급의 얼굴을 가만히 바라봤다.

"왜 안 마셔요? 디킨스처럼 타르로 바꿔치기라도 했을까 봐? 이건 진짜 브랜디예요."

여급은 교이치의 눈빛을 보고는 그가 알아듣지 못했다는 것을 알았다.

"호, 나리는 학계에 종사하시는 분은 아니군요. 관에서 호령하시는 귀인상인데, 그럼 총독부?"

교이치가 고개를 끄덕였다. 여급이 방긋 웃었다.

"그럼 그렇지, 그런 분들이 더 좋다니까, 괜히 '찰스 디킨스 말이지' 하고 아는 척하는 위인들보다. 나리의 첫 느낌이 좋아서 그쪽은 아니려니 했어요."

여급은 확실히 보통내기가 아니었다. 여급이 자신의 커피에 브랜디 몇 방울을 떨어뜨리고는 티스푼으로 살살 저었다. 반짝이는 눈으로 커피잔을 드는 여급에게 교이치가 물었다.

"고작 커피? 난 네가 코냑이라도 시킬 줄 알았는데?"

"여기 내 브랜디가 있는데 뭣하러 코냑? 마시지도 않을 술을 여는 건 술에 대한 예의가 아니에요."

눈치가 빠른 여급이다. 이 여급의 배려가 어느 정도까지의 계산과 진심이 섞인 것인지 알 수 없었다. 교이치는 여급의 친절이 오늘 자신에게 유별난 것이기를 바랐다.

"배려심이 많군. 왜 이렇게 내게 잘해주지?"

"당신에게 반해서, 라고 할 것 같아요? 이제 연애를 걸어보시겠다는 건가요?"

생글생글거리는 여급에게 교이치는 기대하던 대답이 있었다. 자신을 보고 어떤 느낌을 받았다거나, 낯이 익다거나, 예전에 알던 누군가와 닮았다거나, 그 무엇이든 자신을 남다르게 여겼다는 것을 확인받을 답이었다.

"나리는 왜 나를 불렀나요?"

"별 뜻 없는데."

"거짓말. 내 연극 봤지요?"

교이치는 혹시 이 여급이 관람석에 있던 자신을 알아본 것인가 해서 속으로 반색했다. 그러나 겉으로는 심드렁히 답했다.

"아니."

"거짓말. 내 연극 봤잖아요?"

"아니. 연극도 하나?"

그녀에게서 '거짓말, 내가 당신이 C열 8석에 앉은 것 봤는데'라는 말이 나오길 간절히 기다리는 교이치였다.

"이상하네. 안 봤을 리가 없는데. 정말로 안 봤어요?"

"본 적 없어."

"그래요. 안 봤구나."

여급의 풀죽은 표정을 보아 교이치의 말을 믿은 듯했다. '나를 보고 아무것도 떠올리지 못하나 보네', 교이치는 내심 서운했다.

20

"안 봤을 리가 없다니. 네가 그렇게 여기저기 많이 출연하는 배우였어?"

"난 다작을 하지는 않아요. 내가 좋아하는 작품만 하는걸."

여급은 다시 방글거렸다.

"내 손님 층은 거의 다 내 연극을 보고서 팬이 된 사람들이라서. 난 카페에 온 몸 바친 웨이트리스는 아니에요. 전면에 나서지 않아도 연극 애호가들이 찾아주니까. 배우가 본업, 카페는 부업."

"급사는 네가 이 카페에서 제일 잘나간다고 하던데."

여급은 정색을 하더니 진지하게 답했다.

"내가 제일 잘나가지는 않지만 내가 제일 예쁜 것은 맞아요."

교이치는 피식 웃음이 나왔다. 그러나 여급은 이날 교이치 앞에서 했던 말 중 지금이 가장 진지한 태도였다. 이러면 진심이다. 교이치는 슬며시 웃음을 거두었다.

"자만심이 세군."

"정말이라니까요. 거기 의자 옆에 꽂힌 앨범 한번 봐요."

앨범은 카페 여급들의 간략한 프로필이 담긴 사진첩이었다. 하나같이 앙증맞고 세련된 미인형이었으나, 교이치가 보기에도 눈앞의 여급처럼 한눈에 들어오는 사람은 없었다.

"내가 나와줬으니 나리야말로 자만심을 가져도 돼요."

여급의 거침없는 자기애에 교이치는 말을 잃었다. 이 여급이 그가 찾던 그녀와 같은 인물이라면 그동안 그녀에게 얼마나 큰 변화가 일어난 것일까.

여급이 음악에 맞춰 콧노래를 흥얼거렸다. 축음기로 틀어놓은 음악이 층 전체에 낮게 흐르고 있었다. 오래된 노래였다. 음악에 관심이 없는 교이치도 들어본 적이 있는 것 같았다. 어쩌면 그 옛날 그가 찾던 여자가 불렀던 것이기 때문인지도 몰랐다. 교이치는 이 노래를 꼭 기억해내고 싶었다. 함께 아는 노래가 있다는 것은, 과거의 어느 부분이 서로 통했다는 것이 아닐까 생각하다가 그는 실소했다. 사람이 절실해지면 아무것도 아닌 것에 의미를 붙여 희망을 갈구하는 법이라지.

그는 심호흡을 한 뒤, 카페에 온 본래 목적에 대한 답을 구하고자 물었다.

"본명이 뭐야?"

"에렌."

"그건 애칭이지. 진짜 이름 말이야."

"에렌이요."

"조선 여자면서 그런 일본 이름이 본명일 턱이 없잖아."

"내가 왜 조선 여자이지요?"

대한극장에서 조선어로 연기한 네가 왜 조선인이 아니야, 라는 말이 툭 나오려는 걸 교이치는 가까스로 삼켰다. 자신은 이 여자의 연극을 본 적이 없는 것으로 되어 있다.

"내 일본어가 이상해요?"

에렌의 일본어는 자연스러워서 다른 조선 여급과는 달리, 배워 말하는 학습자 특유의 느낌이 없었다. 냉큼냉큼 받아치는 말솜씨와 무심한 듯 달달한 어조가, 그 언어를 모국어로 말하는 사람이어도 쉽지 않은 것이었다.

"좀 티가 나."

교이치는 거짓말을 했다.

"여기 여급들 중에서는 유창한 편인데 아직 멀었나 보네요. 그래도 일본 책은 동경 유학생보다 내가 더 어려운 것도 잘 읽어요."

"이름 안 알려주려고 말 돌리고 있군."

"아니요, 이름 갖고 실랑이 벌이기는 또 처음이네. 당신에게 비밀로 할 만한 것도 없지요. 지혜 '혜' 자에 연꽃 '련' 자, 혜련(慧蓮)이요. 에렌은 알다시피 일본식 발음. 에렌도 본명 맞지요?"

"혜련이란 이름도 가명인 줄 누가 알아? 가명 쓰는 배우가 한둘이야?"

"의심도 많으셔라."

에렌은 체념한 듯 내뱉으면서도 계속 생글거렸다.

"내 연극 보고 왔다면 당신 이렇게 반말 못 하고 경외심으로 날 봤을 텐데. 아이 억울해."

웃음기가 가득해 전혀 억울해하지 않는 어조였다. 그러나 교이치는 자신의 말투가 고압적이지는 않았나 슬그머니 걱정되었다.

"앞으로는 존대할까?"

마음과 달리 더 무뚝뚝하게 나오는 말투에 교이치는 스스로 당황했다.

"아니요. 말끝이 어떻든 무슨 상관이에요. 꼬박꼬박 '하세요, 하십시오' 해도 마음이 경멸하고 있으면 소용없는걸. 겉으로만 살랑살랑 별도 따줄 듯 굴다가 에로 그로한 욕망만 채우고 가는 사람이 정말 나쁜 사람이지요. 당신은 아닌 것 같아. 머리에 2차 생각만 가득한 남자도 아닌 것 같네요. 처음 보자마자 2차는 싫거든요."

교묘하게 상대를 성인군자로 만들어서 앞서 나가는 기대를 봉쇄해버리는 여급의 수단에, 교이치는 그녀가 호락호락하지 않다고 느꼈다. 원래부터 더 어떻게 할 생각도 없던 교이치였지만 어쩐지 멋쩍고 서운한 기분이 들었다. 이 여자는 나를 기억 못하는가, 그저 내가 팁을 많이 챙겨주지 않을 손님으로만 보이는 건가. 이런 교이치의 생각을 읽듯 에렌은 생긋 말했다.

"난 원래 술 동무까지만 해줘요. 2차는 안 해요. 난 여배우니까."

에렌이 커다란 눈을 깜박깜박하는 것이 마치 용서를 구하는 것처럼 보였다. 효과적인 깜박임이다. 교이치가 한숨 쉬듯 내뱉었다.

"역시 넌 참 어렵구나."

"내가 왜요?"

"너란 사람은, 고분고분 굴면서도 하나도 굽히지 않고, 계속 생긋거리는 뒤로는 머리가 빨리 돌아가는 것 같다."

에렌은 움찔하더니 파안대소를 하며 말했다.

"상상력이 좋으시네요. 겨우 그 정도 보고 어떻게 나를 이렇다 저렇다 평가해요? 그렇다면 당신에 대해 말해볼까요? 당신은 지레짐작이 많은 사람이군요."

에렌은 몸을 일으켰다.

"같이 오래 보내기에는 난 형편없는 술친구이지요. 더 귀여운 여급으로 보내줄게요."

일어나는 에렌에게 교이치는 "벌써 가?"라는 구차한 물음을 삼키고 "또 보러 와도 돼?" 하고 물었다. 다음에도 다시 자신에게 와서 상대해줄 수 있느냐는 물음이자 그렇게 해주길 바라는 간청이었다.

"당연히."

에렌은 달콤한 목소리로 짧게 답했다. 에렌은 교이치의 물음에 담긴 뜻을 알아챘을 것이다. 그리고 그와 같은 것을 바라는 손님 역시 부지기수였을 것이다. 너무 매정하다 생각했는지, 교이치가 조금은 안쓰러운 마음이 들었던지 에렌은 다시 상냥하게 말했다.

"내 애주는 놓고 가니 당신이 다 마셔도 돼요."

에렌이 생긋 웃었다.

"내 팬이 아닌 당신, 반가웠어요."

2 그리 생각하신다면

"급여는 내일부터 월말까지는 근무일자대로 계산하고 다음 달부터 월급제로 지급할게요. 가보셔도 좋습니다, 연혜 씨. 입사를 환영합니다."

"네, 그럼 내일 뵙겠습니다."

연혜가 고개를 까딱한 후 몸을 돌리는 순간에도, 영방은 그녀를 불러 한 번 더 보고 싶었다. 내일부터 계속 볼 수 있거늘, 그럼에도 영방은 연혜가 정말 올 것인지 재차 확인하고 싶었다.

인텔리라 자부하는 영방이지만 학업을 마친 후에는 마땅히 할 일이 없었다. 세계대공황 후 실업률은 높아만 갔고 더군다나 조선 청년의 실업률은 고공 행진했다. 이런 상황에 편승하여 룸펜들은 자신의 무직을 반쯤은 사회 탓으로 돌렸다. 이들은 배웠기에 할 일이 더 없었다. 막노동은 싫소, 요직은 일본인 차지요, 고급 인력을 이렇게 썩혀도 되는 것입니까. 이런 식으로 자신의 눈이 높다는 것이 룸펜들의 은근한 자랑이기도 했다.

영방은 한동안 룸펜이었다. 물론 그가 되고 싶어서 된 룸펜은 아니었다. 일하려는 의지는 뚜렷했으나 할 일이 없었다. 변변한 기술 하나 없는 인텔리 룸펜에게 주어지는 최고의 일은 다시 또 공부하는 것이다. 단, 그 사람이 진정 학문에 뜻이 있을 때, 라는 단서가 붙는다.

영방은 진심으로 공부를 좋아하는 학구파였다. 그런 영방이 학자 집안에서 태어난 것은 다행이었다. 더욱이 그의 부친이 경학원 부제학을 역임하고 유학연구소 명예소장을 지냈다는 것은 그에게 안성맞춤인 상황이었다. 자연히 경학원에 조교로 들어간 영방은 곧 정식 연구원으로 승격됐다. 자신이 가장 하고 싶은 것을 계속하면서 수입이 보장되니 영방은 운이 좋은 사람이었다. 때때로 자신조차 너무 쉽게 사는 것이 아닌가 고민했다. 그럴 때면 영방은, 학문에 뜻이 없는 룸펜도 억지 공부하며 세월을 죽이는데 '나는 진정 좋아서 하니까' 하고 자위했다. 그것은 자신보다 학식이 얕은 사람에 대한 저도 모르는 우월감과 자부심이기도 했다. 그러나 그런 영방도, 그 못지않은 학구열에도 형편이 안 돼 지적 성과와 상관없는 일거리에 내몰린 후배들을 볼 때면 괜히 부끄러웠다.

경학원은 성균관을 총독부가 개편한 유학연구소였다. 유림들은 조선의 민족혼은 고사하고 그나마 유교의 명맥을 보존함에 만족하는 수밖에 없었다. 경학원은 산하에 교육기관 명륜학원을 두고 변형된 형태나마 대대로 이어지던 유학의 맥을 잇고자 했다. 연구원이 된 지 얼마 되지 않은 영방이지만 그는 곧 명륜학원 강사를 겸임하게 되었고, 이것이 자신의 천직이라고 느꼈다. 연구소 직원들도 그의 학구열과 성실성을 인정해갔다. 부친의 배경으로 들어와 자리만 차지하고 월급만 축내지 않을까 하는 의혹이 가신 지금, 영방에게 들어오는 일거리는 부쩍 늘었다. 한결 바빠진 그는 비서를 고용하기로 했다. 영방은 엉성한 필체에 타자기는 좀처럼 손에 익지 않아 타이핑마저 느렸다. 그에게 서류 작성은 고역이었고, 느린 말투 때문에 전화 업무에도 자신이 없었다.

마침 경학원에서 연구 보조와 잔일을 맡아줄 사람이 필요하여 '조교

모집' 광고를 냈다. 취업난을 말해주듯 예상보다 많은 지원서가 날아들었고 그중 몇몇을 선정해 면접을 보았다. 영방은 여성을 선호했다. 이는 그가 호색가여서가 아니었다. 전통적으로 비서직은 여자가 주는 부드러움을 필요로 했고 손님맞이와 같은 사무실 잔일에도 여자가 더 살뜰할 거라는 실리적 이유 때문이었다. 무엇보다 여성이라면 밤술에 취해서 다음 날 숙취로 일을 팽개치는 일은 없으리라 믿었다. '인텔리일수록 술을 더 마시지, 남는 게 시간이니까. 그 시간에 책을 한 자 더 읽을 것이지'라는 게 영방의 생각이었다.

이번 채용에서 영방이 기준으로 삼은 것은 첫째 착실함, 둘째 좋은 목소리, 셋째 적당한 지력, 마지막으로 넷째 자신과 다른 지적 성향이었다. 그는 같은 학문 연구를 하는 사람은 꺼렸다. 영방은 그저 보조원을 원할 뿐 자신의 일을 넘보는 조교는 사절이었다. 처음부터 성별에 제한을 둔 것은 아니지만 많은 지원서들을 골라내다 보니 면접의 기회가 여성 지원자에게 돌아가곤 했다.

연혜의 지원서를 보았다. 우선 필체는 적당한 크기에 과하지 않은 궁서체로 단정한 멋이 있었다. 이름을 보아하니 여성이고, 차분하게 써내려간 이력서로 보아 성실할 듯도 했다. 중국에서 소학교를 졸업하고 같은 곳의 일본인 고등여학교에서 수학했다. 학력은 우수. 이후 조선에 돌아와 영산학원의 일본어 보조강사를 거쳐 몇몇 회사에서 타이핑과 사무 보조를 맡았다고 했다. 이력도 적당. 서류 전형에 통과시켰다.

면접장에서 실제 목소리를 들어보니 가만가만 사근거리는 것이 몸이 절로 떨리게 좋았다. 말하는 품새도 앙칼지거나 요란스럽지 않았다. 이 정도면 완벽하다, 영방은 확신했다. 지원자 중에는 경기여고보를 나온 이도 있었으나 일정 수준 이상이면 학력은 더는 중요하지 않았다. 학벌이 좋을수록 건방진 것은 남녀 모두에게 해당되는 법, 여성은 여학교만 다녀도 거들먹, 거기에 경기여고보라면 여왕님처럼 거만할 것이다, 생각한 영방은 아직 검토해보지 않은 지원서들을 더 이상 들추지 않기로 했다.

동료 정균은 연혜가 조교로 일하기 아까운 인물이라고 했다. 학력이나 경력의 차원이 아니라, 연혜가 지닌 온화한 위엄 때문이었다. 연혜는 상대를 부드럽게 압도했다.

"영방 자네가 순진해서 사람 볼 줄 모르네. 이런 조그만 연구실에서 일할 만한 여자가 아냐. 크게 일낼 여자라고. 받아주면 안 되는 건데."

정균의 말에 영방은 웃어버렸다. 그렇게 대단한 인물이라면 응당 우리가 고용해야지, 그럼 연혜가 큰 회사에 취직되도록 우리가 후원이라도 해줘야 하나.

잿빛 중절모가 주르륵 걸려 있고, 잿빛 코트, 잿빛 책상, 잿빛 담배 연기로 온통 잿빛 일변도인 우중충한 연구실에 연혜가 들어설 때면 일순간 공기가 빛을 입어 밝아졌다. 연혜는 튀지 않는 반양장 차림을 주로 했다. 일부 모던걸의 과감한 짧은 치마나 주렁주렁한 액세서리는 하지 않았다. 그러나 또한 신여성답게 양장과 한복을 적절하게 혼합해 입었다. 경학원에 들어온 지 며칠 되지 않아 연혜는, 마치 오래전부터 있었던 듯한 편안함과 청신한 신여성이라는 신선함을 풍겼다.

이제까지 경학원 직원 중 여자라고는 회계 관리인 '미스 고' 한 명뿐이었다. 그녀는 이곳에 홀아비 냄새가 난다고까지 했다. 올드미스인 미스 고에게, 미혼녀가 어떻게 홀아비 냄새를 아느냐고 직원들은 농을 건네기도 했다. 실로 중년의 나이로 '미세스'라 불리는 것이 어울림에도 그녀는 계속 '미스 고'로 통했다. "혹시 과수댁 아니유?" 하는 장난에도 미스 고는 '미스'로 불리기를 자처했다. 그녀는 자신이 '미스'가 어울리던 나이였을 때는 정작 조선에 그런 호칭이 없었음을 아쉬워했다.

퇴근 시간이 가까워오자 경학원 사무실은 활력을 띠기 시작했다. 직원들은 저마다 저녁 계획으로 들뜬 채 하릴없이 책상만 정리했다.

"고 선생님, 내일 봬요."

"연혜 씨도 잘 가요."

미스 고가 돌아서는 연혜를 흘끔 쳐다봤다. 연혜의 구두가 경쾌하게 원을 그리며 발목이 드러나는 깡똥한 치마가 팔랑였다.

"저 발목 가느다란 것 좀 봐. 양말도 안 신어서 남세스럽게 발등이 다 보이네."

칭찬인지 질책인지 모를 혼잣말을 중얼거린 미스 고 뒤로 정균이 지나갔다. 정균은 연혜에 대해서라면 무조건 옹호했다.

"허벅지까지 보이도록 무섭게 짧은 치마는 싫지. 격이 떨어져 보여. 그런데 또 발등을 덮게 칠락팔락하는 것도 싫어. 추레해 보이거든. 저게 딱 좋아. 촌스러워 보이지도 않고 그러면서 얌전해 보이거든."

영방이 놀리듯 물었다.

"자네는 얌전한 여자가 취향이었나?"

"아니, 전혀. 얌전한 여자면 우리 마누라가 딱이지."

"그럼 자네 부인은 자네 취향에 안 맞는 건가?"

"우린 취향을 초월한 사이라네."

정균이 짐짓 엄숙하게 답했다.

사무실에서 정균과 영방은 자주 어울렸다. 둘은 가까운 직장 동료이자 동문수학한 친구였다. 주로 정균이 실없는 농담을 하고 영방이 들어주는 쪽이었다. 정균은 늘 유쾌한 사람이었다. 그는 술과 미인과 유교 모든 것을 좋아하는 애정주의자라고 자처하며 다녔다. 책밖에 모르는 허허 서생인 영방과는 다른 인물이었다. 그럼에도 둘은 서로의 다른 점을 채워가는 듯 언제나 가까웠다.

영방은 귀가 준비를 하는 연혜를 불러 세웠다.

"차 한잔 하지 않을래요?"

이 순간에 할 수 있는 말이 결국 이렇게 한정적이라는 것에 영방은 절망했다. 의아한 듯이 바라보는 연혜에게 영방은 서둘러 덧붙였다.

"연혜 씨와 저는 뭔가 잘 통하는 것 같아요. 연혜 씨에 대해서 더 알고 싶네요."

영방은 혀를 깨물고 싶은 기분이었다. 결정적인 순간에는, 세상의 수많은 말 중에 단순한 말이 선택되고 만다. 살면서 축적된 어휘는 결정적인 순간에 그를 배신했다.

연혜는 그냥 미소 지었다. 마치 영방의 말을 액면 그대로 받아들여 자신에 대한 그의 궁금증을 기꺼워하는 듯한 미소였다. 또한 모든 것을 간파하고 남자의 속내를 다 아는 것 같기도 한 웃음이었다.

연혜와 나란히 걸으며 괜한 어색함에 영방은 이것저것 말을 걸었다. 일은 할 만해요? 힘든 것 없어요? 어려운 일 있으면 나한테 말해요, 도와줄게요.

판에 박힌 말에 영방 스스로가 진저리칠 때, 그는 연혜가 이 진부한 말에도 열심히 대답해주고 있음을 깨달았다. 영방은 연혜에게 고마웠고 그녀의 마음 씀씀이에 놀랐다. 대화는 일과 책, 학문과 사회, 역사, 음악으로 대중없이 넘나들었고, 그 모든 것에 연혜의 지식이 깊음에 영방은 또

한 번 놀랐다. 이제껏 연혜를 상식과 교양을 갖춘 곱상한 신여성 정도로만 생각했던 선입견이 여지없이 깨졌다. 그러나 모처럼 잘 통하는 대화 상대를 만난 영방의 기분은 좋았다. 진심으로 즐거웠다. 그의 눈에는 연혜도 즐거워 보였다. 두 사람이 다방을 나서니, 시간은 금세 흘러 날은 이미 어둑했다.

"집까지 바래다줄게요."

"고맙지만 괜찮아요. 먼저 가세요."

"시간도 늦었는데. 여자 혼자 위험해요."

"경성극장 쪽에 볼일이 있어서요."

영방은 말 못 할 실망감을 느꼈다. 어쩐지 극장이라 하면 남녀의 연애 코스라는 생각부터 들었다. 영방은 그간 연혜가 아무 남자도 만나지 않는다고 무의식중에 믿어왔다. 아무 근거 없던 혼자만의 헛믿음에 영방은 스스로를 나무라며, 허한 마음을 감추고 웃었다.

"아, 데이트인가요? 다음에는 기회 되면 연혜 씨 약혼자분도 다 같이 식사라도 한번 하면 좋겠네요."

연혜는 소리 없이 웃었다. 그녀는 영방에게 안도하라는 듯 말했다.

"저는 연인 같은 건 없어요."

영방은 눈앞이 환해지는 느낌이었다. 이번에는 연혜가 가벼운 어조로 물었다.

"저에 대해서 알고 싶다 하셨지요? 많이 알아가셨나요?"

영방이 지그시 연혜를 바라보다 말했다.

"연혜 씨라는 사람은, 조용하되 내성적이지 않고, 차분하지만 대담하고, 이지적이면서도 감수성이 풍부한 사람 같군요."

자신을 향한 그의 긴 수식에, 연혜는 침묵했다. 영방이 자신이 또 주책을 떤 것인가 안절부절못할 때, 연혜가 다시 그 알 듯 말 듯 한 미소를 지으며 답했다.

"통찰력이 좋으시네요. 그렇게 생각하신다면 그게 저겠지요."

3 흰백

   카페 가디스에 갔던 교이치가 집에 돌아와보니, 사치코가 다 끌러본 백화점 포장지를 차곡차곡 포개고 있었다. 오늘 쇼핑의 부산물인가. 아무리 부자 아버지를 뒀다지만 그녀의 재산이 얼마나 되기에 쇼핑에 택시비며 외식비를 서슴없이 쓰는지 교이치는 궁금해졌다. 교이치 역시 금전적으로 부족함 없이 여유로운 편이었다. 그러나 교이치의 여유로움이 필요한 것에 어려움 없이 값을 치르는 정도라면, 사치코는 다음을 위해 얼마를 남겨야 한다는 셈을 할 필요가 없을 정도로 풍족했다.

   "일찍 왔네?"

   "오라버니가 다른 때보다 늦게 온 거야. 저녁은?"

   "간단히 먹었어."

   "그럼 이거 야참으로 들어요."

   사치코는 작은 상자를 내밀었다. 정사각형 상자 안에는 찹쌀경단 네 개가 가지런히 들어 있었다. 갑자기 시장기가 동한 교이치는 경단 하나를 꺼내 베어 물었다. 교이치가 저녁이라고 먹은 것은 카페 가디스에서 술 몇 잔과 곁들인 땅콩과자 외에는 없었다. 에렌이 떠나고 얼마 지나지 않아 교이치도 카페를 나왔던 것이다. 에렌이 미안하다며 붙여주고 간

다른 여급은 귀염성 있는 미인이었다. 그러나 교이치는 더 이상 흥이 나지 않아 되는 대로 팁을 쥐여주고 나왔다.

경단을 우물거리며 교이치가 물었다.

"뭐 샀어?"

"화장품. 조선 화장품도 궁금해서. 아이펜슬도 새로운 것 한번 사서 써보고."

사치코가 가느다란 아이펜슬을 꺼내 들어 눈썹에 대고 그리는 시늉을 했다. '그래 넌 눈썹이 문제야.' 교이치는 사치코의 가느다란 눈썹을 볼 때마다 목각인형이 생각났다. 어릴 적 가끔 올라갔던 마을 사당 뒤뜰에 있던 작은 목각인형들이었다. 사당에는 태어나자마자 이름도 갖지 못한 채 세상을 떠난 사생아들을 위해 조그마하게 꾸며둔 위령제단이 있었고, 인형들은 그 제단에 놓여 있었다. 위령제단이라고 하기에도 무색하게, 탑도 없고 비석도 없이 그저 앉은뱅이책상에 목각인형들과 소꿉놀이 장난감들을 주르륵 늘어놓은 것이었다. 아비 없는 아이라는 주홍글씨를 예약한 아기를 한때나마 배에 품었던, 짧게나마 어머니였던 이들이 밤늦은 시각 남몰래 찾아와 인형과 장난감을 두고 가곤 했다. 나이 어린 미혼모도 있었고, 지금의 사치코보다 더욱 어린 어머니도 있었을 것이다. 그렇게 곡절 많은 여성은 사치코와 얼마나 다른 인생을 보내며 동시대를 견뎌내는 것일까. 그들과 사치코는 동일선상에 놓이기에는 너무도 다른 세계의 사람들이었다. 인형에 가느다랗게 그려진 눈 때문인지, 사치코를 보고 그들을 생각하며, 불행한 그들에게는 아랑곳없이 너무나도 밝은 사치코에게 교이치는 괜히 반감이 들었다.

"조선 여자들은 눈썹이 짙어. 가느다랗게 눈썹을 그리는 일본 화장술과는 달라. 그렇다고 짙게 화장하는 게 아니라 다듬지 않아서 짙은 그대로 두는 것 같아. 그것도 자연스러워 보여서 괜찮아."

신나게 말하는 사치코의 흥을 깨지 않기 위해 교이치는 아이펜슬을 관심 있는 척 들여다봤다. 교이치에게는 가느다란 숯막대기 그 이상도 이하로도 보이지 않을 따름이었다.

"오늘은 화장품 쇼핑했어?"

"궁금해서 사보긴 했지만 조선제는 불안해서 차마 얼굴에 바르지는 못하겠어."

"그럼 찻잔 세트 같은 건 믿어서 산 거냐?"

사치코가 조선자기 다도 세트를 샀던 날 이후로, 교이치는 며칠간 조선차를 들이켜야 했다. 거품이 일고 진한 일본 말차와는 달리, 조선 녹차는 담박했다. 보통 일본인들이 말하는 조선 여성의 이미지를, 그 순박한 듯 정갈한 인상을 닮아 있었다. 교이치는 공작새처럼 화사한 조선 여자가 존재함을 일본인들이 알아줬으면 싶다가도 혼자서만 알고 싶기도 했다.

교이치는 에렌을 찾았다. 빨간 원피스를 걸친 에렌의 모습은 홍장미인 그 자체였다. 손가락에 끼운 앙증맞은 작약꽃반지가 머리에 꽂은 붉은 작약꽃 장식과 짝을 이루어 한층 빛났다.

오늘 에렌은 바빠 보였다. 카페 안 여기저기 인사하며 다니더니 교이치를 발견하고는 반가움에 활짝 웃었다. 적어도 교이치는 에렌이 반가워하는 것이라고 믿고 싶었다.

의외로 에렌은 흔쾌히 교이치와 대작을 해준다고 했다. 에렌은 교이치에게 응석부리듯 말했다. "나 배고파요, 저녁 사주세요." 남자에게 뭔가를 부탁하면 그가 원하는 대로 움직여줄 것이라 자신하는, 미녀 특유의 태도였다. 교이치로서도 싫을 것이 없어서 그러마 했다. 실은 에렌과 외식을 핑계로 첫 바깥 데이트를 한다는 생각에 속으로 환호했다.

연극 팬들이 몰려와서 잠깐 인사를 하고 오겠다던 에렌은 손님들에게 오래 붙들렸는지 한참 후에 다시 나타났다. "미안해요." 사과의 의미인 듯 에렌은 교이치의 팔짱을 꼈다.

그사이 양식당으로 갈까 청요릿집으로 갈까 한껏 부풀었던 헛바람은 그야말로 교이치의 백일몽이었다. 에렌의 반강요로 결국 그는 카페가 대대적으로 홍보 중인 이른바 런치세트를 시켰다. "내 덕분에 저녁 시간에 런치 메뉴 먹는 줄 알아요" 하며 에렌은 장난스럽게 말했다. 교이치도 장난삼아, "기왕이면 네 덕에 반값 할인까지 안 돼?" 하고 물었다. 에렌은 자기 몫의 디저트로 나온 초콜릿케이크에 포크를 꽂으며 "이거 저녁에 단품 메뉴로 시켜 먹으면 모두 3원도 넘게 든다고요, 국장 나리. 대신 오늘도 내 애주를 드리지요"라고 말했다.

교이치는 자신은 국장이 아니라고 손사래 치려다가 카페걸들은 모든 이에게 극존의 호칭을 붙인다는 것을 깨달았다.

"여기는 모든 손님에게 나리라 부르라고 교육하나?

"다 그런 것은 아니고요. 사업가로 보이는 손님에게는 사장님, 학자 타입에게는 박사님, 군인 손님에게는 계급을 높여 부르고, 무엇인지 알 수 없는 사람에게는 선생님."

둘이 앉은 2층 발코니 자리는 식사를 즐기는 손님이 많았고 호사스러운 저녁을 즐기러 온 연인들도 있었다. 교이치는 카페걸의 상술은 잊기로 했다. 순간에 젖어드는 것으로 그는 잠시나마 행복할 수 있었다. 아래층에는 무대 위에서 연주하는 악단과, 보다 분방한 사람들이 자유롭게 음료를 마시며 떠드는 것이 보였다. 에렌도 함께 1층을 내려다보더니 그에게 말했다. "내가 노래할 때 한번 와봐요. 내가 한 곡 부르면 2층 손님들까지 반응한다니까." 무심코 한 에렌의 말에서 교이치는 '적어도 이 여자는 내 방문을 꺼리지는 않는구나' 재빠르게 읽어냈다.

에렌은 교이치의 잔에 브랜디를 따라주며, "밥보다 비싼 술이에요. 나 양심적이지요?" 하고 방긋 웃었다. 그녀는 커피잔 위에 스푼을 얹고 각설탕을 올려놓았다. 무슨 의식이라도 치르듯 에렌은 엄숙하게 각설탕에 브랜디를 붓더니 불을 붙였다. 푸른 불꽃을 피우며 설탕이 커피에 녹아내리는 것이 흰 눈이 녹는 것 같았다.

"그렇게 마시면 맛있나?"

"왕족적인 맛이 나요."

교이치는 피식 웃었다. 무슨 그런 말이 있어?

"소비에트 혁명 때 도망 나온 러시아 왕족들이 이렇게 마시는 것을 봤어요. 어린 눈에는, 귀족인 그들이 하는 건 무조건 다 격조 있어 보였어요. 그게 내 귀족적인 것의 기준이 됐어요. 어릴 때 받는 인상은 강렬한 법이니까."

"어릴 때?"

에렌의 모든 말에서 단서를 찾아내려 촉각을 곤두세운 교이치가 그 한마디를 그냥 지나칠 리 없었다.

"한때 난 조선이 아닌 북방에서 살았거든요."

교이치는 드디어 조각 하나를 찾은 느낌이었다. 이 한 꼬투리를 잡고 그는 그녀의 지나온 행적에 대해 풀어내고자 했으나 에렌은 벌써 미소로 무장했다.

"이분은 호구조사가 취미시네."

고개를 살래살래 젓는 에렌에게 교이치는 한숨을 쉬고 다른 것을 물었다.

"배우로 활동할 때는 이혜련이라고 했지. 다른 이름으로는 뭐가 있어?"

"또 이름 타령인가요?"

에렌은 지겹다는 표정을 과장되게 지었다.

"그냥 네가 다른 이름도 갖고 있나 해서."

"왜요?"

"예전에 너와 닮은 사람이 있었는데 네가 혹시 그 사람이 아닐까 했었거든."

"'예전의 그녀와 닮았어'는 상투적인 연애걸기 수법인데. 나리, 난 웬만한 구애로는 안 넘어가는 여자랍니다."

문득 교이치는 제대로 에렌과 연애를 해볼까 진지하게 생각했다. 그 마음을 읽기라도 한 듯 에렌이 생긋 웃으며 말했다.

"내게 데이트 신청 한번 해봐요. 보기 좋게 거절해줄게요."

교이치는 경성에 오지 않을 뻔했다. 예정대로라면, 그는 육군사관학교를 나와 아버지 다카오카 준장의 뒤를 이어 군인 집안의 가풍을 실현할 예정이었다. 그러나 그는 간절히 찾고자 하는 사람이 있었다. 바로 한 조선 여인이었다. 때문에 우선 조선에 건너가야 단서를 잡을 수 있으리라 여겼다.

초창기 조선행을 택한 일본인들이 새로운 터전을 꿈꾸는 빈손의 노동자와 상인이었다면, 점차 일본의 엘리트와 세력가도 조선 통치의 수뇌가 되려 조선으로 향하는 경우가 빈번해졌다. 교이치는 그 길을 선택했다. 그는 총을 잡더라도 전방에 서지 않겠노라 부친에게 반항하고서 고등문관시험을 보았고, 부친이 세상을 떠난 후에는 숙부에게 반항하며 조선

발령을 자원했다. 그렇게 교이치는 조선총독부의 외사국에 적을 두고 경성에 오게 되었다.

막막했다. 군관학교만 나와도 진로가 보장돼 있는 것을, 조선으로, 원하는 자리로 발령받기 위해 그 어려운 고등문관시험까지 치렀다. 그렇게 해서 오게 된 경성이건만, 그 여자를 찾기 위해 어디서부터 시작해야 할지 난감했다.

외국인으로서 흥신소를 찾아가기는 감당이 되지 않았거니와 그것보다도 어쩐지 흥신소 같은 곳을 통하면 여자를 더럽히는 것처럼 느껴졌다. 흥신소는 불륜이나 치정 전담이 아닌가. 그녀 때문에 경성으로 온 만큼 자신의 힘으로 찾고 싶다는 오기도 있었다. 수재만 합격하는 시험을 치르고 조선 권력의 핵심인 곳으로 오지 않았는가. 그런 만큼 스스로에 대한 자부심도 높았다. 이런 내가 못 찾을 리가 없다, 불가능할 것이라고 여겼던 고등문관 행정과 시험도 합격했다, 조선의 요지 경성에 더군다나 총독부에 발령받았다, 자신에게 운이 따르는 것이 아닐까, 하늘이 돕고 있는 것이 아닐까, 하고 막연하게 미신적 흥분까지 느꼈다.

그가 일본의 본가에서 고등문관시험을 공부할 때였다. 집으로 온 우편물 중 발신인이 '시라[白]'인 것이 있었다. 편지지는 사라져서 내용은 알 수 없었다. 오직 겉봉만 남아 있었다. 발신인에 쓰인 백(白) 한 글자만으로 교이치는 그녀라고 직감했고, 편지봉투에 쓰인 주소를 보고 조선에 있다는 것을 확신했다. '영광(靈光). 영의 빛, 신의 빛, 여신의 빛이라는 곳이구나' 하고 교이치는 외웠다.

조선으로 발령받을 때 교이치에게는 영광에 가고 싶은 마음도 어느 정도 있었다. 그러나 경성으로 지정되었고 교이치는 굳이 그것을 바꾸지는 않았다. 어느 나라나 수도가 가장 많은 정보가 집약된 곳이니까. 교이치도 수도의 번화함과 편리를 포기하고 싶지는 않았다. 지방이 아닌, 행정의 요지인 경성 조선총독부 외사국에 오게 된 것은 그의 숙부가 금전적 밑거름을 했기 때문이라는 것을 교이치도 알았다. 일단 조선에 온 교이치는 휴일이든 출장이든 영광에 갈 기회만 노렸다.

영광 쪽에 그녀의 친척이 있을지도 몰랐다. 한 가닥 희망을 걸고 영광에 내려간 교이치는 친구에게 조력을 구했다. 고등문관시험 합격자 동기인 겐타로가 전라남도 경찰부에 있었다. 겐타로를 통해 인명부를 뒤졌으나 그녀의 일가붙이로 추정되는 사람들은 일본 정부의 남한 토벌 작전 때 몰살당하거나 포로로 끌려가 뿔뿔이 흩어진 상태였다. 그마저도 추정이었고 아무것도 확실하지 않았다. 심지어 그녀의 친척인지도 명확하지 않았다. 눈과 목화, 쌀, 소금이 많아 사백(四白)이라 불리는 영광에서, 이 작은 고장에서만도 그토록 많은 백 씨 성의 사람이 있는 줄은 이전의 교이치는 몰랐다

그가 흰백 자만 봐도 싱숭생숭했던 것은 그가 외국인이기에 가능한 것이었다. 일본인인 교이치는 조선의 인구 중에 성씨 백 씨가 차지하는 머릿수가 얼마나 될지 가늠하지 못했다. 그래서 그는 '白'이라는 한자를 보기만 해도 그 획수를 눈으로 마음으로 새기며 옛 생각에 잠기곤 했다. 누구든 만약 한때의 연인과 같은 이름을 지닌 사람을 보면 잠시 옛 생각에 침전할 것이다. 과거의 연인이 흔한 이름일수록 남의 이름에 뜨끔하는 일은 많아진다.

교이치의 아버지 다카오카 준장은 그녀를 시라렌이라고 불렀다. 사실 교이치는 그녀의 성씨가 '백'인 것도 몰랐고 조선어 발음도 겨우 익혔다. 그녀는 자신의 이름을 조선어로 알려준 적이 한 번 있었다. 그러나 당시의 어린 교이치로서는 기억하기 어려웠다. 그녀와 헤어진 후 몇 년 동안

교이치는 지나치는 조선인을 볼 때마다 그를 붙잡고 그녀의 이름 석 자를 조선어로 어떻게 발음하는지 물어보고 싶은 충동에 휩싸이곤 했다.

교이치는 겐타로의 도움을 받아 영광우체국의 기록보관소에 들어갈 수 있었다. 일본의 다카오카 가문, 즉 자신의 집안에서 보낸 우편물의 수령인이 누구인지 역추적했다. 조사 결과 한 사립학교가 나왔다. 그 학교에 간단한 문답을 요청했으나 학교 측은 혹시 몇 해 전 광주에서 일어난 학생운동과의 연계를 수사하는 것인가 하여 꺼려 했다.

교이치는 간신히 그녀에 대해 몇 가지 알아냈다. 그녀는 사범 과정을 밟지 않아 정식 교직원으로 일하지 못하고, 일본어를 잘해서 가끔씩 일어를 가르쳤다고 했다. 그녀와 연고 있는 사람이 있었는지 묻자 교원 관계자는 아무것도 모른다고 했다. 누가 개개인의 왕래까지 세세히 알고 있으랴. 그녀를 찾아오는 사람은 없었고, 그녀에게 오는 우편물도 가끔 일본에서 오는 것뿐이었다고 했다. 그것이 일본 어디에서 온 것이었는지 교이치는 조사할 필요도 없었다. 자신의 집안에서 보낸 것이었기 때문이다.

학교 측은 그녀가 경성으로 떠났을 것이라고 알려줬다. 그녀가 학교에 경성부 인사상담소에 제출할 소개장을 써달라고 요청한 적이 있었기 때문이었다.

원점으로 돌아와 그는 경성에서 다시 자기만의 수색 작업을 펼쳐야 했다. 경성은 소도시 영광의 시골 마을과는 비교도 되지 않는 압도적인 규모와 어마어마한 인구의 대도시였다. 모래밭에서 바늘 찾기였다. 그래도 하늘이 돕는 교이치의 운이 따랐는지, 외사국 업무로 그는 봉천에 출장을 가게 됐다. 오랜만에 봉천에 돌아간 그는 시라렌이 다녔던 여학교를 찾아갔다. 일본인 여학교로 조선인인 시라렌이 입학함은 당시에 전례가 없던 일이었다. 그런 만큼 학교 측은 시라렌을 잘 기억하고 있었다.

교이치가 부친의 이름을 대자 고(故) 다카오카 준장에 대한 존경의 발로로 교장이 직접 교이치의 물음에 응수했다. 시라렌이 떠나고 한참 후, 그녀에게서 추천서를 써달라는 청이 왔다고 했다. 졸업생이 아니라는 이유로 거절하려 했으나, 시라렌의 재학 당시 다카오카 준장이 냈던 기부금이 마음에 걸려 추천서를 써줬다고 했다.

"민족 차별이 아닙니다. 시라렌 양이 졸업생이었다면 시라렌 양의 진로를 위해 저희도 물심양면 지원했을 겁니다. 모교가 본교 졸업생이 잘되기를 바라지 않을 이유가 있겠습니까. 하지만 아시지요? 시라렌 양은 우리 학교에서 학업을 끝마치지 않고 돌아갔습니다."

교이치는 속으로 삐죽거렸다. 시라렌이 결석이 잦았어도 학업일수를 채우지 못해 졸업을 못할 정도는 아니었다. 학교는 조선인이 다녔다는 사실을 드러내고 싶지 않았으리라. 그러나 그는 점잖게, 학생들을 화합과 의지의 대동아인으로 양성해내는 학교의 업적이라 치하했다. 그가 시라렌을 처음 만났던 봉천에서, 그는 시라렌을 찾아낼 실마리를 얻었다. 시라렌은 학교 추천으로 경성의 한 회사에 취직했으며 학교 측에서 직접 회사로 추천서를 부쳤다고 했다. 다행히 회사의 주소가 남아 있었다. 교이치는 예상보다 일이 수월하게 돌아가는 것이 어딘지 석연치 않았다.

경성으로 돌아온 교이치는 즉시 회사를 찾아갔으나, 이미 도산한 상태였다. 일본인이 세운 회사였다. 불길한 예감이 들어맞았음에 교이치는 허탈했다. 자본이 부족한 일본 사업가가 조선에 와서 마구잡이로 세운 기반이 부실한 회사였을 것이었다. 세계대전이 끝나며 남아돌게 된 일본의 생산 시설은 마침 회사령 철폐를 맞은 조선으로 옮겨와 숨통을 트이고자 했다. 이렇게 우후죽순 생겨난 회사 중에는 거대 기업도 있었으나, 창업의 꿈을 안은 초보 사업가의 엉성한 회사도 있어 빠르게 파산했다.

교이치에게 다시 운이 따르려는 것인지, 그 일본인 사장이 바로 또 다른 회사를 설립했다는 것과 사장이 내쫓지 않고 데려간 직원 중에 시라렌이 있었다는 정보를 얻었다. 그러나 시라렌은 사장으로부터 임용 추천을 받은 것을 거절하고 그대로 사직했다고 했다. 남자의 직감으로, 그녀가 미인이기 때문이라는 것을 눈치챘다. 사장의 희롱물이 되기 싫어 결단을 내릴 만큼 머리와 강단이 있다는 것도 알았다.

교이치는 무엇이든 조그만 단서라도 얻을 수 있을까 하여 회사를 찾아갔다. 시라렌이 옮긴 회사를 알고 있는 동료가 있었다. 그곳에 찾아가 봤으나 그녀는 그만두었다고 했다. 그래도 전체 직원명부에서 시라렌의 주소를 알아냈다. 그 주소대로 찾아가봤으나, 역시 이사한 상태였다.

시라렌이 어디로 이사했는지 교이치가 묻자, 집주인은 그걸 어떻게 아느냐며 당당히 반문했다. 너무나도 당연한 대답에 교이치는 말을 잃었다. 망연자실한 교이치가 안쓰러웠는지 집주인은 시라렌의 물건 중 남기고 간 것이 있다며 꺼내왔다. 책장 뒤에 넘어갔던 물건들로, 신식 물건이라 신기해서 버리지 않았다고 했다.

영화 잡지와 거의 다 쓴 크림통이었다. 그리고 극단 홍보 팸플릿 한 뭉치가 있었다. 이것은 단순히 한두 장 모은 수준이 아니라 전문적으로 한 극단에 집중돼 있었다. 필경 이쪽 일과 연관이 있는 사람이었다. 교이치가 꼬치꼬치 캐묻자 주인은 시라렌에게 오는 우편물 중에는 영화 잡지가 많았고 가끔 극단에서 소식이 오기도 했다는 것까지 기억해냈다.

교이치는 팸플릿을 발행한 극단을 찾아갔으나 역시나 시라렌은 극단을 옮겼다고 했다. 그리고 끝끝내 시라렌이 옮긴 극단을 모른다고 했다. 좁은 연극계 바닥에서 그것 하나 모르냐고 호통치고 싶은 것을 교이치는 참았다. 또 궁금한 게 있으면 조언을 구할 테니 잘 부탁한다고 도리어 인사까지 하고 왔다.

그 후 교이치는 연극 관련 기사를 꼼꼼히 읽었다. 잘 알지도 못하는 조선어를 공부해가며 눈이 빠지는 줄 알았다. 영화 잡지도 정기 구독했다. 빽빽이 조선 잡지들이 꽂힌 그의 책장은 동료 일본인들에게는 해독 불가능한 찬연한 전시관이었으나, 교이치에게는 잡동사니 정보의 묘지일 뿐이었다. 일본인들은 교이치에게 "다카오카 씨는 외국어 감각이 탁월한가 보네요. 저는 외국어에 영 소질이 없어서 아직도 ㄱ, ㄴ, ㄷ까지 하고 나면 못 외우겠더라니까요. 부럽네요" 했다. 하지만 그러는 그들의 표정에 부러움은 전혀 없었고, 굳이 식민국가 언어를 배우는 데 노력을 들이겠다는 의지도 없었다. 긴 경성 생활을 예정해놓고서 조선어 한 글자 읽지 못하는 일본인을 교이치는 경멸했다.

다방면의 노력이 헛되지 않았는지 교이치가 간단한 조선 글을 소화해낼 수 있을 때가 되자 연예 잡지에서 그가 찾던 사람을 보았다. 작은 기사였다. 배우 이혜련이 학력 위조가 의심된다는 보도였다. 봉천의 명문 여학교를 졸업했다고 알려졌으나 실상 그녀는 졸업장을 받은 적이 없다는 내용이었다. 이름은 달랐으나 배우들은 예명도 많이 쓰는 터라 이 여자가 아닐까 싶었다. 사진이 워낙 작아 알아보기 힘들었지만 커다란 눈의 윤곽이 닮은 듯도 했다.

당장 교이치는 이혜련이라는 배우를 수소문했다. 대한극장에 소속된 배우로, 그녀가 출연한 연극 〈청춘의 꽃마차〉가 성공을 거두어 재공연을 앞두고 있다고 했다. 그녀가 직접 〈청춘의 꽃마차〉 주제곡을 취입한 음반도 출시돼 있었다. 교이치가 그길로 이 레코드를 샀음은 자명한 일이었다. 축음기 바늘이 파르르 떨리는 선을 따라 흘러나오는 여자의 목소리는 교이치가 기억하는 목소리와 같기도 다르기도 했다.

대한극장에 문의하자 너무나도 쉽게 시라렌의 주소를 가르쳐줬다. 이적한 극단에 대해서조차 답을 않는 폐쇄적인 공연계에서 이렇게 시원한 대답을 얻은 것이 그는 미심쩍었다. 교이치가 극장 직원이 알려준 주소대로 시라렌을 찾아갔을 때, 집은 비어 있었다. 어김없이 그녀는 이사를 한 상태였다. 쉽게 얻는 답에는 이유가 있고 늘 그를 배반했다. 교이치는 실망도 잠시, 다시 알아내고야 말겠다는 의지를 불태웠다. 그는 시라렌을 기억하는 주민이 주변에 있는지 탐문했다. 이웃들의 답을 통합해볼때, 시라렌은 새벽녘에 들어오거나 별을 보며 나갔다가 별을 보고 들어온다고도 하여 들쑥날쑥해서 활동 시간으로는 무엇을 하는지 종잡을 수 없는 인물이었다. 카페걸이 되었나, 무심코 생각이 들었다.

바로 지워버린 찰나의 추측은 슬프도록 정확했다. 배우 이혜련은 카페 가디스의 여급으로 활동하고 있었다. 가디스는 새로 개장한 고급 대형 카페였고 세의 확장을 위해, 현직 배우 이혜련을 비롯한 몇몇 화제의 여성을 여급으로 영입했다.

시라렌에게 카페걸의 형상을 겹쳐 보기는 쉽지 않았으나 그렇다고 그녀에게 실망하거나 그녀를 괄시하게 된 것은 아니었다. 도리어 교이치는 그가 애정을 기울였던 여성이 비극적인 운명의 주인공인 것 같아 두근거렸다. 자신이 찾아 헤맬 만한 가치가 있도록 그녀는 확실히 특별한 여인이어야 했다.

대한극장에서 〈청춘의 꽃마차〉를 보면서 교이치는 시라렌의 실물을 본다는 것에 설렜다. 객석과 무대 사이의 거리와 배우들의 분장에 가려 시라렌의 얼굴을 똑바로 보기 어려웠지만 교이치는 그녀임을 믿었다, 아니 믿고 싶었다. 무대라는 벽을 거치지 않은 실제의 시라렌을 보고 싶었던 교이치는 결국 카페 가디스를 향했고, 에렌을 만났다.

"데이트하자."

"웃기는 소리."

에렌은 생글생글 웃으면서도 입으로는 무자비한 말을 잘했다. 그 미소가 또 천진무구해서 사람들은 그녀에게 화도 못 냈다. 이제껏 교이치는 에렌이 자신이 찾던 시라렌과 동일인임을 증명하려 갖은 애를 써왔다. 그러나 에렌은 직설적인 질문에도 유도심문에도 다 넘어가지 않았다. 에렌과 교이치의 줄다리기에 따라 교이치가 카페를 찾는 횟수는 점점 늘어갔다.

"당신 또 날 보러 왔구나?

에렌은 샐샐 웃으며 교이치를 애태웠다.

"데이트 신청하면서 빈손으로?"

"알았다, 다음에는 장미꽃을 한 다발 안겨주마."

"여자에게는 초콜릿 선물이 제일이라니까요."

"쓸데없이 입만 고급인 건 '못된걸'들의 특징이지."

"모던걸이라고요. 꼭 나쁜 말은 빨리 배워가지고. 조선어 중에 그런 말만 골라 외우지요?"

교이치도 끝내 웃으며 화제를 돌렸다.

"어떻게 카페걸이 됐어?"

"어린 동생 줄줄이 딸렸대면 천사표로 보일까 봐?"

교이치는 말문이 막혔다. 그가 알던 그녀가 카페걸이자 연극배우인 에렌이 되기까지의 과정이 궁금해 물었던 교이치는, 에렌의 답이 뜬금없어 당황했다. 에렌이 설명했다.

"홀어머니 봉양에 밥 달라 징징대는 어린 동생들 입에 들어갈 것을 벌기 위해 결국 카페에 내몰리게 됐다, 하면 그 갸륵한 마음씨가 고운 여자이자 카페걸의 퇴폐성을 적당히 지닌 여자로 여겨져 남자들이 좋아합니다."

교이치가 가까스로 말했다.

"그게 다 사실이 아니라 각본대로 짜인 건가?"

"어린아이 같은 순수성을 지닌 요염한 여자, 그대들 남자들의 꿈 아닌가요. 꿈은 오직 꿈이거늘. 그런 꿈만 쫓으면 결국 순진뱅이도 요부도 못 만나요. 그건 말이지요, 오직 한 여자에게만 일편단심인 미남이 현실에 없는 것과 마찬가지예요."

연극조로 말하던 에렌은 풋 하고 웃었다.

"하긴, 여자들도 그런 천상의 남자를 꿈꾸는 것 같아요. 연애소설 남자 주인공들은 죄다 그렇게나 잘생겼으면서, 자기 잘생긴 줄은 하나도 모르는 양 한 여자만 죽도록 사랑하더라고요. 그게 말이 되나요? 어떻게 남자가 자기 잘생긴 줄 모르고 살 수 있어요? 그건 여자가 자기 예쁜 줄 모르는 것보다 더 희귀한 일이라고요."

갑자기 에렌은 엄숙한 어조가 되어 말했다.

"둘 중 하나를 버려야 해요. 세상사 모든 것은 다 그런 이치. 양손에 다 움켜쥐고 있으면 고달파지기만 해요. 한 손에 든 건 내려놔야 해. 어차피 세상사 공수래공수거, 저세상에서는 양손이 텅텅 비는데 이승에서라도 한 손은 비우고 몸을 가볍게 하자고요."

"철학자가 다 됐군. 당장 불가에 귀의하겠는데? 아니 삿갓 쓰고 도인이 되려나?"

교이치의 놀림에 크게 웃은 에렌은 다시 살랑살랑 웃는 낯이 되어 교이치에게 말했다.

"그거 우리가 한번 해볼까요? 당신은 순애보의 미남, 나는 순진한 밤의 꽃 행세를 해보자는 거예요."

"내가 순애보? 너를 상대로? 나 그렇게 애틋한 놈 못 돼."

"아니. 그보다 우선, 당신이 미남이 아니어서 우리의 전설적 연애는 불가능하지요."

에렌은 숄을 걸치며 일어났다.

"괜찮아요. 난 그런 사랑은 영화 찍으면서 실컷 할 수 있어. 당신이야말로 영화 주인공 돼보는 기회를 잃은 거라고요."

"배우 따위 시켜줘도 안 해. 그깟 광대놀음하며 위신을 떨어뜨릴 수 없어."

에렌은 교이치의 귓가에 속삭였다.

"정말 속지 말라고요. 순진한 요부는, 고도의 연기를 하는 배우니까. 천상의 여자가 아니라, 죽어도 모를 여자예요."

경성의 봄은 동경보다 늦었다. 동경에서 벚꽃이 핀 지 한 달이 지나서야 경성에서는 벚나무가 꽃을 틔웠다. 대신 경성의 꽃은 소담하거나 호리호리하거나 한들거리며 다채로웠다. 매화를 시작으로 영산홍과 자산홍, 수국, 싸리꽃이 차례로 꽃망울을 터뜨렸다. 조선 기후에서 자생하는 낯선 봄꽃들은 교이치에게 이국의 생활을 실감케 했다.

꽃놀이가 한창인 계절에 사람들은 장충단공원으로, 창경원으로, 개나리와 벚꽃을 보러 몰려들었다. 교이치와 에렌의 첫 데이트는 4월이 여덟 날째 되는 날 복사꽃 구경으로 이뤄졌다. 창신동과 장사동 사이로 복사꽃이 분홍빛 몽우리를 졌다. 창신동 채석장의 발파와 암석 절벽에서 떨어져 목숨을 다하는 인부들의 한을 뒤로하고 도화는 선명하게 붉게도 피어났다. 에렌이 무심히 말했다.

"복숭아꽃이 가장 색스러워."

교이치와 에렌은 청계천을 거닐다가 장사동 골목으로 접어들었다. 장사동 골목을 고불고불 돌아 들어가면 일본 사찰 묘심사가 있었다. 음력 4월 8일이 번화해지는 조선 안에서 묘심사는 조촐하게 일본의 양력 초파일을 기렸다. 교이치와 에렌이 들어서니 묘심사 뜰 중앙에 종이 연꽃으로 장식된 하얀 코끼리상이 눈에 띄었다. 구경 삼아 놀러 온지라 교이치와 에렌은 코끼리상을 조용히 지나쳐 꽃과 상록수로 꾸민 화정 앞에 섰다. 누런 찻물이 찰랑거리는 금반에 아기부처상을 가운데 두고 빨간 금붕어가 노닐었다. 감차를 부처상에 뿌리며 에렌이 "빨리 소원을 빌어요" 하고 교이치를 쿡 찔렀다.

"바보. 봉축하러 왔지 이건 발원굿이 아니라고."

"우리, 어차피 데이트가 본래 목적인 가짜 신도 아니었던가요?"

"그래도 절에 와서 너무 장난스럽잖아."

"소원을 비는 것이야말로 경건한 태도라고요. 원하는 것을 무조건 자기 손으로 이룬다는 사람이야말로 분수를 모르는 오만한 독선가예요. 우주의 도움 없이 이룰 수 있는 소원은 없어요."

이제껏 교이치는 오롯이 자신의 힘으로 바라는 바를 이루었다고 자부해왔다. 힘든 길을 건너 이제 충만해 있을 때, 작은 불상에게 소원을 빌기란 시시하게 보였다. 에렌이 눈짓으로 그를 재촉하고 뒤로 살짝 물러났다. 그는 당장 무엇을 빌어야 할지 몰랐다. 에렌을 계속 만날 수 있기를, 교이치가 순간에 떠오른 소원을 속으로 되뇌었다. 저편에서 그를 기다리던 에렌이 스님에게서 감차(산수국차 혹은 감로차) 잎을 받았다며 교이치에게도 나누어주었다.

"관등놀이 본 적 있나요? 우리 초파일은 지금보다 날씨도 따뜻하고 더 화려해요. 내가 다음에는 조선 초파일을 제대로 보여줄게요. 그때 같이 종로대가에 가요."

교이치는 이 순간 우주가 자신을 돕고 있다고, 믿어야 하는 게 아닌가 싶었다.

창경원의 밤 벚꽃놀이도 막을 내리고 경성의 밤이 꽃잎과 작별했을 때, 그 밤을 밝히는 것은 초파일을 맞이하는 연등이었다. 집집이 등을 사서 달고 종이 잉어를 걸어 자손의 무병장수를 빌었다. 여자아이들은 팔일장을 준비해 고운 때때옷을 마련했다.

올해도 경성은 화제봉찬회를 개최했다. 파고다공원에는 봉찬회 아치가 세워져 초파일의 기분을 북돋았다. 장충단공원과 조선은행 앞 광장에 꽃으로 넘실대는 화제단이 설치됐다. 오가는 사람들도 종이꽃을 사서 여기에 꽂고 한 송이만큼 더해진 자신의 꽃마음을 봉축했다. 색색의 꽃과 리본이 바람결에 들썩일 때마다 눈이 호사스러운 장관이었다. 초파일 당일 밤에는 공회당에서 화제봉찬회 아악 연주가 예정돼 있었다.

도시의 사찰들은 개개인이 바치는 인등에 불을 밝히고 각각의 불공예식을 드렸고, 시골의 작은 암자도 근방의 노인들이 절 방에 모여 떡을 해 먹었다. 그들은 미리 불려놓은 쌀을 가져가 시루떡을 쪄서 대성전의 부처에게 공양하고 길손에게도 나누어줬다.

불교도 무교도 할 것 없이 들뜬 석가의 축일에 상인들도 편승해 어김없이 상술을 발휘했다. 약방은 부처상이 그려진 성냥갑만 한 종이상자에 동그란 환약을 넣고, 이 의문의 약을 "부인의 모든 병을 고치고 생산을 잘하게 하는 명약이니라. 불공을 한 뒤에도 이 약을 섭취하면 즉시 아들을 낳을 것이니라" 하며 만병통치약으로 팔았다.

첫여름 신록이 피어나는 연등 길을 오가며 교이치는 에렌을 보러 카페를 들락거렸다. 음력 파일에 에렌은 정말로 교이치와 데이트를 한다는 약속을 지켰다. 두 사람은 아직 지는 해가 뉘엿뉘엿한 저녁에 나란히 길을 나섰다.

먼저 향한 곳은 남대문 밖 길야정이었다. 여기에는 관우상을 모시는 남묘가 있어 아이의 손을 잡고 나들이 나온 어머니들이 유독 많은 곳이었다. 녹의홍상 어여쁘게 차려입은 아이들이 손에 꽃을 들고 종종걸음 쳤다. 남묘 앞에는 장난감 판매상들이 줄지어 늘어서, 알록달록한 외국산 장난감들이 아이들의 눈을 현혹했고 손에 장난감이 들리지 않은 아이는 울음보를 터뜨려 기어이 부모의 지갑을 열게 했다. 남묘는 관우를 모시는 본분을 뒤로 미루고 석가탄일을 봉축하는 그 융통성을 십분 발휘해 부녀자들을 위해 그네를 매어줬다. 재잘재잘 소녀들과 부인네들이 그네 뛸 차례를 기다렸다.

날은 어둑해지고 남묘의 수십 개 구슬 등은 영롱하게 불을 밝혔다. 교이치와 에렌은 전차를 타고 종로로 향했다. 종로 삼정목은 화제봉찬회의 꽃장식으로 넘실댔다. 종로 인경전 모퉁이에는 행상인들이 순 조선식 장난감을 팔고 있었다. 정작 화려한 외국 장난감에 길들여진 아이들은 눈길도 안 주고, 옛 정회를 느끼는 어른들이 10전을 주고 어릴 적 추억을 샀다.

금년에도 울리지 못하는 종로 인경이 육중하게 행인들을 내려다봤다. 매년 초파일이면 종로 인경을 울리려는 조선 불교단과 이를 막는 총독부의 알력이 등장하곤 했다. 관불식에 모여든 인파가 종소리에 어떤 자극이라도 받아서 만세운동이 재현될 것을 총독부는 염려했고, 경성불교연합회는 석가의 탄일 종소리는 평화를 상징할 뿐이라고 설득을 거듭해왔다. 교섭 끝에 종로경찰서와 경기도 경찰부의 허가까지 받아 금년에는 종로 인경의 광대한 종소리를 들을 수 있는 줄로만 알았다. 그러나 결국 총독부 내무국장의 반대로, 종로 사람들은 올해도 인경을 마음으로만 울려봐야 했다.

전차에서 내린 교이치와 에렌은 천천히 걸으며 거리를 구경했다. 종로 거리에는 상점마다 색등을 달고 오색 종이 물고기를 내걸어 울긋불긋 어두워가는 저녁의 공기를 밝혔다. 모란등, 연화등, 주련등, 북등, 둥글둥글한 수박등, 이모저모 마늘등, 큰 등 작은 등, 연등을 파는 가판에서는 한 쌍에 30원을 호가하는 고급 등부터 1원짜리 단출한 등까지 즐비했고, 가벼운 종이등도 30전부터 색깔이 고운 50전까지 주머니 사정에 따라 고를 수 있었다. 사람들은 손에 손에 느티떡을 들고 먹었고, 노점상에서 간단히 군입을 다시며 콩조림을 끼적거리고, 데친 미나리를 돌돌 감아 초고추장에 찍어 먹었다. 교이치도 느티떡을 조금 잘라 입에 넣어봤으나 느티나무 향이 느껴지지는 않았다.

쉬엄쉬엄 걸음하다 낙산 청룡사까지 오른 교이치와 에렌은 한숨 돌리며 발아래로 경성을 내려다봤다. 청룡사는 채색한 사다리를 사방에 매어 놓고 층계마다 등을 달아 영교히 빛났고, 경성의 밤 풍경은 총총한 별이 흩뿌려진 하늘이 발아래 있는 듯했다. 청룡사에서 나눠준 소금에 볶은 검은콩을 오도독거리며 둘은 야경을 감상했다. 장관에 감탄하다가 에렌이 말했다.

"어릴 적에 봤던 바람에 날리던 불꽃송이를 잊을 수 없어요. 난 조선의 남쪽에서 살았어요. 초파일이면 어른들이나 큰 아이들이 숯가루를 한지에 말아 낙화를 만들었어요. 불갑사 호숫가에서 이 낙화에 불을 붙이면 숯가루가 불을 머금고 타면서 바람에 날려요. 호수 위로 떠다니는 바람

불꽃은 어린 기억에도 아름다웠어요. 커다란 반딧불 같고, 타오르는 별 같았어요."

교이치는 에렌에게 물었다. "남쪽이라면, 어디를?" 에렌이 "영광이요" 답했다. 교이치는 조각이 들어맞는 희열에 눈앞이 환해져 몰아붙이듯 물었다.

"영광에서 살다가 그다음은? 어디로?"

"일본이요."

"왜?"

"아버지가 포로로 잡혀서 일본에 끌려갔어요."

"그다음은?"

"뭐가요?"

"간도로 건너갔지?"

"아니요, 블라디보스토크에 갔어요."

교이치는 이게 아닌데 하고 재차 물었다.

"간도가 아니야? 조선 북방이라 네가 착각한 것 아냐?"

"이보세요, 내가 러시아와 중국도 구별 못할까 봐?"

"그래서 그다음은? 그 후에 간도로 갔나?"

"아니요, 조선에 왔지요."

"봉천에도 있었잖아?"

"아, 조선에 오기 전에 블라디보스토크 사월참변 때문에 잠시 봉천에도 있었지요."

에렌이 갑자기 눈살을 찌푸렸다.

"당신, 어떻게 내가 봉천에서 산 줄 알았지요?"

교이치는 얼버무렸다.

"네가 봉천의 명문학교 출신이라는 게 학력 위조라느니 말이 많았잖아."

에렌은 수긍하는 듯 눈썹을 폈다. 교이치는 다시 물었다.

"그…… 블라디보스토크에서 봉천에 가게 된 이유가 뭐였지?"

"내가 사월참변이랬잖아요, 당신네 일본이 조선인을 무차별적으로 죽인 일. 모른다고 하지 않겠지요? 일본의 보통 사람들은 몰라도 당신 같은 고위 공무원은 확실하게 알아야지요. 그때 어머니가 돌아가시고 나도 더는 거기 있을 수 없었어요."

에렌의 강한 어투에 교이치가 말을 돌렸다.

"아버지가 포로로 일본에 갔다는 것은 뭐야?"

"우리 아버지가 이래봬도 의병 같은 것 했단 말이지요. 남한대토벌 때 잡혀서 일본에 강제노역 끌려갔어요."

교이치는 모른 척 물었다.

"지금 무사하셔?"

"어찌어찌 살아나서 가족 데리고 북방에 가서 또 독립군에 든다느니 했지만 행방불명됐어요."

뒷말을 찾지 못한 교이치는 무심코 말했다.

"네 아버지가 지금 딸내미가 이런 걸 알면 거참."

"내가 어때서? 일본인 관리와 노닥거려서?"

의외로 민감하게 반응하는 에렌에 교이치가 후회하며 말을 바꿨다.

"일본인 여학교에서 차별은 안 받았어?"

"예쁘니까 대우해주더군요."

끄떡없는 에렌의 당돌한 밝음에 그제야 교이치도 안도하고 마주 웃었다. 청량사 본원으로 돌아온 교이치와 에렌은 종이꽃을 사서 헌화하고

향을 올렸다.

"이번에는 소원 안 빌어?"

교이치가 먼저 물었다.

"여기 올라오면서 연등 하나하나에 소원을 빌어서 내 소원은 이미 꽉 찼어요. 당신 소원은?"

교이치는 중얼거렸다.

"글쎄 무엇을 빌까."

에렌이 장난스럽게 말했다.

"내가 당신을 좋아하게 해달라고 빌어봐요."

교이치는 어이가 없어 물었다. "내가 왜?" 에렌이 천연덕스럽게 답했다.

"당신은 날 좋아하는데 정작 나는 당신 안 좋아하니까 초조하지요?"

"매사에 자신감이 넘치셔. 어떻게 그럴 수 있지?"

"난 미인이니까."

"그건 진실을 동반하지 않는 자신감이군."

"사람들은 누구를 예쁘다 하다가도 정작 자기 스스로도 예쁜 것을 알고 있으면 인정해주지 않으려는 경향이 있지요."

"자기가 예쁜 줄 아는 여자는 위험하거든."

에렌은 혀를 날름하며, "어머 내가 잡아먹을 것도 아닌데" 하고 웃었다.

"교이치 나리는 누구를 좋아하려나."

산들바람처럼 속삭이던 에렌이 눈을 반짝였다.

"내 친구 소개해줄까요?"

예기치 못한 상황 전개에 교이치는 떨떠름해졌다.

"나르시시즘의 극치인 네게 너보다 잘난 친구가 있겠어? 됐네요, 이 여자야."

아니 아니요, 에렌이 고개를 살래살래 저었다.

"아주 요조숙녀인 친구가 있어요. 낭창낭창하니 미인에다 상냥하고 목소리는 또 얼마나 나긋나긋 부드러운지 내가 다 넘어가요. 그러면서도 우아하다니까요. 절대 나처럼 색스러운 여자가 아니라 맑고 세상의 티끌은 하나도 겪지 않은 듯, 그러면서도 세상의 모든 일을 다 알고 있는 듯 영민하고 아량 넓고 온화하고. 정말 탐나는 여자지요? 내가 남자였다면 이 여자를 갖기 위해 온갖 짓을 다 했을 거야."

에렌은 자신이야말로 나긋나긋한 목소리를 내며 말했다.

"내가 여자인 것이 한스러워요. 난 여자라서 세상의 예쁜 것을 차지할 자격이 없어요. 아름다운 것은 다 남자들의 차지가 되는걸. 나에게 주어지는 건 아름답지 못한 창조물, 그대들 남자들만이 허용돼."

발아래 펼쳐진 연등꽃밭 한바닥을 뒤로하고 천천히 내려오면서 교이치는 이 밤이 가는 것이 아쉬웠다. 교이치가 슬쩍 에렌의 어깨를 그러쥐고 말했다.

"다음에도 나오자."

에렌이 선선히 고개를 끄덕였다.

"그래요. 다음에는 언제 어디로 나와볼까요?"

의외로 쉽게 답한 에렌을 보며 교이치의 가슴은 환희로 쿵쾅거렸다. 그런 교이치의 마음을 아는지 에렌이 꿀처럼 달콤한 미소로 물었다.

"단오, 알아요?"

"단오는 나도 알아. 중국에 있었을 때 쫑즈를 먹어본 적이 있어."

"그것도 좋지만 단오에 얼마나 맛있는 게 많은데요. 수리취떡도 먹고."

해마다 맞는 파일, 벌써 봄의 절정은 지나가고 초여름에 잡아들었다.

4 빨간 앵두 물결

연혜는 한복과 양장을 번갈아 입었다. 한복일 때는 종아리 위로 껑충 올라간 통치마에 깃 짧은 저고리를 갖춰 입었다. 이 정도는 요즘의 신여성 사이에서도 종종 볼 수 있는 것이어서 이색적인 것은 못 되었다. 그러나 양장 차림에서의 연혜는 달랐다. 예사롭지 않은 디자인은 차치하고라도 원단부터 바느질 마감까지 하나같이 고가임을 말해주는 옷들이었다. 그 옷을 아무렇지 않은 듯 입고 다니는 연혜를 보며 그녀의 배경에 대해 무수한 상상의 나래를 펼칠 수 있었다. 사무실에 여직원이 많았다면 질시를 받았을 테지만 남자만 가득한 곳에서 연혜의 옷은 그녀의 미모에 조력하는 효과를 가져왔고 직원들에게 좋은 눈요깃거리가 되었다.

"어쩜 그렇게 예쁜 옷이 많아요? 연혜 씨 집은 부자인가 봐."

관심과 인사치레를 겸한 말을 자주 듣는 연혜지만 그때마다 겸연쩍은 표정과 겸손한 미소로 같은 답을 했다.

"글쎄요, 별생각 없이 입는 것인데."

사무실에서 연혜의 모습은 점차 자연스러운 풍경이 되어갔다. 사람들은 연혜의 사락사락하는 발걸음과 나직한 목소리를 좋아했고, 탑탑한 사무실의 한줄기 바람처럼 여겼다.

영방은 연혜의 퇴근을 기다렸다가 함께 돌아가곤 했다. 귀가 길에 가끔씩 연혜를 데리고 동소문 근처를 거닐며 다방에서 차를 마시거나 함께 저녁을 먹기도 했다.

이제 영방은 신문이나 잡지에서 지금껏 눈여겨본 적 없던 경성 산책 코스 탐방기를 열심히 들여다보기 시작했다. 탑동공원을 시작으로 북쪽으로 삼청정과 취운정, 남쪽으로 장충단, 한양공원, 동대문 밖의 청량사, 북문 밖의 석파산장 등지로. 약속은 점차 잦아졌고, 둘이 같은 시간을 보낸 장소가 경성에 하나둘 늘기 시작했다.

나무가 연초록에서 짙은 녹음을 내어갔고 사람들의 옷은 가벼워졌다. 갈수록 뜨거워지는 햇빛을 가리려 알록달록한 양산들이 경성 거리에 늘어났다. 영방과 연혜가 송동에 가기로 한 날은 햇살 따뜻한 어느 일요일 오후였다. 이제 주말에도 만나게 된 둘은 교외 나들이로 주중에는 할 수 없었던 여유로운 해바라기를 했다. 둘이 정식으로 약속을 잡은 적은 없지만 주말의 만남은 차츰 정기적인 것이 되어 이제 암묵된 약속이 되었다.

송동은 동소문 안에 있어 멀지 않았다. 영방과 연혜는 송동까지 가는 길에 만나게 되는 풍경 하나하나를 감상하며 걸었다. 낙락장송이 어슷하게 뿌리 내린 낙타산 아래로 넓은 평지가 펼쳐져 있고, 여기에 총독부 공업전습소가 있어 꿍꿍한 기계 소리와 매캐한 연기를 내뿜었다. 새까만 매연을 피하고자 둘은 급하게 경성식물원을 향해 발걸음을 옮겼다. 식물원 안에는 꽃을 보러 온 연인들과 나들이 온 가족들로 가득했다. 잎이 넓은 남국 식물 앞에서 사람들은 발을 뗄 줄 몰랐고, 작은 화분도 판매하여 아가씨들과 소녀들이 귀여운 꽃망울 화분을 골랐다. 경성식물원은 경학원 남동쪽과 가까워서 영방과 연혜도 자주 찾는 곳이었다. 둘은 각각의 꽃이 품어내는 오묘한 향기를 들이마시고는 동소문로를 따라 올라갔다.

동소문 부근에는 이전의 광평대군의 궁이었던 홍덕궁이 있었다. 지금은 터만 남은 이곳은 본래 둘레가 수십 리에 달하고, 그 넓이가 송동 입구부터 북쪽으로 몇 정이나 지난 토둔까지 광대했던 궁이었다. 드넓은 위엄으로 동소문 안을 굽어보았을 궁은 이미 자취를 감추었고 작은 돌만 무성했다. 토질이 나쁘지 않은 곳은 이미 채소밭이 되어서, 부근 마을 사람들이 새벽부터 나와 채소를 기르고 저녁에는 이현시장에 내다 팔았다. 호미와 가래를 들고 돌밭을 가는 사람들의 모습은 고단해 보였다. 이들은 대부분 갓바치 일을 하며 살았고, 한 뼘 땅에 짓는 채소와 과수로 하루 먹을거리를 벌었다. 경성 규수들과 기생의 옥 같은 발에 끼워지는 비단신은 이들의 까만 손에서 나왔다. 동소문 사람들은 겨울에는 움막을 짓고 살았고, 여름에는 더운 토실 집을 피해 임시로 세운 가건물에 가가호호 모여들어 비단신을 만들었다. 나는 새도 떨어뜨릴 위세로 진상품들이 줄을 이었던 대군의 궁 옛터에, 지금은 쓸쓸이 움막살이 빈민들의 돌 호미질 소리만 울려 퍼졌다.

낙화유수의 처량함에 애상에 잠겼던 영방과 연혜의 눈을 번쩍 뜨이게 한 것은 송동의 앵두나무 과수원이었다. 앵두나무 수천 그루가 빼곡하게 서 있었고, 아직 맺지 않은 열매들과 이미 빨갛게 익은 열매들이 뒤섞여 새콤한 과일 익는 향이 바람결에 실렸다.

혜화동으로 개칭된 송동이었지만 앵두 과수원은 그 유명세로 여전히 송동 앵두로 불렸다. 일찍부터 경성의 명소로 널리 알려진 곳이어서 데이트를 나온 남녀도 많았다. 아직 앵두 철이 아니라 나무마다 열매가 풍성한 것은 아니었고, 연인들은 조금이라도 과실이 더 탐스러운 앵두나무를 찾아 그 밑에서 사진을 찍었다.

앵두나무 사이를 거닐면서 영방은, 점점이 빛나는 빨간 앵두 사이로 하얀 옷의 연혜가 오늘따라 더욱 눈부시다고 느꼈다. 그림 같은 여자라는 말은 이럴 때 하는 것이라고 생각했다.

영방과 연혜도 앵두나무 밑에서 잠시 쉬어갔다. 해는 긴 자락을 드리웠고 바람이 산들거렸다. 올망졸망한 앵두는 볼수록 선홍색으로 빛났고 연혜는 새하얗게 빛났다. 영방은 지금의 시간들이 천상의 한때 같았다.

연혜가 보온병에 담아온 커피를 영방에게 건넸다. 이 시커먼 액체에 영방은 좀처럼 친숙해지지 않았다. 영방이 웃으며 물었다.

"커피는 쓰지 않아요?"

"아, 죄송해요. 설탕이라도 가져올 걸 그랬네요. 정말 미안해요."

연혜의 사과가 절절하도록 간곡하여 도리어 영방이 머쓱해졌다.

"아니에요, 괜찮아요."

영방은 커피를 받아 들고 한 모금 마시고 말했다.

"커피에 우유를 넣는 사람도 있더라고요. 그럼 좀 덜 쓰다던가요."

"입맛은 다 다르니까요. 제 친구는 커피에 브랜디를 타서 마셔요."

브랜디를 탄 커피란 영방에게는 먼 나라 일처럼 실체가 없이 느낌도 없었으나, 영방은 연혜가 하는 말이라면 아무리 의미 없는 말이어도 깊게 듣고 깊게 대답하고 싶었다. 연혜의 말 한 마디 한 마디에 온몸으로 반응하고 싶었다.

"저는 커피도 써서 못 마시는데 친구분은 남다른 미각을 지녔나 보군요."

여느 때처럼 연혜는 말없이 웃었다. 영방의 노력을 다 알고 있으며 그런 영방의 마음에 고마워하는 웃음이었다. 커피를 입에 물고 연혜가 나무를 향해 고개를 돌렸다. 영방은 연혜의 귓불에 뚫은 자국을 보았다.

"여기에 귀걸이를 다는 건가요?"

"네, 중국에서 학교 다닐 때 뚫었어요. 중국 여자들은 귀걸이를 많이 해요. 아씨도 하녀도 귀걸이에는 귀천이 없어요. 아주 예쁘지요. 옥으로 만든 고리가 햇빛을 받으면 반짝 빛나요."

연혜는 귓불을 만지작거리며 먼 이국땅을 바라보듯 말했다. 영방은 그 귀에 반짝이는 귀걸이를 달아주고 싶었다. 옥고리보다 반짝이고 금고리보다 휘황한 연혜에게 빛을 더하리라. 영방은 아직 앵두가 다 익지 않은 것이 못내 아쉬웠다. 여름이 와서 새빨간 앵두가 흩뿌리듯 열리면 다시 한 번 오리라, 꼭 연혜와 함께 와서 빨간 앵두 물결을 보여주리라 생각했다. 영방은 살며시 연혜의 손을 잡고 말했다.

"다음에는 자하동으로 가기로 해요. 도화원이 따로 없는 곳이래요. 8월이면 복숭아가 익을 거예요. 그때 가요."

늦여름 복숭아가 수줍은 붉은 얼굴을 드러내면 연혜의 손을 잡고 가리라. 꼭 연혜와 함께 가서 분홍빛 도화원을 보여주리라. 남대문 밖 도화동에서 꽃바람 속을 걷게 해주고, 창희문 밖 능금밭에서 달콤한 능금을 따서 손에 쥐여주리라.

경학원 산하 교육기관인 명륜학원에는 유학문과 유학사, 일어, 동양철학, 한문학, 공민과 등 열 개의 교과목이 개설되어 있었다. 각각의 강사진이 있었고 때로는 연구원들이 특별 강사로서 직접 강의를 하기도 했다. 영방은 유학의 정수가 담긴 고금의 문학을 강의했고, 정균은 장구한 유학의 역사를 가르쳤다. 동양철학을 담당하는 강사 중에는 매사에 분명하고 구분 짓기가 확실한 사람이 있었다. 그는 세상의 모든 종교에 대해 편을 나누고 대립시켰다. 연구실에서는 동양철학을 줄여 '동철'이라고 그를 불렀다. "동철 강사는 책임감도 강하고 강의도 열심히 하는데 너무 곧아."

동철 강사는 늘 세계 역사에서 종교 간의 전쟁이 모든 일의 원흉이었다고 말하곤 했다. 그의 완고함에 정균은 고개를 저으며 너털웃음을 지었다. "내가 아는 게 유교 역사밖에 더 있어야지. 자꾸 동철 강사 말을 듣다 보니 종교가 싸운 덕분에 세계사가 발전한 게 아닌가 하는 생각도 드는데."

불과 개교 일 년밖에 안 된 명륜학원은 모두가 의욕적이었다. 서당을 향한 탄압에 조선인들이 크게 반발한 것과 유림들의 끊임없는 요청이 더해져, 총독부는 유학교육기관 건립을 승인했다. 총독부령으로 공인받고 명륜학원으로 이름 붙여진 이 학교는 그 구성과 운영에 총독부 학무국이 깊이 관여했으나, 정식 교육기관이 생긴 것으로 유림들은 우선 물러났다. 명륜학원에 입학한 학생들도 학구열에 불타올랐다. 경학원과 각 도에 위치한 330여 개의 향교에는 유림만 해도 30만 명이 넘었다. 그중 17세 이상 30세 이하 유림들을 대상으로 도지사의 추천을 받아 선별된 학생들이었다. 응당 그들 스스로 자부심도 대단했다.

그해의 절반도 지나지 않았을 때, 이렇게 열성적인 분위기에 찬물을 끼얹는 일이 발생했다. 동양철학 강사가 발표한 논문이 문제가 된 것이다. 그가 신문지상에 「조선문학사상 승려의 문란함 고찰」이라는 연구문을 발표한 것은 자연히 불교계의 항의를 받았다. 지면을 통한 설전 후, 중앙불교전문학교 교수들은 동철 강사가 써낸 것과 그 자극성에 있어서 결코 뒤지지 않겠다고 작정이라도 한 듯 "유학의 수장으로서 욕망과 충동을 억제해 천인합일의 본보기가 될 조선 임금이라는 자가 부인 열댓 명에 자식을 서른 명이나 둔 것은 문란에 다름 아닌가"라는 반박문을 발표했다. 여기에 이제는 역사학회가 나서서 조선왕조를 희화화했다며 항의했다.

　논쟁과 비방이 끝을 모르고 진흙탕을 만들어가는 가운데, 글자들의 전투는 이윽고 육탄혈전으로 확대되고야 말았다. 때는 단오였고, 일본의 단속을 피해 음으로 단오제를 치러야 했다. 경학원의 유구한 은행나무에 그네를 매달지는 못했으나 근처의 큰 나무 하나를 골라 짚을 꼬아 만든 그네가 달렸다. 명륜학원은 옛 조선 왕실의 풍속을 재현코자 제호탕을 달여 대제학부터 지나는 행인까지 나누었다. 줄을 서서 제호탕 한 사발씩 받아 든 사람들은 그 시원함과 단내, 흥취에 젖었다. 분주하고도 활기찬 명륜학원 생도들 뒤로는 동철 강사가 곤욕을 치르고 있었다. 한 청년이 동철 강사의 분을 올린 것에서 싸움은 시작됐다. 청년의 옷에 중앙불교전문학교 교지가 붙어 있어 그가 동철 강사에게 시비를 거는 것이 결코 우연이 아님을 말해줬다. 주먹다짐이 이어졌고, 조마조마하게 지켜보던 명륜학원 학생들과 어디선가 우르르 몰려온 중앙불전 학생들까지 더해져 분위기는 험악해졌다.

　단오제에 나왔던 불전학교 교수들과 불교회 인사들이 황급히 달려와 학생들의 경거망동을 나무라면서도, 그들 역시 동철 강사의 실물을 보고자 했다. 서면으로는 거칠게 논쟁을 벌여왔어도 직접 대면하기에는 동철 강사라도 겁이 나는지라 몸을 사릴 수밖에 없었다. 놀란 주민들의 신고로 출동한 경찰은 말릴 생각도 없이 동대문 고등계에까지 보고를 올리겠다 으름장만 놓을 뿐이었다. 이 불미스러운 일에 사색이 된 대제학과 부제학은 단오에 제호탕을 나누기로 한 발상 자체를 후회했고, 늘 점잖았던 사성과 박사들은 발을 동동거렸다.

　"명륜학원의 행보에 따라 이후의 존폐가 갈릴 터인데 이런 큰 사건이 터져서 어이할꼬."

"졸업생도 못 보고 일 년 만에 폐교하게 되는가."

감정싸움이 세상에서 가장 치졸하고도 깊게 원한이 맺히는 것이라, 한 발짝의 물러남만 있어도 해결될 일에 아무도 먼저 고개 숙이지 않았고, 누구 하나 이 다툼을 중재하겠다고 선뜻 나서지 않았다. 젊은이들은 먼저 흥분하고 나섰고, '경거망동 않는 젊은이'로 분류되는 영방은 나서기가 버거웠다. 무슨 일에도 중도를 부르짖고 논쟁을 멀리해온 영방으로서는 싸움이란 다른 세계의 일이었다. 넉살 좋고 활달한 정균이 필요했으나 때마침 그는 단오제 보러 나온 부녀자들을 구경하러 가 그림자도 보이지 않았다.

"말로 해결할 일을 무엇하러 싸움까지 벌일까."

작게 중얼거리는 연혜의 말에 영방은, 연혜가 순진하다 생각했다. 연혜는 영방과 주변 사람들에게 속삭이듯 물었다.

"만약 저 일에 제가 끼어든다면 무례한 걸까요?"

"네? 뭐 하려고요?"

"일단 말려야 하지 않겠어요?"

"연혜 씨가? 어떻게 저런 아귀다툼을?"

다들 반신반의하며 연혜에게 길을 내줬다. 그동안 연혜는 이 진흙탕과 다른 세상에 있던 사람이었다. 그런 연혜가 나선 것은 완전히 예상 밖이었다. 연혜를 거들러 가려는 영방을 미스 고가 제지했다.

"저대로 놔둬. 가끔은 여자 혼자 상대하게 두는 게 상책일 때가 있어."

영방이 고개를 끄덕이자 미스 고가 잡았던 영방의 팔을 놓았다.

연혜의 등장에 좌중에서는 의아함과 동시에 미녀의 출현이라면 결코 마다하지 않는 호의가 일었다. 연혜는 상냥한 미소로 노련하게 이 불편한 손님들을 간이 탁자 쪽으로 이끌었다. 눈치 빠른 미스 고의 지시로 명류학원 학생들이 재빠르게 제호탕과 보리 감주를 돌렸다.

"높은 명망에도 이렇듯 직접 걸음해주시니 어찌 소중한 시간을 헛되이 보내겠습니까. 불가능도 가능케 하는 것이 오늘 같은 명절의 힘이겠지요. 대접이 소홀하여 죄송하지만 감히 배움의 시간을 주시기를 청합니다."

연혜는 사건에 대한 아무런 언급도 하지 않았다. 그녀의 차분한 어투는, 이전의 지저분한 필전도 오늘의 몸싸움도 없었던 것처럼 느끼게 했다. 그녀는 불전학교 교수들을 상대로 교묘하게 한담의 자리를 만들어냈다. 연혜는 겸손의 빛으로 배움을 구한다고 했으나, 주로 질문을 하는 쪽은 교수들이었고, 그들의 시험에 연혜는 성실껏 답했다.

"불교에서는 부처상을 모시고 천주교에는 성모상이 있소. 상을 모시지 않고 위패를 두는 것은, 그 형체가 아닌 귀신을 섬기는 것이 아니오?"

"불상은 부처의 형체를 구현함이고 기독교에서는 십자가와 몸을 함께 합니다. 유교에서 모시는 공자의 위패는 이미 성현의 심체와 일원화된 것이겠지요."

"상을 부정함은 형체를 한낱 인형으로 보는 것이 아닌가 하오?"

"깊은 마음에 형체가 있고 없고가 무슨 상관일까요. 신심은 없는 형상도 마음에 그려지게 하는 것이 아닐는지요. 또 눈에 보이는 성물은 신의 가호를 더 자주 실감케 해서 신의 뜻을 실천하도록 돕겠지요."

"안정감을 준다면 무엇이든 좋다는 뜻이군요. 가장 본질적이고 그래서 가장 어려운 물음일지 모르겠구려. 심체가 무엇이라 보시오?"

"그 누구도 답을 할 수 없겠네요. 저는 유림들과 도학자들이 '도'가 무엇인지 답을 구하는 데 평생을 바치는 것을 봤습니다."

순간 일동은 절로 웃을 수밖에 없었다. '도를 아시는지?'가 얼마나 심오한 질문인지 그 자리의 사람들이라면 모두가 공감하는 것이었다. 웃음으로 한결 부드러워진 분위기에서 연혜가 말을 이었다.

"저는 잘 모릅니다만, 이론으로는 심체란 무한히 광대하여 유와 무를 아우르고 천지 만물의 본원이자 언어도단의 입정처(入定處)라 했습니다. 유가에서는 태극과 무극이라 하고, 선가에서는 자연과 도를 뜻하고, 불가에서는 청정법신불이라 하였지요."

"청정법신불이 불가의 제일이라 여기시오?"

"해와 달은 구름에 가려도 그 본연의 밝음을 잃지 않습니다. 지혜의 바람이 불어 구름과 안개를 걷어내면 다시 빛나니까요. 사람은 맑은 달처럼 청정하고 해처럼 밝은 지혜를 지니고 있어요. 사람 안에 법이 있다 하여 사람을 믿으니 청정법신불이 어찌 좋지 않겠나요."

"인간의 지혜는 일월성신과 같지만 밖으로 경계에 빠지면 미망에 덮여버리고 만다오. 그래서 참된 가르침을 받아 망념의 뜬구름을 벗어버려야 할 터인데, 우리가 아직도 가르침을 덜 받았는지 이렇게 싸우고 있구려. 모든 법은 자신의 내면 안에 있어 법을 제정하지 않아도 세상이 살아갈 것을."

"사람과 사람이 부처 아닌 이가 없고, 모두가 미륵불이지요."

"옳은 말이오. 늘 궁금했소. 불교는 윤회가 있고 기독교는 천당이 있어 사람들은 이 생에서뿐 아니라 영생의 깨끗함을 위해서 매일매일을 단련하오. 그런데 어떤 종교는 지나치게 현세적이기도 하지 않소?"

"많은 종교가 사후세계를 그리지만, 유교와 원불교는 그렇지 않지요. 유교는 현재 나의 면을 중시해서 덕을 지키고 또 다른 지덕체와 조화를 이룹니다. 원불교는 너와 내가 이미 살아 있는 부처이기에 서로를 감싸 안습니다. 인간이 고르게 행복하고 상생하는 세상을 바란다는 것에서 모든 종교는 결국 하나의 곳을 다른 길로 걷는 것이 아닐까요."

"모두가 무량 낙원을 바라는 것에서 하나란 뜻이군요. 덕분에 초심을 되살리게 됐소. 일원상의 사은에 대해서는 어떻게 보시오? 사은을 따짐으로써 주변에 얽매이는 유교의 이론에 너무 많이 침작되어 불교의 가르침이 빛을 잃고 있지 않소?"

"교가 오로지 자신의 교에만 정착된다면 언젠가는 퇴보하게 될 것입니다. 도덕에 어긋남이 없는 선에서 인간이 살아가는 데 가장 효용되는 것을 모은 교라면, 사람을 이끌고 어루만지는 교의 근본에 제일 가까운 것 아닐는지요."

공격을 잠시 잊고 세상 모든 종교에 의구심을 토로하느라 교단의 명사와 교수들도 본연의 의도를 잊었다. 큰 웃음도 간혹 섞여 들렸다.

연혜의 활약을 지켜보며 영방은 그녀의 능수능란한 언변에 놀라면서도, 모르는 말이 난무한 것에 위화감이 들었다. 영방은 자신의 학문 안에서는 그 어떤 어려운 이론이나 사상도 높이 받들어 숭고하게 혀에 올렸으나, 그도 모르는 학문에서는 어떤 진리도 공염불로 들린다는 것을 깨달았다. 고고한 지식을 꺼내어 토론이라는 미명하에 주거니 받거니 동어반복의 시간을 보내는 것, 타인이 알아듣지 못하도록 경계를 친 언어를 그들만이 이야기하고 그들만이 즐거워한다는 것은, 결국 우월감을 느끼기 위한 행위가 아닐까. 천생 학자라던 영방이 학문에 환멸을 느꼈다. 영방은 갑자기 이 자리에 있는 모든 사람들이 뜬구름만 잡는 실속 없는 허약쟁이 같았다.

뒤에서 미스 고가 중얼거렸다.

"연혜 씨, 보기보다 당찬 구석이 있는걸. 보기보다 똑똑해. 아니 처음에도 보통이 아닌 줄 알았지만."

미스 고의 혼잣말은 꺼릴 것 없이 이어졌다.

"그나저나 연혜 씨도 이제 글렀군."

영방이 따져 묻듯 미스 고를 바라봤다. 미스 고가 어깨를 으쓱하고는 말했다.

"여자의 총명은 한 번이면 족해. 나대는 여자는 오래가지 못하거든."

시간은 화살처럼 흘렀고, 아까의 소란을 깨끗이 잊은 사람들은 제자리로 돌아갔다. 구경꾼들은 제 할 일을 찾아 떠났고, 노점상인들은 점포로 돌아갔고, 명륜의 학생들은 다시 제호탕을 나누어줬다. 출동했던 경찰마저도 하릴없이 차려진 음식들을 먹었다. 급하게 내온 탁자에는 경학원의 저장고와 근처의 장에서 공수해온 감자전, 장떡, 보리 감주, 수리취떡, 앵두화채가 즐비하게 차려졌다. 애초의 조촐한 단오 행사는 양 교단의 원유회처럼 변모했다. 맛있는 음식 앞에서는 마음이 풍요로워져 원수도 잊거늘, 사람들은 앙금을 털어내고 지난 일은 젊은 혈기의 한낱 소동으로 덮겠다 했다. 불전 교수들은 과히 기분 나쁘지 않은 기색이었다. 그들에게 경학원 부제학이 대표로 말했다.

"해당 강사는 그간 일련의 일들로 사퇴 의사를 밝혔습니다. 그렇게 당사자가 책임을 지고자 한다니 이제 그의 허물을 덮어주시기를 감히 청합니다."

실상은, 명륜학원이 동철 강사를 내보낼 테니 이 이상의 분란은 허용치 않겠다, 이 함구된 의미를 누구나 알 수 있었다. 동철 강사는 당장 자신의 손으로 사퇴서를 써야 할지 혼란에 빠졌다. 불전 교수가 오히려 호쾌하게 답했다.

"서로 다른 견해는 학문의 진일보를 이루는 큰 동력입니다. 이렇게 소신을 갖고 직언할 줄 아는 학자가 있는 귀원을 경모합니다. 저희는 앞으로도 그의 꼿꼿한 글을 볼 수 있기를 바랍니다."

평화로운 종결이 눈에 보였다. 영방은 살그머니 빠져나와 종로를 따라 이어지는 길을 걸었다. 단오장이 섰을 터였다. 말린 익모초가 한 움큼씩 묶여 매대에 놓였고, 직접 창포 뿌리를 깎아 만든 비녀에는 연지나 주사로 붉은 물을 들여 목숨수 자와 복복 자가 새겨졌다. 머지않아 장터 입구 언저리에 정균이 보였다. 정균은 매대 한가득 깔린 단오부채를 구경하고 있었다. 영방을 발견한 정균이 먼저 말을 걸어왔다.

"불구경은 다 끝났나 보이?"

"이럭저럭 평화롭게 마무리되는 것 같네."

"흥! 토막집에서 아기가 설사를 하고 빈민들은 흙을 파먹는데 고작 글 한 장에 하늘이 무너져라 난리법석이야. 글자에 미친 것들은 누가 먹물 내가 강한가 힘겨루기에 사활을 걸지."

정균은 삐죽였다. 영방은 그 자리에 없던 정균이 마치 직접 보기라도 한 듯 날카롭게 상황을 파악한 것에 놀랐다. 정균이 말했다.

"다 부질없으이. 토씨 하나에 목숨 걸고 싸우면 밥이 나오나? 학문도 할 게 못 되고, 나라가 없어 나랏일도 할 게 못 되고, 이러니 천상 내가 연애나 하고 다니는 것 아닌가."

정균은 다시 단오부채를 고르기 시작했다. 합죽선과 반죽선, 승두선과 어두선, 외각선과 내각선에, 하얀 살의 백첩과 옻칠한 칠첩까지 수만 개의 부채 중에서도 용케 하나를 골라 쥔 정균은 이제 부채 뒤로 얼굴을 숨긴 채, 영방을 이끌고 다니며 본격으로 단오제에 나온 여자들을 품평하기 시작했다. 부채 위로 눈만 내놓은 정균은 부채 뒤로 가려진 입을 쉴 새 없이 놀렸다.

"광한루에서 춘향이가 그네 뛴 게 단오라. 남원의 성춘향이 경성에 환생했나. 그네 뛰며 치맛자락 함초롬히 나부끼던 제비가 지금 경성 거리를 걸고 있누나. 경성 모던걸만 있으면 성춘향도 계월향도 부럽지 않으이. 촘촘히 땋은 저 머리는 춘향의 후예인가. 저 날씬하게 뻗은 다리는 마를레네 디트리히의 동방적 재현인가. 내 마음을 훔쳐가는 저이는 내 속을 불태워놓고 차가운 눈길로 외면하니 그야말로 '못된걸'인 '모던걸'이로고. 이 여인도 저 여인도 미태가 곱네만, 이몽룡보다 범부인 나는 꽃 한 송이로도 감지덕지네. 오얏꽃 같은 미지의 내 여인아."

결국 영방은 웃어버렸다. 저 입담 하나는 대단해.

"자네는 일부러 허풍을 떨어야 사는가?"

"사랑을 이룰 수 없는 나는 얼마나 괴로운 줄 아는가? 내 어깻죽지에 붙어오는 아가씨의 내밀한 암시와 육감미를, 헤아리려 해도 헤아리지 못하는 맹추인 척 가장하면, 다음 날이면 내 눈에서 어김없이 실연의 눈물이 방울방울 토끼 똥처럼 떨어진단 말이야. 그 고통을 말로나마 푸는 걸세."

정균에게서 들뜬 빛이 싹 가시고 우울한 눈빛으로 그는 말했다.

"우리 양부모님, 그분들 아들이, 그러니까 내 사촌이 요절하지만 않았어도, 나 일본에서 날개 펼치고 살았을 거야. 동경에서 내 얼마나 꿈에 부풀었던가. 학문이 무르익고, 상아탑에서 정신적 고양의 정점을 찍고, 자유연애로 나만의 로테를 만나서 결혼하고. 오직 그녀에게만 사랑을 맹세하며 살고 싶었단 말일세. 그런데……, 아들을 잃은 그치들이 갑자기 나를 양자로 들이면서 내 꿈은 물거품이 됐단 말이네. 목덜미를 잡혀 조선에 끌려온 것도 모자라 얼굴도 모르는 이와 혼인을 해야 했어."

덩달아 가라앉은 영방을 정균이 툭 쳤다.

"영방 자네도 부채 하나 사서 얼굴 좀 가리게. 원, 여인네들이 자꾸 우리 쪽을 바라봐서야. 원, 자네는 얼굴 앞에 벽을 칠 줄을 몰라."

다음 날 경학원 연구실에서는 종일 연혜가 화제에 올랐다.

"연혜 씨가 혹시 불교? 아니면 예수교?"

"아니. 아무 종교도 없다던데."

"잘됐네. 이참에 유학 교도로 포섭해."

"그래, 연혜 씨 분위기도 유교스럽다."

"유교스러운 게 뭔데? 명색이 유학자가 그게 뭔 두서없는 말이야."

"그러는 자네는, 명색이 유학자가, 유교스럽다고 하면 딱 느낌이 와야지."

경학원 사람들은 연혜를 다시 보게 되었다. 그녀가 지닌 온유함과 포용력, 한결같은 상냥함, 사려 깊은 말은 부지불식간에 사람들을 감화시키고 있었다. 아직은 젊은 그녀가 이미 불혹 이상의 경지를 지닌 것으로 보였다. 서류 정리와 전화 업무가 주였던 연혜는 이제 명륜학원에서 간간이 일본어 강의를 맡기도 했고 소소한 행사를 주관하기도 했다. 연혜는 일개 비서라고 하기에는 그 존재감이 점점 커져갔다.

사퇴서 쓰고 찢기를 반복하던 동철 강사도 연혜가 말렸다. 동철 강사의 혼 빠진 눈을 본 연혜가 두 손으로 동철 강사의 손을 그러잡고 말했다.

"앞으로도 계속 선생님의 열정적인 동양철학 강의를 볼 수 있게 되어 기뻐요. 기왕 이렇게 됐는데 선생님이 그만두시면 상황이 더 이상해져요. 명륜학원만 도량 없기로 오인받을 텐데 그리 두지 않으실 거지요? 선생님을 그대로 끌어안기 위해 부제학께서도 일부러 저쪽에 확답을 유도했던 거예요."

동철 강사는 감격한 눈치였다. 그는 뭔가 말을 하려다가 끝내 아무 말 없이 연혜에게 고개 숙여 인사하고 뒤돌아갔다. 그를 본 영방은, 연혜가 먼저 손 내밀어 남의 손을 잡아준 적은 처음이라는 것과 그 손이 자신의 것이 아니었다는 사실에 샘이 났다. 그 연혜의 손을 보는 영방의 눈에 색다른 것이 들어왔다. 연혜의 손가락에 이제껏 보지 못했던 조그마한 꽃반지가 끼워져 있었다. 빨간 비단 조각이 겹겹이 접혀 작약꽃 모양을 이룬 반지였다. 영방은 지나가는 어투로 말했다.

"반지 예쁘네요."

"친구가 준 거예요."

영방은 안도했다. 자연히 친구라면 여자일 거라고 단정 지은 영방은 마음이 풀어져서 말했다.

"그럴 것 같았어요."

"네?"

"아, 선물로 받은 반지일 거라고 생각했어요. 연혜 씨가 산 게 아니라."

"왜 그런 생각을?"

"그냥……, 연혜 씨라면 하얀 꽃을 골랐을 것 같아서요."

연혜가 말없이 웃더니 물었다.

"난 빨간 꽃 좋아하면 안 되나요?"

영방은 왠지 모르게 연혜라면 흰색이 떠오르곤 했다.

"그런 건 아니지만……, 연혜 씨는 목련이나 나리꽃이 어울려요."

영방의 말에 연혜는 미소만 지었다. 영방은 자신의 말이 연혜를 기분 좋게 하는 것인지 아닌지 알 수가 없었다.

6월도 무르익어 단오를 지나고, 조선인 거리에는 색색의 부적이 붙어 단오 풍정을 드러냈다. 연혜는 쫑즈를 만들어왔다. 어린 나이에 일본과 중국으로 건너갔던 연혜는 때때로 영방의 청에 못 이겨 타국살이 이야기를 들려주기도 했다. 일본에서는 단오에 조선인끼리 모여 쑥떡을 해 먹는 정도에 그쳤다고 했다. 명절이든 무엇이든 조선의 것이라면 되도록 일본인의 눈에 띄지 않게 조용히 지내는 것이 상책이었다. 간혹 조선인을 혐오하는 일본인을 잘못 만나면 그 화풀이에 애꿎게 비명횡사할 수 있었다. 조선 음식 하나 해 먹는 게 목숨을 내놓는 일이 될 수도 있는 것이 나라 잃은 자의 고된 삶이었다.

영방의 재청에 연혜는 이국의 기억을 더듬었다.

"만주에서는 중국인들이 냇가에 대나무 통을 띄우고 집집마다 찰밥을 빚어 쌓아두었어요."

영방은 자신이 경험하지 못한 외국의 풍물이 궁금했고, 때때로 자신이 걷지 못한 땅을 거닐었을 연혜를 동경했다. 그런 영방을 위해서 연혜가 쭝즈 한 소쿠리를 쪄온 것이다. 흑당과 참기름을 넣은 찰밥 안에 밤, 대추를 넣어 세모꼴로 빚은 쭝즈는 하나하나 정성스레 댓잎으로 싸였고, 군침 돌게 하는 달달한 내음은 댓잎 밖으로도 풍겨났다. 쭝즈가 켜켜이 담긴 바구니를 보고 영방은 감격했다. 무엇보다도 연혜의 손이 닿았다는 사실에, 영방은 찰밥 하나하나가 못 견디게 깜찍했다. 쭝즈를 감싼 댓잎을 벗기자 반지르르한 찹쌀에 윤기가 흘렀다. 영방으로서는 처음 먹어보는 것이었다. 세모꼴의 찰밥을 입에 넣었다. 약밥과도 비슷한 것이 맛있었다. 영방은 연혜가 하는 것이라면 다 좋았다.

경학원 직원들이 연혜가 돌린 쭝즈를 먹느라 한숨 쉬는 사이 연혜는 또 사라졌다. 잠을 자러 간 것이다.

"연혜 씨 좀 자주 조는 것 같지 않아?"

확실히 연혜의 자는 모습은 종종 눈에 띄었다. 근무 시간에 조는 유의 잠이 아니었다. 그녀는 항상 꼿꼿한 자세로 일을 했고 눈빛을 맑게 빛냈다. 말똥말똥하다는 말은 그녀를 두고 하는 말 같았다. 그러나 점심시간과 다과시간이나, 누군가의 경조사를 축하하느라 다들 일에서 손을 떼고 한담을 하거나, 혹은 누군가 귤이나 군밤 등을 사와서 다 함께 간식을 먹을 때, 그리고 한숨 돌릴 만한 시간이 생기면 연혜는 간이부엌에 가서 벽에 머리를 기대고 자곤 했다. 결코 긴 잠이 못 되었고 잠간의 짬을 이용해서 조는 것과 다름없었다.

그러나 영방이 자는 연혜를 볼 때면, 그녀가 졸고 있다고 느껴지지 않았다. 연혜는 깨어 있는 세상과는 아무런 연이 없다는 듯 잠의 세상에 빠져 있었다. 깊은 잠이었다. 이 안타까울 만큼 짧은 쪽잠을 자고 일어나면 연혜는 또 언제 그랬냐는 듯이 다시 청량한 눈으로 일했다.

연구실의 그 누구도 그녀가 점심시간에 밥을 먹으러 나가는 것을 본 적이 없었다. 그녀가 직원들과 함께 식당에 가지 않는다는 것을 안 영방은 그녀 몫의 도시락을 가져오기도 했다. 그러나 연혜는 은은한 미소를 지으며, "배가 안 고파요" 하고는 의자에 앉은 채 자곤 했다.

혹시 연혜가 자다가 봉변이라도 당하지 않을까 영방은 신경이 쓰였다. 처음에는 잠든 연혜 근처에서 서성이던 것이 이제는 점심시간이면 자는 연혜를 지키는 것으로 영방의 일과처럼 되었다. 혹여 도중에 눈을 뜬 연혜가 곁에 영방이 있으면 놀랄까 봐 그는 간이부엌 앞 복도에서 머물다 점심시간이 끝날 때쯤 자리를 피했다. 그는 이러한 자신의 행동을 연혜가 눈치채지 못하게 했다. 때로는 그녀를 생각하는 자신의 마음을 그녀가 알아줬으면 싶다가도, 또 자신의 행동이 떳떳하지 못한 것 같아 들키지 않기를 바라기도 했다.

미스 고가 한숨을 쉬는 일이 잦아졌다. 시원시원한 성격과 결단성으로 젊은 사원들의 대모 같았던 그녀가 부쩍 말이 줄고 멍하니 있는 때가 늘었다. 깜짝깜짝 놀라고, 골몰하고, 눈 주위가 가뭇해지고, 증상이 심상치 않았다. 그중에서도 단발로 자른 머리는 충격이었다.

신문은 연일 '단발 미인'에 대해 떠들어댔으나 실제 경성 거리에서 단발머리를 찾기는 어려웠다. 극도의 진취성과 극단적인 용감함이 아니면, 모던걸들도 선뜻 단발을 하기란 쉽지 않았다.

"미스 고가…… 평등주의자였던 거야?"

수군거림에도 미스 고는 고개를 빳빳이 들었다. 단발머리가 된 미스 고는 며칠간 양장을 했고, 그녀가 가진 유일한 양복인 사라사 원피스를 매일같이 볼 수 있었다. 그러나 그나마의 단벌신사도 곧 끝나고 그녀는 다시 한복 치마저고리를 입고 다니기 시작했다. 사라사 원피스는 영원히 볼 수 없었다. 미스 고의 단발에 곱지 않은 시선을 보내던 직원들은 고소해했다.

"머리는 양풍인데 몸은 조선풍이야. 기형이 따로 없네."

"머리 길이랑 머리에 든 건 비례한다지."

"저런 심미안적 파괴로 보는 이들에게 고통을 주니, 모던걸이 괜히 못된걸이겠는가."

자신을 향한 조롱도 들리지 않을 만큼, 미스 고는 어딘가에 혼이 빠져서 돌아다녔다. 어느 날은 퇴근하는 영방을 미스 고가 불러 세웠다.

"혹시 말이지, 이번에 월급날 돌아오면 나한테 좀……."

미스 고가 고개를 내저었다.

"아니다, 이건 못할 짓이다."

힘없이 웃으며 미스 고가 손을 흔들었다.

"미안해, 가봐."

며칠 후, 이른 아침 출근한 사원이 아직 어둑한 사무실에 미스 고 혼자 산발한 채 앉아 있는 것을 보고 기겁을 했다. 완전히 넋이 빠진 미스 고는 간밤부터 계속해서 앉아 있던 모양이었다. 영방, 연혜, 정균 삼인방 중에 가장 외향적이라 자부하는 정균이 직접 미스 고에게 사정을 물었다. 퀭한 눈으로 미스 고가 그간의 일을 설명하기 시작했다.

봄은 경성의 집값이 폭등하는 시기였다. 시골의 지주나 상인들은 경성에 터전을 잡고자 땅을 사고 집을 지어 올라왔다. 지주들은 보통 봄에 농지를 매매하는 게 관례였고, 농지를 판 돈을 경성에서 풀었다. 자연히 경성의 땅과 집은 봄이면 경칩 개구리보다도 높고 빠르게 값이 뛰어올랐다.

경성의 남산과 용산 등지에는 이미 그림 같은 이층집들이 늘어서 에덴동산을 방불케 했고 꿈의 남촌이었으나, 이 일본인 거류지에는 보이지 않은 성벽이 있어 조선인의 출입을 막았다. 조선 부호들은 이 남촌에 들어가는 대신 새로운 문화주택촌을 만드는 방법을 택했다. 북촌의 게딱지 같은 초가집들은 이미 옛말이었다. 부호들은 옛집을 헐고 동서절충의 화려한 신주택을 지었다. 필동, 계동, 가회동에 크고 작은 이층집들이 발코니를 달고 들어섰고, 신당리, 왕십리에도 문화주택지가 들어서기 시작했다. 경성제국대학과 경성의학전문학교, 경성고등상업학교 일대는 맹모삼천지교를 바라고 모이는 사람들의 신흥 주택지로 떠올랐다.

뛰는 집값에 애간장이 타는 것은 집 하나 장만하려는 서민들이었다. 더 오르기 전에 집 한 채 잡아두려고 이들은 없는 월급에 빚까지 내어 집을 샀다. 미스 고도 이러한 사람 중 하나였다. 처음에는 순조로웠다. 미스 고는 저축은행에 착실히 식산적금을 부었다. 적금 만기 후 그녀는 그 전부로 필동에 택지를 샀고, 그것을 담보로 잡혀 은행에 신용대출을 받았다. 이 돈은 차곡차곡 벽돌이 되고 시멘트가 되어 미스 고의 집의 뼈대를 올리고 지붕을 얹었다. 집이 다 세워지고도 끝은 아니었다. 이 집을 담보로 건축비를 갚아나가야 했다.

대출금을 다 갚으려면 긴 세월이 걸릴 터였다. 그 몇 년을 미스 고는 아껴가며 갚아나갔다. 꼭 일은 다 돼가서 터지는 것이어서 미스 고가 빚을 청산하는 날을 코앞에 두었을 때, 그녀의 홀아버지가 전차 승강구에서 미끄러져 뒷사람을 치는 사고를 냈다. 상대는 일본인이라 기세가 당당했다. 탈탈 털어 보상금과 치료비를 대주고 겨우 진정시키고 나니, 당장 빚 갚을 돈이 한 푼도 없었다.

"내가 오죽하면 돈 한 푼 구하려고 머리카락까지 잘라서 팔았겠어. 단발하고 나니까 당장 입을 옷이 있어야지. 그나마 하나 있던 사라사 원피스도 저당잡혔어. 한 푼이 아쉬운데 지금 입는 것 먹는 것 따지게 생겼어?"

정균이 딱해하면서 물었다.

"미스면서 그런 이층집은 가져서 뭐 하려고 그랬어요?"

미스 고는 한탄했다.

"자식도 없는 내가 늘그막이 집이라도 있어야 의지하고 살지."

그러고는 영방과 정균을 똑바로 바라보며 말했다.

"너희처럼 연고지 있는 것들은 집이 얼마나 소중한지 몰라."

대출금을 다 갚지 못한 그녀의 집이 은행에 넘어갈 날이 점점 다가왔다. 은행에 완전히 넘어가기 전에 미스 고는 집을 팔아 빚이라도 청산하기를 바랐다.

"은행에 완전히 넘어가면 경매에 붙겠지. 내 땀과 시간이 밴 내 집. 경매에서는 제값으로도 안 나오고 누군가 헐값에 사가서 희희낙락하겠지.

들어보니까 일본인들이 자기들끼리 낙찰받도록 서로서로 손을 써준다더군. 집이 넘어가면 난 땡전 한 푼 없이 거리에 나앉게 생겼어. 차라리 지금 팔리면, 집은 없어도 돈이라도 손에 쥐게 될 텐데."

미스 고의 사정은 가엾기 그지없었으나, 경성의 많은 불운한 사람들이 똑같은 일을 겪고 있었고, 누구도 그들을 구해줄 수 없었다.

다행히 바싹 말라가던 미스 고를 구원해줄 사람이 생겨났다. 해결사처럼 연혜가 또 나선 것이다. 엄밀히 말하면 이번에는 연혜가 아니라 그녀의 친구였다. 친구는 미스 고의 집이 넘어가기 직전, 집을 시가로 사주었다. 집의 명의가 넘어갈 때 미스 고의 눈가에 눈물이 고였으나, 옥죄오던 독촉에서 벗어날 수 있음에서 오는 안도감과 후련함이 눈물을 눌렀다. 미스 고는 집을 판 돈으로 빚을 청산해버리고 남은 돈으로는 작은 집을 구해 들어갔다.

미스 고는 연혜의 친구에게 매우 고마워했고, 어떤 사람인가 궁금해했다. 그러나 미스 고는 그를 직접 볼 수 없었다. 연혜가 둘 사이를 오가며 일을 성사시켰을 따름이었다. 연혜는 그저 "돈이 좀 있는 친구예요. 옷 한 벌에 몇십 원도 쓰는" 하고 말했다.

연혜는 미스 고에게 블라우스며 실크스타킹이며 모자, 조끼 등 양복 몇 벌도 안겨줬다. 단발 미인은 더 자신만만하게 양장을 해도 용서가 되는 거예요.

미스 고는 연혜에게 완전히 마음을 열게 됐다.

"내가 그동안 선입견을 갖고 연혜 씨를 봐왔어. 연혜 씨 성격이 이렇다 저렇다 말할 단계는 아직은 못 돼. 하지만 확실한 것은 적어도 연혜 씨는 마음을 줘도 되는 사람이라는 거야."

5 배우

경성극장 앞에서 한 시간이 넘었다. 에렌을 기다리다 지친 교이치는 그녀에게 무슨 사고라도 생긴 것이 아닐까 걱정이 되었다. 그는 전화기를 빌려 카페 가디스에 연락을 해보았으나 오늘은 안 나왔다는 답만 들을 뿐이었다. 끝끝내 에렌은 약속 장소에 나오지 않았고, 교이치는 그녀를 향한 자신의 마음이 그동안 제대로 전달되지 않았던 것일까 회의했다. 다음 날 교이치는 한걸음에 카페에 달려갔다.

급사를 통한 교이치의 호출에 에렌이 여급휴게실에서 나왔다. 에렌의 모습은 달라져 있었다. 선이 돋보이는 날렵한 맵시를 자랑하는 것은 여전했다. 당당하다 못해 힘찬 걸음걸이도 그대로였다. 달라진 것은 머리 모양이었다.

어깨에 닿을 듯 말 듯 한 길이로 짧아진 머리였다. 머리칼 아랫부분에 바깥쪽으로 컬을 주고 풀어 늘어뜨려서, 끝이 동그랗게 말린 머리카락이 어깨를 사르락 스쳤다.

"어제는 왜 나오지 않았지?"

"아팠어요."

교이치가 에렌을 보니 초췌한 듯도 싶었다. 좋아하는 사람이 아팠다고 하면 왠지 그가 정말로 창백해 보이는 것이 사람 눈이다. 그래서 "그러게. 얼굴이 핼쑥해졌군요"라고 말하게 되고, 꾀병을 부렸던 상대는 머쓱해지게 된다.

"그러게. 얼굴이 반쪽이 됐군."

교이치는 자신이 바람맞았다는 사실을 인정하고 싶지 않았다. 차라리 에렌이 아팠다는 사실을 믿기로 했다.

"머리는?"

"릴리언 기시나 베티 데이비스처럼 보이려고 잘라봤어요."

에렌이 동그랗게 컬을 한 머리끝을 손바닥으로 가볍게 쥐며 혼잣말을 했다.

"단발도 했으니 내 인터뷰 한번 더 따러 나오겠지."

무슨 말인가 교이치가 눈으로 묻자 에렌이 손을 저었다.

"당신에게 한 말 아니에요."

여학생들이 좋아하는 연애소설에 등장하는 인기 절정의 절세미녀 웨이트리스는 현실에는 없었다. 한 여자의 미묘한 눈짓 하나에 암흑가 두목들이 결투를 벌이고, 한 여자로 인해 대규모 결투가 벌어지고, 한 여자를 둘러싸고 꽃잎 같은 손톱을 곤두세우는 홍등가의 암투며, 무수한 여급들의 시샘을 한 몸에 받는, 경국지색 웨이트리스란 불가능한 존재였다.

물론 미모의 여급을 두고 왈짜패끼리 싸움을 벌이는 일도 있었고, 연정에 못 이겨 자살 소동을 벌이는 남자들도 있었고, 여급들 사이의 시기도 존재했으나, 돌아오는 것은 경호원에게 끌려가기, 유치장 구류, 황당무계한 추문일 뿐 현실은 소설처럼 낭만적이지 않았다. 에렌은 냉소적으로, "트로이의 헬렌 같은 인물이 조선인, 일본인처럼 못생긴 황인종에 어디 있겠어요" 말했다.

가디스는 인기 카페였으나 독보적인 여급 하나로 좌지우지되는 일은 없었고 몇몇 여급이 인기를 끌었다. 에렌은 그녀 말대로 카페 가디스에 상주하는 여급은 아니었다. 그녀는 카페에 날마다 출근하거나 날짜를 정하고 일하지 않았다. 종잡을 수 없이 오가는 그녀를, 그마나도 저녁 느지막이 가야 볼 수 있었다. 이런 만큼 에렌은 카페에서 최고의 수익을 올리는 여급은 아니었다. 그러나 그런 즉흥성이 도리어 매력이 되어 상당한 인기를 끌었다. 뜨내기 객뿐 아니라 에렌에게 마음이 있어 정기적으로 카페를 찾는 손님도 있었다. 이들은 에렌에게 선물 공세를 하고, 은근슬쩍 프러포즈를 하기도 했다.

교이치가 에렌을 선점하고 싶은 것은 당연한 심리였다. 그는 에렌의 거처를 알고자 슬쩍 보이를 불러 물었다.

"여급 숙소가 있지 않나?"

"에렌은 숙소에 묵지 않아요. 일하는 시간이 불규칙해서 숙소에 묵을 필요가 없어요."

"주로 언제 일하는데?"

"몰라요. 그냥 자기가 오고 싶으면 와요."

"그런 게 어디 있어? 카페에서 그걸 허용하나?"

"인기가 있으니까요. 날마다 있는 게 아니니까 손님들이 오히려 더 자주 카페에 와서 에렌이 있나 기웃거리거든요."

교이치가 찔러주는 팁에 보이는 평소보다 오래 입을 놀렸다.

"에렌이 일했던 먼젓번 카페에서 에렌에게 근무시간을 지정했었다나 봐요. 그런데 에렌이 그걸 자주 어겼대요. 그것 때문에 그쪽과 싸우고 여기로 오는데 그 손님들이 그대로 다 이쪽으로 옮겨와서 거긴 손해를 꽤

봤다지요. 단골 붙들려고 저희는 에렌을 자유롭게 놔둬요. 에렌 소속 극단 사람들이 카페에서 회식도 하니까."

교이치가 나직하게 물었다.

"여급을 공동숙소에 기숙시키라는 법도 제정됐던데 에렌은 자유라고?"

"법 따박따박 지키는 곳이 어딨어요. 특히 법이 가장 안 먹히는 곳이 유흥가인데."

보이의 퉁명스러운 대답은 솔직하면서도 자명한 진실이라, 질문한 교이치조차 겸연쩍어 웃었다. 교이치는 에렌에게 직접 묻기로 했다.

"너는 여급 숙소에 묵지 않는다며?

"그런 냄새나는 곳에 누가 살아요."

교이치가 은근한 어조로 에렌에게 물었다.

"그럼 어디에서 살아?"

"찾아오려고? 그건 비밀."

"몰래 살림 차린 것 스캔들 날까 봐? 어느 감독 작자랑 동거라도 하나? 그래서 철통 보안인 건가?"

"나를 뭐로 보고 이래요? 친구네 집에서 살아요. 그 친구에게 도움 못 되는 못난 친구일망정 폐는 끼치지 말아야지."

"그 친구는 여자?"

"이이가 왜 이렇게 의심이 많으실까? 여자라고 하면 안심하려고?"

에렌은 비아냥대면서도 생글거렸다.

"이렇게 꼬치꼬치 묻는 거 웃겨요. 그런데 정말 웃기는 것은 '친구'라고 하면 다들 동성이라고 멋대로 해석하고 마음 놓는다는 거예요."

교이치는 에렌의 말재간에는 늘 고개를 내저을 수밖에 없었다. 에렌이 달래듯 교이치에게 다정하게 말했다.

"난 배우예요. 배우가 팬한테 자기 어디 사는지 말해주는 거 봤어요?"

기생의 고을 평양에서는 '낭자 데모'가 터졌다. 명기의 고장 평양에서도 세도 높은 권번인 기성권번이 주식회사로 변경하기 위해 기생들의 운신에 제재를 가하자, 반발한 권번 소속 기생 70여 명이 전차 세 대에 나누어 타고 버들잎 같은 눈썹을 휘날리며 평남도청에 모여들었다. 기생들은 도지사가 만나줄 때까지 돌아가지 않겠노라 도청 앞에서 진을 쳤고, 평양경찰서에서 출동한 경부보와 정복 경관들이 이들을 해산시켰다. 그중 기생 네 명과 권번 서기 두 명이 평양경찰서로 이송됐다. 이 사건은 버들가지 같은 낭자들이 일으킨 대규모 항의라고 하여 '낭자 데모'로 불리며 빠르게 알려졌다. 횡포한 경찰이 무고한 사람을 검속했다 하여 평양변호사 단체가 앞장서서 분기했고, 금강산에서 개최한 전조선변호사대회에서는 평양서장과 검거된 기생, 감독관청을 조사할 것을 촉구했다. 유능한 변호사들도 기생들의 변론을 맡겠다 서로 나섰다. 언론은 부화뇌동하며 사건의 추이를 보도했고, 기생의 인권을 유린했다는 것부터 기생에게 인권이라는 것이 있는지 본질적인 문제까지 대두됐다.

신문을 읽으며 에렌은 냉소했다.

"변호사는 한번 이름 띄우려고 선정적인 사건을 맡았을 테고."

에렌은 검거된 기생 넷을 가리켰다.

"이 기생 넷, 얘네들도 이제 팔자 폈어요. 재판 끝나고 레코드 한 장씩 내면 불티나게 팔리겠네. 권력에 핍박받은 가녀린 해어화. 홍보 효과로 그만한 게 없네요."

에렌은 혼잣말처럼 "〈청춘의 꽃마차〉도 약발이 떨어졌어. 새로 어디에 출연하든가 해야지" 했다. 최근 일 년간 에렌은 〈청춘의 꽃마차〉를 제외하고는 히트작에 출연한 적이 없었다. 고정적으로 공연하기에, 요즘의 에렌은 너무도 바빴다. 무엇이 그리도 바쁜지 딱히 이유를 대지 않았고, 극단에서 추궁하면 그저 건강이 안 좋아서 쉬어야 한다는 말만 짤막하게 남겼다.

교이치가 보기에, 에렌은 연극도 쉬고 아직 무명인지라 가끔씩 찍는 광고 출연료로 변변찮아 생활을 유지하기에 턱없이 부족할 터였다. 그래도 에렌은 멀끔하게 차려입고 다녔고 늘 화사하게 피어 있었다. 카페걸 월급은 한계가 있어 손님에게서 받는 팁이 중요했다. 그러나 에렌은 자잘한 팁은 받지 않았다. "푼돈은 받는 것은 대배우 에렌의 배포에 맞지 않아요" 하고 호탕하게 돌려주곤 했다. 일명 '화장비'란 명목으로 큰돈을 받으면 그만큼 상대에게 큰 것으로 돌려줬다. 교이치가 보기에 에렌은 묘한 카페걸이었다. 여기에 에렌은 반박하며 자신은 '묘한 여배우'라고 했다.

인터뷰를 앞두고 에렌은 부리나케 신문을 읽었다.

"기자가 쓴 기사를 좀 아는 척해야, 기자님도 나를 호의적으로 써주지. 이번에도 '인텔리 여급 이혜련은 왜 카페와 무대를 오가는 가희(歌姬)가 되었나' 따위로 헤드라인 쓰면 기자님 저주할 거야."

그녀는 교이치에게 토로했다.

"여급을 부끄러워하는 것은 아니에요. 하지만 난 여배우예요. 여급보다는 배우라는 말이 내 이름 앞에 먼저 붙기를 바라요. 하지만 화장비는 필요하지요. 용돈 필요하면 카페에 나와요. 그럼 머리하고 화장하는 데 드는 만큼은 벌 수 있어요."

교이치는 간절하면서도 어딘지 굴욕적인 마음으로, 자신이 살림을 차려주면 카페걸을 그만두겠느냐고 물었다. 에렌은 깔깔 웃으며 말했다.

"내 화장비를 당신이 다 감당할 수 있을 것 같아요?"

신문을 각을 맞춰 접은 에렌이 손거울을 들어 얼굴을 요리조리 살폈다.

"나 괜찮아요? 당신이 아닌 남자도 나한테 반할 만큼?"

교이치의 표정을 거울 삼아 에렌이 웃으며 머리를 매만졌다. 오늘이야 말로 '조선의 베티 데이비스'라는 수식어를 기자에게서 얻어내겠다는 야심으로 에렌은 열심이었다.

"언니, 다음에 봐요."

한 여급이 에렌에게 발랄하게 인사하고 나갔다. 그 여자보다도 그녀를 뒤따르는 남자를 교이치는 눈으로 쫓았다. 남자는 평범한 이목구비였으나 단단하게 생겼다는 느낌을 주는 외모였다. 남자가 에렌을 똑바로 주시하고 떠난 것을 교이치는 보았다. 그것은 지나는 시선이 에렌에게 잠시 머무른 정도의 것이 아니었다. 잠깐의 순간임에도 매의 눈처럼 날카로운 눈길이 에렌에게 닿았던 것이다.

"방금 그 사람 누구야?"

"누구? 인사했던 여자? 관심 있으셔요?"

"아니, 내 타입 아니야."

"당신 타입은 오로지 나야? 나랑 봉희랑 뭐가 다를까? 둘 다 예쁜데. 봉희라고 새로 들어온 여급."

정작 교이치가 궁금했던 대상은 봉희와 함께 있던 남자였기에 그는 돌려 물었다.

"그 뒤에 따라가던 남자는? 애인?"

에렌은 말없이 고개를 저었다. 그리고 질렸다는 표정을 지었다. 더는 묻지 못했던 교이치는 곧 그 연유를 알게 되었다. 남자는 봉희의 남동생으로 봉수라고 불렸다. 그는 봉희의 매니저를 자처하며 누이의 뒤를 따라다녔다. 그러나 봉수는 자신의 누이보다도 정작 에렌에게 지나친 관심을 보여서 의심을 사고 있었다. 카페 가디스에 취직할 것을 봉희에게 적극적으로 제의한 사람도 동생이라고 했다. 때문에 카페 사람들은 봉수가 에렌에게 접근할 목적으로 누이에게 카페 가디스를 권한 것이라고 수군거렸다.

봉수의 누이이자 카페 가디스의 새로운 여급 봉희는 평양 기생 출신이라고 했다. 사람들은 명색이 평양 기생인데 무엇하러 경성에 카페걸을 하러 온 건지, 낭자 데모라도 했다가 쫓겨난 건지 봉희에 대해 궁금해했으나, 교이치는 봉수 쪽이 더 예사롭지 않아 보였다.

기자가 도착했다. 에렌이 그를 맞으러 나갔다. 교이치는 봉수를 관찰했고, 신문기자는 에렌을 관찰했고, 에렌은 만면에 화사한 미소를 장착하고서 기자를 관찰했다. 탐색과 유혹과 가식 속에서 카페의 시간은 흘렀다.

1층 무대에서 에렌이 노래를 불렀다. 취재 나온 기자에게 깊은 인상을 주기 위한 그녀 나름의 전략이었다. 〈후즈 소리 나우(Who's Sorry Now)〉를 노래하는 에렌의 목소리가 위로 울려퍼졌다. 카페걸의 이미지와는 달리, 맑다 못해 어린애 같은 목소리였지만 재즈에 그런대로 어울렸다.

교이치는 가사에 귀 기울였다. 후즈 소리 나우, 후즈 소리 나우, 누가 탄식하나요. 후즈 새드 나우, 후즈 크라잉 나우, 아임 글래드 댓 유·아 소리 나우. 찢어진 마음에 아파하는 건 누구인가요? 쓸쓸한 건 누구인가요? 누가 울고 있나요? 내가 당신을 위해 울었던 것처럼. 이제 당신이 그 보상을 해야 할 때. 당신의 탄식을 나는 느껴요.

곡이 끝나고 박수 속에서 에렌은 곧 스윙재즈 곡을 노래했다. 순식간에 밝은 곡조로 바뀌었다. 리듬에 맞춰 사람들이 짝짝 손뼉을 치는 소리가 경쾌했다. 에렌은 박자에 맞추어 살짝 발을 구르기도 하고 치마를 들썩이기도 했다. 박수와 환호성이 높아졌다. "다음은 초콜릿댄디스(The Chocolate Dandies)의 〈굿바이 블루스(Goodbye Blues)〉 갈게요!"

이 광경을 2층에서 내려다보던 교이치에게, 옆 테이블 사람들의 대화가 들려왔다.

"저 여자, 진짜 카페에서 일하네."

"네가 저 여자를 알아? 어쩐지 기어코 여기로 오자고 했던 게 다 이유가 있었군."

삼십대 초중반으로 보이는 남자 둘이었다.

"송동에 앵두 많은 곳 있잖아. 거기 다방에서 저 여자를 봤어. 앵화다방이라고."

"저 여자가 거기에서도 일해?"

"아니, 손님으로. 어떤 남자랑 차 마시던걸."

"데이트라도 했나 보네. 진짜 애인 같아? 아님 하루치기 스틱걸?"

"몰라. 그때는 스틱걸 같은 건 생각 못할 만큼 아주 단정한 인상이었거든. 카페에서 일하는 줄은 몰랐어."

"저 여자가 확실해?"

"배우 닮았다고 자세히 봤었거든. 난 처음에는 배우 이혜련인 줄 알고 내가 여배우 비밀 데이트를 포착한 건가 흥분했었다니까. 아닐 수도 있지. 앵화다방에서 본 여자는 카페걸 타입은 아니었으니까 그냥 이혜련을 닮은 사람일지도 모르지."

"이혜련이 어디에 나왔어? 연극? 영화?"

"연극. 아직 안 유명해."

요란한 갈채가 이들 대화 소리를 가로질렀다. 에렌이 무대에서 내려오는 모양이었다. 환호를 받으며 에렌이 퇴장하고, 전속 빅밴드가 화려한 곡을 연주했다. 트럼펫과 색소폰, 트롬본의 빠른 연주에 대화 소리는 묻혀버렸다. 교이치는 담배를 입에 물고 생각에 잠겼다.

인터뷰가 끝났는지 에렌과 기자가 악수를 하고 헤어지는 것이 보였다. 교이치에게 다가온 그녀는 기어이 '미녀 배우 이혜련'이라는 수식어를 붙이기로 타협을 보아 후련한 눈치였다. 교이치가 무심을 가장하고 말했다.

"우리, 다음에는 앵화다방에서 보자."

교이치는 에렌의 표정 변화를 살피고자 그녀를 뚫어지게 처다보았다.

"그래요."

에렌은 별 동요 없이 담담하게 답했다.

약속 시간 여섯시에 제때 도착하기 어려울 것 같았다. 교이치는 공중전화소에 들러 앵화다방에 전화를 걸었다. 그는 에렌이라는 여자 손님에게 좀 늦는다고 전해주기를 부탁했다. 다방은 그런 이름의 손님은 아직 안 왔다고 답했다. 교이치는 안도하며 발걸음을 서둘렀다. 앵화다방에 도착한 교이치는 자신이 먼저 도착했음에 안도했다. 하지만 한참이 지나도록 에렌은 오지 않았다. 교이치는 슬슬 걱정이 됐다. 결국 그는 카운터에 가서 물었다. 에렌의 인상착의를 들은 점원이 답했다.

"그 여자분이요? 다섯시쯤 와서 브랜디커피를 주문하고서 몇 모금 마시더니 한동안 턱을 괴고 있어서 뭐 하나 했더니 눈을 감은 게 자고 있는 것 같았어요. 그러다 갑자기 깨더니 여기 와서 전화를 쓰겠다고 하고서는 급하게 갔어요."

"그게 다요? 그 여자가 전화로 뭐라고 말했는지 전부 말해요."

"그걸 어떻게 기억해요. 손님 전화 내용까지 꼼꼼히 듣지 않아요."

"내가 지금 장난하는 것처럼 보이나?"

서슬 퍼런 교이치에 점원은 질겁하더니 말했다.

"그냥 도중에 '야근'이라는 말이 나왔고 뭔가 또 말하고는 '곧 가겠다' 하고서 전화를 끊었어요."

교이치가 그 여성이 에렌이 확실한가 다시 인상착의를 설명하면서 그 이전에도 들른 적이 있는지 묻자 점원은 답했다.

"여긴 이맘때만 되면 데이트 나오는 젊은 남녀가 많아요. 예쁜 아가씨들은 그만큼 많이 와서 전에 왔었어도 기억하지는 못해요. 아까 그 손님은 좀 이상하긴 했어요."

"뭐가 이상했죠?"

"이상했던 게 자기가 브랜디커피를 시켰다는 사실을 까마득히 잊었더라는 거예요. 당황한 표정으로 있어서 이거 혹시 내빼기 수법 아닌가 했는데 제값을 다 치르고 갔어요."

교이치가 다방 직원에게서 더 들을 수 있는 것은 없었다. 그가 총독부 직원증을 내밀며 위협 아닌 위협을 해도 이것이 그가 알아낼 수 있는 전부였다.

교이치는 전화국에 가서 이날 앵화다방의 하루치 전화 기록을 뽑아냈다. 특히 여섯시를 전후한 전화 기록을 바탕으로 전화번호를 역추적했다. 입으로는 공과 사의 구분을 외쳐도, 애초에 사를 위해 공직을 행한 그였던 만큼 교이치는 총독부 고관이라는 직급을 편의껏 이용했다.

그는 앵화다방에서 발신한 전화번호를 손에 쥐었다. 이 번호의 소유지는 교이치가 전혀 예상 못한 것이었다. 그만큼 에렌에게 어울리지 않는 곳이었다. 그는 아무리 생각해봐도 에렌과 유학연구소와의 연계성을 찾을 수가 없었다.

6 '미스코리아'여 단발하시오

아침 더위를 피하려 일찍 출근한 영방은 전날의 서류를 정리하며 연혜를 기다렸다. 그러나 직원들이 하나둘 모여들도록 연혜는 오지 않았다. 이렇게 늦은 적이 없어서 영방이 초조해질 무렵 연혜가 나타났다. 들어서는 연혜를 보고 다들 놀라서 입을 딱 벌렸다. 그동안 연혜는 긴 머리를 늘 반묶음으로 단정하게 묶어 등 뒤로 내리곤 했다. 그 연혜의 머리가 짧아져 있었다.

어깨에 닿을 듯 말 듯 한 길이로 짧아진 머리였다. 머리카락 아랫부분에 바깥쪽으로 컬을 주고 풀어 늘어뜨려서, 끝이 동그랗게 말린 머리카락이 어깨를 사르락 스쳤다.

"머리…… 예쁘네요."

"아……."

연혜는 허전한 듯 머리카락 끝을 손바닥으로 감싸 쥐었다. 영방은 뭔가 말하고 싶었으나 마땅한 말을 찾지 못했다. 그사이에 사람들은 연혜에게 노골적으로 묻기 시작했다.

"연혜 씨까지? 갑자기 왜 단발을?"

연혜는 답을 못했다. 비록 미스 고가 단발의 물꼬를 텄다고 해도, 아직 젊은 햇사원인 연혜가 단발을 한 것은 유학의 도가 교교히 흐르는 경학원에서는 파격이었다. 심지어 미스 고 혼자 단발의 비난을 감내하는 것이 안쓰러워 연혜가 미스 고에 대한 의리로 단발을 감행한 것이라는 추측도 나왔다.

보다 못한 정균이 그만의 허풍기와 과장된 몸짓을 섞어 목소리를 높였다.

"이러고 보니 연혜 씨, 베티 데이비스를 닮았어요. 아니 릴리언 기시인가. 양인 단발 미인들은 저리 가라네. 보기도 좋고 활동하기도 편하고. 땋아 내린 말 꼬랑지 머리에서는 봉건정신이 줄줄 흘러. 모던한 정신을 그 구식 머리에 담고 있으면 쓰나 말이에요. 전족을 벗어던지고 구습을 머리채와 함께 끊어낸 중국 여성들을 봐요. 단발은 수천 년 동안 억압하던 하렘을 박차고 태양 앞에 선 의지의 상징입니다. 그런데도 우리가 단발에 부정적인 건, 단발이 나쁘다는 인식을 주입시키려고 하는……."

정균이 잠시 뜸을 들이고는 말했다.

"댕기 장사들의 음모라고요."

사람들은 웃었다. 정균이 두 손을 번쩍 들며 연사처럼 외쳤다.

"현대사회의 아스팔트를 힘차게 걷는 미스코리아들은 행진곡처럼 밝고 나팔꽃처럼 생생하답니다!"

그것을 신호로, 적당히 제지할 때를 바라는 정균에게 맞추어 영방도 구원자로 나섰다.

"자네 이건 또 어디서 읽은 잡문을 읊어대는 건가. 그만하고 우리도 일해야지."

조용한 틈을 타서 미스 고가 연혜에게 들릴락 말락 "고마워" 속삭였다.

"아니에요."

연혜의 모호한 웃음을 보고 영방은 그녀의 단발이 다른 이유 때문임을 짐작했다.

자리에 앉은 연혜는 머리가 아픈 듯 손으로 관자놀이를 지끈지끈 눌렀다. 가슴을 낮게 탕탕 치는 것이 속이 부대끼는 듯 했다. 엎드린 연혜의 등이라도 두드려주려 다가간 영방은, 연혜의 귀에 달린 커다란 귀걸이를 보고 왠지 모를 거리감을 느꼈다. 그는 그동안 연혜 귓불의 조그마한 바늘 자국을 알아봤던 사람이 자신뿐이었기를 바랐다가, '설마 내가 말로만 듣던 그 페티시즘은 아니겠지' 하고 고개를 저었다. 연혜와 만나면서 영방은 그동안 몰랐던 스스로를 발견하고는 깜짝깜짝 놀라곤 했다. 자신의 내면에 이런 감정과 생각이 존재했다 싶어 영방은 요즘 스스로가 다른 사람이 된 것 같았다.

팔을 괴고 엎드렸던 연혜가 부스스 일어나 가방을 열고 하루 일과에 쓸 짐을 펼치기 시작했다. 연혜의 가방에서 작은 물건이 톡 떨어졌다. 영방보다 한발 앞서 정균이 그것을 집어 들었다. 고무처럼 말랑말랑한 작은 주머니였다.

"이게 뭔가요? 풍선인가요?"

"글쎄요? 이게 뭘까요?"

도리어 연혜 자신이 알 수 없다는 표정을 지었다. 순간 영방과 정균은 그 물체의 정체를 알아챘고, 당황했다. 정균이 '삭구, 삭구'라고 입모양으로 그렸고, 영방은 급히 정균에게 소리를 내지 말라는 신호로 마구 고개를 주억거렸다. 두 남자는 서로 눈짓하고 조용히 자리로 돌아와 앉았다.

열대야가 이어지는 나날이었다. 부민들은 여름 피서 겸 해수욕장으로 몰려갔고, 빈민들은 공기가 통하지 않는 습한 토굴에서 찜통더위를 견뎠다. 명륜학원은 하계방학을 실시해 학생들은 집으로 고향으로 돌아갔다. 경학원 직원들만 남아 창문을 활짝 열어놓고 부채질해가며 사무를 봤다. 경학원은 정기적으로 순회강연을 개최해왔고, 이번 여름은 인천고등보통학교 강당에서 유교학자들의 강연회가 계획되어 있었다. 직원들은 이참에 인천 월미도로 하계 단체 여행을 하겠노라 작정하고 준비에 분주했다.

한여름 경학원은 여행 계획에 웅성거렸다. "2박 3일 정도는 해야지, 오가는 데 하루, 하루는 월미도, 하루는 만국공원." "월미도 유원지까지 한번에 가는 버스가 있대요." "아냐 이참에 경인선을 타봐야지." "기차를 타면 인천역에서 또 월미도행 버스를 갈아타야 한다는데." "그래도 휴가의 묘미는 기차 아닌가." "단체표 끊어." "숙소는?"

예산 문제에 잠시 침체됐던 사무실은 다시 낙관적인 활기로 찼다.

"종교인 단체 할인을 이용합시다."

"유교가 종교요?"

"교주 없는 종교이자 학계에서는 학문으로 통하지."

"이어령 비어령이군."

들뜬 직원들 너머로 영방이 연혜를 훔쳐보니 그녀는 여느 때처럼 엷은 미소만 띤 채 가만히 있었다. 마치 이 즐거운 소란과 그녀 사이에 거리가 있어 같은 흥분의 세계가 아닌 다른 곳에 머물러 있는 것 같았다.

점심시간이 되어 직원들이 사무실을 나서자 영방은 도시락을 펼쳐 연혜에게 권했다. 자는 연혜를 지키려 점심시간에 나가지 않게 된 영방은, 연혜가 깨어 있으면 자신의 도시락을 내밀곤 했다. 처음에는 극구 사양하던 연혜도 결국 영방의 호의를 생각해서 젓가락질을 하는 시늉을 내게 되었다. 영방도 연혜가 도시락에 거의 손을 대지 않는다는 것을 알고 있으면서도 매번 도시락집에 들러 고민하며 반찬을 골랐다. 이번에도 그녀는 젓가락을 받아 들며 웃을 뿐 입에 대지는 않았다.

"연혜 씨는 이번 휴가 어때요?"

별 의미 없는 물음일지라도 영방은 뭔가 말을 걸고 싶었다.

"재미있을 것 같네요."

"그게 다예요?"

"네? 그럼 또 어떤?"

"연혜 씨는 가끔 세상을 다 살고 꿰뚫어 보는 것 같은 느낌이 있어요."

"그래요?"

연혜는 고개를 갸우뚱했다.

"그게 좋은 걸까요?"

"나쁘지는 않아요, 그게 연혜 씨만이 지닌 분위기겠죠."

내내 연혜는 신경이 쓰이는지 자꾸 머리를 만지작거렸다. 끝내 그녀는 영방을 향해 물었다.

"아무래도 긴 머리가 좋았을까요?"

"아니요. 머리는 별 상관 없어요. 일에 지장을 주는 것도 아니고, 저는 여자들 머리 짧은 것도 보기 좋던데요."

영방은 이렇게 답하면서도, 만약 연혜가 예전의 긴 머리였다면 또 대답이 달랐을 것이라는 걸 알았다. 아마도 "역시 긴 머리가 좋지요"라고 했을 것이다.

예기치 못한 만보산 사건으로 인천의 여름은 때아닌 폭력과 피신 사태가 일어났다. 경학원의 월미도 단체 여행은 연기를 재론하다가 불안속에 강행되었다. 기차 한 칸을 차지하고 왁자지껄 떠난 직원들은 인천역에서 내려 월미도행 버스를 탔다. 단체 여행이라고 해도 사실상 개개인의 일정에 대해서는 방임한 상태라, 그새 만국공원을 보겠다며 동인천 역에서 하차한 사람도 있었고, 경성까지 소문 자자한 진미를 맛보러 중화루에 가서 배를 채우는 사람도 있었다. 영방과 연혜는 고지식하게 당초의 목적지대로 향하는 전자에 속했다.

사실 연혜는 여행에 동행하지 않을 뻔했다. 그녀가 때를 맞추어 개인 휴가를 내고 월미도행을 피하려는 것을 영방과 정균이 잡아 끌었던 것이다. 연혜는 난처해했다.

"정말로 다른 일이 생겨서 못 가요."

"하필 이때?"

"네, 지금."

"공교롭게도?"

"네, 정말 공교롭게도."

영방은 월미도가 주는 끈끈한 바람과 뜨거운 조탕의 풍정을, 연혜가 일부러 피하는 것이 아닌가 하여 잡아 끄는 것을 멈추었다. 그러나 정균이 "공밥 얻어먹을 수 있는 이럴 때 하루라도 좀 놀고서 먼저 떠나도 돼요, 뭐라 안 해요. 연혜 씨가 자꾸 이런 데 빠지니까 다른 세상 사람 같다는 거예요." 마음 씀과 권유를 섞어 연혜를 설득했다. 그때마다 정균의 눈짓이 찔끔찔끔하는 것이 혹시 자신에게 보내는, 무엇인지 모를 불순한 일을 공모하는 신호인가 싶어 영방은 뜨끔했다.

월미도 조탕은 이미 피서객들로 장사진을 이루고 있었다. 간이식당에서는 과자와 주먹밥, 음료수를 팔았고, 탁자 위에 드리운 파라솔에는 '스타 사이다' 로고가 바닷바람에 나부꼈다. 월미도가 자랑하는 해수풀장은 둑처럼 쌓은 벽돌벽이 바다와 해수탕의 경계를 그리고 있었다. 해수풀장 사이사이에 자갈길이 있어 맨발로 거닐면 발바닥이 뜨끈뜨끈했고, 풀장 끝에 앉아 발장구를 치는 아이들이 있었다. 수영복을 입고 드러낸 여자들의 긴 다리에 눈 둘 곳을 모르는 어린 남학생과 킥킥거리는 남자아이가 대조를 이루었다. 여자들은 과감한 흰 수영복, 혹은 얌전한 검은 수영복을 입고서 물에 발을 담그고 까르르거렸다. 가운을 걸치고 허리끈을 질끈 묶으며 돌아다니는 이도 있었다. 꼬마들이 튜브에 폭 들어가 손으로 겨우 물장구를 쳤다.

조그마한 머리에 하나같이 하얀 수영모자를 눌러쓴 여자들이 문어처럼 보인다는 생각을 한 영방은, 자신이 그런 조야한 생각을 한 것에 놀랐고 미안한 마음이 들었다. 댕기를 내렸던 여성도, 풍성한 트레머리를 자랑했던 여성도, 모두 긴 머리를 둘둘 말아 올려 축 가라앉은 수영모자 속에 넣느라 고생했을 것이다. 그 불편함을 감수하고서 지금은 쾌활하게 물놀이를 하는 여자들이 영방은 신기하기도 했다.

연혜는 수영모자를 손에 만지작거리기만 할 뿐 의자에 앉아 있었다. 수영복이라고 할 수도 있고 아니랄 수도 있는 길이의 희읍스름한 원피스를 입은 그녀는 조탕의 풍경에 어울리기는 했으되 참여하지는 않는 방관자였다. 앉아 있는 통에 짤막한 하의가 치켜올라가 연혜의 무심하게 뻗은 다리가 드러났다. 그 다리가 매끈해 보인다는 생각에 곤혹스러워하며 영방은 연혜에게 말을 걸었다.

"왜 들어가지 않아요? 암반수를 끓인 거라 따뜻하고 몸에 좋을 거예요."

"따뜻?"

웃는 연혜에게 영방도 마주 웃었다.

"이 여름에 따뜻이라니. 우습지만 온천에 갔다고 생각하지요. 눈앞의 바다를 바라보면서 온천욕을 하는 호사를 흉내 내는 것도 괜찮지 않나요."

영방의 말에 어느새 다가온 정균이 옆에 서서 팔짱을 끼고 고개를 끄덕였다. 연혜가 먼 곳에 시선을 뒀다가 다시 둘을 보고 말했다.

"일본인들이 내지에서나 누릴 호사네요."

"연혜 씨는 여기가 마음에 들지 않아요?"

"그럴 리가요. 이렇게 깨끗하고 편리하게 꾸며져 있는데."

"그러니까 한번 들어가봐요. 여기까지 와서 바닷물에 몸 한 번 안 담그고 가긴 아깝지 않아요?"

정균의 부추김에 연혜가 난처한 기색을 표했다.

"저는 물과 친하지 않아요."

"수영 못해도 괜찮아요. 여차하면 나랑 영방이 구해줄게요. 우리만 믿어요."

반농담으로 정균이 아무리 권해도 연혜는 고개를 저으며 미소만 지었다. 흘깃거리던 일행도 다가왔다. 일상을 벗어난 공간에서는 비일상적인 배짱이 생기는지 평소에는 연혜에게 주뼛주뼛 말도 제대로 못 걸던 남자 사환이 연혜의 손목을 잡아끌었다. 연혜가 황급히 말했다.

"지금 월경 중이에요."

얼어붙은 분위기를 깬 사람은 미스 고였다. 미스 고가 양산을 꺼내더니 연혜의 어깨를 감쌌다.

"잘됐네, 나도 마침 그때라 찝찝하던 차였어. 나 혼자 남겨지지 않게 돼서 다행이야."

눈치 없는 사환 하나가 불쑥 끼어들어 물었다.

"어떻게 미스 고도 딱 이때?"

"원래 여자들이란 같이 붙어 있다 보면 날짜도 비슷해지는 법이야. 연혜 씨, 우리는 물텀벙에서 떨어져서 저기 우아하게 앉아 있자."

영방은 미스 고의 서랍에서 삐죽이 나온 수영복 카탈로그를 본 적이 있었다. 때문에 그는 미스 고가 얼마나 이날의 바다를 기대했는지 알고 있었다. 미스 고가 거짓말까지 하며 연혜를 감싸주는 것이 그는 놀라우면서도 고마웠다. 한 방에 남자들의 입을 막은 미스 고는 연혜를 데리고 저편 파라솔 밑에 앉았다. 영방이 그들을 향해 다가갔다. 두 여자의 말소리가 나직했다. 연혜의 목소리가 들렸다.

"가끔 월경을 건너뛰는 달이 있어요."

"저런, 건강에 문제는 없고?"

"특별히 그런 건 없는데. 잠을 이상하게 잘 때가 있어서."

"이상하게? 어떻게?"

"가끔씩 이상한 곳에서 깨어나곤 해요."

"저런, 그래서 연혜 씨가 잠이 부족하고 쉽게 피로해지는구나. 힘들겠다."

"괜찮아요. 그나저나 저 때문에 해수욕 못 하셔서 어떡해요. 죄송해요. 그리고 고마워요."

연혜의 사과와 감사는 아무리 냉랭한 마음의 소유자라도 녹여버리도록 늘 강렬하게 공손했다. 같은 인사말도 그녀의 목소리를 통하면 의미가 한층 짙어졌다. 도리어 미스 고가 몸 둘 바를 몰라 하며 손사래를 쳤다. 길을 뒹구는 낙엽에게까지 상냥할 연혜가 익숙지 않을 미스 고를 위해서 영방이 구원투수를 자처하고 나섰다. 그는 살짝 헛기침을 하여 자신의 존재를 알렸다.

"두 숙녀분께 제가 아이스티라도 대접하겠습니다."

"영방 씨는 해수욕 안 하고 뭐 해?"

미스 고가 밝은 어조로 그를 맞았고 연혜도 웃음으로 그를 반겼다. 영방은 지나가던 음료 트레이를 불러 냉차 세 잔을 샀다. 달달하고 차가운 물에 잠시나마 더위를 잊고 셋은 이야기꽃을 피웠다. 잔이 비워져갈 무렵 영방이 제안했다.

"여기 앉아만 있지 말고 우리 산책이나 할까요?"

영방은 서둘러 덧붙였다.

"나도 물과 거리를 두고 살아온지라 이제 와서 그 거리를 깰 용기가 안 나서요."

미스 고가 눈치를 채고 일어났다.

"여기 맥주병 둘이 만난 거야?"

야무지게 수영모자를 머리에 쓴 미스 고가 말했다.

"둘 다 짐작했겠지만 난 저기 바다에 들어가고 싶어 못 살겠어. 둘이 재미있게 놀다 와."

마음 넓은 미스 고가 퇴장까지 인심 좋게 하고 난 뒤, 영방이 연혜를 바라봤다.

"그럼 우리는 갈까요?"

고개를 끄덕이며 연혜가 핸드백을 들었다. 영방이 연혜의 의자를 빼주며 말했다.

"천천히 돌아오기로 하지요."

조탕 본관 입구에서부터 전망대까지 기다랗게 뻗은 야외 복도는 난간과 기둥을 세우고 지붕을 얹어 이화원의 장랑(長廊)을 연상시켰다. 흰 난간이 촘촘하게 난 다리 양옆으로 해수욕을 즐기는 사람들의 즐거움이 피어올랐다. 이 거대한 유원지 안에서, 연혜와 동물원으로 가서 사슴을 구경할까, 보트를 빌려 탈까 고민하던 영방은 연혜의 표정을 보고 마음을 정했다. 우리 천천히 산책해요.

바다 한가운데를 가로질러 쭉 뻗은 해안 조망길을 영방은 연혜와 함께 걸었다. 양산을 쓴 부인들이 산책다운 걸음으로 천천히 곁을 앞서거니 뒤서거니 했다. 밀려왔다 작은 물보라로 사라지는 파도는 푸르기보다 짙은 회색으로 보였다. 바람에 짠내가 서린 것 같았다. 곧 바닷바람을 맞으며 걷는 것도 한계를 느낀 영방은 섬을 빠져나가고 싶어졌다.

유원지 입구의 안내소 직원에게 번화가를 물으니 본정통까지 운행하는 버스를 알려줬다. 둘은 왔던 길을 되짚어 월미도를 빠져나갔다. 만국 공원이나 인천각 같은 명소를 찾아갈까도 했으나 연혜가 내켜 하지 않는 것들은 영방에게도 의미가 없었다.

버스에서 내린 그들은 천천히 걷기 시작했다. 경성과 비슷한 풍경에 다른 도시에 왔다는 기분이 별로 들지 않았다. 만보산 사태로 피해를 입은 화교 상점 중에는 뼈대만 남은 점포도 있었으나, 화교들은 강한 생활력으로 가판을 펼치고 보이차와 용정차, 해바라기씨, 포춘쿠키를 팔았다. 경동 싸리재에 접어들자 애관극장과 더불어 인천좌, 가부키좌, 표관이 몰려 있었다. 경성보다 더 연극다운 연극이 오른다는 거리였다. 애관극장 간판을 올려다보며 영방은 '여기까지 와서 영화를 볼 필요는 없지' 하고 발걸음을 돌렸다.

오른편은 궁정통, 왼편은 신정통으로 들어서는 갈림길에 다방 '금파'가 서 있었다. 높고 긴 창문으로 빽빽한 삼층 건물이 우뚝하여, 뒤로 부채꼴처럼 펼쳐진 낮은 집들은 마치 금파에 붙은 날개처럼 보였다. 영방은 언젠가 사진으로 봤던 프랑스 파리의 건물을 떠올렸다.

"저기에서 좀 쉬었다 갈까요? 자리가 있을지나 모르겠군요."

영방이 금파를 가리켰고 연혜는 언제나처럼 동의했다. 다방 안은 적당히 손님이 있고 적당히 한산했다. 연혜는 커피를, 영방은 대추차를 시켰다. 차를 홀짝거리며, 영방은 별말 없이도 일탈의 분위기에 취해 괜스레 즐거웠다. 그때 오롯했던 이들의 세계를 깨고 들어오는 사람이 있었다.

"저기요, 사인 좀 해주세요."

웬 남학생이 불쑥 와서 연혜에게 종이를 내밀었다. 교복을 차려입은 것으로 봐서 인근의 고보 학생쯤 돼 보였다.

"제가요?"

연혜가 의아해하며 묻자 남학생이 열을 올리며 말했다.

"배우 이혜련 씨죠? 〈청춘의 꽃마차〉 봤어요. 여기는 웬일이세요? 혹시 애관극장에 볼일이 있으신 건가요?"

연혜가 눈만 크게 깜빡이더니 잠시 후 부드러운 미소를 지으며 대답했다.

"저는 배우가 아니에요. 좋아하시는 배우분과 제가 닮았나 보네요."

"정말요? 괜히 아니라고 하시는 거 아녜요? 저 이혜련 팬 맞아요."

남학생은 매고 있던 가방을 열고 주섬주섬 얇은 책자를 꺼내더니 팔락팔락 넘겼다.

"이건 순전히 이혜련 씨 기사가 실려서 산 것이거든요."

영화관에서 파는 얄팍한 주간 연예 소식지 중 하나였다. 남학생이 펼쳐 든 면을 영방이 흘끗 보니 한 여배우 사진이 눈에 들어왔다. 첫인상은 연혜와 상당히 비슷한 편이었다. 그러나 조악한 종이에 인쇄된 사진만 보고서는 완전히 같다고 하기 어려웠다.

남학생이 기대를 품은 눈을 반짝였다.

"사실 저, 아까 애관극장 앞에서 이혜련 씨 보고서 여기까지 따라온 거예요."

그 말을 들은 영방은 내심 놀랐다. 관찰당했다는 생각에 불쾌하기도 했다.

"저를 이렇게 어여쁜 배우로 착각하셨다니 고맙습니다. 죄송하게도 저는 정말 아니에요."

연혜가 미안함을 담은 그녀만의 극진한 어조로 말했다. 평온한 연혜의 대응에 남학생은 수긍한 모양이었다.

"그래요? 미안합니다. 많이 닮으셨어요."

남학생은 고개를 까닥이며 인사를 하고는 물러났다. 영방은 그의 뒷모습을 돌아보고 다시 연혜를 바라봤다. 절로 뒤따라오게 할 만큼 열성 숭배자가 있는 여배우, 그런 배우를 닮았단 말인가.

"사진은 정말 비슷했어요. 혹시 내가 대배우님과 데이트하는 영광을, 아니 결례를 범하는 거 아닌가요?"

영방이 농담처럼 말하자 연혜는 웃으면서 고개를 저었다.

"아까 그 배우, 연혜 씨의 언니나 동생 아니에요? 굉장히 비슷해요."

연혜의 눈에 쓸쓸한 빛이 스치더니 답했다.

"그럴 리가요. 저는 고아라서 가족이 없는걸요."

잠시 영방이 할 말을 찾지 못하고 머뭇하자 분위기를 바꿔보려는 듯 이번에는 연혜가 농담처럼 말했다.

"혹시 모르지요. 어디 숨겨진 혈육이 있어서 대배우가 되어 나타나 저를 찾을지."

영방도 따라 웃었다. 그러면서도 영방은 연혜의 지난날에 대해 아는 것이 거의 없다는 것을 깨달았다. 연혜가 자신의 이야기를 잘 하지 않는다는 것은 영방도 느끼고 있었다. 그동안 영방과의 만남에서 연혜는 말도 곧잘 잘하고 영방의 별 뜻 없는 말에 통찰력 있는 답을 하기도 했다.

그러나 정작 연혜 본인에 대한 이야기는 거의 없었다. 연혜가 자신의 지난 시절이나 가족에 대한 화제를 꺼내는 적은 없었다.

　문학에 일가견이 있는 영방은 유수한 문인들이 월미도를 예사롭지 않은 공간으로 상징화했음을 알면서도, 왜 한결같이 이곳을 조탕의 미적지근한 물에 애욕과 오욕이 남실대는 곳으로 그려놓았는지 그제야 실감했다.

　간발의 차로 막차를 놓치고, 섬을 향하는 버스가 모두 끊겼다는 사실을 확인한 영방이 허탈하게 돌아왔을 때, 대합실에서 기다리던 연혜는 그새 잠들어 있었다. 처음에는 사무실에서의 쪽잠과 같으리라고 여겼으나 아무리 흔들어 깨워도 연혜는 일어나지 않았다. 규칙적인 숨소리는 잠든 자의 것이었으나, 굳건히 잠긴 눈과 맥없이 늘어지는 몸은 마치 의식을 잃은 듯했다. 걱정과 두려움에 휩싸인 영방이 병원을 찾아도 늦은 시각까지 연 곳은 있지 않았다. 그는 되는 대로 근처의 여관에 연혜를 눕히고 주인에게 외래 의사를 불러달라 청했다. 잠시 후 도착한 의사는 늦은 시간 왕진이 귀찮았던지 그저 '수면 중'이라는 성의 없는 진단을 내리고 돌아갔고, 여관 하인들은 이인용 요를 깔겠다며 이튿날 조식으로 부부 겸상을 준비할까 물어왔다. 그제야 영방은 정신이 들었다.

　차를 놓쳐 고립무원에 남겨진 두 남녀의 이야기가, 온갖 문학에서 되풀이되는 고전적인 상황이 자신에게 일어난 것에 영방은 당황했다. 사방이 막힌 방 안에서도 월미도의 후덥지근한 바람이 일어 다시 영방의 뺨 위로 불어왔다.

　잠에 취한 연혜에게 이불을 덮어주고 조용히 나온 영방은 여관 앞에서 잠시 망설이다가 경동 싸리재로 향했다. 애관극장에 도착한 그는 낮에 다방에서 남학생이 보여줬던 연예잡지를 샀다. 영방이 연예잡지를 직접 사본 것은 처음이었다. 영방은 로비의 의자에 기대앉아 잡지를 넘겨봤다. 극장가는 밤중에도 휘황찬란했고 사람이 많아 밤을 잊게 했다. 잡지는 얄팍해서 길게 볼 것도 없었다. 영방은 그중 배우 이혜련이 나온 페이지를 찢어 주머니에 넣었다가 구겨질까 봐 다시 꺼내 판판히 폈다. 그는 그간 무의식중에 업신여겼던 연예인 추종자가 하는 짓을 지금 자신이 그대로 따라 한다는 생각에 쓰게 웃었다. 한 사람을 좋아하면 이전에는 상상도 못했던 일들을 천연덕스럽게 그리고 맹목적으로 하게 되는 것이다.

영방은 손에 쥔 종이를 다시 들여다봤다. 연혜와 닮았다던 배우가 고개를 비스듬히 기울이고 웃고 있었다. 그는 이 배우가 자꾸 신경 쓰였다. 외모가 닮았다는 것과, 연혜와 어떤 연이 닿아 있는 사람일지 모른다는 생각 때문이었다.

밤이 더욱 밝은 극장가에도 어둠이 내리려 해서 영방은 여관으로 돌아갔다. 사람들이 자신과 연혜를 부부로 보고 있다는 사실이 영방을 설레게 했다. 그는 연혜와 함께 사는 공상에 잠겨보는 지금의 시간이 좋았고 그 기분에 더욱 젖어 들고 싶었다.

방에 들어와보니 연혜는 그새 사라지고 없었다. 이부자리를 말끔히 정리해놓은 것을 보고 영방은 허탈해졌다. 혹시 연혜가 잠깐 근처에 나간 것인가 하고 찾아볼 필요는 없었다. 하얗게 유독 눈에 띄는 쪽지가, 그녀의 부재가 일시적인 것이 아님을 말해주고 있었다.

누군지 모를 분께.

수첩이 보여서 한 장 뜯어다가 씁니다. 그 외에 선생님의 다른 물건에는 손대지 않았으니 노여워 마세요. 제가 어떻게 여기에 있는지 모르겠지만 아마

간밤에 취해서 의식이 없었겠지요. 지붕 있는 곳에서 잠을 자게 해주셔서 고마워요. 둘러보니 선생님께서는 남자, 조선인, 그리 부유한 편은 아님, 가난하지도 않음, 이렇게 보입니다.

무슨 일이 있었는지는 모르겠으나 선생님께서는 친절한 분이신 것 같습니다.

제 양심은 금전적 수수의 대상으로 부자 일본인만을 한정하고 있습니다. 때문에 선생님께 어떠한 곤란도 드리고 싶지 않아요. 간밤에 의식 없던 제가 어떤 추태를 보였을지 몰라서 인사도 드리지 못하고 가는 점 이해해주세요.

이 편지 자체를 영방은 이해할 수 없었다. 도무지 이 글을 연혜가 썼다고는 생각할 수 없었다.

다음 날 연혜가 없는 것에 영방은 미리 입막음조로 그녀가 급한 상을 당했다고 둘러댔다. 믿기도 믿지 않기도 하는 사람들도 있었으나, 연혜의 사라짐에 아무도 그녀를 탓하지 않을 만큼 그간 연혜가 쌓아온 신뢰는 높았다.

연혜가 납치되었다는 상상도 하지 않은 것은 아니었다. 필체라도 감정해볼까 쪽지를 뚫어져라 들여다보기도 했다. 연혜의 글씨 같기도 아닌 것 같기도 했다. 그러나 여관 주인과 급사들도 하나같이 연혜가 제 발로 떠나는 것을 봤다고 했다. 겉옷과 핸드백도 다 챙겨 들고 떠났다고 했다. 자발적으로 떠난 그녀는 어떤 피치 못한 사정이 있었던 걸까. 영방은 괜히 실종 신고를 내서 요란하게 만드는 것은, 연혜의 일에 차질을 줄뿐더러 그녀의 평판에도 좋지 않은 영향을 미칠 것을 알았다. 영방은 연혜의 황급한 떠남에 대해 얼버무리면서, 월미도에서 단둘이 행동한 자신과 연혜에게 사람들이 모종의 시선을 보낼 것을 예감했다.

연혜가 돌아오면 자초지종을 물으려던 영방은 이제 연혜가 돌아오기만해도 좋을 것 같은 심정이 되었다. 이틀이 지나고 또 사흘이 흐르고, 열흘이 지나도록 연혜는 오지 않았다. 달이 넘어가고 마침내 반백일이 되던 날, 영방은 연혜의 입사지원서에 적힌 주소대로 연혜의 집을 찾아가기로 했다. 이제껏 집에 바래다주겠다고 해도 연혜는 한사코 거절하곤 했다. 드디어 연혜의 집에 가보는 것인가 싶어서 영방은 두근거렸다.

"그 아가씨 이사 갔어요."

지원서에 적힌 주소에서 연혜가 살고 있지 않다는 말을 들었을 때 영방은 맥이 풀렸다. 다행히 집주인은 연혜가 우편물을 전해달라고 부탁한 적이 있어서 연혜의 현 주소를 기억하고 있다고 했다. 영방은 몇 번이고 감사의 인사를 하고 다시 연혜를 찾아 나섰다.

곧게 뻗은 언덕길을 올라가니 왼쪽으로 주택가가 펼쳐졌다. 완만한 오름새로 무리 지어 선 집들은 기와를 얹었으나 세 칸 이상을 넘는 집이 없어 결코 부촌이 아님을 알 수 있었다. 다닥다닥 붙은 집들 사이로 작은 계단길이 나무 기둥에 삐친 잔가지처럼 군데군데 뻗어 있었다. 이 골목을 돌면 저 골목이, 이쪽으로 꺾어 들어가면 또 저쪽으로 꺾어 들어가야 했다. 몇 번을 빙빙 돌았던 영방은 다시 언덕길로 내려왔다. 마침내 그는 연혜의 집 방향으로 향하는 오르막길 앞에 섰다. 마치 어릴 적 서화와 사탕단지가 들어 있는 비밀의 벽장을 열어볼 때와 같았다. 그때의 두근거림을 안고 발을 옮기려는 영방의 눈에, 골목 앞에서 연혜가 나오는 것이 보였다.

연혜는 진보라색 투피스를 입고 까만 레이스 스카프를 머리에 두르고 있었다. 일상과는 거리가 있는 과장된 차림이었으나 그녀의 깊은 이목구비가 그것을 어색하지 않게 해줬다. 무릎 위까지 짱뚱 올라온 치마에 다리가 하얗게 드러난 것이 어쩐지 보기 민망해서 영방은 눈을 돌렸다. 연혜의 양장 차림을 처음 보는 것은 아니었지만, 이렇게 화려한 꾸밈새는 처음이었다.

연혜의 곁에 남자가 있어 영방은 그녀의 이름을 부르기가 주저됐다. 남자가 언성을 높이는 게 영방이 있는 곳까지 들렸다.

"이봐, 약속은 지켜야지. 다들 기다렸잖소. 비싼 장비들 다 빌려놨더니 정작 사람이 안 오는 게 뭐요. 정기용이 자기 분량 앞당겨서 혼자 다 찍느라 난리도 아니었소."

남자의 말에는 적당한 질책과 적당히 비위를 맞추는 어조가 섞여 있었다.

"미안해요. 자고 났더니 그새 이틀이 지나 있지 뭐예요. 요즘 너무 피곤한가 봐요."

"너무 솔직한 것도 병이요. 뭐 좀 다른 핑계를 대봐요. 자느라 못 왔다는 게 뭐요? 맥 빠지게. 뭐 부친상을 당했다든가, 애인이 병원에서 깔딱댄다든가, 오는 길에 소매치기를 당해서 못 왔다든가."

"솔직한 게 내 미덕인 거 알면서. 이럴 때라도 솔직하지 않으면 난 진실 하나 없이 사는 것 같아서 안 돼요. 나 왠지 온통 거짓된 삶을 사는 것 같아."

"갑자기 철학을 읊네? 거짓 삶? 아마 직업병일 거요."

한층 누그러진 남자가 애원조로 말했다.

"제발 제때에 좀 나타나주시오.

두 사람은 영방의 곁을 지나쳤다.

"연혜 씨!"

참다 못해 영방이 외치자 연혜는 힐끔 그를 쳐다보고는 조금도 주저함이 없이 그대로 걸어갔다. 곁의 남자가 물었다.

"아는 사람이오?"

"아니요."

"당신, 연혜라는 가명도 써?"

영방은 연혜의 표정을 잊을 수가 없었다. 연혜가 영방을 쳐다봤을 때의 표정은, 알아봤으나 어쩔 수 없이 모른 척하는 것이 아니었다. 연혜의 눈에는 놀라움도 반가움도, 하다못해, 이럴 때 마주치다니 하는 당혹감마저 없었다. 그저 눈앞에 있기에 보는 풍경을 보듯 무심한 시선이었다. 정말 처음 보는 사람을 보는 시선이었던 것이다. 차라리 연혜가 자신을 보고 당황했다면, 남자의 물음에 얼버무리며 허둥대는 모습이라도 보였다면 영방은 이렇게까지 상실감이 크지 않았을 것이다.

다음 날 연혜는 언제 그랬느냐는 듯 평소와 다름없는 모습으로 사무실에 나타났다. 매우 단정한 차림이었다. 너무나 자연스러운 그녀의 태도에 직원들은 흘끔거릴 뿐 어제까지 그녀가 사라진 적도 없던 것처럼 행동했다.

"지난 결근계를 지금 쓰고 당연히 급료도 그만큼 감하겠습니다. 저를 해고하셔도 할 말이 없습니다."

"어제 운니동 집에 있지 않았어요?"

"아니요. 그때 전 집에 없었어요."

연혜는 눈도 깜빡이지 않고 말했다.

"저는 만주에서 어제 경성으로 돌아왔습니다."

7 출국

카페 가디스에 들어선 교이치는, 웬일로 목이 빠져라 그를 기다리고 있는 에렌이 기쁘기에 앞서 불안했다. 절실하게 그를 반긴 에렌은 긴말 없이 잘라 말했다.

"당신 외사국에서 끗발 있지? 나 좀 도와줘."

"네가 내 도움이 필요할 때도 있냐? 잘난 네가?"

교이치의 비아냥에도 에렌은 농담으로 맞설 생각이 없는지 진지하게 말했다.

"당신 같은 고위직에게는 별로 힘 안 드는 일이야. 내 여권을 돌려줘."

"뭐?"

에렌은 전후사정을 설명하기 시작했다.

"여권에 문제가 있다고 검문소 직원이 여권을 압수해갔어. 조사하고 돌려준다더니 조사는 무슨. 제대로 보지도 않고 묵혀뒀겠지. 급하게 써야 하니까 당신이 찾아서 줬으면 좋겠어. 당신이라면 명령 한 번으로 될 일이잖아."

"여권이 갑자기 왜 필요한데?"

"바보. 외국 갈 거니까 필요하지."

에렌의 톡 쏘는 말에 교이치는 웃었다. 꿀 바른 목소리의 에렌이 친한 상대에게만 편하게 말한다는 것을 알기에 교이치는 개의치 않았다.

"외국 어디?"

"중국."

"무슨 일로?"

"영화 일."

에렌의 소망이 영화 출연인 것은 교이치도 알고 있었지만 중국까지 간다는 것은 뜬금없었다. 에렌은 솔직하게 말했다.

"감독이 봉천에서 만몽예술인협회와 만난대. 나보고 통역을 부탁하더라. 내가 중국어 좀 할 줄 알잖아. 이것만 잘해주면, 이번에 나 출연 확정이야. 그러니까 난 꼭 가야 해. 여권, 응? 여권 좀 찾아줘."

"봉천을 간단 말이지, 봉천에……."

교이치가 뜸을 들이다가 에렌에게 물었다.

"언제 돌아올 건데?"

"글쎄, 오래는 안 있을걸. 추석 전에는 올 거야. 그러니까 조선 추석."

순순히 대답하는 에렌에게 교이치는 더 이상 토를 달 수 없어서 소파 깊숙이 몸을 기대며 생각하는 척했다. 에렌의 말대로 어렵지 않은 일이었다. 교이치의 위치에서 전혀 무리할 일이 아니었고 에렌도 그 점을 알고서 부탁을 한 것이었다.

"쉬운 일이든 어려운 일이든 사적인 일에 공적인 직책을 이용하는 거야. 그게 쉬울 줄 알아?"

교이치가 짐짓 뒤로 빠지자 에렌이 그를 빤히 보다가 말했다.

"좋아, 생색 낼 기회를 줄게. 내 여권 찾아주는 대신 내가 뭐 해줄까?"

교이치는 의미심장하게 말했다.

"총독부가 앞장서서 네 출국을 종용할 일을 만들어줄게. 대신 나 좀 도
와줘."

에렌이 피식거렸다.

"복잡하셔라. 나한테 추방령이라도 내릴 거니?"

"아니. 나 만주 출장 가는데 너도 데려가려고."

교이치가 에렌에게 몸을 기울이며 말했다.

"너 내 통역도 해줘라."

교이치는 압수품을 보관한 창고에서 에렌의 여권을 찾아냈다. 하급 관
원에게 시켜도 될 일이었으나 괜한 이목을 끌고 싶지 않아서 그가 직접
찾았다. 자리로 돌아온 교이치는 그녀의 것이 불량 여권으로 분류된 이
유를 찾아봤다. '출입국 기록 불충분'으로 기재되어 있었다. 압수품 반환
목록에 '이상 없음'으로 에렌의 서류를 정리한 교이치는 에렌의 여권을
찬찬히 들여다보기 시작했다. 가장 최근 입출국 기록을 살펴봤다. 중국
에서 조선으로의 입국 기록은 있으나, 중국으로 나가는 출국 기록이 없
었다. 나간 기록이 없는데 들어온 기록은 있다? 교이치는 검문소 직원의
실수였나 했다. 그러나 그 외 에렌의 모든 출입국 기록을 대조해보니 서
로 맞지 않는 것들이 많았다. 아마 그녀의 여권이 압수된 까닭은 이런 점
이 문제가 됐기 때문이리라.

교이치는 에렌의 출입국 기록을 모조리 적어 내려갔다. 빠진 부분에는
강조 표시를 해가며 적었다. 그는 여권을 에렌에게 바로 돌려줄 것이었
다. 그러나 그녀의 미심쩍은 부분에 대해서 혼자서 알아보고 싶었다.

에렌의 여권을 따로 챙긴 교이치는 만족스레 의자에 등을 기대어 손
깍지를 꼈다. 그가 에렌의 요청을 들어준 것은 에렌에게 바라는 게 있는

그의 계산도 작용했다. 얼마 전 중국 만보산에서 일어난 조선인과 중국인의 유혈 사태로 극동아시아가 발칵 뒤집혔다. 사건을 보도한 동아일보 기자가 목숨을 잃었고, 중국 정부는 국제연맹에 철저한 조사를 의뢰했다. 교이치는 현지 조사와 여론 안정의 임무를 맡아 만주 출장을 갈 예정이었다. 조선과 중국을 이간질하려는 일본 당국의 의도가 개입된 사건이었음을 교이치도 외사국도 잘 알고 있었으나, 무관한 제삼자의 입장을 최대한 연출해야 했다. 그는 만주철도를 이용하여 장춘에서 인근의 만보산을 조사한 후, 봉천역에서 내릴 계획이었다. 에렌 때문이었다.

교이치는 에렌을 자신의 만주 출장에 통역사로 동행시킬 생각이었다. 에렌이 만주에 가면 혹시 봉천에서의 기억을 떠올릴지 몰랐다. 봉천 땅을 밟은 에렌이 옛 추억에 대해 한마디라도 흘리지 않을 수 없을 것이고, 그로써 교이치는 그가 찾던 시라렌의 흔적을 찾아내겠다는 속셈이 있었다. 당장 여권에 몸이 단 에렌은 응낙하지 않을 수 없을 테고 교이치가 제시한 사례금에도 낙낙해할 터였다. 순전히 교이치의 주머니에서 나가는 사비였다. 교이치는 봉천에 가면 반드시 에렌을 북릉에 데려가겠다고 마음먹었다. 북릉의 월아성에 올라, 과거가 뒤죽박죽인 에렌에게서, 자신과 공유했던 시공간에 대한 회고를 하나라도 끌어낼 것이다.

다음 날 에렌의 여권을 갖고 카페 가디스로 향한 교이치는 놀라운 말을 듣게 되었다.

"에렌이 만주로 갔다니?"

에렌이 그에게 여권을 부탁한 지 며칠이 채 지나지 않았다. 교이치는 그가 할 수 있는 한 신속하게 그녀의 것을 빼내왔다. 그런데 그새 에렌이 여권도 없이 사라졌단 말인가. 놀란 나머지 망연자실한 교이치를 잘못 이해한 급사가 그를 위로했다.

"아주 가는 게 아니라 잠깐 영화 일로 다니러 간 거잖아요. 경의선 타고 한 걸음인데 금방 올 거예요."

겨우 정신을 추스른 교이치는 카페 밖으로 나왔으나 여전히 갈피가 잡히지 않았다. 에렌이 아직 조선 어딘가에 잠적해 있는 게 아닐까도 생각했다. 하지만 그 후 며칠째 기다려도 에렌이 여권을 찾으러 교이치에게 연락해오는 일은 없었다. 극단에 연락해도 에렌의 부재만 확인할 뿐이었다. 그새 위조 여권이라도 만들어서 떠났을까. 그러나 교이치 같은 안전한 전달책을 두고 그녀가 그런 위험을 감행할 필요가 없었다. 그저 에렌은 일언반구 없이 사라진 것이다.

하루하루 지날수록 교이치의 실낱같은 기대도 허물어져갔다. 홀로 출장을 다녀온 교이치는 만주의 정세가 흉흉하다는 것을 눈치챘다. 새로 관동군 사령관으로 부임한 혼조 중장은 교이치의 아버지 다카오카 중장이 살아생전 가까이했던 후임이자 동기였다. 혼조 중장은 부임하자마자 시찰을 떠나 자리를 비웠고 교이치도 괜스레 아버지의 지인을 만나, 부친의 뒤를 잇지 않은 자신을 향해 쏟아지는 아쉬움과 무언의 질타를 받고 싶지 않았다. 어쩌면 아버지 다카오카 중장이 사령관으로, 그리고 자신이 그를 본받는 단계를 밟았을지 모를 만주에서, 교이치는 더는 있고 싶지 않았다. 그는 봉천도 들르지 않고 바로 경성으로 돌아와서 만보산 사건에 대해서 완곡하게 포장한 보고서를 냈다.

경성에서 에렌을 기다리던 교이치는, 그가 에렌의 잔영을 찾던 시절부터 이제는 습관처럼 사서 보는 조선연예잡지에 만몽예술인협회 단체 사진이 실린 것을 보았다. 사진의 배경은 봉천이었다. 북릉의 성벽을 배경으로 찍은 것임을 교이치는 한눈에 알아봤다. 사진에 찍힌 30여 명의 사람 중 에렌 같은 여자가 있었다. 교이치는 무사한 에렌을 본 것이 기쁘면서도 자기가 없는 북릉에서 웃고 있는 에렌에 까닭 없는 배신감을 느껴서, 사진 속 여자가 에렌이기를 바라기도 바라지 않기도 했다.

에렌의 무사귀환을 비는 교이치의 바람과는 달리, 봉천에서는 사변이 일어났다. 만주철도가 폭파된 것이다. 일본 당국은 장학량의 동북군 소행이라고 발표했으나, 군관의 피가 흐르는 교이치는 일본이 만주에 군사를 투입하기 위한 고도의 전략을 행한 사건이었음을 눈치챘다. 철도 폭파를 구실로 일본 관동군은 즉각 봉천을 공격했다. 혼조 사령관을 필두로 한 관동군이 봉천 비행장을 봉쇄했고 봉천은 외부 세계와 완전히 단절되었다. 교이치는 조바심이 났고 에렌의 안위가 심히 걱정됐다. 혹시라도 에렌이 봉천 근방을 어슬렁거리다 다치지 않을까 했던 당초의 오지랖 넓은 걱정은 에렌의 생사에 대한 절박한 걱정이 됐다.

봉천이 장악된 지 닷새 만에 요동과 길림성이 일본의 수중에 들어갔으며, 동북 지역은 날로 흉흉해졌다. 교이치는 더는 기다리고만 있을 수 없었다. 교이치는 에렌이 떠난 후부터 지금까지 북방 국경을 넘은 조선인 명단을 꼼꼼히 살폈다. '결국 외사국 간부라는 점을 이렇게 이용하게 됐군' 하며 무수히 많은 이름을 넘기는 교이치에게 눈에 익은 글자가 나타났다.

봉천에서의 전투에 교이치는 전전긍긍했다. 만보산 사건은 일도 아니었다. 만주의 정세는 빠르게 돌아갔다. 요동성과 길림성은 각각 중국으로부터의 독립을 선언하고 사실상 일본 수중으로 넘어갔다. '잘못하다가는 국제전쟁으로 번지겠는걸.' 교이치는 전쟁을 원하지 않았다. 한때 육군사관학교를 다녔던 그가 반전론을 주장함은 어울리지 않았다. 그러나 그는 전쟁으로 아끼는 것들을 잃고 비상사태에 들어가는 것이 귀찮고도 싫었다.

일본언론 보도까지 두루 섭렵한 교이치는 조선주둔군 하야시 사령관이 독단으로 월경하여 전투를 남만주 전체에 확대시켰다는 소식을 들었다.

'승세에 올라 있다는 뜻이군. 지금이라면 만주 전체를 먹어버리는 것도 가능한데, 과연 그게 에렌에게 안전한 것일까. 어느 쪽이 이겨야 에렌이 무사할까.' 자국의 승리를 바라면서도 에렌을 떠올리면 과거 군인이었던 그의 출신도 무력해져 그는 온갖 승패의 헛된 그림을 그렸다 지웠다 했다.

소슬해진 바람이 추석의 정취를 몰고 오고 있었다. 교이치는 추석 전에는 돌아온다던 에렌의 말이 실현되기를 바랐다. 언제인지조차 모르고 막연하게 생각했던 조선 추석을 음력을 세어가며 날짜를 꼭꼭 되새겼다.

'에렌 네가 나를 식민지 문화에 동화된 변절자로 만드는구나.'

교이치는 틈만 나면 경성역으로 나갔다. 경성역으로 들어오는 경의선이 기척을 올리며 들어오면, 그는 플랫폼에 내리는 승객 하나하나 뚫어져라 바라보았다. 에렌을 볼 수 있으리라 기대하지는 않았다. 그저 그렇게라도 하지 않으면 아무것도 손쓸 것이 없다는 사실에 견딜 수가 없었다.

경성역은 고향을 오가는 조선인들의 흰옷 물결 속에 그들의 짐 보따리가 온갖 색의 점을 찍었고, 중국인들은 보름달을 닮은 홍등을 달아 붉은빛을 도도히 밝혔다. 만주의 잿빛 바람과는 상관없이 경성은 꽃 빛깔로 북적였다.

동북3성이 일본 수중에 들어갔다. 그동안 입국자 명단에 에렌이 올라오는 일은 없었다. 교이치에게 내외국민 출입국 목록은 손만 뻗으면 닿는 일개 자료였기 때문에 그는 매일 자연스레 에렌의 행적을 쫓을 수 있었다.

만주는 괴뢰국이 들어서기 직전이었다. 일본이 만주를 장악하는 동안 장학량의 동북군은 섣불리 반격에 나서지 못했다. 남경 국민정부의 장개석이 저항을 반대했기 때문이었다. '저러다 동북군 쫓겨나겠군, 승산이 아주 없는 것도 아닌데 한번 해보지 그랬대?' 엄밀하게 따지면 적군이라 그 패배를 기원해야 함에도 군사학을 정통한 군학도의 공정한 시선에서 교이치는 아쉬움을 느꼈다.

한동안 끊기다시피 했던 봉천으로의 왕래가 다시 활발해졌다. 교이치는 조선 입국자 중에서 그가 지정한 인물이 있는 즉시 그를 연금하라는 지시를 내렸다.

은행나무 노란잎이 표표한 날, 교이치에게 전화가 왔다. 그의 지시대로 따랐다는 보고였다. 교이치는 신의주 검문소로 향했다.

도착한 교이치는 마음의 동요를 감추고자 일부러 발걸음을 크게 놀렸다. 그는 성큼성큼 검문소에 들어갔다. 책상 몇 개와 벽에 걸린 세계지도, 직원들, 긴 의자, 그리고 옆모습을 보인 채 앉아 있는 젊은 여성이 보였다. 암녹색 주름치마에 흰 블라우스를 입고 검은색 넓은 벨트를 허리에 두른 여성이었다. 옆에는 여행 가방이 놓여 있었다. 막 기차에서 내린 것이 틀림없는 모습이었다. 익숙한 옆얼굴에 교이치는 설마설마했던 일이 현실이 된 심정이 되었다.

"에렌! 이혜련!"

에렌은 대답이 없었다. 교이치는 이번에는 바꿔 불렀다.

"백연혜!"

연혜가 그를 바라보았다.

"제 여권이 문제라고 하셨나요?"

8 아직 믿을 수 없으니까

조선의 추석이 찾아왔고 경학원은 가장 큰 연례행사인 추기 석전대제 개최 준비로 바빴다. 석전대제는 거행 한 달 전부터 전국에 알려졌고, 그 장렬한 의례는 동소문 사람들의 자랑이었다. 총독부가 조선 추석을 금했어도 사람들은 몰래몰래 송편을 세 말이나 쪄서 나누어 먹고 경학원 직원들에게도 전했다. 봄과 가을, 일 년에 두 번 치르는 문묘대제지만 추기 석전대제는 경학원의 500년 된 은행나무가 주인공이 되어 더욱 근사했다. 은행잎이 하늘과 땅을 황금빛으로 물들여 가을의 경학원은 모던한 경성에서 초현실적인 장관을 이루었다.

석전대제를 앞두고 분주하여 사람들은 연혜에 대한 추궁도 미루었다. 연혜가 했던 잔업은 사람이 비었다 하여 치명적일 것도 없었으나 그녀의 존재함 자체를 좋아하는 사람들은 연혜를 필요로 했다. 연혜의 부재는 유야무야 덮일 것이었다.

영방은 석전대제만 끝나면 부친에게 연혜를 보일 생각이었다. 월미도에서의 그와 연혜 둘만의 단독 행동은 경학원 직원들 사이에 뒷담거리를 만들어냈고, 공공연하게 둘을 연인 사이로 불렀다. 다들 영방이라면 연혜가 오랫동안 나타나지 않았던 이유를 알고 있으리라 여겼지만 실상 영방도 아는 게 없었다. 연혜는 아무런 이야기를 해주지 않았고, 여관에 두고 간 쪽지에 대해서도 모른 척했다. 자연히 입을 다물고 있는 영방을 두고 사람들은 모종의 일이 있었으리라 제멋대로 해석하고 그와 연혜를 하나로 묶어 생각했다.

마침내 석전대제가 열리는 상정일이 됐다. 오전 아홉시부터 헌관, 알자, 찬인, 봉향, 봉로, 봉작, 사존과 그 외 유림들이 엄숙하게 모였다. 여기에 경학원의 전 직원과 강사들, 명륜학원 평의원들과 악사, 악수가 집결해 계성사를 지냈다. 우뚝 선 은행나무에 비친 아침 해가 맑고 따뜻한 날이 될 것을 예고했다. 열시가 채 되기 전에 석전대제에 참석하는 일반인 참배객들이 모여들었다. 총독 대리로 참석한 정무총감과 학무국장, 외사국장 등 총독부 관료들이 들어설 때는 장내 박수가 유도됐다.

열시 정각에 대성전에서 의례가 시작됐다. 대제학과 제관이 아관박대에 옥패를 공손히 모아 쥐고 등장하자 악사와 악수가 일제히 남려궁을 연주했다. 북소리가 아득하게 둥둥 울리는 가운데 집례의 지휘에 따라 일동이 사배를 올렸다. 오늘을 위해 유달리 하얀 예복을 갖춰 입은 유림들의 도포 자락이 가을바람에 잔잔하게 휘날렸고, 단체 참배를 온 학생들이 열을 지어 섰다. 그중에서도 경성여자고등보통학교와 숙명여학교 학생 수백 명이 흰모시 적삼에 자줏빛 치마를 입고 일제히 절하는 모습은 아름다웠다. 서양인들은 처음 보게 되는 조선의 장중한 의식에 눈을 떼지 못했다. 그 와중에 영방은 곁눈질로 계속 연혜를 살폈다. 그녀는 저 멀리서 대성전을 바라보다가 몸을 감추었다.

본래 초헌관은 한 나라의 왕이 맡았으나 조선왕조가 옛 영광의 흔적으로만 남고 권위를 강탈당함으로써 이제는 경학원 대제학이 초헌관을 대신했다. 알자의 인도로 대제학이 공자의 신위 앞에 나아가 향을 피우고 폐백을 올렸다. 초헌관이 만인을 대표해 술과 포를 음복하는 차례에 이르자 끝을 향해가는 예식에 총독부 관리들은 몸을 들썩였다. 초헌관이 대축관으로부터 작을 받아 술을 마시고 음복례가 끝나자, 정무총감이 신위 앞에 나가서 첨향(添香)의 예를 행했다. 이어서 모든 총독부 관원이 순차로 첨향하고 동종향과 서종향에도 일제히 헌작했다. 초헌관, 아헌관, 종헌관이 일제히 절을 하고 다시 참석자 전원이 사배를 하자 당하악이 연주되면서 공식 행사는 마무리됐다.

참배객들이 흩어지는 중에 대축은 위패를 닫고 제상 위의 제물을 치웠다. 과실을 담았던 변과 고기를 담았던 두를 치울 때는 어린 생도들이 침을 삼켰다. 봉향과 봉로가 사당 문을 닫고 절을 할 때 영방은 멀리서 부친도 함께 절하는 것을 보았다.

일찍이 부제학을 지냈던 부친이었다. 유림회의에서 대제학에까지 천거됐으나 명륜학원이 총독부의 꼭두각시에 지나지 않는 것에 실망하여 부친은 직위를 내려놓았다. 이전이었다면 오늘 같은 날, 부제학으로서 아헌관을 맡아 직접 잔을 올렸을 것이다. 이제 석전제를 바라보는 관중으로 한 명의 유림이 된 부친은 지금 무슨 생각을 할까. 꼿꼿하게 서 있는 부친에게 영방은 그만의 목례를 했다. 심란할 부친에게 오늘 연혜를 선보이는 것이 올바른 것일까 그는 망설였다.

일반 참배객들이 기념사진을 찍기 위해 명륜당 앞 명륜정 주위로 모여들었다. 총독부 관리들과 영사관원들, 학생들, 각종 모임 단체들이 차례로 사진을 찍고 마지막으로 경학원 직원들이 사진을 찍었다. 이 자리에 연혜가 없는 것이 영방은 내심 아쉬웠다. 사진 촬영 후에는 명륜당에서 강연회가 있었다. 경학원 사성의 강연을 필두로 하여, 동경 사문회 대표로 참배 온 중국철학 박사와 동경제대 우노 데쓰토 교수의 강의가 예정돼 있었다. 영방이 강연회장으로 발걸음을 뗄 때였다. 영방 앞에 웬 남자가 섰다.

영방은 그를 기억해냈다. 아까 총독부 관원들의 단체 사진을 찍을 때 유독 키가 커서 기억됐던 남자였다. 각진 턱선에 날선 눈빛과 무표정으로 차가운 인상이었다. 그런 그가 영방 앞을 가로막고 섰다. 그는 동글동글 부드럽게 생긴 영방과는 대조를 이뤘다.

"오영방 씨를 찾으니 이쪽을 가리키던데 맞소?"

"네, 제가 오영방입니다."

남자는 매서운 눈초리로 영방을 훑어보았다. 그 시선에는 한 치의 빈틈도 없어 영방은 절로 뒷걸음질 쳐지는 것을 참았다.

"오영방 씨와 할 이야기가 있소. 시간을 내줄 수 있겠소?"

"급한 일이십니까?"

"나도 내 용무가 있으니 빨리 이야기할 수 있다면 좋겠소."

"그럼 지금 하시도록 하지요."

"어디 조용한 자리로 갑시다."

영방은 강압적으로 구는 이 남자에게 반감이 솟았다.

"아시다시피 지금은 문묘대제의 날입니다. 성대한 예와 축원의 자리에 어디 조용한 곳이 있을까요."

남자는 영방을 빤히 쳐다보다가 입을 열었다.

"백연혜와 관련된 이야기요."

영방은 놀랄 수밖에 없었다. 마음의 동요를 참고 그는 애써 침착함을 유지했다.

"선생께서는 누구시기에 저와 제 지인에 대해 소상히 아십니까? 긴 대화 이전에 통성명이 예의가 아닐는지요."

남자는 잠시 숨을 고르는 듯했다. 처음에는 날카로운 인상이었으나 자세히 보니 선연한 눈동자로 마음 약한 구석이 내보이는 남자였다.

"나는 다카오카 교이치라고 하오. 현재 조선총독부 외사과 사무관으로 재직하고 있소. 고등계에서 나온 게 아니니 경학원을 뒤집어서 이 경사를 망칠 거라는 걱정은 할 필요 없소. 이 정도면 내 소개가 되었소이까."

"선생께서는 연혜 씨를 잘 아십니까?"

"글쎄……."

남자가 허탈한 듯 웃었다.

"그렇다고도 아니라고도 할 수 있겠소."

"이쪽으로 가시죠. 인적이 드문 곳이 있습니다."

저 멀리 길게 한복을 입은 연혜가 미스 고와 걸어가는 것이 영방의 눈에 들어왔다. 문묘대제를 함께 봤으면 좋았을걸, 하고 영방은 아쉬워했다. 곁에서 교이치가 물었다.

"저 여자가 선생을 바람맞힌 적은 없소?"

영방은 연혜가 '저 여자'라고 불린 것에 모욕감을 느꼈다.

"말씀이 심하시군요. 연혜 씨와 무슨 사이기에 함부로 말씀하십니까?"

"그러는 댁은 연혜와 무슨 사이요?"

영방은 말문이 막혔다. 막상 연인이라고 말하자니 자신이 없었다. 세상이 자신과 연혜를 연인으로 밀었고 스스로도 내심 바라던 바지만, 정작 연혜가 영방을 정인으로 여기고 있을지는 알 수 없었다.

"마음이 맞는 동지입니다."

영방의 대답에 교이치가 코웃음을 쳤다.

"동지? 말은 좋소."

교이치가 연극 팸플릿을 내밀었다.

"이게 선생이 알고 있는 백연혜와 같은 사람이오."

영방도 본 적이 있는 팸플릿이었다.

"이건 저와 연혜 씨가 함께 본 적도 있습니다. 연혜 씨 스스로가 이 배우와 닮은 것을 재미있어했어요."

"연혜가 바로 이 사람이오."

"그럼 연혜 씨가 몰래 연극배우를 해왔다는 건가요?"

"정확히는 연혜가 아니오, 이혜련이라는 여자가 했다고 해야겠지."

"말씀이 이랬다저랬다 앞뒤가 맞지 않습니다."

교이치는 영방이 놀랄 말을 본격적으로 풀어놓았다.

"에렌, 조선명 이혜련. 경성극장 연극배우이자 카페 가디스의 여급. 백연혜의 또 다른 인격이오."

"예?"

"연혜는 백연혜로서 성실히 살고 있소. 경학원 비서 백연혜는 한눈을 팔지 않지. 그 몸에 에렌이라는 다른 여자가 있어서 배우를 하고 카페걸을 하는 거요."

계속 영방이 이해하지 못하자 교이치가 한마디로 정리했다.

"한 몸에 두 여자가 있는 것이오."

"그게 무슨……, 그런 기상천외한……. 그게 가능합니까?"

"내가 어찌 알겠소. 서구 의학계에서도 최근에 이런 병에 대해서 연구를 시작했다더군."

"그게 병이란 말씀입니까?"

교이치는 잠시 숨을 고르는 듯하더니 한꺼번에 말을 쏟아냈다.

"해리성 장애요. 정체 변화 장애요. 빙의요."

"빙의라니!"

영방의 머리에 연혜가 귀신에 씐다는 것은 상상이 되지 않았다. 그렇게 침착하고 자제력이 강한 연혜가 귀신에게 자신을 내어줄 리 없었다.

"정확한 증상은 모르오. 의학계에서 새로이 발견한 병이라 아직 정확한 진단이 없소. 한 몸에 다른 사람의 정신이 들어온다 해서 빙의의 일종이 아닐까도 한다지만 이것도 확실하지 않소."

교이치가 말한 긴 병명들이 영방의 머리에 들어오지 않았다.

"치료 방법은 없답니까?"

"정신과 의사에게 치료를 받기도 하고, 무당에게 굿도 하고 신내림을 받기도 한다오."

"신내림?"

영방은 정신이 없었다. 유림 집안에서 유학자로 성장한 영방에게 무속 신앙은 경원시되는 것이었다. 교이치가 말했다.

"신내림은 미개한 방식이라 생각하오. 조선인들이나 무당을 하늘처럼 떠받들지."

"마을신을 믿기로는 일본제국이 더하지요."

영방의 차가운 대답에 교이치가 처음으로 크게 웃었다.

"공자를 기리는 대제 날, 우리가 잡신들 때문에 싸우면 웃기겠소."

영방은 이제 교이치가 배우 이혜련과 사귀는 중이라는 것도, 그녀가 에렌이라는 이름으로 교이치와 카페에서 만났다는 것도, 교이치 역시 연혜와 에렌을 오가는 변모에 혼란스러워했다는 것도 알았다.

"연혜 씨 자신도 에렌 씨로 변하는 것을 알고 있습니까?"

"그건……."

교이치는 한숨을 쉬었다. 낸들 당사자가 아니니 어찌 알겠소.

"민적은 어느 쪽이 갖고 있습니까?"

"둘 다요. 그 여자가 만주에서 산 적이 있다는 것은 댁도 알고 있겠지?"

영방은 고개를 끄덕였다.

"조선에 들어오면서 다른 한 사람이 더 등록됐소. 오랜 타향살이 끝에 귀국한 조선인들이 적을 등록하면 거의 대부분 받아들여졌지."

영방의 눈에 교이치는 모르는 것이 없어 보였다. 영방이 물었다.

"선생은 연혜 씨를 많이 아십니까?"

"그건 알 것 없소."

영방은 단도직입적으로 말하는 교이치에게 거부감이 들었다. 한편으로는 이 사람의 남자다운 품새가 부러웠다. 연혜가 이 남자와도 만나는구나 싶어서 영방은 그와 자신을 자꾸 비교하게 됐다.

강연회가 끝났는지 흩어지는 사람들의 웅성거림이 들렸다. 정오가 조금 넘어 있었다. 영방은 교이치에게 지금껏 묻고 싶었으나 참고 있던 것을 물었다.

"선생 말대로라면 한 사람이 어떤 충격을 받아 여러 사람으로 분화된다고 했죠. 그렇다면 본래 있었던 한 사람은 누구였던 겁니까?"

교이치가 영방의 찬찬한 질문에 허를 찔린 듯 가만히 있었다.

"그래서 연혜 씨요, 에렌 씨요?"

교이치가 입을 다물고 있는 것을 보고 영방은 연혜임을 직감했다.

"선생과 교제 중인 여성이 에렌 씨라면, 다른 하나인 연혜 씨는 선생을 어떻게 생각합니까?"

마치 승산을 잡은 것 같은 묘한 기쁨에 영방이 과감하게 물었다.

"좋게…… 생각해줬으면 좋겠소."

영방은 처음으로 교이치에게 공감을 느꼈고 동정심마저 들었다. 이 냉혈한 같은 남자도 연모하는 여자가 있구나, 순정에 약하구나, 나만 연혜 앞에서 까치발을 서는 기분은 아니구나. 이제 영방에게 교이치는 더 이상 상대하기 어려운 대상이 아니었다. 허점이 잡힌 것은 아니었으나 빈틈을 보인 이상 교이치는 영방의 사고 안에서 판단이 가능한 인물이 되었다.

"연혜 씨를 만나러 오신 겁니까?"

"나는 연혜를 오래전에 봤던 사이요, 연혜가 날 기억할지 모르겠소."

"그럼 연혜 씨가 분화되기 전에도 알고 계셨습니까?"

"그렇소."

"감당 못할 큰 충격을 받을 때 다른 인격이 생긴다면서요. 그럼 연혜 씨가 대체 무슨 충격을 겪었기에 이 병에 걸렸는지도 아십니까?"

교이치가 천천히 고개를 끄덕였다.

"난 연혜가 에렌으로 나뉘게 된 일이 무엇인지 짐작하오."

"무슨 일이었습니까?"

"선생에게는 말할 수 없소."

"왜요?"

"아직 선생을 믿을 수가 없으니까."

영방은 발끈 화가 났으나 억누르고 온화한 어투로 말했다.

"신의가 없음에도 관계맺기를 행하는 선생의 처세술이 남다르군요."

교이치는 별종을 다 보겠다는 표정을 짓다가 모자를 썼다.

"이제 가봐야겠소."

"연혜 씨는 안 보고 가십니까?"

"이곳에서 날 보는 게 연혜에게 좋지 않을 것 같소."

돌아서던 교이치가 다시 돌아와 영방에게 당부했다.

"우리가 만난 것을 연혜에게 말하지 마시오."

교이치는 씩 웃으며 덧붙였다.

"이것만은 선생을 믿소."

이후에도 교이치는 가끔씩 영방을 찾아왔다. 그는 의학계가 발표한 새로운 소식을 알려준다며 오기도 했고, 에렌이 잊고 간 연혜의 물건을 전해주러 오기도 했다. 교이치의 방문은 영방을 탐문하는 것을 겸했고 영방도 이를 알았다. 그러나 언제나 모르는 척 영방은 짐짓 태평하게 교이치를 맞았다. 영방은 이제 연혜의 가방에서 그녀도 모르는 담뱃갑이 나오면 그것이 교이치의 것임을 알고 챙겨두었다. 교이치는 연혜에게 주는 것이라며 일본 특산물을 영방 앞에 보내기도 했다.

서서히 영방과 교이치 사이에서 왠지 모를 유대감이 생겨났다. 분명 연적이었고 서름서름한 태도는 나아지지 않았다. 교이치는 영방을 냉랭하게 대했고, 영방은 교이치에게 겉으로는 친절하되 속으로는 몸만 다 큰 애어른 대하듯 했다. 그럼에도 연혜와 에렌을 논하면서 둘은 같은 꿈을 그려보고 같은 좌절에 괴로워했다.

9 전형

카페 가디스의 미희들에게 교이치가 눈길이 간 적이 없다고 하면 거
짓이었다. 그러나 자신의 한눈팖이 에렌의 분방한 연애를 부채질하게 될
까 봐 그는 순정으로 무장했다. 교이치는 에렌에의 속박을 정당화할 명
분을 만들기 위해 그녀에게 충실했다.

"솔직해져봐요. 에렌 때문에 조선 왔지요? 내가 유혹 않을게. 이제 와
서 에렌을 놓치면 얼마나 아깝누." "다카오카 나리는 미녀만 좋아해. 에
렌보다 더한 미인을 찾아 대령해드리자."

카페걸들이 교이치에게 사심 없는 농을 건넬 때마다 그도 별말 없이
적당한 표정으로 응수했다. 고정적인 구애자가 훤칠한 고등문관이라는
점에서 에렌은 여급들의 부러움을 샀다.

"에렌, 네 애인 나리 왔다."

"누가 내 애인이래. 난 남자 하나만 기르지 않아."

"그럼 다카오카 나리 옆자리는 비어 있는 거네. 내가 확 채가야지."

"네가 에렌과 닮은 구석이 어디 있다고? 너 애인 있잖아?"

"다카오카 나리처럼 샤프한 멋이 없잖아. 에렌, 양보 좀 해줘."

카페걸들의 높은 웃음이 섞인 잡담을 뒤로하고 에렌이 웃음이 가시지

않은 채 교이치에게 나왔다. 한강 드라이브를 하자는 교이치의 뜻대로 에렌과 그는 택시를 타고 한강 인도교로 향했다. 택시 안에서 교이치가 에렌에게 작은 꾸러미를 건넸다.

"실크 스카프야. 항주 출장 갔다가 샀어. 중국 비단이다, 귀히 써라."

에렌은, "매번 받아서 어떡하나" 하면서도 생글거리며 손을 내밀었다.

"당신 친구들 것도 있어."

이번에는 정말 놀란 듯 에렌이 '어머나' 탄성을 질렀다.

"너무 챙겨주는 것 아냐? 이러면 나 부담스러운데."

"내가 챙겨주면 그만큼 네가 카페에서 지내는 게 좀 더 편해질 것 아냐."

에렌은 감격한 눈치였다.

"당신이 그렇게 생각 깊은 사람인 줄 몰랐어. 카페걸의 양심에 찔리네요."

"그럼 나한테 잘해."

"내가 왜?"

"내가 너한테 좀 잘해주냐."

"당신이 날 좋아하는 거잖아."

에렌은 다시 깔깔거렸다. 교태가 밴 음색으로 웃으니 윤기 흐르는 웃음소리가 생동했다. 세상 남자의 머릿속을 다 읽어내는 듯 하면서도 여전히 달콤한 여자, 톡톡 튕기면서도 미소 짓는 여자, 바로 카페걸의 전형이었다.

책, 영화, 소문, 풍문, 뒷담, 교이치가 살아오면서 보고 들어온 것들과 그로 인해 그려보던 카페걸의 형상에, 에렌은 지나치게 일치했다. 분명 카페걸에게도 인간적인 구석이 있으련만 에렌에게는 그런 면이 보이지 않았다. 교이치는 에렌이 당황하는 것을 본 적이 없었고 크게 성내는 것도 본 적이 없었고 울부짖는 것도 본 적이 없었다. 에렌은 언제나 미려하고 매끈한 모습이었다. 연혜라는 부분이 사라진 에렌은 이런 것일까. 그렇다고 에렌을 이렇다 하고 일관되게 생각할 수도 없었다. 에렌의 무의식 속에 연혜라는 똬리가 틀고 있어서 지금은 철저히 에렌을 연기하는 것은 아닐까, 혹시 철저히 계산된 인물이 아닐까, 늘 미궁에 빠진 느낌을 안고 교이치는 에렌을 만났다. 교이치는 한탄 섞인 속내를 내비쳤다.

"난 네 머릿속이 대체 어떤지 모르겠어."

"누구나 남에 대해서는 그런 느낌 받을 수밖에 없는 거야. 그건 나도 마찬가지랍니다. 이 남자가 뭘 생각하나, 무슨 생각으로 이러나, 정말 나한테 목매달고 있는 것이긴 한 건가."

교이치가 말없이 에렌을 바라보자 에렌은 그에게 매우 화사한 미소로 화답했다.

"넌 너무 전형적이야."

"그렇지? 카페걸의 전형은 둘. 활개 치는 요부형이 첫째요, 병든 부모 봉양에 어린 동생들 입 들어갈 것 걱정에 떠밀려 나와서 눈물짓는 청순형이 둘째 유형. 그럼 나는 전자인가?"

차가 한강에 도착했다. 교이치와 에렌은 인도교에 올라 나란히 한강을 보고 섰다. 해가 뉘엿뉘엿 넘어가고 강물이 노을로 붉게 물들었다. 에렌이 손에 든 스카프 상자를 쓰다듬었다.

"이건 정말 고마워요. 다들 좋아할 거야."

"뭐로 갚아줄래?"

"세상에 대가 없는 건 없다더니. 그래 뭐 해줄까?"

교이치가 에렌의 눈을 들여다보며 숨을 골랐다.

"결혼하자."

교이치의 청혼은 에렌도 전혀 예상을 못했는지 평소답지 않게 멍해졌다.

"실크 스카프에 대한 대가치고 엄청나네."

한참 후에야 말문이 열린 에렌은 이해할 수 없다는 듯 교이치를 빤히 쳐다봤다.

"결혼하자는 말이 나와?"

"너도 결혼을 생각해볼 나이는 벌써 한참 지나지 않았어? 네가 언제까지 카페의 여왕으로 군림할 수 있을 것 같아?"

"카페의 여왕이라니, 난 무대의 여왕이 될 몸이라고."

핀잔을 주면서도 에렌은 '여왕'이라는 호칭은 싫지 않은 눈치였다.

"여배우는 결혼하면 인기 떨어지는 거 몰라? 난 곧 영화계에 진출할 거야. 내가 내 주가 떨어뜨리는 일을 자진해서 할 줄 알아?"

에렌은 다시 생글거리는 미소를 지으며 말했다.

"여배우란 만인의 연인이야. 당신도 아내를 만인과 공유하긴 싫잖아?"

교이치는 황망했으나 청혼을 장난인 양 덮으려는 에렌의 의도에 말리지 않도록 정신을 가다듬었다.

"내 아내의 아름다움을 만인이 칭송한다고 자랑스럽게 생각할게."

"영화에서는 러브신도 많이 찍는대요. 당신 부인이 다른 남자랑 포옹하고 입술 맞대고, 그래도 참을 수 있겠어?"

"웃기지 마. 검열에서 다 잘리는데 뭣하러 감독들이 필름 낭비하며 그런 장면 찍어?"

에렌이 '당신 제법인데' 하는 표정을 지었다.

"당신, 무슨 각오로 나랑 결혼을 하겠다는 거지?"

교이치가 힘주어 다시 강하게 말했다.

"결혼하자. 평생 행복하게 해줄게."

"판에 박힌 구혼 멘트 하지 마요. 내 행복을 당신이 어떻게 책임져?"

획 돌아선 에렌의 머리카락이 나풀거렸다. 에렌의 머리는 이제 많이 길어 다시 등을 덮고 있었다. 부드럽게 굽이치는 머리카락을 눈으로 쫓으며 교이치는 험난한 산을 앞에 두고 한숨 쉬었다.

교이치가 결혼에 애태우게 된 이유는 영방 때문이었다. 며칠 전 교이치는 에렌의 뒤를 밟았다. 정확히는 연혜의 뒤를 밟았다고 해야 옳을 것이다. 의원을 나선 연혜는 종로를 거쳐 인사동으로 빠지더니 운니동 근처의 한옥이 모인 골목으로 향했다. 연혜는 그중 골목과 골목이 교차하는 모퉁이 집 앞에 멈춰 섰다. 담 옆의 길보다 약간 높은 지대에 세워진 집이었다. 몇 개의 돌계단 위에 일각대문이 서 있었다.

연혜가 문을 두드리자 영방이 나왔다. 교이치는 행여나 들킬세라 몸을 담벼락에 바싹 붙였다. 영방은 다정스레 연혜의 어깨를 감싸고 집 안으로 들어갔다. 교이치는 한참을 그 주위에서 맴돌았으나 밤이 깊어지도록 연혜나 영방 누구도 나오지 않았다. 오히려 밥 짓는 구수한 냄새만 풍겨 나왔다. '둘이 한집에서 같이 밥 지어 먹고 아주 살림을 차렸군' 하고 생각하자니 연혜나 영방이나 동거를 할 성격은 아니었다. 성인군자 행세를 하는 영방은 체면이 있고 눈치가 보여 떡하니 혼전 동거를 할 위인은 아니다, 그래도 영방은 남자니까 좋아하는 여자에게 함께 살자 수작을 부렸다고 치자. 그러면 연혜는 어떠한가. 연혜가 사상이 트인 모던걸일지는 몰라도 그 정숙한 몸가짐으로 보아 선뜻 동거를 할 것 같지는 않았다. 혹여 저녁을 다 먹으면 둘 중 하나는 자기 집으로 돌아가지 않을까 교이치는 그 밤 내내 기다려보았다. 그러나 야경꾼이 도는 시간이 되어서도 아무도 나오지 않았다.

궁금증과 왠지 모를 패배감에 견딜 수 없었던 교이치는 바로 다음 날 영방을 찾아갔다. 그 자리에서 교이치는 충격적인 말을 들었다.

"결혼했다고?"

"새신랑이 된 지 얼마 안 됐어. 축하해주게."

"선수를 치겠다는 거야?"

"연모하는 여자와 늘 함께하고 싶었을 뿐이야."

"에렌이 어떤 상태인지 알잖아?"

"그때는 에렌 씨에 대해 잘 몰랐네. 연혜가 남들과는 좀 다르다는 건 알고 있었지만."

"좀? 그게 '좀'이야? 넌 반쪽과 결혼한 거야. 네 아내의 절반은 다른 여자로 버젓이 다른 남자와 희희낙락하며 돌아다닌다고."

"그 다른 남자가 자네야?"

교이치는 '그래, 나야'라고 답하고 싶었으나 그 답에 스스로도 확신이 안 섰다. 영방이 온유하게 말했다.

"그 남자가 자네면 다행이고."

교이치는 순간 심술궂은 마음이 들었다.

"나 하나면 그래도 다행이겠지만 에렌은 모든 남자에게 웃음을 흘리고 다녀."

"그럴 리가. 에렌 씨도 취향이 있는데 모든 남자는 아니겠지. '괜찮은 남자들에게만'이겠지."

어떻게 이 남자는 이런 대화에서도 침착할까. 교이치는 이 점잖은 남자가 정작 자기보다 먼저 여자를 가로챈 것에 성이 났다.

"너희 조선 속담에 얌전한 고양이가 부뚜막에 먼저 오른다더니 네가 딱 그 모양이군."

"난 얌전한 고양이가 못 돼. 제 앞도 못 가리는 미물인걸. 고양이에만 비견돼도 영광이네. 자네 나라의 문인 나쓰메 소세키의 작품에도 있었지.『나는 고양이로소이다』. 난 그 책을 읽고……."

이 남자는 필경 이런 유들유들한 말솜씨로 연혜를 꼬드겨 낚아챈 것이리라. 교이치는 만약 자신과 영방이 반대였다면, 영방이 언변에 능한 에렌을 어떻게 구슬려 결혼까지 성사시킬까 궁금해졌다. 동시에 같은 여자를 놓고도 에렌처럼 보통내기가 아닌 쪽과 사귀는 남자가 자기라는 사실이 억울했다.

"대체 에렌 상태가 어떤 줄 알고 결혼을 감행했던 거야?"

한창 문학론을 펼치는 영방의 말을 획 자르며 교이치가 목소리를 높였다. 준비라도 한 듯 영방은 차분하게 답했다.

"연혜도 안정을 찾아야지. 결혼을 하고 울타리가 돼줄 가정에서 보금자리를 틀면 안정이 돼서 병이 나을지도 몰라."

논리정연하게 말하는 영방에게 교이치는 할 말을 잃고 말았다.

몇 번의 청혼에도 계속 미적지근한 답을 들은 교이치는 한발 물러나서 에렌에게 정식 연애를 제안했다. 공식적인 애인으로서 서로만을 바라보자는 것이었다. 교이치는 에렌에게 생활비를 지원해주는 조건으로 정절을 요구했다. "카페걸에게 정조 관념?" 하고 에렌은 코웃음을 쳤지만 순순히 고개를 끄덕였다.

"나도 주관이 있는 여자야. 애인 아닌 남자와 살 섞는 것 취미 없어. 그간에는 용돈이나 떨어지지 않게 가끔 2차 갔을 뿐, 앞으로 당신이 화장비를 대준다면야."

에렌은 선불을 요구했고 교이치가 두말없이 그 대금을 치름으로써 둘의 정식적인 교제가 시작되었다.

"임신이라도 하면 내가 결혼에 끌려갈까 봐 그러지?"

"너가 내 아이라도 배게 해서 결혼하고 싶을 만큼 대단한 여자인 줄 알아?"

그러나 교이치의 본심이 바로 거기에 있었다. 백연혜가 임신하면 그 아이의 아버지는 분명하다. 그러나 동시에 임신하는 에렌으로서는 아이 아버지가 불분명하다. 괜한 껄렁쇠나 한량을 아이 아버지로 점찍고 그와 결혼하느니, 영방의 아이이든 자신의 아이이든 그 아이를 걸고 자신과 결혼하는 것이 낫다고 교이치는 생각했다.

"당신 일하는 총독부 돔 지붕에 크게 '결혼하자' 현수막 내걸면 한번 고려해볼게."

"그래서 밥벌이 잘리면 네가 날 책임지고 먹여 살릴래?"

"이렇게 날 엮어가는구나."

"그냥 곱게 결혼하는 게 너도 외사국 사모님 소리 들을 수 있다."

"당신은 지치지도 않니."

교이치가 에렌과의 결혼에 적극적인 것에는 다른 까닭도 있었다. 연혜와 영방의 결혼 생활이 낳을 임신에 대한 염려가 현실적인 이유였다면, 그를 운명론적으로 죄어오는 무엇인가가 또 다른 이유였다. 교이치 스스로의 오기 같은 것이었다. 한 여자 때문에 자신의 인생이 그려졌다. 에렌이 아니었다면 교이치는 조선에 올 생각은 하지 않았을 것이다. 고등문관시험을 봤을 리가 없었고, 경성에서 그의 젊은 날을 보내지 않았을 것이고, 조선어를 배우지 않았을 것이다.

에렌이 아니었다면 조선은 교이치에게 그저 이웃 땅, 식민지 땅으로 크게 생각할 것 없는 곳이었다. 신문에 나오면 스쳐지나듯 보고, 기행문 사진첩에서 이국 취향에 가끔 빠져봤을 법한 곳이었다. 에렌이 있었기에 조선의 언어를 익혔고, 조선의 풍습을 돌아보았고, 조선의 생활도 따라 해보려고 했다. 신 김치에 탁주를 마시는 것을 흉내 내고서 입은 내뱉고 싶은 것을 애써 머리로는 이국적인 맛이 독특해 좋다고 세뇌시켰다. 한 번도 머리에 써볼 일 없을 갓을 하나 샀고, 피울 줄도 모르는 곰방대도 사두었다. 조선의 추위가 일본보다 몸에 건강하다고 스스로를 속였다. 모두 에렌에 대한 무한한 연정의 발로였다.

사실 교이치로서는 이 길을 걷지 않았다고 해서 그 외에 뾰족한 길이 있지도 않았다. 그런데도 왠지 억울했다. 그렇다고 에렌에게 물어내라고 할 만한 성질의 것도 못 된다는 것을 그도 잘 알았다. 오히려 에렌 덕분에 부지불식간에 절로 앞길이 정해졌고 시간을 방황하지 않았다. 목표를 만들어주고 열정과 성취감을 느끼게 해준 것에 대해, 게다가 안정된 일과 보수를 갖게 해준 것에 대해, 그의 인생 한 부분을 설계해준 것에 대해, 에렌에게 고마워해야 할지도 몰랐다.

교이치는 에렌과 결혼해야만 자신의 이 기형적인 열정이 보답을 받는 것처럼 느껴졌다. 그동안의 자신의 까닭 모를 집착을 허무하게 끝내지 않으려면 반드시 에렌과 결혼이라는 결과를 봐야만 할 것 같았다. 에렌을 향한 그의 집요함은 교이치 자신도 지치게 했다. 이 불가항력의 짝사랑이 결혼으로 끝날 수 있을 것 같았다.

새로이 세워지는 만주국은 동북아의 갈등을 불러왔다. 중국의 항의에 따라 국제연맹 이사회가 소집될 것이었다. 일본은 의결안에 시간을 벌고자 이사회 심의를 연말 21일로 요청했고 연맹 사무총장도 이를 수락했다. 그러나 이번에는 일본 육군부에서 앞당길 것을 요구했다. 연말 25일이 크리스마스인 만큼 각국 대표들이 귀국을 서두르면 심의가 일찍 폐회될 위험이 있다는 것이 이유였다. 지난해 13대 1로 패한 이사회 결의 역시 각 이사국 대표들이 크리스마스를 맞아 급히 귀국한 결과인 만큼 금년에는 전철을 밟아서는 안 됐다. 이러한 표면적인 이유 뒤로, 일본 육군은 가급적 빨리 국제연맹의 결론이 나와 만주에 대한 지배를 공인받고 싶었다. 만주 치안을 변명 삼아 대규모 군부대를 주둔시킬 계획이었다.

국제 정세는 교이치에게 와 닿지 않았다. '장학량과 장개석이 손을 잡든 말든 일본 본국 외무성에서나 머리 아프라지. 나는 조선의 외사국에서 폭풍을 피해 갈 것이다.'

카페에서 교이치는 에렌과 노닥거리는 시간만큼은 폭풍의 눈 안에 있는 것처럼 행복했다. 바깥 정세와 아랑곳없이 카페는 한결같이 밝고 흥청거렸다. 에렌은 무료해하며 탁자에 팔을 기댔다.

"당신, 러시아 출장 가면 초콜릿 좀 사주라."

늘 이국적인 맛에 탐미하는 에렌이었고 특히 블라디보스토크에서 자주 먹었다던 러시아 초콜릿, 사탕 등을 그리워했다.

"겉멋에 들어 살지 마."

"외사국 애인 두고 그런 것도 없으면 무슨 재미가 있나요."

교이치가 그냥 웃었다. 그는 어째서 에렌이 발을 디뎠을 리 없을 저 러시아 블라디보스토크에서 살았었노라 자꾸만 우기는지 어렴풋이 짐작하고 있었다.

"러시아까지는 모르겠고 하얼빈 갈 일은 있겠다. 러시아인 거리에 있는 초콜릿을 싹 쓸어오마."

"역시 그래야 내 낭군이지. 내가 대배우 되면 다 갚아줄게."

"어느 세월에."

의미 없는 말이 오가더라도 교이치는 에렌과 만나고 직접 목소리를 듣는 것이 좋았다. 잔물결조차 없는 수면처럼 고요한 평화 속에서, 이따금 결혼에 대한 조급함만이 교이치를 깨웠다.

"봉희 언니, 나 왔어요!"

"경성 초행길에 잘 찾아왔네!"

봉희를 찾아온 평양 기생들이었다. 시끄러움이 결코 싫지 않은 단내 나는 요란함이 카페를 채웠다. 봉희가 여자들을 맞았고 에렌도 호들갑스럽게 그들을 향했다.

"이쪽이 에렌 언니."

"어머, 반가워요."

평양 기생들은 에렌에게도 싹싹하게 인사했다.

"정말 베티 데이비스를 닮으셨네요."

"내 보기에는 릴리언 기시도 닮은 것 같아."

에렌은 함박웃음을 지었다.

"해어화분들이 하는 말은 한 마디 한 마디가 꽃송이군요."

에렌의 말에 평양 기생들이 까르르 웃었다.

"언니 말 참 재미있게 하신다."

에렌은 봉희와 그 친구들을 위해 2층 발코니 자리를 잡아줬다. 그새 에렌과 봉희는 자매처럼 친해져 있었다.

봉희는 불행한 여인이었다. 평안도 벽촌에서 태어난 그녀는 맏이인 탓에 어린 나이부터 홀어머니와 밭에 나가 살다시피 하며 딸린 동생들을 먹였다. 나이가 차면 늙은 남자의 첩으로 팔려갈 것이 뻔한 삶이었다. 아무런 빛이 보이지 않는 삶이 끔찍했던 그녀는 차라리 기생이 되어 새로운 세계에 들어가고 싶었다. 그러나 기생전문학교를 다니고자 평양으로 간 봉희에게는 고작 두 학기 수업료만 있었다. 가난은 여전히 봉희의 발목을 잡아 그녀는 교육과정을 끝까지 수료하지 못하고 정식 일패 기생이 되지 못했다.

봉희는 집을 사준다는 꾐에 빠져 열아홉 나이에 사십 넘은 남자의 소실로 들어갔으나 견디지 못해 도망 나왔다. 가족을 이끌고 경성에 올라왔으나 보통학교도 채 나오지 않은 그녀에게 경성에서 할 수 있는 일거리는 많지 않았다. 가족 병수발에 지칠 때쯤 추위와 가난을 이기지 못한 어린 동생들은 세상을 떠나고 아랫 동생 봉수와 봉자만이 남았다. 수중에 돈은 다 떨어지고 남동생 봉수가 막노동을 해서 벌어오는 것도 한계가 있었다. 빚이 쌓여갈 때, 봉희는 카페걸 권유를 받아들이고 카페 태평양의 여급이 됐다. 에렌이 말한 가련형 여급의 전형이었다.

처음에는 카페의 요사함과 강요된 거짓웃음에 힘겨웠던 봉희였으나 차차 적응돼 팁도 챙기게 되었다. 그래도 평양 기생 출신이라는 수식하에 나쁘지 않은 대우를 받았다. 돋보이지는 않아도 적당한 인기로 생활비를 벌 수 있는 정도가 됐을 때, 카페 태평양이 문을 닫았다. 그런 그녀의 발이 닿은 곳은 카페 가디스였다.

그곳에 들어가자마자 봉희는 금방 에렌을 따랐다. 봉희에게 에렌은, 아름답기에 당당할 수 있는 여자로 보였다. 신사의 탈을 쓴 자들을 도발하면서도 아리따움으로 제압해 자신에게 반하도록 만드는 여자. 봉희가 생각해오던 모던걸의 전형이자, 꿈에서나 그려볼 부러운 여자였다. 이런 에렌은 적을 만들기도 쉽지만 동성의 숭배자도 만들기 쉬워서, 봉희는 에렌을 경모하는 숭배자 중 하나가 되었다.

봉희에게 이제 카페는 견딜 만하고 때로는 의지가 되는 세계가 됐다.

동생 봉수도 자주 카페에 찾아와 누나의 뒤를 봐줘서 건달들이 치근거리는 일도 없었다. 이따금씩 봉희의 친구였다는 기생들이 평양에서 경성 구경을 왔고, 으레 카페 가디스로 놀러왔다. 경성 카페 구경 겸 봉희를 만날 겸 찾아오는 그들에게, 봉희는 꼭 에렌을 소개해줬다. 경성 모던걸의 전형인 에렌을 자랑하며, 이러한 에렌이 있는 카페 가디스가 자신이 속한 곳이라는 자랑도 내비쳤다.

오늘 봉희를 찾아온 평양 기생들도 탁자 하나를 차지하고 에렌까지 끌어들여 이야기꽃을 피웠다. 에렌과 그들은 처음 만난 사이지만 높다란 음색으로 까르르 소곤거리며 금세 친해졌다. 아니 사실은 호들갑스럽게 서로를 칭찬하면서도 탐색을 멈추지 않았다. 특히 기녀들의 시선은 에렌을 흘끔흘끔 훑으며 에렌의 옷, 머리 모양, 눈 화장, 감정을 효과적으로 보여주는 계산된 눈짓, 나긋함을 최대한으로 이끌어내는 손놀림, 이 모든 모양새를 빠짐없이 살폈다.

에렌이 바라볼 때 기생이란, 여성의 유구한 직업을 계승했다는 것에 그쳤다. 그러나 그들에게 에렌은 카페걸이자 경성의 여배우였다. 평양 기생이라는 명성은 하나의 신분이 되었지만, 경성 모던걸은 우월한 위치를 넘어서 재색, 향기, 교양, 세련됨, 영리함, 허영, 교만, 이 모든 현대적인 것을 한데 모은 별세계의 여자였다.

"경성에는 확실히 양장한 여자들이 많아요."

"그래도……," 에렌은 보이에게 손짓하고 말을 이었다. "난 기생분들의 여름옷이 특히 좋아요. 생견으로 만들지요?"

"네, 얇은 생견일수록 고급이에요."

"수입해오나요?"

"신의주에 내지의 미용업체가 세운 공장이 있어요. 요즘은 그곳 견물을 떼서 옷을 지어요."

"내가 한복을 입으면 펑퍼짐해 보여서 입지 않는데, 기생분들의 한복은 역시 뭔가 달라 맵시가 있어서 마치 가르손느풍의 옷을 입은 것 같아요."

"파마를 하고 하이칼라 화장을 한 기생이라면 가르손느룩이 어울리지요."

"그래도 난 옛날 한복을 입어요. 전통적인 기생이라면 역시 옛날 기생다운 머리 모양을 하고 한들한들 교외를 나다녀야 하지 않겠어요."

말을 한 기녀는 자신이 전통 평양 기생이라는 것에 은근한 자부심을 드러냈다. 에렌의 손짓에 담긴 무언의 주문을 알아들은 보이가 아이스크림을 가져왔다. 환호를 지르는 다섯 여자의 손에 금세 아이스크림 그릇이 들렸다. 카페의 손님들도 흘끗흘끗 지나치며 이들을 보고 가곤 했다.

이들 다섯 여자는 아래층이 가장 잘 내려다보이는, 또한 아래층 사람들에게도 가장 많이 볼거리가 되어주는 2층 발코니 자리를 차지하고서 웃음 띤 이야기를 끊임없이 펼쳤다. 명목상 에렌과 봉희가 대접한다고 하였어도 실상은 카페가 거의 무료로 제공하다시피 하는 자릿값과 다과였다. 처음에는 황금자리를 차지하고 오래 수다를 떠는 기생 일행을 달가워하지 않던 카페에서도, 이제는 이들의 방문을 기대하고 으레 좋은 자리를 내주곤 했다.

그리고, 타인의 주목을 먹고 사는 것이 밥을 먹는 것보다 배부르고 생존의 이유인 카페걸과 기생은 주위의 시선이 쏟아지는 것에 전혀 개의치 않았다. 실로 한복에서조차 애교 띤 자태로 고혹미를 풍기는 평양 기생들과, 인기 카페걸 에렌과 봉희의 이국적인 멋은 돋보이는 것이라 미색에 무심한 사람도 절로 시선이 갔고 일부러 그들의 탁자 근처로 지나치는 손님도 있었다.

기생들은 아이스크림을 입에 머금고 과장되게 황홀한 표정을 지었다. 그중 하나가 에렌에게 경탄과 벽을 동시에 느끼는 표정으로 물었다.

"어쩜 그렇게 화려한 색이 잘 어울리세요?"

에렌이 미소를 물고 답했다.

"평양 기생분들은 원색을 잘 입지 않는 것 같아요."

잠시 생각이 잠긴 듯 곧 볼우물을 지으며 고개를 끄덕이는 해어화들에게, 에렌도 생글거리며 말을 이었다.

"역시 중간색을 많이 입으시지요? 은은한 빛이 고아함을 더 돋보이게 해주네요."

그러면서도 에렌은 결코 그것을 부러워하기는커녕 자신의 화사한 장밋빛을 자랑하는 듯했다.

"경성은 보니까 옷들이 몸이 드러나는 식으로 바뀌는 것 같아. 플래퍼룩이 끝난다는 게 사실인가 봐요. 경성 유행이 평양에 올라오면 이제 밥 굶는 평양 아가씨들 많아지겠네."

"플래퍼룩이 끝나면 다리에 신경을 덜 써도 되려나? 스커트가 짧아진 건 좋았지만 다리에 투자를 많이 해야 했어요."

"아무래도 스타킹이며 스트랩을 갖추느라 돈이 많이 들었지요."

"플래퍼는 재즈와 담배와 여권을 상징했는데, 여성이 자유로운 시대도 가는 걸까요?"

여자들만이 향유하는 공통의 관심사, 패션과 여권으로 화제는 뛰었다.

"문명이 진보될수록 여권이 높아진다지만, 바로 그 문명이 여자를 더 노골적으로 상품으로 만들어요."

"강연회를 개최해도 꼭 여자 한두 사람을 넣는다니까요."

"우리야 여왕 대접 받아서 좋지만요."

"요즘은 광고에도 반드시 여자를 넣어요. 우리 기생들도 광고에 얼굴 박은 친구들 많아요."

"우리야 일거리 늘어서 좋지만요."

오목한 입매의 귀여운 얼굴을 한 기생이 진지하게 말했다.

"'문명이기'라는 것도 결국 여자라는 상품의 가격을 더 오르게 하는 것이에요."

그녀의 큰 사마귀가 난 눈썹도 함께 찌푸려졌다. 옆의 기생이 웃음으로 부드러움을 만들었다.

"아이 참, 추월이는 문자 쓰기를 좋아해."

추월이라는 기생도 결국 웃었다. 웃을 때 오목한 입 끝이 생긋 올라가는 게 귀염성이 있었다.

"우리가 남자들에게 보이기 위해 미태를 낸다지만, 남자들이 우리의 미태를 바라고 돈이며 옷이며 화장품이며 찔러주는 거잖아요."

"그걸 받고서, 우리 자신이 아름다운 생물체로 살 수 있으니까, 내 몸에 결국 좋은 거예요."

이들의 끝없는 수다를, 지루해하기도 그 연속성에 놀라기도 하며 듣던 교이치는, 처음에는 이들이 한심했고 나중에는 감탄했다.

퍼프, 콜론, 보브, 초콜릿, 모피, 스트레이트 쇼트 드레스에는 스트랩에 개더가 좋다느니, 플래퍼가 끝나도 클로셰 모자는 오래갈 것이라느니. 나라는 잃었는데 제 몸 걸칠 것만 눈독 들이고 유행만 쫓는 철없는 모던 걸이자, 시대에 대한 아무 고민 없는 경박한 못된걸이라 생각했었다.

그 한심함은, 이들 세계의 견고함에 대한 감탄으로 바뀌었다. 일견 유약하고 섬세한 규방 세계라 여긴 그곳은 그들만의 질서와 역사로 금남의 성채를 이루고 있었다. 여기에는 남자에게 보이는 꾸며진 교태가 아니라, 질시와 동경 위에 상대의 환심을 사려는 여자들 간의 애교가 있었고, 여자들만의 동류의식과 경쟁이 있었다. 이 '여자들이란'의 속성은 태곳적부터 내려와 세계를 형성하여 국가를 초월하는 것이었다. 나라를 잃었다 하여 여자됨을 잃지는 않겠다는 이들이 여기 있었다.

교이치는 여자들 하나하나를 바라보았다. 여자들은 곧 휘어질 듯 나약해 보여도, 모두가 강단이 있었다. 상대에게 굽이치듯 겸손하고 휘감는 듯 상냥해도, 또렷이 자기 말을 했다. 보내는 눈빛과 받는 손길은 굳건하고 강했다. 그것은 자신의 속성을 자랑스러워하는 자의 태도였고, 에렌에게 만연한 자신감과도 같았다.

"다음에 오시면 러시아 초콜릿을 대접해드릴게요. 저분이 사다 주신댔어요."

에렌이 갑자기 교이치 쪽을 가리키며 말했다. 카페걸과 기생들의 가을 달빛 같은 눈동자가 일제히 향하자 교이치는 헛기침을 했다.

그 봉희의 자살은 어지간한 강심장인 에렌도 놀라게 했다. 봉희는 연인과 맺어지지 못함에 비관하여 자살하고 말았다. 봉희의 연인은 경성제대 부속병원 의사였다. 카페걸과의 연애를 반대하던 그의 집안에서 카페까지 찾아와 봉희에게 망신을 주고 경찰에 고소하기에 이르렀다. 수모를 견디지 못한 봉희는 한강 인도교에서 뛰어내렸다.

다음 날, 카페 가디스에는 봉희의 연인이었던 의사 청년이 부친 편지가 도착했다. '정인의 뒤를 따라 저세상으로 간다'는 내용대로 의사 청년은 그날로 한강에 투신자살했다. 봉희와 청년의 정사 사건, 그리고 청년의 유서는 그대로 신문에 실렸다. 유서의 "너와 나를 더하면 라이프, 즉

사는 것이요, 너와 나에서 너를 빼면 데스, 죽음이니라"라는 한껏 감상에 젖은 문구도 죽음의 무게가 더해져, 죽음도 갈라놓지 못한 사랑으로 윤색되었다. 에렌은 탄식했다.

"그깟 사랑에 왜 죽기까지 해……."

봉희의 자살 사건이 주목받자 무엇이든 유행거리라면 맹렬히 쫓는 연예 사업자들이 가만둘 리 없었다. 봉희의 사연은 '밤의 꽃이 머금은 순애보'라는 제목을 달고 레코드로 제작되었다. 영화로 만들어진 적도 없으면서 '영화 설명'이라는 표제가 붙은 레코드였다. 유명 변사가 구슬프게 봉희의 사연을 읊었고, 중간에 봉희가 직접 독백하는 내레이션이 들어갔다. 물론 이미 저세상 사람인 봉희의 육성이 들어갈 리 없었다. 봉희를 연기할 여배우가 필요했고, 여기에 에렌이 거론됨은 어찌 보면 자연스러운 것이었다.

에렌은 망설였다.

"만약 나한테 녹음 제의가 들어온 이유가, 봉희와 가까웠던 사이라 추모의 깊이를 더하기 위해서다, 였다면 이해하겠어."

에렌은 개운치 않은 표정으로 말을 이었다.

"그런데 어떻게 그게 아니라, 같은 카페걸이라 더 절절하게 대사를 외울 것이다, 라니."

"그게 사실이 아니야?"

교이치는 대수롭지 않게 물었다. 에렌은 답답해했다.

"물론 그런 부분이 없지 않겠지만. 이제 막 레코드 배우로 뻗어나갈 내가 카페걸 꼬리표를 달고 시작해야겠어?"

그 에렌이 녹음을 결심한 이유는, 내레이션 역이 평양 기생 출신에게 돌아갈 것이 유력하다는 소문 때문이었다.

"얌체 같은 것들, 봉희가 정식 일패기생이 아니라고 생전에 선을 긋던 것들이 이제 와서 죽은 사람과 친한 척을 해?"

에렌은 녹음을 수락했고 곧 그녀의 목소리를 탄《밤의 꽃이 머금은 순애보》레코드는 시중에 출시됐다. 사건 자체의 화제성이 평균 이상의 판매고를 올려줘서 음반사를 실망시키지 않았고, 사실상 이 레코드는 에렌에게 그녀의 대표곡 〈청춘의 꽃마차〉보다도 더한 히트작이었다. 극단은 이 밤의 꽃을 연극 무대에 올리고 에렌을 주인공으로 출연시키는 것을 진지하게 고려하기 시작했다. 그러나 에렌은 자신이 전면에 나오게 되는 것은 피하려 했다.

인터뷰 요청이 들어오면 에렌은 얌전하게 답했다.

"세상을 떠난 그녀를 쉽게 두었으면 좋겠습니다. 세상 사람들이 저를 그녀와 혼동한다면 그녀에게 미안한 일이고, 자꾸 살아 있는 제가 나와서 그녀에 대한 아름다운 기억을 욕되게 하고 싶지 않습니다."

그러나 교이치는 그것이 그녀의 본심이 아님을 알고 있었다. 에렌은 자신의 카페걸 경력을 드러내지 않으려 했다. 성공을 갈망하는 에렌에게, 배우로서의 길에 조금이라도 지장을 줄 것들은 가차 없이 제외되었고, 도움이 될 것들은 무엇이든 취해졌다. 레코드사는 홍보를 위해 봉희의 내레이션을 같은 카페 가디스의 여급이 녹음했다는 사실을 공개하기를 원했다. '바로 봉희 곁에서 지켜보던 가장 절친한 지우로서 누구보다 봉희의 속마음을 깊게 체득한 여인'이라는 수식을 수락하는 대신 에렌은 레코드사에 향후 자신의 음반 두 장을 내는 조건을 걸고 계약서를 썼다. 빈틈없이 돌아가는 잇속에 교이치가 혀를 내두르자 에렌은 태연하게 말했다.

"죽은 사람 때문에 산 사람이 희생될 수는 없잖아."

눈 하나 깜짝 않고 에렌은 덧붙였다.

"친구가 세상을 떠난 것은 나도 충분히 애도해. 하지만 지금 내가 이러는 게 봉희에게 해될 것도 전혀 없으니까."

교이치는 에렌이 천상 배우라고 느꼈다. 에렌이 그렇게 자신은 카페걸 이전에 배우라고 주장하지 않아도, 에렌은 눈 하나 깜짝 않고 타인의 탈을 쓰는 배우였다.

봉희와 정인의 자살 사건은, 요염한 입술의 지고지순함이라는 반전에 비극이 결합한 완벽한 드라마였다. 일반이 좋아할 요소만 모아놓은 이 사연에 각계각층의 사람들이 관심을 두고 각자 필요한 것을 뽑아내려 했다. 영화제작의 뜻을 밝힌 한 감독은 원작자의 허락을 받겠다고 에렌을 찾아오기까지 했다.

"목소리만 빌려줬는데 원작자라니요?"

"봉희의 목소리를 이혜련 씨가 했다고 하던데요?"

"네, 제가 이혜련이지만 저도 봉희를 연기한 것뿐인걸요."

"원작자의 승낙을 받았다는 말도 끼워 넣어야 홍보 효과가 있는데…… 사례는 드릴게요."

"그냥 허가받았다고 두루뭉술하게 광고 내세요."

"그래도 누구에게 허락받았다 밝혀야 홍보에 조금이라도……"

"굳이 꼭 그렇게 허락이라는 걸 받아야 마음 놓이시겠어요? 그럼 유족분과 연결해드릴게요."

에렌은 감독을 봉희의 남동생 봉수에게 데려다주고 와서 투덜거렸다.

"사례? 고작 옷 한 벌 값으로 썻으려 하겠지. 그러면 당장 나는 봉희 사건의 실존 인물이라는 말도 안 되는 온갖 헛소문에, 또 헛소문이 더해진 풍문의 괴상한 여왕이 될 거야."

뒤죽박죽 두서없는 말을 중얼거린 에렌은 탄식했다.

"봉희야, 봉희야. 너야말로 카페걸이구나. 살아서는 악녀이자 요녀요, 죽어서는 천사인 카페걸이 너로구나. 죽음으로 성스러움을 샀니……. 그래도 난 살아가련다."

봉희의 사연은 이리저리 각색되어서 그녀가 평양 낭자 데모를 앞장선 용감하고 주관 있는 기생이라는 보도가 나왔다. 그것이 사실이 아님을 잘 아는 에렌이었지만 그저 "제가 평양에서 함께 있지 않았는데 어떻게 알겠어요" 하고 답을 피했다. 진실 확인은 금방 이루어졌다. 즉각 기생들이 "낭자 데모에서 봉희는 없었습니다"라는 성명서를 낸 것이다.

"치사해라. 기생들 중 순정파가 또 등장했다 하면 자기들도 좋은 것 아닌가. 죽은 사람 소원 들어주는 셈치고 봉희를 평양 기생으로 만들어주면 안 됐던 거야?"

에렌은 냉소했다. 교이치는 '여자들이란……' 하고 대수롭지 않게 생각했지만 이내 속내를 알 수 없는 무서운 여자 둘을 품고 있는 에렌의 몸이 무서워졌다.

봉희가 없는 마당에 봉희 동생 봉수가 카페 가디스에 있을 명분은 없었다. 그러나 그는 무섭게도 카페에 남아 에렌의 뒤를 쫓았다. 사랑에 모든 것을 내던지는 것은 남매가 똑같았다. 누나라는 핑계가 사라져서일까. 봉수는 더욱 절박하리만큼 에렌을 쫓았다. 교이치는 봉수가 에렌의 이면에 연혜가 있다는 것을 알아챌까 봐 두려웠다.

봉수는 에렌의 모든 구애자를 적시했다. 그것은 교이치에게도 예외는 아니었다. 때문에 교이치가 에렌과 정식으로 사귀게 된 후, 교이치는 봉수의 시비와 공격을 어느 정도 각오하고 있었다. 그러나 봉수는 예상 외로 조용했다. 그는 여전히 교이치에 대한 경계를 늦추지 않되, 에렌과 교이치의 공개 데이트를 지켜보기만 했다. 어쩌면 교이치라는 공식 애인이, 에렌을 향한 뜨내기들의 구애를 막는 방어막이 됐기 때문일지도 몰랐다.

에렌은 새 레코드 녹음 건으로 레코드사 직원과 씨름 중이었다. 녹음 계약서를 들고 찾아온 사원은 이번에 에렌이 부를 곡에 대해 열심히 설명했고, 에렌은 곡에 대한 불만을 순진한 얼굴 뒤로 숨겼다.

"이혜련 양에게도 좋은 도약이 될 노래예요. 지난달에 귀국한 촉망받는 작곡가가 지어서 신선함이 다분하고. 조선의 색을 담은 창작곡이죠."

에렌이 떨떠름함을 감추고 물었다.

"일본 유행가를 번역해서 부르는 게 낫지 않아요?"

"요즘은 그런 번안곡들만 판을 쳐서, 다 고만고만한 노래잖아요."

"그래도 이미 유행했던 노래니까 대중을 울리는 뭔가가 있다고 할 수 있지 않을까요."

"확실히 귀에 감기지만. 그러다가 언제 조선 유행가를 만들겠어요. 조선인이 작곡하고 조선의 정신을 담은 조선 유행가가 이제는 나와줄 때예요. 이번 레코드는 조선식 유행가 양식을 만드는 초석이 될 거예요. 그래서 언젠가는 우리 곡을 일본에 역수출할 거예요."

에렌은 아이를 달래는 어머니의 어투로 말했다.

"취지는 좋아요. 나도 응원해요. 그런데 그 노래를 부를 가수가 꼭 나여야 할 이유는 없잖아요."

에렌의 말 이면에는 '우선 난 빨리 인기 얻을 노래를 불러야 해요'가 담겨 있었다.

"아, 예……."

레코드사 직원의 얼굴 뒤에는 '이러니까 카페걸들이 무식하다는 거지' 하고 경멸하는 빛이 스쳤다.

"이혜련 양이 얼마 전 우리 레코드사 소속이 된 기념으로⋯⋯. 보통 동경에서 공부한 성악가들을 초청해서 녹음하는데, 이번에는 특별히 이혜련 씨에게 들고 온 거라고요."

거드름을 피우며 레코드사 직원이 돌아갈 때, 봉수가 그를 쫓아 나갔다.

"잠깐 나 좀 봅시다."

"댁은 누구요?"

"난 에렌 매니저야."

퍽. 봉수의 주먹이 그의 턱을 올려붙였다.

카페로 다시 들어온 봉수가 에렌 곁을 지나다가 흘끗 "조선 노래, 부르지그래?" 나직이 말하고는 대답도 듣지 않고 물러갔다. 교이치가 에렌에게 다가갔다. 그녀의 맥 빠진 기색에 무언가 해줄 것이 없어 교이치는 덩달아 마음이 저렸다.

턱을 괴고 앉아 뾰루퉁하니 있던 에렌이 툭 내뱉었다.

"당신이랑 결혼, 할게."

믿을 수가 없어 교이치는 에렌의 눈치만 살폈다. 당장이라도 그녀가 까르르 웃으며 '장난이야, 속았지?' 할 것 같았다. 에렌은 여전히 무표정하게 말했다.

"신혼집이든 결혼식이든 당신이 다 준비해봐. 난 몸만 들어가게."

여전히 믿기지 않던 교이치가 간신히 입을 열었다.

"반지는 뭐로 해줄까?"

"반지는 무슨. 초콜릿이나 100상자 혼수로 해줘요."

교이치는 어디까지가 진심인가 살피느라 에렌을 넋 놓고 바라봤다.

"여자는 초콜릿이 더 좋은걸. 남자는 결혼 안 하면 못 견디나 봐? 일등 여자인 나는 결혼은 해도 그만, 안 해도 그만. 초콜릿만 있으면 돼요. 누구는 다이아몬드만 있으면 된다고 하지만요. 난 소박해. 먹지도 못하는 다이아몬드 백날 끼고 있어 뭐해. 맛있는 것 먹고 행복하면 그게 제일이지."

에렌은 교이치에게 말하는 듯 마는 듯 무심하게 말을 이었다.

"당신은 일본인, 권력자, 직업 탄탄. 여배우에게 가장 걱정되는 건 노후. 그래서 당신과는 결혼해도 괜찮을 것 같아. 일본인과 결혼했다고 그것도 총독부 관리와 결혼했다고 나는 매국노로 욕 잔뜩 먹겠지만. 괜찮아요. 여자들은 나의 적. 동포 속에서도 여자에게서 멸시받고 남자에게서 우롱당하는걸. 일본인에게서 조센징으로 차별받고 어차피 온 세상 모든 것들에게 괄시받고 살아. 남편이라도 든든한 사람 세워서 날 맞대놓고 무시하지는 못하게 해야지."

교이치는 에렌의 눈치를 살폈다. 그리고 에렌의 눈길이 그의 어깨 너머로 향한 것을 알았다. 교이치가 뒤돌아보니 봉수가 눈을 번뜩이고 서 있었다. 그는 틀림없이 에렌의 말을 들었을 것이다. 에렌은 '날 정말 좋아한다면 내가 일본인 권력자와 결혼하는 것을 참아줘'라는 눈빛을 봉수에게 보내고 있었다. 교이치는, '에렌 네가 나와 결혼하는 건 뭔가 네 잇속을 차리기 위해서지' 싶었다. 이번에 에렌은 태연자약하게 '날 정말 좋아한다면 그런 이유로 결혼하는 나를 받아줘야지' 하는 눈빛을 교이치에게 보냈다. 그리고 교이치는 자신이 그대로 하리란 걸 알았다.

보석반지 대신 정말로 초콜릿을 받아 결혼 날을 잡던 에렌 앞으로, 어느 날 봉수가 쓰윽 나섰다.

"이봐, 카페 가디스의 여신님, 대배우 이혜련 님!"

봉수가 에렌에게 일대일로 말을 건 것은 처음이었다.

"내 누나를 이용해서 재미 보니 좋으신가?"

에렌은 전에 없이 긴장했다. 봉수는 씩 웃었다.

"걱정 마. 당신 결혼을 훼방놓지는 않아. 대신 죽은 우리 누나로 이득 본 대가는 톡톡히 치르셔야지."

"내가 무엇을 해주길 바라는데?"

봉수는 음산한 목소리로 말했다.

"영원히 나를 기억해야 하지 않겠어?"

에렌은 이번에야말로 얼굴색이 바뀌었다. 봉수가 제정신이 아니라고 느낀 모양이었다.

"어떻게?"

"두고 봐, 날 잊지 못하게 해줄 테니. 나한테 고마워서 두고두고 기억하게 해줄 거야."

계절은 새로운 색을 입었다. 12월이 오기 전부터 대형 카페들은 크리스마스 티켓 광고를 내보내기 시작했다.

10 해할 줄 모르는 눈

영방이 연혜에게 청혼할 때, 연혜는 눈을 크게 뜨더니 영방을 뚫어져라 바라보기만 했다. 마치 영방의 저의를 알고자 하는 시선이라 도리어 영방이 머쓱해졌다. 청혼을 받으면 여자들은 수줍어서 얼굴을 붉힌다거나 눈을 내리깐다거나 한다던데. 하지만 연혜는 특별히 기뻐하지도 부끄러워하지도 않았다. 고요히 영방을 바라볼 뿐이었다. 청혼을 받으면 이렇게 반응하는 여자도 있나 보다, 영방은 생각했다. 수줍어 속눈썹을 파르르 떠는 여자란 연애소설에서나 등장하는지도 모른다.

이윽고 연혜가 입을 열었다.

"정말 미안합니다. 나는 결혼할 수 없어요."

그 말에 영방은 생애 처음으로 저자세가 되었다.

"왜요, 어째서요, 이유가 뭔가요. 내가 연혜 씨를 좋아해요, 내가 연혜 씨를 아주 많이 좋아해요."

연혜는 간곡하게, 미안하다는 말만 반복했다. 영방은 정신을 차리고 그 순간 자신이 할 만한 가장 적절한 말을 찾아냈다.

"연혜 씨에게 생각할 시간을 드렸어야 했는데, 오늘 답을 달라는 게 아니에요. 좀 더 생각해보고 답해줘요. 얼마가 걸리든 괜찮아요, 기다릴게요."

호기롭게 말하고 돌아섰지만 영방은 내내 초조해했다. 이것이 청혼에 대한 여자들의 의례적인 거절인가 생각되어 혼란스러웠다.

청혼이란 어떤 누구에게도 심지어 연애박사 정균에게 물어도 답이 안 나오는 것이었다. 영방은 청혼의 절차와 관습, 심리 그 모든 것에 대해 주변에 자문을 구하지 못했다. 영방의 친구 중 기혼자는 많았으나, 청혼의 경험이 있는 이는 전무하다시피 했다. 대부분이 부모의 주선으로 조혼을 해서 그들에게는 청혼을 할 기회조차 없었다. 이후 본부인 대신 신여성 애인을 사귀는 것이 정해진 순서였다. 이런 불륜의 대상들에게, 그들은 청혼을 할 필요도 자격도 없었다. 가까운 정균만 해도 전문학교 입학 전에 부모가 맺어준 짝과 멋모르고 결혼하지 않았던가. 부인은 고향 집에 남아서 시부모와 살고 정균은 학업으로 경성에 올라온 이래 현재도 경성과 지방을 오가며 고향의 아내를 가끔씩 볼 뿐이었다.

억지로 연혜에게 생각할 여지를 떠넘기고 온 영방은 기다림의 불안 속에, 이대로 연혜가 아무런 답을 해주지 않으면 먼저 긴장감에 폭삭 재로 다 타버릴 것 같았다. 그러나 다음 날도, 그다음 날도, 연혜는 영방에게 "역시 아니에요. 역시 안 돼요"라는 말만 또박또박 전해왔다. 영방이 오히려 제발 연혜가 더 많이 생각할 시간을 가져주기를 바랄 지경이었다.

"그럼 이유라도 알려줘요. 이유도 모르고 이렇게 연혜 씨를 놓아야 한다면, 평생 난 연혜 씨 그림자가 어른거려 힘들 거예요."

정균이나 읊조릴 법하다 치부했던 연애소설 속 대사를 지금은 영방이 열심히 떠올리며 되뇌고 있었다. 연혜는 "나는 결혼할 수 없는 몸이에요. 나와 결혼하면 영방 씨가 불행해져요, 미안합니다" 하고 말할 뿐이었다. 소설 속 비련의 여주인공 같은 말을 그대로 현실에서 쏟아내니 영방은 더욱 답답했다.

"그건 이유가 안 돼요. 봐요, 연혜 씨와 나, 같이 월미도 다녀온 후 사람들이 뭐라는지 알죠? 그러고도 결혼을 안 한다면 연혜 씨 평판이 뭐가 되겠어요? 연혜 씨만 문제일까요? 내가 더 문제예요. 우리가 결혼하지 않으면 난 여자를 가련하게 만든 파렴치한이 됩니다. 내가 연혜 씨 좋아하고 결혼하고 싶은데 연혜 씨가 나를 싫대죠. 세상이 믿어줄까요?"

일부러 연혜의 마음 약한 곳을 자극한 영방의 의도는 성공했다. 난처해하던 연혜가 천천히 입을 열었다.

"나한테 병이 있어요."

"무슨 병인가요?"

영방은 이제야 앞이 보이는 기분이었다. 그럼에도 연혜가 자신의 증상에 대한 어떤 고백을 해올지 궁금하여 영방은 짐짓 모르는 척했다.

"연혜 씨가 절대 결혼하면 안 되고, 절대 남편이 있어서는 안 되고, 절대 가족을 만들어서도 안 되는 병인가요?"

"…… 몽유병이에요."

가까스로 입을 연 연혜는 영방의 반응을 살피다가 그가 말이 없자 이어서 말했다.

"생각지도 못한 곳에서 깨어날 때가 있어요. 날짜가 한참 지나 있기도 해요."

"별것 아니네요."

"아니요, 그런 내가 결혼 생활을 원만히 이어갈 리가 없어요."

"내가 연혜 씨 좋아해서, 그런 것들 상관없어요."

"의식 없이 돌아다닐 때는 내가 무엇을 하는지도 몰라요."

"난 그 모든 연혜 씨의 모습을 좋아할 거예요."

"영방 씨를 해칠지도 모르는데? 내가 당신을 찔러 죽이면 어떡해요?"

"연혜 씨랑 결혼 못 하면 지금 내가 당장 죽어버릴 것 같아요."

"……"

평소답지 않은 영방의 태도에 연혜는 말문이 막혔다. 이번에는 영방이 다그쳤다.

"이유가 그건가요? 그깟 병? 나와 결혼 못 하겠다는 이유가?"

"네……. 내가 이 모양인데 결혼하면 영방 씨는 힘들어질 거예요. 지금은 괜찮다고 해도, 평생 내가 영방 씨의 짐이 될 거예요. 난 한참 모자라요."

영방은 눈앞이 환해진 기분이었다. 이 얼마나 사려 깊은 여인인가. 이미 자신이 다 알고 있는 줄도 모르고 혼자 끙끙 앓았을 연혜가 안쓰러웠고 귀엽기까지 했다. 영방은 정신없이 외쳤다.

"그까짓 이유라면 결혼해요."

모호함을 벗고 확실해진 것에 대해서는 영방은 얼마든지 그의 논리를 펼칠 수 있었고, 반박에 맞설 수십 개의 답을 만들어내는 능력이 있었다. 몇 날 며칠 정연한 논리와 집요함으로 다가오는 사람을 막을 방도는 없었고, 연혜는 결국 영방의 청혼을 승낙했다.

"그래도 괜찮다면, 할게요."

갈망 끝의 환희는 더욱 강렬하여, 이제껏 그가 들인 노력에 대한 보답으로 연혜는, 영방에게 강한 애정을 불러왔다. 모두가 좋아하는 연혜가 자신의 아내가 된다는 사실이 가슴 벅찼다. 영방은 솔직히 연혜도 자신을 좋아하는지는 확신할 수 없었다. 자신을 싫어하지는 않는다고 알고 있었다. 자신의 말에 웃어주고, 데이트도 몇 번이나 많이 했고, 그때마다 원만한 분위기였다. 그러니 어쩌면 자신을 좋아하는지도 모르겠다고 영방은 바라는 대로 생각하기로 했다.

영방은 부친에게 결혼할 여자가 생겼음을 고했다. 부친은 다른 말 없이, "한번 그 처자를 봐야겠구나" 할 뿐이었다. 영방은 반대할 줄 알았던 부친이 별다른 기색을 보이지 않아 도리어 불안해졌다.

"어떤 여자일 것 같으세요?"

"네가 어련히 잘 만났겠느냐. 현명한 네가 선택한 여자이니 지덕을 갖춘 규수겠지."

"제 짝을 직접 골라주고 싶어 하셨지요?"

"그랬지. 하나 요즘 세상이 달라졌구나. 내 비록 유림이어도 그 정도로 고루하지는 않다."

어머니를 일찍 보낸 영방이었다. 부친은 종친들이 새 아내를 들이라 하여도 듣지 않고 홀로 영방을 바른길로 키우고자 힘써왔다. 영방은 부친이 자신에게 품은 꿈이 있다는 것을 알고 있었다. 그중에는 부친이 바라는 여자와 결혼하여 손주를 낳아드리는 것도 있을 것이었다. 어쩌면 세상을 뜬 자신의 아내와 꼭 닮은 며느리를 바랐을 수도 있었다. 다소곳하고 조신한 며느리가 시부 공양과 남편 내조를 잘하고 아이들에게 현모이기를 바랐을 것이다. 영방은 연혜가 부친이 바라는 며느리상인가 생각해봤다. 어느 쪽으로는 그보다 꼭 맞을 수 없는 며느리였고, 어느 쪽으로는 가장 거리가 먼 여자였다. 연혜는 고전여인과 신여성의 풍모를 동시에 지녔기 때문에, 자신이 좋아하고 자신과 어울린다고, 영방은 생각했다. 영방은 부친이 연혜를 탐탁지 않아해도 결혼을 감행할 생각이었다.

이전까지 영방은 연혜와의 예의 바른 듯 간간히 은근한 농염함이 내비치는 연애가 즐거웠다. 그 이상을 구체적으로 그려본 적은 없었다. 그러한 영방이 결혼이라는 실질적인 그림을 그리게 된 계기는 월미도 여행도, 주위의 부추김 때문도 아니라, 바로 교이치의 존재가 결정타였다. 교이치는 가끔씩 영방을 찾아와 이것저것을 묻고 이것저것을 말하고 가곤 했다. 영방에게 교이치는 꽃에 눈이 멀어 집착하는 어린 소년 같았다. 평소에는 찬바람이 불고 사무적인 사람이 연혜만 얽히면 아이처럼 변했다. 저런 사람이 어떻게 고등문관시험을 통과해서 외사국 간부에 올라 있는지 신기하기도 했다.

교이치로 인해 영방은 생전 처음으로, 섣부른 좌절감, 초조함, 조바심을 느꼈다. 명석한 두뇌와 타고난 성품으로 이제껏 순탄하게 살아온 영방에게, 이루고자 하는 것을 이룰 수 없을지도 모른다는 절망은 낯선 것이었다. 연혜의 짝이 그 누구도 가능하다는 사실을 새삼 깨닫게 된 영방은 처음으로 가슴에 통증을 느꼈다. 경쟁이라는 행위 자체가 낯선 영방에게, 결코 자신이 우월하다 확신할 수 없는 이 경쟁은 엄청난 두려움을 가져왔다.

교이치가 알려준 연혜의 병이 어떤 증상인지 영방은 어렴풋이 이해했을 뿐이었다. 몽유병과 비슷하면서도 다르다 했다. 연혜가 정신없이 잠에 빠졌다가 갑자기 사라지는 것을 이따금씩 봐왔다. 아무에게도 해를 가하지 않는데 병 때문에 결혼을 못 하겠다는 것은 금수와 다름없다고 생각했다. 더군다나 어릴 적 충격으로 말미암아 생기는 병이라고 했다. 조선, 일본, 중국을 오가며 많은 곡절을 겪었을 연혜가 얼마나 험난한 어린 시절을 보냈기에 병까지 생겼나 생각하니 그녀가 가여웠다. 자신이 책임지고 그녀를 완쾌시켜주고 싶었다. 행복하게 유년기를 보냈던 자신이 부끄럽기도 했다. 영방은 치료 못 할 병은 없다고 생각했다. 연혜의 병을 이론적으로 이해한 영방은, 연혜에게 충격의 원인을 제거하면 온전한 자신을 되찾게 된다고 믿었다. 완쾌하면 연혜가 보다 건강하고 활기 차게 되리라 여겼다.

영방의 부친과 연혜가 만나기로 한 날이 왔다. 연혜의 머리가 많이 길어져 등 뒤에서 찰랑거리는 것을 보고 영방은 '적어도 아버지가 머리 때문에 연혜에게 색안경을 낄 일은 없겠구나' 하고 안심했다.

부친의 집에 도달한 영방은 연혜를 데리고 안으로 들어갔다. 경학원을 은퇴한 부친은 경성 외곽에서 살고 있었다. 작은 마당 가운데 옹달샘보다 작은 연못 안에는 금붕어가 노닐었고 빙 둘러 심어진 화초가 싱싱했다. 어느 때보다도 깔끔한 집 안과 비단 방석, 새로 뜯은 찻잎 봉지를 보면서 영방은 부친이 이날을 위해 준비했음을 알았다.

부친과 대화를 나누는 연혜는 단정하면서도 침체되지 않았다. 어느 정도는 당찬 이 젊은 여성이 당돌해 보이지는 않을까, 부친의 눈에 자기주장이 센 여자로 비칠까 생각되어 영방은 조마조마했으나 부친의 표정을 보아 그다지 싫은 기색은 없었다.

"양친이 일찍 별세하셨다고 들었네."

"네."

"실례지만 춘부장께서 어떤 길을 걸어오셨나 물어봐도 되겠나."

"국권 침탈 직후 일어났던 의병운동에 참여했습니다. 그렇지만……."

"우국충절이 드높으신 분이셨구면."

부친의 감탄에 연혜는 엷게 미소 지으며 말했다.

"과분한 평 감사드립니다. 하지만 일본군의 남한 대토벌 때 포로로 끌려가 일본에서 강제 노역을 했습니다."

"저런."

"그때 제 어미가 어린 저를 업고 아비를 만나러 현해탄을 건넜습니다.

그 후 저희 가족은 일본을 탈출해 간도로 건너갔습니다. 그곳은 조선인들이 터전을 이루고 있어 살기에 더 나았습니다만 간도참변의 대규모 학살지가 됐고, 제 아비도 그때 학살당했습니다."

"원, 세상에. 그 끔찍한 일을 당한 사람을 실제로 보는군. 그래 자네는 어찌 빠져나왔나? 그 후 무엇을 했나?"

"저와 제 어미는 일본 정부가 지정한 수용소에 머물러 목숨을 건졌습니다. 지인의 도움으로 봉천으로 이주했습니다만 어미가 사고로 세상을 떠났습니다. 저는 봉천에서 학교를 다니다가 의지할 곳이 없어져 조선으로 돌아왔습니다."

영방은 부친이 고개를 끄덕이며 듣고 있는 것을 보았다. 일본이 경학원을 강제 개칭하고 체제를 개편한 것에 반발했던 부친이었다. 민족 교육의 역할을 되살리고자 부친은 명륜학원 설치를 강력히 건의해왔다. 그러나 막상 신설된 명륜학원이 기대와는 달리 총독부의 규정에 따라 교과 편성되는 것에 실망하여 은퇴를 선언하고 시 외곽으로 집을 옮겼다. 그런 부친이었기에 연혜의 아버지에 대해 호의를 보일 수도, 연혜의 어머니에 반감을 내비칠 수도 있었다.

"열악함 속에서도 사부인께서 이렇게 고운 따님을 길러내셨구먼."

영방은 귀를 의심했다. '사부인'이라면, 부친이 연혜를 받아들이겠다는 뜻을 내보인 것으로 생각해도 무방하지 않을까. 연혜는 생긋 웃으며 답했다.

"좋게 봐주셔서 고맙습니다."

결혼식까지 시간은 금방 흘렀다. 당장 신혼집을 구하러 다녔다. 미스 고에게서 산 필동의 문화주택을 생각했으나, 연혜는 "그건 친구가 사서,

친구 집이라 제가 어쩔 수 없어요"라고 잘라 말했다. 마침 미스 고의 친척이 세를 놓는 집이 비어서 그 집에서 신접살림을 차리기로 했다. 주택난이 심각한 마당에 비록 세를 얻는 집이지만 이렇게 뚝딱 집이 생기고, 아름답고 교양 있는 아내까지 맞게 되었다. 만족감에 겨워 영방은 결혼식까지 꿈꾸는 기분으로 살았다. 영화나 잡지에 나오는 '스위트 홈'이 이제 자신의 이야기였다. 피아노만 있으면 더 보탤 것도 없이 완벽한 백 퍼센트를 채우는 것이다. 영방은 무리를 해서라도 연혜를 위해서 피아노를 장만하리라 다짐했다. 그는 연혜가 고운 노랫소리와 수준급의 피아노 실력을 지녔다는 것을 알고 있었다. 고아한 아내가 연주하는 피아노 소리를 들으며 함께 노래를 흥얼거리고, 탁자에는 비스킷과 홍차가 차려져 있고, 창틀에는 꽃 화분이 색색으로 놓여 있는 풍경, 생각만 해도 영방은 흐뭇했다.

영방의 집안은 유복했다. 부가 넘치지는 않았을지언정 부족함도 없었다. 더욱이 외아들인 영방의 결혼식이라면 성대하게 치를 것이었다. 그러나 정작 신부인 연혜가 그것을 원치 않았다. 연혜는 호적부에 혼인신고하는 것을 전부로 하는 '모던'한 결혼식을 하자고 했다. 외국에서는 그렇게 '심플'하게 인륜지대사를 치른다고 했다. 설령 연혜가 크리스천이어서 예배당 뾰족탑에서 종이 울리고 목사 앞에서 혼인 서약을 하는 결혼식을 주장했다 해도 영방은 이렇게 놀라지 않았으리라. 영방은 연혜가 원한다면 부친의 반대를 무릅써서라도 신식 결혼식을 올려주겠다 각오하고, 그녀를 꾀었다. 그러나 연혜는 모던걸의 꿈이라는 흰 웨딩드레스의 신식 결혼식에도 흥미를 보이지 않았다. 연혜는 조실부모하고 혈혈단신인 자신은 하객도 없는 결혼식이 부끄럽다는 현실적인 이유를 들었다.

연혜와의 결혼식이라 하면, 영방에게는 하얀 베일을 늘어뜨린 연혜가 표표히 걸어와 자신 옆에 서는 환영이 떠오르곤 했었다. 그 그림은 허상에 그치겠지만 영방은 개의치 않았다. 결혼식이란 모름지기 여자가 원하는 대로 해주는 것이다, 여자들은 결혼식이라는 행사에 남자보다 큰 의미를 부여하는 법이니까, 생각하고 영방은 얼마든지 연혜가 하자는 대로할 작정이었다.

아무래도 좋았다. 이 여자가 내 아내가 된다는데.

모친이 없는 영방과, 양친을 모두 여읜 연혜로 양가 상견례는 자연히생략됐다. 영방의 부친은 연혜를 며느릿감으로 매우 만족해해서 며느리가 폐백이며 혼수를 못해오는 것도 개의치 않았다. "며느리 돈을 보태야할 만큼 집이 가난한 것도 아니고 무엇보다 사람이 보물인 것이다" 하고부친은 호탕하게 말했다. 영방은 과연 그게 아버지의 진심일까, 내심 서운해하는 것이 아닐까 눈치를 살폈지만, 부친은 정말로 연혜를 마음에들어 했다. 부친은 벌써 연혜와 일상적인 화제부터 학문과 시국까지 두루 논하며 대화가 잘 통한다고 흡족한 기색이었다.

결혼식을 하지 않는다고는 해도 영방 쪽 친지와 주변 사람들을 의식하여, 경학원 마당에서 형식적인 혼례만 올리기로 했다. 예식도 피로연도 워낙 간단하다 보니 준비할 것이 많지 않았다. 이사 갈 집을 미리 청소하고, 몇 가지 가구를 옮겨놓아 신혼 분위기가 나게 꾸며놓고, 혼인날입을 옷을 다림질하는 정도였다. 방을 꾸밀 때, 미스 고만이 영방을 보며"결코 편치 않을걸" 하고 중얼거린 것을 제외하면 결혼식까지 그의 앞에는 축복만 가득했다. 심지어 교이치의 감시에 가까운 탐색도 그에게 큰타격을 주지 못했다.

휴가를 내고 부친의 집에서 결혼식 막바지 준비를 하던 영방은 교이치가 줬던 〈청춘의 꽃마차〉 팸플릿을 들여다보다가 방에서 나와 부친에게 물었다.

"아버지께서는 정말로 연혜가 마음에 드세요? 연혜를 믿으실 수 있나요?"

"눈이 크고 맑지 않느냐. 저런 눈은 남을 해할 줄 모르는 눈이다. 눈을 보면 안다. 필경 선한 아이다. 남에게 괴롭힘을 당할지언정 해칠 줄 모를 것이다."

부친은 잠시 생각하다가 말했다.

"미색이 수려한 것이 좀 걱정이지만 요즘 젊은이들은 미인을 좋아하지. 적어도 부모가 짝지어준 대로 억지 결혼 하고서 미색이 그리워 밖을 나도는 호색가가 되는 일은, 너는 없겠어. 부부가 서로 충실해야 그게 인간의 도리라는 것을 너도 알고 있겠지."

부친은 허허 웃었다.

"내 아들이 인간 구실은 끝까지 하게 만들 테니 최고의 며느리 아니겠느냐."

결혼식 전날 영방은 설레서 잠을 이루지 못했다. 연혜도 과연 잠 못 이루는 밤을 보내고 있을까, 영방은 연혜에게 전화기만 있다면 전화를 걸어 그녀의 목소리를 들으며 도란도란 밤을 지새우고 싶었다.

결혼식 당일, 영방은 아침 일찍 이발소에 들러 머리를 다듬고 면도를 했다. 미리 가서 기다리고 있자니 연혜가 나타났다. 영방은 간밤에 잠을 잘 잤을까 싶어 연혜의 얼굴을 살펴보았다. 결혼 때문에 불면의 밤을 보낸 것인지 알 수는 없었으나 연혜의 눈 밑에 그늘이 져 있었다. 그것이 도리어 연혜의 눈을 더욱 크고 깊어 보이게 했고, 창백한 안색은 청신해 보였다. 몇 가닥은 땋아 높이 올리고 몇 가닥은 늘어뜨려 어깨 아래로 흘러내리게 한 머리 모양은, 미용사의 손품이 많이 들었을 텐데도 연혜의 풍성한 머릿결과 어우러져 바람이 빚어낸 듯 자연스러웠다. 엷게 화장을 한 연혜는 여느 때보다 더욱 찬탄을 불러와 새신랑을 우쭐거리게 했다.

수모와 시반이 동반하여 기본적인 격식만 지킨 혼인식은 초례교배와 동뢰연만 한 채 간소하게 끝났다. 합근례를 마치기까지 얼마 되지 않아 사람들은 간만에 보는 선남선녀의 결혼식이 끝나감을 아쉬워했다. 검약한 결혼 뒤에는 피로연을 대신해 신랑신부의 가까운 지인과 친척들이 조촐한 식사를 함께했다.

신혼여행을 떠나는 영방 내외를 기차역까지 배웅 나온 친구들은, 자유연애로 미인 아내까지 얻은 영방을 진심으로 부러워했다. 친구들은 당장 연혜에게, 형수님 형수님, 하며 넉살 좋게 굴었다. 스스로 결혼 상대를 택한 영방을 본받겠다는 후배도 있었다. 영방은 시샘과 부러움의 환송을 받으며 만족에 겨워 기차에 올랐다.

영방과 연혜가 새로 보금자리를 튼 집은 운니동에 위치하고 있었다. 전차 정류소에서 멀지 않아 영방이 경학원까지 가기에 어렵지 않았다. 무엇보다 이전에 그녀가 살던 지역에서 크게 벗어나지 않아, 에렌으로 변해 깨어나도 당황하지 않도록 최대한 신경을 썼다.

그동안 영방은 사무실 근처에서 정균과 함께 하숙을 했다. 영방이 신혼집을 구해 따로 나오면서 하숙집에는 정균만 남게 되었다. 그래도 고향에 있는 정균의 가족은 올라올 의사가 없다고 했다. 안사람이라도 경성에 올라오게 해 함께 살지 그러느냐는 영방의 말에 정균은 "여편네와 같이 사는 것은 나의 즐거운 경성 생활에 종말을 고하는 걸세"라고 딱 잘라 말했다.

"내 처는 연혜 씨처럼 직업여성이 아니라 와서 할 일도 없어."

"그래도 부인과 함께 살면 더운 집 밥 먹고 깔끔하게 풀 먹인 옷을 입을 수 있잖나."

"식모가 필요해서 부인을 두냐? 가정부가 필요해서 결혼해? 넌 연혜 씨에게 밥, 빨래, 다림질 다 시켜먹을 거야?"

영방은 웃으며 고개를 설레설레했다. 그에게 아내라는 형체는 너무도 깨끗하여 자립적인 여걸이나 무너지는 신여성의 형상을 씌워본 적조차 없었다. 푸른 꿈을 꾸고 날아올랐다가 가로막에 부딪혀 깨어진 이상에 주저앉는 신여성이란, 자기에게는 올 리 없는 영원히 무관한 사람이었다.

정균이 말했다.

"나랑 안 살고 내가 가끔씩 내려가는 지금이 우리 마누라에게도 편할 걸."

"그건 또 왜?"

"아들 낳아야 하는 부담이 없으니까. 행여 우리 노친 양반이 손주 타령이라도 하면 아내도 '하늘을 봐야 별을 따지요' 하고 버틸 수 있잖아. 다 이 바쁜 아들 때문이라는데 노친 양반들이 어쩌겠어."

"애처가 났구나."

정균은 풋 웃었다.

"애처가라니. 나처럼 갈대 같은 남자가 없는데. 난 연혜 씨도 좋고 앞집 금옥 씨도 좋고 뒷집 순애 씨도 좋고. 연혜 씨가 영방 자네와 맺어질 줄 몰랐지만, 한편으로는 자네 같은 건실한 남자와 결혼해서 오히려 마음이 놓여. 천하의 오영방이라니, 내가 단념을 이리 빨리 할 수 있지 않은가."

정균은 크게 껄껄 웃더니 영방에게 당부 겸 다짐받듯 말했다.

"잘 살 거지? 꼭 잘 살아."

"물론이야. 고맙다."

"네 처, 날개 잃은 천사 만들지 마라."

"시적인 말은 어디서 주워들어서. 그거 너무 진부한 표현이다."

정균이 '어?' 하는 표정을 짓더니 또 허허 웃었다.

"내가 원래 어설픈 로맨티스트 아니더냐."

12월이 오기 전부터 대형 카페들은 크리스마스 티켓 광고를 내보냈다. 양인의 명절이 들어온 지 얼마 되지 않았어도 서양풍의 화려함은 고스란히 들어와 새로운 연말 풍속을 만들어냈다.

큰 교회들은 축문을 세우고 색지 꽃과 꼬마전구로 성탄 장식을 했다. 호텔은 크리스마스 연회를 성대하게 치르고자 세도가들에게 초대장을 돌렸다. 경성의 외국인들을 위하여 체신국은 12월 중순부터 연말까지 성탄카드와 신년인사 특별전보는 보통전보 요금의 4분의 1을 받았다. 이화여자학교는 동창회 주최로 YWCA 강당에서 크리스마스 파티를 계획했고, 동창회 사무실에서 5전씩 판매한 입장권은 이화학교 학생보다 한량도련님들의 관심이 더 컸다. 조선감리교회는 예배당에서 성탄축하식과 소년소녀 가극회를 개최하고, 조선장로교회는 소년주일학교 현상 동화회에 상금과 상품을 내걸었다. 12월이면 소녀들의 천진스러운 댄스와 유량한 창가, 장년들의 희비극 연극이 무대에 오르고 여기에 수백 관중이 박수를 치는 것이 연말 풍경 중 하나였다.

확실히 즐길거리란 발 달린 듯 절로 퍼져나가는 것이었다. 크리스마스가 외래 종교의 기념이라는 사실은 의식적으로 잊고, 들뜬 분위기가 공기 중에 떠돌았다. 연말 겨울은 성탄으로 흥청거리는 반면 엄동설한에 불도 때지 못하는 사람들이 오들거리며 당장의 먹을거리를 걱정하는 때이기도 했다. 추위는 허기를 더욱 생생히 느끼도록 했다. 크리스마스 선물이 오가는 세상에서 춥고 배고픈 비참함은 더 매섭게 뼛속까지 파고들었다.

들썩이는 분위기를 자성하는 목소리는 있는 자들의 또 다른 노출이었으나, 이들의 자선행사는 구색 맞추기일지언정 서양 명절을 계기로 동양의 측은지심을 불러일으켰다. 기독교계 학교들은 성탄축하식 자리에서 학생들에게 헌금을 걷어 고아원에 기부했고, 제혜병원과 대전 감리교회는 합동으로 예배당에서 무상 진찰을 했다. 신의주 제일예배당에서는 성탄축하식을 생략한 돈으로 복음서 천 권을 차입해 형무소에서 신년을 맞는 수감자 920명에게 나눠주었다.

아이들도 작은 마음을 보탰다. 주일학교 아이들은 성탄 행렬을 장식하는 화동에 그치지만은 않았다. 유년반 학생들은 푼푼이 달마다 5원씩 채워 지난 이 년간 모은 120여 원을 고아 구제회에 기부했다. 군것질을 참고 1전, 2전을 모은 고사리손들은 남을 도움에 뿌듯해했고 작은 가슴은 큰 선량함으로 가득 찼다.

자선모금함은 애절한 문구로 행인의 발을 잡아끌었다. '설움! 설움! 설움이 많습니다. 그러나 이 추운 엄동에 저 쓸쓸한 빈촌에서 떨며 우는 우리 형제자매들의 배고픈 설움이야말로 너무나 서럽습니다! 그들을 생각하며 동정의 눈물이라도 같이 흘립시다!' 하고 눈물샘을 자극하여 주머니를 열게 했다.

종로 중앙기독교청년회의 연례 성탄의식 '동정 삼 일간'은 이미 자선행사의 대명사가 되어 있었다. 연말이 가까우오면 청년회에서는 일반의 동정심에 호소한다는 취지로 '동정 메달'을 제작했고, 이 메달을 '동정

삼 일간'으로 이름 붙인 삼 일의 성탄행사 동안 팔아 성금을 모았다. 동정 메달은 유행처럼 번져 한동안 경성인들의 가슴마다 빛나는 고정 장식품이 되었다. 간소한 모양새에도 선행에의 자긍심이 더해져, 일부러 옷깃 위에 여보란 듯 차고 다니는 장식이 되었으며, 경성에서 의식 있는 지식인으로 자부하기 위한 통과의례와도 같았다. 때문에 너도나도 매단 메달이 없는 사람이 오히려 진정한 지식인으로 여겨지기도 했다.

경학원 내부에서는 서구 명절의 흥성함이 가소롭다는 시선과, 이 성탄 분위기에 편승하여 명륜학원을 알리는 장을 만들어야 한다는 실리적 주장이 공존했다. 결국 광고의 시대에서는 유학의 본상인 경학원도, 석년의 정을 기리며 온정을 나눈다는 명목하에 송년회를 열고 성탄 바자회에 참가키로 결정했다.

유례없던 '석년의례'가 명륜학원에서 열렸다. 창가와 판소리, 초청된 근방 어린이집 아이들의 연극, 연혜의 노래, 만담꾼을 자처하고 재담을 펼친 정균, 소리꾼과 고수 등 일반 성탄축하식과 크게 다를 것이 없는 구성임에도 지역민들과 유학생도들은 모처럼의 흥취를 즐겼다. 석년의례가 펼쳐지는 자리에서 관중으로부터 헌금을 걷고 직원들의 기부를 더해서 성금을 모았으며, 이 모금으로 경학원은 지역의 빈민들에게 쌀과 땔나무를 전달했다.

신혼의 즐거움을 만끽하기에 영방과 연혜는 경학원 연말 행사로 바쁘게 뛰어다닐 일만 많았다. 영방은 둘만의 오붓한 시간이 아쉬웠지만 지금의 바쁨도 달달한 신혼의 추억으로 기억되리라 여겼다. 소꿉놀이를 해본 적 없던 영방은 지금에서야 소꿉장난 같은 신혼살이에 푹 빠진 새신랑이 되어 있었다.

성탄 바자회 당일에, 영방과 연혜는 바자회가 열리는 종로회관까지 모처럼 시내 데이트를 하기로 했다. 이날은 주일학교 유소년 학생들의 성탄 행렬이 있어 시가지가 들썩들썩했다. 경성기독교연합회에서 주관하는 주일학교 시가 행렬은 다섯 부대로 나뉘어, 동부대는 동대문교회에서, 서부대는 서대문정 새문안교회로부터, 남부대는 남미창정 상동교회, 동남부대는 광희정교회, 중부대는 인사동 승동교회에서 시작해, 경성 동서남북에 떠들썩한 즐거움을 안겼다.

영방과 연혜가 중부대의 행진 초반부터 시내 도입까지 따르며 보고 즐기는 사이 바자회장에 다다랐다. 흥겨운 축제 분위기에 도취되어 발걸음을 떼기 아쉬웠던 둘은 좀 더 멈춰 서서 시가 행렬을 바라봤다. 도포자락에 긴 수염의 유림들과 조계사의 어린 스님들도 이 깜찍한 행렬을 재미나게 구경하고, 젊은 연인들은 혼잡한 인파에 길 잃을 것을 핑계로 몸을 붙여 구경했다.

갑자기 누군가 연혜를 확 잡아당겼다.

"내 지갑을 훔쳤어?"

다부지게 생긴 남자였다. 영방은 본능적으로 연혜 앞을 가로막고 섰다.

"선생님, 무슨 오해를 하셨는지 몰라도 제 처는 그럴 사람이 아닙니다. 지갑을 잃어버리셨나요?"

남자는 안주머니에 손을 넣었다.

"아니, 지갑은 일단 있소이다. 갑자기 앞섶에 손이 들어오는 느낌이 나서 확 쳐냈지. 바로 뒤돌아보니 부인이 있었소."

남자는 연혜를 찬찬히 쳐다봤다.

"소매치기를 할 상은 아니군. 한데 요즘 도둑은 겉이 더 빤지르르하단 말이야."

기분이 상한 영방이 한마디 하려고 했다. 그때 옆 사람이 끼어들었다.

"저분은 아니요. 내가 봤어요. 작은 꼬마가 바짝 따라붙어서 댁을 요리조리 노리고 있었다우."

"꼬마가 어떻게 내 앞섶까지 손이 닿는다는 말이오?"

"거참, 봤다니까. 일단 여기서 실랑이 말고 저쪽 가요. 딴 사람들에게 방해 말고. 당신 몸뚱이가 다 가리잖아."

남자는 연혜, 영방과 함께 자리를 피하면서 증언을 한 옆 사람도 불러냈다.

"당신이 목격자잖소."

얼결에 불려간 목격자는 모두에게 재촉했다.

"잃어버린 게 없으면 이쯤 해서 조용히 끝냅시다."

"아니, 저는 제 아내가 모욕당한 것에 사과를 받고 싶습니다."

"당신들이 짜고 벌이는 짓일지 모르는데 그리 쉽게 사과는 못 하겠소."

연혜가 한숨을 쉬었다.

"그냥 가요."

연혜가 영방의 옷자락을 잡았다. 연혜는 남자에게 말했다.

"이렇게 사람이 많은 곳에서 불의의 사고도 많이 일어나겠지요. 저는 결백하지만, 선생님의 놀라고 억울한 심정도 충분히 이해됩니다. 저희 양쪽 다 떳떳하고, 다행히 양쪽 다 잃은 것도 없으니 잠깐 시간을 지체했다 생각하고 본래 갈 길을 가는 것이 어떨는지요?"

남자는 연혜의 겸양 속 위엄에 주춤했다. '정말 이 여자가 소매치기가 맞을까' 하고 남자가 연혜의 얼굴을 들여다봤다. 그때 목격자가 외쳤다.

"저기 저 꼬마!"

깡말라서 얼핏 꼬마로 보였으나 날쌘 품은 소년이라고도 할 만했다. 큰 구두통을 메고 소년은 입으로는 "구두 닦으쇼"를 외치며 눈은 다른 표적을 찾아 재빠르게 돌리고 있었다. 자신을 바라보는 시선을 느낀 소년은 당황해서 달아나려 했다. 소년의 구둣솔이 떨어져 멈칫하는 사이 남자가 섬광처럼 달려가 소년의 목덜미를 끌어왔다.

"이거 미안하게 됐소이다."

남자는 허리를 굽혀 연혜와 영방에게 인사했다.

"내 사과는 제대로 하겠소. 다옥정 XX번지를 찾아오면 내가 있을 것이오. 오늘 일은 열 배로 사과드리겠소. 일단은 이 녀석부터 해결하고."

소년은 남자에게 옷자락이 잡혀 질질 끌려갔다.

"요 녀석, 경찰서에 가자."

소년은 부정도 발악도 하지 않았다. 그런 소년을 바라보던 연혜의 동공이 흔들렸다. 연혜가 "잠깐만요" 하고 남자를 멈춰 세웠다.

"우리 학교 학생입니다. 저희가 주의를 주겠습니다."

연혜의 임기응변은 영방도 예상 밖이었다. 남자도 이해할 수 없다는 표정이었다. 남자는 연혜의 말이 분명 거짓임을 알았으나, 그대로 소년을 놓아달라는 연혜의 신호 또한 읽었다. 어쩔 줄 몰라 하다가 남자가 손을 놓았다. 조마조마 사태를 지켜보던 목격자도 더 이상 일이 커지지 않음에 안도했다.

슬금슬금 물러나 도망치려는 소년을, 연혜가 붙잡아 떨어진 구둣솔을 건넸다.

"네 것은 챙겨가야지, 오늘도 고생했구나."

구둣솔을 받아 든 소년이 뚫어져라 연혜를 보더니 그대로 달려갔다. 연혜가 소리쳤다.

"명륜학원에, 너의 자리는 언제나, 비워두고, 기다릴게."

또박또박 일부러 다 들리도록 힘을 주어 말한 것이다. 한바탕 소동 끝에 남자는 사과의 뜻으로 한턱 대접하겠다고 했지만, 연혜와 영방은 바자회에 가던 길이었다며 사양하고 나섰다. 둘이 서둘러 들어간 바자회장은 벌써 만원이었다.

금년에는 조선가정학회가 주최하는 성탄 바자회가 대대적인 인기를 모으고 있었다. 풍기와 윤리에 벗어나지만 않는다면 바자회에서는 무엇을 팔아도 좋았다. 여러 학교, 종교회들, 부녀회들, 친목 단체들이 참가해 부스 한 칸씩 나누어 물건을 내놓았다. 경학원도 부스 하나를 차지하고 자리를 펼쳤다. 사람들의 시선을 잡으려면 외양적인 강점이 필요하다는 논리에 응당 연혜가 부스의 대표자가 되었다.

바자회의 물건들은 부녀자를 겨냥하여 손뜨개와 바느질로 만들어진 것이 주종으로, 아동복과 남녀 내복, 에이프런, 침의, 편물, 염색주단에 크리스마스카드도 있었다. 정작 이것을 구경하러 온 부녀자들이 아니라 이 여인네들을 감상하러 온 남정네들로 바자회는 호황을 이루었다. 동서양 일급 요리가 점심으로 제공되고 저녁에 음악회까지 볼 수 있는 바자회는 인파가 몰려 파티장을 방불케 했다. 혹한의 빈민촌과 토막집, 그 반대편에서 타오르는 세계로 흥청망청 사람들이 모였다. 그리고 이곳에 모인 사람들은 자신들의 시간이 최고여야 한다는 것에는 한마음인 양 하나같이 빛나는 얼굴이었다.

회장 안은 꺾어온 전나무와 소나무 가지로 곳곳의 금 가고 틈 난 부분을 가려 풍성한 느낌을 줄뿐더러 솔잎의 쌉싸래한 내음이 방향의 역할도 했다. 겨울이라 생화는 없어도, 꽃 같은 여자가 많았다. 여학교의 학생들은 스스로가 매력을 풍겨 수예품의 조잡함을 가볍게 눌렀다. 하나하나 예쁜 생김새는 아닐지라도 모여 있는 젊음에서 힘이 발산되었고, 발그레한 볼과 건강한 종아리가 신선한 향을 발산했다. 한창 피어날 나이의 그녀들은 통통하면서도 굵지 않은 몸매가 보기 좋아 봉오리진 꽃처럼 아름다웠다. 이들이 물건을 판다며 재잘거리는 광경은 보는 이들을 기분 좋게 만들었다. 기생들도 모여서 꽃수를 놓은 손수건, 보자기함, 자잘한 장식품 들을 팔았다. 물건보다도 속살거리며 "사주시오"하는 목소리가 최고의 상품이었다. 각종 부인회에서도 여기저기 부스를 차지하여 젊은 부인들은 그들의 생활력 넘치는 활기를, 기성 부인들은 그들만의 원숙한 아름다움을 자아냈다.

여기도 저기도 꽃이 동원될 때, 남자들만 우중충한 곳이 경학원 부스가 될 뻔했던 것을 연혜가 살려주었다. 화려한 여인들이 포진한 바자회에서 연혜가 가장 눈부셨다고 하는 것은 지극한 허풍이겠으나, 연혜는 꽤 인기를 끌었다. 연혜로 인해 사람들은 한 번씩 더 눈길을 주었고, 관심을 갖고 가까이 왔으며, 혹은 부스에서 떠나갈 줄 모르는 손님들도 있었다.

경학원이 바자회에 내놓은 상품들은 비록 명륜학원의 자작품이라고 내걸었으나 실상은 근방의 수예품으로, 소박하되 엄선된 것이었다. 여기에 나온 무명 저고리, 국화꽃을 염색으로 그린 옷고름, 꽃타래 장식 등은 상당히 솜씨 좋은 것들에 틀림없었다. 그러나 온갖 수공예품과 그림, 조각, 심지어 골동서화까지 나온 바자회에서 특출하게 빛나는 것은 아니었다. 때문에 이곳에 쏠리는 관심의 구 할이 연혜라는 사람이 있음에서 비롯된다는 것은 부인할 수 없었다.

미스 고는 보조의 역할을 충실히 하고 있었다. 미스 고에게서는, 시선을 거두어가는 다른 여인을 향한 그 어떤 여자로서의 질시도 보이지 않았다. 그저 연혜가 돋보이고, 명륜학원이 흥하는 것이 자신의 본분인 양, 성심껏 연혜를 뒤에서 받치고 있었다.

보기보다 연혜는 노련했다. 호사가들의 농을 적당히 받을 줄 알았고, 필요하다면 농의 대상이 되기도 했다. 다소 무례한 언사에는 방긋 웃어 지나쳤다. 모두에게 다정하게 대해서, 모두에게 자신이 호감받았다는 착각을 퍼뜨렸다. 그렇게 연혜는 빠르지 않되 차분차분 수익을 올려갔다.

매대가 완비되자 하릴없어진 영방과 정균은 이미 깨끗한 주변을 괜스레 정리했다. 지나던 행인이 동행에게 하는 말이 영방의 귓가에 걸렸다.

"부스가 칸칸이 차 있는 게 꼭 카페 같구먼. 그 카페 가디스 말야, 거기 3층에는 네모진 방이 많아. 응? 진짜 방이 아니라 소파로 구획을 나눈 게 방처럼 돼서, 그게 수십 개가 도열해 있거든. 네모난 게 잔뜩 들어찬 게 여기나 카페나 다를 게 없네. 그 카페 방에서 뭐 하냐고? 이 사람 무슨 순진한 척이야. 술 마시지. 2차? 편의실이란 게 있어."

시끄러운 회장에서 모든 웅웅거리는 소리 중에서도 그의 말은 영방의 귀에 정확하게 날아와 박혔다. 카페에 가본 적 없어 그 속을 모르는 영방은 바자회장과 카페의 유사성을 알 수는 없었다. 그러나 카페 가디스의 노래 잘하는 미희가 아내의 또 다른 모습이기도 했다. 영방은 회장을 한번 둘러보고 연혜를 바라봤다. 연혜는 결혼한 지 얼마 안 되는 새색시로 보이지 않았다. 영방은 싱숭생숭했다. 그는 이제껏 상상을 해볼 필요조차 느끼지 않았던 것, 카페에서 뭇사람들에게 둘러싸인 연혜, 아니 에렌의 모습은 이런 것일까, 하는 생각을 처음 해봤다. 불현듯 영방은 교이치가 떠올랐다. 교이치가 "심기 불편해 뵈는군" 하며 껄껄 놀려댈 것만 같았다. 카페에서 교이치는 이런 에렌을 수없이 보아왔을까. 그래서 그는 에렌을 향한 사랑에 어느 정도 자조적이고, 건들건들 직시하지 않으며 농을 섞어왔던 것인가. 아마도 유희 없이 진지한 눈을 하고서는 도저히 자신의 연모를 감당해내지 못했으리라. 영방은 처음으로 교이치가 대단하다고 느꼈다. 이전까지 그저 애어른이라고만 생각해왔던 교이치가 실은 더 앞서 걷고 있다는 생각에 아찔했다.

고개 돌린 영방은 미스 고와 눈이 부딪혔다. 그리고 미스 고의 눈에, 영방을 향한 이해와 연민이 있음을 보았다.

곁의 정균은 이미 상품 진열대는 뒷전으로 두고, 눈과 입을 쉴 새 없이 움직였다.

"저, 저, 암사슴 같은 자태를 좀 봐. 탱탱한 저 건강한 종아리, 저고리를 입어도 내비치는 유려한 곡선, 곧은 이마. 저러니 여학생들이란 가만히 있어도 후광이 나오는 거야. 오, 저 케이프 두른 처자를 봐. 미끈한 종아리. 참말로 예쁜 다리일세. 저런 다리는 가리면 안 돼. 스커트 길이가 짧아진 게 얼마나 다행인가."

누가 답할 새도 없이 정균의 화제는 이 꽃에서 저 꽃으로 튀었다.

"가르손느풍이 한물가서 얼마나 좋은지 몰라. 사실 그동안 그 밋밋한 상의는 보기 불편했네. 여자의 장점이 뭔가? 유선형의 기막힌 몸매잖나. 그 선을 일직선의 긴 상의로 애써 보이풍을 만들다니, 그게 뭔 유행인가. 그딴 가르손느풍은 서양 여자에게나 줘버림세. 세상에 한복도 곡선이 있는 판에! 동양 여자에게는 역시 곡선이 어울려. 그 치파오의 선은 얼마나 예쁜가. 또 기모노의 오비 매듭새는 얼마나 정교한가. 한복의 저고리 깃은 우아한 여성미의 극치 아닌가."

미스 고가 정균의 등을 떠다밀었다.

"마음이 콩밭에 있는데 아예 그냥 나가서 돌아다녀. 가시는 김에 저 백면 서생도 데려가시고. 남정네 둘이 버티고 있는 것도 못 봐주겠다."

미스 고가 영방을 가리켰고, 정균도 옳다구나 동조했다.

"네네. 가세나 영방, 저렇게 아름다운 연혜 씨가 있는데 꽃에 나비가 안 모이겠는가. 손님은 절로 모여들게 돼 있어. 내가 옆에 얼쩡거리면 그림만 망칠 뿐이야."

정균은 영방을 반강제로 대동하고 바자회장을 돌았다. 의외로 조용하여 영방이 돌아보자, 정균이 나지막이 말했다.

"나부터가 나다니는 성미라 그런 내게 면죄부를 주려는 심보였겠지만, 난 말이야, 악의 없는 농담이라면 기혼녀에게라도 괜찮고, 내 아내도 생활의 활력소가 될 기분전환 정도는 필요한 거라고 생각했어. 그러길 권할 거라고까지 했어. 한데 그건 아내에게 애욕이 없을 때에나 해당하는 말이겠구먼."

정균의 눈동자에도 미스 고처럼 연민이 올라 있나 영방이 유심히 쳐다봤으나, 정균의 눈은 깨달은 자의 눈 그것이었다.

정균과 영방의 눈앞으로 명주 치마에 레티 분 향내를 풍기는 지짐머리의 여자들이 속살거리며 지나갔다. 정균이 고개를 꼿꼿이 들고 힘주어 말했다.

"힘을 내야지. 힘을 내줄 밥을 먹을 식당을 찾아봅세. 서양요리가 나온다나. 우리가 먼저 두둑하게 먹고 연혜 씨도 밥 좀 먹게 교대해줘야지."

이번에는 식당부를 찾아 쏘다니던 정균이 갑자기 영방의 옷자락을 잡았다. 영방이 놀라서 뒤를 돌아보자, 정균이 눈은 그대로 정면에 둔 채 나직이 속삭였다.

"저 기생 소저가 나를 향해 샐샐 웃음을 보내고 있지 않은가?"

11 꽃

대중의 파티로 혹은 온정의 손길로 크리스마스를 각자 즐기고 기리는 가운데, 밤의 공간들은 그들만의 성탄 기념으로 바빴다. 크리스마스 이브닝파티를 빙자한 크리스마스 티켓 판매였다. 밤의 세계에서 크리스마스는 몇백만 원의 수입을 올리는 기념일이었다. 카페, 바, 요리점에서는 술 한 병, 요리 두 가지, 파티 기념품 증정에 50명의 미희 접대를 묶어 1원 50전짜리 크리스마스 티켓을 만들어 팔았다. 이 티켓은 반강제적으로 판매돼 크리스마스에 갈 곳 없는 월급쟁이들의 고픈 주머니를 더 가볍게 했다.

카페 가디스도 '성탄일에 새 단장한 홀 내부에 미인과 가주를 일체한 친절 서비스를 염가에 드리며 메리 크리스마스 날에는 산타클로스 영감의 선물을 증정한다'는 선전을 11월부터 뿌렸다. 동정 메달 하나를 단 것에 자선을 실천하는 성인군자 제스처는 다 취했다고 믿는 부호 인사들이 카페를 찾았다.

에렌은 교이치와의 결혼이 예정되어 있어서 티켓 판매에서 벗어날 수 있었다. 총독부 고위관리와 결혼한다는 소식에 카페의 반응은 경탄과 경멸이 뒤섞였다.

"신분상승을 바라는 건 당연해. 카페걸이 외사국 관리와, 그것도 일본인과 정식 결혼이 가능하다니. 에렌 너 능력 좋구나. 그래도 하필 일본인이라니! 어찌 네 탓만 하겠느냐만 세상이 그런 걸 어떻게 너만 매국노라고 매도하겠어……. 그래도 명색이 조선의 배우라면서 일본인이라니!"

카페 지배인은 에렌의 배를 유심히 바라봤다.

"임신이라도 했냐?"

에렌은 발끈하지도 않고 답했다.

"내가 남자를 붙잡을 요량이었다면 임신 같은 수법은 쓰지 않을 여자라는 것 알잖아. 결혼에 발목 잡힌 건 오히려 나야."

봉희의 남동생 봉수가 에렌의 결혼에 어떻게 반응할지는 카페 사람들의 걱정거리이자 흥밋거리이기도 했다. 그러나 봉수는 크게 동요한 모습을 보이지 않은 채 여전히 카페 구석을 어슬렁거리며 눈으로 에렌을 쫓았다.

봉수는 에렌의 크리스마스 티켓을 구입하려는 손님이 있을 때마다 어김없이 훼방을 놓고 다른 여급의 티켓을 살 것을 강요했다. 그의 행동이 일종의 횡포임에도 불구하고, 있지도 않은 에렌의 티켓 대신 다른 여급의 티켓 매출을 올려주는 비의도적 이익에 카페는 눈감아주고 있었다. 카페 지배인은 "거참 저런 불손한!" 하고 화를 내다가도 "놔둬. 넘치는 에너지, 저렇게라도 풀어야지. 괜히 카페 기물 때려 부수는 것보다 낫지" 하고 지나쳤다.

여느 때처럼 교이치와 에렌이 카페 한켠에 앉아 한담하고 봉수가 눈을 번뜩이며 이들을 주시하고 있었다. 에렌이 잔을 기울이며 말했다.

"동정 메달 달고 빤지르르한 얼굴로 들어오는 사람은 참 웃겨. 제대로 큰돈 한번 고아 구제원에 낼 배포도 없으면서."

에렌이 교이치를 정면으로 바라봤다.

"당신이 해볼래? 나를 전세 내서 티켓값 굳힌 걸로 고아원에 기부할 생각 없어?"

갑작스러운 제안을 여느 때처럼 농으로 받을 것인가 고민하다 에렌을 보니 그 얼굴은 웃음과 진지함이 섞인 묘한 것이었다. 에렌이 반복했다.

"기부 말이야. 크게 해서 당신 이름 한번 알려봐."

교이치가 짐짓 점잖게 말했다.

"선행이란 장난삼아 하는 거 아니다."

"조선 아이들이, 당신네 일본인 중에도 좋은 사람이 있구나 생각할 텐데. 당신네 일본에 좋은 것 아닌가?"

"당신네 일본이라니. 그러지 마. 선 긋는 것 같잖아."

"그럼 당신네가 일본이지 중국이니?"

에렌의 웃음 띤 비아냥은 교이치에게 익숙한 것이었다. 에렌에게 악의가 없음을 잘 알았기에 교이치는 화를 내지 않았다.

이번에도 동정 메달 하나로 만민사랑을 외치는 메달 신사들 한 무리가 들어왔다. 왁자지껄 여급 앨범을 넘겨보며 그들은 손가락으로 몇몇 사진을 가리켜보기도 하고 진열된 술을 품평하기도 하고 떠나갈 듯 웃기도 했다. 그중 한 명이 급사에게 에렌의 티켓을 물었다. 그때, 가뜩이나 교이치로 인해 신경이 곤두서 있던 봉수가 신사에게 주먹을 날렸다.

"없어! 없다니까!"

"밑도 끝도 없이 이 무슨……. 여기 앨범에 있는 이 여자는 뭐야."

"티켓 다 팔렸어!"

"어허! 이 무슨 손찌검인가!"

남자들의 주먹다짐은 카페에서 종종 볼 수 있는 것이지만 이번의 봉수는 무언가 잔뜩 뒤틀려 있던 것을 분출하는지 사력을 다했다. 봉수와 무리의 남자들이 뒤엉켜 몸싸움을 벌이고 경비원이 달려왔다. 급기야 봉수는 주머니칼을 꺼내 들었다. 순식간에 사람들은 뒤로 물러났다. 봉수는 칼을 휘두르며 에렌을 쏘아보았다.

굳어진 에렌은 곧 입을 앙다물었다. 나를 둘러싼 이런 소동쯤은 이골이 나 있다, 하는 표정으로 에렌은 자리를 피했다. 봉수는 "에렌, 지금 내가 하는 선물을 똑똑히 기억해둬. 넌 이걸 고마워하게 될 거야!" 외치고는 무섭도록 침착한 태도로 칼을 휘둘렀다. 곧 메달 신사 하나가 그의 칼에 맞아 푹 고꾸라졌다. 비명 소리가 여기저기에서 튀어나와 귀를 찔렀다. 봉수를 제지하려던 또 다른 메달 신사가 칼에 팔을 베이고는 물러났다. 광기 어린 표정으로 정확하게 조준하는 봉수는 공포를 줬다.

사람들의 시선은 자연스레, 에렌의 남자이자 건장한 체격에 고위직이라는 배경까지 갖춘 교이치에게 닿았다. 더 일찍 에렌을 따라 자리를 피하지 못한 것을 후회하며 교이치는 봉수에게 천천히 다가갔다. 봉수는 교이치를 향해 칼을 곤두세웠고, 교이치는 군관학교 시절 배웠던 격투술을 머리로 되새기며, 그도 봉수도 다치지 않기를 바랐다.

생각보다 봉수는 뜸을 들이며 교이치와의 거리를 재는 듯했다. 교이치는 봉수의 행동이 자신을 향한 망설임인지 아니면 자신을 상대로 정교한 공격을 짜는 것인지 알 수 없어 초조했다. 짧지만 영원 같던 대치 상태는 때마침 도착한 경찰들로 막을 내렸다. 출동한 경찰들은 가까스로 봉수를 제압했다. 그제야 기를 편 메달 신사들은 그를 폭행죄로 고소하겠다며 소리 질렀다.

칼을 멀리 쳐낸 경찰은 봉수의 팔을 뒤로 묶었다. 경찰들에게 질질 끌려가며 봉수는 뒤를 돌아다보았다.

"에렌! 에렌!"

봉수가 악을 썼다.

"나도 이제 너 따위는 구역질이 나! 총독부 개자식에게 영혼을 판 여자. 네가 조선의 배우랍시고 나대는 것도 역겹고, 너 따위가 우리 누나 목소리를 녹음한 것도 수치스러워."

봉수는 끌려갔다. 교이치는 마지막 봉수의 모습에서, 에렌을 향한 연정과 그녀의 선택이 불러온 실망이 서로 갈등하는 속에서도, 그 어느 것도 행할 수 없는 자의 절망을 보았다.

에렌은 새 음반사와 계약을 맺고 레코드 녹음을 앞두고 있었다. 히트곡 제조기로 불리는 작곡가에게 곡을 받기로 하고 카페에서 미팅도 했다. 얼토당토않은 열애설에도 학력 위조설에도 눈 하나 깜짝하지 않던 에렌은, '매혹적인 미급 이혜련의 감미로운 목소리는 밤의 애상을 어루만집니다'라는 타이틀에는 질색을 했다.

레코드사는 그녀를 둘러싸고 일어났던 칼부림을 저 멋진 사랑의 결투로 포장하고자 했다. 심지어 레코드사 실장은 조심스러운 척 그러나 실제로는 대수롭지 않게 이런 말을 하기도 했다.

"입 밖에 내서는 안 될 말이지만 찔린 사람 하나쯤 저세상으로 갔으면 완전히 극적인 스토리로 정점을 찍는 건데."

실장은 이 스캔들을 잘만 다듬으면, 그녀를 치명적인 매력의 소유자이자 비극의 여주인공으로 띄워 레코드 판매에 일조할 수 있다고 했다. 그러나 에렌은 웃으며 거절했다.

"아직 부상당한 분이 완쾌되지 않은 때에 그건 예의가 아니지요."

실장은 아쉬워했다.

"이게 얼마 만에 일어난 제대로 된 칼부림인데. 이런 거야말로 확 인기를 끌 수 있는 거라니까."

에렌은 끝까지 사양했다.

"추문으로 뜬 사람은 끝까지 거기에서 벗어나지 못해요. 저는 실력으로 뜨겠어요."

하지만 에렌의 속내가 따로 있었음을 교이치는 알았다. 에렌은 결코 자신이 카페걸이라는 사실이 버젓이 드러날 그 스캔들을 용납할 수 없었으리라.

연행된 봉수에게는 폭행죄에 상해죄, 기물 파손죄가 더해지고, 여기에 사회 혼란죄와 금품 갈취, 사기죄가 덧씌워졌다. 경찰이 크리스마스 티켓 강매를 엄중히 단속하겠다고 밝힌 때였다. 교이치는 카페 가디스의 티켓은 오로지 봉수가 단독으로 제작한 것으로 처리했다. 봉수 하나만 갇혀 들어가면 만사는 능했다. 카페 경영진은 위법의 징계에서 벗어났고, 카페는 영업 정지 당하는 일 없이 굴러갔고, 여급들은 일거리를 잃지 않았고, 카페에 술과 음식을 대던 공급업자들은 거래처를 잃지 않을 수 있었다. 모두가 평화로웠고, 그리 만들어준 교이치에게 고마워했다. 교이치가 경찰에 압력을 넣은 것은 이번이 처음이었다. 교이치는 사적인 양심에 직권을 남용한다는 거리낌과, 한 인간에게 갖은 죄목을 부풀려서 덧댄 것에 죄책감을 느꼈다. 그러나 봉수 같은 인간이 에렌과 연혜의 사연을 들쑤셔내기라도 할까 봐 더욱 겁났다. 그렇게 되면 에렌이든 연혜든 그녀가 증발되어버릴 것만 같았다.

일방적으로 결혼을 발표한 교이치에게 사치코는 황망해했다.

"오라버니, 정말 결혼할 거야? 조선 여자와는 그저…… 알던 사이로,

좀 더 가까운 사이로, 그렇게 즐거운 시간을 보내다가 헤어져도 되지 않아?"

사치코는 차마 자신의 입으로 '정부'라는 말을 뱉지 못했다. 머리로는 뻔히 정부라는 단어에 얽힌 끈적한 느낌을 되뇔 것이면서 혀에 올리지 않음으로써 교양을 사수하려는 사치코를, 교이치는 가증스럽다고 느꼈다.

"조선 여자와는 놀다 헤어져도 된다고? 조선이 좋답시고 눌러앉은 네가 그게 할 법한 소리냐? 그러고도 네가 내선 차별을 하지 않아?"

사치코는 자신의 말실수를 깨닫고는 혀를 깨물고 싶은 표정이 되었다. 잠시 침묵하던 그녀가 물었다.

"다카오카 가문이 그걸 용납할까?"

"내가 선택한 짝이다. 내 가문이 나한테 해준 것은 없어."

사치코는 "우리 아버지가 오라버니에게……"까지 이야기하다 입을 다물었고, 교이치도 "그걸 대가로 네 아버지가 너를 나한테 떠안기고 있잖아"라는 말을 입안에 가두었다.

에렌과 사치코를 인사시키던 날, 에렌은 여느 날처럼 무심하게 상냥했고 사치코는 빈틈없는 눈으로 에렌을 살폈다.

"에렌 씨가 나온 연극을 교이치 오라버니와 본 적이 있어요."

평범한 아가씨가 카페걸 같은 부류의 여인에게 품는 강렬한 호기심에 힐끔거리는 시선을 숨기며, 사치코가 예의 바르게 말을 건넸다.

"연극배우를 이렇게 가까이에서 보니 신기하네요. 영광이에요."

에렌은 화사한 미소를 지었다.

"다카오카 가의 영애를 뵙게 되어 제가 영광입니다."

사치코는 자신과는 다른, 에렌의 찬연한 미에 압도당한 듯했다. 때문에 사치코는 에렌을 만나기 전에 비해 훨씬 더 조심스러운 태도로 그녀를 대하고 있었다. 그러나 사치코의 눈은 여느 때의 그녀답지 않게 매서 웠다. 예상과 다른 것에 대한 분함이 얼핏얼핏 눈에 서렸다.

"인기 배우시니까 저명한 곳이라면 다 섭렵하셨을 듯하여 만남의 자리를 에렌 씨에게 맞춰드리지 못하고 저희 수준으로 정한 것 양해를 구할게요."

"저 같은 무명배우가 무슨 견문이 있겠어요. 다카오카 가의 드높은 품격에 감탄할 따름이에요."

두 여자의 친절한 말은 유리판처럼 매끄럽고 차갑게 흘렀다. 작정하고 예의 바른 사치코에게, 그런 그녀가 흥미로운 듯 에렌은 마치 배역에 짜맞춘 양 완벽하게 응수했다. 한 편의 연극이구나, 교이치는 생각했다. 여느 관객이라면 아름다운 이중창으로 보일 광경이었으나, 교이치는 그녀들의 정교하게 짜인 미소가 그저 얼굴 한 꺼풀이라는 것에 짜증이 솟았다.

"저희 오라버니의 어느 점이 좋으셨나요?"

"어느 점이 좋아야만 하나요?"

에렌의 반응에 도리어 사치코가 멈칫했다. '네가 다카오카 가의 남자와 결혼하는 저의가 무엇이냐' 하고 싶은 것을 돌려 물었던 사치코로서는 바라던 답이 아니었다. 사치코가 날카롭게 물었다.

"좋지 않다면 왜 결혼하지요?"

"사치코 양의 오라버니께서 저를 좋아해주셔서, 결혼해요."

에렌은 다시 눈부시게 웃었고, 그녀의 반응과 대답에 완전히 당황한 사치코는 말을 잃었다. 그러나 곧 사치코는 부드럽게 웃었다.

"에렌 씨가 이토록 미인에 매력적이시니 저희 오라버니가 좋아하는 게 당연해요."

교이치는 진저리를 쳤다. 어서 이 연극이 지나가기를 바랐다. 사치코는 에렌에게 조선의 연극과 배우, 조선 여인들에 대해 순진한 물음들을 던졌고, 에렌은 재미있는 에피소드를 들어가며 유쾌함을 유지해갔다. 얼핏 무난한 분위기였으나 화제를 끊이지 않게 하기 위해서 두 여자는 무던히 노력하고 있었다.

"결혼식은 어떤 방식으로 치르시나요? 양식? 화식? 혹시 조선식?"

"사치코 양이라면 어떻게 하겠어요?"

"저라면, 양식으로 한 번 하고, 피로연 때 화식으로 또 한 번 하겠어요."

결혼을 상상하는 것만으로도 분홍빛 몽상에 잠기는 사치코의 소녀다움을 최대한 깨지 않으려 하며 에렌은 답했다.

"그것도 좋겠네요. 잊지 못할 결혼이 되겠어요. 저는, 글쎄요. 뭐든, 빨리 끝났으면 좋겠어요."

사치코는 눈을 동그랗게 떴다.

"빨리?"

"네, 후다닥, 부리나케, 마치 도둑 결혼처럼."

에렌은 일부러 거칠게 말하며 윙크했다. 만나서 처음으로 보이는 에렌의 도발기에 사치코는 흠칫 놀랐다가 눈을 바로 떴다. 에렌에게서 카페걸의 화려한 퇴폐성을 찾으려는 사치코의 눈빛이 탐욕스럽다고 교이치는 느꼈다.

"에렌 씨 말씀은 참 낭만적이지만, 후리소데 한번 입으려 해도 몇 시간인데 그렇게 빨리 끝나기는 쉽지 않아요."

"내가 왜 후리소데를 입어요?"

사치코는 어안이 벙벙해졌다.

"결혼하는데 당연히 후리소데를 입잖아요?"

"사치코 양은 일본인이니까 그럴 수도 있겠군요."

무심코 사치코의 눈길은 교이치를 향했다. 교이치를 보는 사치코의 눈에는, 이방인과 결혼하는 자에 대한, 사촌오라비가 아닌 타인에 대한 순수한 동정과 안타까움이 떠올랐다.

사치코의 교양은 차마 에렌에게 기모노를 입으라 다그치게 하지는 못했다.

"한복을 입은 결혼식이 궁금하네요. 에렌 씨의 한복은 또 예쁘겠지요."

평화롭게 웃는 사치코에게 에렌은 생글거리면서도, "한복은 불편하고 태가 안 나서 입지 않아요" 하고 잘라 말했다.

이날 이후 아마도 사치코는 에렌에게 받은 인상을 바로 다카오카 가에게 전달했을 것이다. 사치코와 에렌의 만남을 주선한 것은 사치코의 청도 있었으나, 그보다 교이치의 계산이 앞섰던 것이었다. 일본에 직접 결혼에 대해 구구절절 설명할 필요를 덜고자 한 목적을 달성한 교이치는 사치코가 어떻게 에렌을 묘사했는지는 신경 쓰지 않았다. 그는 결혼식을 통보했을 뿐 귀를 막고 착착 결혼을 준비해나갔다.

에렌을 위해 웨딩 케이크, 웨딩 카퍼레이드, 순백의 웨딩드레스를 주문하려는 교이치를 정작 에렌이 막았다. 배우 인생에 결혼이 공공연히 알려져서 좋을 것은 없다, 라는 시큰둥함으로 결혼식은 갑자기 빛 잃은 껍데기가 되어 급속하게 간소화됐고 피로연도 최소한에 그치게 되었다. 에렌의 하객도 교이치의 하객도 거의 없었다. 다카오카 가의 그 누구도 이 못마땅한 결혼을 보러 조선행을 감행할 사람은 없었다. 유구한 군관 집안인 다카오카 가에게 조선은 전략지 정도로만 인지될 뿐, 조선 땅에 결혼이라는 것을 할 여자가 있다는 사실은 받아들여지지 않았다.

교이치의 결혼을 기점으로 그는 보다 넓은 총독부 관사로 옮겨갈 계획이었고, 사치코는 그의 집을 나와 경성에 따로 집을 얻어 살아갈 터였다. 번화가와 가까운, 아담하지만 상당한 고가의 집을 계약한 사치코를 보고, 교이치는 그녀가 일본으로 떠나지 않고 계속 경성에 머무르려 한다는 것을 알았다. 사치코의 귀국을 종용하는 것은 아니었지만 교이치는 그녀가 언제까지 있을 작정인지 걱정되었다. 당초 두어 달 정도 여행 삼아 왔던 그녀는 달이 넘어가고 해가 넘어갈수록 계속 머물러 아주 경성에 눌러앉은 것 같았다. 사치코는 벌써 조선 살림살이를 사들여가며 자신이 들어갈 집 안을 꾸몄다. 사기그릇, 소반, 채칠 장롱, 비단 이불, 모시 이불, 함지박, 우산꽂이, 청사초롱을 본뜬 전등갓, 양념을 담을 옹기, 식기도 수저도 조선풍으로 갖추고, 모자걸이, 휴지통, 전화받침대, 병따개 등 여느 집 혼수에 맞먹었다. 철저하게 구색을 갖춘 사치코는 경성 생활을 본격적으로 할 품새였다. 교이치는 사치코가 조선집이라는 새로운 장난감으로 대형 소꿉놀이를 하려는 것 같았으나, 그렇게라도 그녀가 마음 쏟을 곳이 있는 것이 교이치에게도 편했다.

결혼식 전날까지도 사치코는 교이치의 결혼을 믿지 않으려 했다. 사치코의 자존심은, 그녀가 교이치를 애모하던 마음을 급하게 가린 채 오라버니를 걱정하는 사촌누이의 역할을 하도록 시켰다. 날 때부터 교이치를 배필로 마음에 품어온 사치코에게는 가혹한 일이었다.

피로연 마무리 점검을 하는 교이치의 등 뒤에서 사치코가 딱딱하게 말했다.

"우리 아버지가 직접 말씀은 않으셨어도 많이 실망하셨어."

"숙부님 위해 사는 인생 아니야."

"오라버니가 경성에서 고등문관을 하고 있는 것에 누군가의 덕을 본 것도 있지 않을까."

"그건 내 머리가 좋아서였다."

사치코는 피식 웃었다.

"여전히 자신만만이구나."

사치코는 무심결에 말했다.

"그런 점만큼은 그 사람과 오라버니가 닮았더라."

교이치가 처음으로 뒤를 돌아 사치코를 바라봤다.

"에렌 말이야?"

"응."

"그런 점이라는 게 뭔데?"

"전혀 상대를 겁내지 않는, 자신만만."

사치코는, 결국 에렌이 끝까지 입지 않겠다고 하여 주인이 사라진 후 리소데를 만지작거렸다. "이렇게 예쁜 것을" 하며 사치코는 소매를 쓸어 내렸다. 교이치가, "너 가져라" 했으나 사치코는 불에 덴 듯 펄쩍 뛰며 거절했다. 교이치의 별 뜻 없는 한마디가 사치코의 가슴에 얼마나 깊은 원망과 온갖 감정을 뒤섞어 떠오르게 했는지, 교이치는 알지 못했다. 그러나 천성이 섬약한 사치코는 아무 말도 하지 않았다.

"그래서 그 여자가 아직도 싫으냐?"

"생각보다 나쁘지는 않은 것 같아. 적어도 오라버니에게 의지하려는 여자는 아닌 것 같아."

교이치는 짓궂게 물었다.

"그렇고 그런 여자라고 솔직히 무시했었지?"

"아니, 내가 언제……."

"너 처음에 에렌이 쓴 찻숟가락은 소독물에 담가놓고 손도 대지 않았잖아."

교이치가 사치코를 놀려댔다.

"생리학적으로 말야, 성병은 침으로 옮지 않는다. 네가 알면 안 되는 세계지."

사치코의 얼굴이 빨개졌다. 사치코의 교양은 무섭게 싸우고 있었다. 속물근성을 인정하는 것 같아 어딘지 분했으나 사치코는 인정했다.

"그래, 그건 내가 잘못했어."

사치코가 옷걸이에 걸린 후리소데 소매를 들어 잡아 올렸다가 탈랑하고 놓더니 말했다.

"그래도, 오빠와 어울린다는 생각이 들지는 않아."

교이치와 에렌의 신혼은 평탄했다. 단조롭지는 않았으나 설렐 만치 낯선 일도 없었다. 부부가 되었다 하여 둘은 더 친밀해지지도 머쓱해지지도 않았고 변함없는 태도로 서로를 대했다. 부부의 일상도 달라지지 않았다. 교이치는 아내가 있다고 하여 퇴근을 서두르지 않았고 여전히 도시락을 싸가는 것보다 사 먹는 점심을 좋아했다. 에렌은 가끔씩 극단 친목회에 참석했고 몇몇 극장 관계자와 연출자들에게 선을 보이러 나갔으며, 카페에 이따금 출근했다. 하루는 교이치가 에렌에게 불만을 드러냈다.

"결혼 전에 분명히 말했듯, 당신 배우 하는 것 말릴 생각은 전혀 없어. 대배우 이혜련 님, 극단에 나가는 건 얼마든지 좋아. 카페에는 왜 나가는데? 당신이 돈이 부족해? 옷이 없어? 여유가 있는데 굳이 카페에 나가는 건 뭐야?"

"고객 관리 차원이야."

교이치는 콧방귀를 뀌었다. 고객?

"내가 돈 벌러 카페 가는 것 같니? 나를 그 정도 수준으로밖에 안 봤니? 카페는 말이야, 문화 공간이야. 극작가와 감독, 배우, 예술인 들이 모이는 곳이라고. 당신 같은 객들에게나 퇴폐 윤락소지."

교이치는, 화장비 벌어야 한다며 돈 받고 나 만날 때는 언제고, 하는 말이 턱까지 차오르는 것을 참았다. 에렌이 말을 이었다.

"카페 손님들은 잠재적인 내 팬이야. 손님들이 내 연극을 보러 오고, 반대로 내 연기를 좋아하게 된 사람들이 카페에 오기도 해. 난 그들을 만나야 해. 그래야 내가 배우로서 살아 있다는 것을 느껴."

열변을 토하는 에렌에게 교이치는 지기로 했다. 그게 네 고객 관리라는 것이구나.

"또 머리 자를 생각 있어?"

"아니. 연기하기에는 긴 머리가 편해."

교이치는 안도했다. 에렌이 머리를 자르는 것은 에렌의 자유의지겠지만, 연혜로서는 아닌 밤중에 홍두깨 같은 격이니 제발 귀밑으로 깡뚱한 단발은 말려달라고 영방이 신신당부했던 것이다.

가끔씩 사치코가 찾아왔다. 사치코는 예의 바르고 에렌은 상냥했다. 사치코는 에렌이 좋아할 만한 꽃이나 과자를 사왔고, 에렌은 사치코가 좋아하는 팥죽과 찹쌀경단을 만들어주곤 했다. 그러나 두 여자가 만들어내는 미묘한 분위기가 교이치를 죄어와서 교이치는 사치코의 방문이 결코 편치만은 않았다. 정통 가정에서 예법을 교육받은 규수란 이런 것이다 웅변하듯 사치코는 깍듯하게 예의를 갖췄고, 또 에렌은 지나치게 사근사근했다. 차라리 에렌이 사치코에게 쩔쩔매는 모습을 보였다면, 사치코도 이렇게까지 에렌을 의식하며 괴로워하지 않았을 것이다.

교이치는 사촌누이의 정기적인 문안 방문을 막을 도리가 없었으며, 오히려 자신이 보호자 입장으로 그녀를 챙겨야 했다. 교이치에게 보답받지 못한 감정에 대한 서운함은 어디에도 하소연 못 할 성격의 것이라 사치코는 혼자 마음앓이를 했다. 홀로 품었던 감정을 홀로 삭인 사치코에게, 교이치는 솔직히 미안하지는 않았다. 그러나 어딘지 개운치 못한 것은 사실이었다. 사치코에게 좋은 배필을 만들어주고 싶은 것이 교이치의 마음이었으나, 조선에서 사치코의 짝을 찾아주기에는 한계가 있었다. 사치코가 무슨 미련을 조선에 두었기에 일본에 돌아가지 않는지 알 수 없었고, 사치코 또한 그 이유를 말해주지 않았다.

결혼 후 알게 된 에렌은 생각보다 그리 씀씀이가 헤프지 않았다. 가끔 화장품이나 옷, 모자에 거금을 들일 때를 제외하면 일반적인 선에서 소비했다. 에렌의 처지상 그녀의 병이 알려질까 두려워 식모를 상주시키지는 못하고 방문하는 도우미를 두었다. 가정부가 오지 않는 날이면 에렌이 직접 장을 보기도 했다. 두부값도 모를 것 같은 그녀가 야무지게 장을 봐온 것에 놀라서 교이치가 혹시 잠시 연혜로 변했었나 의심할 정도였다. 에렌은 낭비가 없이 알뜰하되 구두쇠는 아니었다. 그래서 교이치도 간혹 있는 그녀의 통 큰 지출을 눈감았다.

카페에 나가는 에렌을 볼 때마다 교이치가 심란해지는 것만 제외하면 둘의 나날은 평화로웠다. 그래도 에렌은 언제나 솔직했다. "어디 가?" "카페." 교이치는 에렌이 이런저런 거짓말로 숨기지 않고 당당해서 차라리 낫다고 자신을 위로했다.

4월이 되었다.
둘의 결혼 생활은 당초의 예상보다 평화롭게 흘러갔다.
꽃놀이의 철이 다시 돌아왔다. 언제나 기사거리가 궁한 신문들은 한철을 기대어, 지난해와 다를 것이 없는 꽃놀이 기사를, 올해 처음 취재하는 양 쏟아내었다. 봄빛을 따라 평양 벚꽃은 금년이 만개, 창경원 벚꽃이 꽃망울이 굵어간다, 꽃구름 사이에 사람의 물결, 창경원 불야성 벚꽃도 봉우리를 튼다, 한양일대 춘색 농염, 달밤의 꽃을 찾아 창경원 밤꽃 첫날 입장자 만 명하고도 7천여 명.

지인을 만나도 벚꽃으로 인사를 대신하고, 상점마다 진열창에 벚꽃을 흩뿌려 눈 닿는 곳마다 벚꽃이었다. 이 철을 맞아 벚꽃잎을 주워 파는 광주리상이 한철 장사에 뛰어다녔다. 나날이 공원에 춘교원유를 속삭이는 남녀가 늘어가고, 벚꽃이 아니면 꽃도 아니라는 양 약혼남녀가 결혼사진을 찍어댔다. 우이동에는 벚꽃놀이 기간 동안만 임시로 운행되는 관앵열차가 편성되었고 창경원은 밤 벚꽃놀이 야간개장을 알렸다.

교이치는 에렌에게 꽃놀이를 가자 말했다.

"꽃놀이? 귀찮아. 자기가 웬일이야? 찔러도 피 한 방울 안 나게 생긴 사람이. 의외로 감상적인 데가 있어."

"올해가 지나면 또 일 년을 기다려야 하잖아. 내년에는 내년대로 바빠서 못 갈 수도 있고."

"하긴 그래."

에렌은 순응하며 당장 꽃놀이 계획을 세우기 시작했다.

"혹시 사진 찍힐 수도 있으니까 옷은 잘 골라 입어야지. 도시락은 초밥과 전병, 목마르면 안 되니까 음료수나 과일도. 그런데 무겁겠다. 자기 괜찮지?"

"내가 짐꾼이냐, 사 먹어!"

"안 돼, 돈 아껴야지. 옷도 새로 사야 하는데."

"누가 널 찍는다고 새 옷까지 사?"

"이래 봬도 나 배우 이혜런이야. 날 알아보는 팬이나 기자라도 있으면 어떡해?"

"꽃놀이 나온 배우, 너 말고도 많아. 너까지 찍을 필름 없을 게다."

핀잔을 주면서도 교이치는 즐거웠다. 에렌도 교이치의 기분을 맞춰주려는 듯 일부러 더 수선을 피우며 들뜬 척했다.

교이치가 에렌에게 꽃놀이를 제안함은 그녀와의 행복한 결혼 생활이 언제까지 갈지 불안해서였다. 어느 순간 에렌이 연혜로 변해서 영영 돌아오지 않을지 몰랐다. 교이치는 늘 그것을 마음 한켠에 두고 하루하루가 마지막인 듯 살았다. 요 며칠 에렌은 한참동안 연혜로 바뀌지 않았다. 봄꽃맞이 창경궁 야간개장도 얼마 남지 않았다. 지금 가지 않으면 교이치는 에렌과 함께 꽃구경할 기회를 영원히 맞이하지 못할지도 몰랐다.

꽃동산 창경원의 밤은 인파로 늠실거렸다. 야간개장 시간 오후 일곱시부터 열시 반까지 홍화문, 선인문으로 몰려든 사람들이 물결을 이루었다.

잔바람 살랑이는 봄밤, 잠시 피었다 지는 꽃의 찰나적인 생명을 아끼는 사람들로 가득했다. 나란히 거니는 그 자체로 인생의 꽃인 청춘들, 늙은 어머니를 이끄는 젊은이, 팔짱을 끼고 활보하는 서양 남녀, 서로서로 손을 맞잡고 끌고 끌려 다니는 촌양반들도 있었다. 수금사의 원앙새도 불빛을 찾아 쌍쌍이 푸른 물을 헤치고, 두루미는 활개 펴 춤을 췄다. 누구를 가릴 것 없이 봄을 만끽하기 위한 행렬이 이어졌다.

온 경성의 사람들이 다 몰려든 양 창경원은 북적였다. 꽃을 세다 사람을 세다 꽃을 세면 꽃보다 사람이 더욱 많아 보였다. 교이치와 에렌은 밤벚꽃이 만개한 창경원 곳곳을 거닐었다. 이편 잔디밭에서는 이왕직 악대가 〈장춘불로지곡〉을 연주했고, 저편 잔디밭에서는 끼리끼리 자리를 펴고 단란한 모임이 즐비했다. 일본인들이 둘러앉은 거나한 자리도 있었고, 지체 높은 가정의 아담스러운 가족 만찬 모임도 보였다.

교이치는 하늘을 올려다보았다. 고궁의 처마가 달빛에 비쳐 어스름하게 멀어 보였다. 편편히 날리는 꽃잎이 바람을 꼬이니 바람이 솔솔 환성을 지르며 따라갔다. 바람결에 실리는 음악이 애연하니 인생의 장춘불로 못 됨을 서러워함인가. 피는 듯 떨어지는 듯 모두가 가는 봄이라. 왠지 모르게 감격스러운 마음이 들어 교이치는 시선은 그대로 하늘에 둔 채 에렌에게 물었다.

"나랑 결혼하기로 마음을 정하게 된 결정적인 계기가 뭐야?"

"결혼해주니까 이제 별걸 다 물어."

에렌이 애교 섞인 눈 흘김으로 화제를 넘기려고 했다. 그러나 교이치는 집요하게 물었다.

"미모의 배우께서 인기 절정의 순간을 앞두고 나랑 결혼한 게 신기해서. 왜 결혼한 거야?"

"댁 때문에 내 인기 꺾이게 생긴 건 알아주는구나."

"결혼을 그렇게 싫어하더니 왜 심경의 변화가 생긴 거야? 왜 나랑 결혼했지?"

"당신이 그토록 바라던 결혼을 했으니 된 것 아냐?"

"결혼 않고 사귀기만 하자며? 평생 연애만 하고 살 것 같더니 왜 결혼했어?"

전혀 포기할 기색 없는 끈질긴 교이치에게 에렌은 한숨을 쉬더니 답했다.

"당신이랑 정식으로 사귄 후에는 월경을 하지 않아서."

교이치는 반색을 하며 물었다.

"당신 혹시 지금 우리 아기 임신 중이야?"

"아니, 결혼하고 나니까 바로 그 달에 월경이 있더라."

에렌은 곧 손뼉을 쳐가며 깔깔 웃었다.

"뭐? '우리 아기'라고 했어? 당신이 그런 말도 하고. 당신 의외로 가정적인 남자구나."

교이치는 말문이 막혔다. 내가 좋아서가 아니라, 생기지도 않은 아기를 임신했다는 착각에 코 꿰듯 결혼한 것인가. '애가 생겼나 봐'라는 고민 한마디 토로하지 않고, 나에게는 감쪽같이 말도 않고.

"결혼 전에 병원 가서 임신인지 확실히 알아보지 그랬어? 그럼 억지로 결혼할 필요 없었을 텐데. 억지로 면사포 쓰고, 억지로 혼인서약하고. 지금 억울해서 어떡하셔."

교이치가 비아냥거렸다. 에렌이 눈을 동그랗게 떴다.

"누가 억지로 결혼했대? 이 에렌이 억지로 뭔가를 할 사람 같아?"

"아기 때문에 울며 겨자 먹기로 결혼한 것 아냐? 어차피 네 착각이 만들어낸 가공의 아기지만."

"당신이라면 결혼해도 괜찮겠다 생각했어."

교이치는 이 말을 믿어도 될까 반신반의하며 에렌을 쳐다보았다.

"당신은 좋은 사람이야, 남편으로 탐날 만큼."

에렌이 생긋 웃으며 교이치의 팔짱을 꼈다.

"그리고 난 아기가 생겨도 당신을 더 좋아할 거야."

교이치는 달렸다. 그는 에렌을 잃어버렸다. 에렌이 목마르다며 라무네를 사다 달라는 말에 그가 잠시 다녀온 사이 에렌은 사라졌다. 교이치는 사색이 되어 그녀를 찾아 달렸다. 혹여 에렌이 길에서 쓰러져 잠이라도 들면, 그래서 연혜로 깨어나면 어떡할까, 아니 그보다 이전에 이 혼잡한 인파 속에서 잠든 여자가 무사할 리가 없다.

연혜였다면 이렇게 잃어버리는 일은 없었을 것이다. 매사에 침착한 연혜였다면 꽃놀이에 와서 바보같이 길을 잃는 일은 없었을 것이다. 내가 결혼한 여자가 연혜였다면 아내를 찾아 창경원을 뛰어다닐 리 없었을 게다. 영방이라면 꽃놀이 와서 이렇게 아내를 잃어버리는 일은 없었으리라. 그 녀석이라면 선비 마냥 꽃 감상에 시를 읊었겠지. 인파를 헤치며 생각이 꼬리에 꼬리를 물던 교이치는 이윽고 이런 생각을 품었던 것이 죄스러워졌다. 에렌을 다시 찾을 수만 있다면 아무래도 좋았다. 괜한 생각을 한 것에 하늘에 용서를 빌었다.

평소라면 똑똑한 에렌이 어련히 잘 처신할 것이라 문제가 없었다. 에렌이라면, 자신이 길을 잃어버린 것이 아니라, 세상이 자기를 잃어버렸다고 주장할 위인이었다. 그러나 그녀가 연혜로 바뀌지 않은 지가 한참이었다.

교이치는 경비원에게 물어 창경원 내 보호소의 위치를 알아냈다. 꽃놀이 중 길 잃은 사람들은 보호소에서 하룻밤 원내의 보호를 받았다. '혹시 잠들어도 그곳에서 잠들어라, 그러면 연혜로 깨어나도 내 어찌 해보마' 하고 교이치는 보호소로 달렸다.

그러나 그곳에도 에렌은 없었다. 눈만 껌벅거리는 어른 셋과 울다 지친 아이 둘이 그를 바라봤다. 완전히 지친 교이치가 '경찰에 신고부터 할까 영방에게 먼저 알릴까' 고민하며 터덜터덜 창경원을 나설 때, 그는 출구 팻말 옆에 선 에렌을 봤다. 미소를 입에 문고 여전히 화사했다. 교이치는 모든 원망을 잊고 두 팔 벌려 에렌을 껴안았다.

밤 꽃놀이를 다녀온 후 교이치는 궁금한 것이 생겼다. 그는 원하는 지식을 얻기 위해서 책이나 잡지를 찾아보았으나 어디에도 그가 필요로 하는 내용을 속 시원히 밝혀주는 곳 없이 자극적인 이야기만 난무했다. 누구에게도 묻기 곤란한 주제였고 그가 관련 책을 찾아본다는 사실조차 밝힐 수 없었다. 마땅히 물어볼 사람도 없고, 뒤에서 떠도는 정보들은 믿을 수가 없었다. 정확한 사실을 알기 위해 교이치는 하는 수 없이 사치코에게 묻기로 했다.

"오라버니가 웬일로 날 불러냈어, 에렌도 없이? 에렌에게 비밀로 해야 할 만한 무슨 사고 쳤어?"

교이치가 결혼 후에 사치코와 따로 둘만 만난 것은 처음이었다.

에렌이 없는 자리에서 사치코는 퉁명스러웠고 굳은 표정이었다. 그러나 여전히 교이치를 아끼는 얼굴이었다. 차라리 교이치가 어떤 실수를 저질러 에렌이 실망해 떠나주기 바라는 마음마저 있었다. 자신이라면 사촌오라비의 어떤 결점도 다 감내할 수 있다는 태도였다.

교이치의 결혼 후에도 사치코가 경성 안을 다니는 것은 변함이 없었다. 여전히 사치코는 조용하면서도 곰실곰실 여기저기를 훑고 다녔다. 그러나 이전의 그녀가 미쓰코시 건너 미쓰비시로 히라다로 본정통 백화점들을 돌며 첨단의 물건을 쇼핑하는 것을 즐겼다면, 지금의 그녀는 교이치의 눈에 기행처럼 보이는 것들을 하고 다녔다. 기부니 봉사 활동이니 선행 작업이니 하는 것들이었다.

"마음에도 없이, 봉사니 뭐니 하지 마. 그런 가식이 제일 싫어."

교이치는 사치코에게 매번 쓴소리를 했고, 매번 에렌에게 나무람을 들었다.

"마음에 있든 없든, 안 하는 것보다 나아. 사치코 아가씨 덕분에 고아원 아이들은 오늘은 맛있는 빵을 먹었을 거야."

"하루 빵을 주고 장난감을 주고 혼자 뿌듯해하는 것이 잘하는 건가? 고작 그것 하나 하고서 우월감에 빠지는 잘난 체 때문에 근본이 해결되지 않는 거야."

늘 그렇듯, 교이치가 목소리를 높일 때면 에렌은 그를 조롱했다.

"작은 것도 홀대하면서 어떻게 근본을 바꾸려 들까? 근본을 바꿀 수 있다고 생각해? 당신네 통치 아래서?" 에렌은 뒤이어 "사치코 아가씨에게 자기 증명의 시간이 필요한 거야"라는 말로 교이치를 아연하게 했다. 그 에렌의 말이 아니었더라도 오늘 교이치는 사치코에게 반기를 들 생각은 없었다. 교이치가 별말 없자 사치코가 먼저 휴전의 표시로 한결 낙낙해진 목소리로 말했다.

"이렇게 순하고 예쁜 아이들이라니. 조선 아이들은 참 양순한 것 같아."

오늘도 고아원에서 봉사 활동을 하고 왔다는 사치코가 아이들에게서 받아온 낙서 같은 그림을 교이치에게 쫙 펼쳐 들어 보였다. 아이들이 그려준 사치코는 타오르는 빛깔의 기모노를 입고, 하얀 얼굴에, 가느다란 눈이 쭉 그어져 있었다.

일본에서는 양장도 곧잘 하던 사치코였지만 조선에 온 이후로는 그녀는 늘 기모노를 입어왔다. 보다 값비싸고 화려한 기모노에 탐을 내며 사치코는 말하곤 했다.

"일본인으로 보이고 싶어. 조선인을 무시하거나 깔보는 것은 아니야. 그래도 누가 나를 조선인으로 봐주기보다는 바로 일본인인 것을 알아봐 줬으면 좋겠어. 내가 일본인인 것도 사실이잖아."

사치코의 미묘한 심정을 이해 못 하는 교이치는 사치코가 괜한 것에 기력을 들인다고 여겼다. 교이치는 에렌의 지시에 잠옷조차 유카타에서 양장으로 바꾸고도 별 이의가 없었다. 느슨하고 가벼운 양식 실내복을 한 교이치와 에렌 부부를 사치코가 방문하면, 집 안은 순식간에 그녀의 격식 있는 기모노로 묵중함이 축축 늘어졌다.

오늘도 사치코의 옷은 번쩍번쩍 눈에 띄었다. 여성들에게 인기 있다는 깔끔한 다방 안에서도 사치코는 가장 아름다운 양갓집 아가씨가 된 기분을 만끽했다. 기분이 풀린 사치코가 물었다.

"신혼 중인 오라버니가 나를 따로 보자고 했으면 뭔가 사고 쳤거나 몰래 물어볼 게 있어서겠지. 본론이 뭐야? 괜히 빙빙 돌지 말고."

교이치는 비장한 표정으로 입을 뗐다. 그가 사치코에게 물었다.

"여자들의 생리 주기는 어떻게 돼?"

영방을 찾아간 교이치는 주저주저하며 좀처럼 말을 못 했다. 그는 화제를 빙빙 돌리며 괜히 영방의 책장을 들여다보고 책상 위 물건들을 들썩거려 영방의 심기를 불편하게 했다. 교이치는 책을 들썩이다가 성의학 책을 빙자한 춘화첩을 발견했다. 교이치는 책 제목을 과장되게 읊었다. 프로이트 성의학, 남녀생식도해, 남성의 자격, 야상밀애. 물 만난 물고기처럼 그의 입은 영방을 골려대느라 다시 활기를 띠었다.

"너도 이딴 빨간책 보냐? 난 또 네가 색을 초월한 성인군자인 줄 알았지. 천하의 오영방도 탐독할 만큼 빨간책의 위력은 대단하구나."

사정없이 공격하는 교이치의 짓궂음에도 영방은 온화하게 답했다.

"그 책들 재미없어 죽겠네. 에렌 씨가 임신이라도 하면, 연혜가 놀랄까봐, 나도 노력중이야."

교이치는 속으로 빈정댔다. 이 샌님이 끝까지 고상한 척하기는, 너는 남자 아니더냐. 교이치는 이참에 본론을 꺼내기로 했다. 그는 영방에게 물었다.

"혹시 연혜가 유산했었어?"

영방이 깜짝 놀라서 되물었다.

"언제말인가? 최근에 연혜는 건강한 편이었는데. 에렌 씨는 몸이 불편한가? 자네와 있을 때 에렌 씨가 하혈이라도 했나?"

"아니 아니. 그럼 대여섯 달 전쯤에 연혜는 괜찮았어? 그때 헛구역질이나 어지럼증 같은 것 없었나?"

교이치는 꽃놀이 때 에렌의 말이 계속 마음에 걸렸다. 그가 에렌의 생리주기를 계산해보았을 때 결혼 당시에 그녀가 임신했을 가능성이 아주 없는 것은 아니었다. 그러나 결코 유산한 적이 없다는 에렌의 말은 진실인 듯했다. 에렌에게 그런 일은 감출 것이 아니었다. 그렇다면 혹여 그녀가 연혜로 존재할 때 임신과 유산이 일어났던 것이 아닐까, 에렌에게 있는 줄도 모르게 들어섰다 사라진 아기가 있었던 것은 아닐까, 교이치의 생각은 멈출 길 없이 뻗어나갔다. 그러다 참다 못해 영방을 찾아가 묻기에 이른 것이다.

"대여섯 달 전이라면……."

당시는 영방과 연혜의 결혼 직전부터 결혼하기까지의 무렵이었다.

"그때는 임신했을 리가 없네."

단정적인 영방의 어투에 교이치는 더 이상의 말은 하지 않기로 했다. 자신의 생각을 그대로 이야기했다가는 연혜를 신성시하는 영방이 충격을 받을까 염려한 나름의 배려였다. 그러나 명석한 영방이라 어디까지 생각해나갈지 몰라서 교이치는 불안했다. 영방이 입을 다문 것으로 봐서 이미 그의 머리에 갖가지 생각이 자리 잡은 것인지도 몰랐다.

'유산을 했어도 적어도 영방의 아이는 아니었겠구나'라는 정도에 교이치는 만족하기로 했다.

교이치는 자신의 아버지가 생각났다. 아버지는 군인답게 냉랭했다. 무뚝뚝한 아버지가 생전에 그에게 말을 건넸던 적은 손으로 꼽을 정도였다. 어머니가 일찍 세상을 뜬 후 아버지는 말이 더 없어졌다. 갑자기 교이치가 부친을 떠올림은, 처음으로 자신을 아버지라는 이름에 겹쳐보았기 때문이었다.

아기가 생기면 달라질지도 모른다. 에렌이 지금은 훌훌 날아다니며 자유를 구속받느니 죽겠다고 하지만, 여자들이란 모성애를 타고난 존재라 아이가 태어나면 백팔십도 달라진다. 아이가 생기면 에렌도 정체 모를 것을 향해 달려가는 지금의 조급함에서 벗어나 안정을 찾을지 모른다.

교이치는 몇 달 전만 해도 아이에 대해서 전혀 상상도 하지 않았음은 물론, 결혼을 하면 한 가정의 남편이자 아버지가 된다는 사실조차 인지한 적이 없었다. 그에게 지금만큼 아이가 뚜렷한 실체로 다가온 적은 없었다.

교이치의 입이 미소로 자꾸만 실룩였다.

12 꽃을 즐길 자격

　연혜는 경학원을 퇴사했다. 남편과 같은 직장을 다니는 것이 부담스럽
다는 이유에서였다. 영방도 결혼 전 각오로 연혜를 완쾌시켜주겠다는 것
도 있었던 만큼 연혜의 건강에 무리가 가지 않기 바라는 마음에 동조했다.
　연혜와의 결혼은 영방의 상상과 꼭 같지는 않았다. 상상보다 훨씬 평
탄하고 안온했다. 어여쁜 처녀가 제 생활에 들어왔을 때 젊은 남자가 느
끼는 어색함과 일말의 기대감은, 연혜의 차분함에 자연 누그러졌다. 결
혼 후 실제의 아내는 머리로만 그려왔던 아내의 상과 완전히 일치하지는
않았다. 영방의 머릿속에서 새색시는 쑥스러움에 볼 붉히며 앉아 있기만
했었다. 그제야 영방은 그것이 얼마나 추상적인 공상이었던가를 알았다.
자신과 방 안에서 밥을 먹고, 자신과 같은 옷장을 쓰고, 함께 이불을 덮
는, 고운 자태의 여인이 일상 속에 있는 것은 같았다. 그러나 이 움직이
는 새색시는 일상을 살아갈 줄도 알았다. 맑은 눈의 연혜가 물값과 반찬
값을 계산하고, 찬장에 때맞추어 채워놓은 식재들의 저장 기간을 조절하
는 모습이 신기하게 보였다. 자신의 삶에 한 여자가 들어옴으로 생길 변
화에 무의식적으로 품었던 영방의 방어적인 태도도 점차 풀려갔다.
　연혜가 에렌과 시간을 나누어 사는 방법은 영방이 결코 짐작도 못 할

만큼 연혜는 귀신같이 시간을 쪼개 썼다. 결혼 후 특이점이라면 이제 영방도 연혜가 에렌으로 변하는 순간을 보게 되었다는 것이다. 그는 연혜가 잠을 오래 자면 안아다가 카페 앞 공원에 내려놓았다. 그리고 잠든 사이에 혹여 그녀가 나쁜 일이라도 당할까 봐 숨어서 지켜보았다. 그렇게 먼 거리를 업어 와도 모를 정도로 깊이 잠들었을 때는 연혜는 십중팔구 에렌으로 깨어나곤 했다.

정균과 오랜 자취 생활을 해왔던 영방은 더도 덜도 말고 두 사람 분량의 밥만큼은 수준급으로 지었다. 작은 풍로에 올려 지은 냄비 밥은 언제나 적당한 고슬고슬함과 입가심 숭늉 한 그릇을 내놓았다. 갓 지은 밥에 몇 가지 반찬을 차려 연혜와 마주 앉은 식탁은 영방에게 결혼을 일깨워주는 달콤한 밥상이었다.

새신랑의 일상은 행복했다. 바람이 거센 날은 따끈하게 데운 탕파가 영방을 기다렸고 비가 갑작스레 쏟아지는 날에는 전차역까지 마중 나오는 연혜가 있었다. 노란 기름종이 우산 밑에 연혜와 어깨를 나란히 하고 집에 돌아갈 때의 영방은 세상에서 가장 행복했다. 이제 영방은 깨끗하게 손질된 옷을 입었고, 날마다 다른 손수건이 윗옷 주머니에 꽂혀 있었다. 애정 어린 손길과 눈을 지닌 아내가 있음을 확연히 보여주는 매무새였다.

연혜는 손끝이 야무져서 무엇을 만들어도 근사하게 뚝딱 만들어냈다. 크리스마스에는 홍록의 벽걸이를 짰고, 설에는 복조리에 입힐 비단띠에 꽃수를 놓았고, 삼짇날에는 호랑나비 연을 만들었다. 그녀가 주방에 들어가는 일은 많지 않았지만 한번 솥이 보글거리면 꿀 같은 미식이 만들어졌다. 연혜는 만주에서 중국인과 러시아인들이 먹던 것이라 하여 얇은 피가 바삭거리는 만두를 구웠고, 동그랗게 빵을 튀겨 깨를 묻혀냈다. 모두 별스럽고 맛났다. 연혜는 외출이 잦았다. 연혜는 별식을 만들면 단지에 고이 넣어놓고 나갔고 바쁜 와중에도 단정히 내려쓴 쪽지를 영방에게 남겼다. 영방은 이 미색 편지지를 볼 때면 에렌으로 떠나지 않을 연혜가 돌아올 것이라 안도하곤 했다.

영방은 경성역에 갔다. 삼짇날 고향 옥천에 다녀올 기차표를 예매하기 위해서였다. 이번에는 연혜의 기차표까지 함께 끊으면서, 다시금 가족이 되었다는 사실을 실감했다. 돌아서는 영방의 귀에, 자신을 찾는 확성기 소리가 역사 안에 울려퍼지는 것이 들렸다. 정균이 역사로 전화를 걸어 영방을 찾은 것이다. 수화기를 받아 들자 정균이 다짜고짜 말을 쏟아냈다.

"자네 아직 경성역이지? 다행이구먼. 옥천행 오늘 날짜로 최대한 빠른 출발편으로 한 장만 더 사줘. 돈은 내일 출근해서 내 꼭 줌세. 차표 사고 나면 역사 중앙문 앞에서 좀 기다려주게나. 반 시간쯤 후에 거기로 자네를 찾아오는 여자가 있을 거야. 그 여자에게 기차표를 주게."

속사포 같은 정균의 말을 겨우 들은 영방이 가까스로 한마디 했다.

"그래. 그런데……."

"고맙네."

정균은 뒷말도 기다리지 않고 전화를 끊으려 했다. 영방이 급하게 물었다.

"그래도 어떤 여자인지 대충 설명을 해줘야 나도 알고 기다리지 않겠는가?"

정균이 딱 한마디만 하고 딸깍 전화를 끊었다.

"젊고 미인이야."

기가 차서 영방은 허허 웃었다. 정균의 부탁대로 기차표를 한 장 더 끊은 후, 영방은 역사를 맴돌았다. 경성역에는 온갖 범주의 사람들이 모여들어, 행인들 구경하는 것만으로도 지루하지 않게 기다릴 수 있었다. 흰 도포 자락의 신사가 검은 중절모에 검은 우산으로 한복과 양복의 조합을 멋스럽게 뽐냈다. 보자기로 머리를 감싸고 흰 치맛자락을 펄럭이며 빠르게 걷는 아주머니가 있었다. 몸보다 더 큰 짐을 지고 가는 지게꾼이 지팡이로 균형을 잡으며 걸어갔다. 포대기로 아기를 들쳐 업고 가는 여인은 아기 어머니인지 남의 집 아기를 봐주는 보모인지 분간이 안 갔다. 망태기를 지고 가는 사람, 자전거를 탄 사람, 학생 망토를 두른 사람. 작은 아이들도 많았다. 짐을 들어주고 돈을 받는 아이도 있었고, 조그만 그릇을 들고 구걸하고 다니는 거지 아이들도 있었다. 저 아이들은 크면 거리패나 임노동자가 되겠지, 무엇이 되든 총독부에게 환영받지 못하는 존재로 매번 단속에 걸리고 벌금을 내고 구타를 당하는 편치 않는 삶이 될 것이야, 총독부는 불령선인을 색출하기에 앞서 저들을 방치하는 것에 책임을 져야 하지 않을까. 영방의 생각이 꼬리에 꼬리를 물고 있을 때였다.

"정균 씨가 이르길 선생님께 받으면 된다고……."

"아, 네."

여자의 목소리에 영방이 상념에서 깨어 기차표를 여자에게 건넸다. 정균이 부탁해서 따로 사둔 오늘 날짜 옥천행 표였다. 표를 받고도 여자는 떠나지 않고 영방 곁에 가만히 섰다. 영방의 의아한 눈빛에 여자가 겸연쩍은 웃음으로 속삭였다.

"저와 아는 사이인 척해주세요."

영방이 첫눈에 보기에도 기생인 여자였다. 잘 차려입은 한복이었으나, 간드러지게 치마를 휘감은 것이나 옆에 낀 양산은 물론, 눈 코 입 하나하나에 교태가 어렸다.

영방이 여자에게 내막을 물으려는데, 저편에서 정균이 다가왔다. 그 혼자가 아니었다. 그의 옆에는 세 사람의 그림자가 함께 걸어왔다. 정균의 양부모와 그의 아내였다.

"어이, 영방! 오늘도 좋아 보이는구먼!"

마치 정균은 영방을 오늘 처음 본 듯 손을 번쩍 들으며 반가워했다.

"우리 부모님은 이미 본 적이 있어서 따로 인사가 필요 없겠지? 엊그제 올라오셨다가 이제 다시 내려가신대. 아버님, 여기는 오영방, 잘 아시지요? 여기는 내 안사람일세. 내 학우였고 지금은 경학원 동료인 오영방에 대해서는 당신도 많이 들었을 거예요."

숨 쉴 틈 없이 말하던 정균은 그제야 영방 곁의 여자를 본 듯이 깜짝 놀라는 표정을 지었다.

"아니, 이게 누구십니까."

정균은 여자에게 반가운 듯 악수를 청하고는 자신의 부모에게 그녀를 소개했다.

"여기는 영방의 육촌 누이랍니다."

정균이 이번에는 여자에게 고개를 꾸벅했다.

"지난번 바자회에서 만나 뵌 적이 있지요. 접때는 제가 신세를 많이 졌습니다."

이 연극에 동참하고 있던 여자도 웃음을 누르며 함께 인사를 했다. 여자는 반달 눈웃음에 볼우물을 짓고 긴 목을 구부렸다. 정균의 부인이 빤히 그녀를 바라보다가 고개를 돌렸다.

정균이 영방을 똑바로 보며 물었다.

"누이도 옥천으로 돌아가나 보지? 다 함께 가나?"

대충 이 연극을 눈치챈 영방도 이제 공범이 되어 거들었다.

"아니, 이 친구부터 먼저 내려가게 됐어."

"아하, 아쉽게 됐군."

정균이 크게 고개를 끄덕이더니 여자를 향했다.

"다시 뵙게 될 날이 오겠지요."

정균이 싹싹하게 말했다. 여자는 웃음을 참으며 고개인사를 했다. 여자는 영방의 손을 잡고 "오라버니, 내려가서 봬요" 하고는 모두에게 크게 공수 인사를 했다. 돌아선 그녀는 보란 듯이 역장에게 표를 내밀고 플랫폼 안으로 들어갔다.

정균의 양부모도 '우리도 그만 갈까' 하고는 정균에게 딱히 작별의 긴 말도 없이 서먹하게 헤어졌다. 서둘러 걷는 그들의 걸음새는, 여자가 정말 옥천행 기차를 타는지 확인이라도 할 태세였다. 정균의 아내만이 한번 뒤돌아 정균을 보고서 '몸이나 건강하세요' 하고 입 모양으로 말했다.

"이건 또 무슨 일이야?" 묻는 영방에게 정균이 지금까지의 과장된 웃음을 싹 거두고 말했다.

"함께 찍은 사진을 들켰어. 자네도 눈치챘다시피, 저 여자, 기생이야. 작년 말부터 좀 사귀었지. 내가 이런 적이 한두 번인가. 그런데 이번에는 난리도 아니었어. 당장 붙잡아와서 대질하자고 하시질 않나. 아마 이번에는 아내도 같이 올라왔기 때문일 거야. 그분들, 며느리에게 미안하고 민망하여 더 나를 다그치신 거지."

정균이 한숨을 쉬었다.

"결백한 사이라고 밝히는 쇼를 해야만 했네. 이게 무슨 소용일까 싶겠지만, 저분들도 이게 소용없음을 아시면서도, 내가 연극이라도 해서 당신들이 반신반의할 여지를 드리길 바라신 거야. 며느리 마음도 달래주고, 냈던 화를 거두려면 이런 한바탕 쇼가 있어야 하거든."

"이렇게 자네가 쇼까지 벌이며 관계를 발뺌했으니, 저 여성은 마음을 의탁할 곳을 잃은 셈인데 딱하네그려."

영방이 동정심에 말했으나, 정균이 태연하게 답했다.

"저 여자의 자태를 못 봤나? 경성에 어디 남자가 나 하나뿐이겠는가."

"다시 만날 것 아닌가?"

"기생과의 만남을 오래 끌어봤자 뭐 좋은 꼴을 보겠나."

"은근히 기생을 경시하는구면."

"무슨 소리. 기생만큼 사랑에 투철하고, 기생만큼 의리 있는 존재도 없네."

영방은 혀를 찼다.

"그놈의 사랑 사랑 언제까지 타령인가, 사랑 때문에 자네 말라 죽겠네."

정균이 열성조로 말했다.

"경성은 사랑의 도시야. 카페걸 하나를 두고 질투심에 눈먼 남자들이 칼부림을 하다 상대를 푹 찌르는 도시야. 퇴락 기생이 도련님의 정부가 될 수밖에 없는 운명에 비관자살 하는 도시야. 비정상적인 사랑이 마땅한 것으로 여겨지고, 웬만큼 미치지 않으면 사랑으로 불리지 않는 이곳에서, 어떻게 내가 사랑에 미치지 않을 수 있겠는가."

그의 사랑 타령은 변함없었으나, 영방은 정균의 광폭함에서 뭔가 필사적인 것을 본 것 같아 섬뜩했다. 그 불길함을 누르려 영방이 농담조로 말했다.

"그러다 자네를 못 잊어서 자살하는 여자라도 나오면 어쩌려고 그러나."

"이봐, 영방. 여자를 만나는 남자들에게 해주고 싶은 말이 있는데. 아내 아닌 여자란 땅문서와 금반지를 보고 자네를 만난다는 것을 명심하세."

"난 여자에게 인기 없어서 아내 말고는 없네."

정균이 싱긋 웃었다.

"역시 오영방이야."

뭔가 골몰하던 정균이 갑자기 정색을 하고 영방에게 물었다.

"자네가 끊어준 기차표, 옥천행 편도인가? 왕복 표인가?"

"편도이네만."

영방의 대답에 정균이 크게 하하 웃었다.

"그 친구 옥천 여행 한번 징하게 하겠군."

정균은 "대청호, 용암사, 부소담악, 경율당, 둔주봉" 하며 손가락을 꼽다가 내지르듯 외쳤다.

"뭐 내가 저에게 사준 금시계가 얼마짜린데 그거라도 팔아서 경성으로 되돌아올 차비 쓰겠지."

삼짇날의 종친 모임을 맞아 영방은 고향에 내려갔다. 연혜도 함께했다. 영방의 우려와는 달리 연혜는 한 번도 에렌으로 바뀌지 않았다. 아직도 찬바람이 완전히 가시지 않았고, 경칩이 한참 지났음이 무색하게 경성에는 눈이 내린 날도 있었다. 그래도 영방의 고향 옥천만큼은 그의 기분에 들녘 공기가 더 따뜻했다.

어른들은 강남 갔던 제비가 돌아오는 날을 맞아 처마 밑 제비집을 손봤고, 아이들은 서에서 동으로 흘러가는 냇물을 찾아 겨울 때를 씻었다. 여자들은 장을 담그며 연혜를 품평했고 남자들은 호박 줄기를 심었다. 연혜의 호랑나비 연은 생생함에 감탄을 받았고 아이들은 서로 갖겠다 쟁

탈을 벌였다. 아이들까지 모인 친지 모임은 북적이고도 따뜻해 영방은 어릴 적 명절 때로 돌아간 듯했다. 그 시절 자상하게 풀피리를 만들어줬던 삼촌을 떠올리며 이제 영방이 사내아이들에게는 버드나무 가지로 피리를 만들어줬고, 여자아이들에게는 풀각시를 만들어줬다. 연혜는 이 풀각시에 노랑 저고리와 빨간 치마를 입혀주고 색실을 엮어 머리를 곱게 땋아줬다.

삼짇날을 빙자해 문중 어른에게 연혜를 인사시키는 의도가 다분했던 이번 모임에서 연혜는 누구에게나 사랑을 받았고, 한시름 놓은 영방의 부친은 이제 나서서 연혜를 칭찬했다.

마을의 오랜 권세가답게 영방의 친가는 마을 노인들을 모셔 음식을 대접하곤 했다. 이 경로회를 위해 남자들이 떡메를 치고 문중 여자들이 동그랗게 둘러앉아 떡을 빚으니 이미 그 자체로 잔치가 따로 없었다. 경로회에서 정성껏 대접한 후 친지들은 산으로 청유를 갔다. 아낙들이 찹쌀가루 반죽에 진달래꽃을 얹어 둥글게 지져 화전을 구웠다. 들썩들썩 바른 참기름이 고소한 냄새를 풍겨 화전을 뒤집을 때마다 다들 침을 삼켰다.

문장에 능한 어른들은 진달래로 담근 화주에 시를 벗 삼아, 한 잔 두 잔, 한 소절 두 소절 취해갔다. 글과 자연에 심취한 부녀자들은 즉흥시를 짓고, 어르신들은 시조를 읊었다. 꼬마들은 민요를 불렀고, 조금 큰 아이들은 진달래 꽃잎을 따서 얇은 돌에 올려 불을 때고 꽃찜을 해 먹었다. 사람들은 약수를 마시며 모두의 연중무병을 기원했다. 영방도 자신과 연혜가 무병장수 백년해로하기를 남몰래 기원했다.

한번 불어온 봄바람은 걷잡을 수 없이 따스한 대기를 만들어, 조선은 하루하루 완연하게 봄이 되어갔다. 봄꽃이 쏟아질 듯 피어나고 경학원

뒤뜰에도 개나리가 노란 리본을 무수히 매달 듯 피어나더니 영산홍이 울긋불긋 담을 물들였다. 풀밭에는 패랭이꽃과 고깔제비꽃이 피었다.

명륜학원 학도들은 싱숭생숭하여 수업을 듣는 둥 마는 둥, 정인과 혹은 아내와 꽃구경을 갈 계획에 여념이 없었다. 정균이 영방에게 투덜거렸다.

"요새는 벚꽃, 벚꽃이야. 지독해."

"다 좋다는데 왜?"

"벚꽃 따위 나한테는 장님 돋보기 들여다보기 격이란 말이지."

정균의 불만이 속사포처럼 튀어나왔다.

"봄이 어떤 계절인데? 춘궁이라는 말이 왜 있지? 봄춘 자에 춘궁이란 말이지. 그런데 꽃놀이가 말이 나와? 파산하고, 유랑민이 울고, 춘궁을 못 넘겨 자살하는 봄이야. 남부여대한 유랑민이 줄지은 계절도 바로 봄이야. 그런데 다른 한쪽에서는 밤 벚꽃을 보겠노라 줄을 서, 전차가 막히도록."

정균은 쉴 새 없이 말을 쏟아냈다. 이 봄은 흉작으로 차압을 당하는 봄이오, 고리대금업자의 코밑에 절하는 봄이다. 오랫동안 고락을 함께한 소를 지주에게 바치는 봄이오, 뼈 빠지게 일하고서도 빈손으로 떠돌며 북으로 남으로 심하면 지하철도를 타는 봄이다, 등등.

"이게 농사꾼의 봄이라면 인텔리의 봄도 암울해. 우리에게서 외투를 뺏어가는 봄이지."

"그게 무슨 소리야?"

"지금쯤 전당포에 외투가 주렁주렁 걸렸겠구먼. 겨울이 다시는 안 올 줄 착각한 룸펜들이 전당포에 외투 잡히고 돈 몇 푼으로 술을 마시겠지."

정균은 냉소를 뱉어냈다.

"천자만홍의 봄? 재즈의 봄? 원유의 봄? 웃기는 소리."

정균의 일장연설을 반쯤은 웃으며, 반쯤은 공감하며 듣던 영방은 속으로는 놀라고 있었다. 풍류에 있어서 정균만큼 능한 자가 또 있었나. 누구보다 봄꽃에 취해 흥얼거릴 것 같던 정균이 보이는 언사는 사회주의자들의 그것과 똑같았다. 영방은 차마, 자네 사회당파인가 하고 물을 수 없어서 웃음으로 반응했다.

"자네에게는 질투의 봄이 딱 맞겠구먼. 같이 벚꽃놀이 갈 사람 못 찾아서 질투하는 거야."

"그래, 자네는 연혜 씨 같은 꽃보다 아름다운 부인이 있어서 매일매일이 꽃놀이지, 옆구리 허전한 자의 질투였다네."

정균도 웃으면서 마무리 지었다.

귀갓길에 전차를 타고 손잡이를 잡고 선 영방은 그의 앞에 앉은 승객이 읽는 신문을 내려다봤다. 지면 상단에 '신춘학도가 취업난에 자살' 헤드라인이 굵게 쓰여 있었다. 영방의 눈에 '봄춘' 자가 강렬히 들어왔다. 세상이 온갖 긍정을 쏟아붓고 있는 봄춘과 이 우울한 자살 사건의 조합은, 그보다 기묘한 당착이 없었다. 사실 영방이 아까 정균의 일장연설을 듣고 놀랐던 것은, 정균의 의외의 모습보다도 거기에 동조하는 자기 자신을 봤기 때문이 더 컸다. 자연의 변화를 눈여겨보고 보듬던 영방에게 냉소적인 눈이 생겨난 것이다. 이는 교이치와 에렌의 결혼을 알게 된 후 영방에게 일어난 변화였다.

매사에 봄이라고 들떠 있는 세상이, 영방은 부질없어 보였다. 햇살이 따스하니 봄이란 말인가, 창경원의 밤 벚꽃놀이 포스터가 걸렸으니 봄이란 말인가, 싹트고 꽃이 피니 봄이란 말인가. 그저 날씨가 달라지고 계절의 순환은 계속된다. 이전부터 봄은 슬금슬금 오고 있었다. 그런데 누가 먼저 때를 지정하여 이제부터 올해의 봄이라 선을 긋고, 우리는 왜 그 순간 갑자기 봄을 찬양하는가. 봄이 왔음은 무엇으로 기준하는가. 풀이던가 꽃이던가, 도시의 모던인에게는 백화점에 걸린 나들이옷인가.

영방은 봄을 덩달아 반기는 것이 평범한 군중의 하나가 되는 것 같아 꺼려졌다. 봄의 예찬을 탓할 것까지는 없으리라, 생각했다. '봄에 경도될 만큼 순진한 사람들, 청춘과 자연을 향유할 여유가 남아 있음은 부러운 일이며 그만큼 순수성을 지닌 것이리라. 그들의 세상 속에서 행복하도록 두자.' 빠르게 결론지은 영방은, 그들의 순수를 부러워하는 형상을 만듦으로써, 자신을 각성한 혜안자로 끌어올렸다.

영방의 시선을 눈치챘는지 승객이 신문을 오므렸다. 영방은 의도하지 않게 그에게 불편을 준 것이 미안하여, 얼른 눈길을 창밖으로 옮겼다.

집에 돌아온 영방은 집 안에 알록달록 꽃이 피어난 것을 보았다. 호리호리한 화병에 휘어지듯 꽂힌 조팝나무가 새하얗고, 백목련과 자목련이 바람개비 모양으로 포개어져 식탁을 장식하고 있었다. 벚꽃 한 아름이 소반에 소복하게 쌓여 분홍빛 섬을 이루었다.

"갑자기 어디에서 이렇게 많은 꽃이 생겼어요?"

감탄을 금치 못하며 영방이 연혜에게 물었다.

"꽃 지게꾼에게 샀어요."

그런 것도 있었나, 영방은 처음 듣는 말이었다. 그러나 시와 별과 자연을 벗하는 영방으로서는 모른다는 티를 내고 싶지 않았다.

"그……, 지게꾼이 이렇게 여러 꽃을 다 팔아요?"

"네, 이건 효창원 벚꽃이래요."

금빛 종을 울리는 개나리를 손가락 끝으로 건드리며 영방은 무심코 물었다.

"매년 오는 봄인데 왜 사람들은 번거롭게 해마다 그를 기념할까요?"

"인간이 매년 오는 생일을 축하하듯, 꽃나무도 태어남이 매해 기념토록 소중하기 때문 아닐까요? 봄을 맞는 게 유난스럽다고 생각해요?"

영방은 연혜에게 뭔가 그럴듯하게 답해야겠다고 느꼈다.

"꽃놀이에 피어나는 꽃송이들만큼이나 무수히 죽어나가는 춘궁의 계절, 농군은 농우의 고삐를 잡고 오열하는 봄이며, 조선의 기형적 존재인 인텔리는 외투를 싸 들고 전당포 앞에서 기다리는 계절에 지나지 않아요……."

정균에게서 들은 말이 그대로 나온 격이었다. 영방은 말하면서도 내심 이렇게 강경하게 나가도 될까 염려됐지만, 이미 한번 뻗은 이상 그대로 전진해야 했다.

가만히 듣고 있던 연혜는 가끔씩 찬동의 말을 하기도 하고 고개를 끄덕이기도 했다.

"영방 씨 말대로, 언제든 피어나는 꽃을 갑자기 애지중지 구경하는 건 한 편의 희극이 따로 없지요."

그러면서도 연혜는 '그래도'를 붙여 말을 이었다.

"꽃을 미워할 필요는 없잖아요."

이 연혜의 말에 영방의 생각은 일시에 멈춰버렸다. 연혜는 평온하게 말을 이었다.

"춘궁을 몰라주고 배곯음을 외면하는 것을 반성해야겠지요. 그렇다고 우리가 아름다운 꽃을 보고 나오는 경탄을 애써 누를 필요는 없어요. 그건 꽃에게 미안한 일이에요. 우리가 잘못한 것이지 그리 아름답게 피어난 꽃이 잘못한 것은 아니니까."

문득 영방은 연혜의 머릿속이 궁금해졌다. 지금뿐 아니라 언제든, 연혜는 이편도 저편도 이해하며 모든 것을 수긍하되 자기 주관을 지켰다. 영방은 연혜가 모든 것을 알고 꿰뚫어 보는 게 아닐까 싶었다. 또 한편으로는 연혜의 감수성에 놀랐다. 여자의 감성이란 이런 것일까. 나름 감수성이 강하다고 자부해왔던 영방이라 적잖은 충격이었다.

연혜는 미소를 머금고 말했다.

"꽃은 순수하게 아름다워하고, 춘궁민을 진심으로 도와주면 그것으로 우리는 꽃을 즐길 자격이 있어요."

그런 그녀를 보던 영방도 이윽고 환하게 웃으며 물었다.

"그럼 우리도 꽃놀이 갈까요?"

4월은 신학기였다. 경성은 학교마다 신입생의 날랜 발길이 오갔으나, 실상은 학교에 제대로 다니지 못하는 까막눈 조선인이 더 많았다. 이들을 위시한 야학뿐 아니라 여름이면 방학 맞은 학생들이 귀향학생 문자보급운동을 펼쳤고, 언론사의 대대적인 브나로드 여름학교도 성행했다. 명륜학원 역시 학생 주도의 계몽대와 강연대를 조직해야 한다는 목소리가 높아졌다. 그러나 여름은 또한 모내기와 보리 추수로 바쁜 시기였다. 농사를 근본으로 삼는 유학 교리상 여름 농번기를 피하는 것이 그들의 도리에 맞았다. 결국 명륜학원은 다소 이른 4월 신학기에 맞추어 문자학당을 열었다. 학당이라야 경성의 토막촌 홍제내리 주민강당 창고에서 한 달가량 개최되는 아동교육강습회였다.

자의와 타의의 만장일치로, 젊고 패기 넘치는 정균이 아동교습회 운영자로 뽑혔다. 창고를 개조한 교실에 정균은 어디선가 꾸역꾸역 책걸상을 들여놓았다. 영방과 연혜, 미스 고가 이삼십 리 떨어진 곳까지 나가 학생들을 모집해왔다. 이렇게 모인 아이들 30명이 또롱또롱 눈을 굴리며 앉은 교실은 급조된 것이나 제법 수업하는 느낌이 났다. 이들을 시간별로 나누어 다섯 교사가 한글, 산술, 수공, 창가, 동화를 가르쳤다. 영방이나 정균, 동철 강사도 주기적으로 수업을 맡았고, 퇴사한 연혜마저도 나가서 창가를 가르쳤다. 해는 갈수록 길어지고 때 이른 더위에 악취까지 심했다. 지방 유지의 찬조를 받으려던 학용품은 공급이 부족하여 명륜학원에서 급히 공수해 오기도 했다. 밤에는 어두운 석유불 아래서 글자가 잘 보이지도 않는 교과서가 그나마도 부족해 두셋이 같이 봤다.

학비를 받기는커녕 무상으로 가르치는 처지에 모자라는 것은 많았으나 정균의 열성이 그것을 메우고도 넘쳤다. 정균은 자비를 들여 아이들에게 공책과 연필, 한글 교본을 나누어주었고, 두꺼운 책은 한 권을 갖고 돌려 읽혔다. 그의 열성적인 몰두는 낯선 것이면서도 모두에게 감동을 줬다.

"자네가 그렇게 아이들을 좋아하는 줄은 몰랐는걸."

영방이 반농담 삼아 말하자 의외로 정균이 진중히 답했다.

"좋은 것은 아닐세."

"왜? 아이들은 우리의 미래요, 라는 말을 할 줄 알았더니만."

"그 애들이 미래를 만들기에는 세상이 우리 게 아닌걸. 그저 나는, 더 귀하다는 아이에 치여 뒤에서 손가락 빠는 아이들에게 정이 갈 뿐야."

"아이들 사이에서도 서열이 있다는 건가? 그래서 관심받지 못하는 아이들에게도 혜택을 주겠다는 뜻인가?"

"너무 층이 나서. 장손이라느니 몇 대 독자라느니, 또 고명딸이라느니 무남독녀 외딸이라느니 해서 어화둥둥 되는 아이들도 있고, 아무것도 손에 쥐지 못한 아이들도 있고. 어떻게 사람을 두고 더 귀히 여기고 홀대하고 할 수 있단 말인가."

어쩌면 정균은 적자에 집착하며 그의 인생마저 바꾼 양부모에게 또 다른 형태로 반항하고 있는지도 몰랐다. 그리고 양자로 보내지기 전의 적당한 무관심 속에서 살 때를 더 그리워할 것이었다.

경학원 사람 모두가 이 임시 교실이 흥하기를 바랐다. 그러나 보릿고 개는 다가오고 아이들은 먹을 것을 구하러 들로 산으로 나가기 시작했다. 풀뿌리 한 줌이라도 더 보탤 손이 되려 큰 아이는 호미를, 작은 아이 는 쇠꼬챙이를 들고 학교를 지나쳐 들판으로 향했다. 차츰 교실 안은 빈 자리가 늘어갔다. 배곯음 앞에서는 배움도 부차적인 관념일 수밖에 없다 는 것을 알면서도 선생들은 안타까워했다.

난항을 겪는 아동교습회에 어느 날 한 소년이 찾아왔다. 제 발로 찾아 온 소년을 모두 동지섣달 꽃 본 듯 반겼다. 꼬마에 가까울 만큼 마르고 작 은 소년은, 길에서 자고 먹는다 해도 믿을 만치 꾀죄죄했고, 경상도 사투 리가 밴 억양은 어린 그가 먼 남쪽에서 경성까지 겪었을 곡절을 짐작케 했다. 얼마 후 한 무리의 아이들이 찾아와 빈자리를 메웠다. 한눈에 봐도 거리의 아이들이었으나 선생들은 정성껏 가르쳤고 아이들도 알아듣지 못하는 내용을 참고 꼬박이 들었다. 거리의 아이들을 이곳으로 불러온 이 는 그 꼬마 소년이었으며, 소년을 이곳으로 이끈 사람은 연혜였다.

연혜와 소년은 그리 살가운 인연은 아니었다. 지난 크리스마스 시가 행렬 때 연혜는 소년 때문에 소매치기 누명을 쓸 뻔했다. 바로 그 구두닦 이 소년이었다. 경찰서에 끌려가는 그를 연혜가 구해준 이후 소년은 그 대로 사라진 것만 같았다. 그러나 연혜가 그를 찾아냈다. 구두닦이 소년 은 분명 스스로 경학원을 찾아왔으나, 그 이전에 연혜가 그를 설득하고 회유하고 이끌어오는 시간이 있었을 것이다.

영방은 연혜가 어떻게 소년을 찾아냈는지 묻지 않아도 알 수 있었다.

필경 거리의 앵벌이 무리들을 수소문하고, 그중 대장 격 아이에게 돈이며 먹을 것이며 쥐여줘서 소년을 빼내왔을 것이다. 연혜가 남몰래 구두닦이 소년을 챙겼던 것에 영방은 놀랐고, 연혜에게 감탄하기에 앞서 그 열의가 기이했다. 연혜는 무슨 연유로 기어이 소년을 찾은 것일까. 동정심이었을까, 학생을 채우기 위해서였을까, 정균처럼 세상 아이들이 받는 홀대를 분개해서였을까?

구두닦이 소년은 구두를 닦고 때로는 좀도둑질을 하며 거리에서 자는 처지였다. 연혜는 소년을 사환으로 삼고 숙직실에서 살게 했다. 명목상 사환이지 수업을 듣게 하고 잔심부름을 조금 시키는 정도라, 사실은 기거할 명목을 만들어준 것이었다. 소년은 수업이 없는 날이면 구두통을 들고 나가 극장 앞에서 구두닦이를 하고 돌아오기도 했다. 일개 비서로 경학원에 들어와 퇴사까지 한 연혜가, 재량껏 사환을 들이는데도 아무도 이상하게 여기지 않았다. 그만큼 연혜의 영향력이 커진 것을 영방은 무감각해 있다가도 문득문득 깨달았다.

구두닦이 소년은 말이 없고 가끔 입을 열 때는 퉁명스러웠다. 그래도 반항기는 없어서 질책받을 일은 없었고 특히 그는 연혜의 말은 잘 들었다. 사람들은 소년이 연혜에게 고분고분한 것을 두고, 그가 연혜에게 감화되었기 때문이라고 했다. 그러나 구두닦이 소년은 연혜에게 굽실거리지도 않았고, 연혜를 숭배하는 눈치도 없었다. 연혜도 소년에게 무언가 강요하거나 타이르거나 부담스러운 독려 따위는 하지 않았다. 그에게 상냥하되, 그대로 놓아두었다.

과묵하여 몸집보다 어른스러운 구두닦이 소년이 아이다운 들뜸과 순수한 탐욕을 드러내는 일은 딱 하나가 있었다. 영화나 연극을 볼 때였다. 푼돈을 모아 모아 영화 한 편을 본 소년은 배부른 만족감에 절로 한숨 쉬며 팸플릿을 챙겨왔다. 돈이 부족하면 팸플릿만 사와 몇 시간이고 들여다봤다. 그 한 장의 종이를 들여다보는 소년의 머릿속에는 수백 장의 은빛 꿈과 수천 장의 금빛 꿈이 아른아른 날리는 것 같았다. 명륜학원에서 살게 되어 먹을 것 잘 것 걱정 없는 소년도, 공연을 보고 팸플릿을 사기 위해서는 돈이 필요했다. 그래서 소년은 끊임없이 구두통을 매고 나가 구두닦이를 했다.

영방은 소년이 유독 배우 이혜련의 팸플릿을 많이 모은다는 것을 알게 되었다. 영방은 소년이 배우 이혜련을 좋아하는 것도, 명륜학원에 들어온 이유도 연혜가 이혜련, 즉 에렌을 닮았기 때문이라는 것도 눈치채고 있었다.

영방은 시가 행렬 때의 일을 소년 앞에서 들춰내는 짓은 하지 않았다. 그는 현명하게도 소년을 처음 보는 척했다. 또한 소년은 영방을 따르지는 않아도 이 온화한 선생님의 인품에는 존경할 줄 알았다.

구두닦이 소년이 데려온 아이들은 물론, 먼 길 걸어 글자를 배우러 온 아이들도 응당 수업보다 기대하는 것이 간식이었다. 날이 더워지면서 주먹밥이나 떡이 쉬이 상하여 조달이 어려웠으나 교사들은 아이들의 발길을 꾈 수 있는 작은 먹거리를 포기하지 않았다. 또 개중에는 이것이 하루의 유일한 한 끼인 아이도 있어서 더욱 그만둘 수 없었다.

이날은 영방이 옥수수빵 한 보따리를 교실 앞까지 날랐다. 정균의 조선사 수업이 한창이었다. 문 바깥에서 영방은 교실 안을 살폈다. 칠판에는 '총독부가 실행하는 고문의 종류 및 인체에 미치는 영향에 대한 총체적 개괄'이라는 길디긴 제목이 쓰여 있었고, 정균 주변에 아이들이 빙 둘러앉아 있었다. 정균의 목소리가 들렸다.

"……천장 들보에 매달고 구타를 가하고, 대못 박힌 상자 안에 가두고 상자를 이리저리 마구 굴린단다. 못에 가차 없이 찔리겠지, 피범벅이 될 거야. 또 독립운동가의 목구멍에 고무호스를 끼워 억지로 물을 먹이고 부풀어 오른 배를 의자로 눌러댄단다. 독립운동가의 손톱 사이를 바늘로 찔러대고, 몸에 대나무 못을 박기도 해. 독립운동가의 코에 고춧가루 물을 잔뜩 붓고, 얼굴에 끓는 물을 끼얹는다. 독립운동가의 머리를 수조에 집어넣다 빼기를 반복하다가 기절하면 몽둥이로 때린 후 또 고문을 가한단다. 이걸 물고문이라고 해. 특히 이 물고문 때는 수감자들을 발가벗겨서 줄을 세워놓고 자신의 차례가 올 때까지 다른 이의 고문을 지켜보게 한단다. 인두로 알몸을 지지고 또 전기 고문이란 어떤 것인가 하면……."

아이들이 침을 꼴깍꼴깍거리며 듣고 있었다. 눈을 휘둥그레 뜬 아이들은 공포에 떨면서도 한편으로는 마치 변사의 흥미진진한 영화 설명을 듣는 양 열중하여 이야기의 끝이 나지 않기를 바라는 눈치였다.

"끔찍해해야 하는 내용을 참 나."

강의를 끝낸 정균이 영방을 보고는 한탄했다. 아이들은 우르르 옥수수빵을 집어 들고 밖으로 놀러 나갔다. 영방은 그 괴기스러운 수업 풍경이 황당하기도 우습기도 하여 말했다.

"자네처럼 그렇게 '독립운동가의 눈 코 입'이 당하는 고통을 설명하면 애들이 무서워서 독립운동할 마음이 저편으로 달아나겠는데."

"일본경찰의 만행을 알려주려고 했을 뿐이야."

"너무 허풍스러웠어."

"허풍은 무슨. 그게 실상인걸. 얼마나 잔인한지 아무도 생각하려 들지 않아. 생각해봤자 암울하니까. 대신 아파줄 것도 아니니까."

정균이 삐죽거렸다.

"내 몸에 안 닥치면 그만이라 이거지."

요즘의 정균은 불만이 많았다.

"자네 혹시 무슨 고민 있나?"

"나? 난 인생에 대해 고민해. 무엇을 위한 인생인가. 조선을 위한 인생인가, 아니면 인생을 위한 조선인가? 그런데 조선이 어디 있나…… . 그럼 인생을 위한 일본? 그건 개나 줘버릴 얘기. 그럼 일본을 위한 인생? 그건 싫으이. 결국 인생을 위한 인생만 남는단 말야. 그러니 내가 인생주의자가 안 되고 배기겠나. 그런데 문제는 내 인생이 없어. 이 정균의 인생이 없는데 무엇을 위한 인생이 되란 말인가. 영방, 자네는 잘난 사람이지. 모든 게 확실해. 오영방의 인생은 고민할 것 없이 완벽해."

"내가 왜 고민이 없겠는가?"

오랜 친구 정균의 불같은 정열과 감상적인 성정이 안타까워 영방이 달래듯 말했다.

"나도, 아내와 잘 살고, 독립군 안 하고, 몸 편하게 사는 내가, 이래도 되는 건가 고민하네. 그러다가, 이런 고민을 할 수 있는 내 처지부터가 너무 안온하고, 너무 귀족적인 고민인 건가 또 고민하네."

영방의 말에 정균의 얼굴에는 희미하게 동지애가 떠올랐다. 정균이 영방을 뚫어져라 바라보며 침을 삼켰다. 무슨 말이 나올까 기다리는 영방을 앞에 두고, 갑자기 정균이 기침을 하고 고개를 돌렸다. 고개 숙인 정균이 속사포로 읊조렸다.

"내가 화가 나는 건, 내가 애국자이기만 했으면 좋겠는데, 내 머리와 가슴에는 오로지 조국과 독립만 품었으면 좋겠는데, 여자와 향락과 연애도 좋아한다는 거야. 더 화가 나는 건, 일본인이라면 무조건 악하면 좋겠는데, 선할 때가 있다는 거야. 그 선이 조선인을 향하지 않는다고 비난하다가도, 가끔 아주 가끔 조선에게 선을 행하는 일본인이 있으면 그 작은 것에 마음이 동요돼서 이성이 흔들리는 나한테 화가 나."

정균의 말을 듣는 영방의 머릿속에 교이치가 떠올랐다. 교이치는 조선에 선을 행하는 일본인인가. 그게 아니라면, 그것도 아닌데 교이치로 인해 이성이 흔들리는 나는, 나에게 화를 내야 하는 걸까.

영방은 반은 농담조로 말했다.

"그러면 아예 자네가 독립운동가 돼보게. 아니, 우리 이참에 독립운동할까?"

"독립당은 아무나 하는 줄 아나?"

정균은 영방이 농담을 하는 줄 알고 장난스러운 웃음을 되찾았다. 그러나 사실 영방은 반은 진심이었다. 때때로 영방은 독립운동이란 것을 자신도 해야겠다고 결심하곤 했다. 그에게는 그 나이에 응당 있는 얼마간의 의협심이 있었고, 식민지 지식인이 갖는 정의감도 있었다.

독립운동이란 위험한 것이다, 목숨을 걸어야 하는 것이다, 하고 스스로에게 겁을 주기도 했다. 그러나 젊은 혈기 때문인지 그것조차 흥분되고 역동적으로 느껴져 묘하게 두근거리기까지 했다. 때로는 '내 나라를 위해서라면 이 한목숨 어떻게 돼도 좋아' 하고 호기 당당하게 생각했다.

"하긴, 요즘은 독립운동하다 감방 한 번쯤은 들어갔다 나와야 어디 가서 애국자라고 명함을 내밀 수 있나 보이."

한탄과 농을 섞어 말하던 정균이 눈을 찡긋했다.

"쉿, 저기 리틀스파이가 있었구먼."

구두닦이 소년이 양은 주전자를 들고 휘적휘적 지나갔다.

"아뿔사. 칠판을 지웠어야 했는데."

말은 그렇게 해도 정균은 전혀 당황하는 기색 없이 꼼짝도 않은 채 말했다.

"저 자식은 꼭 내 뒤를 쫄랑쫄랑 따라다니다 불쑥 튀어나오는 것 같단 말야. 혹시 양부께서 나 감시하라고 저 꼬마를 매수하셨나?"

"설마."

"어쨌든 수상해. 갑자기 툭 튀어나온 것도, 그 어린 나이에 명륜학원까지 찾아온 것도."

연혜와 소년 사이에 있었던 일을 정균은 몰랐다. 영방은 소년의 비밀을 지켜주리라 마음먹었다. 정균이 엄살조로 말했다.

"내가 저 꼬마 때문에 제명에 바람 못 피우겠네."

이후 아이들이 하나둘 줄어서 결국 아동교습회는 문을 닫게 되었다.

연혜는 바빠 보였다. 날마다 외출을 했다. 그때마다 에렌으로 바뀐다고 여기기에는 꼬박꼬박 집에 들어왔다. 집에서의 연혜는 책을 읽고 영방을 위해서 서류를 필사해줬다. 고요했고 특별히 다른 이야기는 하지 않았다. 그러나 영방은 그런 연혜를 보며 매순간 교이치를 떠올렸다.

다카오카 교이치와 에렌의 정식 결혼 후, 영방은 연혜에게 무슨 변화가 일어나지 않을까 겁냈다. 하지만 며칠 몇 주가 지나 달이 바뀌어도, 연혜에게 아무것도 달라진 점이 없다는 것이 더 놀라웠다. 교이치와 에렌의 결혼이 실현 가능하리라고는 영방은 생각지도 못했다. 결혼으로 싱겁게 교이치를 물리쳤다고 여겼던 영방에게는 충격이었다. 방심한 사이 영방에게 가해온 일격은 한동안 그를 공황 상태에 빠지게 했다.

영방에게 가장 굴욕감을 준 것은, 깊이 잠들어 에렌으로 깨어날 징조를 보이는 연혜를 이제는 카페 앞이 아닌, 교이치의 집으로 데려다줘야 한다는 것이었다. 반대의 상황에서 교이치는 아무렇지도 않게 잠든 에렌을 영방의 집까지 업어오곤 했다. 뿐만 아니라 영방 앞에 연혜를 내려놓으면서 "백연혜라면 잠버릇마저 얌전한가?" 하고 농담도 태연하게 했다. 영방은 이미 자신의 아내가 된 연혜를 두고도 결혼을 감행한 교이치가 이해되지 않았다. 여기에 교이치는 단순 명쾌하게 답했다.

"에렌에게 남편이 있어도 내가 쫓아다닐 판에, 마침 호적상 배우자도 비어 있으니 웬 떡이냐 하고 그 자리를 꿰찼다."

"에렌 씨와 연혜는 한몸이잖나."

"둘은 하나라기엔 너무 양극단인데. 그것도 양극단에서 각각의 전형이지."

깨어 있는 에렌을 본 적 없던 영방은 입을 다물었다. 교이치가 볼멘소리로 말했다.

"그래도 백연혜는 네 평생 배필이라도 되지. 에렌은 언제 나랑 헤어지겠다고 이혼 청구할지 몰라 불안하다고."

에렌과 교이치의 결혼은, 영방에게 이전까지 무심히 보아왔던 연혜의 모든 행동에 의구심이 들게 했다. 양쪽으로 결혼해서 한층 더 바빠질 연혜였다. 연혜의 신비로운 시간 씀은 영방에게 그녀의 시간을 캐고 싶은 욕망을 갖게 했다.

며칠간 연혜에게서 소독약 냄새가 났다. 코가 눈보다 먼저 읽어오는 새하얗고 차가운 병원의 냄새였다. 영방은 연혜가 어디가 아픈 것이 아닌가 걱정되어 물어봤으나 연혜는 "건강해서 탈이에요" 하고 웃기만 했다. 어느 날은 연혜의 가방에 각종 도안과 교육서들이 들어 있더니, 어느 날은 무슨 무슨 운동가, 교수, 사회 인사.들의 명함들이 빼곡했다. 때로는 병원 곳곳에서 온 서신들이 있었다. 조광의원, 익동의원, 성천당, 고려의원. 경성부 내에 있다는 것만 빼면 어떤 공통점도 없을 것 같은 병원들이 연혜를 찾았다.

연혜에게 부인회 활동이라도 하는지 묻자, "앞으로 하면 좋겠어요" 하는 답만 돌아왔다. 답답함을 이길 수 없었으나 혼자서 알아보기에 벅찬 영방은, 그가 생전 가볼 일 없을 것이라 여겼던 곳, 사립탐정소를 찾았다. 외출 시 연혜의 행보를 알려달라는 의뢰를 넣으며 영방은 가슴이 뛰었다. 연혜를 상대로 은밀한 조사가 이루어질지 모른다는 불안감으로 영방은 여자의 사생활은 쫓지 마라 신신당부했다. 졸린 눈의 사립탐정은 "어차피 이 값에 여관 미행 안 해요. 잠복 미행은 값이 훨씬 뛰거든"이라 답했다. 말이 사립탐정소이지 쥐구멍만 한 사무실에 책상 하나 놓고 갖은 심부름을 해주는 곳이었다. 허름한 외양에 영방은 미심쩍었으나 더 큰 곳은 연혜와 에렌의 관계를 낱낱이 파헤칠까 봐 두려웠다.

며칠이 지나 영방은 사립탐정으로부터 놀라운 소리를 듣게 됐다. 연혜가 '김니나'라는 이름으로 바깥 활동을 하고 있다는 것이다. 영방은 그녀가 뭔가 비밀스러운 일을 하고 있나 의심해봤다. 하지만 연혜는 감쪽같이 뒷일을 벌일 만큼 엉큼한 사람이 아니었다. 무엇보다 남편에게 아무런 언질을 주지 않을 리 없다고, 영방은 자신이 연혜에게 그 정도의 믿음은 받고 있다고 자부했다. 영방은 조심스럽고도 위험한 추측을 해봤다.

혹시 연혜에게 에렌 외의 또 다른 자아가 있어 단독 행동을 하는 것일까.

교이치에게 의논해볼까 했으나, 영방은 순간적인 욕심에 사로잡혔다. 연혜에게 다른 자아가 있다면 그를 자신만 독점하고 싶었다. 연혜의 그 어떤 것도 교이치와 나누기 싫다는 치기에 영방은 침묵하고, 사립탐정에게 이번에는 김니나에 대해 알아봐달라 했다. 이후, 영방은 김니나의 신출귀몰함에 아연실색했다.

김니나는 러시아 태생으로 블라디보스토크에서 살다가 10여 년 전 해삼위 사건 때 만주로 옮겨갔다. 당시 블라디보스토크 노동자들은 임시정부 노동부의 지원을 받아 상트페테르부르크와 모스크바 등지의 유럽에 귀속했다. 이에 자극을 받은 김나나와 조선 근로자들은 노동부에 지원을 요청했다가 만주로 반강제 이주됐다.

김나나는 두 해 전부터 조선으로 터전을 옮겨 홍제내리 근방에서 주로 활동했다. 최근 홍제내리에 이주해온 토막민이 늘고 있었는데, 경성부와 서대문 경찰서가 도시 정리의 일환으로 죽첨정의 토막을 철거하면서 넘어온 사람들이었다. 이들이 자리를 잡기까지는 험난했다. 이주비와 가족당 할당된 열 평 남짓되는 땅이 보상으로 약속되어 있었으나 정작 홍제내리에는 이들을 위한 땅이 없었다. 이들의 힘없는 분개는 냉대만 받을 뿐이었다. 김나나는 신문에 기사를 내서 이들의 억울함을 알리고 법적 대응에 대신 나서는 것도 마다하지 않았다. 이후 홍제내리 관유지로 토막민들의 이주가 이루어졌고, 마을 조성위원회 결성에 우물을 파는 것까지 그녀가 도왔다.

그녀의 행보는 만주에까지 연계되었다. 그녀는 동료들과 조선엿 3천 봉지를 만들어 소년 행상원들을 시켜 직접 거리 판매를 하고 그 수익금을 봉천의 아동 구제소에 보냈다. 눈깔사탕도 아닌 흔한 엿이 한 봉지에 10전을 받는 것에 불만을 품은 행인들도 봉투에 '만주 동포를 도웁시다!'라고 인쇄된 글귀를 보고는 두말 않고 값을 치렀다.

김나나의 가장 최근 행적은 한 가난한 지게꾼을 변론한 것이었다. 얼마 전 효창원 남향 언덕에서 벚꽃 한 지게를 꺾어 몰래 나오던 지게꾼이 때마침 순행하는 경성부 순시에게 들켜 경찰서로 인치된 사건이 있었다. 그에게 사법계 부장의 취조가 있던 다음 날 김나나는, 어린 젖먹이에 만삭의 아내를 둔 지게꾼이 식구들을 먹여 살리기 위해 오죽했겠느냐며 동정에 호소하는 변론을 신문에 투고했다. 지게꾼은 큰 처벌 없이 훈계 조치 후 돌려보내졌다. 지게꾼이 훈방 조치됨은 김니나의 조력보다도 그의 죄질이 가벼웠다는 것에서 기인했으나, 그가 내야 할 벌금까지 김니나가 대줬다는 것은 그녀의 선행에 지게꾼이 감복할 만했다.

김니나는 현재 한 소년회의 간부를 맡고 있으며, 이 소년회의 활동은 분명치 않으나 어린이날을 준비하고 있는 듯했다.

김니나는 이따금 카페 가디스에 가서…….

여기까지, 영방은 손을 들어 막았다. 카페걸 이야기는 영방이 더 잘 알고 있을 터였다. 영방은 눈앞이 핑핑 돌았다. 그녀의 방대한 행적에 영방이 어안이 벙벙해져 있을 때, 사립탐정이 이상한 이야기를 꺼냈다.

"그때그때 다른 여자야."

김니나가 시시때때로 외모가 달라졌다는 것이다. 때로는 젊고 때로는 나이 먹어 뵀다. 때로는 눈이 컸고 때로는 작았다. 블라디보스토크의 기운인지 이국적으로 보일 때도 있고 여느 동양여자와 다를 것이 없어 보일 때도 있었다.

"아무래도 그 카페걸 하는 여자가 수상쩍단 말야."

탐정이 기지개를 켜며 딴청 피우는 척하다가 영방에게 몸을 수그리더니 제의했다.

"술값만 지원해주면 내 카페에서 잠복 근무해드리겠소."

영방은 고개를 저었다. 에렌에게 붙는 감시는 눈치 빠른 교이치가 알아버린다. 게다가 영방은 카페걸 에렌이 제 눈앞에 드러나는 것은 원치 않았다. 에렌의 형상이 뚜렷해질수록 연혜가 흐릿해진다. 탐정이 담배를 입에 물며 영방을 보고 말했다. "뭐 댁 좋을 대로 하셔야지."

탐정은 처음으로 실눈에 웃음을 띠었다.

"사연 많은 여자와 고뇌하는 남자라. 이 분야의 영원한 고전이외다."

사립탐정소를 나서며 영방은 머리가 복잡했다. 김니나는 이제 영방이 홀로 탐구해야 할 미스터리 인물이었다. 김니나라는 제3의 인물은 자신을 혹한의 북토 러시아와 결부시키며, 자선 활동에 열심이고 때때로 글을 기고한다. 사회운동가의 기질이 다분하며 독립운동에도 관여할지 모른다. 이것이 연혜의 또 다른 모습일까. 연혜 자신조차 모르는 제3의 인물은 아닐까.

영방은 김니나와 연혜를 연결시키기가 어려웠다. 우선 연혜는 시간이 없었다. 그동안 연혜는 일과 결혼 생활로 분주했고 여기에 에렌의 삶이 더해져 두 배로 바쁘게 살았다. 도저히 김니나의 활달한 행보가 끼어들 틈이 없었다. 그러나 그의 머리로 이해하기에는 한계가 있는 병을 연혜는 앓고 있었다. 영방은 아직까지도 연혜가 어떻게 에렌으로 변해 삶을 배분하고 시간을 나누어 쓰는지 감을 잡을 수 없었다.

영방은 김니나가 독립운동이라도 하다 체포돼 감방에 갇힌 채 연혜로 눈뜨면 어쩌나, 고문을 받다가 에렌으로 눈뜨면 어쩌나, 상상하니 오싹해졌다. 상상은 무한대로 앞서나갔고 한편으로는 김니나가 '붉은 연애'라도 하는 분방한 연애주의자일까 염려됐다. 교이치를 버금가는 누군가가 다가와 '선생이 오영방이오?' 하고 묻는 장면을 상상하고는 진저리를 쳤다.

연혜가 정균과 만남이 잦은 것도 영방의 신경을 곤두세웠다. 요즘의 정균은 무엇을 하는지 얼굴도 보기 어렵도록 바빴다. 근무 중에도 외출 신청을 하고 어딘가를 쏘다니느라 사무실에 붙어 있는 때가 드물었다. 경학원 앞까지 연혜를 불러 속닥거리는 정균이건만 두 사람은 영방은 끼워주지도 않고 그들만의 모의를 해나갔다.

창경원 벚꽃놀이 야간개장이 막을 내릴 때, 영방은 놀라 고꾸라질 기사 한 편을 보았다.

내가 창경원 연못가 구석에 서서 장려하게 반짝이는 꽃나무들을 바라보고 있을 때 "아직 사랑의 속삭임은 못 할 때로구려" 하는 녹슨 목소리가 귀밑에서 일어나 사라지기 무섭게 또다시 "외기러기 짝을 찾으러 왔소이다. 나와 동반합시다" "나 혼자요, 외롭습니다" 하는 또 다른 목소리가 뒷덜미를 울린다. "이제 시작인데 벌써 히야카시 군들이 판을 치는 모양이로구나" 이렇게 생각하면서 더욱 익어오기를 고대하는 마음을 여전히 꼼짝 않고 섰노라니 별안간 머리 위로 모래질 돌질이 들어온다. 하도 어이가 없어 얼른 뒤를 돌아다보니 술귀신이다. 주정꾼 새서방님이 나에게 눈독을 폭 들이고 섰다. 멀리서 멈칫멈칫하며 망만 보고 섰는 능구렁이 신사가 가까이 와서 내 얼굴을 들여다볼 듯 고개를 내민다. 허둥지둥 몹시 서두르는 한 푼짜리 신사, 흰 테두리 모자에 낡은 치맛자락 같은 망토를 두른 대학 예과 모자를 쓴 청년들이 줄줄 따라와 이편저편으로 빙빙 돌다가 담대하게도 내 앞으로 턱 나서는 한 학생 작자, "오늘은 내가 로미오가 되겠소이다, 어떻습니까" 하며 달려든다. 엉겁결에 고개를 홀쩍 돌리니 나를 향하여 손수건을 흔들며 은근히 고갯짓을 하고 섰는 엉터리 신사의 은근한 미소가 눈에 들어온다. 이때였다. "김니나 양, 글감 많이 얻으셨습니까? 고만 저편으로 가시지요" 하는 익숙한 목소리와 함께 우리 암행 기자들은 내 앞에 모였다. 어느덧 나의 정체가 드러나고 그 부랑배들은 삽시에 흩어졌다.

작성자: 부인기자 김니나

영방은 경악을 금치 못했다.

13 여행

경성 출장을 온 겐타로가 교이치에게 들렀다. 교이치보다 앞서 조선에 발령받았던 겐타로는 교이치에게 조선 생활에 대해 여러 자질구레하고도 필수적인 정보를 알려줬다. 교이치는 그가 아니었으면 이처럼 조선에 빨리 적응하지 못했을 것이며, 에렌을 추적하는 것도 훨씬 어려웠을 것이다. 더욱이 겐타로는 교이치가 영광으로 자신을 찾아올 때마다 그가 오는 본래 목적이 어떤 한 사람을 찾기 위해서라는 것을 알면서도 속내를 묻지 않고 도와줬다. 그런 그에게 교이치는 늘 고마워했다.

겐타로는 동경제국대학을 졸업하고 고등문관시험에 합격한 전형적인 엘리트 코스를 밟은 인물이었다. 그는 일왕이 선사하는 은시계를 자랑스럽게 차고 다니는 은시계조이기도 했다. 은시계조는 고등문관 합격자들 사이에서도 그들만의 파벌을 만들어갔다. 겐타로는 은시계조에도 어울리고 비동경제대 출신자들과도 자연스럽게 녹아드는 무난한 성격이었고, 교이치는 그 점을 높게 샀다. 그럼에도 겐타로를 볼 때마다 묘한 위화감이 느껴지는 것은 교이치도 어쩔 수 없었다. 범속한 노력 없이도 선천적인 지력과 덕이 높아 고매해 보이기까지 하는 겐타로에게, 교이치가 허심탄회해지기는 어려웠다.

교이치의 사무실에 들어선 겐타로가 가방에서 주섬주섬 작은 상자를 꺼내 탁자 위에 올려놓았다.

"나전칠기 반짇고리야, 제수씨 갖다 드려."

선물을 전달했다는 홀가분함으로 겐타로는 빙긋 웃으며 교이치 맞은 편에 앉았다. 교이치가 서랍을 뒤적거렸다.

"조선 특산품이 있어."

교이치가 인삼정과가 담긴 다식함을 건넸다. 겐타로는 몸을 반쯤 일으켜 작은 정과 하나를 집어 들고 물었다.

"경성에 뿌리를 내릴 거냐?"

"글쎄, 그건 아직 생각 안 해봤는데."

"네가 조선 여자와 결혼한다 했을 때 처음에는 깜짝 놀랐다. 하지만 이제 이해는 된다. 조선에서 살다 보니 조선 여자들의 좋은 점이 보이더구나. 네가 그 매력에 빠진 것도 이해돼. 하지만 아직도 네가 조선에 영원히 산다는 건 상상이 안 간다."

"왜?"

"난 이제 조선 여자를 사랑한다면 그녀와 결혼까지는 할 수 있겠다. 필요에 따라 그녀와 함께 조선에서 살 수도 있어. 하지만 조선에 아주 정착하고 싶지는 않다. 조선에 뿌리를 내리고 싶지는 않아."

겐타로는 픽 웃더니 자조 섞인 목소리로 말했다.

"돌아갈 일본이 있다는 것이, 언젠가는 일본으로 돌아가겠다는 마음이 위안이 될 것 같아. 아마도 나는 힘 있는 나라를 뒤에 두고 아내를 호령하며 살고 싶은가 보다."

교이치는 겐타로를 따라 웃었다. 그는 에렌과 함께라면 조선에서 영원히 살아도 될 것 같았다. 견딘다, 견디지 못한다를 논할 차원을 넘어 그에게 조선에서의 삶은 필연이었다. 사람이 사람에게 빠지면, 자신조차 잊히거늘 명예도 가족도 조국도 잊히고 만다, 교이치는 생각하다가 이것이 위험한 사상임을 알고 입 밖에 내지는 않았다. 한 사람에게 빠진 자신에게 이제 예전에 빛나던 것들은 가치를 잃게 된 것일까.

이번에는 교이치가 물었다.

"경성에 출장 말고 또 다른 일이 있나?"

"내가 꼭 무슨 볼일이 있어야 여기 있나?"

"자네처럼 성실한 사람이 휴가까지 내고 바로 안 내려가는 게 이상해서."

"나도 좀 놀게. 대도시 공기 맡으면서."

동경에서 나고 자라 대학까지 마친 겐타로가 새삼 대도시에 현혹될 것도 없을 텐데 싶어 교이치는 불안했다. 이번에 겐타로는 요시찰 인명부 인수인계 용무로 경성에 올라왔다. 관사에서 하루 정도 유숙하고 돌아갈 줄 알았던 그가 호텔까지 잡고서 장기간 경성에 머물 계획인 것에, 교이치는 놀라고 떨떠름했다. 다른 때라면 크게 반겼을 것이나 지금의 교이치는 겐타로가 무슨 비밀 임무를 수행 중인가 괜스레 찔끔했다.

교이치는 겐타로의 서류철 위에 놓인 '요시찰 조선인 성명표'를 글자가 닳도록 노려봤다. 교이치는 무심한 표정을 가면처럼 걸치고서 눈만 빠르게 명단 내 이름을 훑었다. 현재 요시찰 조선인 종별성명표, 갑 육호 한윤동, 갑 삼호 손영훈, 갑 이호 조규억, 갑호 김난숙, 을호 방춘봉, 을호 이춘백……. 교이치의 눈길을 알고 겐타로가 서류철을 교이치에게 잘 보이는 쪽으로 돌려놓았다.

"넘기기 전까지는 기밀이지만, 뭐 자네가 안다고 해도 문제될 건 없겠지. 경성은 이제 동양의 파리라고 해도 손색이 없겠는걸. 다달이 달라지

네. 유행이 동경보다도 빠른 것 같아."

겐타로는 인삼정과를 하나 더 입에 넣고는 일순간 퍼지는 쓴맛에 움찔하고는 말을 이었다.

"사실 나 이번에 평양으로 옮기네. 그 전에 경성에서 준비할 게 좀 있어서."

요시찰인 명단을 보고 어쩐지 마음이 놓인 교이치가 한결 가벼워진 기분으로 물었다.

"평양으로 왜? 자원한 건가?"

"북방에 가고 싶었어. 난 동경에서 나고 자랐지. 몰랐는데 조선에 와보니 동경은 정말 남쪽이더라. 북방이란 내게 환상의 곳이야. 시베리아, 그 순백의 설경에서 도스토옙스키가 자작나무 숲을 그리지 않았던가."

겐타로는 손을 높이 들어 아래로 선을 긋듯 서서히 손을 내렸다.

"북극, 러시아, 만주, 송화강, 두만강, 대동강. 자꾸 내려오다 보니 평양 정도가 지금은 내가 갈 수 있는 최대한의 북쪽이더군. 이렇게 차츰 올라가다가 언젠가는 만주로 갈 수도 있지 않을까."

"만주가 자네의 최종 목적지야?"

이미 만주에서 청년기를 보냈던 교이치로서는 겐타로의 만주를 향한 동경이 이해가 되지 않았다. 겐타로가 답했다.

"단순히 북쪽이라서보다는, 만주는 일본의 전방 중 하나니까. 그곳은 호방하고 전투적이고 거칠고 엄격한 군기와 서릿발 냄새가 날 것 같은 곳이야. 만주라면 힘들어도 대일본 건설의 선방에 있다는 자부심이 있지. 한데 조선은 너무 정비돼 있어. 이미 다 발달돼 있다고. 다른 곳들은 낙후된 땅을 발전시키고 미개를 타파하는 사명을 띠고 왔다는 선구자적 기분을 느낄 수 있는데, 조선은 솔직히, 이미 충분히 똑똑한 사람들을 무지몽매하게 만들러 온 것 같아. 교이치 자네도 말이 계몽이지 실상이 뭔지 알잖는가. 그렇다고 지금 조선을 떠나 다른 곳을 가라면 선뜻 또 못가. 지금으로서는 만주가 엄두가 나지 않거든. 그 딱딱한 세계를 견디지 못할 것 같아."

젠타로는 쑥스러운 듯 웃었다.

"교이치 자네처럼 전형적인 군장교의 풍모를 지닌 남자들은 몰라."

과연 젠타로가 만주의 생활을 견딜 강단이 있을까, 교이치로서도 만주의 분진 속에 서 있는 젠타로의 모습이 상상이 가지 않았다.

"북방이라면 홋카이도도 있잖은가?"

교이치의 물음에 젠타로는 빙긋이 웃으며 독백조로 말했다.

"처음 조선에 발령받을 때 주변 사람 다들 놀랐었지. 사실 동경에서는 조선보다도 홋카이도가 더 멀고, 멀기로는 오키나와도 멀지. 그런데도 사람들은 조선 발령이라 하면 다시 돌아올 수 없는 먼 세계로 떠나는 줄 알거든. 왜 동경제대 나오고 고등문관시험까지 합격한 사람이 조선에 가느냐는 질문도 많이 받았어. 그렇게 뛰어난 조건을 갖고서 조선에 가는 게 아깝지 않느냐는 물음도 많았지."

다른 사람이 이야기했다면 잘난 척하는 것으로 들릴 말이 젠타로의 입에서는 진솔하게 흘러나왔고, 젠타로의 담박한 성품을 아는 교이치도 그를 오인하지 않았다. 젠타로가 말을 이었다.

"다들 조선행을 만류했어. 조선은 대만보다도 위험하댔어. 조선인들은 나라에 대한 의지가 강해서 일본을 침략자로 여기고 일본인을 미워한다 들었어. 조선인은 공격적이라 일본인에게 독을 풀고 불을 지른댔어. 그래도 난 국가로부터 입은 은혜를 갚겠다, 그러려면 타지에서 국가의 밭을 일궈야 한다라는 거의 희생정신으로 조선에 왔지. 그런데 여기 와서 내가 만난 조선인은 다 친절했고, 정작 조선인을 때리는 건 일본 관인들이었어. 움막집에서 진흙을 먹으며 사는 힘없는 조선인들인데, 군도에 맞고 구두 굽에 채이면서도 땅에 기다시피 절하면서 선처를 바라. 내가 이전을 신청한 제일 큰 이유가 뭔지 알아? 북방 진출? 그건 허울이고. 지금 내가 있는 전남 경찰부는 너무 작아. 힘없는, 가장 하층의 조선인들에게 가하는 폭력까지 고스란히 봐야 해. 평양은 대도시니까 아무래도 기관 규모가 다르겠지. 난 이번에는 현장 근무 대신 관청 근무 신청할 거야. 그래서 빈곤한 조선인들 얼굴을 직접 보는 일 없이, 그들의 수많은 억울함을 외면하느라 우울해하는 일 없이, 그렇게 한번 지내볼 거야. 다카오카 자네는 경성에 있으니 많은 조선인을 만나봤겠지. 내가 운이 좋아서 친절한 조선인만 만난 걸까?"

교이치가 답했다.

"자네가 친절해서 남들도 자네에게 친절히 대해주는 거야. 자네 같은 마음 약한 일본인을 만난 조선인들이야말로 운이 좋았군."

겐타로가 "고맙네" 하더니 밝은 목소리로 바꾸어 물었다.

"경성에 어디 좋은 데가 있나? 간만에 여유 생긴 김에 좀 가보게."

"뭘 하고 싶은가?"

"조선 미녀를 만나고 싶어."

겐타로는 자못 연극조로 말했다.

"모든 로맨스는 경성에서 일어나잖아."

"사람이 눈 맞는 데 도시고 지방이고가 어디 있겠어."

농을 받아주는 교이치에게 겐타로는 계속해서 싱글싱글 말했다.

"미녀는 다 경성에 있잖나."

"조선 미녀는 다 대동강 변에 있다고 아는데."

"평양 기생? 난 청루 출입할 위인은 못 되네."

교이치가 껄껄 웃었다. 곧은길로 똑바르게 걸어온 겐타로는 기방에서 질펀하게 놀 쾌남아가 못 됐다. 문예에 능하고 고상한 취미를 지닌 겐타로는, 어쩌면 영방을 좀 더 활달하게 만들어놓으면 꼭 같을 인물상이었다.

"사치코가 경성에 대해 빠삭하게 알고 있어. 내 사촌 사치코 알지? 걔도 지금 경성에 있어. 아, 마침 오늘 시간 되면 사치코도 불러서 다 같이 저녁이나 먹을까?"

당장 전화 수화기를 드는 교이치를 겐타로가 만류했다.

"아니, 괜찮네."

"왜? 사치코에게 부탁하면 경성 안내 하나는 기가 막히게 잘할 텐데. 오늘 어려우면 한번 날을 잡아보자. 언제가 좋은가?"

"괜찮아, 괜찮아. 따로 자리 마련하느라 자네 번거롭게 할 것 없이 내가 직접 부탁하겠네."

"자네가?"

교이치가 놀라자 겐타로가 주저하다 입을 열었다.

"사실 이미 만났네."

교이치는 더욱 놀랐다. "이미 봤어? 나 모르게?" 그러나 교이치는 겐타로가 그래준 것처럼, 여기에서는 더 묻지 않는 것이 현명할지 모르겠다고 생각했다.

"둘이 친한 사이인 줄은 몰랐는걸."

교이치의 웃음 띤 말에 겐타로는 별말이 없었다. 교이치는 사치코 옆의 겐타로를 그려봤다. 그보다 더 흡족한 그림이 없었다. 둘 다 명문가 자제에 혼기 적절하여, 혼담이 성사된다면 양가에게 명예요, 만족될 일이었다. 음전한 사치코에게 성실하고 점잖은 겐타로라면 잘 어울리는 짝이라고 교이치는 상상을 뻗어나갔다. 이제껏 사치코를 볼 때면 어딘지 켕기고 안쓰러웠다. 겐타로라면 사촌누이를 맡길 수 있을 것 같았다.

평양으로 근무 이전하면서까지 조선에 남는 겐타로라면 그와 함께 끝까지 조선에 있어줄 여자를 부인으로 원할지 모른다. 머리를 굴린 교이치는, 사치코의 조선에 대한 열정을 설파했다.

"사치코 그 애가 말이야…… 온 경성을 정복하겠다는 투지를 불태우며 살고 있어."

겐타로의 행보 하나에도 교이치가 지레 겁을 집어먹는 까닭은 에렌 때문이었다. 며칠 전 그의 집에 상자 하나가 도착했다. 수신인도 발신인도 지워지고 뜯겨나가 보이지 않았다. 에렌에게는 익명의 팬이 보내는 선물도 간혹 오곤 했다. 에렌은 며칠 전부터 연혜가 되어 집을 비운 상태여서, 교이치가 대신 상자를 열어보았다. 상자 안에는 톱밥이 가득했다. 에렌의 연극 팬이 보낸 것이 아닐까 했던 당초 예상은 빗나갔다. 톱밥 속에서 총 세 자루가 나왔기 때문이다.

교이치는 흠칫하고 본능적으로 주변을 둘러보았다. 그는 상자를 요리조리 살폈다. 이렇다 할 단서는 없었다. 에렌이 돌아올 때까지 기다릴 것도 없었다. 이전에 에렌의 흔적을 쫓느라 추적에는 이골이 튼 교이치에게 우편물 수사는 인이 박힌 것이었다. 소인에 따라 경성우편국을 거친 이 상자는 거슬러 올라가니 전남 관할 우편국에서 보낸 것으로 나왔다. 교이치는 반사적으로 에렌의 고향 영광이 속한 곳이라는 생각부터 했다. 에렌과 무슨 연관이 있는 것일까. 그 의혹을 더욱 짙게 한 것은 집 우편함에 꽂힌 쪽지 때문이었다.

쪽지에는 모스부호로 무엇인가 적혀 있었다. 전직 군관학도였던 교이치에게 모스부호 암호쯤은 쉽게 읽혔다. "그가 그녀에게 보냈다 _KIO"
그 한마디가 쓰인 종이를 교이치는 꿰뚫어지도록 보고 또 보았다. 특히
KIO 그 암호 같은 약자를 들여다보았다. K, I, O. 코리아 인디펜던스 오
가니제이션. 한국 독립 조직.

비약일지 모르나 교이치 눈에는 그렇게 들어왔다. 일찍이 에렌을 찾기
위해 온 조선을 수사망에 넣었던 교이치가 이 비밀스러운 단체를 찾으려
해도, 어디에서도 흔적을 찾지 못할 만큼 감쪽같이 숨은 단체였다. '범상
치 않은, 대단한 조직이다' 생각한 교이치는 에렌이 그곳에 속해 있는지
두려워졌다. 에렌은 독립운동을 할 위인이 아니다, 그러나 지금까지의
에렌은 철저히 위장술이었을지 모르지 않는가. 혹은 에렌이 아닌 또 다
른 제3자인지 모른다. 그는 영방에게 알리지도 못했다. 독립운동가 에렌
이라면, 어쩐지 영방에게 그녀를 뺏기는 것 같았다.

이렇게 전전긍긍하는 교이치 앞에 전남 경찰국에서 겐타로가 올라왔
으니, 지레 겁먹은 것도 당연했다. 심지어 그는 겐타로가 자신과의 친분
을 미끼로 에렌을 캐러 온 것이라 의심하기도 했다.

겐타로의 주의를 분산시킬 겸 양가 결합의 애정 전선을 만들어볼 겸
교이치는 사치코에게 겐타로를 부탁했다. 사치코는 별 이의 없이 겐타로
에게 경성 관광을 시켜주기 시작했고, 상시 그를 만나게 되었다. 이것을
겐타로에 대한 호감으로 해석한 교이치가 은근한 어조로, "재미있니?"
하고 묻자 사치코는 "이미 잘 알고 있는 경성의 명소를, 생전 처음 보는
사람의 시각을 따라 보면 재미있어"라고 답하는 것이 마치 경성에서 10
년을 산 것 같이 말했다. 번데기 앞에서 주름 잡기 격이라고 교이치는 웃
어댔다.

교이치의 마음 같아서는, 사치코와 겐타로 둘만의 오순도순한 경성 산

책이 연모로 변모하도록 뒤라도 봐주고 싶었다. 남, 동, 서대문과 조선은행, 경성운동장을 따라, 동쪽으로 거슬러 경성제국대학과 대학병원, 창덕궁을 훑고 서쪽을 향해 보신각, 경복궁, 조선호텔을 찍기까지, 로맨스가 못 피어날 것도 없었다. 이국의 분위기에 취하면 범상했던 이성이 순간 특별해 보이는 인간의 유동성에 교이치는 기대를 걸었다. 그런 교이치의 의도를 아는지 모르는지, 사치코와 겐타로는 경성 순례 코스를 정석대로 다녔다. 중간중간 탑골공원이나 장충단, 창경원, 한강에서는 친밀한 속삭임을 할 만한 곳이 없지는 않았다. 교이치는 둘을 그들만의 시간에 맡기고, 자신은 에렌의 본질을 알아낼 방법을 찾아다녔다. 연혜로 바뀌어 있는 줄로만 믿었던 에렌이 무엇을 하고 돌아다니는지 알 수 없는 노릇이었다.

사치코와 겐타로의 의중을 보기 위해서 교이치는 아직 에렌이 없는 시기를 이용해 급히 겐타로를 초대했다. 사치코에게 겐타로를 보내지 말고 같이 저녁 먹으러 오라고 기별을 넣었고, 사치코는 좋다 싫다도 없이 그대로 따랐다. 교이치의 집에 온 겐타로는 연신 감탄했다.

"집 좋다. 너무 크지도 작지도 않으면서 적당히 멋있어. 세간 하나하나 고급스러운 게, 교이치 자네가 이런 미적 감각을 지녔을 리는 없고 에렌 씨 취향인가. 에렌 씨도 있었으면 인사도 드리고 좋았을 텐데."

교이치는 얼버무렸다. 요즘 음반이며 연극이며 바빠서. 겐타로가 고개를 끄덕였다.

"여배우와 사는 게 쉬운 건 아니지."

교이치와 사치코, 겐타로 일본인 셋이 모인 자리에서는 굳이 조선식을 따를 것도 없었다. 유쾌하게 웃고 먹고 마시고 떠들며, 이들은 경성 한가운데서 동경을 재현하며 즐거워했다. 슬쩍슬쩍 교이치는 사치코와 겐타로의 사이를 탐색했으나, 여전히 얌전한 사치코와 여전히 예의바른 겐타로는 아무 낌새도 주지 않았다.

자리가 파하고 셋은 밖으로 나왔다. 사치코가 인력거를 불러 타고 떠나자, 겐타로가 교이치에게 물었다.

"사치코 양과 같이 사는 게 아니었어?"

"응, 사치코는 따로 집 얻어서 나간 지 꽤 됐어."

"아, 그렇군. 그래, 여자 혼자 지낸다면 많이 위험하겠지. 하지만……, 그렇다고 해도……."

말을 흐린 겐타로는 교이치의 배웅을 받으며 호텔로 돌아갔다.

사치코와 겐타로가 떠나고 집은 다시 적막해졌다. 그리고 다음 날 교이치는 정원 한구석에 숨겨진 또 다른 상자를 발견했다. 지난번보다 작고 가벼운 상자였다. 역시 톱밥으로 채워져 있고, 그가 손을 넣어 휘저어보니 권총 세 자루가 파묻혀 있었다.

"오늘 밤을 조심하라 _KIO"

이 쪽지에 교이치는 가슴이 덜컥 내려앉았다. 혹여 에렌이 배후에 있을까 봐 경찰에 신고할 수는 없었다. 그렇다고 무시하자니 뒤통수가 당기는 것이 사실이었다. 상대는 경고장을 보내는 대담 무도한 것들이다. 정말로 에렌과 연관돼 있다면 어째서 나를 노리는 것일까. 아니 어째서 에렌은 나를, 남편인 나를 노리는 것일까. 저녁때까지 수많은 가정과 고민으로 머리가 터질 것 같던 교이치에게 사치코로부터 전화가 왔다. 그녀는 교이치에게 수상한 편지 때문에 무서우니 자신의 집에 와달라고 했다.

설마설마하며 달려간 교이치에게 사치코는 KIO가 적힌 종이를 내밀었다. 편지랄 것도 없이 한 문장만 적힌 쪽지였다. 이번에는 모스부호가 아닌 일본어였다. "小水の魚 _KIO". 오줌 웅덩이 속 물고기, 단명을 암

시하는 메시지였다. 교이치가 놀라 사치코를 바라보자 사치코는 어깨를 으쓱했다.

"이게 덜컥 와 있더라고. 누가 왜 이런 걸 보냈는지 모르겠어."

생각보다 침착한 사치코에 교이치는 그녀가 많이 자랐다고 느꼈다.

오랜만에 사치코의 집에 와본 교이치는 그녀의 책상 선반에서 자질구레한 물건들이 늘어선 것을 보고 놀랐다. 사치코의 취향에는 전혀 부합하지 않는, 조잡한 물건들이었다. 관광지 엽서부터 시작하여, 나무꾼, 지게꾼에 떡방아 찧는 돌쇠와 노란 저고리와 빨간 치마를 입은 복순이가 우스꽝스러운 표정을 짓는 닥종이인형들, 천하대장군과 지하여장군을 얼기설기 깎은 목각인형에 심지어 어떤 것에는 경성유람버스가 데려가는 기념품점의 낙인까지 찍혀 있었다. 모두 그 엉성한 모양새와는 달리 가지런하게 선반에 놓여 있었다.

"선물로 받은 것들이니만큼 귀히 여겨야 해"라고 사치코가 말했다. 언제 다녀온 것인지 비단으로 명성 높은 진주에서 저고리감으로 쓰는 진주 본견도 있었다.

"누가 사준 거야? 겐타로가?"

은근슬쩍 묻는 교이치에게 사치코는 그저 웃으며 볼을 붉혔다.

문득 교이치는 사치코가 언젠가부터 양장 차림이 잦아졌다는 것을 깨달았다. 요즘 그녀가 기모노를 입고 외출하는 일은 거의 없었다.

"겐타로가 현대 여성을 좋아하냐?"

"무슨 소리야?"

"아니, 네가 요즘 통 기모노는 안 입고 양장을 하고 다니기에."

"양장이 편해졌어."

몸을 돌린 사치코는 귀하게 산 금산 인삼정과라며 꺼내와서 교이치에게 건넸다. 교이치가 은근하게 말했다.

"겐타로가 이거 좋아하던데."

"그럼 그분 가실 때 오라버니가 이것도 챙겨드려."

"네가 직접 줘라."

사치코는 별다른 답 없이 인삼정과를 포장하더니 갑자기 교이치에게
물었다.

"에렌은 언제 와?"

"왜? 이제는 그립니?"

사치코는 교이치를 빤히 바라보다가 물었다.

"오라버니는 에렌이 그러는데도 좋아?"

"그러는데도? 뭐를 그러는데?"

"그냥……, 집을 자주 비우잖아."

"그래도 돌아오잖아."

교이치는 '찾을 수 있었던 것만도 감사하고 있어'라는 말을 삼켰다. 그
는 지난 10년을 에렌을 찾으며 보냈다는 말을 누구에게도 한 적이 없었
다. 그는 지난 10년간의 불확실한 젊은 나날보다, 비록 껍데기만 옮겨왔
을 뿐이더라도 실체가 있는 에렌과 함께하는 지금이 훨씬 좋았다. 그는
결코 사치코에게 10년 전 자신과 에렌 사이의 옛이야기를 꺼내놓은 적
이 없었고 앞으로도 그럴 것이었다. 교이치가 말을 돌렸다.

"넌 언제쯤 일본 돌아가냐?"

사치코가 물끄러미 교이치를 바라봤고, 교이치는 혹시 그녀가 '오빠는
그렇게 내가 사라져줬으면 좋겠어?' 하는 가시 돋친 말을 하지나 않을까
긴장했다. 그러나 사치코는 고개를 돌리고는 순순하게 답했다.

"경성이 싫어질 때쯤."

미안함을 감추려 교이치가 황급히 물었다.

"경성이 뭐가 그렇게 좋은데?"

"말이 통하는 외국이야. 이국적인데, 살기 불편하지 않아."

"조선이 외국이냐? 그런 사고방식을 네 아버지와 이하 장관들에게 들키지 마라."

"일본과 한 나라라는 기분이 안 드는걸."

"그리고 네가 본정통을 다니니까 말이 통하지. 당장 종로 변두리만 가봐라. 조선어만 말해대서 머리가 아프다. 기왕 오래 머물 작정이면 너도 조선어 좀 배워."

사치코가 고개를 살래살래 저었다.

"머리 아프게 조선어를 뭣하러 배워. 영어와 독일어 공부하기만도 벅찬데."

그날 밤, 사치코의 집에는 들고양이 하나 오지 않고 고요했다. 입은 무섭다면서 눈에는 전혀 두려워하는 기색이 없는 사치코를 위해, 교이치는 밤새 깨어 그녀의 집을 지켜주었다.

얼마 지나지 않아 에렌은 돌아왔고, 아무 일도 일어나지 않았다. 일상은 또 평온하게 흘러갔다. 교이치는 에렌을 떠보는 것도 하지 않았다. 그대로 에렌이 떠나버릴까 무서웠기 때문이었다.

돌아온 에렌에게, 사치코가 생각지 못한 부탁을 했다. 한복을 입어보고 싶다고 한 것이었다.

"에렌은 의상 감각이 좋으니까 한복을 골라달라고 해야겠어."

사치코는 에렌을 대동하고 한복집에 다니기에 이르렀다. 자매처럼 어깨를 맞대고 천을 고르고 의상실에 다니고 재봉질 품평회를 하는 둘의 사이좋음에 교이치는 놀랐으나 나쁘지만은 않았다.

"사치코 아가씨는 피부가 희고 젊으니까 연두 저고리가 잘 어울리네."

"에렌 언니는 안목이 뛰어나다니까요."

여자들의 평화로움이 얼마나 깨어지기 쉬운 것인지 교이치는 모른 채, 여자들의 어수선함이 빚어내는 높다랗고 뽀송한 음색과 공기에 젖어 들었다.

봄꽃이 만발하여 유람버스는 만원 버스로 운행하고 상춘객들이 경성을 떠돌았다. 겐타로의 경성 체류도 이제 마지막 날이었다. 덜 익은 애정이라도 그와 사치코 사이에 싹튼 것이 없을까 하던 교이치에게 마침 겐타로가 찾아왔다. 사무실 탁자 맞은편에서 겐타로는 주저주저 좀처럼 말을 하지 못했다. 교이치가 일부러 "사치코에게도 작별 인사라도 하고 가" 하자 그제야 겐타로가 물었다.

"사치코 양이 혹시 사귀는 남자가 있나?"

"아니. 왜?"

교이치가 반색을 하고 되물었다. 예상치 못한 답이 겐타로에게서 돌아왔다.

"조선 청년을 사귀는 건 아닌가 해서."

"왜 그렇게 생각하나?"

"응……, 아니야."

겐타로는 더 이상 말을 아꼈다. 그대로 겐타로는 떠났으나 교이치는 그의 말을 흘려듣지 않았다. 당장 교이치는 사치코의 집을 찾아가 단도직입적으로 물었다.

"너 요즘 누구랑 교제 중이냐?"

한숨을 섞으며 사치코는 실토했다. 지금 그녀에게는 경성에서 가장 친한 친구가 있었다. 처음에는 경성유람버스를 함께 탄 사이였고, 최고급 라이카 카메라를 갖고 있어서 눈여겨봤던 사람이랬다. 그와 사치코는 다음 날 백화점의 필름 판매대에서 다시 만났다. 우연을 기회 삼아 인연을 만들게 된 두 사람은 이후 유람의 짝이 되어 만남을 지속했다.

"같이 관광이나 하고 다녔다면 네 친구란 사람도 경성 토박이는 아니네?"

"그 사람 일본인이야."

"뭐 하는 사람이야?"

"소설가야."

"뭐 발표했는데?"

"아직 없어. 쓰고 있어."

"일본 소설가가 경성에는 왜 왔대?"

"경성에 대해 소설을 쓸 거니까."

"기행문 나부랭이 쓰고 소설이라 우기시겠구먼."

사치코가 발끈했다.

"이래봬도 조선독립단이 주인공인 심각한 소설이라고."

교이치는 그 이상 황당할 수가 없었다.

"네 친구 일본인이라며. 그게 소설이 될 만큼 낭만적으로 보인다는 게야? 이거 정신병자 아닌가."

옆에서 사치코는 충동적으로 말한 것을 후회하고 있었다.

보아하니 사치코의 집에 늘어선 조말한 경성 기념품들은 그 친구와 함께 사 모은 것이거나, 사치코가 볼을 붉히던 것으로 보아 그 친구가 사 준 것임이 틀림없을 터였다. 겐타로는 물 건너 간 듯하다. 그렇다면 사치코의 새 친구는 누구인가. 교이치는 덜컥 숙부의 노여운 얼굴부터 먼저 떠올렸다.

오늘도 돌아오는 길에 그의 도움으로 최상품 카메라를 덤터기 쓰지 않고 사왔다며 사치코는 새 카메라를 손에 들어 보였다. 빨간색, 파란색, 녹색의 뱀가죽으로 둘러싼 골드 리럭스 카메라는 먼저 총천연색으로 압도하는 고급품이었다. 뱀이라면 비명도 못 지르고 기절할 애가 태연하게 저걸 만지작거리는구나 싶어 교이치는 홍 하고 웃었다.

"이게 한옥 세 채 값이라는 그 카메라야?"

"그 정도로는 안 비싸."

"어디 가서 그렇게 돈 많은 티 내지 마. 네 친구라는 녀석, 혹시 너한테 돈 뜯어내려는 것 아냐?"

"오라버니야말로 그렇게 상스럽게 말하지 마. 나보다 부자 같던걸."

"그럼 무위도식자야? 뭐하러 경성을 오래 돌아다녀?"

"일본에서 착실히 대학까지 다녔고 지금은 작품 집필 중이잖아."

작품은 무슨. 필경 이전까지 조선에 발 한번 안 대본 허황된 몽상가이기에 그런 소설을 구상할 수 있었을 게다.

"그 친구, 소설에서 조선에 대해 좋게 쓴대?"

"독립운동가의 시각에서 쓴다니까 그렇겠지."

"주의자 아니야? 조선 독립을 옹호하는 일본인이 주의자밖에 더 있어?"

"주의자라도 사회주의자가 아니라 인도주의자일 수도 있잖아?"

사치코가 조심스레 카메라를 케이스에 넣었다. 악어가죽으로 만들어진 카메라집은 반짝반짝 광택이 흘러 한눈에 봐도 고급스러웠다. 교이치가 설파했다.

"인도주의자는 식민지를 반대하는 게 아니라 식민지인을 차별하지 말라고 주장하지. 일반적으로 식민지를 갖는 것을 마다할 사람은 없어. 없는 것보다는 있는 게 낫다, 아닌가. 새로운 침략은 반대할망정 있는 식민지를 물려내기는 싫어하지. 사회주의자니까 식민지고 뭐고 필요 없고 조국은 무조건 파렴치한 짓을 저지르니 혁명의 대상이라고 외치는 거야."

카메라 가방의 도돌도돌한 가죽을 손가락 끝으로 갉작거리던 사치코가 더 이상 참지 못하고 말했다.

"오빠가 그렇게 길게 말하니까 어색해. 그만하자."

그날로 사치코는 사진기를 들고 다니며, 집 안과 총독부 관저를 찍었고 교이치와 에렌을 나란히 놓고 찍었고 남대문과 명동성당을 찍었다. 심지어 구정물 흐르는 좁은 골목에까지 사진기를 들이대는 사치코에게 교이치는 두 손 두 발을 다 들었다. 사치코가 겸연쩍어하며 말했다.

"왜 그런지 모르지만 경성은 뒷골목도 운치 있어. 대문에 복조리가 걸려 있으면 고즈넉하고 도랑물이 흐르면 아릿해."

교이치는 픽 웃었다.

"그건 네가 외국인이라서 그래. 북경 후통도 다 그럴듯해 보이지? 네가 외국인이라서 그런 거야. 그리고 코흘리개 애는 찍지 마라. 너는 이색적인 사진 한 장 남기는 거지만 그 애들은 이틀을 굶고 눈만 퀭한 배고픈 애들이다. 잘못하다 애들 부모에게 몰매 맞아."

교이치가 겁을 줘도 사치코는 설마 했다. 식민지에서 본국 국민이 구타를 당할 수 있다는 것은 꿈에도 생각하지 않았다. 구김살 없이 자란 숙녀답게 그녀의 세상은 한없이 밝고 명료했고 단순했다.

교이치는 남을 의심할 줄 모르는 사치코가 이번에도 사람을 너무 믿어 상처받지 않을까 염려됐다.

"네가 다카오카 가문 영애인 줄 알고 일부러 접근한 것 아닐까?"

여기에 대한 사치코의 답이 압권이었다.

"그 사람은 내가 조선 여자인 줄 알아. 그래서 난 아예 조선 여자 시늉을 내. 재미있어."

"조선어 한마디 못하는 네가?"

"그 사람도 조선어를 몰라서 티 안 나. 글쎄 나한테 일본어가 유창하다는 것 있지. 그럼 속으로 어쩜 그리 웃긴지."

사치코는 입을 막고 킥킥 웃었다.

"조선 여자 흉내를 뭐하러 내?"

"다른 인종이 되어보는 재미? 이러면 너무 간단한 이유겠지. 동경하는 조선 여자로 보이는 것에 만족감이 있다고 할까. 조선에 있는 이상 조선인으로 보임은 내가 이곳에 잘 녹아들고 있다는 것이니 좋다고 생각해."

사치코가 언제부터 조선 여자를 동경하게 되었나. 사치코는 처음 경성에 왔을 때부터 길거리를 지나는 조선 여자들이 예쁘다고 감탄해왔다. 허리를 동여매는 기모노를 입지 않아선지 자세가 곧고 키도 더 크구나, 반도인이라선지 대륙적으로 시원한 외모에 섬나라적인 오목조목함이 있어, 난 조선 미인이 일본 미인보다 좋아, 하며 단순히 외모에 경도되어 본인의 미인관을 정립해갔다. 그런 사치코가 조선 여자를 동경하게까지 된 까닭은 무엇일까. 에렌과 결혼한 자신 때문인가. 흠모하던 사촌오라비가 푹 빠진 조선 여자는 대체 어떤 매력을 지녔나 궁금했을까. 혹시 자기를 두고도 조선 여자를 선택한 사촌오라비의 결정을 감당하기 위해 조선 여자가 아름답다고 자기 합리화를 시키는 것일까.

교이치는 처음으로 사치코가 불쌍해졌다. 교이치에게 경성이 매력적인 것은 에렌이 있기 때문이었다. 에렌이 없다면 경성은 당장 빛을 잃고 머물 의미가 없을 것 같았다. 그런 자신 때문에, 사치코는 아름답다 하던 조선 여자를 경시하고 배척하다가 급기야 동경을 하는 상반된 감정을 타고 있는 것이다.

"조선 여자라고 다니면서 내가 조선어 한 마디도 못하는 건 이상해 보이겠다. 에렌에게 조선어를 가르쳐달래야지."

사치코는 에렌에게 조선어 과외를 받기 시작했다. 가시적인 목적과 열의가 따라서인지 사치코는 금방금방 조선어를 따라 했다. 교이치는 사치코가 이렇게 몰두한 친구가 어떤 사람인지 궁금했다.

자칭 사진작가 겸 소설가 지망생인 친구를 위해 넥타이와 면도크림을 사는 사치코를 보면서 교이치는 흠칫했다. 친구라 해서 다 동성이 아니라며 깔깔거렸던 에렌의 말이 떠올랐다. 이름 모를 그 친구가 사치코의 신분과 재력에 흑심이 없다 해도, 그의 의도가 불순하게 느껴졌다.

그는 필경 조선 여성과의 짧은 로맨스로 여행담을 장식하려는 허황된 일본 글쟁이일 것이다. 그가 조선 여자라고 착각하는 사치코와의 만남은, 그가 수집하는 '인상 깊은 여행담' 중 하나일 뿐이리라.

사치코가 그를, 경성에서 사귄 소중한 우정으로 추억할 수 있기를 교이치는 바랐다.

14 오월의 태양 아래

수상해 보이던 정균이 영방에게 부탁을 해왔다.

"자네 부인 좀 빌려주게."

"갑자기 왜? 무슨 일로?"

"연혜 씨가 노래를 잘하니까."

"그래서?"

"가극대회에서 독창을 해주십사 하고."

"본인 의사에 따르지 나한테 물을 것까지 뭐 있나?"

"노래까지는 문제없는데……."

정균이 말끝을 흐리다가 말했다.

"우리가 신학교 학생들에게 뭘 좀 하려고 하거든. 연혜 씨가 해줬으면
해서. 그런데 연혜 씨는 영방 자네도 동의해야 하겠대."

"뭘 하는데? 반드시 연혜가 해야 해?"

"신학교생들에게 모금 활동을 좀 할 거야."

영방의 못마땅함을 예견한 듯 정균이 먼저 변명했다.

"유학자인 내가 신학교생들 닦달하면 웃기잖아. 게다가 연혜 씨 같은
미인이 호소하는데 안 들어주고 배기겠나. 미녀 앞에서는 솔선해서 지갑

을 열게 되거든."

"그래서, 왜 내 동의가 필요하다는 건가?"

"연혜 씨가 자네가 허락해야……. 그야……, 아마도 자네도 유학자니까……?"

여기에서는 정균도 정말 모르겠다는 표정이 되었다. 아마 연혜 씨가 영방 자네가 고까워할까 봐 염려하는 게 아닐까. 영방은 순간 이것이 연혜가 전하는 일종의 메시지인가 했다. 자신은 어떠한 일도 연혜가 허락을 구하게 만드는 남편이 아니다. 연혜가 영방의 허가를 운운했음은, 남편의 불허를 방패 삼아 그 일에서 빠지고 싶은 것이 아닐까.

그러나 영방은 정균의 청을 거절할 이렇다 할 명분이 없었다. 게다가 정균은 영방의 오랜 벗이었다. 가장 친한 친구의 부탁이 아무 무리 없어보일 때 그것을 거절하기란 쉽지 않다.

영방이 잠자코 있다가 물었다.

"김니나라고 혹시 알아?

정균이 깜짝 놀라 되물었다.

"그 사람을 자네가 어떻게 알아?"

영방이 둘러댔다. 김니나의 명함이 연혜 옷에서 나왔어. 그 말을 믿은 정균이 사실을 털어놓기 시작했다.

김니나는 경성소년회의 여성 간부이자 대표였다. 그녀는 정균이 아동교습회를 운영하는 데 여러 도움을 줬다. 정균도 하나둘 경성소년회 일을 돕다가 이제는 많은 부분에 관여하게 되었다. 경성소년회는 이번 어린이날 기념식을 계획하고 있었다. 가극대회도 그 일환이었다. 그들이 기획하는 아동 행사는 꽤 규모가 크고 많은 인력이 포진해 있었다. 유관 단체와 외부인도 대거 참여한 선행 행보에, 숨길 것도 없는 좋은 일이었다.

"연혜 씨가 많이 도와줬어."

정균이 영방의 경계심을 풀어주려는 듯 먼저 말을 술술 풀어갔다.

"경성 네 군데 병원이 '아동 건강데이'란 걸 할 거야. 그건 완전히 연혜 씨 작품이야. 신문에 내면 홍보 효과가 클 거라고 병원들을 설득해서 성 사시켰어."

영방도 그 신문기사를 본 적이 있었다. 연혜에게 오던 병원의 서신들 과 차가운 약 냄새가 이 때문이라고 짐작도 해놓은 터였다.

〈아동 건강데이 무료진찰권 배부해〉

경성 최고의 전문성과 의료실이 상비된 조광의원, 익동의원, 성천당, 고려 의원 네 곳에서 돌아올 어린이날을 전후로 삼 일 동안 아동 무료 진찰을 한다. 본사 객원기자 김니나 담당으로 …… 진찰권은 ××일보에 사전 신청하면 수 령할 수 있다.

일명 '아동 건강데이'로 거창한 명칭까지 정한 행사에, 왜 연혜의 이름 이 아닌 김니나의 이름이 오르는가. 여기에 정균의 답은 기이했다. 경성 소년회에 연관된 모두가 익명을 유지하고 여차하면 김니나의 이름으로 통일한다는 것이었다. 다양한 출신의 다양한 재주를 가진 부인들이 모여 있었으나 누구의 활동이든 김니나의 이름으로 드러냈다.

그쪽 세계에서 김니나는 나름 유명한 모양이었다. 홍제내리에 경성 근 방을 아우르는 가장 큰 고아원 '조선 고아 구제회'가 있었고, 토막민 구 원 활동으로 홍제내리가 주 활동지인 김니나도 이곳의 간사 중 하나였 다. 그녀를 대신해, 누군가는 이 고아원을 대신 관리했고, 누군가는 토막 민 보호소를 대신 운영했고, 누군가는 객원기자를 대신해주었고, 연혜도 몇 번 신문에 글을 대신 써줬다. 김니나를 이루고 있는 것은 연혜 한 명만이 아니었던 것이다. 아니 김니나를 이루는 데 있어 연혜의 행적은 보탠 티도 안 나게 미미할 따름이었다.

"이제 꾀꼬리 같은 가수 백연혜 씨를 빌려주겠나?"

정균은 특유의 넉살 좋은 웃음으로 웃었다. 영방은 그들의 김니나에 어느 정도나 연혜가 보태졌는지 몰라 개운치 않았으나, 더는 정균에게 반대할 수 없었다.

"내가 뭐라겠는가. 정균 자네와 연혜가 알아서 할 일이지."

"고맙네."

정균이 씨익 웃었다. 어쩌면 연혜는 이러한 방법으로 영방도 그들의 일을 알 수 있도록 한 것일지도 몰랐다. 기왕 알려진 바에 감출 것이 없다는 듯 정균은 거리낌 없이 자신의 행보를 드러냈다. 청년회관을 빌렸고, 동화대회에 참가할 동화 구연가를 섭외했다. 소년운동협회 사무실에 하루에도 몇 번씩 연통을 넣고, 어린이날 기념식 선전문을 만든다고 인쇄소를 알아보려 다녔다. 영방도 도와주려 했으나 정균이 웃으며 "이 일은 영방 자네에게 어울리는 일이 아니야" 하고 거절했다. 때때로 연혜와 정균이 만나 행사 준비를 상의하면, 영방은 이를 바라보며 묘한 고독감에 휩싸였다.

경성소년회의 대부분의 일들이 김니나의 이름 아래, 주청 넣고 거절당하고 협상하고 타협하고 좌절하고 성사시키고 이루어져갔다.

정균마저 서류에 '대표 김니나'를 쓰는 것을 보고 영방이, "그런 선행에 자네 이름 넣으면 안 되는 건가?" 넌지시 물었다. 정균이 우물거렸다. "아니……, 내 이름도 많이 썼고……. 내 이름 쓰는 일은 다른 쪽이고, 이쪽 일은 김니나로 해야 해."

영방이, "뭐 그리 복잡해"라며 무뚝뚝하게 내뱉었다. 영방의 안색을 살핀 정균이 말했다.

"조직이란 건, 주도자 하나에 모든 것을 몰아버려야 하거든. 그래야 무슨 일이 났을 때 한 사람만 버리고 나머지 모두를 구할 수 있어."

"얼마나 위험하다고 십자가 질 사람을 지목까지 하는가."

"우리 경학원도 무슨 일 터져서 '책임자 나와!' 하면 다 박사님이 나가서 조아리고 모든 짐을 지시지 않는가."

"다 같이 한배를 탄 사이에 한 사람에게 책임을 몬다는 건 좀 가혹하군."

"합리적이고 이성적인 게 그런 것 아니겠어."

정균이 다시 발랄하게 말했다.

"나도 얼마나 무서운데, 나처럼 책임감 없는 사람이 내 이름 걸고 뭐 하는 게 얼마나 간 떨리는지 아시나?"

"자네 혹시 독립운동하나?"

정균이 와락 웃음을 터뜨렸다.

"무슨 소리! 이 이정균이 하는 일이 그렇게 대단한 일이었으면 좋겠구면."

영방이 "김니나를 한번 봤으면" 하고 슬쩍 말을 흘리자 정균은 난색을 표했다. 그녀는 외부인을 잘 만나지 않는다는 것이다. "그렇게 활발히 활동하는 사람이 외부인을 만나지 않는다는 게 말이 되나?" 하고 영방이 의아해하자, 정균은 "그 사람이 의심이 좀 많아서" 하고 일축했다.

"그 사람이 낯을 가려. 러시아에서 고초를 많이 겪었거든."

"기사는 잘만 쓰던데?"

"회원들이 돌아가면서 글을 대주고 있어. 이거 김니나 씨 치부를 보이는 것 같아서 내가 다 부끄럽고 미안하구먼."

영방의 관심이 부담스럽다며 정균이 손을 내저었다.

"김니나 씨 그렇게 대단한 사람 아니야. 회원들이 그 이름에 다 몰아버려서 김니나 씨 행적만 부풀려졌지."

"그 사람도 그걸 용납하는 건가?"

정균이 당연하다는 듯 말했다.

"세상에 자기가 한 일에 비해 더 많은 주목을 받는 데 싫어할 사람은 없을걸."

가수 초빙이라며 연혜를 빌려가겠느니 소란을 떤 정균은 정작 그 가극대회에 영방을 초대할 뜻은 일언반구도 없었다. 먼저 말을 꺼내오지 않는 이상 초대받지 않은 곳에 갈 사람이 아닌 영방은 그럴수록 더욱 가극대회가 궁금했다. 행사 주관자로 이정균과 김니나의 이름만 적힌 허술한 프로그램이 몇십 부 인쇄되어 정균의 책상에 쌓인 것을 보며 영방이 넌지시 "나도 가볼까" 하자 정균이 정색하고 만류했다.

"자네가 섞이면 안 좋을 수 있어. 자네는 너무 눈에 띄어."

"그게 무슨 말이야. 그럼 연혜는?"

"거기는 꽃 같은 부인네들과 순진한 학생들만 모이는 곳이야. 자네가 가도 득 될 것 전혀 없네."

하는 수 없이 영방은 그만의 비상책을 썼다. 구두닦이 소년을 보낸 것이다. 떳떳이 '소년'으로서 소년회 주관의, 가극대회에 다녀온 구두닦이 소년은 영방에게 보고했다.

"큰 학생, 작은 학생 많았고, 제일 큰 학생들은 신학교생들이었습니다.

사모님이 노래하실 때는 학생들이 많이 좋아했습니더.”

연혜의 독창이 끝나자 한 무리의 학생들이 “김니나 양 앙코르!” 하고 환호를 보냈다고 했다. 막간에 이들은 본 행사의 주최자 김니나 씨를 만나고 싶다고 정중히 청해왔으나, 정작 어떤 부인 하나가 나타나자 “가짜야” 하고 크게 실망하는 눈치를 보였다.

나중에 연혜가 나와 해명함으로써 오해는 풀렸다. 이전에 신학교에서 연혜는 정균의 부탁으로 조선 고아 구제회에 보낼 동정금 모금을 한 적이 있었다. 연혜의 호소력은 신학교생들의 마음을 움직여 그들이 앞다투어 급식비와 간식비를 고아 구원금으로 내놓도록 만들었다. 학생들은 대표자 김니나가 연혜일 거라고 아무 의심 없이 믿고 있었던 것이다.

“김니나라고 나선 어떤 부인이 있었단 말이지? 그래 그 김니나 씨는 어떤 사람이던?””

“눈, 코, 입 달리고……, 그냥 사람이었습니다. 잘난 데도 모난 데도 없고, 별 특징 없었는데예.”

그 정도로도 영방은 안심했다. 김니나라는 실재하는 인물이 제3자의 눈에 들어왔다는 것이 안도가 됐다. 연혜만이 알고 있고 아무도 보지 못할 그녀만의 만남을 갖는 에렌 같은 존재가 아닌, 김니나는 연혜와 피와 살이 다른 독자적인 인간인 게 다행스러웠다.

혹시 그 부인도 김니나인 척했는지 모른다, 이 새로운 의문을 영방은 눌러버린 채 소년에게 무엇을 해줄까 궁리했다. 돈을 줄까도 했으나 사례금을 준다는 것은 영방의 도덕적 기준에 맞지 않았다.

“먹고 싶은 거나 필요한 것 있으면 말해라. 선생님이 사다 줄게.”

구두닦이 소년은 생각하다 답했다.

“선생님 책상에 팸플릿 많이 있드만 그것 좀 주이소.”

영방이 가진 팸플릿이라면 배우 이혜련이 나오는 영화 팸플릿뿐이었다. 그리고 구두닦이 소년은 이혜련을 좋아하는 모양이었다. 그 에렌과 연혜가 동일인이라는 것을 알면 이 소년은 놀라서 뒤로 넘어가겠지.

"그래그래 얼마든지 가져가거라."

영방은 괜스레 소년에게 친근하게 말을 걸었다.

"내가 이혜련 사인 많이 받아다 줄까? 선생님 친구랑 아는 사람이라서 사인쯤은 얼마든지 받아올 수 있어."

소년이 퉁명스럽게 말했다.

"일본 남자랑 결혼한 그딴 매국 배우 누가 좋아한다고 그라요?"

경학원 월례 학술회의를 마친 사람들이 진사식당으로 향했다. 이곳은 경학원의 단골 회식 장소로, 사람들은 익숙함에 대한 권태와 석식을 향한 기대를 안고 삼삼오오 몰려갔다. 다들 떠나자 정균이 살그머니 연혜를 불렀다. 영방이 대문 밖에서 그들을 기다리다가 나오지 않자 다시 찾아갔다. 어둑한 안뜰에서 정균과 연혜가 서서 이야기를 하고 있었다. 연혜의 말소리가 들렸다.

"지난번 일, 김니나 씨에게 미안하게 됐다고 꼭 좀 전해주세요."

"연혜 씨가 미안할 게 뭐 있어요. 그 유난을 떤 신학교생들이 잘못한 것이지. 그리고 김니나 그 친구는 그런 거 속에 담아둘 사람도 아니에요."

"그래도……, 마음이 좋지는 않으셨을 텐데요."

"그 친구, 그런 것에 신경 쓸 정신도 없을 때예요, 요즘은."

"여자를 모르시네요."

연혜는 무심코 튀어나온 말이 우스운 표현임을 깨닫고 웃어버렸다. 여자를 좋아하기로 유명했던 정균도 그런 말은 처음 들어봤을 것이다. 정균도 함께 웃었다. 연혜가 미소를 섞어 변명처럼 덧붙였다.

"남성분들은 하나에 모든 것을 거는 집념과 책임감이 있지만, 여자들이란, 큰일을 앞에 두고도 수많은 소세계로 나뉘어져요."

정균이 "역시 연혜 씨로부터는 제가 한참 많이 배워야 해요" 하고 웃다가 이윽고 정색이 되더니 말을 꺼냈다.

"일전에 미스 고가 빚졌던 필동의 그 집, 연혜 씨가 해결해줬잖아요."

"네, 그런데요?"

"그 집을 빌리고 싶어요. 우리 이번 행사에 어디 따로 집이 있어서 편하게 짐도 놓고 회의도 하고 초청회도 열었으면 해서요."

"그 집은 제 집이 아니에요. 제 친구가 샀고, 그 친구 명의예요."

"알아요. 그런데 친구분이 소유주이기는 해도 지금 보니까 그곳에 거주하고 계시지는 않더군요. 친구분에게 부탁해서 한두 달 정도만 빌려달라고 할 수 없을까요? 아주 잠깐이잖아요."

"뒷조사를 하신 건가요?"

연혜의 싸늘함은 처음 보이는 것이었다. 정균은 흠칫했다가 기세 좋게 말했다.

"정확히 알아둬서 나쁠 건 없잖아요."

"처음에는 정균 씨가 저에게 도와달라 부탁하신 건데, 이제는 제가 나서서 남에게 부탁까지 해야 하나요. 저는 조력자 정도로 남고 싶어요. 주청하는 것까지 하기는 곤란해요."

정균이 간곡하게 말했다.

"우리의 대의를 생각해봐요. 대의를 위해서 조금만 힘 좀 써줘요."

"우리의 대의는 같지 않아요."

"조선인의 대의는 하나가 아닙니까?"

"어떻게 남까지 단정 짓는 거죠?"

"나라 잃은 사람들에게 대의는 하나밖에 있을 수 없어요."

본의 아니게 엿듣게 된 영방은 심란해졌다. 우리의 대의라. 저들의 대의는 나도 함께 도모하면 안 되는 것이었던가. 연혜의 '우리' 속에 영방 자신이 포함되지 않을 수도 있다는 것이, 영방에게는 못 견디게 아팠다.

연혜가 단호하게 잘라 말했다.

"그 집은 제 것이 아니니 제가 함부로 할 수 없어요."

연혜의 말은 침착한 선포 같았다. 그리고 한동안 말소리가 들리지 않았다. 정균은 연혜를 노려보고 있었다. 걱정이 되어 가까이 가려는 영방의 눈에 저편에서 움직이는 것이 보였다. 도둑일까, 영방이 시선을 뺏긴 사이, 정균이 자제력을 잃고 연혜의 어깨를 움켜쥐었다.

"연혜 씨! 연혜 씨는 정말!"

정균이 두 손으로 연혜의 양어깨를 잡고 흔들었다. 연혜의 머리카락이 팔랑팔랑 날리고 시들한 꽃송이처럼 그녀의 고개가 휘청거렸다. 황급히 영방이 달려 나가는데, 작은 몸집으로 날쌔게 그 앞을 뛰어나가는 소년이 있었다. 소년은 정균의 손목을 잡았다. 구두닦이 소년이 연혜가 위태로운 것을 보고 앞뒤 재지 않고 달려온 것이다. 정신을 차린 정균은 주위를 둘러보았다. 그는 영방이 지켜보고 있었다는 것을 깨닫고는 자리를 떴다.

멀어져가는 정균의 얼굴에는 연혜에 대한 실망감과, 그럼에도 연혜를 향해 놓을 수 없는 연모가 무섭게 싸우고 있었다. 그 얼굴은 연혜뿐 아니라 영방까지 놀라게 하기에 충분한 것이었다.

올해의 어린이날 행사를 맞은 경성은 예년보다 북적였다. 어린이날과 메이데이 행사는 같은 날에 치러져 그간 총독부는 어린이날 행사까지 규제를 가하며 메이데이의 폭동을 차단하고자 했다. 그러나 이번 어린이날 퍼레이드에 총독부의 허가가 내려와, 경성 각 아동단체와 중앙유치원, 소학교 들은 만국기를 들고 대규모 행렬을 계획했다. 이 퍼레이드에 참여할 아이들은 늘고 또 늘어 참가 신청자가 20만 명이 훌쩍 넘었다.

소년단체들은 분주했다. 조선소년회, 반도소년회, 애진소년회, 애우소년회, 새벗회, 현대소년구락부, 삼팔청년소년부 등 크고 작은 단체들이 일 년에 한 번 오는 이 귀한 날을 맞아 자신들을 기릴 수 있는 대규모 축제를 꾸며나갔다. 아동악극단이 입을 제복은 붉은 공단에 황금빛 술을 달아 그럴듯했고 커다란 모자에는 깃털을 꽂았다. 고아원에 기부할 빵이 대량 주문됐고 행사에 증정할 밤과자 주문이 밀려 과자점은 밀가루와 달걀 확보에 여념이 없었다. 만국기는 착착 접혀 펄럭일 날을 기다렸다. 이미 4천만 장 찍힌 기념행사 전단지는 이도 부족하다 하여 3천만 장이 또 인쇄에 들어갔다.

모든 단체와 기관마다 어린이날 특별 강연회를 예정했고 여기에 맞는 연사와 연대를 구하고자 뛰어다녔다. 유명인들의 연락함은 불이 났고, 무명인들은 자신을 연사로 써주기를 청하러 명함을 내밀고 다녔다. 천도교소년회는 방정환을, 불교소년회는 한용운을, 명진소년회와 중앙기독교 소년부는 주요섭을 서로 초빙하겠노라 광고했다.

조선의 4월에 청춘남녀는 봄꽃에 취하고 아이들은 잔치에 열중했다. 영방은 연혜가 무엇에 취해 있는 것인가 궁금했고, 생전 처음 소외감을 느꼈다.

벚꽃나무가 꽃잎을 하르르 떨어뜨리며 내년을 기약하는 이별을 하고 창경원의 밤이 다시 고요해졌다. 분홍빛 봄을 지나 신록의 봄을 향해가고 있었다. 모두가 각자의 일로 바쁜 와중에 아이들은 어린이날을 기다리고 어른들은 지난 꽃놀이의 추억을 다독이며 다가올 초여름을 대비했다.

모든 일이 정연하게 진행되던 중 알 수 없는 일이 생겼다. 홀연히 정균이 일본행을 택한 것이다.

이윽고 5월 1일이 되었다. 어린이날 퍼레이드는 열렬한 환호 속에 치러졌다. 커다란 기념 깃발을 흔들고 걷는 기수를 시작으로 행렬은 색동옷의 아이들과 악단이 뒤를 따랐다. 길 양옆은 구경하려는 사람들이 서서 길을 터주었고, 동원된 소학교 학생들이 시민들과 함께 박수를 쳤다. 방정환의 강연은 입장료 5전씩 받았음에도 몰려든 사람들로 인산인해를 이뤘다. 특별 동화회가 열리고 가극대회가 열렸다. 동요 독창이 있었고 학용품 증정식이 있었다.

같은 날이 메이데이라서 조선 밖은 노동자들의 함성이 가득했으며, 조선 안은 총독부를 피해 음에서 음으로 결의가 전해졌다. 모스크바에서는 붉은 광장에서 대규모 관병식이 개최됐다. 모스크바 주둔부대와 각 지방 대표 부대들이 스탈린의 친열을 받으며 팔 열 종대를 지어 크렘린 궁전의 성벽을 따라 행진했다. 500여 기의 군용기가 날아올라 모스크바 상공을 가로질렀고, 폭격기 100여 기가 붉은 광장 하늘을 수놓았다. 거리마다 국기와 메이데이 장식물들로 뒤덮여 알록달록했다. 베를린에서는 근교의 템페르호프 비행장에 나치 노동자 200만여 명이 정연히 자리한 가운데 히틀러가 한 시간 넘게 열변을 토했다. 대형 비행기 폰리히텐부르가 거대하게 버티고 선 비행장은 바람이 유독 거셌다.

일본에서는 시바공원에서 우에노공원까지 노동자 가두시위 행진이 있었다. 이미 이전 달 10일에 경시청에 신청서가 제출돼 진작부터 조선에 그 소식이 전해져 있었다. 조선의 각 노동단체에서는 여기에 조선 대표를 파견할 계획을 세웠고, 조선노동총동맹과 조선노동당이 서로 자신이 조선의 제일 대표라고 나섰다. 당초 47개 단체 참가로 시작한 메이데이의 우에노공원 행렬은 무수한 단체들과 파견자가 합세해 2만여 명의 인원이 모여들었다. 그곳에 정균이 있었다.

조선의 메이데이는 총독부의 금지로 옥외 집회와 기념 행진을 펼칠 수 없었다. 때문에 실내에서 갖는 메이데이 강연회가 이를 기념하는 주된 형태였다. 노동단들은 자신들만의 원유회를 열거나 청년회 사무소에서 좌담회를 가졌다. 축제의 분위기도 시위의 분위기도 나지 않아야 했다.

이중에도 장충단에서 노동 시위운동이 포착되어 올해 메이데이도 시위자 구속 사건이 신문 사회면에 빠지지 않았다. 어린이날 기념을 가장한 메이데이 비밀 조직들의 행사가 해마다 관례처럼 있었다. 동해청년회라는 평범한 청년 모임은 노농 무산소년동맹이 그 실체였고, 김나나가 간부인 경성소년회의 실상은 메이데이 공동위원회라는 비밀결사였다. 노농 무산소년동맹은 발족 선언서의 인쇄를 신철에 의뢰하다 발각됐고, 메이데이 공동위원회에서는 시위운동 격문과 선전물 배부를 계획하던 청년 열댓 명이 체포됐다.

어린이날을 가장한 비밀결사 운동을 미연에 방지하고자 동대문경찰서는 각 공장마다 매복하고 있었다. 이 감시망을 벗어나지 못하고, 한 방직공장에서 직공들의 퇴근 시간에 맞춰 난데없이 나타난 학생 셋이 격문을 뿌리다 현장에서 검거됐다. 500여 명의 직공에게 나눠진 격문은 고작 50장이었다. 메이데이에 결근하고 시위운동에 참여하길 독려하는 내용이 작은 반절 종이에 검은 먹으로 등사된 것이었다. 그러나 이 손바닥만 한 종이가 불러오는 수사의 범위는 눈덩이처럼 불어났다. 취조와 수색은 물 흐르듯 이어져, 같은 날 서대문경찰서 고등계가 시위운동 계획부를 체포했다. 밤새운 취조 끝에 동대문 서장이 경찰부에 출두해 상황 보고를 했고, 경찰부가 직접 나서서 격문 담당부를 검거하기까지 채 이틀이 걸리지 않았다.

경성 외곽에서 야외 집회 후 사대문 안으로 들어와 장충단공원에서 시위운동을 벌이는 것이 메이데이 공동위원회의 목표였다. 선전물을 각 공장 직공들에게 배부하는 역할은 경성 제1공립 고등보통학교생도들이 맡았다. 앞서 용산경찰서 관할 지역에 배포돼 압수했던 메이데이 선전물도 그 출처가 역시 이 학생들이었다.

조직적인 움직임의 최전방에 학생들이 나선 것에 경찰은 필경 그 배후가 있을 것이라고 추측하고 주동자를 체포하고자 했다. 동대문서, 서대문서, 경찰부 세 곳이 합동 수사하여 속속 연루자를 잡아들였다. 격문 담당부가 원고를 인쇄기에 얹으려는 순간, 출동한 경찰부 고등과에 발각됐다. 극적인 체포였으나 허무하게도 빛을 보지 못한 원고는 물론 인쇄기도 압수됐다.

삼엄한 감시 속에서도 기어이 메이데이 당일 장충단공원에는 '일본제국주의 박멸', '8시간 노동제 실시', '해고 반대', '조선인 처우 개선' 등의 문구가 나열된 전단물이 날아다녔다. 어린이날 선전물에 메이데이 격문을 끼워 뿌렸던 것이다. 조직은 거대했고 주동자의 행적은 알 수 없었다. 사탕 꿰듯 체포된 연루자들은 한사코 혐의를 부인하여 주동자는 계속 다른 이로 바뀌었다. 고문을 두려워하기보다도, 경찰부가 주동자 체포라는 쾌척 발표를 못하도록 일부러 곯리는 것 같았다.

어린이날 퍼레이드가 지나가는 사이사이, 각 공장, 극장, 학교, 노동단체회관과 넓은 교차로, 골목 사이의 광장에도 사람이 몰릴 만한 공간에는 어김없이 고등계 형사부터 사법형사까지 총동원돼 매복했다. 메이데이 단속에 어린이날 기념행사도 위축될 수밖에 없었다. 이에 항의하려던 한 소년회는 그 부당함을 알리는 전단을 길거리마다 붙였고, 이를 속속들이 떼어내던 경찰서원들은 마침 전신주에 전단을 붙이던 열두 살 소년을 즉시 압송했다. 어린 소년에 대한 가혹 행위라 하여 비난이 쇄도했고, '어린이날에 반인륜적 태도'라는 헤드라인은 검열에 걸려 삭제됐다. 귀가 조치된 소년의 행방이 묘연해진 한편 춘계 아동체육대회가 발표돼 민심을 잠재웠다.

5월의 첫머리에, 아이들은 밝은 태양 아래 설 수 있다는 것만으로도 노래를 불렀고, 갓 소년기를 벗어난 혈기왕성한 청년들은 체포되어 어두운 감방에서 취조와 고문을 받았다.

영방은 정균의 행방이 염려됐다. 메이데이 조직에 정균도 속해 있음은 물론 그가 핵심 인사 중 하나였다는 사실도 속속 밝혀졌다. 영방은 정균이 검거될까 봐 두려웠다. 그것은 정균을 아끼는 마음에 앞서 연혜의 안위를 걱정했기 때문이었다. 연혜가 연루되어 있는지는 알 수 없었다. 어쩌면 연혜는 순수하게 어린이날 행사만 도운 것일 수 있었다. 그러나 정균이 검거돼 취조 끝에 연혜의 이름이 나올지 몰랐고, 그녀가 어떻게 각색되어 희생양이 될지 몰랐다. 영방은 정균이 아예 돌아오지 않기를 바랐다.

영방은 연혜에게 이번 메이데이 사태를 이야기하면서 그녀 입에서 먼저 말이 나오도록 은근히 화제를 정균 쪽으로 돌렸다. 놀랍게도 연혜는 이미 정균을 의심했었노라고 고백했다.

"정균 씨가 분명 다른 뜻이 있다는 걸 알았어요. 어린이날을 기리는 건 좋지만 지인의 소년회 일을 돕는 것치고는 너무 많이 몰두하고 있더군요. 취지가 나쁜 일은 아니라 믿었지만, 음지에서의 활동은 더는 도와드릴 수 없었어요."

연혜는 언제나처럼 차분했다.

"특히 절대 당신을 끌어들여서는 안 된다고 해서 눈치챘어요. 지식인에 건강한 남성인 내 남편이 얽히기만 해도 이이가 위태로워질 일, 뭔가 위험한 일이 벌어지고 있다는 느낌이 들었어요. 정균 씨에게는 미안한 말이지만 그를 돕자고 내 모든 것을 거는 위험을 감수할 수는 없었어요. 내가 자칫 잘못 빠지면 영방 씨도 곤란을 겪을 테니까요."

영방은 연혜를 믿었다. 그는 연혜의 현명함에 대해서는 전적으로 신뢰했다. 그러나 연혜도 에렌도 아닌 제3의 인물이 참여했을지도 몰랐다. 정균이 사라진 이후 연혜가 영방이 모를 활동을 하고 들어오는 일은 없었다. 김니나는 연혜의 또 다른 자아가 아니라, 정말로 어떤 다른 사람, 혹은 부인들이 공동으로 만들어낸 허상의 인물에 그치기를, 영방은 간절히 바랐다.

수사망은 좁혀 들어가 계속해서 연루자들이 얽혀 들어갔고, 메이데이 공동위원회 대표로 일본 우에노공원 시위에 참가한 정균에게는 수배령이 내려졌다. 영방은 정균이 그토록 대단한 인사가 된 것이 실감 나지 않았다. 풍류만 좋아하는 머리 좋은 한량이라고 여겼던 정균이, 타인을 위해 투쟁한 것도 이를 전혀 내색 않은 것도 놀라웠다. 영방이 그 인간성을 믿되 높이 치지는 않았던 정균이, 건들건들 유쾌했던 정균이, 뒤로 비밀 결사 조직을 뒀다는 것이 여전히 믿기지 않았다. 영방은 정균이 새삼 멀게 느껴졌다.

그동안 노동운동에 전혀 관심을 두지 않던 영방은 이제, 이를 탄압하는 총독부가 미웠고, 일을 벌이는 노동단체가 미웠고, 노동자가 미웠고,

이들이 봉기하게끔 괴롭힌 자본가도 미웠다. 그는 반항심에 억지 논리를 붙이며 정균을 변호하기도 했다.

"메이데이 선언 하겠다고 일본까지 갔다는 건, 국가를 초월한 세계 공동의 결의를 함이야. 그런 코즈모폴리턴이 뭐가 일본에 위험하다고 체포하지?"

그의 말을 듣던 교이치가 단칼에 잘랐다.

"궤변이야. 반동분자라고."

교이치가 재고의 여지도 없다는 듯 말을 바꿨다.

"홍구공원에서 너희 조선인이 폭탄만 안 던졌었어도 상해에서의 전쟁은 끝나는 건데."

"안타깝게 됐구먼. 미안하다고는 못 하겠어서 미안하네."

"아니, 괜찮아. 어차피 정전협정은 곧 하게 돼 있어. 애초에 길게 끌 전투가 아니었어."

"그걸 어떻게 아나? 군학도 출신의 예언인가?"

교이치가 심드렁하게 답했다.

"일본인인 내가 봐도, 만주국에 여론 집중되는 걸 돌리려고 상해 공격한 거 알겠더라."

"오! 자네처럼 자국의 불의를 똑바로 보는 사람이 있는 법이지. 그런 양심적인 일본인이 좀 더 많았으면 좋겠네."

"자국에 반기를 들면 양심 있는 교양인이야?"

영방은 느릿하게 말했다.

"글쎄, 대체로 자기 나라에 삐딱한 사람은 옆 나라에서는 환영받는 사고를 지닌 사람이라는 게 세상사인 것 같네."

"조선을 '나라'라고 본 거야? 조선은 일본의 한 지방일 뿐이야."

"……역시 일본인이군."

정균이 메이데이 공동위원회 뒤로 '조선청년독립회'까지 가입되어 있었다는 정보가 공개된 이후, 영방은 그나마 교이치 앞에서 늘어놓던 푸념도 하지 않게 됐다.

크나큰 불안과 고민 속에 살던 영방은 집에 전화를 놓았다. 영방은 연혜가 사라질 때면 교이치에게 전화를 걸었고, 그때마다 어김없이 에렌으로 바뀌어 있다는 답을 들었다. 심지어 교이치의 집으로, 극장으로, 카페로 가서 에렌이 있음을 몰래 확인하고 왔다. 차츰 영방은 연혜의 제3의 자아는 없음을 확신하게 되었다.

매번 조선에서는 크고 작은 독립 단체의 검거 소식이 끊이지 않았다. 일어섰다 스러지는 수많은 독립단 중에 이즈음 가장 크게 회자되는 것은 조선청년독립회였다. 어린이날 행사를 빙자해 메이데이 운동을 선동하고, 제국주의를 박멸해 일본을 타도하자는 독립운동까지 꾸민 단체. 여기의 요주 인물 김난숙이 그제 체포됐고, 이제 또 다른 주모자 정균의 행방을 경찰은 쫓고 있었다.

영방은 체포된 김난숙의 사진을 들여다봤다. 신문에 실린 조그마한 사진 속에서 김난숙은 보통 여인처럼 보였다. 한번 봐서는 잘 기억되지 않을 평이한 인상이었다.

조선청년독립회 간부 김난숙 검거, 성명: 김난숙, 아호 별명: 김나나, 인상 특징: 신장 5척 0촌, 체격 보통.

소속단체: 조선청년독립회. 지기 교우: 이정균, 방춘봉, 이춘백……

성품: 집요 음침. 행적: 블라디보스토크 출생으로 XX일보의 부인기자로 위

장, 홍제내리가 근거지…….

사립탐정이 일러줬던 정보와 다를 것도 없었다. 사립탐정의 말처럼 눈은 크지도 작지도 않고 보통이었다. 이 사람이, 여러 사람들의 경험과 체득이 결합돼 빚어진 만능인 김니나였던 것이다. 덧대어지고 덧발려진 그 요란스러운 행보의 김니나 속에는 정작, 길에서 보면 별 특징을 느끼지 못하고 지나쳤을 사람이 있었다. 모나거나 툭 튀지는 않되 쾌활하게 인사하고 예의 바르면서도 시원스러울 것도 같은, 적당히 좋은 사람일 것 같았다.

전차 안에서, 길에서, 정류장에서, 노점에서, 아무것도 모르는 사람들은 조선청년독립회와 김니나에 대해 가볍게 까불렀다. 좀 예쁘기만 했어도 확 쏠렸을 텐데, 그럼 미녀 스파이 독립단으로 얼마나 인기 끌었겠어, 이거야 원 빈대떡처럼 생겨서 공판이고 뭐고 영 볼맛이 없네, 흥미 제로야, 등등

아직도 혼란스러운 영방에게는 그 같은 시답잖은 왈가왈부 하나도 거슬리고 머리털이 곤두섰다. 영방은 의심스러웠다. 이 수더분해 보이는 여성 김난숙이 모든 죄를 둘러쓴 김니나 역을 맡은 것이 아닐까. 얼굴 보이는 것조차 부끄러워하고 허풍스러운 기사를 쓸 배포도 없는 조용한 김난숙이, 자기의 이름을 내놓고 여기에 온갖 경이로운 행보와 가상이 덧붙도록 허용한 게 아닐까.

얼마 후 영방의 집에, 김니나가 검거 전에 연혜에게 보냈다던 소포가 도착했다. 묵직한 꾸러미였다. 소포만 온 것이 아니라 이를 직접 가져온 일본경찰들이 무자비하게 소포를 찢어 내용물을 속속들이 헤집고 파헤쳤다. 김니나가 연혜에게 보내온 것은 화장품 가방이었다. 여자들이 흔

히 쓰는 것으로, 영방도 연혜의 경대에서 같은 것을 본 적이 있었다. 안에서 파우더, 블러셔, 코티 분, 립스틱, 아이펜슬, 크림색 스타킹, 가터벨트, 손지갑, 향수병, 가죽장갑, 레이스장갑, 참빗, 꼬리빗 등, 모든 종류의 화장품과 온갖 여성용품들이 튀어나왔고, 족족이 경찰들에 의해 깨어지고 부수어졌다. 아무리 두드려도 별반 수상한 것이 나오지 않자 일본경찰들은 이 난도질한 잔재들을 내버려둔 채 떠나버렸다.

영방은 연혜의 물건이, 그것도 이런 지극히 사적인 여성용품들이 김니나에게 있었다는 것이 신기하고 이상했다. 연혜는 애상적인 표정이었다. 영방은 아무 말 없이도 눈으로 연혜에게 설명을 요했고, 연혜도 영방의 눈빛을 읽을 줄 알았다. 연혜가 입을 열었다.

"김니나 씨가 자기가 좀 써야 한다고, 단장할 일이 있다고, 내 것을 빌렸으면 했었어요."

"어디에 쓴다고는 안 했었나요?"

"아마도 선을 본다던가요."

"자기가 화장하는데 왜 당신 것을 써요?"

"내 것으로 쓰면…… 아름답게 될 수 있을 것 같다나요."

연혜가 쑥스러운 얼굴이 되었다.

"우습게 들리겠지만, 여자들은 그런 말 들으면 약해져서, 안 드릴 수가 없어요."

영방은 그 연혜의 심리가 이해가 될 듯 말 듯 했다. 영방은 한층 누그러져서 말했다.

"그렇다고 아예 이삿짐을 차려 바리바리 싸줄 것까지는 없었잖아요."

연혜는 쓸쓸히 웃었다.

"그분도 바라는 모습이 되면 좋잖아요."

15 영웅

종로경찰서로 향하는 교이치는 백 가지 만 가지 생각이 뒤섞여 심란했다. 서에 도착한 그는 용의자의 취조 이전에 면담을 요청했다. 외사국 소속의 교이치로서 취조는 그의 소관이 아니었다. 그러나 그는 상등의 지위로 즉시 면회를 할 수 있었고, 대리 취조자가 될 수도 있었다.

취조실에 들어선 교이치는 말이 없었다. 영방이 먼저 말을 건넸다.

"여기에서 보니 더 반가우이."

"자네라고 해서 심문할 것 안 하고 고문할 것 안 할 줄 알면 오산이야."

"전혀. 그간에 맺힌 것 푸느라 안 할 고문도 더 심하게 할 것 같구면. 나같이 별것도 아닌 놈이 총독 암살 기도범이나 받을 고문을 받게 된다면 영광이지."

영방은 늘 여유로워 보인다. 교이치는 그게 불만이었다.

"사실 자네 정도가 무슨 중요 인사라는 생각은 우리도 안 해. 단지 자네 같은 주변 인물을 들볶어서 핵심 인물과 조직의 실체를 알아내기 위해 필요한 거지."

"체포된 주변 인물 다들 이렇게 말하겠지만, 나 역시도 조직의 실체는 커녕 그런 조직이 있는 줄도 모르네. 나도 궁금허이."

교이치는 영방 너머로 시선을 두었다. 정확히는 영방이 앉아 있는 의자 등받이의 좀먹은 검은 구멍을 뚫어지게 바라봤다. 진회색 시멘트 벽은 탁한데 영방 하나만 깨끗해 보여 교이치는 화가 치밀어 올랐다. 퀴퀴한 냄새가 나는 구치소에서 수갑을 찬 손을 웅크렸을 이 녀석은 왜 여기에서도 고고해 보일까.

"사실 다카오카 자네가 들어올 줄 몰랐네. 많이 놀랐어."

"내가 총독부 녹을 먹는 것을 망각하지는 않았을 텐데."

"이건 자네 일이 아니잖는가. 난 당장 우락부락한 경관이 날 후려칠 것을 상상했어."

영방이 눈동자를 돌려 주위를 둘러봤다.

"이 취조실은 참 사람을 피폐하게 만드는 곳이야. 자네가 들어와서 진심으로 기쁘고 반가웠네."

"내가 널 빼내줄 거라고 기대하지 마. 난 취조 대리인 자격으로 들어왔어."

영방이 그런 게 있을 리가 하는 표정으로 싱긋 웃었다.

"그럼 자네 취조를 받아서 기쁘네."

사실 교이치는 영방의 면담을 온 것에 그쳤다. 용의자를 사전 면회할 수 있는 특권으로 그는 영방을 설득해보겠다는 뜻을 전하고 취조실에 들어왔다.

"이제 말해. 이정균의 연락망은 어떻게 설계되고 움직이지?"

"그런 걸 내가 알면 경학원 그만두고 독립투사로 용맹히 분투하겠지."

"이정균을 어디에 숨겼어?"

"내가?"

"이정균을 숨겨준 건 맞잖아."

"그 친구 행방이 나도 궁금해. 혹시 총독부에 있으면서 정균 소식 알게 되면 내게도 전해주게."

"이정균은 범죄자야. 그래, 네가 조직과 아무 상관도 없다고 치자. 그러나 범죄자를 숨겨주면 은닉죄로 너도 처벌된다."

"정균의 죄가 정확히 뭔가? 독립운동인가? 사회운동인가?"

교이치는 잠시 입을 다물었다가 말했다.

"둘 다겠지."

"뭐가 더 일본에 위험한가?"

"둘 다."

"어쨌든 정균은 일본의 안녕을 위협하는 인물이구나."

"너 같은 것들도 마찬가지야. 사회주의자만 문제인가? 민족자생을 부르짖는 부르주아도 민족주의자도 문제고. 배운 것들도 문제야. 다들 조선을 되살리려 안간힘을 쓰는 것은 똑같아."

교이치는 영방이 실제 무슨 일을 저지른 것인지 알 수 없었다. 영방은 충분히 조직을 관할할 수 있을 만큼 명석했고 언변이 뛰어났다. 혹은 영방이 정말로 정균을 숨겨주는 것에 그쳤을 수도 있었다. 마음 선한 영방이 위급한 정균을 그냥 보냈을 리 없었다. 그러나 정균은 메이데이 공동위원회 뒤의 청년독립운동단체의 핵심이기도 했다. 이런 정균이 경성에 잠입했다는 정보가 입수됐다. 수색을 총동원해도 그를 찾을 수 없었다. 일찌감치 정균의 가족들이 사는 집에는 감시병이 붙은 상태였다.

경학원에서 정균과 가장 친했던 영방에게도 감시가 붙었다. 가끔씩 한밤중에 큰 자루를 업고 사라졌다가 빈손으로 돌아오는 영방이 수상하다고 여겨진 것은 당연했다. 자루에 싸인 것이 사람의 형체를 하고 있어서 그 의혹은 더욱 커졌다. 결국 경찰은 불시에 가택수사를 가했고 범인 은

닉과 도주 방조 혐의로 영방을 압송했다.

교이치는 영방의 행동이 무엇 때문인지 알고 있었다. 영방이 옮긴 인물이 정균이 아니라 연혜라는 것을 교이치는 잘 알았다. 하지만 교이치가 나서서 해명해줄 수도 없었다. 영방이 잠든 연혜를 옮겨줄 때마다 교이치의 집에 에렌이 나타난다고 사실 대로 밝힐 수는 없는 노릇이었다. 그러나 어느 정도 책임을 느끼는 교이치는 영방의 구류를 수수방관할 수만은 없었다.

교이치는 고등계에 직속 명령을 내릴 수는 없었다. 영방을 빼낼 어떤 권한이 자신에게 있는 것은 아니었다. 영방의 무혐의를 입증해주는 것이 최선이었다. 교이치도 영방이 사회주의 운동을 할 인물이라고 생각지 않았다. 남들보다 우월한 재능과 두뇌를 타고난 영방은 세상을 앞서 살아왔고 그래서 여유 있었다. 영방에게 세상은 노력하는 만큼 이루어지고 그래서 평등하기에, 사회주의가 주창하는 획일적 평등은 언어도단이었다. 그러나 독립운동이라면 영방도 참여했을 가능성이 있었다. 본래 세상을 남들보다 앞질러 사는 우월인자들이 독립운동을 하는 것이다. 어쩌면 이 사내라면 감쪽같이 무기를 빼돌리고서 겉으로는 허허 웃음 짓는 서생인 척할 수도 있다고 교이치는 생각했다.

"괜히 어설프게 독립운동 같은 거 하지 마."

"조선인인걸, 망국민의 설움이 있는."

"그래서 독립운동은 했다는 거냐?"

"조선인치고 그런 마음 없는 사람이 있을까."

"그냥 삶을 바라봐. 그냥 삶을 살아가. 잘릴 걱정 없는 밥벌이가 있고 미녀 아내가 있어. 크게 부자로 살진 못해도 따뜻한 밥 지어 먹고 구멍 뚫린 신발 기워 신을 일은 없지. 텃밭에서 키운 아욱을 뽑아 국을 끓여 저녁을 먹고 난 후 아내와 손잡고 산책을 나가. 영화관을 가거나 길거리에서 빨간 사탕꼬치랑 호떡을 사 먹기도 해. 아이가 태어나면 마당에 핀 채송화를 가리키며 아이에게 말을 가르쳐주는 거야. 아이가 크면 퇴근 후 아이 학교 공부도 봐주고 아이가 조르면 새 란도셀을 사러 진고개에 가지. 학예회에 가서 아이의 조말조말한 공예품이며 합창을 보며 부부가 나란히 흐뭇하게 앉아 있는 거야. 돌아오는 길에 한껏 기가 산 아이에게 장하다며 돈가스를 사주고 식당에 모인 사람들 모두 '아, 그림 같은 가족이구나' 하고 너희를 부러워하지. 그렇게 살아가. 그런다고 누구도 네가 나쁘다고 안 해. 넌 네 삶을 사는 거야. 평화롭게 시간을 살고 편하게 늙어."

"이럴 때는, 조선 민중의 고충을 아느냐, 나 혼자 배불리고 발 따시게 사는 것 자체가 조선 민중에 대한 배신이다, 라고 말하는 것이 사리에 맞아 보이겠지. 남들은 이렇게 입바른 말을 거침없이 하나?"

"고문받기 전에는 다 그런다더군."

"그렇대?"

"인간적인 충고랍시고 하는 것, 진심으로 해본 상대가 네가 처음이라 잘 몰라."

"자네, 고문도 처음인가?"

"그래 보여?"

"자네는 악랄한 인간이 못 되잖아."

"해보면 알겠지."

교이치는 이대로 취조실에 영방을 두고 나가면 잠을 이룰 수 없을 것 같았다. 영방이 갇힌 구치소 위에 장대하게 솟은 종로서를 뒤로하고는 발걸음이 떨어질 것 같지 않았다. 교이치는 영방의 신원을 보증하고 그의 보석금을 냈다. 고위직의 교이치가 직접 영방이 증거 인멸이나 도주의 우려가 없음을 보증함으로써 영방은 보석으로 풀려날 수 있었다. 교이치는 영방의 무고함을 진술한 탄원서를 낼 생각이었다. 영방에게는 혐의가 분명하지 않았다. 증거도 없었다. 집중 수색하는 조직에 대해서는 본래 그 어떤 끄나풀도 모조리 데려다 취조하지 않는가. 교이치는 영방을 친구 잘못 둔 억울한 서생으로 만드는 것이 해결책이라고 여겼다.

"멀쩡하게 걸어 나가는 것에 감사해라."

서를 나오면서 교이치가 영방에게 말했다.

"이번에는 나한테 걸려서 운이 좋았던 거야. 다른 때는 안 돼."

"자네 덕분에 신체발부 수지부모를 지킬 수 있었어. 고맙네."

"너 이뻐서 고문 안 한 것 아냐."

"그래도 미운 정이나마 들어서인 줄 알았더니 그마저도 아니었군."

"행여 네 뼈라도 부러지면 너 병 간호하느라 연혜가 고생할까 봐."

"남의 부인이 자네 선행의 원인이었구먼."

"네가 눈을 잃으면 연혜가 네 눈이 되어준답시고 사방을 동동동 뛰어다닐 테고. 네가 손을 못 쓰게 되면 연혜가 네 손을 대신하겠다고 원고 쓰고 서류 필사하느라 부르튼 손으로 또 네 보양식 만드느라 그 손에 물마를 날이 없을 테고. 네가 다리가 부러지면 연혜는 네 지팡이가 되어준답시고 무거운 널 떠메고 다니느라 골병이 들 테고."

교이치가 주저리주저리 되뇌었다. 영방이 그런 교이치를 가만히 바라보다가 툭하니 말을 내던졌다.

"앞으로 죽을 걱정 없이 마음껏 일제 타도 운동을 할 수 있겠군."

이 순간에도 여유로워 보이는 영방에게 화가 난 교이치는 살벌하게 말했다.

"네가 아예 죽는 것은 좋지. 유가족은 내가 잘 거두어드릴게. 특히 네

미망인분은."

영방의 쓸쓸한 눈을 보고 교이치는 입을 다물었다. 연혜라도 나와서 영방을 맞아준다면 좋으련만 지금 연혜는 에렌으로서 동료 감독 영화 시사회에 참석하고 있었다.

"오영방, 넌 내가 조선인 중에서 그나마 좀 감탄하는 사람이다."

"고맙네."

"그래서 진심으로 충고 좀 할까 한다."

영방은 교이치에게 경청하겠다는 눈빛을 보냈다.

"해보게."

"어설프게 독립운동에 뛰어들어서 조잡한 일, 하부에서 고물거릴 일 하다가 경찰서 형무소에 지저분하게 기록 남기지 마. 할 거면 제대로 폭탄 들고 총독부 뛰어들어서 다 날려버리거나 총독이든 천황이든 암살하거나 만주 가서 총칼 들고 독립군 입대하거나, 잡혀도 체포 사실이 신문에 크게 실리고 재판 과정이 대대적으로 보도되는 거물급 인물이 돼. 그러지 못할 거면, 역사에 흔적 남길 근사한 역할도 못 되고 밑거름으로 썩을 거면, 영웅 심리에 젖은 인간들 이름 띄우려고 남 좋은 일 시키려고 하부에서 이름 없이 졸개 노릇으로 고생할 거면, 하지 마."

"그런 사람들을 무시하지 말게. 그들도 다 영웅이야. 그 가족들에게는 자부심으로 가슴에 남을 영웅일세."

"어디 숨겼느냐고 순사가 부인 끌고 가 문초하는데 자부심? 집에 쌀한 톨 안 갖다 주고 당장 젖먹이 애가 아파서 다 죽어가도 병원비 하나 못 대는데? 아이에게 영웅은 능력 있는 아버지야. 집보다 형무소에 틀어박힐 일 많고 어쩌다 풀려나 집에 와도 고문 독 올라 누르팅팅 누워 있는 아버지보다는, 퇴근길에 귤 한 봉지 센베 한 상자 사갖고 들어가는 아버지가 더 영웅이야."

영방이 고개를 저었다.

"당장은 안온하지 못한 삶이라도, 후손들은 그의 핏줄임에 자부심을 느끼게 될 날이 올 걸세."

"손자를 위해서 아들을 버리는 게? 넌 어떨지 몰라도 난 역사에 남는 영웅보다는 내 아이 하나만을 바라보는 아버지가 되고 싶다."

교이치는 자조적으로 말을 이었다.

"우리 둘 다 아버지를 좋아하지 않는 것 같더군. 난 대놓고 싫어하고, 넌 존경하지만. 둘 다 아버지에게 경쟁심과 열등감이 뒤섞여, 날 낳아준 양반을 이겨보겠다고 기를 쓰고 있지 않나."

한참 묵묵하게 걷던 영방이 "란도셀을 사달라고 조르는 아이가 있는 평화로운 가정이란 게 결코 쉬운 게 아닌걸" 하고 중얼거리더니 혼잣말처럼 말했다.

"부정이 애틋한 아버지 될 능력도 없고, 민족의 영웅이 될 역량은 애당초 없고. 나는 평생 범부 팔자인가 보네."

영방의 말소리가 허탈한 게 왠지 가슴 아파 교이치는 더 퉁명스럽게 말했다.

"집에 가면 몸조리 잘해. 하긴 털끝 하나 다친 게 없으니 뭐 회복하고 말고가 있겠어."

영방은 빙긋이 웃었다. 그 웃음이 처연해서 교이치가 또 말을 건넸다.

"뭐라도 사다 줄까? 설렁탕이라도 한 그릇 배달시켜줄까?"

영방이 고개를 젓더니 말했다.

"내가 체포될 때 연혜가 없어서 다행이야."

교이치는 뭐라 할 말을 찾을 수가 없었다. 침묵한 그 옆에서 영방이 말했다.

"연혜가 되돌아와도 내가 감금됐던 것은 절대 알려져서는 안 되네. 아직 경학원 사람들도 내가 끌려간 것을 모르네. 그러니 자네도 이번 일은 내색하지 말아줬으면 해."

영방이 교이치를 보며, 마치 둘의 첫 대면 때 교이치가 그랬던 것처럼 이번에는 영방이 씩 웃으며 말했다.

"자네를 믿네."

교이치는 마음이 아팠다. 그것을 꾹 누르고 말했다.

"신랑 무사히 석방시켜줬다고 연혜에게 점수 좀 따려고 했는데 못 하게 됐군."

서에 갇힌 사람이 에렌이 아닌 영방인 것에, 교이치의 놀라움과 난감함 뒤에는 안도감도 있었다. 세상은 이정균과 김난숙의 조직에 대해 떠들고, 정균의 탈주를 방조한 혐의로 영방이 갇히고, 그뿐이었다. 그 어디에도 KIO 같은 조직은 없었고 에렌에게는 아무 일도 없었다. KIO는 실체가 없는 유령 집단이었다. 교이치를 제외하면 KIO의 행적을 아는 이는 꼭 한 사람만이 더 있을 뿐이었다. 바로 사치코였다.

그도 그럴 것이 KIO는 사치코가 만든 가공의 단체였다. 총이 들어 있는 상자도, 모스부호의 암호문도 사치코가 기획한 자작극이었다. 내막이 드러나게 된 계기는 겐타로의 전보였다. 평양으로 이전한 겐타로에게서 어느 날 교이치와 사치코의 무사함을 묻는 전보가 왔다. 뜬금없는 전보에 교이치는 뭔가 수상한 냄새를 맡고 당장 겐타로에게 전화를 걸어 물었다. 수화기 너머로 겐타로가 망설이더니 엄청난 이야기를 들려줬다.

지난번 경성에 오기 전, 겐타로는 사치코의 부탁을 받았다. 총을 경성으로 보내달라는 청이었다. 교이치에게는 비밀로 해달라고 부탁했단다. 겐타로는 이상했지만 사치코에 앞서 교이치를 믿었기 때문에, 총이 든 상자를 마치 사과궤짝 마냥 보내줬다. 이 특급 우편물이 일반 우편처럼 검열을 무사히 통과하기까지 겐타로의 보이지 않는 힘이 컸다. 그 후 경성 출장이 잡힌 겐타로는, 추가로 권총을 달라는 사치코의 청에 따라 권총 세 자루를 들고 경성에 올라왔다.

"사치코 양이 교이치 자네와 함께 사는 줄 알고 자네 집으로 총을 부쳐줬지, 그런데 와보니까 자네는 아무것도 모르는 눈치더라고. 사치코 양이 따로 산다는 걸 듣고는 여자 혼자 살아서 무서워서인가도 생각했어. 그런데 아무래도 이상해."

겐타로는 사치코가 비밀로 해달라고 신신당부했던 것을 깬다며 말했다.

"혹시 사치코 양이 독립운동하는 친구를 사귀는 게 아닐까. 그 사람이 사치코 양을 이용하는 거라면, 사치코 양은 마음 약해서 이용당하고도 남을 거야."

겐타로의 말에 교이치의 머리에 첫 번째로 떠오른 것은 사치코의 소설가 친구였다. 교이치는 사치코를 찾아가 따져 물었다. 사치코의 얼굴은 화석처럼 굳어버렸다. 더욱 놀랍게도, 그녀는 총은 물론, KIO 쪽지도 자신이 독단적으로 한 것이라 고백했다. 교이치는 번개처럼, 그 모든 일이 에렌이 집을 비웠을 때를 정확히 계산해서 이루어졌으며, 집을 흔적 없이 드나들 수 있는 사람은 열쇠를 가진 그와 에렌, 사치코 셋뿐임을 자각했다. 사치코를 걱정한 겐타로의 전보가 본의 아니게 사치코가 꾸민 계략을 드러나게 한 것이다.

교이치는 기억을 더듬으며 빠르게 추론해갔다. 에렌 앞으로 왔던 첫 번째 상자는 겐타로가 주재했던 전남에서 보낸 것일 터였다. 겐타로는

KIO의 메시지에 대해서는 전혀 모르고 있었다. 교이치는 첫 번째 쪽지가 상자에 들어 있지 않고 뒤늦게 우편함에 꽂혀 있었다는 것을 상기했다. 총이 도착하기만을 기다렸던 사치코가 그 즉시 교이치의 집 우편함에 쪽지를 꽂아놓고 상자의 발수신 이름을 지운 것이리라.

두 번째 상자는 겐타로가 경성에 온 첫날 사치코에게 전해준 것으로, 사치코는 이 권총 상자 안에 KIO 암호문을 넣었다. 교이치의 초대로 그의 집에서 사치코와 겐타로가 저녁을 먹고 간 바로 다음에 이 권총 상자가 발견된 것은 결코 우연이 아니었다. 밤을 조심하라는 암호문이 무색하게 사실상 그날 밤에는 아무것도 조심할 게 없었던 것이고, 그것을 들키지 않으려 사치코는 교이치를 자신의 집으로 유인한 것이었다. 자신도 KIO 메시지를 받았다는 거짓말을 하면서.

"도대체 왜 그런 허무맹랑한 짓을 했어?"

사치코의 눈에 눈물이 고이더니 답했다.

"에렌이 독립운동을 한다면, 수상한 짓을 하고 다닌다면, 오라버니가 에렌과 헤어질 줄 알았어."

교이치는 기가 막혀서 벌어진 입을 다물 수가 없었다.

"그래서 이런 엄청난 짓을 꾸민 거야? 나 몰래 겐타로에게 총까지 부탁하면서?"

"오라버니 몰래 안 할 거면 애초에 만들 필요도 없는 일이잖아."

자신이 단명한다는 메시지까지 스스로 조작하도록 사치코는 이 황당한 일에 절실했을까.

"독립활동 따위 이런 우중충한 게 순전히 네 머리에서 나온 창작일 리 없어. 무슨 일 꾸미는 거야?"

다그치던 교이치는 한 가지 의문점이 생겼다.

"너 모스부호 모르잖아. 어떻게 그런 메시지를 쓴 거야?"

"그이가, 그 사람이 쓴 거야."

사치코가 친구라고 떠받들던 그 몽상가가 이 해괴한 짓에 동참했단 말이지, 교이치는 머리끝까지 차오른 화를 그쪽으로 돌렸다.

"그래, 친구가 네 유치한 문구를 모스부호로 옮겨주던?"

"내가 그 사람 소설에 있는 것을, 갖다 썼어."

교이치가 비아냥거렸다.

"무슨 소설에 그렇게 네 입맛대로 딱딱 들어맞는 암호문이 들어 있었을까."

사치코가 진저리를 치며 하나하나 답했다. 아직 미발표작이라는 소설은 여주인공이 미인계로 일본 관리에게 접근하여 결혼한 후 그를 처단하는 내용이라고 했다. 비밀리에 총을 전달하는 것도, KIO라는 조직 이름도 다 소설 속에 등장하는 것이라고 했다.

교이치는 앞으로 오늘 이상으로 황당한 일은 없을 것 같았다.

"네 친구 요절을 내야겠어."

"아냐 오빠, 나 혼자 멋대로 갖다 쓴 거야, 그 사람은 몰라."

간곡하게 말하는 사치코에 더욱 화가 치밀어 오른 교이치가 소리 질렀다.

"네 친구 스파이냐? 정신이상자야?"

"멀쩡하고, 뼛속까지 일본인이야."

"솔직히 말해봐. 총 어디 다른 곳에 쓸 데가 있는 것 아냐? 누구 주거나?"

지금껏 사치코의 고백이 너무도 비현실적이라, 교이치는 조선인이 얽혀 있을지 모른다는 겐타로의 언질이 더 그럴듯하게 느껴질 정도였다.

사치코가 쐐기를 박았다.

"그 총들 다 오빠네 집에 있잖아, 그런데 또 누구를 주겠어?"

사치코의 말간 얼굴은 순진무구 자체였고, 타고난 선한 눈매가 자신은 결백하다고 말했다. 사치코의 가느다란 눈에는 악이라고는 전혀 담겨 있지 않고 눈물만 그렁그렁했다.

"미안해, 오라버니. 내가 이상한 짓을 했어. 나도 내가 왜 그랬는지 모르겠어. 후회했을 때는 이미 저질러진 상태였어."

사치코는 순한 양의 얼굴이었다. 그녀는 여전히 세상물정 모르는 다정하고 선한 규방 규수 같았다. 비상식적인 일을 거칠 것 없이 수용하고 벌려낸 사치코의 단순한 사고와 직선적인 행동력은, 마치 그녀가 그만큼의 순진성을 지니고 있음을 증명하는 듯했다.

교이치의 약해진 틈을 놓치지 않고 사치코가 애원조로 말했다.

"용서해줘, 오라버니. 이제는 에렌을 싫어하지 않아. 아니 앞으로는 에렌을 좋아하도록 노력할게. 그러니까 용서해줘."

다카오카 가의 귀한 영애 사치코를 교이치가 어떻게 할 수 있는 것도 없었다. 그가 용서를 하든 말든 사치코는 실세 아버지를 둔 젊은 여성 부호이자 사촌누이였다. 교이치는 냉랭하게 말했다.

"널 용서할지 말지는 두고 보겠어. 일단 네 친구나 데려다 놔. 어떻게 생겨먹은 작자인지 상판대기나 보자."

사치코의 얼굴은 아까보다도 더욱 시커멓게 굳어 마치 죽은 사람 같았다.

"진심이 아니지?"

교이치가 소리 질렀다.

"내가 농담하는 걸로 보여? 네가 그딴 짓을 해놓고도?"

교이치가 이토록 무섭도록 화를 내는 모습을 처음 보는 사치코는 기겁했다. 사치코가 망연하게 말했다.

"그 사람 떠났어. 어차피 못 데려와, 그이가 어디 사는지도 모르는걸."

"잘됐네."

교이치의 진심이었다. 아무 알속도 없는 허황된 글쟁이가 멀리 떨어져 나갔다니 다행이다 싶었다. 그러나 교이치의 말에 사치코는 다시 눈물을 흘리더니 긴 이야기를 털어놓기 시작했다. 울음 속에서 떠듬떠듬 말하는 사치코의 이야기를 다 듣고 난 교이치는, 그가 감당하기에 너무도 폭넓고 다변적인 충격을 하루 만에 겪어버려 갑자기 늙은 기분이었다.

사치코의 배 속에는 친구라던 자의 아기가 자라고 있었다. 정작 그는 사치코의 임신 사실을 알고 난 후부터 연락을 끊었다. 조선인이 아니라 사실은 일본인이라는 사치코의 고백도 소용없었다. 그는 사치코에게 "일본어를 잘한다고 지금 일본인인 척하려는 것이오? 이제까지 조선인이라며 나랑 사귀어놓고 애를 뱄다고 일본인이라 그새 돌변하다니. 사기 기질이 농후한 아가씨군요. 그리 거짓에 능한데, 아기를 뱄다는 것은 어찌 믿으오? 또 그 애가 누구 애인지 어찌 아오? 설령 내 애라고 해도, 이런 사기꾼과 난 평생가약 맺을 생각 없어요!"라며 매정하게 몰아붙였다.

교이치는 분했다. 그것은 사치코가 들을 말이 못 되었다. 그 남자는 말만 번지르르 고상한 척하고 속은 시커먼 인간일 터였다. 그런 인간이기에, 사치코가 정말로 일본인이라는 걸 알기만 했어도 이렇게 무책임하게 사치코를 두고 떠나지 않았을 것이다. 사치코의 아버지가 누구인지, 그녀가 어느 집안 딸인지 알았다면 그는 벌벌 떨며 사치코에게 용서를 빌었을 것이다. 어쩌면 어떻게든 다카오카 집안에 기댈 동아줄을 놓치지 않으려 먼저 아기를 제 아이라 우길지도 몰랐다.

아이를 밴 사촌누이를 더는 몰아붙일 수 없었다. 교이치는 사치코를 용서할 기회도 벌줄 기회도 영영 잃었다는 것을 알았다. 당장 사치코는 보호와 안정을 요하는 상황이 됐다. 이전에 그토록 경성을 제 것처럼 다녔던 사치코는 이제 거의 칩거하다시피 했다. 시시로 에렌이 사치코의 몸조리에 필요한 것들을 챙겨줬다. 사치코의 해프닝 같은 자작극을, 물론 교이치는 에렌에게 알리지 않았다. 그것에 교이치는 가책을 느끼면서도, 사촌누이의 뒤치다꺼리에 에렌이 손을 놓아버릴까 꺼리는 이기적인 나태함으로 침묵했다.

교이치 또한 수수방관하지는 않았다. 교이치는 종적을 감춘 사치코의 남자친구를 찾기 위해 조선총독부에 수색원을 냈다. 하지만 이미 그는 일본으로 떠난 뒤라 조선에는 흔적도 없었다. 교이치는 모든 수사망을 동원해서라도 그를 찾으려 했다. 자신이 에렌을 찾았던 것처럼 집념과 끈기로 뒤쫓으면 그를 못 찾을 것도 없었다. 교이치는 일본에 있는 자신의 지인들에게 동경 구석구석을 뒤지도록 하고 싶었다. 그것을 사치코가 막았다.

사치코는 자신의 체면을 생각해서 멈춰달라고 교이치에게 간청했다.

"내가 조심하지 못해서 이런 일이 일어난 거야. 그냥 내 잘못이라고 치자. 되지도 않는 조선 여자 흉내 낸 내 허황됨이 벌을 받은 거야."

평판을 의식하는 것은 당연했다. 교이치를 혼란스럽게 한 것은 사치코가 자신의 임신을 동경의 아버지에게 한사코 알리지 말라고 한 것이었다.

"알려봤자 경성에 온 사촌누이를 제대로 살피지 못했다고 오라버니도 면목 없게 되잖아. 그러니 조용히 있자, 응?"

"지금 그런 것 따질 때냐? 이렇게 엄청난 일을 어떻게 비밀로 해? 남도 아니고 네 가족, 네 아버지야."

"오라버니도 내 가족이야. 그리고……, 에렌도 내 가족이야."

"동경에 가자. 큰 병원에 가서 임신중절수술 하자. 너 결혼도 않고 애 낳아서 어쩌려고 그래."

사치코가 펄쩍 뛰었다.

"어떻게 그런 수술 하려고 동경 큰 병원까지 가?"

"조선 병원은 믿을 수가 없어서……. 그래, 아무래도 동경에서는 쉬쉬해도 소문이 나겠지. 조선 병원에서도 유명한 일본 의사들이 포진한 곳이 있어. 거기를 가자."

"아니, 나 애 안 지워."

"뭐?"

교이치는 놀랄 수밖에 없었다. 이제껏 사치코의 낙태를 당연하게 생각해왔던 것이다.

"애를, 그럼 낳아? 낳아서 키워?"

"내 안에서 자라는 애를 어떻게 죽여? 무서워. 애를 죽이면 내 생에서도 난 괴로워할 거야."

"지금 네가 살고 봐야지!"

"낙태하다가 죽을까 봐 무서워."

교이치는 사치코를 달래기 시작했다.

"그럼 동경에라도 가자. 경성에서 해산까지 하려면 아무래도 힘들어. 일단 동경에 돌아가서 생각하자."

사치코는 결연했다.

"아버지가 당장 아기를 지우려 들 거야. 그걸 알고 오라버니도 날 보내려는 거지. 낳고 나서 내가 알아서 갈게. 그때까지 모른 척해줘."

교이치가 정신없이 물었다.

"왜……, 왜 애를 낳으려는 거야? 설마 그 자식을 못 잊어서야?"

"날 그렇게 구식 여자라고 생각했어?"

신기하리만치 사치코는 점점 침착해졌다.

"따지고 보면, 조선 여자라느니 괜한 연극하고 돌아다녔던 내 죄도 있어. 죗값을 너무 심하게 치르게 됐지만."

교이치는 사치코에게 현실을 일깨우려 애썼다.

"애를 낳아서는, 그 애를 어쩔 건데?"

사치코가 말간 눈으로 말했다.

"오라버니 줄게."

완강히 버티는 사치코의 몸을 그 누구도 억지로 데려갈 수 없었다. 시간은 흐르고 사치코가 품은 아기는 자라나고 있었다. 교이치는 애가 탔다. 사치코는 가끔씩 복통을 느끼며 쓰러져서는 에렌을 붙들고 울기도 했다.

"내가 지금 벌을 받는 거예요. 조선을 좋아하는 척, 조선 여자인 척하고 돌아다니면서, 실상은 그런 나를 부러워하는 조선인들에게 우쭐댔던 거죠. 내가 얼마나 눈꼴시었을까."

에렌이 사치코를 다독였다.

"세상은 착한 사람이 아파하는 거예요. 누군가는 손해를 봐야 돌아가는 게 세상이라, 그래서 착한 사람이 손해를 봐요. 아가씨가 착해요."

"나 안 착해요. 에렌 언니가 내 속마음을 알았다면 이렇게 잘해주지 못할 거예요. 난 정말 나쁜 생각도 나쁜 짓도 했어요."

사치코는 교이치와 에렌에게 들으란 듯 중얼거렸다.

"여기 조선에서는 내가 아니야. 사치코가 아닌 한 조선 여자가 잠깐 경성 생활 신나게 하다가 아이 낳고 떠나는 거야. 이 애만 낳으면 일본으로 갈래. 그리고 한바탕 경성 악몽을 꿨다고 묻어버릴래."

교이치는 숙부에게 몰래 연락할 수도 있었다. 그런 교이치를 의식했는지 사치코는 날마다 교이치에게 애원과 간청을 거듭했다.

"경성에서 있는 얼마 안 남은 시간들, 재미있게 편하게 있다가 돌아가게 해줘."

사치코가 간곡하게 덧붙였다.

"내 평생 마지막 소원이야."

"살날이 구만리인 네가 무슨 마지막 소원이냐?"

"애 낳다가 나 죽을지도 모르잖아!"

사치코의 애원이 너무 필사적이라 교이치는 차마 집안에 알리지 못한 채 하루하루를 보냈다.

사치코는 아기를 낳다가 죽는 것보다도, 아기를 지우다가 죽을지 모른다는 두려움에 더 강하게 잠식돼 있었다. 그것이 그녀가 낙태를 주저하는 결정적인 이유인 듯했다. 다시 사치코를 설득하려는 교이치에게 사치코가 말했다.

"오라버니도 그렇지만 나도 어머니를 일찍 여의었지. 우리 엄마가 왜 죽었는지 알아?"

사치코의 무례한 말투는 교이치가 처음 듣는 것이었다. 평소 자주 뵈는 일 없던 숙모의 별세 소식을 들었던 것은 교이치가 만주에서 중학교를 다닐 때였다. 그저 건강이 좋지 않던 숙모가 병원에서 세상을 떠났다고 들었다.

"어머니는 낙태 수술을 받다가 돌아가셨어. 난 그때 많이 어려서 엄마의 그런……, 그 상황에 대해 잘 몰랐어."

교이치는 그것이 낙태를 뜻하는 것인가 했다. 그러나 사치코가 말하는 것은 숙모의 간통이었다.

"낙태된 아기는 나와……, 어머니는 같은데 아버지가 다른 동생이었어. 수술이 잘못돼서 어머니는 지혈이 되지 않아 세상을 떠났대."

사치코가 의미심장하게 말했다.

"그런데 엄마가 수술 중에 죽은 건 우연일까 고의였을까."

다시 무례해진 그녀의 말투에 반감이 생긴 교이치가 항변했다.

"그럼 의사가 일부러 죽였겠냐? 오히려 다카오카 가의 위세 때문에 살려내려고 용을 썼겠지."

"그 다카오카가 시켰다면?"

사치코의 말에 교이치는 멈칫했다. 숙부가 지시를 했다는 것인가. 이렇게 섬뜩한 사고가 순진무구함 속에 공존하는 사치코이기에, 눈 하나 깜짝 않고 총과 암호문으로 독립군 조작을 해냈던 것일지도 몰랐다.

"왜 그런 허무맹랑한 의심을 하는 거야? 그게 가능하겠어?"

자신부터가 걷잡을 수 없이 빠져드는 의심에서 헤어나고자 교이치는 소리쳤다. 사치코는 말했다.

"그래서 에렌을 용서 못 해."

"뭐?"

사치코는 갑자기 흐느꼈다.

"에렌이 말 안 했어도, 굳이 알려주지 않아도 나도 안단 말이야. 에렌은 겉으로 다정한 척하면서 속으로는 날 우습게 본 거야. 안 그럼 한낱 조선 카페걸 주제에 어떻게 우리 집에 대해 그런 말을 할 수 있어?"

교이치가 물었다.

"에렌도 이 사실을 알고 있어?"

사치코의 대답은 교이치를 대경실색하게 했다.

"에렌이 자신도 아버지가 다른 동생을 가질 뻔했다고 말했어."

그 말은 숙모의 외도 사실보다도 더욱 교이치를 놀라게 했다. 과거에 대해서는 허황되고 단편적인 기억들만 엉성하게 짜여 있는 에렌 속에 진실된 과거가 들어 있기 때문이었다.

교이치는 두려웠다. 그의 아버지도, 그의 숙부도, 여자의 배에 잉태된 생명을 떼어내려 여인까지 없애려 드는 사람들이었던가, 형제가 가장 닮은 부분은 외모도 재능도 아닌 잔혹성이었던가. 교이치는 집안의 업보라고 생각했다. 집안의 남자들이 저지른 잘못에 어린 아가씨 사치코가 죗값을 치르는 것 같아 하늘이 무서웠다.

교이치의 죄책감과 에렌의 보살핌 속에서 사치코의 배는 불러갔다.

영방의 보증을 위해 경찰서를 드나들 일이 잦았던 교이치는 봉수의 행적을 알게 되었다. 봉희의 동생 봉수는 출소를 앞두고 있었다. 여느 때의 교이치라면 봉수를 피했을 것이다. 그러나 사치코가 아픈 지금, 교이치는 봉수에게서 누이로 인해 슬퍼하는 자의 동질감을 기대했다. 어쩌면 누이도 잃고 사랑도 잃은 그를 통하여, 교이치는 자신의 처지에 우월감을 느끼고 싶었을지 몰랐다. 그렇게 봉수를 면회한 교이치는, 후회했다.

면회 창 너머로, 깡마른 봉수는 눈빛만 형형했다.

"널 찔렀으면 에렌은 그야말로 스타가 되는 거였는데. 우선 총독부 개자식과 결혼하는 일 자체가 없었겠지. 잘 들어봐, 이게 내 시나리오였어. 그녀를 짝사랑하던 상사병 걸린 미치광이가, 고귀한 그녀를 괴롭히는 총독부 개자식을 찔러 죽여서 그녀를 구출하고 자신은 잡혀가 고문 끝에 죽는 거야. 슬픔에 잠긴 그녀는 미치광이를 위해 노래를 부르지. 노래는 히트 치고 에렌은 전설적인 스타가 될 수 있었어."

봉수는 말을 이었다.

"미치광이 역은 기꺼이 내가 자처하지. 넌 찔려 죽임을 당하면 되는 거였고. 에렌을 사랑한다며? 그 정도는 해줘야 하지 않았겠어? 그녀가 그토록 바라던 대배우에 이르는 데 이보다 빠른 길은 없었다고."

교이치가 겨우 한마디 뱉었다.

"넌 제정신이 아니야."

"이런 세상에서 누가 제정신이라고? 나라가 내 나라가 아니고, 어머니 할머니 대부터 이어오던 말을 쓰면 국어가 아니라고 관청에서 사람 대접도 못 받는데. 내 나라 이름 한번 부르며 만세 삼창했다가 끌려가 옥사를 당하는 세상에. 제정신이면 그게 비정상이다."

"에렌을 이용해서 결국 넌 일본 관리를 처단한 애국 열사가 되어보려 했던 거야."

"난 에렌을 사랑했어. 그러는 넌, 권력을 이용해서 에렌을 차지한 전형적인 폭군이잖아."

봉수는 무서운 광기로 소리 질렀다.

"적어도 난, 내가 에렌에게 어울리지 않는다는 것을 잘 알고 있었고, 그래서 그녀를 차지하려 한 적은 없어. 그저 그녀가 잘되도록 도우려고 했어, 나를 희생해서라도. 그런데 넌 그녀와 어울리지도 않으면서 그녀를 차지해서 그녀의 인생을 헝클어뜨렸어."

교이치는 부정하려다 입을 다물고 자리를 떴다. 간수장이 "면회 끝"을 외쳤다. 쇠고랑 소리가 찔렁거리며 봉수가 돌아가는 소리가 들렸다. 어쩌면 사실일지 모른다. 교이치 가문의 모든 이가 에렌 한 여자의 인생을 가엾게 만든 폭군이었을지 모른다.

16 취조와 연서

늦은 밤이 깊어지고 영방과 연혜는 여느 때처럼 다음 날을 위해 쉬고 있었다. 유난히 별도 더 멀어 보이는 깜깜한 어둠을 타고 그들의 집에 한 손님이 찾아들었다. 바스락 소리에 사색이 됐던 둘은 숨을 죽였고, 까만 밤을 업은 시커먼 형체를 봤다. 도둑인 줄 알고 큰 소리를 내려던 영방을 막고 선 사람은 정균이었다.

수배령이 내려진 정균이 연고가 없는 동경에서 숨어 살기는 역부족이었다. 조선의 상황 역시 나을 것이 없었지만 그는 말이 통하고 친지가 있는 조국으로 오기 위해 밀수선을 타고 넘어왔다. 메이데이 공동위원회의 실체인 조선청년독립회는 이미 조직이 와해된 상태였고 아직 검거되지 않은 정균에게 온갖 죄목이 달라붙어 있었다. 이제 정균은 자신이 저지르지 않은 일을 다 안고 재판장에 설 수밖에 없었다. 의도치 않게 주동 인물로 윤색되어감에 따라 처음에는 당황했던 그도 이제 체념하고 즐기게 되었다. 사나이 인생, 용기가 없어 하지도 못한 일을 했다고 하니 거저 영웅된 것 아닌가. 이래 죽나 저래 죽나 어차피 죽을 것 대영웅 되어 위정자를 꾸짖으며 죽어보리라.

정균의 고향 집은 이미 삼엄한 감시망 속에 있었다. 정균은 그것을 짐작하고 조선에 오자마자 영방의 집부터 찾았다. 영방과 연혜는 당장 갈 곳이 없는 정균을 숨겨줄 수밖에 없었다. 방에 틀어박혀 인기척을 내지 않는 정균은 소리 없이 밥을 먹고, 소리 없이 세수하고, 숨을 죽이고 잠들었다. 정균은 영방과 연혜에게 폐를 끼치게 된 것을 매우 미안해했고 그래서 영방은 정균을 원망할 수도 없었다.

당장 영방과 연혜는 집안에 손님은 물론 배달원도 주인댁도 들이지 않게 됐다. 집을 나설 때도 들어올 때도 주위를 살피며 조심했다. 어느 날 영방은, 연혜가 집 앞 골목 귀퉁이에서 웬 젊은 남자에게 무언가를 건네는 것을 보았다. 연혜의 목소리가 들렸다. 일본어를 쓸 일 없는 이 동네에서 그녀는 일본어로 말했다.

"고사리떡이에요. 일본분들이 좋아하는 걸로 만들어봤지만 입에 맞으실지 모르겠어요."

청년은 소스라치게 놀랐다.

"내가 일본인인 걸 어떻게 알고?"

연혜가 웃음 지었다.

"어릴 때 외국에서 오래 살면서, 알아보는 눈이 생겼어요."

청년은 의심의 눈초리로 연혜를 보다가, 미소 띤 여자의 내민 손을 외면하는 것은 도리가 아니라고 느꼈는지 떡을 받아 들었다. 청년은 그다음 연혜의 말에 더 놀랐을 것이다. 연혜는 "수면제 같은 것 넣지 않았으니 안심하고 드세요, 시장하실 텐데"라는 말을 남기고 집으로 돌아왔다.

청년은 영방의 집을 감시하는 사복 경찰이었다. 영방이 연혜에게 어떻게 그의 정체를 눈치챘는지 신기해하자 연혜가 답했다.

"그런 부류들은 눈초리가 달라요."

영방이 물었다.

"당신같이 고운 사람이 얼마나 그치들을 봐왔다고 바로 알아볼 수 있지요?"

"당신은 출근하느라 집을 비우지만 난 주부니까, 여기서 저 사람이 서성이는 걸 자주 봤어요.

이후 영방이 유심히 살피자 이전까지는 있는 줄도 몰랐던 청년이 눈에 들어오기 시작했다. 영방보다도 어려 보이기도 하는 경찰이었다. 어쩌면 말단 순사라, 밤낮 구분 없이 잠복하는 가장 험한 일로 내돌려진 것일지도 몰랐다. 영방은 오가면서 그에게 인사하기 시작했다. 완벽하게 숨어 있다고 생각했던 순사는 깜짝 놀랐으나, 나중에는 영방에게 마주 인사하기에 이르렀다. 때때로 영방은 퇴근길에 만두를 사서 봉지 채 그에게 안겨주기도 했다.

"먹으면서 해요. 다 먹고 살자고 하는 일인데."

하루는 순사가 영방에게 부탁했다.

"오늘 제 아들이 돌날입니다. 잠깐 아들 좀 보고 오려는데 괜찮을까요?"

영방은 무엇이 괜찮은 것인지 몰랐으나 무조건 그에게는 이곳은 걱정 말고 다녀오라고 말했다. 순사가 미적대며 발을 옮겼다.

"잠깐" 하고 영방이 그를 부르며 지갑을 꺼냈다. "돌반지 같은 것도 못 해드리고 이걸로 돌떡이라도 사가세요. 제 마음입니다. 듣자니 일본인들은 돌 때 아기에게 떡 지게를 지어준다면서요."

순사가 손사래를 쳤지만 영방은 억지로 그의 주머니에 돈을 찔러주었다.

"몇 푼 되지도 않는걸요. 좁은 동네에 몸 두실 곳도 마땅히 없어 고생 많으신데 모처럼 아드님과 좋은 시간 되세요."

순사가 짧은 조선어 발음으로 "고맙습니다" 하고 사라졌다. 영방은 급히 집으로 들어와서 정균을 찾았다.

"나가려면 지금일세. 시간이 별로 없네."

그동안 정균은 중국으로 떠날 준비를 해왔다. 그는 남은 자들이 위험하지 않도록 조선을 뜨겠다고 했다. 정균은 밀항을 하든 경의선을 타든 검문을 피해 중국으로 건너가겠다고 했지만 그 길은 험난할 터였다. 영방은 정균이 무슨 수로 중국까지 무사히 갈 것인지 아득했다. 그러나 정균은 주도면밀하게 중국행을 준비했고 연혜가 돕고 있다는 것도 영방은 눈치챘다.

정균은 미처 다 꾸리지 못한 짐을 있는 대로 가방에 쓸어 넣었다. 대문 밖을 살피던 정균이 다시 들어와 말했다.

"밖이 아직 밝아서 위험하네. 어두워질 때까지 기다려야 해."

그래서 영방은 어둑해질 때까지 골목 앞에 나가 서성였다. 이윽고 일본 청년 순사가 돌아왔다. 영방은 그에게 다가가 저녁이나 사주겠다고 말했다. 영방은 순사를 데리고 종로에 가 밥과 맥주를 시켜줬다. 잔을 놓고 영방은 청년 순사와 이야기를 풀어갔다. 순사가 조선에 건너온 지는 얼마 되지 않았다. 그와 동갑인 젊은 아내와, 이제 돌 된 아들이 하나 있었다. 정균이 집을 무사히 빠져나갈 시간을 벌어주기 위해 영방은 늦도록 순사를 붙잡았다.

술이 들어간 순사는 반쯤 취해 읊조렸다.

"얼굴도 못 본 이정균이란 사람 때문에 내가 뭔 고생인지. 듣자 하니 그 사람 독립운동에 사회주의까지 했다면서요. 내가 솔직히 조선독립운동까지는 이해하는데요, 사회당은 안 돼요. 선생님도 그건 하지 마세요. 나라도 가족도 친지도 혈육도 없는 무감정자들이에요."

"나라와 가족을 사랑하세요?"

"그러니까 제가 이 짓을 하고 있지요."

영방이 집에 돌아와보니 정균은 아직 있었다. 정균은 영방 덕분에 탈출에 성공했으나 도중에 돌아온 것이었다.

"저쪽에서 준비가 덜 돼서 다시 왔네. 정말 미안허이. 조금만 더 신세 져야 되겠네. 미안해서 입이 열 개라도 할 말이 없네."

영방은 햌쑥하고 추레해진 친구가 불쌍했다. 자네는 기생 소저의 복숭앗빛 뺨을 노래하는 게 어울리는데.

며칠 후 일요일에 경학원의 동철 강사와 미스 고가 영방의 집을 찾았다. 영방과 연혜는 대문 밖에서부터 그들을 맞이해 안으로 들어왔다. 생전 안 쓰던 장옷을 둘러매고 온 미스 고는 방 안에 들어오자마자 장옷을 벗어 던지며 말했다.

"갑갑해서 살 수가 있나. 요즘 세상에 누가 장옷을 둘러맨다고. 이런 것 쓰면 더 눈에 띌걸."

연혜가 웃으며 답했다.

"이런 고전적인 방법 말고는 없어서요."

영방은 동철 강사와 밖으로 나갔다. 으슥한 곳으로 영방이 걸어가 "이보시오" 하고 말을 걸었다. 아무도 없는 줄 알았던 곳에서 사람이 튀어나오자, 반신반의하던 동철 강사가 옆에서 깜짝 놀랐다. 청년 순사에게 영방이 말했다.

"우리는 목욕 갈 건데 함께 가지 않겠소? 이 더위에 찝찝할 텐데 물 한 번 끼얹고 옵시다."

영방뿐 아니라 동철 강사까지 순사의 팔을 잡고 거들자, 순사도 결국 웃으며 그들을 따라갔다. 영방의 집에서는 연혜가 장옷 입은 처자와 대문을 나서고 있었다. 처자는 아까와 똑같이 장옷을 머리부터 발끝까지 폭 뒤집어쓰고 있었다.

　욕탕 안에서 영방은 수염이 까칠했던 정균의 얼굴을 떠올렸다. 청년 순사의 상대는 동철 강사에게 맡기고, 영방은 정균과의 마지막 대화를 회상했다.

　"붙잡히지 마라. 꼭꼭 잘 숨어."

　"내가 잡혀도……." 먼 곳에 시선을 둔 정균이 말했었다. "부모님은 또 다른 양자를 들일 거야."

　"자네 아내는? 옥바라지할 자네 부인 고생은 생각 안 해봤나? 지금 자네 고향 집을 경찰들이 첩첩 둘러쌓고 눈을 번뜩이고 있을 거야. 자네 부인은 얼마나 애간장이 끓겠나."

　"그 사람한테는 한없이 미안할 뿐이야."

　"그냥 오순도순 살 수는 없었나? 자네가 가장 잘하는 시 읊고 그림 그리고 계절 노래하고, 부인과 화목하게, 부모에 공양하며 종손의 도리를 다하면서 살면 안 되었나."

　"영방 자네는 그렇게 살고 있는가?"

　"그래."

　영방은 의도적으로 힘을 주어 답했다. 정균은 고개를 주억거렸다.

　"자기 아내를 사랑할 수 있는 것만큼 축복받은 일도 없지."

　정균이 쓸쓸한 어조로 내뱉었다. 그의 말이 뜬금없어 영방은 툭하니 물었다.

　"대관절 아내 말고 누구를 사랑할 수 있단 말인가?"

　"영방 자네는, 아내니까 사랑하나? 사랑하니까 아내인가?"

　"둘 다 아닌가."

　정균이 고개를 젖히고 뜻 모를 말로 탄식했다.

"연혜라면, 연혜니까."

정균이 머리를 푹 수그리더니 말을 바꿨다.

"내 죄명이 뭔가? 독립운동이었으면 좋겠는데. 메이데이 운동에 나갔으니 꼼짝없이 사회주의자로 붙잡히겠구먼. 나란 놈은 진정한 주의자가 못 돼서 다른 이들에게 미안할 정도인데 말야. 진정한 주의자는, 인간을 사랑하지 말고 인류를 사랑해야 해. 한데 난 인간에 대한 사랑이 너무 많아."

영방은 이전에 청년 순사가 했던 말을 기억해내고 물었다.

"가족과 친지와 혈육을 끊어야 사회주의자인가?"

"그러지 않으면 욕심이 생기거든. 욕심은 평등하길 거부해, 평범한 건 싫게 하고 열등한 건 더 못 참게 하지. 나는, 욕심이 너무 많아. 가져서는 안 되는 욕심까지 너무 많았어."

"뭐가 그렇게 욕심이 났나?"

정균이 다시 고개를 수그리고 침묵하더니 다른 말을 했다.

"모든 남자가 연정을 바칠 여신을 아내로 둔 자네는 복 받은 거야."

방 안에는 정균과 영방 둘뿐이었다. 정균은 가방을 배 앞에 두고 허리에 끈을 둘러 묶었다. 그 위에 한복 치마를 입고 저고리를 입고는, 마지막으로 장옷을 걸쳤다. 영방이 정균의 배에 가방이 단단히 고정되었나 다시 만져주었다. 떠날 채비가 된 정균을 보고 영방은 이별의 슬픔에 목이 메었다.

"자네 하는 일에 언제 나도 불러주겠나?"

"영방 자네와는 세계가 다른 곳이야. 자네는 더욱 완벽한 꿈의 사상이 나오면 그 안에서 뭉치고 독립을 노래하게. 나는 그때까지 기다리기에는 너무 늦은 것 같으이."

"꼭 무사하게. 잡히지 말고."

"독립운동하다 감방 한 번쯤은 들어갔다 나와야 애국자라고 인증받지."

정균이 허허 웃으며 하는 말에, 영방은 그의 너스레를 다시 본 게 반가워서 장단을 맞춰줬다.

"그래, 내 꼬박꼬박 뜨신 밥 사식 넣고 옥바라지 제대로 해줄 테니 유명한 독립지사 한번 해보시게."

정균이 눈을 둥그렇게 뜨고 농담조로 말했다.

"예끼, 이 친구야. 사람이 갇힌 것보다는 풀려 있어야 독립운동을 조금이라도 더 할 것 아닌가."

욕탕의 뜨거운 김 안에서 영방은 속으로, '친구여, 나도 수감자 친구보다는 차라리 도망자 친구가 더 낫네. 제발 잡히지 말게' 하고 진심으로 빌었다.

욕탕을 나와 청년 순사는 동철 강사와 사이다를 마시러 가고 영방은 먼저 집에 돌아왔다. 집에는 연혜와 미스 고가 있었고, 정균은 사라지고 없었다. 그새 연혜는 정균의 자리를 말끔히 치워놓아서, 장대한 성인 남자 하나가 웅크리고 숨어 살았다는 흔적은 그 어디에도 남아 있지 않았다. 정균의 옷가지는 아궁이에서 이미 재가 되었고, 정균이 두고 간 노트와 서류는 연혜가 생리대 상자 속에 숨겨놓았다.

미스 고가 이번에는 장옷을 걸치지 않고, 치마 저고리 차림으로 고개를 꼿꼿이 들고서 영방의 집을 빠져나갔다.

연혜는 영방에게, 정균이 잘 떠났다고 말했다, 적어도 그녀의 시선이 미쳤던 곳까지는 정균은 씩씩하게 무사히 떠났다고 말했다. 떠나는 정균은 뒤도 안 돌아보고 힘차게 나아갔다 했다. 영방은 일전에 정균이 연혜에게 필동의 집을 빌려달라 부탁하면서 했던 말을 떠올렸다. '우리의 대의'를 생각해달라고 했었다. 나라 잃은 사람들에게 대의는 하나밖에 있을 수 없다고 했다. 그 '우리'에 대한 소외감이 다시금 엄습해와 영방은 참지 못하고 물었다.

"정균과 함께 대의를 꿈꿨나요?"

연혜는 망설임 없이 답했다.

"나의 대의는, 세상을 잘 사는 거예요. 세상에 폐 안 끼치고, 소중한 사람들을 불행하게 안 만들고, 그게 나의 대의예요."

연혜가 이해심 담긴 눈으로 영방을 보며 말했다.

"그는 영웅을 자처한 사람이에요. 영웅이란 자기 사람들을 잃으면, 미치광이의 기행으로 한순간에 전락하지만요. 정균 씨의 영웅됨이 허무하게 끝나지 않길 바랐는데, 정균 씨의 대의는 이미 많은 사람들을 자기 사람으로 만들만 했던 거였어요, 내가 더 이상 보탤 필요 없도록……. 하지만 대의라는 게 함부로 품을 수 있는 것이던가요. 정의 하나만 그리며 살기도 벅찬 세상에."

그날로 둘은 예전의 생활로 되돌아갔다. 아무 일도 없었던 듯 여전히 차분한 연혜에게 영방은 놀랐고 기뻤고 헛헛했다. 정균의 존재가 그녀에게 대단하지 않았다는 기쁨과, 무엇에도 침착한 그녀가 통곡의 눈물을 흘려줄 대상이 과연 있을까, 하는 의구심이었다.

정균이 떠나고 며칠이 흘렀다. 이웃들의 눈치로 영방은 자신의 집에 뭔가 수상한 기운이 어른거린다는 것을 짐작했다. 그것이 무엇인지는 알지 못한 채 그는 약간의 불안감을 안고서 그보다 더 크게 방심하며 지냈다.

연혜가 깊은 잠에 빠졌고 영방은 이제 그녀의 숨소리만 들어도 다시 연혜로 돌아올 것인지 아닌지를 알았다. 에렌으로 깨어날 것을 직감한 영방은 이번에도 또 그녀에게 망토를 씌워 업고 나섰다. 총독부 공관 교이치의 처소로 그녀를 데려다준 뒤 돌아온 영방을, 갑자기 순사들이 덮쳤다. 그의 집에 잠복하던 순사들이었다.

구치소에 억류됐을 때만 해도 영방은 겁낼 것이 없었다. 자신에게 꺼릴 것은 없다고 생각했다. 정균의 흔적은 연혜가 모두 지웠다. 아무런 증거가 없었다. 자신들은 감쪽같이 정균을 숨겼고 그를 증발시켰다.

그러나 취조실에 들어서자 영방도 태평함을 유지하기 어려웠다. 음침하고 습한 취조실은 사방이 거무스레했고 전등 하나만 대롱거렸다. 유일한 빛인 전등을 바라보자니 그 동그란 빛이 자신을 조롱하며 눈앞으로 뛰어오는 듯했다. 짙은 회벽에 금 간 자국들 하나하나가 공포로 다가왔다. 어디선가 부스럭 찍찍거리는 소리가 뒤따라 소름 끼쳤다. 쥐가 있더라도 뒤돌아 확인해보고 싶지 않았다. 머리털이 곤두섰다. 사람의 공포감을 극대화시켜 자백을, 혹은 억지 진술을 받아내는 곳이었다. 영방은 자신에게 무슨 일이 일어날지 아뜩했다. 말로만 들었던 온갖 고문이 떠올랐다. 거꾸로 매달아 물 먹이기, 대못 박힌 상자 굴리기, 몸에 대나무 못 박기, 물고문 등 일전에 아동학교에서 정균이 아이들에게 겁을 주며 설명해주던 고문들이 차례차례 선명하게 떠올랐다. 공중 구타, 인두로 알몸 지지기, 전기 고문. 잔인해서 생각만 해도 눈살이 찌푸려지던 고문들이, 남의 일처럼 여겼던 그것들이, 자신에게 행해질지도 모른다고 생각하니 아찔했다. 그 어떤 결정적인 증거도 없는 자신에게 처음부터 고문을 행할 리 없다고 마음을 진정시켰지만 일본 경찰의 잔혹함은 예측할 수 없는 것이었다.

영방에게 연혜의 얼굴이 스치고 부친의 얼굴이 스치고 어릴 적부터 그를 아껴온 모든 사람의 얼굴이 스쳤다. 영방은 어떤 고문을 받더라도 연혜의 이름은 입도 뻥긋 않겠다고 다짐했다. 그럼에도 그는 고문에 이성을 잃을까 두려웠다. 여태껏 그 어떤 일에도 이성을 벗어난 행동을 하지 않았던 영방이었다. 그러나 고문은 사람다움을 잃게 하는 것이었다. 영방은 자신도 모르게 짐승 같은 나락으로 떨어질까 무서웠다.

신경이 곤두설 대로 곤두서 영방은 가만히 앉아만 있어도 극도의 피로감이 몰려왔다. 그는 교이치가 들어왔을 때 그 얼굴이 그렇게 반가울 수가 없었다. 그러나 곧이어 그에게 이런 꼴을 보이게 된 것에 굴욕감이 들었다. 영방은 최대한 의연한 모습을 보이고자 노력했다. 일순간도 비굴하게 보이지 않기 위해서 정신을 바짝 차렸다.

교이치 덕에 풀려났고 영방의 무죄로 사태는 마무리됐다. 교이치가 자신을 빼내고자 적극적이었던 것이 연혜를 위해서라는 것을 영방도 물론 알았다. 그래서 영방은 교이치에게 고마움과 함께 뭔가 빚진 패배감이 뒤섞인 묘한 감정이 들었다.

이후 영방은 독립운동에 죽음도 불사르겠다는 꿈을 버리게 되었다. 옥살이 한번 안 해보고 뜻을 꺾자니 낯부끄러웠다. 그러나 그는 지난 취조실에서, 정신을 놓고 짐승처럼 변할지 모를 순간을 목전에 두었다. 육신의 고통을 견디지 못하고 사랑하는 사람들을 팔게 될까 두려웠다. 이성을 버리고 본연의 자신을 잃을까 두려웠다. 나라를 구하려다 곁의 선한 사람들을 배신한다면 그것이 매국보다 나은 것이 무엇 있겠는가. 영방은 그렇게, 부딪쳐보지도 못한 뜻을 접었다.

영방에게 세상은 예전과 달라졌다. 여전히 새벽 공기는 쾌청했고, 아침밥은 달았고, 정오의 해는 따스했다. 영방은 누구에게나 쾌활하면서도 공손했고, 모두가 그를 젊은 인격자로 여겼다. 크게 달라진 것은 없었다. 하지만 그가 세상을 보는 눈은 미묘하게 달라져 있었다.

영방의 변화를 연혜도 어렴풋이 느끼는 듯했으나 그 이유에 대해서는 그녀도 몰랐다. 영방은 자신이 겪었던 정신적 생사의 순간을 연혜에게 완전히 함구했다. 영방은 연혜와 함께 웃고 즐겁게 보내다가도 때로는 궁금했다. 만약 자신이 연행될 때 연혜가 있었다면 그녀는 어떻게 행동했을까. 눈물을 흘렸을까, 나를 위해 눈물을 흘려줬을까.

연혜는 이제 경학원의 정식 직원은 아니었으나, 일본 인사의 강연회 프로그램을 거들거나, 가끔씩 명륜학원의 일본어 특강을 하기도 했다. 퀴퀴한 남선생으로 가득한 명륜학원에서 미모의 늘씬한 여선생은 당연히 인기 있었다. 학생들은 영방을 존경하는 만큼 연혜를 사모했다. 연혜는 학생들의 짓궂은 장난도 여전한 미소로 노련하게 넘겼고, 자신을 향한 설익은 연정과 사제 간의 존중의 선을 아슬아슬하게 지켰다.

때때로 주말에 학생들이 카스텔라나 전병 과자를 사 들고 우르르 영방의 집에 놀러 오기도 했다. 학생들은 연혜가 없으면 영방과 짧게 한담을 나누다 돌아갔고, 연혜가 있으면 자신들이 사온 과자를 다과 삼아 차를 얻어 마시고 갔다. 영방은 이미 장성한 학생들의 방문이 썩 내키지는 않았다. 장래를 상담하며, "사모님 같은 아내를 얻고 싶습니다" 말하는 진지한 학생들마저 속으로는 전혀 반갑지 않았다.

집배원이든 지게꾼이든 연혜와 사무적인 미소가 오가도 영방은 그들이 연혜에게 반한 것은 아닌지 초조해졌다. 모든 팔불출이 자기 아내를 최고로 여기지만 영방은 연혜야말로 누구나 좋아할 여자로 보였다. 탐나는 규수를 얻으셨군요, 처복만큼은 경성 일등이겠네요, 결혼 잘하셨습니다, 같은 말들을 얼마나 많이 들어왔던가. 반대로 연혜가 남편 복이 있다는 말을 듣는 일은 드물었고, '둘이 잘 어울린다'는 말 정도가 영방을 향한 최상의 찬사였다. 날 때부터 무엇에도 우등이었던 영방은 스스로에게 자부심이 높은 사람이었으나, 그래도 그는 아내의 꽃 같은 자태와 지혜를 향한 찬탄이 좋아서 처복을 자랑스러워하곤 했다.

그랬던 영방이 연혜에게 처음으로 이질감을 느끼는 일이 생겼다. 완전한 그의 한 부분이 아닌 그녀는, 그렇기에 마냥 자랑할 수만은 없는 아내라는 것을 깨달은 영방은 낯선 당혹감에 가슴을 떨었다. 그 계기는 연혜의 야욕에 찬 향학심이었다.

영방은 결혼 전부터 연혜를 위한 선물로 피아노를 점찍어뒀다. 막상 영방이 피아노를 들여놓으려 하자 연혜가 그 대신으로 다른 것을 청했다. 이제껏 연혜가 먼저 무엇인가를 바랐던 적이 없어서 영방은 반가웠다. 하지만 그 답에는 적잖이 놀랐다. 연혜가 피아노와 맞바꾸려 든 것은 전문학교 단과 등록금이었다. 무려 전문학교의, 그것도 영어학을 이수하겠다는 연혜의 심보를 영방은 알 수가 없었다. 단기간에 고학력을 입증할 수료증을 바라거나 유학을 준비하는 고관대작 자제들이 밟는 코스가 아니었던가. 연혜의 대중없는 학구열이 기껍지는 않았으나 영방은 반대할 이유도 없어 그녀에게 찬동했다.

연혜는 당장 원하던 학교의 시험을 치르고 등록에 수강까지 일사천리로 해나갔다. '본디 연혜는 매사에 완벽하니까' 하고 영방은 체념하듯 수긍했지만, 이번에도 연혜의 공간에 자신이 들어갈 자리가 없음을 감지했다.

필경 연혜는 우등생이었다. 그 영리한 두뇌로 지성의 최고등 집합체라는 전문학교에서 무리 없이 학습을 소화했다. 아니, 영방이 전문학교란 수재와 귀공녀만 모인다는 선입견을 지니고 있었던 것인지도 몰랐다. 영방은 지금껏 연혜의 지력을 인정하면서도 그녀를 독자적인 지성인으로 본 적 없고, 그녀에게 위압되면서도 그것이 혈통의 고귀함에서 온 것은 아니었다는 것을 깨달았다.

응당 영방은 연혜의 학교 생활이 궁금했다. 하지만 연혜가 먼저 학교에 대해 말을 꺼내는 일이 없었다. 뿐만 아니라 영방이 학교까지 바래다주거나 마중 나가는 것도 내켜하지 않았다. 심지어 영방은 연혜가 밖에서 받은 선물을 살짝 숨기는 것도 알게 됐다. 그는 같은 남자로서, 남자가 여자에게 주는 선물이라는 것을, 그리고 여자의 마음을 얻기 위해 주는 선물이라는 것을 알아챘다.

학교에서 연혜에게 호감을 보이는 미국인 강사가 있었다. 그 때문에 연혜가 자신의 방문을 꺼리는 것이라고 영방은 생각했다. 그 미국인 강사가 연혜를 집까지 바래다준 날, 영방은 그가 "유어 빅 아이스 아 뷰티풀, 유어 아이브로 이즈 라이크 어 버터플라이" 하는 것을 들었다. 눈동자를 찬미하고 속눈썹을 나비에 비유함은, 학생에 대한 사심이 명백하지 않은가 판단한 영방이, 단둘이 있을 때 연혜에게 물었다.

"그 사람에게 당신이 결혼했다고 말 안 했나요? 아니면 그 사람이 당신이 기혼녀인 걸 알면서도 그러는 건가요?"

연혜가 조용하게 말했다.

"진정 답을 구하는 건 아니지요?"

사실이 그랬다. 영방은 그 어느 답을 듣든 유쾌하지 않을 터였다. 전자라면 연혜에게 상심할 것이요, 후자라면 그 미국인의 분방함에 화가 날 것이었다. 대신 영방은 다른 것을 물었다.

"당신도 그에게……, 그를……, 일탈이 주는 생기 같은 것, 기분 전환 같은 것……, 그런 것 때문에 만나는 건가요?"

조심스레 물은 영방에게 연혜는 그녀가 미국인 강사의 호감을 거절할 수 없는 이유를 밝혔다. 우수생으로 선발되면 장학금으로 미국 유학을 갈 수 있고, 여기에는 그 강사의 추천이 필요하기 때문이었다.

"내가 하고 싶은 일이 있는데, 그걸 하려면 누군가에게 밉보이면 안 되는데, 마침 그 사람이 내게 관심을 가졌다면, 그 호의를 지속시키는 게 유리하지 않을까 생각했어요."

유학이란 영방이 꿈도 꿔보지 않았던 또 다른 학문의 길이었다. 동경 유학생은 더러 있어도 미국 유학은 드물 때였고, 더군다나 여자 유학생은 생각도 못 해봤다. 부지불식간에 영방은 '감히, 당신이, 그, 주제에' 하고 생각했고, 이 네 마디가 자신의 머리에서 나온 것에 소스라쳤다. 나는 아내에게까지 우월감을 갖고 살아왔던가.

"미국 땅이라니 정말 멀군요. 당신 유학 가면 난 어떡하죠?"

"내가 다녀올 때까지 기다려줄 수 있겠어요?"

물론 영방이 모든 것을 놓고 연혜를 따라 미국에 갈 수도 없는 노릇이니 기다리는 것 외에 다른 방도는 없었다. 조선 밖을 한 번도 나가본 적 없는 영방은 외국 땅을 아무렇지도 않게 말하는 연혜가 새삼 멀게 느껴졌다. 이국땅에 건너가 얼굴 보기 힘들어지는 아내. 영방은 착잡했다. 지금도 절반은 남의 부인으로 떠나 있어서 얼굴 보기 어려운데. 그래도 그는 아내의 출셋길을 막는 질투심 많은 남편이 되고 싶지 않았다. 마음이 헛헛해진 영방이 에두르며 말했다.

"아무래도 그 미국인이 유학 선발이란 특권을 이용해서 사심을 채우려는 것 같네요."

"내가 그 사람의 호의를 이용하는 건지도 몰라요. 어쩌면 유학보다도……, 그 사람의 호감은 내가 살아 있는 것을 느낄 수 있게 해줘서, 그게 좋아 내가 그를 야박하게 끊지 못하는 건지 몰라요. 내가 살아 있는지 죽어 있는지 모르고 공기처럼 살고 있어서."

그 말에 놀란 영방이 연혜에게 사는지 죽었는지 모를 만큼 삶이 무의미한가 물으려다가, 이런 세상이 재미가 있겠느냐는 답이 돌아올 것 같아 침만 삼켰다. 연혜가 말을 이었다.

"내가 누군가를 너무 닮아 있어서, 내가 없어지는 것 같은 이때, 세상이 그 닮은꼴만 반겨줘서 나 하나쯤 지워져도 될 것 같은 이때, 이런 나도 관심을 끌 수 있다는 게 좋아서, 그게 나 자신을 강하게 느낄 수 있게 해줘서, 그래서요."

웬 남자가 영방을 찾아왔다. 영방은 그 옛날에 교이치가 "당신이 오영방이오?" 하고 찾아왔을 때의 악몽이 또다시 되풀이되는 건가 했다. 남자가 "오영방 선생님?" 하고 운을 떼더니 말을 던졌다.

"배우 이혜련을 모른다고 하지는 않으시겠지요?"

여기에 영방은 마땅한 답을 고르지 못해 침묵했다. 남자가 먼저 자신의 신상에 대해 밝히기 시작했다. 남자의 이름은 봉수, 평안도 벽지 태생으로 일가붙이가 모두 경성에 온 지는 그리 오래지 않았고, 한때 염정자살 사건으로 유명했던 봉희의 남동생이라 했다. 석방된 지 얼마 되지 않은 전과범이라는 것까지 솔직하게 밝힌 그가 영방에게는 위험해 보였다.

"그래서 왜 저를 찾아오셨습니까?"

"에렌 주위를 맴돌다 보니 수상한 게 있었어요. 감방 가기 전부터 이상타 느꼈지만 제대로 확인 못 해보고 체포됐는데 이번에 풀려나서 이거구나 싶었습니다. 그래서 선생님을 찾아온 겁니다."

영방은 바싹 경계했다. 이 사람은 어디까지 알고 있는가.

"에렌은, 이혜련은 선생님의 부인 아닙니까?"

봉수의 입에서 먼저 백연혜의 이름이 나오지 않은 이상, 영방은 이 사람 앞에서 섣불리 연혜 이야기를 하지 않겠다 마음먹었다.

"에렌이 두 집 살림을 하는 것 같습니다. 또 다른 남편은 조선총독부 외사과 다카오카 교이치입니다. 에렌이, 그러니까 이혜련이 그 일본인과 선생님 사이를 오가는 것 같더군요. 혹시 충격받으셨다면 실례했습니다."

봉수는 영방의 눈치를 살폈다.

"역시 모르시지는 않으셨군요."

영방의 침묵을 긍정으로 해석한 봉수가 말을 이어갔다.

"선생님의 위치와 학계 평판으로 볼 때 정식 결혼을 하셨으리라 보이고. 엇, 죄송합니다. 선생님에 대해서도 알아봤습니다. 그럼 이혜련이 그 일본인에게는 정부인 거겠죠. 아니 그 일본 놈이 이혜련의 정부인 거네요."

다른 사람이 했다면 유들유들하게 들렸을 말이 봉수의 투박한 어투를 거치자 진실하게 들려 영방은 그에게 경계를 풀게 됐다.

"그런 이야기를 알려주려고 저를 찾아오신 겁니까?"

봉수는 고개를 젓고 자신의 사정을 말하기 시작했다. 그는 누나 봉희가 자살하고 자신마저 수감되자 집안을 건사하기 어려웠다. 이제 출소한 봉수는 몸이 상해 막노동판에도 끼지 못했다.

"여동생이 있습니다. 봉자라고, 그 애는 제 언니 봉희 누나만큼도 안 생겼으면서 꼴에 어려서부터 배우를 꿈꿨죠. 될 턱이 있습니까. 그래도 봉희 누나는 권번학교 물 잠깐 마셨다고 대충 평양 기생 흉내라도 냈지만 그래봤자 카페걸이었죠. 그래도 카페 가디스 아닙니까, 여배우 이혜련도 나가는 대 카페 가디스. 봉자 애는 카페걸 할 면상도 못 돼요. 어디 구멍 술집에서 작부나 할 상이요. 한데 집에 돈 한 푼 없으니, 그 애가, 정말로 작부가 되게 생긴 겁니다!"

봉수의 집에는 홀어머니와 여동생 봉자가 손가락을 빨며 그를 기다리고 있었다. 움막 같은 작은 집에는 홀어머니의 오래된 약내 외에는 음식 냄새가 난 적이 없었다. 봉수가 표정 하나 변하지 않고 말했다.

"내가 생명보험을 들어놓은 게 있습니다. 저는 이제 자살할 겁니다, 물론 사고사처럼 보이게요. 그 보험금이면 동생과 어머니가 입에 풀칠할 거리는 만들어줄 겁니다."

"안 돼요. 그래도 열심히 일을 하면 뭔가 살아갈 방도가 있지 않겠습니까?"

"무엇을 위해서요? 하루 벌어 하루 겨우 먹습니다. 선생님 같은 펜잡이들은 모릅니다. 조센징이라고 발로 차이는 것 다 참아가며 죽을 고비 넘기며 일해도 벌금이다 태만이다 다 뺏깁니다. 난 배운 것도 없고 감옥에서 맞아 오른팔도 못 씁니다. 하다못해 인력거꾼을 할래도 밑천이 있어야죠. 뭘 하려면 조선인이다 한 번 무시받고 무식하다 두 번 무시받습니다. 미래를 위해 살라고요? 미래가 밝습니까? 똑같이 깜깜합니다."

봉수가 영방의 손을 쥐었다.

"동생이 보험금을 제대로 탈 수 있도록 도와주십시오. 그 부탁을 드리러 왔습니다. 제 주변에는 식자도 없고, 아니 저란 놈은 애초에 인간관계가 파탄 난 놈입니다. 그나마 아는 쭉정이들은 돈 떼어먹고 튀고도 남을 인간들입죠. 제가 오죽하면 선생님을 찾아왔겠습니까."

봉수의 간절함에 영방은 결국 그러마 했다. 봉수는 연신 "고맙습니다" 하며 영방 앞에 엎드리기라도 할 기색이었다. 멈짓멈짓하던 봉수가 작은 소리로 영방에게 물었다.

308

"괜찮으시다면 멀리서 이혜련을 보고 가도 되겠습니까. 가까이서 볼 필요는 없습니다. 그러면 이생에 미련이 생길 것 같아서요."

죽은 사람 소원도 들어준다는 것이 이런 것일까. 영방은 차마 거절할 수 없어 봉수가 자신의 집까지 뒤따르는 것을 막지 못했다. 봉수는 마지막으로 한마디만 더하고 입을 다물어버렸다.

"그래도 그 교이치 일본 자식 옆의 이혜련보다 선생님 곁의 그녀가 훨씬 보기 좋습니다."

봉수는 그의 말대로 정말 의문의 사고사를 당했다. 설마설마하던 영방은 책임감 때문에라도 봉자 모녀가 보험금을 제대로 탈 수 있도록 도울 수밖에 없었다. 봉수가 자살이 아니라는 것을 증명하기 위해서 영방이 신원보증까지 서주었고 까다로운 심사 끝에, 남겨진 봉자 모녀에게 보험금이 지급됐다. 봉자는 허리 숙여 영방에게 인사했다.

"우리 모녀래 선생님 덕분에 살았습네다. 선생님께선 오마니와 제 은인이라요."

영방은 봉수가 생전에 그에게 들려줬던 봉자에 대해 묘사를 떠올렸다.

"봉자 얘는 어디 예쁜 데가 없어요. 제 언니는 하나도 안 닮았어요. 꼴에 제 언니보다 더 배포가 커서 여배우씩이나 한다 치고. 자매가 허영심 많은 건 꼭 닮아갖고서. 웃기는 게 뭔지 아세요? 평안도에 살 적에도 저나 봉희 누나나 사투리 쓴 적 없이 경성 말투였는데, 봉자 걔는 일부러 평양 사투리를 섞어 쓴다니까요. 평양 기생조차도 경성말 쓰는 기생이 태반인데 걔가 그렇게 기를 쓰고 평양 기생 흉내 내면 뭐가 된답니까?"

그대로라면 요사스러운 여자애였어야 할 봉자는, 의외로 수수하고 평범해 보이는 처녀였다. 아직 앳된 기가 남아 있는 얼굴은 빈곤이 주는 수

척함과 궁기가 어려 있었으나 시원한 웃음이 제 나이다웠다.

"내래 봉수 오빠에게 선생님 얘기 많이 들었어요. 내래 기럼 기렇디 했디요."

영방은 대체 봉수가 여동생에게 자신에 대해 무어라 할 말이나 있었을까 어이가 없기도 하고 궁금하기도 했다. 봉자가 열렬하게 말했다.

"이혜련 님은 제 우상이요. 급자기 일본 사내와 정이 났니 실망했디마는, 이혜련 님이 기럴 사람이 아니다, 매국할 사람이 아니다 내 이상했디요. 역시 이혜련 님은 보는 눈이 있고 민족애가 있었던 기라요, 선생님 같은 참 남편이 따로 있었던 기 보믄."

영방은 쓸쓸하게 웃었다.

"이혜련 씨가 조선인 남편이 있다는 게 민족애랑 상관있는 건가요?"

"겉이야 일본인과 좋아 지내는 척 사실은 고놈들 우롱하는 것 아닙네까."

당연하다는 듯 답하는 봉자의 얼굴에는 다시 찾은 우상에 대한 믿음과, 다시 그 우상에게 기울이게 된 애정으로 반짝거렸다.

영방은 연혜에게 봉수의 부고를 전했다. 연혜에게 봉수는 모르는 사람이었으나, 봉수가 죽기 직전까지 그녀를 마음을 품었던 만큼, 연혜도 알아야만 할 것 같았다. 봉수의 유명한 누나 봉희의 이야기부터 봉수와 에렌의 사연까지 연혜는 침착하게 들었다. 봉수의 죽음을 듣고 연혜는 눈썹의 우아한 곡선을 그리며 애도하는 표정을 지었다. 그러나 그것은 연혜의 의례적인 고아함인 것을 이제는 영방도 어렴풋이 느낄 수 있었다.

"마음 아프지 않아요?"

"한 생명이 떠났으니 물론 슬픈 일이지요."

"봉수 그 사람의 사랑 방식이 좀 비뚤어지긴 했어도 정말 열렬한 사랑 아닌가요?"

연혜는 그답지 않게 사랑 타령을 하는 영방을 말갛게 쳐다봤다. 연혜의 눈은 깊디깊어 그녀가 무엇을 생각하고 있는지 알 수가 없었다. 영방은, 연혜의 속내에서는 그녀를 향한 진실한 연정들도 아무런 구분이 없어, 그들의 표류를 차갑게 내려다보는 냉혹한 연혜가 참모습이 아닌지 두려워졌다.

정체가 확실해진 김나나의 검거와 정균의 성공적인 탈출로, 커다란 걱정이 끝난 영방은, 그 큰 근심의 양을 고스란히 자잘한 걱정거리들로 옮겨 보냈다. 그런 그에게 연혜와 다른 사람들의 관계는 더욱 친밀하게 보였다.

영방은 교이치에게 배우 에렌의 연극에 대해서 물으러 갔다. 에렌이 연혜로 오고 가는 시간 사정을 알기 위해서라고 했지만, 실상은 상대역 남자 배우가 궁금해서였다.

"에렌 씨는 다음 연극은 언제 시작하나?"

"에렌이 연극하는 게 너와 무슨 상관인데?"

"그때는 에렌 씨가 바쁘니까 연혜를 편히 쉬도록 해야지."

스스로도 궁색한 변명이었지만 교이치는 수긍한 듯했다.

"내달쯤에 한다나."

"무슨 연극인가? 사랑 이야기? 비극? 희극?"

"정분난 이야기."

"그럼 상대 배우와 접촉도 많겠군."

"나야 모르지."

"이번에 같이 연기할 사람은 누구라던가?"

교이치가 짜증을 냈다.

"나 할 일도 많은데 내가 에렌에게 일일이 신경 쓰게 됐냐."

"에렌 씨가 온전치 못할 때 자네가 잘 챙겨줘야지."

"열부 나셨구나. 네가 뒤치다꺼리하는 거 연혜는 알아주던?"

"그런 낌새를 채지 못하도록 하는 게 가장 중요하네."

교이치는 어이없어하는 한편 대단하다는 눈빛으로 영방을 바라보았다. 그러나 감시와 진실 캐기가 주목적이었던 영방은 교이치의 눈을 피했다.

영방은 연혜가 바깥에서 만날 온갖 남자들이 그녀에게 추파를 던진다는 과대망상에 시달렸다. 다른 사람들이 연혜를 오래 쳐다보기라도 하면 그는 평정심을 잃게 되는 자신을 억누르느라 힘들었다. 심지어 영방은 부친이 연혜와 허물없이 대화하는 것조차 못 견디고 충동적으로 한마디 한 적도 있었다.

"며느리와 너무 친하면 보기 안 좋아요, 아버지."

부친은 영방을 지그시 바라보았다. 영방은 자신이 순간적으로나마 불온한 생각을 한 것이 부끄러웠고 아버지와 연혜에게 한없이 죄스러웠다.

"아들아, 며늘아기가 밖으로 나도느냐?"

"아니에요. 연혜는 아무 잘못 없어요. 제가 의처증인가 봐요."

부친은 한숨을 쉬었다.

"그래, 며늘아기가 외도할 애는 아니다. 그래, 그렇게 잘난 미인과 결혼했는데 네가 불안한 것도 당연하지."

재색을 겸비한 아내를 둔 남편은 편협해지고 좀스러워진다. 남편의 아량을 넓게도 좁게도 결정짓는 것은 아내다. 연혜의 결백을 누구보다 영방 자신이 잘 알고 있었다. 만약 영방이 의심을 내비치면 연혜는, 억울하다고 화를 내지도, 원망하지도, 서럽게 울지도 않을 것이다. 그저 눈에 어처구니없다는 황망함이 잠깐 스칠 것이고, 바로 그 눈에 영방을 향한 실망이 담길 것이다. 그리고 그런 눈빛으로 그를 잠시 바라보다 시선을 돌릴 것이다. 이후에는 눈 마주치기를 꺼릴 것이다. 평온한 생활은 계속되되 남남처럼 예의 바른 차가움으로 일관할 것이다. 영방은 그것이 가장 무서웠다. 연혜가 자신을 '너도 결국 다른 남자들과 다를 바가 없구나' 하고 생각할까 봐, 자신의 실체를 알게 될까 봐 두려웠다. 자신의 치졸한 부분과 추잡한 속내를 들키게 될까 두려웠다. 연혜에게 더 이상 존중받지 못할까 두려웠다.

영방은 일찍 잠든 연혜가 학생들에게 보낼 답장을 아직 봉하지 않은 것을 봤다. 그동안 연혜는 학생들의 진담 반 농담 반의 연서를 교묘하게 돌려주곤 했다. 이 자상하면서도 거리를 긋는 답장을, 영방은 자신이 대신 단호하고 위엄 있게 전해주리라 마음먹었다.

영방은 생각했다. 모든 남자와 아내 사이를 의심할 것이 아니라 모든 남자가 아내를 좋아할 만큼 내 아내가 매력적인 것이다, 모든 남자가 내 아내를 좋아하는 것이 아니라 내가 아내의 매력을 과대평가하는 것이다, 내가 아내를 과대평가하는 것이 아니라 그만큼 대단한 아내를 둔 값을 톡톡히 치르느라 내가 신경병에 걸린 것이다, 라고.

영방은 이번만큼은 연혜가 에렌으로 오래 있어주기를 바랐다. 자신이 생각을 정리하고 마음의 평온을 되찾을 때까지 연혜가 없기를 바랐다. 그래야 연혜에게 괜한 상처를 주는 일을 피할 수 있을 것 같았다. 영방의 바람은 이뤄졌다. 이번의 에렌은 크게 공들이는 일이 있어서 연혜로 돌아갈 시간도 부족했다. 바로 에렌의 영화 출연이었다.

17 과거

에렌은 극단을 옮기기를 희망하고 있었다. 에렌의 목표는 라디오드라마 〈카추샤〉에서 여주인공을 연기하는 것이었다. 라디오드라마는 방송국과 제휴한 몇몇 극단에서 단원들을 단체로 출연시키기 때문에, 배우 개인의 유명세보다도 소속된 극단이 중요했다.

몇 해 전 토월회 배우들이 출연하고 석금성이 카추샤를 연기한 라디오드라마 〈부활〉은 큰 호응을 받았다. 그때의 인기를 되살리려 경성방송국이 〈카추샤〉의 드라마 제작을 기획함에 따라 극장과 극단들이 경쟁을 벌였다. 대한극장, 태양극장, 신극회와 소성회, 청진회와 극예술회 등 무수한 극단들이 서로 카추샤를 배출해내고자 했다.

에렌은 무슨 일이 있어도 이번 카추샤 역을 따내리라고 결의를 다졌다. 그녀는 여차하면 몸담은 극단을 버릴 각오를 했고 라디오드라마 연구회의 입회를 노렸다. 에렌은 강점은 조선어와 일본어 양쪽 모두 능란하여 조선어 방송으로 신설된 경성 제2방송까지 아우를 수 있는 것이었다. 노래를 잘 불러 가창 대역을 쓸 필요가 없을 만큼 목소리가 좋다는 것도 그녀의 장점이었다.

하지만 하나의 역에 번뜩이는 눈이 많은 만큼 수단 방법을 가리지 않는 경쟁이 치열했다. 라디오방송 과장에게 뇌물을 주는 일은 다반사였고, 방송을 중계하는 아나운서들을 고급 요릿집에서 접대했다. 〈카추샤〉를 노리는 여배우들끼리의 견제도 상당했다. 눈에 보이지도 않는 라디오 드라마이건만 미용실에서 비싼 화장과 머리를 하고 옷을 몇 벌씩 장만했다. 심지어 경쟁 상대에게 약을 먹였다는 소문마저 돌았다.

교이치는 그 정도로 길이 험난하다면 물러나는 것이 낫다고 여겼다. 그는 에렌에게, 극장에서 하는 연기로 충분하지 않느냐며 만류했다. 에렌이 심각하게 답했다.

"이건 연극과 달라. 극장에서는 그 공간 안의 관객이 내 연기를 감상하지. 하지만 라디오는 모두가 들어. 내가 얼굴도 보지 못한 낯선 사람들이, 내가 다 상상도 못 할 많은 공간에서 내 연기를 감상해. 난 두 눈 똑바로 뜨고 내 연기를 보는 팬들도 좋아하지만, 이름 모를 먼 곳의 팬도 있었으면 좋겠어. 그게 바로 스타야."

에렌은 방송국의 음악 코너부터 발을 들여놓고자 했다. 방송국 관계자라는 모호한 사람들을 만나고 돌아다니던 에렌은, 라디오 독창 프로그램에서 그녀 연극 생활 최고의 히트작이었던 〈청춘의 꽃마차〉 주제가를 부를 기회를 잡았다. 에렌은 수백 번은 불렀을 자기 노래도 혹여 잊어버릴까 봐 가사를 손바닥에 적고, 향기를 전달할 리 없는 라디오방송에서도 향수를 뿌렸다. 〈세시 오분 독창: 이혜련 청춘의 꽃마차〉 프로그램 편성표가 실린 신문을 에렌은 몇 부나 사들였다.

풍선 같은 기대와 준비가 허무하게도, 같은 시간대에 야구 경기 중계가 급히 편성되어 에렌의 노래는 전파를 타지 못했다. 그러나 에렌의 수완은 남달랐다. 타고난 기지와 친화력으로 그녀는 다음 방송 약속을 잡았다. 그녀의 행보와는 다소 동떨어진 방송이었다. 교양 프로그램 〈최근

독서의 감상〉 시간에 출연한 그녀는 태생이 책벌레인 양 얌전한 목소리로 "톨스토이의 『부활』은 제 인생 최고의 문학입니다"로 운을 뗐다. 그녀는 톨스토이 학자로 변신해 난해하게 문학평을 쏟아냈다.

"『부활』은 특히 행복에 대해 고찰할 수 있는 소설이지요. 세상에는 행복에 대한 두 종류의 사람이 있습니다. 남에게 행복이 되는 것을 행하며 스스로도 행복할 수 있다면 그는 희생의 정신과 사랑의 정신이 충만한 성인이요, 참된 정신적 자아이며, 반대로 오직 자기만의 행복을 바라며 그를 위해서라면 전 세계의 행복까지도 능히 희생시킬 수 있는 자는 동물적 자아에 그칠 것이어요. 우리는 정신적 자아로 나아가야 합니다!"

행복론에 이어 도덕적 당부까지 길게 늘어놓던 에렌은 방송 마지막에서는 이별을 고하는 〈카추샤〉의 마지막 대사를 낭독하기에 이르렀다. 얼마나 격양되었는지 스튜디오를 통째로 시베리아 광야로 옮겨놓은 양 다들 몰입해서 심지어 아나운서는 눈물을 글썽인 채 방송종료 멘트하는 것조차 잊어버렸다. 급히 들어온 다른 아나운서가 대신 옆에서 "청취해주셔서 감사합니다"를 외쳤다.

호평 일색의 방송평과는 별개로 이날 라디오를 들으며 폭소를 터뜨렸던 교이치는 에렌에게, "너무 과장됐잖아"라고 핀잔했다. 에렌은, "그러니까 내가 연기자이지" 하고서 기생이 주름잡고 있는 가창 시간대에 어떻게 발을 담글까 궁리했다. 이러다 〈전통의 향기〉 시간대에 수심가니, 수궁경개 평양조, 북청조니 불러대는 것은 아닌가 했던 교이치의 상상을 뛰어넘어, 에렌은 더 황당한 시도를 가했다. 〈춘향전〉의 사랑가를 창가로 편곡해 부른 것이다. 당초의 우려와는 달리 이것은 예상 밖의 호응과 평론가들의 찬사를 얻어냈다.

"수도꼭지를 틀면 샘이 솟듯, 이혜련 양에게서 티 없이 맑은 민족의 얼과 멋이 흘러 넘쳐……."

차츰 방송국 출입이 어색하지 않을 만치 방송을 타면서 에렌은 〈카추샤〉를 연출할 극단이 확실해지면 해당 극단에 발탁되기를 바랐다. 하지만 사실상 극단은 나름 자기 소속의 주요 배우를 키울 의도가 다분해 쉽게 문을 열어주지 않았다. 길을 뚫고자 하는 에렌의 노력이 필사적이라 교이치는 자신이 무소불위 권력의 정무총감쯤 되었으면 하고 바랐다.

에렌의 바람은 이루어지지 않았고 결국 라디오드라마 카추샤 역은 다른 배우에게 돌아갔다. 그러나 그녀는 좌절하지 않았다. 에렌에게는 그녀가 들인 공이 헛되지 않게 더 큰 보상이 기다리고 있었다. 영화 〈카추샤의 노래〉에 여주인공으로 발탁된 것이다. 카페에서 많은 예술인을 상대해왔던 그녀는 그동안 영화계 인맥을 넓혀왔고, 그 인맥 안에서 외사국 고위층 부인인 그녀가 평범한 카페걸로만 대우받지는 않았을 것이다.

"내가 영화만 다 찍으면, 그래서 이 영화가 극장에 걸리는 것을 보면, 더는 카페 나가지 않을게."

에렌은 교이치에게 약속했다.

영화 〈카추샤의 노래〉는 조선과 일본에서 크게 인기를 끈 동명의 노래를 제목으로 삼아 톨스토이의 『부활』을 조선으로 무대를 옮긴 것이었다. 영화 출연이 확정된 날부터 에렌의 입에서는 끊임없이 〈카추샤의 노래〉 곡조가 흘러나왔다.

"카추샤 애처롭다 이별하기 서러워, 이 저녁에 온 밤을 오는 눈아, 내일은 들과 산에 길을 덮게. 카추샤 애처롭다 이별하기 서러워, 그나마 다시 만날 그때까지는 지금 이 자리로 있어주게나."

교이치는 귀를 막고 싶었다. 작작 좀 불러라. 에렌은 아랑곳 않고 이번에는 라라라 콧소리도 섞어 흥얼거렸다.

"카추샤 애처롭다 이별하기 서러워, 서러운 이별 눈물 나는 동안에 바람은 들에 불고 라라라 날은 저무네. 카추샤 애처롭다 이별하기 서러워, 적막한 너른 들을 차츰 차츰이 호올로 떠나가는 라라라 내일에 갈 길."

교이치가 소리쳤다. 카추샤 너의 사랑아 이별하기 기뻐라 호올로 떠나 다시는 오지 마라.

에렌은 이제 모든 생활에서 카추샤가 되어 있었다. 대본도 완성되기 전부터 그녀는 소설을 몇 번씩 탐독하며 『부활』 속 카추샤의 대사를 모조리 외웠다.

"당신은 나리고 공작님인데, 나 같은 것하고 함께 더러워질 필요는 없다고요. 끼리끼리 공작 아가씨한테나 가세요. 내 몸값은요, 붉은 종이돈 한 장이라고요."

교이치는 등골이 오싹해질 지경이었다. 교이치로서는 제대로 외우기 힘든 '네흘류도프'를 에렌은 매끄럽게 혀를 굴렸다.

"당신은 공작, 나는 유형수. 당신은 나를 가지고 구원을 받겠다는 건가요? 이 세상에서 나를 노리개로 만들어놓고 저세상에서 나를 가지고 구원을 받고 싶다, 이 말인가요! 당신, 꼴도 보기 싫어요!"

교이치는 에렌이 영화를 찍는 것이 내키지 않았다. 차라리 카페에 계속 나가는 편이 나을 것 같았다. 그는 에렌의 영화가 무산되기를 바랐다. 그의 기대가 아주 가망이 없는 것은 아니었다. 조선의 영화 환경은 열악하여 제작 중에 허물어지기가 다반사였다. 그러나 의기충만하여 첫발을 디딘 이 영화는 당장은 그 맹렬한 의욕이 꺾일 기미가 안 보였다.

교이치는 대책을 논의하고자 영방을 만났다. 그러나 영방은 교이치에게 그다지 동조하는 눈치가 아니었다.

"영화 찍는 게 뭐가 나쁜 건가? 자네는 에렌 씨가 연극이나 라디오에 나가는 건 찬성하고 돕기까지 했잖아?"

"영화 출연은 달라. 연극 속 자기 자신을 볼 수는 없지만, 자기가 나온 영화는 자기가 볼 수 있어. 그게 가장 큰 문제야. 스크린으로 몇 배 확대 된 자기 얼굴을 보게 된단 말이야."

영방은 웃었다.

"나보고 어쩌란 말인가. 자네 부인은 자네가 말려야지."

"에렌은 고집불통이라 내 말 안 들어. 너가 설득 좀 해봐."

"난 에렌 씨와 만난 적도 없는걸."

영방은 말해놓고도 스스로 웃긴지 실소했다.

"그러니까 에렌 씨에게 난 만난 적도 없는 사람이란 걸세."

복잡한 표정이던 교이치는 크게 결심한 듯 비장하게 말했다.

"내가 소개해줄게."

"정말?"

사실 교이치는 에렌에게 영방을 보이고 싶지 않았다. 반대의 경우라 면, 연혜에게 교이치를 소개해주는 것이라면, 영방으로서 아무 손해도 없을 것이다, 교이치는 그리 생각했다. 연혜가 영방을 열렬히 사랑하는 지는 알 수 없지만 적어도 연혜는 남편을 두고 다른 남자와 바람이 날 여 자는 아니니까. 그러나 에렌은 충분히 그럴 수 있다. 연혜와 에렌 둘 모 두가 영방에게 빠져 있는 꼴은 못 본다. 그럼 나에게는 아무것도 안 남게 되지 않는가.

손에 쥔 것에 집착하는 어린아이 같은 원초적 사고가 교이치를 지배 했다. '평소 에렌이라면, 에렌도 바람을 피우지는 않는다. 그녀에게 정조 관념이 있는 것이 아니라 단지 남자들이 자기에게 푹 빠져 쩔쩔매는 것 을 보기 즐길 뿐 그녀는 남자를 연모하는 것에 흥미가 없다. 그러나 영방에게는 다를 수도 있다. 에렌에게 연혜 때의 감정이 어딘가 조금이라도 남아 있다면 영방에게 끌릴지도 모르지 않는가.'

자기 사람을 사수하는 인간의 당연한 본능이 교이치를 휘감았다. 영방이 물었다.

"부인이 영화배우가 된다는 게 왜 싫나?"

"네가 더 문제 아닌가? 넌 연혜가 영화관에서 자기와 똑같은 얼굴 보고 기절초풍하는 걸 보고 싶진 않겠지?"

"앞으로 될 수 있는 한 영화관에 가지 말아야겠다."

태평해 보이는 영방이 교이치는 불만스러웠다.

"남들이 '댁의 부인을 영화관에서 봤어요' 하는 건 뭐라고 둘러댈래?"

"지금도 우리 아내한테 배우 닮았다고들 많이 하네만. 미인이라는 소리로 재해석해서 듣고 있어. 습관 됐네."

"영화관에 에렌의, 아니 연혜의 얼굴이 박힌 영화 간판이 대문짝만하게 걸릴 거야."

"간판을 실물과 똑같게 그릴 만큼 조선 그림쟁이들 수준이 높지 않네."

교이치는 하마터면 고개를 끄덕일 뻔했다. 미녀 배우일수록 포스터에는 못 생기게 그려지는 법이다.

"사진은 꼭 같게 나오는데 어떡해. 유명해져서 신문에 사진이라도 크게 실리면?"

"인쇄술이 조악해서 사진도 실물과 다르게 나올 거야."

태연자약한 영방에게 참지 못해 교이치가 섬뜩한 말을 했다.

"에렌이 유명해져서 연혜를 잠식해갈지도 몰라."

"그럴 만큼 에렌 씨가 일단 성공하기를 빌어보세나."

눈도 깜짝 안 하는 영방에 교이치는 더 말하는 것을 포기했다.

교이치가 에렌의 영화 출연을 탐탁지 않아하는 이유는, 그로 야기될 실제적인 불편 외에도 한 가지 더 있었다. 이것은 영방에게 입도 뻥긋하지 않은 이유였다. 하필 에렌이 연기하는 역이 카추샤라는 사실이 싫었던 것이다. 카추샤의 운명이 예전 봉천에서의 연혜를 연상시켜서 교이치는 오싹했다.

일찍이 교이치의 부친은 관동군의 만주 주재 부대를 관할하는 준장이었다. 교이치는 당시 중학교를 다니면서 육군사관학교에 입학하기 위해 준비 중이었다. 준장은 자신의 뒤를 이을 아들이 일본열도를 넘어 대륙을 호령할 기질을 키우길 바랐고 억지로 그를 봉천에 데려왔다. 정작 교이치는 봉천에서 아버지 얼굴을 보기 힘들었고 큰 집에서 혼자 밥 먹고 혼자 공부하고 혼자 훈련했다. 겨울은 추워서 바깥은 볼을 칼날로 할퀴는 것 같은 바람이 불었다. 한겨울에는 서리가 껴서 창밖을 보기가 힘들었다. 끝날 것 같지 않던 추위가 누그러져 도랑이 녹으면 얼었던 오물도 같이 녹아 악취가 함께 흘렀다.

봉천은 옛 청나라가 건국되던 청정한 기상과 세월의 무게를 못 이긴 노쇠한 자국이 기묘하게 조합된 곳이었다. 붉은 벽에 푸른 기와를 얹은 동릉 침전은 동모산을 품었고, 석대 위에 난간을 드리운 영릉은 휘산을 품었다. 웅장한 북릉의 단벽취구는 지나는 이의 고회를 일으켰고, 황색 지붕은 청나라의 지나간 영광을 떠오르게 했다. 능 앞에 늘어선 석경들과 전각이 기려하게 솟아 있고, 사평가 아문의 금난전은 청나라 시조 애친각라의 궁궐로 550여 칸이 넘었다.

봉천은 매연과 황진으로 뿌연 하늘을 이고 있어 흐린 날이 많았다. 교이치의 기분도 항상 가라앉았다. 그는 매사에 흥미가 없었다. 중국어를 못해서 일본인 거주지 밖을 나갈 엄두를 못 냈으나 크게 불편하지는 않았다. 시라렌이 오기 전까지의 봉천은 압도적인 휘황함과 적막한 폐허가 뒤섞인 곳으로 그에게 존재했을 뿐이었다.

어느 날 다카오카 준장이 한 소녀를 데려왔다. 십대 초반의 아이였으나 앳된 얼굴에서 때때로 다 큰 처녀 같은 섬세함이 보였다. 소녀는 새하얀 옷에 새카만 머리칼이 치렁치렁하게 길었다. 그녀에 대한 첫인상은 동화 속 백설이며, 신화 속 사쿠야히메였다. 희뿌연 대기가 현실 세계 같지 않고, 옛 궁터에서 청대의 황녀가 처연하게 거닐 것 같은 몽환적인 이 도시에서, 교이치가 백설과 여신을 떠올림은 긴 사고를 거치지 않은 반사적인 것이었다. 이 뜬금없는 연상에 교이치는 당혹스러워하면서도 소녀를 관찰했다. 한복을 입지 않았지만 소녀의 흰옷은 조선인일 것이라는 생각이 들게 했다.

교이치는 그녀가 신기했다. 그는 조선인을 가까이 접한 적이 없었다. 봉천에서 조선인은 서탑 주위에 모여 살았다. 그들은 흰옷을 많이 입었다. 매캐한 연기와 흙먼지가 날리는 봉천에서 흰옷은 금세 때가 탔다. 그럼에도 그들은 흰옷을 고수했다. 그들 한 명 한 명에게서는 옷에 앉은 지저분한 때가 보였다. 하지만 한데 모여 있는 조선인 군단은 하얗게 깨끗해 한 무리 백학이 목을 꼬고 앉아 있는 듯했다. 중국인의 구시가와 일본인의 신시가 사이에서 조선인은 눈에 보일 듯 안 보일 듯 살았으나 흰빛은 멀리서도 또렷했다.

다카오카 준장은 마땅한 위탁 가정을 찾을 때까지 소녀가 그들과 함께 지낼 것이라고 했다. 말없이 고개를 까닥여 인사한 소녀는 가정부를 따라 자신에게 주어진 방으로 향했다. 교이치는 소녀가 궁금했다. 소녀의 아련한 얼굴에는 큰 눈만 가득해, 방금 봤어도 돌아서면 얼굴은 생각나지 않고 눈만 떠올랐다.

준장은 소녀를 시라렌이라 불렀다. 일본에서 강제노역을 하던 시라렌의 아버지는 준장의 도움으로 가족을 데리고 간도에 터전을 잡았다. 그러나 그는 경신간도학살사건 때 세상을 떠났고, 시라렌와 그녀의 어머니는 조선인 수용소에 끌려가 도리어 목숨을 건질 수 있었다. 다카오카 준장의 주선으로 무순현으로 건너온 시라렌 모녀는 한인촌에서 척박한 땅에 채소를 심고 삯바느질을 하며 살아갔다. 때때로 다카오카 준장이 이들 모녀에게 옷과 쌀을 보내줬다.

시라렌 모녀의 삶은 궁핍해도, 궁색하지는 않았다. 짠 무에 좁쌀밥을 먹어도 하수구를 뒤져 쓰레기를 건져 먹지는 않았다. 농사를 짓지 못하는 이 모녀가 풍족하지는 않을지언정 밥 지을 쌀이 끊어진 적이 없음은, 가난해도 겉으로 드러나는 고상함을 유지할 수 있음은 다카오카 준장의 지원이 있었기 때문이다.

'남겨진 모녀'란 가련한 아름다움의 표본이며, 그 때문에 비극을 부른다. 남편과 사별하여 드리워진 음습한 그늘이 도리어 고혹적인 미망인과 아직 연약한 딸. 이때의 딸은 반드시 어머니의 미모를 닮아 있다. 이러한 모녀일수록 세속에 초탈하려 애쓰지만, 세속은 이들을 놓아주지 않는다. 시라렌 모녀도 뭇사람의 눈독과 탐욕스러운 시선을 피해가지 못했다. 모녀에 대한 다카오카 준장의 비호는, 미색을 빌어 권력자에게 기생한다는 질시와 추문을 낳았다. 주변에 고립된 시라렌 모녀는 더욱 다카오카 준장에게 의지할 수밖에 없었다.

시라렌의 어머니마저 세상을 떠나자 다카오카 준장은 시라렌을 거두어 봉천 자택으로 데려왔다. 시라렌은 교이치의 방이 있는 2층 손님방에 묵게 됐다. 교이치는 이 소녀가 언제 사라질 손님일지 몰라 늘 애태우며 소녀를 기웃거렸다. 시라렌은 소학교에 중도 편입됐고, 일본인 전용학교에서 다카오카 준장을 후견인으로 둔 특별한 조선인으로 학교 생활을 시작했다.

소학교를 졸업한 시라렌은 일본인 여학교에 보내졌다. 조선인의 입학에 학교는 난색을 표했으나 다카오카 준장이 자신의 위력과 거액의 기부금으로 반발을 잠재웠다. 시라렌은 착실히 학교를 다녔고, 집에서는 방에 들어가 거의 꼼짝을 하지 않았다. 학교 안에서 교우 관계는 원만한 듯했으나 결코 방과 후에 친구를 만나러 나가는 일은 없었다. 교이치는 학교 동무들과 봉천의 오락장, 빵집, 골동품 거리, 댄스장을 쏘다니다가도 문득문득 시라렌을 떠올렸다.

어느 날 교이치가 일찍 학교를 파하고 왔을 때였다. 드물게 다카오카 준장이 저녁 해가 지지 않은 시간에 집에 돌아왔다. 다카오카 준장은 겉옷을 벗어 현관 옷걸이에 걸다가 인사하러 내려온 시라렌을 보았다. 응접실로 향하던 준장이 다시 돌아와 그녀에게 물었다.

"시라렌, 같이 북릉이나 가지 않겠나?"

다카오카 준장을 차마 거역할 수 없었던 시라렌은 말없이 준장 뒤의 허공에 시선을 보냈다. 사실 준장 뒤에는 교이치가 서 있었다. 그때 교이치는 시라렌의 눈에 실린 절박함을 보았다. 시라렌의 입술은 무표정했으나 눈은 도살장에 끌려가는 소 같았다. 구원을 외치는 그 눈을 보고 교이치는 가만있을 수가 없었다. 교이치는 마치 방금 계단에서 내려온 듯한 기척을 가장하며 준장을 불렀다.

"아버님, 북릉에 무슨 행사가 있는 것입니까? 저도 함께해도 되는 자리입니까?"

준장은 교이치를 잠시 바라보다가 표정의 변화도 없이 답했다.

"그냥 바람이나 쐬다 오려는 것뿐이다. 모처럼 부자간의 산보도 괜찮겠지."

허락의 뜻으로 받아들인 교이치는 학생복 위에 망토를 걸쳤다. 시라렌은 준장과 교이치의 뒤를 조용히 따랐다.

북릉으로 들어서는 길 뒤편으로 울창한 노송림이 아련한 그림자를 이루며 서 있었다. 이곳에서만큼은 황진도 숨을 죽이고 파란 하늘을 돌려주는 듯했다. 청청한 노송림에 숨어 있는 새가 구슬프게 우지지고 사방은 고요했다. 다카오카 준장, 교이치, 시라렌 셋의 발소리가 정적을 가르며 석패방을 향했다. 일견 잿빛으로 앙상해 보이면서도 앞뒤로 정교하게 조각된 돌 지붕은 감탄할 만했다. 그 뒤로 정홍문이 보였다. 세 개의 정홍문 앞에서 잠시 멈춰 선 후, 다카오카 준장이 먼저 오른편 문으로 지나갔다. 오른편은 군인의 문, 중앙은 신의 문, 왼편은 관료의 문이라 했던가. 교이치는 부친이 일부러 군인의 문을 지났다고 생각했다. 교이치는 시라렌을 흘끗 보고는 성큼성큼 걸어서 왼편 문을 지났고, 시라렌은 별 고민 없이 그대로 가운데 문을 통과했다.

정홍문을 너머 너르게 펼쳐진 석도가 대륙적 기질로 압도해왔다. 한참을 걸어야 하는 긴 길 중간중간 사자, 말, 낙타 등의 동물 석상들이 좌우를 호위했다. 백옥 기둥 화표가 오도카니 서 있어 교이치는 그 운판에 새겨진 구름을 눈으로 세며 걸었다. 저 선인의 감로수를 받아 불로장생을 원한 이가 한무제였던가. 교이치는 부친이야말로 감로수를 가로채 마실 야망가라고 생각했다.

나아가니 층루로 된 전각이 앞뒤로 서 있었다. 앞은 태종의 공덕비를 둔 비정이고, 뒤는 삼층 누각이 웅대한 융은문이었다. 비정을 지나 융은

문의 편액에는 정중앙에 만주문자가, 양옆에 작게 한문과 몽골문자가 쓰여 있었다. 만몽을 아우르려 했던 옛 청 황조의 야심이, 고불거리는 세 가지 문자에 새겨져 있었다. '이제 그 야심을 일본제국이 품은 것일까. 그래서 일본인인 내가, 낯선 조선 소녀와, 중국의 옛 능을 밟는 것인가.' 교이치는 상념에 잠겼다.

융은문을 통해 장방형의 성곽 안을 들어서자 좌우에 각각 서배전과 동배전을 두고 정면에 융은전이 있었다. 태종문황제와 효단문황후의 신위를 봉안한 융은전은 대리석 석단이 웅려했으나 파란색 칠보 단지가 늘어선 제단은 어쩐지 을씨년스러웠다. 교이치는 차라리 동태전이 좋았다. 동태전에는 붉은 머릿대와 비단 이불보가 깔린 침상이 있었다. 황제 귀신도 잠을 자고 쉬어 간다는 생각에 중원을 호령했던 청 황제가 일순 가까이 느껴졌다. 뒤에 섰던 시라렌이 고개를 내밀어 동태전 안을 들여다봤다. 교이치는 어쩐지 얼굴이 빨개져 급히 자리를 떴다.

남쪽으로 들어온 성곽은 북쪽으로 나가도록 문이 뚫려 있었다. 명루밑의 북문을 지나니 월아성이 나타났다. 초승달 성이라는 이름이 예뻤다. 교이치는 이곳이 오늘 온 시라렌에게 가장 어울리는 공간이라고 생각했다. 나지막한 성벽 길을 휘돌아 걸으니 황제의 능이 보였다. 능 앞에는 태종이 타던 용마를 의작한 석마 두 마리가 석단 위에 엉큼스레 올라서 두 눈을 부라리고 금세라도 달려들 것 같았다. 능 뒤로 창울한 소나무가 빙빙 둘러 거의 15리에 달하는 송림을 이루고 있었다. 성벽 위를 따라 걷노라니 북릉의 전경이 내려다보였다. 황색 기와가 더 이상 낯선 위압으로 다가오지 않고 찬란한 금빛이 아닌 것도 더는 서운하지 않았다. 천천히 지났던 길을 다시 내려다보며 셋은 되짚어나갔다.

남쪽에 자리한 호수에 멈춰 선 다카오카 준장은 호수를 보는 듯 등을 지고 섰다. 어느덧 해가 서쪽을 향해가고 석양이 호수를 서서히 물들이고 있었다. 교이치와 시라렌은 조용히 다카오카 준장의 뒷모습과 그 너머 호수를 바라보았다. 교이치는 석양의 마력에 빠져 잠시 현세를 잊고 그와 시라렌이 있는 이 공간이 천계와 같다고 느꼈다.

"같이 저녁이나 먹고 들어가자."

다카오카 준장이 몸을 돌려 앞서 걸어 나갔고, 교이치와 시루렌이 한 걸음 뒤를 따랐다.

"조만간 일본 육군단의 북릉 참관이 있을 것이다. 일러전쟁 때 우리는 러시아군의 전거지인 북릉을 점령하고 퇴로를 끊어서 승리할 수 있었다. 때문에 일본 군단에게 참관의 가치가 충분하여 미리 둘러본 것이다."

필요치 않은 말이었다. 아들인 나의 눈치를 봐서 하는 말입니까. 교이치는 자신의 존재를 부친이 그 정도 의식해준다는 것에 기뻐해야 할지, 난생처음 변명을 보이는 부친의 올바르지 못한 구석을 엿본 것에 씁쓸해해야 할지 알 수가 없었다.

저녁은 중국인 문관의 저택을 개조한 식당에서 먹었다. 대문에는 돌로 깎은 둥근 북이 양쪽에 있고 안에는 자잘하게 조각된 나무 기둥이 틀을 이루었다. 반질반질 윤나는 나무 탁자에 사기 주전자와 올망졸망한 찻잔이 얹혀 손님을 기다렸다. 향초두부, 고추닭고기볶음, 회면, 산라탕을 잔뜩 시킨 다카오카 준장은 말없이 먹는 것에만 열중했다. 뜨겁고 매운 산라탕과 기름이 둥둥 뜬 회면은 북릉의 고졸함을 한순간에 잊게 했다. 교이치가 흘끗 준장을 봤다. 다카오카 준장은 그새 젓가락을 놓고 술잔을 기울였다. 준장은 교이치 앞으로 고기볶음을 가까이 놔주고 시라렌을 위해서는 달콤한 완두황을 시켜줬다.

"너희 덕분에 간만에 아무 상념 없이 북릉을 감상할 수 있었다."

뜻밖의 언사였다. 이제껏 준장은 자리에 필요한 말이 아니라면 결코 입 밖에 내지 않아왔다. 허공을 향한 이 친절한 내뱉음에, 교이치는 준장이 시라렌을 의식한 것인지 자신을 의식한 것인지 알 수 없어 혼란스러웠다.

시라렌은 집 안에 있는 듯 없는 듯 조용히 돌아다녔다. 큰 소리를 낸 적은 결코 없었으며 무슨 일이 생겨도 항상 말없이 웃거나 나직한 목소리로 부탁을 혹은 해명을 했다.

결코 아침을 함께 먹는 일이 없는 다카오카 준장은 새벽빛에 나가 교이치와 시라렌이 아침 문안 차 낮을 볼 기회도 없었다. 아침에 교이치와 시라렌이 식당에 내려오면 식모가 차려놓은 식반이 교이치 한 벌, 시라렌 한 벌, 식탁에 놓여 있었다. 여학교의 시라렌과 남중학교의 교이치는 등교 시간이 달라 함께 앉는 때가 많지는 않았다. 식당 어귀에서 마주치는 정도였다. '저 아이는 무엇을 잘 먹을까. 조선인은 일부러 절인 채소를 오래 두어 냄새나게 먹는다던데.'

교이치는 매사의 마주치는 것마다 시라렌을 연상했다. 식당에서는 시라렌이 먹는 반찬이, 양장점을 지나치면 시라렌이 입는 옷이, 문방구를 지나치면 시라렌이 쓰는 연필이 궁금했다. 조선 여자는 한복을 입어서 척추가 눌리지 않아 일본 여자보다 키가 더 크다고 했어, 시라렌은 방 안에서는 한복을 입을까, 한복에 잠옷도 있을까, 글을 쓸 때 흑필을 손에 묻힐까, 일본어 글은 얼마나 쓸 줄 알까.

시라렌은 일본어로만 말했고 이제껏 그녀가 조선어를 하는 것을 교이치는 본 적이 없었다. 학교 성적도 우수하니 일본어 작문도 곧잘 할 것 같았다. 학생문구에 들른 교이치는 여학생들이 좋아함 직한 고운 색지의 공책과 열두 빛깔 색연필을 샀다. 시라렌을 불러 말을 하고 싶었다.

"일본어에서 좋아하는 말이 뭐가 있어요?"

"네?"

공책과 색연필을 건넨 교이치가, "이런 걸 받아도 되는지 모르겠어요. 감사합니다" 하고 뒤돌아서는 시라렌을 불러 세워 물은 것이었다.

"그런 질문은 처음 받아봤어요."

시라렌은 골몰하다가 답했다. "생각나는 게 없네요."

교이치는 자신의 물음이 미안해졌다. 어리고 약한 조선 소녀에게 일본어란, 좋아하기 이전에 강제로 배워야 하는 것일지도 몰랐다. 생존을 위해서 이를 악물고 익혀야 하는 것일지도 몰랐다.

"그럼 조선어 중에서 좋은 말을 하나만 가르쳐줘요."

"세상에 좋은 말이란 게 어디 있어요."

"그냥 좋아하는 말."

시라렌은 또 웃으면서 좋아하는 조선어가 없다고 했다. 교이치는 조선어 하나만 알려달라고 졸랐다.

"'나마에[名]'가 뭐예요?"

"그건 '이름'이에요."

"이, 름."

교이치가 어려운 조선어 발음을 애써 내보았다.

"그럼 당신 이름은 조선어로?"

"시라, 렌, 에. 백연혜요."

여전히 말을 나누는 일은 없었지만, 눈인사 외에는 마주치는 일조차 거의 없었지만, 시라렌과 조금은 가까워졌다고 믿고 싶었다. 다카오카 준장이 며칠 자리를 비운 날, 교이치는 시라렌에게 대담한 제안을 했다. 어디든 봉천에서 시라렌이 가보고 싶어 했던 곳을 함께 가주겠다는 것이었다. 준장의 강압 없이 진실로 원하는 곳을 가서 보고 느낄 수 있다. 공원이나 시장, 번화가를 답할 것 같았던 시라렌의 대답은 의외로 동선당이었다. 동선당은 민간 자선단체였다. 갈 곳 없는 고아, 노인, 폐인을 거두고 병자를 치료해주는 구제 기관이었다. 예상치 못한 장소였으나, 교이치는 시라렌이 사양하지 않고 선뜻 이야기해준 것이 고마웠다.

교이치와 시라렌은 동선당 사무실에 들러 기부금을 전달하고 방명록을 작성한 후 조심스레 견학을 청했다. 그들은 동선당 내 유치원, 소학교, 노인을 수용한 양노부, 수공 기술을 가르치는 실업자 구제부를 둘러보았다. 실업자들이 손뜨개질한 털실용품과 그림을 그린 양초를 내다 팔아 그들의 자립 비용에 보탠다고 했다. 이들이 프랑스제 레이스로 짠 식탁보와 냅킨은 봉천의 러시아인들에게 인기가 높았다. 자체 운영하는 병원에서는 환자식을 별도로 준비하고 있었다. 그러나 동선당에서 교이치와 시라렌에게 가장 인상 깊었던 곳은 따로 있었다.

동선당 동편 벽에 구멍을 뚫어 아래에 거치대가 만들어져 있었다. 태어남을 쉬쉬해야 하는 사생아나 생활난으로 키울 수 없는 영아를 버리는 구멍이었다. 전기 장치가 장착된 거치대는 아기를 올려놓으면 영아의 중력을 인지해 사무실에 전달했다. 동선당은 매우 추운 겨울이 아니라면 한 박자 늦게 나가 아기를 거두어오곤 했다. 쫓기듯 뛰어 사라질 아기 어머니의 모습이 다시금 정적에 감추어지기를 기다리는 것이다.

교이치는 지금도 가끔 시라렌이 동선당을 간 이유가 무엇이었을까 생각해보곤 했다. 버림받은 사람들이 어떻게 거두어지나 보고 싶었던 것일까. 어쩌면 자신의 모습이었을지 모르는 그들이 궁금해서였을까. 오갈 곳 없는 사람들이 살아가는 삶의 다른 방식을 두 눈으로 보고 싶었던 것일까. 그들을 본 시라렌은 자신의 처지에 만족했을까 혹은 낙담했을까.

조선인이 모여 사는 서탑가를 따라 가다 보면 청나라 초에 세워진 라마탑이 있었다. 이 탑은 봉천 네 군데 세워진 청초사탑 중 특이한 모양을 자랑했다. 왕관 모양의 이 하얀 탑은 이국의 정취를 물씬 느끼게 하는 것으로 첫손 꼽혔다. 교이치는 시라렌과 함께 서탑 앞에 섰다. 금이 가고 세월의 잿빛 때가 서렸어도 백탑은 흰 눈 같은 정적인 깨끗함을 뿜냈다. 그는 시라렌과 함께 봐서 제격이라고 느꼈다. 봉천은 철도 부속지 곳곳에 작은 공원이 조성돼 황진 속에서도 잠시 녹음 속에 쉴 수 있었다. 교이치는 시라렌을 집 밖으로 데리고 나오기 시작했다.

돌아오는 길이면 교이치는 항상 시라렌과 러시아 빵집을 갔다. 봉천에는 러시아인들을 위해 흑빵을 구워 파는 작은 빵집도 많았으나 그는 시라렌과 함께라면 반드시, 곡선의 키릴문자로 '블라디보스토크 다과점'이라고 쓰인 문패를 찾아갔다. 극동의 블라디보스토크를 간판으로 내건 것과는 달리 이곳은 상트페테르부르크의 살롱을 옮겨놓은 듯 화려한 빵집이었다. 러시아혁명으로 도망 나온 귀족들을 달디단 향수로 젖게 해줄 케이크와 파이가 즐비했다.

케이크 진열대 옆으로는 테이블이 있어서 빵과 함께 차를 마시고 갈 수 있었다. 축음기에서는 슈베르트 가곡이 돌아갔고 꽃병에 생화 몇 송이가 꽂혀 있었다. 말린 과일을 띄운 홍차가 쌉싸래했고 커피는 깊은 검은색으로 잔에 고였다. 봉천의 부자 중국인, 깨끗한 일본인, 그리고 이전의 귀부인다운 풍모가 아직 남은 러시아 부인이 찾아와 케이크 한 조각을 놓고 차를 마셨다. 이들은 때로는 위스키 티, 브랜디 커피 같은 오묘한 음료만 홀짝이다 가기도 했으나, 교이치와 시라렌은 온갖 빵을 늘어놓고 먹었다.

리본 모양으로 꼬인 빵이 노릇했고, 박하빵은 하얗게 뿌린 설탕이 아삭아삭했다. 과실잼 소를 채운 파이를 한입 베어 물자 새빨간 버찌잼이 너무도 선연하게 흘러나와 교이치는 흠칫했다. 작은 커피잔에 담긴 초콜릿 한 잔은 혀가 녹아내릴 듯 달콤해서 교이치는 시라렌과 매일매일 이런 것만 먹고 산다면 천국일 거라고 생각했다.

시라렌은 조용히 그러나 자근자근 먹어 빵 접시를 다 비우곤 했다. 집에서는 입이 짧은 시라렌이 맛있게 먹어주는 것이 교이치는 기뻤다. 그녀의 식욕은 아마도 해방감 때문일 거라고 교이치도 어림짐작할 수 있었다.

교이치는 시라렌과 함께라면 중국인 거주지도 다닐 수 있게 됐다. 만주에서 오래 산 시라렌은 중국어도 잘했다. 중국인 시장을 거닐던 둘은 장신구 매대에서 멈춰 섰다. 교이치는 시라렌에게 작은 귀걸이를 골라줬다. 시라렌은 고개를 저었다. 귀를 뚫어야만 할 수 있는 것이었다. 하지만 교이치는 시라렌에게 꼭 귀걸이를 사주고 싶었다. 초콜릿 같은 것이 아니라 영원히 남는 예쁜 물건을 사주고 싶었다. 주인이 바늘을 불에 달궈 시라렌의 귓불에 대고 쿡 찔렀다. 시라렌의 눈에 눈물이 고였으나 눈도 깜빡이지 않았다. 시라렌의 귓불에 조그만 구멍이 생겼다. 교이치는 빨간 유리알이 조롱거리는 귀걸이를 달아줬다. 시라렌의 귀에서 꽃이 피어난 것 같기도, 핏방울이 달랑이는 것 같기도 했다.

교이치는 시라렌에게 여느 소녀와 같은 삶을 누리게 해주고 싶었다. 왜 그가 그녀에게 그리도 신경을 쓰는지 그도 몰랐다. 그저 그가 보기에 시라렌은 아무 기분을 드러내지 않는 얼굴 가운데에서도 눈만은 절박한 빛을 띠었다. 낯선 일본인 가족과 타지 생활을 하는 것도 불편한데 얼음

장 같은 다카오카 준장은 어려우니 마음 붙일 곳이 없어 그렇다고, 교이 치는 단정 지었다. 다카오카 준장이 시라렌에게 말을 걸 때마다 그녀는 깜짝깜짝 놀라곤 했다. 교이치는 시라렌의 눈에서, 천진난만함과 적당한 되바라짐이 섞인 소녀다운 눈빛을 보고 싶었다. 눈에서 공허함을 지워주고 싶었다. 그는 또래 여자아이를 내버려둘 수가 없었다.

교이치의 봉천이 분분한 빛으로 차오르던 어느 날 밤. 거실에서 차를 마시는 준장, 저녁상을 치우고 물러간 하인, 방에 올라간 시라렌, 평소와 다를 것이 없는 날이었다. 이윽고 준장이 자리에서 일어나 교이치도 이층 자신의 방으로 올라갔다. 잠결에 나온 교이치는 어두침침한 집 안에서 누군가 움직이는 것을 보았다. 준장이 불도 안 켜고 계단을 올라오고 있었다. 웬만해서는 위층으로 걸음하지 않는 부친이었다. 준장은 조용히 시라렌의 방 앞에 섰다. 문도 두드리지 않았는데 시라렌이 방에서 나왔다.

준장은 계단을 내려 지하방으로 들어갔고 시라렌이 조용히 그 뒤를 따랐다. 방문이 열렸다 닫히고 둘은 그곳에 들어간 지 한참이 지나도록 나오지 않았다.

이후에도 교이치는 이 이상한 만남을 여러 번 보았다. 항상 시라렌의 눈은 슬펐고 부친은 무표정했다. 얼마가 지났을까 어느 순간부터 다카오카 집에 정신과 의사가 들락거리기 시작했다. 의사는 간호부도 대동하지 않고 조용히 와서 시라렌을 진찰하고 조용히 사라지곤 했다. 청진기도 진료 가방도 없는 의사가 교이치의 눈에는 이상하게 보였다. 의사가 종이에 뭔가를 끼적인 것을 들고 나오는 것이 전부인 묘한 진찰이었다. 시라렌에게 의사의 왕진은 계속됐다.

깬 듯 자는 듯 무의식으로 밤중에 거니는 시라렌이 하인에게 발견된 후, 그녀는 병원에 입원했다. 다카오카 준장은 어느 병원인지 결코 답을 주지 않았다. 병문안을 갈 수 없던 교이치는, 기다렸다. 그는 시라렌이 그대로 남기고 간 방 안의 물건들을 하나하나 들여다보며 그녀가 돌아올 것이라 믿었다. 소망에 가까운 그 믿음은 답을 얻지 못했다. 이후 교이치는 시라렌을 다시 볼 수 없었다. 그에게 말도 없이 떠난 그녀를, 교이치는 미워하고 원망하고 사무쳐 했으며 그리워했다.

시라렌이 사라진 봉천은 이제 교이치의 장소가 아니었다. 교이치는 육군사관학교 입학을 빙자해 일본으로 돌아갔다. 질풍노도의 시기를 경직된 군관학교에서 보내며 교이치는 절로 반듯하게 각진 사람이 되어갔다.

교이치는 진실로 미안해졌다. 봉천에서의 시라렌은 암흑 속에서 생을 견뎠을 것이었다. 어머니를 농락한 작자가 다시 자신을 겁탈한 세상이 그녀에게 빛으로 다가왔을 리 없었다. 쌀을 주는 대가로 어머니를 욕보이고 이제는 자신을 탐하는 일본군 준장은 소름 끼치고 공포스러운 존재였을 것이다.

다카오카 준장이 드나들던 무순현의 집에서 모녀가 살아가던 어느 날, 시라렌의 어머니는 별세한 남편이 의병 포로였다는 죄로 채석장 노역에 동원되었다. 준장은 노역자 명단을 묵과했다. 노동을 견디지 못한 시라렌의 어머니는 쓰러졌고 약한 숨을 거두었다. 그때 그녀는 임신 중이었던 것으로 알려졌다.

자신의 동생을 밴 어머니를, 소녀는 그렇게 잃었다. 고아가 된 어린 소녀에게 힘 있는 권력가는 마수처럼 뻗어왔다. 살기 위해서, 밥을 먹기 위해서, 글을 읽기 위해서 소녀는 그의 집으로 들어갔다. 삶을 영위함과 소녀의 꿈을 버려야 함을 맞바꿀 가치가 있다, 없다라고 감히 잣대를 잴 수 있을까. 늦은 밤, 눈을 피해 자신을 찾는 다카오카 준장을 막기에 그녀는 어리고 작은 존재였다. 문을 두드리지 않아도 알아듣고 문을 열어줄 만큼 소녀는 얼마나 방 안에서 숨죽인 채, 다가오는 발소리를 들어왔던 것일까.

가장 유연하고 파릇한 소녀 시절을, 소녀는 어둠의 시간을 견뎌내는 데 보냈다. 세상의 모든 언어가 빛을 잃었을 그녀에게 좋아하는 조선어가 있을 리도 만무했다. 그녀가 무엇을 잘 먹는지 교이치가 궁금해함도 부질없는 것이었다. 살기 위해 증오하는 자의 음식을 먹으며 시라렌은 자신의 입속으로 들어가는 모든 것을 혐오했을지 모른다.

교이치는 그가 시라렌에게 경쟁적으로 선물을 안겼던 것조차 미안해졌다. 교이치가 시라렌에게 초콜릿과 인형을 주면 어김없이 다카오카 준장이 다음 날 시라렌을 데리고 양장점에 가서 옷을 맞춰줬다. 아들의 여자친구를 유혹함은 자신의 젊음과 매력이 건재함에 대한 증명으로 삼고자 함일까. 한때의 미모를 아직 간직한 어머니가 딸의 남자친구에 새삼 거울 속 자신에게서 주름을 찾아본 것과 같은 심리였을까.

교이치가 다카오카 준장에게 물은 적이 있었다.

"시라렌 모녀에게 왜 그렇게 신경을 쓰셨습니까?"

"그의 아비가 내 목숨을 구한 적이 있다."

"일본에서 말입니까?"

"의병이었던 그가 날 구하다니 세상은 웃기더구나."

"생명의 소중함을 아는 사람이었군요."

"정의로운 사람이겠지. 보답으로 그를 노역에서 풀어주고 원대로 간도에 보내줬다."

"간도에서는 왜 그를 죽게 놔두었습니까?"

"그를 구하고자 했다. 하지만 그에게 언질을 준다는 것은 일본군 기밀을 넘기는 것이나 다름없었다. 마을 전멸 시행 이전에 시라렌 모녀를 빼내올 수 있었을 뿐이다."

교이치는 과연 준장이 정말로 시라렌의 아버지를 구할 마음이 있었을까 의심했다. 준장이 시라렌 아버지의 죽음을 방관한 것은 남자로서의 질투심 때문이 아니었을까, 아니 시라렌의 어머니가 그만큼 준장의 마음을 사로잡기는 했던 것일까. 교이치는 준장이 시라렌의 어머니를 그저 욕정을 해소할 대상으로만 여긴 게 아니었기를 바랐다. 그리고 준장이 그가 사랑했던 여인을 닮은 시라렌에게 진심으로 끌렸던 것으로, 교이치는 믿고 싶었다. 교이치가 준장이 시라렌에게 행한 잔혹함을 묻기에 이미 준장은 세상을 떠남으로 묵비권을 얻었다. 교이치는 세상에 없는 그의 아비를 향한 의구심은 덮기로 했다. 교이치는 이제 곁에 있는 에렌만을 바라봤다.

'조선의 베티 데이비스, 커다란 눈이 매혹적인 이혜련 양, 긴 속눈썹이 하도 길어 눈을 깜빡일 때마다 바람이 일어나 나뭇잎 떨어지는 소리마저 들리고, 그 큰 눈의 비결이 무엇이뇨 하니 저 양미인과 조선인의 혼합으로……' 그녀에 대한 이 수식어에 에렌은 눈 하나 깜짝하지 않았다. 교이치가 대신 흥분했다.

"이런 건 당장 항의해야지, 네가 불순하게 태어났다고 하고 있잖아."

"요즘 출생 비화 없이 활동하는 배우가 어디 있어. 유명해지면 저절로 다 정정하게 돼 있어."

"그래도 이건 네가 양친이 확실하지 않다는 거잖아. 네가 잡종이라는 소리인데."

"더 무서운 사실을 알려줄까? 내 어머니는 나랑 아비 다른 동생을 배

속에 품고서 죽임을 당했어. 어머니를 죽인 사람은 누구일까? 아버지? 아니. 바로 그 임신시킨 작자. 그런 어머니를 둔 딸이 나야. 그런데도 내가 깨끗한 사람일까?"

거의 공포에 가까운 경악에 휩싸인 교이치는, 너 내 앞에서 일부러 그 말을 하는 거야? 그 비명 같은 절규를 속으로 삼켰다. 교이치는 모른 척 물었다.

"사고사였다며? 살해당하신 게 아니잖아?"

"길고 번쩍번쩍한 군도에, 난도질당했어. 낭자한 피가 새하얀 어머니를 빨갛게 만들었어."

이 말을 들은 교이치는 속죄하고만 싶었다. 에렌의 의식 속에서 어머니의 죽음은 그렇게 처참한 빛을 띠었는지도 모르겠다. 그런 교이치의 심정을 아는지 모르는지 에렌은 태평하게 말했다.

"내가 강도 짓을 한 것도 살인을 한 것도 아니라는데 출생 의혹쯤 그냥 내버려둬. 내가 이색적으로 예쁘다는 뜻으로 생각할게."

영화계로 뛰어든 에렌은 바라는 것을 위해 능히 변모할 수 있는 여자였다. 동양적 매혹과 서양적 균형을 겸비한 그녀는 동양인에게서나 서양인에게서나 이국적인 미녀였다. 양미인들의 눈길을 끌 만한 외모로 자신감이 충만한 에렌은, 서양영화에 출연한 최초의 조선 여배우가 되겠다는 포부를 품었다.

"몸값 높은 일본 여배우들도 영미권에 진출 못 했는데 내가 성공하면 변변찮은 일본 배우들 따위 내 밑에 있는 거야."

"몽상도 분수가 있지. 너 따위가 어떻게 할리우드에 가냐?"

"안나 메이 웡을 봐."

영어나 먼저 익히라는 교이치의 비웃음에 에렌은 수준급의 영어를 구사하여 교이치를 놀라게 했다. 외무부 임용 영어시험을 통과한 교이치를 능가하는 구사력이었다.

필모그래피를 늘려야 한다는 강박에 에렌은 〈카추샤의 노래〉 외에 또 다른 인상적인 연기를 할 작품을 찾았다. 에렌은 자기가 없는 동안 다른 배우가 역할을 뺏을까 노심초사했고, 대역을 써서라도 모든 좋은 역에 다 나오고 싶어 했다. 급기야 그녀는 자신과 닮은 사람을 찾아 대신 광고를 찍게 하고 대신 노래를 부르게 했다. 교이치가 "그냥 하나는 내려놔. 저세상에서는 양손이 비는 판에 이승에서도 손을 가볍게 하자던 게 누구였더라?" 하자, 에렌은 "그건 양손에 떡을 쥐려는 당신들에게 한 얘기였지. 내가 바로 손안에 쥐면 절대 안 놓을 군침 도는 떡 되려고 이런다" 하고 그녀만의 논리를 펼쳤다. 성공하기 위한 에렌의 의지는 확고했다.

끝없는 에렌의 청사진에 지친 교이치는 말리는 것도 포기한 상태였다. 그는 에렌에게 물었다.

"왜 자꾸 일을 벌이고 사는 거지? 왜 조용히 살지 못하는 거지?"

"난 과거가 없으니까. 과거에 딱히 기억할 만한 게 없어서. 그래서 기억을 안 하고, 안 하다 보니 못 하는 거야. 지금부터의 나를 파란만장하게 만들고 싶어."

18 네가 친절한 이유

영방이 모처럼 교이치에게 청해 에렌을 보러 왔다. 정확히는 먼발치에서 그녀를 바라보는 것이었다. 에렌의 영화 촬영 현장을 보고 싶다는 영방의 부탁에 교이치는 주말을 골라 그를 대동하고 촬영장에 갔다. 에렌의 눈에는 띄고 싶지 않다는 영방의 바람대로 그는 촬영 단원들 뒤에서 교이치와 함께 그녀가 영화를 찍는 모습을 지켜봤다.

"귀찮은 녀석", 교이치가 투덜거리며 담배를 물었다. 단원들이 빙 둘러싼 어깨 너머로 보이는 에렌은 한복치마 위에 다소곳이 손을 얹고 앉은 조신한 아가씨를 연기하여 연혜 때와 크게 달라 보이지 않았다.

촬영은 한옥 내부에서 진행됐다. 한때는 웬만한 벼슬아치의 저택이었을 고풍스러운 기와집이었다. 스러져도 부와 영광의 흔적을 아직 부여잡은 영화 속 귀족가를 그대로 대변하는 집이었다. 방 한가운데 에렌과 노부인 역의 배우가 앉고 이들을 찍는 카메라는 그 밑에 방석을 깔아 방석을 움직이면서 촬영했다. 자리가 좁아 방문을 열고 촬영 단원 대부분은 댓돌 아래 마당에 섰다. 영방과 교이치도 여기에 섰다가 이들과 떨어져 반대쪽 마루에 걸터앉았다.

이날의 촬영분은 영화 초기 내용으로, 조선의 카추샤가 아직 대갓집의 그늘 아래 수양딸도 계집종도 아닌 묘한 신분의 아가씨로 성장한 부분이었다. 카추샤가 마나님의 시중을 드는 도중 네흘류도프가 나타났다. 그는 카추샤에게 눈을 고정시킨 채 방을 한 바퀴 돌며 그녀의 자태를 모든 각도에서 감상했다. 카추샤는, 에렌은 그 눈길을 아는 듯 모르는 듯 영민하고도 오묘한 표정으로 자세를 흐뜨리지 않고 앉아 있었다. 네흘류도프의 눈에 들어온 카추샤를 표현하기 위해, 그의 시각을 담은 카메라앵글이 시선의 변화에 따라 돌아갔다. 네흘류도프가 한 바퀴 걷는 장면을 먼저 찍고, 카추샤 주위로 카메라를 올려놓은 방석을 둥그렇게 끌어 그의 시선의 변화를 나타내는 촬영 기법이었다.

큰 내용이 없는 장면임에도 시간은 오래 걸렸다. 네흘류도프가 걷는 속도에 비해 카메라를 끄는 속도가 느렸다. 네흘류도프를 느리게 또 찍고 방석을 빨리 끌며 또 찍고, 이번에는 너무 빨리 끌어 느리게 또 찍고, 몇 번씩 다시 찍었다. 짧은 장면 하나가 촬영 단원들의 신경을 곤두세우며 오래 끌었다.

교이치가 하품을 했다. "온돌식 촬영, 조선의 촌극", 교이치가 비아냥거렸다. 그러면서도 한편으로는 아내의 촬영 현장에 친숙함을 영방에게 은근히 자랑했다. '다다미방에서는 저나마도 될 줄 아느냐', 영방이 울컥해서 말하고 싶은 것을 참았다. 영방은 에렌을 본다는 이질성으로, 교이치는 오랜만에 보는 에렌의 한복 입은 자태에, 둘은 침묵한 채 촬영 현장에 빠져들었다.

촬영이 끝나갈 때 영방은 에렌과 맞부딪히기 전에 자리를 뜨겠다고 했다. 영방은 에렌을 대면하는 것이 두려웠다. 스스로도 그 이유를 정확히 꼬집을 수는 없었다. 그저 에렌을 보고 나면 연혜가 사라질 것만 같았다.

영방을 교이치의 절친한 친구로만 알고 있는 조감독이 단체 회식이 있을 거라며 한술 뜨고 가라고 권했지만, 영방은 공손히 사양했다. 교이치가 안도하는 것이 눈에 보였다. 촬영 장비를 늘어놓은 어수선한 마당을 빠져나와 영방은 대문 밖을 나섰다. 교이치가 함께 저녁이나 먹고 들어가자며 영방을 따라 나왔다.

"에렌 씨와 같이 들어가지 왜?"

"저 여자가 금슬 좋게 나랑 같이 퇴근할 것 같아? 사람을 소중히 해야 한다는 인간철학 늘어놓으며 회식에 절대 안 빠져. 난 어설픈 조선 영화인들 술자리에 끌려가기 싫다."

"자네 나라의 통치를 받는 식민국가 예술인들이 어떤 사고를 갖고 살아가나 체득할 수 있는 자리가 아니겠는가."

"내가 민속학자냐? 원주민 관찰도 아니고."

"이게 사회학이지 어떻게 민속학인가. 역시 자네들 일본인은 조선인을 미개 민족으로 생각하고 있구먼."

"쥐꼬리만 한 자본에 초라한 장비, 되지도 않는 극본으로 영화를 찍겠다니 한심하지 않나. 너도 영화판 좀 들여다보면 한심할 거다."

영방은 교이치에게 언제부터 촬영장을 들락거렸다고 해박한 척인가 핀잔을 주려다가 참았다. 교이치는 영방을 오뎅집으로 데리고 들어갔다. 해산물, 고기, 은행 열매, 떡이 꼬치에 꿰어 노릇노릇 구워지고 있었다. 교이치는 청주와 어묵꼬치를 시켰다.

"지금도 독립군 숨겨주는 선행을 베푸나?"

"무슨 소리를 하는 건지 모르겠네."

"혹시나 해서 하는 말인데, 독립운동 따위 하지 마라. 그런 건 애들 장난이 아냐. 죽을 각오로 해야 해."

"모든 일은 죽기 살기로 해야 하는 법일세."

"진심으로 하는 충고야. 죽어나가는 사람이 수두룩하다고. 너 죽는 꼴 못 본다."

"내가 반신불수 되면 절대 안 되지만 아예 죽는 것은 좋다며?"

"너 죽었다고 연혜가 따라서 비관 자살이라도 하면 어떡해."

영방은 기가 막혔다.

"그러지 않을 만큼 연혜는 충분히 현명하네. 만약 그러기라도 하면 총독부에서 열녀문 제도를 부활시켜 근사하게 문 하나 세워주게나."

"연혜는 열녀로 칭송이라도 받는다고 치자. 아무 이유 없이 죽게 되는 에렌은 무슨 죄가 있어?"

고춧가루 양념을 바른 어묵꼬치가 치지직 소리를 내며 구워졌다.

"하긴 넌 독립운동은 못 할 인간이다. 왠지 알아?"

"말해보게.

"넌 네 자신을 너무 사랑하거든. 이정균은 너만큼은 자기애가 강하지 않으니 그런 무슨무슨 주의에든 장화노류에든 뛰어들 수 있었을 게다. 넌 풍류를 즐기기엔 인격자라는 틀에서 못 벗어나고, 남의 사상을 받아들이기엔 너무 머리가 좋아. 품위에 대한 강박관념이 큰 네가 스스로를 버리고 나라를 위해 분투할 수 있을까?"

암연해진 영방의 얼굴을 보고 교이치가 양념장이 짜네, 맵네 애꿎은 주인만 핀잔하다가 화제를 바꿨다.

"에렌 때문에 연혜는 별일 없어?"

"무슨 별일을 말하는 건지?"

"뭐 연극 대타를 뛰게 됐다던가……."

"연혜에게 배우 해보라며 연예계 사람들이 쫓아온 적은 몇 번 있어."

교이치가 정색을 하고 말했다.

"그 사람들 다 사기꾼이야. 진짜 연예계에 종사하는 사람들이면 데뷔한 지 한참 된 배우를 못 알아보고 쫓아올 리가 없어. 속지 말게."

"에렌 씨가 아직 얼굴이 덜 알려졌다는 생각은 안 들고?"

"무슨 소리야. 지금도 에렌의 남자 팬들 등쌀에 내가 못 살겠는데."

영방은 희게 웃었다.

"자네는 좋겠구려, 버티기 어려운 것도 해학으로 승화하는 유머를 타고나서."

교이치는 황당한 표정으로 영방을 멍하니 바라보다가 물었다.

"넌 네 손에 든 것을 남에게 잘 주나?"

"갑자기 무슨 말인가?"

"길에서 거지가 적선을 바라면 그에게 돈을 줄래, 일을 줄래?"

"우선 배부르고 따뜻하도록 먹을 것과 옷을 주겠네, 본인이 원한다면 일거리를 찾아줄 수도 있겠지."

"누가 네 책을 훔치면?"

"책이란 본래 만인이 공유하는 것일세. 지식은 내 머릿속에 가둔다고 능사가 아니야. 그도 더 이상 책을 볼 필요 없을 만치 책 속 지식에 통달하여 그 책을 또 다른 이에게 나누어줄 수 있기를 바라네."

"누가 네 코를 베어간다면?"

"……."

교이치는 젓가락까지 두드리며 영방에게 목소리를 높였다.

"넌 우월감에 빠져 있어서 그렇게 친절할 수 있는 거야. 스스로가 잘났다는 우월 의식에 사로잡혀 있으니까, 주는 게 아깝지 않은 거라고."

교이치는 말을 이었다.

"네게도 자신 없는 게 생기면, 아등바등 움켜쥐고, 그렇게 관대할 수 없을 게다."

영방이 에렌의 영화 출연에 아무런 걱정이 없었다면 거짓말이었다. 영화배우로 유명해질 에렌과 주변 사람들의 시선은 염려가 되는 것이 사실이었다. 그러나 영방은 에렌의 꿈을 지켜주고 싶었다. 아직 제대로 만난 적도 없는 에렌이지만, 그래도 바라는 것을 향해 바득바득 힘차게 뛰어가는 모습은 부럽기도 했다. 영방에게 에렌의 끝없는 활력은 경이롭기까지 했다.

반면 연혜에게는 꿈이 없어 보였다. 연혜에게 꿈을 물으면 그녀는 "지혜롭게 이 세상을 살아가는 것이 내 꿈이에요, 남에게 피해 주지 않고"라고 답했다.

"무슨 꿈이 그래요" 하고 영방이 떼쓰듯 말하면, 연혜는 "미안해요" 답했다. 그게 무엇이 미안한 일인지 영방은 답답했다. 무엇에도 미안해하고 무엇에도 고마워하고 무엇에도 예의 바른 연혜가, 영방은 평생 이해할 수 없는 먼 곳의 사람으로 느껴졌다.

그 연혜가 품었던, 아무 설렘도 안 보여 꿈처럼 보이지도 않았던 그 꿈, 갑작스러운 미국 유학 바람은 연혜가 아닌, 에렌이 원인이었다. 에렌이 연혜에게 협박 아닌 협박을 가했던 것이다.

"내가 할리우드에 가면 넌?"

그런 에렌의 야망에 끌려가듯 따라갈 구실을 찾기 위해, 그로써 자기 자신을 증명하기 위해 연혜가 고안해낸 방편이 유학이었다. 에렌이 연혜에게 압박을 가한다는 것을 영방은 교이치를 통해서야 알게 됐다.

할리우드 같은 허황된 꿈은 꾸지 말라고 언성 높인 교이치에게 에렌은, 이미 친구에게 영어 공부도 시켰다고 했다.

"친구가 무슨 상관이야?"

"그 친구가 영어를 잘하면 나도 잘하게 되거든."

여기서 이상한 것을 눈치챈 교이치가 에렌을 캐물었고, 에렌이 스케줄이 안 맞을 때는 연혜에게 대타 출연을 강요한다는 것까지 알아냈다.

"자기가 영화 찍는 동안 연극무대에 대신 올라달라는 걸 연혜가 죽어도 거절했다고 에렌이 화내더라. 그게 말이 돼? 사실 제 한 몸이잖아."

교이치의 투덜거림을 들으며 영방은, 연혜에게 에렌은 어떤 존재일까 궁금했다. 몸의 일부일까, 분신 같은 친구일까, 끔찍이 소중한 동생일까, 목숨보다 귀한 딸 같은 존재일까.

에렌이 연혜로 변해 있는 동안에는, 에렌에게 예정되어 있었던 노래공연이나 감독 미팅을 연혜가 해주러 갔다. 에렌이 자신을 잠식해갈까봐 두려워하는 연혜를 본 적 있었던 영방은 그녀가 안타까웠다. 자신의 빛을 깎아서 에렌에게 빛을 더해주는 연혜의 희생은 무엇으로 보상받을 수 있을까. 연혜는 돌출되어 자라난 또 다른 자아를 위해서 스스로 그림자가 되려는가. 과거 없이 사는 그 자아에게, 줄 수 없는 과거가 미안하여 헌신하는가. 자신만이 과거를 가져간 것에 대한 보답으로, 미래를 에렌에게 주려는 것일까.

에렌을 가장 환한 빛까지 올려놓는 것으로 연혜는 평생을 삼을지 몰랐다. 그래서 영방은 에렌이 무엇을 하든 그 꿈을 지지했다. 연혜가 고생고생하며 그토록 살려주려는 에렌의 꿈은 이루어져야만 했다. 그럼으로써 연혜의 존재 의미가 살 수 있었다.

에렌의 영화 촬영을 중단시킨 것은 임신이었다. 영방은 어쩌면 다행이라고 생각했다. 그 스스로가 에렌의 꿈을 저지시키고 싶지는 않았으나,

에렌의 영화 출연은 여러 복잡한 일을 만들 터였다. 영방 자신도 모르게 내심 에렌의 촬영이 멈출 만한 일이 생기기를 바랐던 건지도 몰랐다.

임신 사실은 연혜가 영방에게 먼저 알렸다. 어느 날 저녁 찻물을 끓이던 영방 앞에 연혜가 찻잔 세 개를 놓았다. 남은 한 개의 잔에 영방이 의아한 시선을 보내자, 연혜는 살포시 웃으며 한 생명이 제 몸 안에 몽우리져 개화를 기다리고 있다고 말했다. 연혜의 임신에 영방은 그녀와 결혼한 이래 지금처럼 행복한 순간도 없었다. 아버지로서 어린 생명을 지켜야 한다는 책임감이 무겁게 스친 것도 잠시, 곧 찬란한 환희를 느꼈다. 세상에서 가장 좋은 아빠가 되겠다고 다짐했다. 올곧되 늘 서릿발처럼 꼿꼿한 부친과는 달리 자신은 자애롭고 사분사분한 아버지가 되리라 결심했다.

영방은 에렌의 몸조리에도 주의를 주고자 교이치에게 당장 임신 소식을 전했다. 교이치는 냉소적으로 말했다.

"이런, 그렇게 중대한 일은 아내 입에서 직접 나오는 것을 들었어야 하는데 다른 남자를 통해 알게 되다니. 그래, 안 들은 셈 치고 에렌이 알려주면 놀라는 척하는 수밖에."

후에 에렌이 임신 때문에 촬영을 계속할 수 없음에 크게 울었다고 전해 들었다. 좌절한 에렌이 가여웠지만 그보다 아버지가 된다는 기쁨이 영방에게 더 컸다. 에렌의 할리우드 야심은 잠정적으로 보류됐고, 자연히 연혜의 유학도 없던 일처럼 되었다. 연혜는 어떠한 실망도 없이, 떠난 적도 없는 일상으로 돌아왔다. 그녀는 여전히 누구에게나 상냥했고 어디에도 동요되지 않았다. 임신을 했다고 유난을 떨지도 않았지만 몸가짐을 조신히 함은 잊지 않았다. 영방은 과연 에렌이라면 교이치에게 무엇이라고 임신 사실을 전했을까 궁금했다.

영방이 걸어갈 길에 조선 독립이 들어올 자리는 어디에도 보이지 않았다. 영방은 외교만이 살 길로 국제 관계를 이용해야 한다는 주장에 솔깃하기도 했고, 러시아의 자작나무를 배경으로 펼쳐지는 지상 최대의 이상 국가 건설이 환상적으로 그려지기도 했지만, 몸은 따라주지 않았다. 아내가 있고 아이가 태어날 것이기에, 가장으로서의 역할이 더 크게 다가오기에, 라는 변론으로 자신을 무장했다.

그는 들끓는 것이 사라진 자리를 채우지 못해 허전했다. 요즘의 영방은 술을 마시는 버릇이 생겨났다. 그는 연혜가 에렌이 되어 집을 비우는 날이면 마음 놓고 술을 마셨다. 무엇인가가 영방의 가슴에 돌처럼 무겁게 눌러앉아 육중하게 버티고 있었다. 이 돌덩이는 영방의 머리를 치고 가슴을 치고, 머리끝부터 발끝까지 굴러다니며 그를 괴롭혔다. 그 무게에 짓눌려 그는 이전에 없었던 피곤함과 허무함을 느꼈다. 영방은 전에 없이 술에 취했다. 다른 남자들은 자기 아내가 사귀는 남자가 누구인가로 고뇌하겠지만, 나는 적어도 내 아내가 만나는 남자가 누구인지는 확실히 알고, 그와 친하고 그래서 방어할 수 있으니 오히려 다행이라고 해야 할까.

고뇌의 실체를 명확히 규정하기에는, 영방은 자신이 연혜를 대상으로 이런 생각을 하는 것이 추하게 느껴졌다. 때문에 그는 무엇이 자신을 괴롭히는지 구태여 정립하지 않았다. 오히려 수면 위에 적나라하게 내보여지지 않게 그 아래로 눌렀다. 참을 수 없게 괴로우면 술을 마셨다. 술 몇 잔에 적당히 호사스러워진 기분으로 선술집을 나서면, 조금은 몽롱하게 보이는 거리 풍경이 껴안고 싶게 정겨워졌다.

종로 뒷골목으로 선술집은 한 칸부터 복층 건물까지 수없이 늘어서 있었다. 홀에 탁자가 몇 있고 즉석에서 계속 안주를 구워내는 주인이 있는 게 대부분의 선술집 풍경이었다. 마른안주부터 진안주까지 즐비해 술한 잔을 시키면 마음대로 집어 먹을 수 있었다. 요리 단품마다 돈을 받는 카페나 요정과 달리, 안주값이 술값에 포함되어 선술집은 주머니 가벼운 서민들이 반주와 끼니를 함께 해결하려 모여들었다. 선술집의 소주 한 잔은 5전이고 카페는 1원으로 스무 배나 차이가 났다. 사람들은 가보지도 않은 카페의 절세미녀 카페걸 이야기를 안주 삼아 술 한 잔 털어 넣고 선술집의 푸짐한 안주를 입에 넣었다.

발길 닿는 대로 아무 선술집에서나 술 몇 잔에 저녁을 해결하던 영방은 고정 술집을 갖게 됐다. 여느 때처럼 퇴근하던 영방은, 이전에 봉수가 누이동생 봉자와 어머니를 이따금씩 살펴봐달라 한 부탁을 기억하고 발길을 그들의 집 쪽으로 향했다. 어찌어찌 타낸 보험금을 어수룩한 두 여자가 사기나 당하지 않을지 한 번쯤 들여다봐달라는 것이 봉수의 마지막 부탁이었다.

영방은 전차 길목을 건너고 종각 뒤로 들어가 연기에 그을어 까무스레한 집 앞에 섰다. 처음에 영방은 잘못 찾아왔나 했다. 유리를 댄 네 폭 지게문이 미닫이로 달려 집의 외관은 조금 달라져 있었다. 깨진 유리문 틈으로 하얀 김이 보얗게 나왔다. 흰 한복에 누런 각반을 치고 수건으로 머리를 동여맨 늙은 인부가 영방보다 한발 앞서서 쑥 하고 문을 열고 안으로 들어갔다. 엉겁결에 영방은 그를 뒤따라 들어갔다.

안은 선술집마냥 변해 있었다. 갈비 굽는 연기와 고기가 익는 내음이 없던 시장기도 돌게 했다. 젊은 인력거꾼 너덧 명이 술을 마시며 빈대떡을 먹고 있었다. 그릇을 닦던 여자가 영방을 보고 놀라더니 아는 척을 했다. 봉자였다. 그 반가움과 놀라움이 적절히 섞인 품새와, 과하지 않은 알

은체가 영방을 기분 좋게 했다.

먼저 들어갔던 늙은 인부는 이미 자리에 앉아 소주 한 잔을 단숨에 들이켰다. 그는 소주 한 잔을 더 주문하고 두부부침, 콩나물국, 김치, 눈앞의 안주를 집어 먹기 시작했다. 영방도 술 한 잔을 주문해 앞에 놓았다. 공기는 훈훈했고 안주는 여느 선술집과 다를 것 없었으며 맛도 특별히 모자라지 않았다. 봉자는 그때그때 안주를 굽고 식은 탕은 새로 끓여냈다. 갈비는 구워지는 족족 젊은 일꾼들이 널름널름 집어 먹었으나 아무도 탓하지 않았다. 영방은 뜨거운 갈비를 손에 쥐고 살을 발라 먹는 것이 엄두가 나지 않았으나, 일꾼들은 뼈만 쏙쏙 발라내며 맛나게 먹었다. 숯불이 빨갛게 타올라 봉자의 얼굴도 벌개졌다. 석쇠 위에 올린 은행꼬치는 피시식 소리를 내며 금방 가맣게 그을었다.

영방은 소주 한 모금으로 목을 축이며 봉자에게 간간히 말을 걸었고, 봉자도 분주히 음식을 채우면서도 그에게 답했다. 봉수가 남긴 보험금은 마른하늘의 단비인 것만은 확실했으나 획기적인 개선이 될 정도의 억만 금도 아니었다. 최대한 밑천을 적게 들이고 열 수 있는 가게, 고민 끝에 생각해낸 것이 살던 집을 개조하여 차린 선술집이었다. 야문 요리 솜씨를 내세워 봉수댁 아주머니가 낮에 찬을 만들어두면, 저녁부터 딸 봉자가 이것들을 끓이고 덥혀 손님들에게 냈다. 영방의 눈에는 앞치마를 두른 봉자가 학교에서 가사 실습하는 여학생마냥 어리게만 보였다. 그럼에도 봉자는 술 한 방울 안 흘리고 한 국자 두 국자 푸는 놀림이 익숙했다. 언니 봉희가 카페걸이 되었을 때보다 어릴 것이며, 에렌보다는 한참 밑일 것이었다. 봉수의 말마따나 어린 누이는 결국은 술장사를 할 팔자였던가. 하지만 이곳은 뒷방에서 손님을 받는 색주가와는 멀리 떨어져 있었고, 안에 따로 영업하는 방이 있어 뵈지도 않았다. 무엇보다 봉자에게

서는 요염함은커녕 생활에 지친 노곤함이 내려앉아 젊은 눈썹과 어울리
지 않았다. 한 마디 말 없는 봉수댁 아주머니가 갈비를 뚝뚝 떼어내는 모
습이 그림자처럼 함께하는 한 생계형 주막이 확실했다. 예전의 내외술집
은 가난한 과부가 잔과 안주만 차려놓고 얼굴을 가린 채 술을 팔았지만,
이제 그런 구분은 모호해졌다. 목구멍이 포도청일 때 얼굴을 가림은 무
슨 소용이며, 인간의 먹을거리를 파는 데에 내외를 구분함이 필요할까.

주린 기가 가실 때쯤 늙은 인부는 소주 네 잔째를 시켜 입에 털어 넣
고 한숨 돌렸다. 소주 한 잔도 다 비우지 못하던 영방은 늙은 인부를 눈
으로 좇았다. 인부는 낡은 손수건을 꺼내 입과 수염을 닦고서 안주머니
에서 전표를 꺼내 봉자에게 건넸다. 전표를 받아 든 봉자는 그에게, "현
금 없나요" 묻더니 "오 부를 떼이는데" 하고 중얼거렸다. 이리에 밝지 못
한 영방은 혹여 봉자가 이 늙수그레한 인부에게 인정상 받지 않을까 생
각했으나, 그녀는 응당 해야 하는 대로 술값 20전과 4전을 전표에서 제
했다. 계산을 마친 늙은 인부는 밖으로 나갔고, 영방도 떠날 겸 술값 5전
을 꺼내들었다.

영방이 이곳에 고정적으로 발걸음을 하게 된 사건은 이때 생겼다. 봉
자가 영방을 불러 판매 장부 기록을 대신 해달라고 부탁한 것이다. 그녀
는 창피한 표정으로 글을 못 쓴다고 말했다. 인부가 치른 술값과 이전에
팔린 술도 봉자가 불러주는 대로 영방은 받아 적었다. 일부러 또박또박
정성을 들여 적어 내렸다. 봉자는, "역시 선생님은 똑똑하시어요"라며 입
에 발린 소리를 하여 영방을 무안하게도 우쭐하게도 했다.

이후 영방은 주기적으로 봉자의 선술집을 찾아가 장부를 봐줬다. 이
시기 소비세 징수를 위해 세무서는 선술집마다 영수증을 발부하고 판매
장부를 상세히 기입할 것을 요구했다. 큰 선술집에서는 서기를 두고 장

부 정리를 맡겼으나, 허름한 주막의 까막눈 주인들에게는 버거운 것이었다. 봉자는 그동안에는 글깨나 아는 것 같은 손님이 오면 부탁한다고 했다. 이제 봉자는 영방이 오면 기다렸다는 듯 판매 장부를 써달라 내밀며 그를 위해 술과 안주를 차렸다. 봉자는 전날의 판매금까지 빠짐없이 외우는 기억력이 좋은 여자였다. 간단한 글자와 겨우겨우 숫자만 읽을 줄 안다는 봉자에게 영방은 글을 알려줄까 하다가 괜한 오지랖이라고 깨닫고 그만뒀다.

영방이 처음 봉자의 집 안에 발을 들인 것은 어머니가 편찮으시다는 그녀의 울음 때문이었다. 방 안은 역한 내가 퀴퀴했고, 한 번도 접은 적이 없는 듯 흐트러진 이불은 군데군데 얼룩져 있었다. 의원을 불러오고 약을 지어오는 길에 봉자는 연신 고마워했다. 영방은 이제껏 봉자를 "이보세요" 하고 부를 뿐 무엇이라 호칭한 적이 없다는 것을 새삼 깨달았다. "봉자 씨?" 하고 영방이 어렵게 부르자 그녀는 얼굴이 발그레해졌다.

그 처음을 물꼬로 이후 영방은 연혜가 없는 날이면 봉자의 집에 들러 한 잔 술에 저녁을 먹고, 떨어진 단추를 꿰매고, 때로는 아침밥까지 먹고 갔다. 봉자가 그에게 도시락을 싸준 날 그는 화를 냈으나 고맙고 미안했다. 쌀이 귀해 잡곡이 거뭇거뭇 섞인 밥과는 대조적으로 선술집 부침개질이 빚어낸 기름진 찬이 담긴 도시락은 슬퍼 보였다. 그 어울리지 않는 것의 조합이 애잔했다.

가끔 일찍 들어와 아무도 없는 집 안에서 연혜를 그리다가 영방은 다시 훌쩍 나가 술을 마시고 들어왔다. 그리고 다시 연혜를 허공에 그리다가 잠들었다. 그런 날은 더 많이 취했다. 취기에 혼자 깬 어두운 방은 울적하여, 영방은 아침 일찍 괜히 봉자 얼굴 한번 보고 일을 나갔다. 영방은 때때로 연혜에게 가책을 느꼈으나 그녀가 에렌으로서 다카오카의 크고 깨끗한 집에서 지내니 산모에게도 나은 환경일 것이라고 스스로를 다독였다.

영방이 생각지도 않을 때 연혜가 돌아와 있기도 했다. 그가 방심하고 술을 마시고 온 날 연혜가 돌아와 밤늦도록 집을 지켰다. 연혜는 영방의 옷에 밴 고기 냄새와 술 자국을 보고 그의 음주를 분명히 알았을 것이었다. 그래도 그녀는 별말을 하지 않았다. 처음에는 면목 없고 멋쩍던 영방은 괜한 반항적인 기분에, 이후에는 연혜가 돌아올 것이 분명한 날마저 술을 마시고 들어오기도 했다.

봉자가 생일을 맞아 함께 미역국과 차조떡으로 저녁을 먹고, 미리 알지 못한 것이 미안해 밤길에 나가 선물을 안겨주고 돌아온 어느 늦은 밤이었다. 연혜가 저녁상을 고스란히 덮어둔 채 기다리고 있었다.

"어디 있다 온 건가요?"

"말해야 해요?"

"아내가 남편에게 묻는 것이 잘못된 건가요?"

연혜는 담담하게 말했으나 영방은 집에서까지 취조하지 말라고 소리 지르고 싶었다. 연혜가 상보자기를 열었다. 먹음직스러운 백숙이 통째로 담긴 뚝배기가 한 그릇 있었다. 연혜가 이를 가리키며 말했다.

"시장하지 않으면 나중에 먹어도 돼요. 억지로 들지는 말아요."

연혜의 말에 영방은 도둑이 제 발 저린 기분이었다. 그는 오기가 생겨 배가 전혀 고프지 않음에도 상 앞에 앉았다. 백숙은 뚝배기 채 연혜가 계속 데워 아직 뜨끈했고 국물은 진하게 졸아 한 숟갈만 떠도 진국이었다. 부른 배에 먹어도 풍미가 느껴지고 자꾸 숟가락이 가도록 맛있었다.

"당신도 들어요."

"난 입덧이 심해서 먹히지가 않아요."

음식을 입에 대지 않아도 수저 한 벌을 더 놓고 영방의 식사 벗이 돼 주고 했던 연혜는 이번에는 웬일인지 자리를 비켜줬다. 자신이 보는 앞에서 영방이 편하게 먹지 못할까 봐 배려하는 태도가, 영방에게는 더 답답하게 느껴졌다.

연혜는 한켠으로 물러나 앉아 손에 습포를 댔다. 그녀의 하얀 손은 부침개질을 하느라 덴 적도 없고 아이들의 기저귀를 빠느라 부르튼 적도 없는 태곳적 여자의 순결함 같았다. 배가 불러도 오기로 다 먹은 영방이 빈 그릇을 치웠다. 연혜가 상을 정리하고 손을 씻고 왔다. 그녀는 화장대 앞에 앉아 손에 콜드크림을 바르기 시작했다.

"쉬게 돼서 학생들이 보고 싶지는 않아요?"

영방이 물었다. 연혜는 임신 후에 명륜학원 강의를 완전히 그만두었다.

"그 젊은 학구열들이 경탄스럽지만, 임신한 선생을 그들에게 보이고 싶지는 않아요."

"왜요?"

"아이를 밴 어미는 여자로 보이지 않으니까요."

연혜의 대답은 파격일 만큼 놀라운 것이라 영방은 멍해졌다. 연혜가 말을 이었다.

"특출 난 학력도 아닌 내가 그저 일본어를 좀 한다는 이유만으로 그렇게 오래 강의 맡기는 힘들었겠지요. 결국 학생들의 호응이 있어서 가능했던 것이고, 좋아해줄 때 그만두는 것이 나아요."

영방은 궁금했던 것을 물었다.

"그중에는 일찍 결혼하여 아이까지 본 학생도 있었는데 그 애들이 당신에게 연서를 내밀면 염치없어 보이지 않았어요?"

"그보다는 그 아내가 안타까웠고 내가 그 아내의 눈에 띌 일이 없기를

모던 마리아 못된 마돈나　353

바랐어요."

"머리채라도 잡히면 큰일이겠죠."

성의 없이 내뱉은 영방의 무미건조한 농담에 연혜도 의례적인 웃음을
방긋 지었다.

"그 아내가 나를 보면 어이가 없어 화도 못 내고 슬플테니까요."

"예?"

"자기보다 못난 나를 보고, 이런 여자에게 연정을 품은 남편의 눈이 믿
기지 않을 거예요. 차라리 어여쁜 여자라면 분해도 그 패배를 인정할 수
있어요. 하지만 패함을 인정하기에 자존감이 상하는 상대라면, 화낼 기
력도 없고 슬프기만 하지요. 아내가 남편의 연정이 이해가 될 만큼 분하
게 완벽한 미녀가, 나는 못 돼요."

이 여자의 속내는 무엇일까. 영방은 아내를 찬찬히 들여다봤다. 연혜
의 말이 너무도 정연해서 영방은 지쳐버렸다. 이런 완벽하게 준비된 말
이 언제나 이 여자의 머릿속에 있는 것일까. 그는 연혜에게 피로감을 느
꼈다.

부부란 정과 마음을 통하며 평생을 의지하고 살아가는 사이인 줄만
알았다. 세상에 머리를 겨누며 살아야 하는 아내의 유형도 있다는 것을,
영방은 터득해가며 그때마다 침전해갔다. 영방이 태연한 척 물었다.

"기혼 학생보다는 미혼 학생이 연서를 보내는 게 그나마 바람직했겠
군요?"

"어느 편이나 마찬가지였어요. 모든 편지는 심각한 것이 아니고, 호감
을 받는 것은 예의가 지켜지는 한, 누구에게 받든 좋은 것이니까요."

영방은 크림을 발라 반질반질한 연혜의 손을 쳐다봤다. 연혜의 한 부
분이 읽히게 된 지금, 갑자기 그녀를 감싸고 있던 경이감이 사라졌다.

'너도 결국 여자구나' 하는 생각이 들자 영방은 연혜에게 더 이상 무조건적인 호의가 느껴지지 않았다.

"그들이 불쌍하지는 않았어요? 집안이 억지로 결혼시킨 아내에게 정을 못 줘 당신을 동경한 그들이 안 불쌍했어요? 이를테면 정균 같은 이들."

"안타깝기는 했지만 동정하지는 않았어요. 동정은 사랑으로 둔갑하기 쉽고, 동경은 사랑이라 속이기 쉬우니까요."

영방은 심장이 따끔따끔 찔렸다. 연혜의 말이 자신의 이야기 같았다. 더는 견딜 수가 없어 영방은 피곤하다 하고 일찍 잠자리에 들었다.

다음 날 영방은 선술집에 또 들렀다. 봉자가 계면쩍은 미소로 판매 장부를 내밀었다. 영방이 적어준 장부를 보느라 고개를 숙인 봉자의 뒤통수를 내려다보니 까슬까슬한 머리가 새집을 짓고 있었다. 가칠한 피부에 피로로 거무죽죽한 입술의 봉자는 초췌하다 못해 추레하기까지 했다.

영방은 지금의 자신이 남들 눈에는 비정상으로 비치리라는 것을 잘 알았다. 절세미녀를 부인으로 두고도 정작 제 처의 매력에 무디어 밖으로 나도는 호사가들을 영방 자신부터가 얼마나 비웃어왔던가. 그랬던 자신이, 처복이 경성 제일이라는 말을 들었던 자신이, 아내에게 질린 것일까. 이전에는 완벽한 연혜가 자신의 완전한 짝인 줄 알았으나 이제는 그렇게 버거운 아내를 둘 것이 아니었다고 영방은 애써 불만을 만들어냈다.

영방은 연혜를 너무 손쉽게 좋아했던 것을 후회했다. 연혜 같은 여자에게라면 누구나 쉽게 사로잡힌다. 그러나 이런 여자를 끝까지 좋아하기 위해 치러야 하는 대가를 미리 각오하는 사람은 없다. 대부분 빠르게 반해버리고 금세 기권해버려서, 여신의 곁을 완주해낸 비법 따위는 전해지지 않는다. 그래서 관상의 존재로만 두어야 하는 여자가 있는 것이다.

연혜가 봉자를 보고 화도 나지 않아 슬플 것이라면, 봉자는 연혜를 보고서 압도되어 안절부절못할 것이었다. 봉자가 애정을 선점했다는 내연녀의 당돌하고 요망한 매력을 발산하기에는, 연혜는 한 치도 내려다보이지 않는 고고한 산이었다. 그런 상상을 하니 영방은 봉자가 안쓰러워 그녀의 거친 손을 잡아주고 싶었다.

19 레코드

평양은 혼란스러웠다. 중국에서 건너온 공산당원들은 평양에 거점을 조성하고 대중 선전활동에 돌입했다. 격문데이, 메이데이 등 선동운동이 끊임없이 일어나고 있었다. 검거되는 사람들이 줄을 이었고 신문에서는 날마다 이들의 재판 과정을 알리는 기사가 쏟아졌다. 정치면과 사회면은 굵직한 사건들로 채워졌고, 여기에 부인회 교육, 예기 해방, 농민 단결 등의 내용이 더해졌다. 일본 내무성 경보국에서 공창폐지 성명을 언명한 것은 조선에도 영향을 끼치고 있었다. 기생의 고을 평양부터 공창을 예기 작부로, 대좌업을 요정으로 영업 전환을 하겠다고 신청했다.

평양 기성권번이 주식회사로 변경되면서 기생을 규제하는 방침이 도가 지나치다는 비난도 없지 않던 중, 기성권번에서는 권번 소속 기생에게는 절대 레코드 취입을 허락지 않는다는 규정을 발표했다. 가수가 된 기생이 일반 기생에게 미치는 폐해가 크다는 것이 그 이유였다. 기생들은 외출 제한령을 철폐하고, 특히 레코드 취입 금지령을 풀어달라고 항의했다. 시국이 혼란해 해어화들의 반란 정도로 등한시한 총독부 경무국은 '경영자들이 시대에 각성하여 창기들의 자유를 존중하는 것은 미래 사회의 길'이라는 애매모호한 말만 남겼다.

평양 대동강에 단풍빛이 스러져갈 때, 국제노동기구에서 이례적으로 평양에 조사위원단을 파견하겠다는 의사를 밝혔다. 일전에 국제노동기구가 부녀 매매 금지협약을 발표했지만, 일본은 조선 반도는 예외로 두고 시행하지 않고 있었다. 평양에서 기생 문제가 대두되자 국제노동기구가 조사단의 평양행을 피력한 것이다. 이미 두 해 전 국제연맹에서 직접 만보산 평양사건을 조사한 바 있었고, 만주국 분쟁으로 국제연맹 탈퇴까지 감행했던 일본이었기에, 국제사회와의 대면은 일단락됐다고 방심하던 외사국에서는 아닌 밤중의 홍두깨 같은 격이었다. 국제연맹의 개입마저 단호히 끊었던 일본 당국과 총독부가 이번 국제노동기구의 파견 조사를 거부하지 않은 것은, 조사위원단의 단출한 구성 때문이었다. 노동법 박사 부부 동반 방문이라는 통보에, 외사국 내부에서는 '극동의 나라에서 초호화 대접 한번 받아보고 싶으니 괜히 오래된 일 꼬집어서 궁색한 핑계로 경성행을 한다는구나'라고 이들의 실질적인 방문 의도를 일축했다. 그 의도에 최대한 부합하기 위해, 외사국은 조사단의 경성에서 평양까지의 일정을 경성의 화려함, 첨단의 항공, 평양의 고즈넉함을 한껏 보여주기 위한 방향으로 정했다.

관건은 평양 시찰 시 조선의 아름다움이 담뿍 담기게 안내할 사람이 외사국 내에 있는지였다. 외사국 고등관리 1인 이상이 조사단을 평양으로 인도해야 했다. 국장은 아니되 고위직에 임하는 관리, 조선에 친숙한 관리인 교이치가 선정됐다. 그러나 무엇보다도 여기에는 교이치의 아내, 에렌의 존재가 크게 작용했다.

"배우 출신의 아름다운 여성이 평양의 수려한 풍경을 안내하는데, 마음이 노곤해지지 않겠는가. 게다가 임부이기까지 한데 절로 마음이 열리겠지. 중대한 일이니 미안하지만 부탁 좀 하겠네. 미모의 부인을 뒀다가 어디에 쓰나, 허허."

  평양의 얼굴은 모란봉, 을밀대가 아니라 평양 기생이라 할 만큼 외부 인사들의 평양 방문에서 기생의 참석은 빠지지 않는 것이었다. 그러나 이번 참관에서만큼은 기생 관광 이미지를 철저히 배제해야만 했다. 평양의 유구한 유적지, 공장, 학교를 들러 평양의 역사적인 아취와 현재의 발전상을 보여주어, 평화롭되 약진하는 대도시의 면모를 보여주는 것이 목표였다. 외견상 점잖고 건전한 일정으로 짜여 있었다. 그러나 시찰을 관광으로 탈바꿈시키기 위해서는 기화요초가 빠질 수 없는 법이었다. 교이치는 자신의 아내가 기생을 대신하는 것인가 싶어서 과히 유쾌하지 않았다.

  임부인 에렌을 대동하기 어렵다는 교이치의 반대에도 외사국은 에렌의 동행을 강력히 추진했다. 미인일 뿐만 아니라 동양의 영화배우라는 점이 크게 흥미를 끌 것이라고 보았다. '저쪽도 부부 동반이니 이쪽도 부부 동반'이라는 구실을 붙이면 그럴듯하다는 논리까지 나왔다. 총무부는 교이치를 달래며 이번 일이 잘 성사되면 에렌에게 조선의 대배우라는 수식어를 붙여주겠다고 했다.

  그러나 교이치는 그만의 사정 때문에 이렇게도 저렇게도 확답을 할 수가 없었다. 그 사정은 외사국 내 누구에게도 말 못 할 것이라 혼자 몸이 달았다. 요즘의 에렌은 거의 대부분 연혜인 상태로 있었다. '총독부가 인정한 조선의 일급 배우'라는 호칭을 대가로, 에렌이라면 기꺼이 동행할지 모른다. 그러나 연혜를 어떻게 설득시킬 것인가. 그것도 완벽히 남으로 인식되는 교이치를 위해서.

  교이치는 무거운 마음으로 영방을 만나러 갔다.

  에렌은 임신 후 날이 지날수록 연혜로 분할 때가 훨씬 더 많았다. 이

기이한 현상에 교이치와 영방은 연혜 쪽이 더욱 모성애가 강하다고 잠정적 결론을 내렸다. 에렌은 아기를 가진 사실에서 벗어나고 싶은 것일까, 혹시 아기가 배우 활동에 걸림돌이 된다고 여겨서일까. 교이치는 어딘지 서운했다.

교이치와 영방은 짧은 시간 안에 어떻게 연혜를 설득해 외사과 사모님을 연기하게 해야 할지 암담했다. 둘 사이에서 실없고 엉뚱한 탁상공론이 오갔다.

"영방 너랑 나랑 남편끼리 서로 아는 사이인 척하자."

"언제 부부 동반 모임이라도 해야 하나."

"부부 동반을 어떻게 하나? 어느 한쪽은 부인이 없게 되는데."

"자네 내외가 나와 만나고, 나와 연혜가 자네를 만나는 식으로."

"그래, 내가 급하니까 먼저 너희 부부가 나랑 만나자."

각자의 결혼 생활이 이어졌던 지난 시간들에서 영영 불가능할 것처럼 지지부진하던 만남은, 발등에 떨어진 불로 급속히 진전됐다. 교이치는 연혜를 만나는 것이 내심 겁이 났다.

조용하고 고즈넉한 식당에서 교이치, 영방, 연혜 세 사람의 만남이 있던 날, 교이치는 긴장해서 얼어붙었고, 연혜는 아무 내색 없이 교이치를 만났다. 연혜는 교이치가 자기소개를 했을 때 놀라는 빛도 보이지 않았고 아는 척도 하지 않았다. 교이치도 괜히 봉천에서의 일을 올려 머쓱해지고 싶지 않아 지난 일은 들추지 않았다. 초면인 교양인들의 만남처럼 평화롭되 어색한 대면이었다. 예의를 갖춘 교이치의 부탁에 연혜는 영방을 한 번 보고는 수락했다.

"제가 하지 않을 수 없도록 이미 제 남편과 뜻을 같이하셨는데 이제와 제가 어떡하겠어요."

그날부터 연혜는 외사국이 지급한 평양 가이드북을 외우기 시작했고, 영방은 연혜 걱정에 안절부절못했다. 영방은 임신한 연혜가 평양의 기후에 잘 견딜지 음식은 입에 맞을지 강바람에 감기가 걸리지 않을지 걱정투성이였다. 하루에도 몇 번씩 교이치를 만나러 와 이것저것을 묻는 영방에게 교이치가 소리를 질렀다.

"평양음식 해봤자 조선음식이지. 연혜가 그것도 못 먹을 것 같아? 이봐, 고작 이틀이야. 내가 임부 잘 안 챙겨 먹일 줄 아나? 감기 걸리면 네 부인만 걸리냐? 아프면 내 아내도 아픈 거야. 조선인인 네가 일본사람인 나한테 평양을 왜 물어?"

"자네는 출장을 많이 다니잖아."

평양행에 정확한 날짜가 잡히고, 불가능할 것 같던 연혜와의 동행이 다가왔다. 교이치는 통역생의 동행을 극구 사양했다. 시찰을 에렌이 아닌 연혜와 떠나게 될 가능성이 농후했다. 띄엄띄엄한 자신과 연혜와의 사이가, 서양인의 눈에는 한번 걸러져 동양의 정중한 부부 예절로 비칠지라도 통역생의 눈마저 속이기 어려울 것이었다.

조사위원단의 총독부 회담 후 경성에서의 일정은 교이치가 수행했다. 경복궁, 상공장려관, 제사공장, 전기회사를 시찰한 후 연혜는 비행장에서 만나는 것으로 했다. 경성 일정에까지 에렌이 동반하기를 바랐던 상부에 교이치는 "임부를 비행기에 태우는 것도 위험한데 그 이전에 피로하면 유산의 가능성이 높습니다" 하고 잘라 말했다.

〈국제노동기구 조사단 촬스 씨 부처 입경, 경성을 거쳐 평양에 간다, 오전 중 총독부 방문〉

국제노동기구 조사단 촬스 씨 박사 부처와 촨손 씨 박사와 수행원이 ××일 오후 7시 도착 열차로 경성에 들어서 조선호텔에서 1박 하고 ××일 오전 10시에 총독부에서 정무총감과 약 1시간 회담한 후 정무총감 응접실에서 호즈미 외사과장과 다카오카 외사과 사무관과 정오경까지 조선의 노동법 운영 문제에 대하여 문답한 후 오후에는 자유 행동을 취하기로 하였다. ××일에는 총독부를 참관하여 조사 자료를 수집하고 ××일 오후 7시 40분 차로 경성비행장발 평양에 향하여 동 지방 시찰한 후 귀국할 터라고. 평양 조사의 수행으로 다카오카 사무관과 미우(美優) 이혜련 씨가 동행하기로 되었다. 국제부 기자 ○○○.

야간 조명탑이 활주로에 빛을 내리비추었다. 비행기의 이동 경로를 제외하고는 물을 뿌려놓아 유도로는 반짝거렸고, 콘크리트 활주로에 비친 조명으로 또 하나의 달이 바다에 떴다.

'밤 비행기로 노리는 부수적 이득이겠군.' 모든 것이 삐딱하게 보일 만큼 교이치는 불평이 가득 차 있었다. 보다 안전한 기차를 이용해 평양에 가고 싶었으나 필히 비행기로 연계하라는 지침이 불만스러웠던 것이다.

통역생은 매끄럽게 "경성비행장은 일본과 조선, 만주의 항공로의 요충지로, 활주로를 비롯하여 유도로, 연락도로에 지하케이블을 설치하여 명실상부한 동양 제일의 대비행장입니다. 20만원의 거대한 비용을 던져 소화 7년 9월 13일 정비 공사에 착수하여 소화 8년 3월 30일 공사를 마치고……" 하며 자신의 원고를 술술 영어로 쏟아냈다. 교이치의 요구는 묵살되어 외사국은 기어코 수행원단에 통역생을 포함시켰다. 짧은 영어로 눈치껏 들으며 교이치는 통역생을 언제 어디서 떼어놓을까를 고민했다. 통역생은 전문학교 영문과를 수학한 재원이었다. 그만큼 책임감이 컸고 앞으로 통역관으로 성장할 야심도 갖고 있는 이였다. 더군다나 비행기를 타본다는 기대감에 차 있는 그를 교이치는 차마 두고 갈 수 없었다.

비행장 귀빈석으로 조사단을 인도하자 그곳에는 그의 아내가 기다리고 있었다. 교이치는 내심 연혜가 아닌 에렌으로서 온 것이기를 바라고 있었다. 서로 정중한 목례를 함으로써 빠르게 연혜임을 파악한 그는 실망을 감추고 조사단에게 연혜를 인사시켰다.

비행기에 오른 그는 연혜와 나란히 앉아야 하는 어색함을 감출 수가 없었다. 연혜가 낯설어서가 아니라, 에렌과 똑같은 인물에게 갑자기 예의를 지켜야 하는 상황이 어색했다. 교이치가 말했다.

"미안합니다."

"네?"

"건강에 충분히 유의해야 할 시기에 이런 고된 여정을 드리게 돼서 미안합니다."

교이치는 갑자기 연혜가 무서워졌다. 이렇게까지 연혜와 꼭 붙어 앉은 적은 없었다. 연혜가 자신을 어떻게 생각하고 있을지가 두려웠다. 맞닿을 만큼 가까운데도 그녀의 생각은 저 높이 있어 자신은 도저히 닿을 수 없는 것 같은 느낌이었다.

연혜가 겉으로는 상냥하게 웃고 있지만 피부 밑으로는 교이치를 달가워하지 않음을 교이치는 느낄 수 있었다. 연혜는 '임부를 어쩌겠어' 하는 자포자기한 배짱으로 교이치를 대했고, 교이치 또한 그것을 알았다. 지금 품고 있는 아이가 내 아이일지도 모르는데. 그럼에도 그는 마치 천성이 자상하여 모든 임부에게 친절한 호인인 양 굴어야 했다.

"부인이 있으신가요?"

연혜가 말간 눈으로 교이치를 바라보며 묻자 교이치는 말문이 막혔다.

"네."

"어떤 분이시지요?"

은은하게 미소를 띠며 묻는 연혜는 단순한 호기심인 듯했다.

"연혜 씨와 많이 닮아 있으면서도 또 많이 다른 사람입니다."

자기 아내를 눈앞에 두고 이게 무슨 대화인가 하여 교이치는 쓸쓸했다.

평양에 도달한 후 대절된 수행차로 조사단과 교이치 일행은 철도호텔로 향했다. 다음 날부터 제당회사, 초자공장, 고무공장, 전매국, 전기전람회 시찰과 대동강 유람, 기성권번 학예부 참관 등이 예정되어 있었다. 본래 모란대에 직접 올라 평양 시가지를 보는 계획이 있었으나, 임부에게 무리한 움직임은 치명적이라는 교이치의 주장으로 취소됐다. 기자릉에 오르는 것도 제외됐다. 일정은 최대한 임부가 무리하지 않을 행선지들로 채워져 있었다.

호텔 로비에서 인사 후 조사단이 방으로 올라가자 교이치는 통역생에게 명령하다시피 전 일정 개인 시간을 줬다. 통역생의 떳떳한 자유를 위해, 향후 외부인사 접대에 대비하여 평양 내 권번과 각 요리점의 외국어 통용 정도를 조사하라는, 임무 같지도 않은 임무를 맡기고 수행 비용까지 안겨줬다. 그만의 거래를 성사시킨 교이치는 통역생을 입단속시키고 방에 올려 보냈다. 이로써 통역생이 붙는 고민은 해결됐다. 교이치는 에렌과 연혜의 영어를 믿었다. 하나가 할리우드에 가겠다고 다른 하나를 유학 보내기 직전까지 만들었다. 에렌의 집념과 연혜의 총명이 만나면 어느 언어인들 못할까.

외사국은 교이치 부부를 위해 철도호텔 내 특실을 배정해주었으나 그의 아내가 현재 연혜인 이상 방이 하나인 것은 큰 문제였다. 교이치는 사비를 들여 일반실 두 개로 변경할까 했으나 주위의 시선에 눈치가 보였고, 그보다도 연혜가 홀로 있다가 진통이나 조산, 최악의 사태에 유산까지 위급한 상황에 처하면 큰일이었다. 그는 침대를 연혜에게 내주고 소파로 물러났다.

다음 날 숨 가쁘게 돌아가는 일정이 대동강 유람에 이르자 교이치는 한시름 놓았다. 유람선에 올라탄 이후부터는 더 이상 연혜가 움직일 일이 없어 다행이었다. 대동강의 표표한 물결을 따라 배는 평양의 고적을 양옆에 두고 천천히 강 위를 흘러갔고, 가끔씩 연혜가 조사단에게 주요 장소를 설명했다. 멀리 모란대가 보였고 맞은편으로 기성권번이 보였다. 교이치는 의도치 않고 얻은 호기회라고 여겼다. 연혜도 같은 생각이었는지 입을 열었다.

"저기 멀리 보이는 것이 기성권번 학예부입니다. 평양 제일의 기생 교육 학교입니다."

"학교까지 있을 만큼 조선 여성들은 기생이 되기를 바라나요?"

"모두가 그런 것은 아니지만, 평양 기생은 명성이 높고, 조선무용, 서양무용, 노래, 악기 연주를 비롯한 예악을 전문적으로 다루는 학교라 기생으로서는 선망하는 곳이지요."

"그래도 기생학교이니 강제로 온 학생이 많겠지요?"

"희망자만 받아도 초과하기 때문에 강제를 행할 필요가 없을 텐데요. 입학시험이 있고 이를 통과하기 위한 경쟁이 치열합니다."

"왜 기생이 되기를 바랄까요?"

"기생은 단순한 매매 대상의 여성이 아닙니다. 예악을 행하는 전문가로서 조선에서 종합예술인으로 성공하려면 기생만 한 직업도 드뭅니다."

"그럼 음악가나 성악가가 되면 되지 않습니까?"

연혜는 잠시 입을 다물었다.

"가난이 문제겠지요."

한숨을 내쉬듯 말하는 그녀의 말에 조사단이 숙연한 모양새를 취했다. 연혜가 다시 말을 이었다.

"기생으로 재력을 얻으면 성악가의 꿈을 이루기 위해 외국 유학에 오르기도 한답니다."

"결국 기생이란 성악가보다 하등하다는 것이군요?"

유도 심문이 치졸하다, 교이치는 생각했다. 연혜에게 주어진 평양 가이드북에는 없는 내용으로 자꾸만 그녀에게 답을 요구하고 있었다.

"꿈을 현실화해줄 디딤돌이 되어준다는 뜻이었습니다."

유람선이 표표히 나아갔다. 모란봉 동편으로 청류벽이 깎아지를 듯 솟아 있었고, 그 끝에 부벽루가 보였다.

"부벽루입니다. 기생 계월향이 왜장의 목을 베고 목숨을 끊은 사연이 서린 곳입니다. 나라를 구하는 희생정신과 절개가 드높아 평양 기생들의 자부심이자 조선 여인들의 자랑인 곳입니다."

좋은 설명이다, 교이치는 생각했다. 왜놈의 목을 베었다는 것쯤은 아무래도 좋았다. 그는 연혜의 영어가 완벽한지는 알 수 없었다. 그러나 조사단의 물음에 조목조목 답하는 것이 흡족했다. 같은 여성인 연혜가 말하는 기생은 신빙성 있게 들릴 것이고 조사단이 품고 있던 부정적인 인식을 해소하는 데 큰 역할을 할 것이다.

"권번 중에서도 기성권번이 유명하다면서요? 주식회사로 등록된 이상 뭔가 사회사업을 해야 할 의무가 있을 텐데요?"

"모든 것에는 양면의 얼굴이 있고, 기성권번도 소속 여성에 대한 강한 규제로 비난받고 있는 한편, 이미지 재고를 위하여 기부 활동에 적극적입니다. 지난 삼남 수해 때 의연금품을 보냈고, 몇 해 전 만보산 사건의 여파로 평양에서 봉변당한 중국인들에게 위로금을 전달하기도 했습니다."

위험한 대화다, 교이치는 생각했다. 만보산 사건이 재론되는 것은 피해야 했다. 지금껏 외사국은 만보산 사건을 유야무야 넘기고자 심혈을 기울여왔다. 요행히 조사단의 관심은 만보산에 있지 않은 듯 바로 다른 질문을 던졌다.

"평양에서 '레이디 데모'가 있었고 주동자를 함부로 구속했었다면서요? 인권유린 아닙니까?"

레이디 데모라는 말에 교이치는 눈알을 굴리다가 가까스로 몇 해 전 평양 기생들의 '낭자 데모' 사건임을 짐작했다. 자질구레한 것까지 알아 왔구나 싶었다.

"그 일이 있고 나서 변호사 대회에서 기생의 인권 옹호가 중대한 화두가 됐고, 평양 변호사회가 적극적으로 여성들의 변론에 나섰습니다."

일부러 삐딱하게 던진 질문에도 연혜가 차분하게 답하자 위원들도 더 이상의 날선 질문은 하지 않았다. 일행은 풍경이 곁들어진 평탄한 대화로 유람의 나머지를 보냈다.

대동문 부근에 기성권번이 서 있었다. 웅장하지는 않지만 위엄이 느껴지는 2층 기와 가옥이었다. 앞으로는 대동강 물결이 넘실거렸고, 강 너머 맞은편으로는 모란대가 펼쳐졌다. 강물이 용용히 흐르는 강변에 아찔하게 서 있는 기와집은 그 자체로 한 폭의 그림이었다.

권번 안으로도 미려한 풍경이 따라 들어왔다. 대문 위에는 예서체로 부각된 '기성권번' 간판이 있었고, 곡선의 기와지붕과 장지문이 활짝 펼쳐진 한옥에, 벽돌담과 덩굴장미 모양의 철조 난간은 서구식이었다. 너른 모란대를 마주한 건물의 특성상 어느 발코니에서나 산수화가 펼쳐져 소아한 아취가 돋았다. 더할 나위 없는 풍류의 공간이었다.

조사위원단은 권번 학제를 기록했고, 빼곡하게 찬 수업 시간표를 보았으며, 수업을 하는 교실을 직접 참관했다. 가야금을 배우는 학생들을 보았고, 장고춤을 연습하는 수업을 보았고, 예의범절 수업에서는 무엇인지 모르고도 감명 깊다는 듯 보았다. 권번 안내인도 이 예의범절이라는 것의 내용이 걷는 법, 앉는 법, 인사법, 술 따르는 법, 표정 짓는 법, 배웅하는 법, 손님을 다루는 법이라는 것을 굳이 밝히지 않았다.

기성권번을 둘러본 조사단은 깊은 인상을 받은 눈치였다. 당초 평양의 부녀 매매를 문제로 온 그들의 보고서에는 이제 이곳에서의 온난하고 따뜻한 분위기가 적힐 것이었다. 수행의 목적이 성공했다고 할 수 있었다.

교이치는 이상한 광경을 목격했다. 교실과 부속 시설을 둘러본 조사위원단이 응접실에서 휴식을 취하는 사이 연혜가 슬그머니 자리를 비웠다. 난로 위 주전자에서 피어오르는 김과 따뜻한 녹차로 온기가 가득한 방 안에서, 조사위원들은 차가운 대동강 바람에 얼었던 몸을 풀며 저마다 소감을 나누느라 바빠 신경을 쓰지 않았다. 연혜가 걱정된 교이치도 조사위원단 접대를 권번 관리자들에게 맡기고 응접실을 나섰다.

복도에서 이리저리 연혜를 찾던 교이치는 그녀가 한 젊은 여성과 긴밀히 서서 이야기 나누는 것을 보았다. 쪽진 머리와 맵시 있는 한복 자태가 권번 기생으로 보였다. 눈썹에 큰 사마귀가 있었으나 귀염성 있는 입매를 지닌 사람이었다. 심각한 표정으로 보아 중대한 이야기가 오가는 듯했다. 곧 둘은 함께 어디론가 사라졌다. 교이치가 뒤를 따를까 고민하는 사이 갑자기 연혜가 홀로 걸어오는 것이 보였다. 교이치는 급히 다시 응접실에 들어가, 일어났던 기색도 없어 뵐 자세를 궁리하며 다시 앉았다. 잠시 후 연혜가 들어와 권번 대표에게 귀엣말을 했다. 권번 대표는 조사위원단과 교이치에게 눈짓과 끄덕임으로 양해를 구한 후 연혜와 함께 자리를 떴다.

한참이라고 할 수도, 잠깐이라고 할 수도 있는 시간이 흐른 후 둘은 다시 들어왔고, 교이치가 눈치를 살폈으나 그들에게서 그 무엇도 읽어낼 수 없었다. 아무런 일도 없었다는 양 권번 대표는 화기애애하게 대화를 주도했고, 연혜는 차분하게 통역을 해나갔다.

호텔로 돌아오는 길 내내 연혜는 말이 없었다. 차마 뒤를 밟았다고 할 수 없어 교이치는 연혜에게 권번학교에서의 일을 물어볼 수도 없었다.

호텔 식당부에서 고급 만찬으로 조사위원단을 대접한 후 돌아온 방 안은 난로를 피워놓아 이미 훈훈했다. 침대 시트는 반듯하게 각을 잡아서 간밤에 누운 흔적도 없었고, 비누 냄새가 남아 있는 이불은 깨끗한 하얀색을 뽐냈다. 탁자 위 늘씬한 꽃병은 고려청자의 모방품이었으나 정교하게 빚어진 자기 화병이었고, 모자걸이는 반질반질한 흑단이었다. 연혜는 화장대 앞에 앉았고 교이치는 짐을 정리하기 시작했다.

"좀 더 좋은 방 없었니?"

교이치는 깜짝 놀라서 연혜를 바라보았다.

"외사국이 호텔을 잡았는데 고작 방이 이게 뭐니? 철도호텔도 다 옛말이지. 외국인도 있는데 더 호화롭게 안 됐대?"

틀림없이 에렌이었다.

"너, 너, 언제부터?"

교이치는 말까지 더듬을 정도였다.

"응?"

"대체 언제부터 그런……?"

"뭐가?"

"……언제부터 너였어?"

"무슨 말 하는 거야?"

에렌은 고개를 획 돌려 다시 화장대 거울을 들여다봤다.

"외사국 사모님답게 끝날 때까지 고상하게 잘 있을게."

교이치는 순간 에렌의 영어가 걱정됐다. 분명 에렌은 곧잘 영어를 했으나 연혜처럼 교양 있는 어휘를 구사할 수 있는지 미지수였다.

"당신 영어 잘해?"

"내가 영어 하는 것 한두 번 봤니?"

"그러니까 수준이……."

교이치는 말을 삼켰다. 내일이면 다시 연혜로 변해 있을지 모르는 아내를 더 이상 피곤하게 하고 싶지 않았다. 내일 화장도 오늘처럼 얇게 해라.

그날 밤 잠든 에렌 곁에서 그녀를 내려다보는 교이치는 만감이 교차했다. 비로소 그는 에렌의 존재가 자신의 삶에 있음이 얼마나 고마운 것인지 깨달았다. 만약 결혼한 여자가 에렌이 아닌 연혜였다면 교이치는, 자신이 먼저 미치든가, 정인에게 살의를 품었던 아버지와 같은 처지가 되었을 것이다. 영영 묻어둬야 하는 과거와 함께 살며 끊임없이 상기하는 것은, 무형의 고문이자 생활 속 지옥일 터였다.

과거를 온전히 담고 있을 연혜가 그는 두려웠다. 연혜와 함께하는 모든 시간, 그는 만주의 황진과 백탑과 하얀 설탕과자를 떠올릴 것이며 심지어 세상을 떠난 아버지의 유령을 매순간 불러내 싸웠을 것이다. 이전에 그는, 에렌이 아닌 연혜였다면 그를 기억해주고 그와 있었던 과거의 추억을 함께 되새길 수 있었을 것이라고 아쉬워했다. 하지만 이제 에렌에게 과거가 지워진 것은 대수가 아니었다. 에렌이라면 교이치는 가리고 싶은 치부를 잊고 살 수 있었다.

과거가 있는 여자와 평생을 기약하기 힘들다는 교훈은 수세기에 걸쳐 남자들의 경험이 빚어낸 진실된 정수 중 하나였다. 교이치에게 연혜는, 영원히 추구하지만 닿을 수 없고 그렇기에 오히려 안도해야 하는 것이며, 평생 씻어내야 할 죄책감의 근원이었다. 교이치는 연혜의 대체로만 여겨졌던 에렌이 실상은 가장 완전한 자기 짝임을 깨달았다. 환상 속 여인에게서 과거를 떼어낸 지금이 가장 사랑하기에 편하다는 것을, 그도 알았다.

이튿날, 걱정 반 기대 반으로 눈을 뜬 교이치 앞에는, 여전히 에렌이 있었다. 교이치에게는, 앞으로 경성까지 지뢰밭처럼 깔린 예측 불허의 사고에 대한 걱정과, 자신의 기대가 충족된 기쁨이 교차했다.

가벼운 아침 식사 후 호텔 로비에 조사위원단이 모였다. 에렌은 위원들과 반갑게 인사했다. 자연스러운 태도였다. 보이가 짐을 실어주었고 호텔 직원들의 정중한 배웅을 받으며 차는 출발했다. 일행은 평양에서의 마지막 오전 일정을 시작했다.

교이치의 걱정은 기우였다. 에렌의 단정한 태도가 조사위원단의 눈에는 어제의 연혜와 다를 것이 없었다. 에렌은 요조숙녀라는 배역에 충실하게 연기를 하고 있었다. 에렌의 영어는 유려했다. 연혜일 때보다도 유창한 발음이었다. 가끔씩 농담도 섞으며 조사위원단의 말에도 재치 있게 대응했다. 노동법 박사에게는 조선 여학생들의 구직난과 노동자들이 받는 대우를, 거짓말은 않되 불리한 내용은 교묘히 피해가며 답했다. 박사 부인에게는 조선의 배우 세계부터 영국 연극, 미국 영화, 할리우드 배우들의 패션까지, 여성들만의 조곤조곤 깔깔의 대화 세계에 빠져들 줄도 알았다. 웃음소리가 연이었고 조사위원 중 하나가 교이치에게 '굿 와이프'라고 말할 정도였으니, 외사국의 수행원 선정 전략은 성공한 것이었다. 어제보다 훨씬 부드러운 분위기가 만들어졌다. 조사위원단은 조선에서 첫손으로 꼽는 미모의 배우와 친밀감이 조성된 것이라 여겨 이 조선 여인의 환대를 기뻐했다.

그러나 교이치의 눈에는 그녀의 차이가 보였다. 에렌은 어제와 같이 우아하되, 연혜보다 밝았다. 연혜도 끊임없는 미소를 입가에 물고 있었지만, 에렌의 것은 그와 다른 생동하는 웃음이었다.

경성으로 돌아온 교이치는 한시름 놓을 수 있었다. 국제노동기구의 금번 조사를 견학 관광의 성격이 되도록 원만하게 넘긴 공으로 교이치는 공로패를 받았다.

날은 흐르고 에렌의 배가 더욱 불러 해산 준비를 해나갈 때, 한 신문 광고가 교이치의 눈을 끌었다. "평양 기생의 고운 자태를 간직한 신예 김추월 양 레코드 취입, 기성권번의 이례적 허가로 옥반을 굴러가는 가성을 뽐내…" 무심코 지나칠 뻔했던 광고를 교이치가 스크랩까지 하게 된 것은 함께 실린 사진 때문이었다. 눈썹에 사마귀가 난 오목한 입매의 사진 속 여성이 평양 기생 김추월 양이라고 했다. 기성권번에서 봤던 그 기생이었다. 그리고 교이치는 그 기생을 이전에도 본 적이 있다는 것을 기억해냈다. 카페걸 봉희가 살아 있을 때 봉희를 만나러 왔던 평양 기생 중 하나였다. 플래퍼가 여성의 자유를 상징한다며 문명의 진보와 여권을 논하던 그 기생이었다.

교이치는 스크랩한 광고지를 일부러 에렌의 눈에 잘 띄는 곳에 두고 그녀의 반응을 살폈다. 그러나 에렌은 그 어떤 놀람이나 호들갑을 보이지 않았으며, 그것이 탁자 정중앙에 놓인 이유조차 묻지 않았다. 가타부타 말이 없는 에렌에게 참다 못한 교이치는 "김추월이라고 알고 있었어? 기성권번 소속인데 이번에 취입 금지령을 뚫고 레코드를 냈다네" 하고 먼저 말을 꺼냈다. 에렌은 "잘됐지? 추월이가 경성 스타 한다더니 이만하면 성공했어"라는 답으로 교이치를 아연하게 했다. 에렌이 더 이상의 언급을 하지 않아 교이치는 자세한 것을 알 수 없었다. "외사국 권력이 좋지? 남편 잘 됐다고 친구들도 부탁 많이 해오지?" 하는 유도심문에 "그럼!"이라며 에렌은 방긋 웃기만 했다. 후에 교이치는 김추월이 향후 재취입 시에는 기생인가증을 반납하는 조건으로 기성권번과 합의했으며, 권번이 총독부 고위층의 시찰에 압도되어 김추월의 취입을 허가한 것이라는 소문을 들었다.

교이치는, 만삭의 배를 이끌고 비행기에 올라, 그의 옆에 앉았던 여인이 과연 연혜였을까 에렌이었을까 궁금함을 영원히 품고 갈 수밖에 없었다.

20 나를 부정하는 말

영방은 교이치로부터 생각지도 못한 부탁을 받았다. 어린 갓난아기를 봐줄 사람을 구해달라는 것이었다. 영방을 찾아와 긴밀히 청할 것이 있다며 교이치가 자리까지 물려가며 한 말에, 영방은 너무도 놀랍고 당황해서 입이 떨어지지 않았다.

"누구 아기인가?"

이 황당한 요청에 응당 따라올 질문이었으나 교이치는 짧게 답했다.

"그건 알 것 없고."

"왜 하필 내가?"

"아무도 알면 안 되니까."

"내가 해준다고 뭐가 다르지?"

"넌 나와 아무런 관련이 없는 조선인이잖아."

영방은 쓸쓸하게 고개를 끄덕였다. 그래 관련이 없지. 영방과 교이치 주변의 누구도 둘의 교류를 알지 못했다. 그들은 쉽게 생각하기 어려운 조합이었다. 그들의 아내만 아니었다면 둘은 서로의 존재조차 모른 채 현해탄을 사이에 두고 각자의 하늘을 이고 살아갔을 것이다.

"절대 소문나서는 안 돼. 내가 오죽 부탁할 사람이 없으면 널 찾아왔겠어."

"못 하겠다면?"

"네 외도 사실을 연혜에게 알릴 거야."

영방은 한숨을 쉬었다. 남자들끼리의 특유의 눈치와 발달된 관찰력으로 교이치는 영방이 봉자의 집을 드나드는 것을 알아챘다. 그때 교이치는 영방에게 딱 한마디를 했다.

"너까지 그런 사람인 줄은 몰랐다!"

평범한 말이고 단순한 말이었다. 어떤 욕설도 섞여 있지 않았다. 그러나 영방은 차라리 시원하게 욕을 듣는 것이 나을 것 같았다. 교이치의 한마디는 영방을 한없이 우울하게 했다. 이제껏 쌓아올린 자신의 인간성 전부가 부정되는 기분이었다. 영방이라는 한 인간의 긍지를 바닥부터 무너뜨리는 비난이었다.

영방은 교이치가 그의 외도를 온 동네에 알리지 않을까 두려운 반면, 교이치가 터뜨려주기 바라는 심정도 한편으로는 있었다. 그 김에 봉자와의 인연을 끊고자 했다. 하지만 기다려도 교이치는 아무 조치를 취하지 않았다. 연혜에게 알리지 않았음은 물론 봉자에게 무슨 언질을 준 기색도 없었다. 여전히 봉자는 영방에게 살뜰했고 판매 장부를 대신 써달라 내밀었다.

연혜는 그녀대로 임신 때문에 영방에게 소홀함을 미안해했다.

"내일부터 순회강연이 있지요? 신경 못 써서 미안해요."

"아니요. 나야말로 홑몸 아닌 당신 옆에 있어줘야 하는데."

영방은 괴로웠다. 연혜는 알고 있는 듯했다. 어디에서 감을 잡았는지 모르겠으나 그녀는 영방의 외도를 눈치챈 것 같았다. 그럼에도 연혜는 영방에게 원망도 실망도 그 어떤 내색도 보이지 않았고, 배배 꼬인 말로 모호한 질책을 하는 일도 없었다. 영방은 연혜가 아무런 질투도 못 느낄 만큼 자신에 대한 애정이 없는가 억측하고 지레 서운해했다.

열흘쯤 지나서 영방이 아무런 조취를 취하지 않았음에도 교이치는 아기를 데려왔다.

"벌써?"

"그 정도면 보모 구할 시간은 충분했다고 보는데. 따로 집까지 마련해 준다고 했으니 나서는 사람이 많았을 게다. 우리도 더 이상 이 애를 맡기 힘들어. 소문나면 안 되거든."

여자아이였다. 영방은 괜한 느낌 탓인지 아기가 교이치와 닮아 보이기도 했다.

"자네 애야?"

"무슨 헛소리. 내가 너처럼 바람피우다 어디서 애 하나 낳아온 줄 알아?"

"누가 들으면 내가 혼외자식이라도 둔 줄 알겠네."

"그래 너 결백하다. 너나 나나 아직 자기 애 안아보지도 못한 건 똑같은데 이렇게 큰 짐을 맡겨서 미안하긴 해."

"누구 애인지 근본도 모르고 어떻게 맡나?"

"근본?"

교이치는 콧방귀를 뀌더니 정 그렇다면 하는 투로 말했다.

"다카오카 가문 영애야."

영방이 '그럼 네 애잖아?' 하는 표정으로 교이치를 바라보자 교이치는 하는 수 없다는 듯 말했다.

"내 숙부의 딸이 낳은 여식이다."

영방은 "자네 오촌 조카구먼" 하고 정리했다.

교이치가 착잡하게 말했다.

"돈은 얼마라도 댈 테니 좋은 집에서 자라게 해. 양육비는 넘치도록 줄 거야."

이 갓난아이도 나자마자 교이치의 손으로 넘어와, 또다시 낯선 조선인에게 넘겨져, 다시 또 어느 연고 없는 아낙의 품에 안길 운명이었다. 굽이굽이 순탄치 않은 인생이라 생각되어 아기가 가여웠다. 영방은 알 것도 같고 모를 것도 같은 아기의 출생을 그저 피치 못할 사정으로 덮고 더는 묻지 않기로 했다.

교이치는 "너야말로 근본도 모르는 집에 맡기지 마라" 무겁게 말했다. 그는 아기를 내려다보더니 나직하게 말했다.

"착한 아기다. 적어도 이 애를 낳은 엄마는 착한 사람이야."

영방은 아기가 정통 일본인인지 반은 조선의 피가 섞였는지 궁금했으나 교이치가 행여 순수 혈통을 모욕했다고 화낼까 봐 입을 다물었다.

우선 영방은 아기를 집으로 데려갔다. 연혜는 갓난아이를 보자마자 귀여워했다. 사치코가 아기를 낳기까지 에렌이 그녀의 출산 준비를 도왔다면, 이제 태어난 아기는 연혜가 보살펴주는 것이 얄궂었다.

아기는 밤낮을 가리지 않고 울었다. 사연 많은 아기는 더 울어대는 법이었다. 잠도 없는 아기를 연혜는 밤마다 어르고, 낮에는 아기를 앉고 꼬박꼬박 졸다가 칭얼거리는 소리에 선잠에서 깼다. 만약 이렇게 연혜가 고생하는 것을 교이치가 알았다면 맡겼던 아기도 뺏어올 판이었다. 산달이 다가오는 연혜가 아이를 계속 돌볼 수는 없었다.

영방은 결심하고 보모를 구하고자 직업소개소에 주선을 청했다. 그러나 교이치가 요구했던 이른바 뼈대 있는 집안의 아낙은 없었고 그가 제시한 집과 보수에만 욕심을 내는 사람들뿐이었다. 알음알음 알아볼 만큼 영방이 발이 넓은 사람도 아니었고, 수소문하고 다니기에 그의 활동력이 부쳤다.

막막해진 영방이 봉자의 선술집에서 의무처럼 한 잔을 팔아주고 있을 때였다. 봉자가 지나가듯 말했다.

"야밤에 일하는 기 여간 힘든 게 아니라요. 기렇다고 술장사 낮에 할 수도 없이요. 오마니도 부침개질 지치셨다 기러고. 내래 장사 고만 확 접고 싶어도 입구멍에 풀칠할 길이 없어서."

영방은 할 말이 없어 가만히 생각을 굴리며 앉아 있었다. 금가락지를 해달라는 소리일까, 집을 해달라는 소리일까. 일전에 정균이 '아내 아닌 여자란 땅문서와 금반지를 보고 자네를 만난다는 것을 명심하게' 했던 말이 떠올랐다.

"무시기 딴 일 없갔시요. 애기 봐주는 일 같은 기 딱 좋갔는디."

봉자의 말은 우연치고는 너무도 절묘했다.

"내래 욕심이란 기 알디만서도 애기 봐주라고 집까지 내주는 곳도 있댔시요. 정말 욕심이란 기 알디만서도, 고런 일 할 수 있으믄 술손님 안 보고 오마니도 편해디고 더 바랄 게 뭐 있갔시요."

설마 하고 흘려들었던 봉자의 의미심장한 말은 다음에도 또 그다음에도 반복됐다.

"선생님은 인맥도 넓고 여유 있는 친구분들 많디요? 애기 보모 구한다믄 꼭 저랑 이어주시라요. 집도 내준다믄시요? 뜨뜨미지그리한 방에 우리 오마니도 모셨으면 좋갔시요."

결국 영방은 결정을 내렸다. 영방은 자신의 범위 안에서 찾을 수 있는 최적의 사람이 봉자라는 게 한스러웠다. 영방은 이 상황이 하늘이 치는 장난에 놀아나는 것 같았으나, 당장 봉자를 선택함은, 영방의 짐도 덜고 봉자의 생활도 펴지게 하여 일석이조이기도 했다.

봉자와 그녀의 어머니는 선술집을 다른 사람에게 넘기고, 교이치가 내어준 집으로 옮겨갔다. 영방이 이사 손을 도왔다. 봉자가 새로 머물 곳은 필동에 자리한 조용하고 깨끗한 동네였다. 주택건설 부흥을 타고 조성된 지 얼마 안 된 신흥 주택촌이었다. 크지는 않아도 제법 이층집으로 갖출 것은 다 갖춘 아담한 문화주택이었다. 내부에는 간단한 살림 세간이 있었고, 몇 개 되지는 않아도 하나같이 깨끗했다. 영방은 그 집의 원주가 에렌이라는 것을 알아차렸다. 갓 입사했던 연혜가 미스 고를 구하기 위해 에렌을 시켜 사들이게 했던, 미스 고의 문화주택이 바로 이 집이었기 때문이다. 그 추측은 봉자의 외마디 경탄으로 확고해졌다.

"내래 이혜련의 집에서 살게 되다니! 요 의자는 이혜련이 앉았던 기가 아닐넌가 몰라!"

봉자는 접이식 창문을 열었다 닫고, 손바닥으로 계단 난간을 쓸어보며 감탄했다. 허름한 판잣집에서 문화주택으로 이사한 봉자 모녀는 신나했다. 영방을 통해 교이치가 전달해온 양육비는 온 가족의 생활비로 쓰고도 남을 것이라 모녀는 영방에게까지 고마워했다. 봉자의 짐을 옮기고 영방은 아기를 데려다줬다. 봉자의 노모가 바로 순면 영아복에 비단 강보에 쌓인 아기가 피치 못하게 내쳐진 귀족 아이임을 알아보고 귀히 어르고 달랬다.

영방은 간혹, 교이치가 봉자에 대해 모종의 계획을 갖고 일부러 자기에게 아기를 맡긴 것은 아닌가 의심했다. 자신이 봉자에게 아기를 넘기는 과정에서 얼토당토않은 오해를 일으키도록 하여 그 김에 연혜까지 아주 뺏어가려는 게 아닐까 생각하다 고개를 저었다. 자신은 생각이 너무 많아서 탈이다.

누구의 의도가 아니었을지라도 서서히 영방의 발길은 봉자에게서 멀어져갔다. 햇살 내리쬐는 따뜻한 툇마루에서 잠든 아기를 옆에 두고 머리를 빗는 봉자는 예전처럼 애잔하지 않았다. 지금의 봉자는 평범한 아가씨로 보였다. 그녀의 목덜미에 살이 오르고 몸집이 퍼지자 이제 애처로운 맛은 사라졌으며, 그녀의 웃음에는 여유가 주는 교태가 실렸다. 영방은 그녀를 향한 이전의 애틋함이 가여운 모습에서 기인했던 것임을 깨달았다. 이제 그 애틋함은 원천을 잃고 시들어가고 있었다.

봉자의 생활은 편해졌다. 아기는 노모가 봐주었으며, 원체 순한 아기라 손 갈 것도 많지 않았다. 봉자는 영화 잡지를 뒤적이고 다시 여배우의 케이프와 기생의 공단양산을 선망하기 시작했다. 봉자가 영방에게 배우 이혜련에 대해 묻는 날이 많아졌다.

"이혜련 님은 평소엔 뭘 입나요? 잘 때는 뭐 입고 자나요? 고거는 이 세상에 선생님밖에 아는 사람이 없갔시요."

생각만 해도 남세스러운 듯 봉자는 홍조를 띄었다.

"선생님은 좋갔시요. 이혜련 님 바로 곁에서 보고, 제일 가까운 사이니끼요."

봉자의 에렌을 향한 숭배는 상상 이상이었다. 그토록 일이 정확하게 아귀가 맞은 것이 수상하여 영방은 봉자에게 끈질기게 물었고, 결국 그녀는 실토했다.

"이혜련 님이 와서 집을 줄 티니까 애기를 키워달라 했시요. 세상에나, 이혜련 님을 가까이서 보다니! 그분이 부탁하는디 내래 어떻게 안 하갔시요."

봉자에게 에렌은 무조건적인 애정을 넘어 신앙이었다. 닿지 않는 타인을 그리도 좋아하는 마음이 이해되지 않아 영방이 묻자 봉자가 답했다.

"아우들 죽고 봉희 누님 돈 번다고 며칠 밤이고 안 들어오고 그러면 봉수 오라비가 극장에 간판 매다는 기 해서 몇 푼 벌어오는디 불쏘시개라도 쓴다고 팸플릿 고런 거이 한 뭉치 들고 왔디요. 그때는 팸플릿이 뭔지도 몰랐시요. '청춘의 꽃마차 이혜런'이라고 박힌 웬 이쁜 종이네 했디요. 쏘시개로도 쓰고, 그릇 싸개로도 쓰고, 금 간 벽에도 붙이고. 고런데 고게 빛이 되더라요. 참말로 이쁘고나. 이런 여자는 세상 행복하겠다, 하고 들여다보다 보믄 내조차 우울 피곤 다 잊고 행복했시요. 봉희 누님이 카페 가디스에서 일할 때 한번 나를 데리고 가서 이혜런 님 노래 부르는 기 보여준 적 있었어요. 인간 같디가 않고 천상의 사람 같았디요. 노래 끝나면 만나게 해준댔는데 이혜런 님이 너무 바빠서 어디 가버리고 없는 기라요. 기래도 기건 내래 처음 맛보는 천국이었시요. 노래도 그날로 다 외워버렸디요. 내도 배우가 되고 싶었시요. 이혜런 님 보믄 마치 그게 내가 된 것 같았시요. 기런데 봉희 누님은 죽고 봉수 오라비 감옥 가고 세상에 덜컥 남겨지니 무서운 기라요. 암울했시요. 닥치는 대로 일하고 구걸도 하고, 조센징이라고 얻어맞고 돌아오는디, 종이에 박힌 이혜런 님 얼굴만 봤는데도 기분이 싸악 풀리는 거여요. 그분 미소가 그리도 찬란한 기, 기래 세상에는 이렇게 빛과 아름다움도 있어 했디요. 힘들믄 이혜런 님 사진 품고 다녔시요. 기냥 사진인디도 꼭 부적처럼 고것만 있으면 혼자가 아닌 양 든든하고 기운 났시요. 봉수 오라비까지 죽고 내래 동기복은 없는 에미네래요. 기래도 지금은 예전에 비하믄 극락처럼 하나도 힘들디 않네요."

이제 봉자는 큰맘 먹고 비단양말 한 켤레 사다 신기도 하고, 진고개까지 빙수를 사 먹으러 갔다가, 어머니가 좋아할 꽃모종을 사 들고 오기도 했다. 젊은 그녀는 젊은 아가씨답게 살아가고 있었다. 그 모습이 영방에게 다행스러우면서도 낯설게 보였다. 봉자는 결국 이런 역할을 맡기 위해 자신과 인연이 닿았던 것인가. 영방은 봉자를 놓기로 했다.

남대문 밖 객줏집에서 영방과 교이치가 술잔을 기울였다. 창밖의 먼 남산 꼭대기에는 불빛이 아롱아롱했다. 술이 들어가자 영방은 교이치에게 그간 참아왔던 것을 물었다.

"혹시 자네가 에렌 씨에게 자네 조카를 그쪽……에 맡기라고 시켰나?"

"그쪽에? 그 보모 말이야?"

에렌이 봉자를 찾아갔다는 것은 필경 그녀가 교이치를 통해 어느 정도 내막을 알았다는 것이리라. 하지만 교이치는 젓가락으로 안주를 휘적거리며 심드렁히 말했다.

"아니, 그 보모는 네가 알선한 거잖아? 에렌도 한번 만나보고서 괜찮은 사람이래서 너랑 에렌 믿고 맡겼어."

영방은 오싹해졌다. 교이치가 봉자를 모를 리 없는데, 지금 그는 아기가 누구에게 맡겨져 있는지도 전혀 모르는 눈치였다. 그렇다면 에렌이 독자적으로 봉자를 만났다는 것이며 그녀가 봉자를 의식했다는 말이다. 에렌은, 그리고 연혜는 어느 정도까지 알고 있는 것일까. 영방은 정신이 아뜩해졌다. 아무것도 모르는 교이치는 계속 말했다.

"그 집도 원래 에렌 거야. 자기 재산이라며 결혼 때 갖고 온 집인데 요긴하게 쓴다고 안 팔고 있더니만. 에렌이 집을 먼저 내걸어야 금방 보모를 구할 수 있을 거라고 이번에 내놓더라."

영방은 눈을 감았다. 정균이 그토록 간청해도 친구의 집이라고 연혜가 베일 뒤에 가려두었던 그 집은 이렇게 쓰이게 됐구나. 봉자가 이혜련이라고 알고 만났던 사람은 실상은 에렌이었을까 연혜였을까. 어쩌면 연혜의 마음고생을 보다 못한 에렌이, 이번에는 연혜를 위해서 대신 나서서 봉자와 담판을 지어준 것인지도 모르겠다.

영방은 봉자와 연을 끊어야 할 때가 되었다는 것을 알았다. 그것을 결심하게 해준 것은, 봉자를 연혜가 알고 에렌이 만나서가 아니라, 봉자가 했던 말 때문이었다. 영방은 봉자의 말을 떠올렸다.

"선생님 덕분에 내래 이게 왠 호강인지 모르갔시오. 선생님 덕에, 보험금도 다 받고, 일도 편히 하고, 좋은 집에서도 살게 되고, 이혜련 님도 만나게 됐시오. 선생님을 처음 봤을 때부터 이혜련 님의 낭군이래니 내래 설렜고, 선생님과 있으면 내래 이혜련 님이 된 것 같은 기분이었시오. 고런데 내래 이혜련 님을 직접 보기까지 하고! 이혜련 님이 내한테 부탁을 다 하다니! 이혜련 님 실물을 보고 내래 반성했디오. 내래 아무리 선생님께 잘해디린다 해도 죽었다 깨도 이혜련 님처럼은 못 될 걸 공연히 그분이 되어본 양 꼴값이었구나. 그렇게 못난 모습이었던 내를 비웃디 않고 참고 봐주셨던 선생님은 속으로 얼마나 내 꼴을 가엾게 봤을까. 고따위밖에 안 됐던 저를 참아주셨던 선생님께 감사디리고 잘 모실 기라요."

감았던 눈을 뜨고 영방이 교이치에게 물었다.

"자네는 오촌 조카에게 왜 그렇게 애착을 보이는 건가?"

한참 말없이 술만 연거푸 들이켜더니 교이치가 사치코에 대해 입을 열기 시작했다.

사치코의 진통이 시작됐을 때, 말이 새나가는 것을 막고자 신속하게 병원에 옮기고 입원을 극비리에 부쳤다. 아기를 낳다 죽을지도 모른다고 겁먹었던 사치코는 다행히 순산했다. 사치코는 몸도 제대로 풀지 않고 얼마 지나지 않아 일본으로 떠났다, 아기는 남겨둔 채.

좀 더 몸조리하라며 만류하는 교이치와 에렌에게 사치코는 아기와 오래 있을수록 정이 들어 헤어지지 못할 것이라고 단호히 답하고, 미련 없이 아기를 놓고 갔다.

"나에게 경성은 오라버니에 대한 연모의 장소야. 아가씨 시절 사랑과 실연을 풀어낸 곳이야. 그간 경성을 못 떠났던 건, 내 사랑의 한 시절을 닫는 게 싫어서였어. 그걸 볼썽사납게 억지로 늘이다가 벌 받은 거지. 아기한테 들어가는 돈은 내가 일본 가서도 전적으로 책임질게. 남아서 아기 키우는 걸로 경성을 빛바래게 하고 싶지 않아. 그냥 경성은 철없고 아름다웠던 풍경으로 고이 싸매 간직할래."

사치코는 "난 아버지의 불호령을 책임질 테니 아이의 입양은 오빠가 책임져" 장난처럼 말하고 떠났다. 그로 인한 책임감보다도, 교이치가 아기에게 애찔한 아픔을 지니게 된 이유는 아기를 낳기 전 사치코가 한 말 때문이었다.

분만실로 들어가기 직전, 생사의 강을 앞두고 사치코는 흐느끼며 교이치에게 속삭였다.

"오라버니랑 결혼한 에렌이 싫었어. 에렌이 죽어버렸으면 좋겠다고까지 생각했어. 저주까지 했어. 그래서 벌 받는 거야. 이 아기 오빠 줄게."

세상의 추악을 피하고 선함만 입에 올리던 그녀가 생애 처음으로 교이치에게 진심을 드러낸 것이었다. 냉철하게 사치코를 전적으로 선하다고 할 수 있는가 교이치는 자신할 수는 없었다. 그러나 혈연이라는 것은, 그 사람이 저지른 과오를, 그의 어린 날의 순수함과 선량함에 대한 기억으로 상쇄하게 만든다. 그것이 교이치가 영방에게 "이 애를 낳은 엄마는 착한 사람"이라고까지 말하도록 한 것이다. 교이치는 아기를 낳다가 사치코가 잘못되면 그 죄를 자기가 져야 할 것 같았다.

"내가 경성에 오지 않았다면, 에렌과 결혼하지 않았다면, 에렌과 결혼하고 나서도 사치코가 느낄 외로움을 조금만 신경 써줬다면, 사치코가 이렇게 되지는 않았겠지. 그런데도 난 다시 돌아가도 에렌과 결혼할 거라는 것, 그게 사치코에게 미안해."

교이치가 말했다.

"사치코의 에렌에 대한 미움과 질투와 동경이 뒤섞여 응집된 결과가 아기로 배출된 것 같아. 그래서 에렌의 일부분이 낳은 아기 같아."

죄책감과 기형적인 애착이 점철된 교이치를 완전히 이해할 수는 없어도, 영방은 함께 엄숙해했다. 이번에는 교이치가 화살을 영방에게로 돌렸다.

"아직도 그 여자 만나냐?"

영방은 뜨끔했다. 이번에는 정확히 봉자를 짚고 물은 것이리라.

"아니."

"그래, 그렇게 착한 아내 두고 바람피우면 쓰나."

"연혜가 착해?"

"새삼 왜 묻나. 그건 네가 더 잘 알겠지."

영방은 먼 곳을 바라보며 말했다.

"난 연혜를 잘 몰라. 연혜의 과거를 모르니까. 연혜가 자기 과거를 이야기한 적이 없어"

교이치는 답이 없었다. 아마도 영방이 연혜의 이름을 그같이 아스라하게 부르는 것을 본 적이 없어 놀랐을 것이다. 또한 영방의 말이 내뿜는 무게에 할 말을 찾지 못했을 것이다. 영방이 교이치를 똑바로 바라봤다.

"그렇다고 자네가 선뜻 연혜의 과거를 알려주겠다고 나설 리 없겠지."

교이치는 진실로 당황하는 듯했다. 영방은 씩 웃었다.

"알려달라고 안 할 테니 염려 말게."

어색한 공기를 떨치려 교이치는 술 한 잔을 더 마시고 소리쳤다.

"임신한 아내를 두고 바람피우는 이 파렴치한아!"

영방은, 마음껏 욕하게, 하고는 술을 쭉 들이켰다.

"양심도 없는 비열한 놈아!"

"면목 없네."

영방이 고개를 주억거렸다.

"지옥에 떨어져 쇠꼬챙이에 끼워져라!"

"응당 그래야지."

"그럼 안 되는 거였어!"

"기대를 저버려서 미안허이."

"너까지 그런 인간인 줄은 몰랐다!"

"그만해!"

21 화

　시간은 흘러 에렌의 산달이 가까워졌고 조선의 설날이 다가왔다. 신정을 쇠는 일본인에게는 기릴 것이 없는 명절이라 일본인 거주지와 남촌은 조용했다. 1월이 다 가도록 추운 조선의 한기에 어깨를 웅크린 일본인들이 종종걸음을 쳤다. 나막신이 딸각대는 소리와 어묵탕이 끓는 김이 공기 중에 피어나는 거리는 여느 때와 다르지 않았다. 본정통의 과자점만 설날 손님을 겨냥한 색색의 사탕과자와 만주 세트를 매대에 올려놓았다.

　종로와 북촌은 달랐다. 평소에도 번잡한 종로의 도로와 골목 사이사이 좁은 길이 양편에 벌려놓은 구정 광고로 더욱 좁아졌다. 남대문시장은 포목과 꽃버선, 댕기, 당혜, 액세서리, 조잡한 장난감부터 고운 비단보까지 울긋불긋했고 매작과 튀기는 냄새가 고소하게 났다. 동대문시장은 벌써부터 설음식을 진열해 손님을 유혹했다. 편육을 듬벅듬벅 담아 쟁반째 팔았고, 겨울 과일은 먼지를 닦아 더 반질반질 보이게 했다. 말린 나물 묶음이 뭉치로 쌓였고, 시루에서 설기가 포근히 쪄졌다. 알밤과 대추, 곶감은 단내를 풍겼고, 약과는 찐득하고 조청이 흥건해 아이들뿐 아니라 어른들도 침을 삼키게 했다.

　중국인이 많이 모여 사는 태평통 신정목에도 춘절맞이가 시작됐다. 중국인 상점마다 폭죽 상자를 잔뜩 쌓아두고 문에는 신춘대길 대련을 붙였다. 집집마다 동전을 넣은 만두를 빚고 전골 국물을 냈다. 간이식당은 아직 뜨끈뜨끈한 김이 오르는 찐만두를 목판에 탈싹 올려놓았다. 삼각빵은 뜨거운 설탕물이 가득해 베어 물면 입천장이 까졌다. 에렌이 있었다면 만주의 중국인 거리를 옮겨놓았다며 한없이 구경했을 것이었다.

한동안 에렌으로 머물렀던 영방과 교이치의 아내는, 출산을 얼마 남기지 않고 연혜로 남았다. 교이치는 이대로 아기 낳을 때까지 연혜로 남으면 어쩌나 걱정했고, 반대로 영방은 그녀가 에렌으로 돌아가면 어쩌나 걱정했다. 근심은 근심대로 놓아두고 일단 두 사람은 각자 해산 준비를 해나갔다.

교이치가 보기에 영방은 지극정성이었다. 영방은 아이의 배냇저고리와 강보는 물론, 아기가 언제 걸을지 모르면서도 신발을 색색으로 사두고 아기 우유병, 아기 수저, 아기 밥그릇, 아기 머리빗까지 준비했다. 그는 고르고 고른 순한 비누가 행여 상할까 포장도 건드리지 않고 조심히 보관했다. 영방은 자신의 외도에 대한 죄책감을 이렇게 풀고 있는지도 몰랐다.

때때로 영방과 교이치는 만나서 그들의 아내가 아이를 낳기 전까지를, 낳을 때를, 낳은 후의 몸조리를 어떻게 해줘야 하나 의논했다. 교이치는 에렌으로 돌아오기를 반포기하고 영방에게 일본에서 공수한 금방울 딸랑이와 유아용 화장수, 특제 분유를 전해줬다. 영방은 고마워서 이전의 교이치의 폭언도 잊고 따뜻하게 대했다. 교이치는 퉁명스럽게 분유가 금가루보다 비싸다고 강조했다.

"이러다 에렌이 오면 다 회수해간다."

"그래도 좋네만 설날에는 연혜가 있어야 하는데. 제발 그러기를 빌어주게. 어차피 조선 설날, 일본인인 자네와는 상관없잖은가?"

"신정을 지정했는데도 굳이 구정을 쇠는 미개한 조선인들."

교이치는 악담을 퍼붓는 것으로 질투심을 눌렀다.

출산 예정일이 가까워오도록 연혜로 남아 있자 교이치는 영방에게 그녀를 한번 보게 해달라고 부탁했다. 아이를 낳기 이전에 몸속에 생명을 품은 아내의 모습을 마지막으로 눈에 담고 싶었다. 교이치가 말하지 않았어도, 분만 중에 아내를 잃는 최악의 사태까지 그리고 있음을 아는 영방은 그 부탁을 안 들어줄 수가 없었다.

그렇게 영방, 교이치, 연혜 셋의 만남이 급히 성사됐다. 연혜의 지난 평양 동행에 감사한 교이치가 연혜 부부에게 식사를 대접한다는 구실을 붙여 억지로 만든 만남이었다. 내켜 하지 않는 연혜의 등을 영방이 떠다밀어 가까스로 만날 약속을 정했다. 영방이 친척들에게 보내줄 설빔과 선물을 살 겸 화신백화점에서 셋이 만나 저녁을 먹기로 했다.

설을 일주일가량 앞두고 약속한 날이 다가왔다. 아직 끝나지 않은 겨울의 바람은 찼으나 교이치는 백화점 앞까지 천천히 걸었다. 명절을 앞두고 한층 들뜬 공기와 설렘으로 사람들이 쏟아져 나왔다. 백화점 진열창은 제기부터 복주머니, 축문용 색지, 과일바구니까지 잡다한 설날용 물건들이 한데 뒤엉켜 있었다. 여느 때는 일본계 백화점을 우위로 쳤던 조선인들도 설날만큼은 조선 상점에서 장을 봐야 한다는 사명감을 발휘해 이곳을 찾았다. 때문에 본래 인파가 많은 곳이 한층 더 사람 홍수를 이루었다.

행상인들도 한철을 맞아 주섬주섬 물건을 늘어놓고 백화점으로 향하는 손님을 붙들었다. 단속이 심하지 않은 구석구석을 골라 행상인들은 임시가판대를 펼쳤다. 특히 백화점의 동관과 서관 두 건물을 잇는 육교

밑은 상인들이 노점을 열기 적당한 공간이었다. 이미 과일상과 군고구마 장수, 골동품 판매상이 그곳에 매대를 펼쳐놓았다. 과일장수가 사과가 얼지 않게 피운 숯난로 주위로 상인들은 잠시 자기 매대를 뒤로하고 옹기종기 모여 불을 쪼였다.

교이치가 백화점 입구에서 기다리자니 인력거 두 대에 나눠 탄 영방과 연혜가 도착했다. 만삭의 연혜는 어김없이 단정하고 청신했다. 비록 그녀는 요통의 피로함으로 눈이 거뭇하고 어딘지 부시시했으나, 한 치의 흐트러짐도 없는 자세는 여전했다.

서먹하게 인사를 하고 그들은 곧장 식당층으로 올라갔다. 때마침 식사 시간이라 백화점 양식당 밖까지 사람들이 길게 줄 서 있었다. 영방은 임부인 연혜가 오래 서 있을 걱정에 교이치에게 다른 곳을 찾자고 말했으나, 교이치는 들은 척도 않고 대뜸 식당 지배인을 찾았다. 총독부 고관의 이름은 만원인 식당에서도 예약석을 남겨놓았고, 바로 셋은 식당으로 안내됐다. 교이치는 이 짧은 순간 영방에게 승리감을 느끼는 한편 그런 자신의 치기에 쓰게 웃었다.

테이블마다 겨울임에도 푸르른 화초가 꽂혀 있고 장식용 조명등으로 은은했다. 새하얀 테이블보 위에 잘록한 유리컵과 포크, 나이프가 놓이고 주문한 음식이 나왔다. 영방은 연혜의 무릎에 냅킨을 깔아주고, 컵에 물을 따라주고, 접시에 빵을 덜어줬다. 그는 멀리 놓인 소금통을 끌어와 연혜 앞에 두면서 교이치에게 '괜찮지?' 하는 눈빛을 보냈다. 영방이 연혜를 살뜰하게 챙기는 것을 멀거니 바라보며 교이치는 제 것을 뺏긴 듯한 상실감을 느꼈다.

의례적인 대화가 오가고 데면데면한 분위기에서 식사는 끝났다. 교이치는 무엇을 먹었는지 기억도 나지 않았다. 식당을 나서도 백화점은 불야성이었다. 민족의 대명절을 맞아 오랜만에 볼 가족에게 줄 선물을 고르는 마음은 너 나 할 것 없이 마찬가지인 모양이었다.

교이치는 먼저 자리를 뜨는 것으로 영방과 입을 맞춰놓았다. 교이치가 모자를 벗어 연혜에게 꾸벅 인사했다. 연혜도 단아하게 목례를 했다. 연혜를 영방과 두고 자신은 등을 돌려 나와야 한다는 것이 교이치는 싫었다. 말도 안 된다는 것을 알면서도, 자신은 패배자이고 영방은 승자 같았다.

천천히 돌아 백화점을 빠져나온 교이치는 전차와 마차와 행인이 맹렬히 오가는 거리를 걸었다. 화사한 네온사인에 오히려 가로등은 흐릿해 보였다. 점점이 뿌연 빛을 발하는 가로등과 끝없이 오갈 것 같은 이름 모를 사람들을 보며 교이치는 인연이란 오묘하다 느끼며 허한 마음을 풀어놓았다.

그때 기마경관들이 분란하게 지나갔다. 교이치가 돌아보니 그들은 백화점을 향하고 있었다. 화재였다. 백화점에서 자욱한 연기가 솟아올랐다. 백화점의 동관과 서관을 잇는 연결다리에서 시작한 불길은 삽시간에 서관으로 퍼져나갔고 목조 건물이라 후루룩 금방 타올랐다. 서관은 문방구와 수예품, 금은 세공품, 화장품, 전자제품 매장이 있어 친지에게 줄 선물을 고를 사람이 응당 둘러봄 직한 곳이었다.

'연혜와 영방이 저기 있을지 모른다!'

교이치는 피가 차가워지는 느낌이었다.

이윽고 불은 동관으로 번졌다. 벌건 불길은 동관의 윗부분부터 낼름낼름 잡아 먹었다. 동관 4층은 식당이었다. 느릿한 연혜의 걸음으로는 어쩌면 식당층을 빠져나가지 못한 채 불이 번졌을지 모른단 생각에 교이치는 제정신이 아니었다. 그는 급히 뛰어갔다. 경성까지 와서 돌아 돌아 찾은 연혜를 영영 잃게 될까 봐 그는 두려웠다. 극도의 공포감과 절박함에 휩싸인 그는 정신없이 백화점을 향해 달렸다.

백화점 앞길은 어수선했다. 혼란과 소란이 경성 하늘 끝까지 닿을 것 같았다. 몇 시간 전까지만 해도 블랙홀처럼 사람을 빨아들이던 백화점은 이제 우르르 사람을 뱉어냈다. 기마경관들이 바리케이드를 쳐놓고 통제하기 위해 안간힘을 썼다. 백화점 손님들과 직원들이 계속해서 밖으로 뛰쳐나왔다. 팔을 붙들고 나오는 사람, 다리를 절고 나오는 사람, 모두 필사적으로 달렸다. 교이치는 달려 나오는 사람들 하나하나를 눈을 크게 뜨고 쳐다봤다.

재투성이가 된 영방이 연혜를 들춰 안고 뛰어나왔다. 영방의 머리카락에 재가 앉았고 안경은 먼지로 뒤덮여 눈도 제대로 보이지 않았다. 연기로 까맣게 그은 영방의 얼굴에 눈물 자국이 얼룩졌다. 검은 도깨비 같은 영방의 외양보다도, 침착함을 잃고 허둥대는 영방의 모습을 처음 보게 되어 교이치는 심장이 덜컹했다. 연혜는 영방의 품에 안겨 축 늘어져 있었다. 다급해서 교이치는 영방에게 그녀의 상태를 물어볼 틈도 없었다.

길은 혼잡했고 무질서의 소용돌이였지만, 교이치와 영방은 가까스로 차를 잡아탔다. 정신을 잃은 연혜를 부여잡고 둘은 택시에 올랐다. 병원으로 향하는 길이 천길만길 같아 교이치와 영방 모두 초조함을 누르려 애꿎은 택시 기사만 닦달했다.

22 탄생으로 희생을

분만실 너머로 들려오는 비명 소리에 영방과 교이치 모두 마음을 졸였다. 영영 끝나지 않을 것 같던 긴 기다림과 불안의 시간 끝에 드디어 아기가 세상에 나왔다. 다행히 산모와 아기 모두 무사했다. 산모는 탈진해 정신을 잃듯 잠에 취했고 아기는 칭얼칭얼 울다 잠잠해졌다. 안도의 한숨도 잠시, 태어난 아기를 보여주려 애아버지를 묻는 간호사에 교이치와 영방은 머쓱하니 서로를 바라봤다.

병원에 입원 수속을 할 때 보호자를 기재하는 것부터가 난관이었다. 병원에 실려간 사람은 연혜였고, 행여나 영방의 부친이 병원에 찾아올 것을 염두에 두고 영방이 보호자로 나설까도 했다. 그러나 병원에서 돌연 에렌으로 변하면 어쩌나, 그리고 보호자가 영방으로 기록된 것에 화를 내면 어쩌나, 오만 가지 걱정이 뒤따랐다.

결국 교이치가 보호자로 나섰다. 일본인 병원에 입원시키기 위해 교이치가 자신의 친분 관계를 이용했고, 만약 연혜로 깨어나면 그 과정에서 어쩔 수 없었던 것으로 해명하기로 했다.

응축된 긴장이 풀리자 때늦게 몰려드는 피로감에 영방과 교이치는 휴게실 벤치에 털썩 주저앉았다. 창문 너머로 병원에 딸린 정원이 내려다

보였다. 앙상한 겨울나무와 아직 녹지 않은 눈이 얼어붙어 달빛을 반사했다.

"아기를 낳는 순간에는 에렌이었을까, 연혜였을까?"

"우리가 연혜가 되어보지 못하니 알 수가 없지. 우리로서는 평생 모르겠지."

생명의 탄생과 출산에 대한 숭고함에 젖은 듯 한동안 둘은 침묵했다. 영방이 입을 열었다.

"산고에 대해 생생히 기억하는 쪽 아닐까?"

"뭐?"

"아픈 순간을 생생히 기억하는 쪽이 아이를 낳는 순간에 있던 사람이겠지."

"통증이란 건 자의식이 없는, 무의식 상태에서도 느낄 수 있지 않겠어?"

"그럼 더 많이, 찢어지게 아픈 쪽이."

"찌를 듯이 아픈 것도, 욱신욱신 아픈 것도 아니고, 왜 하필 찢어지게 아파? 하긴 넌 빨간책 많이 봤으니까 애가 어떻게 나오는지도 거기 쓰여 있었겠지."

교이치의 비아냥거림에도 아랑곳없이 영방이 걱정스럽게 말했다.

"출산 때 없었던 쪽에게는 뭐라고 하지? 갑자기 자기 배가 꺼지고 아기가 턱 하니 나와 있으니 놀랄 것 아닌가."

교이치가 영방을 물끄러미 바라보았다. "아무튼 머리는 잘 돌아가"라는 교이치의 중얼거림에는 탄복과 투덜거림이 섞였다.

"당신이 너무 아파하다가 혼절했고, 그때 아기가 나왔다고 하지 뭐. 대충 둘러대. 어차피 진짜 있었던 쪽도 너무 아파서 정신이 없었을 거야."

교이치의 말에 이번에는 영방이 고개를 끄덕였다. 자잘한 문답에 주거니 받거니 하면서도 정작 둘은 본질적인 문제는 건드리지 않고 있었다.

"아기는 누구네 아이로 하지?"

둘 사이에는 정적이 흘렀다. 여태껏 입 밖에 내지 않았으나 어쩌면 지난 아홉 달 내내 둘을 지배했던 의문이자 모든 고민의 본질이었다.

"에렌, 연혜 둘 중 아기를 진짜 낳은 쪽으로."

영방과 교이치는 또다시 골몰했다.

"산고를 겪은 쪽이 진짜 아이 엄마인 거야?"

"배 속에 품은 건 에렌도 되고 연혜도 되는데 둘 다 엄마인 거지."

"하긴 배가 꺼졌는데 어느 쪽이든 자기 아기 낳은 줄 모르겠어?"

방금 세상에 나온 아기를 두고 당장 소유권을 주장하는 것은 갓 태어난 아기에게 몹쓸 짓이라고 둘은 암묵적인 동의를 했다. 교이치는 보다 평화로운 화제로 돌렸다.

"아기 이름은 뭐로 할까?"

교이치는 아이가 이름 두 개로 평생 혼란 속에 살기를 원하지 않았다. 아이가 조선어 이름과 일본어 이름 양쪽을 주체 못 하고 양분된 삶을 사는 것은 막아야 했다. 하지만 영방으로서는 아이의 이름을 일본식으로 짓는다면 자신은 둘째치고 부친이 얼마나 노발대발할지 걱정이 앞섰다. 때문에 아이에게 일본어 발음과 조선어 발음이 같은 이름을 지어주기 위해 영방과 교이치는 고심했다.

아기는 무탈하게 '아미(亞美)'라는 이름을 갖게 되었다. 그러나 먹물 묻힌 붓으로 이 이름을 처음으로 쓸 곳이, 불같은 논란을 불러올 것이었다.

이 출생신고를, 영방과 교이치가 언제까지고 회피할 수는 없었다. 교이치는 그의 밑에 아미를 올리겠다고 주장했다.

"식민지 국민으로 키울래? 일본인으로 키우는 게 나을 텐데."

영방은 마땅히 할 말이 없었다. 지배국가라는 이점을 선점하고 강력하게 몰아붙이는 교이치를 영방은 이길 수가 없었다. 예측불허의 상황은 영방의 부친에게서 터졌다. 여자아이기에 방심하던 사이 영방의 부친이 아직 얼굴도 보지 못한 손녀를 가문의 호적에 올린 것이다. 이에 질세라 교이치도 다카오카 가 밑으로 아미를 올렸다.

어른들의 미묘한 기싸움에 어린 아기만 고생이었다. 퇴원 후 아기는 산모의 정체에 따라 이쪽으로 저쪽으로 넘겨지고 넘겨받아졌다. 아기는 오영방의 딸 '오아미'가 되었다가 교이치의 딸 '다카오카 아미'가 되기도 했다.

냉혈한 같던 교이치가 아이를 귀여워함은 의외이면서도 당연한 것이었다. 그것은 곧 아이를 잃을 것에 대한 교이치의 아쉬움과 애석함이었다. 교이치는 자신이 아이를 잃으리라고 여겼다. 에렌은 배우 활동이다 뭐다 하여 아이를 내팽개칠 것이고, 영방 쪽은 영방의 부친과 일가친척이 버티고 있으니 아마도 아이를 금지옥엽으로 키울 것으로 교이치는 울적한 추측을 했다.

하지만 에렌이 그토록 아기를 애지중지할 줄은 교이치로서는 완전히 예상 밖이었다. 또한 연혜가 딸에게 그렇게 애정을 보이지 않을 줄은, 영방과 교이치 둘 다 생각지 못한 것이었다. 연혜는 아미가 울어도 오도카니 앉아서 우는 아기를 멍하니 바라봤다. 그 눈은 허공을 헤매고 있었다. 사치코의 딸을 그토록 예뻐했던 것과는 달랐다. 영방은, 혹시 분만 때 연혜가 아니라 에렌이었을까, 출산의 기억이 없어서 아기에게 애착이 없는 것인가 하는 생각마저 들었다.

미인이 낳은 딸은 날 때부터 사람들의 묵계된 기대를 받는다. 영방의 딸이자 교이치의 딸인 아미는, 다행히 제 엄마를 똑 닮아 모두의 기대를 저버리지 않았다. 영방과 교이치야말로 아미가 제 어미를 쏙 뺀 것이 다행이었다. 자신을 닮은 아기였다면 상대방의 기를 누를 수 있었을 텐데 하다가도, 반대 상황을 떠올려 몸서리치고는 아기가 두 남자 어느 한쪽에게서도 물려받은 것 없이 엄마의 이목구비를 그대로 따온 것에 감사했다.

두 남자 모두 아미를 보고 있노라면, 아무리 의식하지 않으려 해도 절로 따라오는 의문은 어쩔 수 없는 것이었다. 어느 날 영방을 찾아온 교이치가 말없이 찻잔만 비워갈 때, 영방은 계속해서 품어왔던 궁금함을 입 밖에 내었다.

"자네라면 수완이 좋아서 아는 의사도 많고, 아이가 누구 소생인지 알아낼 수 있지 않았나?"

교이치가 침묵하다가 답했다.

"사실 애가 태어나자마자 혈액을 축출해갖고 대조해봤지. 오영방 네 옛날 진료기록도 빼돌려서 네 피쯤 뭔지 안 뽑아도 알 수 있었어. 그런데……, 모르겠어. 에렌, 나, 오영방 너, 셋의 혈액형으로 아무리 조합해도, 네 아기도 되고 내 아기도 돼."

"내가 자네와 혈액형의 고리 속에 갇혀 있나 보군."

"왜 넌 나랑 피의 성질까지 악연일까."

영방은 혹시 딸을 뺏기기 싫은 교이치가, 아미가 영방의 태생임을 숨기는 것은 아닐까 의심했다. 그러나 그 의혹을 꺼내 물을 수는 없었다. 그저 자신을 달랬다. 만약 영방의 아기가 아닌 게 증명됐다면 교이치는 신나서 그 사실을 바싹 쥐고 압박해왔을 것이다. 적어도 완전히 교이치의 소생이 아닌 것은 확실하다.

교이치는 평소와는 달리 차 한 주전자를 다 마시도록 영방의 눈치만 살폈다. 기다리다 못해 영방이 넌지시 "다 마셨으니 또 끓여야겠군" 언질을 줬다. 교이치가 무겁게 말을 꺼냈다.

"아미는 일본에 데려가서 키울게."

영방에게는 아닌 밤중의 날벼락이었다.

"데려가서…… 누가 키우는 건가?"

"일본에 믿을 만한 사람에게 맡길게. 조선에서 키워봤자 애한테 혼란만 생겨. 지금은 괜찮지. 하지만 커가면? 우리 둘 다 애 잃어버린 셈 치자. 우리 부부도 애 보러 안 갈게. 저 혼자 잘 자라게 할게. 어느 쪽 애도 아닌 걸로. 그럼 영방 너나 나나 둘 다 공평하잖아."

영방은 기가 막혔다. 우리 공평하자고 태어나자마자 부모와 떨어지는 가혹한 꼴을 당해야 하는가. 타인의 손에서 길러지는 게 어찌 부모의 정만 하겠는가. 얼굴빛이 변한 영방에게 교이치가 이번에는 각종 병세를 들먹였다.

"연혜처럼 저렇게 다치기 쉬운 정신이 온전할 것 같아? 산후우울증에 또 다른 인격이라도 탄생하면 어쩌려고 그래? 여자들이 산후에 환청, 헛웃음, 망상 이런 거 일으키다가 자살하는 경우도 있다고."

교이치가 연혜의 병에 겨눈 화살은 아기에게까지 이어졌다.

"산모의 정신질환은 아기에게도 유약한 정신을 물려줄 확률이 높아. 우리 둘이 번갈아 키우다간 애는 평생 쑥덕거림 들으며 살게 될 텐데. 다카오카네, 오씨 댁 이리저리 돌리면, 이런 환경에선 멀쩡한 애도 정신이 둘로 분리될걸."

교이치의 위협에 가까운 공세는 더욱 거세게 영방을 죄어들어갔다.

"그럼 아예 연혜까지 일본에 보내버릴까? 연혜가 출산한 병원도 다 다카오카 쪽이라는 거 알지? 원장이 연혜를 심층진단 한다면서 동경에 정신전문의원으로 이전시킬 수도 있어. 아기랑 같이 동경에. 오호, 그럼 적어도 애는 엄마 밑에 있을 수 있겠네. 네 말대로 부모 정은 안 떼겠네."

영방이 소리 질렀다.

"차라리 자네 밑에서 키워!"

교이치는 귀를 의심했다.

"너희 오씨 문중에게는? 연혜에게는? 뭐라고 해명할래?"

"아미가 죽었다고 하든 잃어버렸다고 하든 내가 해결해!"

아미가 여자아이인 것이 그나마 다행이었다. 사내아이였다면 손이 귀한 오가네 종친들이 벌써부터 아기를 데리고 굿 잔치를 벌였을 것이었다. 여아인지라 지방에서 일을 보던 영방의 부친만이 보러 오겠다고 기별을 해왔다.

부친이 오기 전에 어서 아기를 보내고 일을 해결해놓아야 한다, 영방은 서둘렀다. 그는 연혜를 속였다. 생후 진단 결과 아기의 뇌에 큰 이상이 발견됐고, 조선 의료계에서는 치료가 불가능해 일본에 보내 장기 치료를 받아야 한다고 했다. 연혜는 자신의 몽유병 때문에 아기에게 문제가 있는 것으로 여겨 오히려 영방에게 미안해했다. 제어할 수 없는 잠으로 빠지는 증상을 가졌다는 데에서 연혜의 목소리는 한없이 약해졌고, 그녀는 영방의 뜻을 전적으로 따를 수밖에 없었다.

영방은 연혜를 얻기 위해 딸을 내줬다 생각했다. 여자를 얻기 위해 피붙이를 포기함은 수컷들의 세계에서 흔히 일어나는 일이지만, 제 아내와 아이를 맞바꾸는 것은 기묘했다. 영방은 체념했다. 아기를 낳던 아내가 생사의 갈림길에 서서 아기 대신 아내를 살렸다고, 아기를 잃었다기보다 연혜를 지켰다고 생각하기로 했다. 그래도 영방은 쓸쓸했다. 그는 앞으로도 평생 딸을 잃은 소회를 연혜에게 풀 수 없으리라는 걸 알았다.

교이치는 기어이 아미를 일본으로 보냈다. 주위의 눈이 많으니 애가 커갈수록 위험하다, 어떤 예측불허의 일이 생길지 모른다, 이를 미연에 방지해야 한다는 게 해명이었다. 그 말에 그릇된 것은 없었다. 하지만 영방은, 자신이 마음을 바꿔 다시 아기를 찾을까 우려한 교이치의 처단이 아니었을까 하는 생각도 지울 수 없었다.

영방은 아기의 생사를 부친 앞에서 거짓말할 필요가 없어졌다. 대신 더욱 기만적인 거짓말로 부친을 속이게 됐다.

부친의 방문은 공교롭게도, 영방이 그의 딸을 보내고 생판 남의 아기를 집에 들였을 때 이루어졌다. 부친이 왔다는 기별에 급히 집으로 달려온 영방은, 이미 부친이 아기를 어르며 "네가 우리 귀한 손 오아미구나" 하는 것을 보았다. 연혜는 며칠 전부터 에렌이 되어 들어오지 않고 있어서 영방만이 부친을 상대할 수밖에 없었다.

"애를 놔두고 자리를 비워선 안 된다. 애 봐주는 사람? 제 아이만큼 누가 살뜰히 살피겠나. 특히 갓난아기는 남의 손을 타면 안 된다."

부친은 연혜의 부재에 대해 일언반구도 없었다. 괜히 영방이 나서서 연혜에 대해 주섬주섬 말을 늘어놓는데 부친이 손을 들어 제지했다.

"네가 첫애라 아직 모르겠지만 아기를 낳은 후 여인들은 우울해하는 법이란다. 며늘아기가 바람을 좀 쐬다 들어왔으면 좋겠구나."

영방은 부친에게 요람에 누운 아이는 남의 소생이고 진짜 딸은 병을 고치러 일본에 보냈다는 말을 할 수 없었다. 첫째, 아기에게 병이 있다는 것은 새빨간 거짓말이었고, 둘째, 부친이 아기의 병을 혹여 연혜의 흠으로 여길까 봐 그리 말할 수가 없었다.

요람 속 아기는 사치코의 딸이었다. 봉자가 사치코의 아기를 다시 돌려줬던 것이다. 봉자의 어머니는 결국 지병을 이기지 못하고 세상을 떠났다. 초상을 치를 때만 잠깐이라며 아기를 영방에게 맡겼던 봉자는 그길로 아기를 찾아가지 않았다.

봉자는 동경으로 떠나겠다고 했다. 그녀가 일본으로 갈 여비가 어디 있으며 당장 낯선 동경 땅에서 무엇을 하고 살려는지 영방의 눈에 대책이 없어 보였다. 봉자는 동경 지점 명월관에서 일하겠다고 답했다. 단장한 기생들이 식도락가를 맞이하는 고급 요릿집의 대표 격인 곳에 간다는 것은 그녀에게는 일종의 출세라고 할 수도 있었다.

명월관 동경점은 경성 최고의 요릿집 명월관을 동경에 재현해놓은 곳으로, 손맛까지 조선식을 내기 위해 조선인 숙수를 모셔왔다는 소문도 있었다. 명월관이라는 이름값에 미식을 찾는 일본인들도 방문했다. 조선풍을 바라는 손님들을 위해 조선 출신 기생들이 이들을 접대했다. 경성의 일패 기생들이 건너가는 곳이기도 하니 봉자의 꿈이 실현된 것이나 다름없었다. 명월관에 깃든 호사함이 벌써 봉자의 마음을 뛰어오르게 했다.

영방은 봉자가 무슨 재주로 아무 연고 없는 명월관 동경점에 선이 닿았을까 짐작은 하면서도, 정작 두 귀로 듣고서는 숨이 턱 막혔다. 실은 에렌이 연결해준 것이다. 사치코의 아기를 잘 보고 있던 봉자를, 굳이 그 꿈을 쏘삭질하여 동경으로 가도록 한 까닭은 무엇일까. 에렌이라면 봉자에 대해 원한을 가질 이유는 전혀 없다, 그러나 에렌은 곧 연혜가 아니던가. 에렌이 무엇인가 연혜를 위해서 움직인 것일까. 영방은 에렌에 대해서는 겉모습을 제외하고는 아무것도 알지 못해 그녀의 속내를 짐작조차할 수 없었다.

"제가 부탁디렸서요. 이혜련 님은 유명한 친구도 많대서 내래 연결해 딜라 했시요. 명월관이나 식도원 같은 디로. 지금 자리가 빈 곳은 동경 명월관뿐이랬시요. 고민고민하다 내래 가고 싶다 했시요. 당장 애기 볼 사람 없어 곤란할 건 알디만 기런 자리 놓치고 싶디 않았디요. 애기에겐 내가 몹쓸 년이고 내가 천벌 받을 기야요. 기래도 난 그 천벌 달게 받을 라요. 명월관이요. 명월관은 그럴 가치가 있습네다. 오마니 세상 뜨고 혼자 경성에 있어서 뭐합네까. 이제 내래 내 꿈 찾아갈 기라요. 가서 짧은 인생 제대로 하고 싶은 기 하고 살아볼 기라요. 작은 세상에서 옴닥옴닥 안 할 기라요."

영방은 '의외로' 봉자가 꿈을 펼치는 규모가 크다고 깨달았다. 영방은 봉자에게서 설핏 봉수의 담대함을 보았고, 또 한 번도 보지 못했던 봉희의 결연한 아름다움을 느꼈다. 거대한 세계를 그려 거기에 전부를 내던지는 건 남매들의 공통점인가.

봉자는 필동의 집을 그대로 에렌에게 돌려줬다. 봉자는 본인 소유였던 판잣집을 처분한 돈으로 동경에 갈 여비를 삼고 초급 일본어책을 구해 글자부터 공부했다. 지금은 입도 제대로 못 떼는 수준이지만 현지에서 일본어를 익혀 원어민 수준이 될지 모른다며 봉자는 호쾌하게 웃었다. 어쩌면 봉자는 험난했던 소녀 시절과 궁핍을 조선에 묻고, 인생의 새 막을 동경에서 펼칠 계획에 충만한 건지도 몰랐다. 관부연락선을 타기 위해 다음 날 새벽부터 경부선을 타는 봉자를 배웅하며 영방은 그녀를 축복했다.

봉자의 꿈은 그런 것이었나. 영방은, 개개인의 꿈의 다채로움과 그들이 모인 꿈의 범주가, 결코 그가 상상 못 할 만큼 넓다는 것을 깨달았다. 봉자의 바람과 현실 사이의 거리를 재단할 수 없었으나, 영방은 그녀에게도 꿈이 있다는 것에 감탄했다.

당장 다가온 문제는 사치코 딸의 거취였다. 아기는 임시로 영방의 집
에 머물렀고, 하필 때를 맞추기라도 한 듯 영방의 부친이 찾아온 것이었
다. 아기를 어르고 달래며 보이는 부친의 환한 미소는 영방으로서는 매
우 오랜만에 보는 것이라 그는 부친에게 사실을 말할 날을 차일피일 미
루었다.

이후에도 부친은 종종 아기를 보러 찾아왔다. 늘 불시에 방문하여 그
때마다 남의 집에 맡겼던 아기를 몰래 다시 찾아오느라 한바탕 해프닝을
벌여야 했다. 언제 진실을 고백해야 할지 몰라 입술을 바싹바싹 태웠고,
부친이 아기를 귀여워할수록 영방은 아기를 더 뻣뻣하게 대했다. 아기에
게 제 이름이 아니니 '아미'라고 부르지도 않았다. 그리고 부친은 그것을
유심히 바라봤다.

부친이 아기를 고향에 데려가 보이고 오겠다는 뜻을 전했을 때, 영방
은 극구 반대했다.

"얘가 몸이 약해서 먼 곳에 보내면 안 됩니다."

"이 정도면 지극히 건강한 아이야."

"큰 병이 있답니다."

"무슨 병?"

"······먼 곳에 보내서 요양을 시켜야 하는 병입니다."

그저 영방은 '앞으로 아기를 일본에 보내 장기 치료를 받게 하니 다음
에 오시면 아기가 없을 것입니다'를 완곡히 전하려 애를 썼다. 부친은 믿
기지도 않는다는 표정으로 말했다.

"그래, 그럼 데려가지 않으마. 대신 내가 손녀에게 선물 하나 주고 가

런다."

부친은 옥가락지를 꺼냈다. 그의 아내이자 영방의 어머니가 가졌던 반지였다.

"이걸 끈에 꿰서 목걸이로 아미에게 걸어주고 크면 제 할미 것이라고 알려주거라."

"안 돼요!"

영방이 반사적으로 외치고서 입을 막았다. 지금 아버지는 소위 대물림을 해주려 한다. 하지만 피 한 방울 안 섞인 남의 애에게 어머니의 보물을 줄 수는 없다.

부친이 영방을 물끄러미 바라봤다.

"넌 네 딸이 널 안 닮았다고 정표도 안 줄 것이냐?"

영방은 묵묵부답이었고, 부친은 아기를 들어 올렸다. 다시 엄정한 표정으로 돌아온 부친이 아기의 짐을 챙기라 명했다. 영방은 거역할 수 없는 부친 특유의 힘을 느꼈다. 부친은 다시 아기를 종가에 보이겠다 선언하고, 아기의 짐에 옥가락지를 넣어줬다.

"앞으로 이건 오아미 것이다. 원래 연혜에게 줬어야 하는데 한 대 건너 뛰게 됐구나. 연혜가 너그러이 봐줄 거라 믿는다."

당장 다음 날 부친은 아기를 데리고 떠났다. 기저귀 보따리를 든 심부름꾼을 딸려 보내는데도 부친은 기어코 직접 아기를 안고 기차에 올랐다. 영방은 여차하면 아기를 다시 거두어가려 했으나 대합실에서부터 기차에 오르기까지 내내 부친은 절대 아기를 내려놓지 않았다. 기차가 움직일 때 차창 너머로 부친이 영방에게랄 것도 없는 말을 했다.

"이상도 하지. 아기가 영방 너를 안 닮았다고 생각하고 나니까, 연혜 쪽은 더더욱 안 닮았구나. 차라리 영방 네 쪽과 닮은 것 같다."

기차가 조그마한 점이 되어 사라지자 영방은 주저앉았다. 이렇게 힘들 때 연혜가 곁에 있어줬으면 했다. 연혜가 없었어도 에렌에게라도 알렸어야 했을까 후회도 했다.

"금방 데려오마" 하고 떠났던 부친은 '아기가 폐가 약해 시골 공기가 발육과 폐 건강에 좋다더라'며, 아기를 '당분간' 고향집에서 맡겠다고 통보해왔다. 멀쩡했던 아기가 연혜 앞에서는 정신이 약한 아이로, 부친에게는 폐가 약한 아이가 되었다. 이 '당분간'이란 얼마나 무기한이 될지 몰랐다. 혹 떼려다 더 큰 혹을 붙인 영방은 망연자실했다. 이제 돌이킬 수 없는 거짓은 철저히 진실로 위장해야만 했다.

사치코의 아기는 그렇게 '오아미'가 되어 영방의 종갓집에서 자라게 되었다. 영방의 부친은 아기를 한 방에 두고, 입히고 먹이고 씻기는 것 모두 돌보았다. 거짓말처럼 거대한 우연과 필연이 뒤섞인 이 믿기지 않는 결말에 교이치도 황당해했다. 교이치는 그 당황스러운 소회를 한마디로 표현했다.

"정말로 뼈대 있는 가문에서 맡게 되었네."

가책과 불안으로 조마조마한 생활 속에서 영방과 연혜의 시간은 흘렀다. 화재가 났던 백화점은 일주일 만에 종로경찰서 자리에 임시 매장을 열어 영업을 계속했고, 이제 신축 공사에 들어가고 있었다. 이전보다 훨씬 더 커진 규모로 지하 1층에서 지상 7층까지 8층 높이의 건물에는 에스컬레이터도 설치될 예정이었다. 총천연 호화품이 진열됐고 물건은 팔렸고, 사람들은 부유한 대로 가난한 대로 생활했다.

영방은 경학원 근무를 계속했고 연구원으로의 지위도 높아졌다. 연혜는 임신 이전으로 돌아와 화사한 외양과 윤기를 되찾았다. 그러나 그녀의 몸은 많이 약해져 예전보다 쉽게 지치곤 했다. 연혜와 에렌을 오가는 횟수도 줄어들었고 대신 한번 바뀌면 오래도록 돌아오지 않았다.

변함없이 상냥하고 온유한 연혜는 어느 날 조심스레, 앞으로 피임을 요구했다. 겉으로 흔쾌히 응낙하면서도 영방은 내심 섭섭했다. 그는 이번에 생길 아이는 자신의 아이로 키울 수 있지 않을까 막연히 기대하고 있었다. 한 아이는 네 것이니 다른 한 아이는 내 것이다, 라는 이치는 어린 생명을 두고 너무 계산적인 논리였으나, 그럼에도 영방으로서는 막연한 기대가 있었다. 영방은 서운함을 넘어, 어딘지 말로 표현 못 할 배신감을 느꼈다. 왜 이러한 감정이 드는지 그는 알 수 없었다. 영방은 스스로에게 질색하고 말았다.

23 전시품

이전의 십 년과는 다른 세상이었다. 재즈, 스윙, 찰스턴은 옛말이 되어 호국, 근로보국대, 미곡 공출에 자리를 내주었다. 환락의 30년대는 가고 전시의 40년대였다.

영미귀축의 타도를 외치는 태평양전쟁은 생활 곳곳에 파고들어, 카페 걸들이 양미인의 이름을 갖는 것에도 금지령이 내려졌다. 에렌의 친구 중 세라, 로라, 켈리는 사라졌다. 대신에 개명 아닌 개명을 한 세이코, 노리코, 게이코가 대신했다.

전자시계, 화장품, 넥타이는 수입이 금지되고 일본에서 생산됐다. 그 질 낮음과 조악한 디자인에 귀족적 취향의 탐미가들은 괴로워했다. 이들은 하락 평준화한 세상물품에 정을 붙이려 노력하거나, 간혹 도저히 높은 기호를 낮출 수 없는 이들은 밀수품을 구하기도 했다. 에렌 역시 밀수 암거래상을 기웃거렸으나 그것만큼은 교이치가 강력히 말렸다. 공직자인 교이치에게 밀수품은 엄금이었다.

사치품은 소비는 물론 광고마저 금지되어 아리따운 여배우들의 전속이었던 향수와 화장품 광고는 자취를 감추었다. 이제 전시체제에 꼭 맞는 생필품 광고에서 미녀들은 군복을 입거나 포탄 그림 옆에 꽃 같은 얼굴을 내밀어야 했다. 에렌은 그렇게 숱한 광고를 놓쳤다. 멋없는 군복을 입고 전쟁놀이 꼭두각시로 웃는 사진을 남기는 것이 그녀에게는 치욕이라는 것이었다. 에렌은 "샴푸 광고할 때가 좋았지" 한탄했다.

거리에서는 몸뻬 바지를 입은 여성들이 "사치하지 말고 신용협동조합에 저축하자" 피켓을 들고 다녔다. 에렌은 눈살을 찌푸렸다. 저런 몰취미적인 옷을 입어야 하다니! 에렌은 차라리 한복을 입겠다며 고개를 흔들었다. 이들 외에도 거리에는 각종 선전단원들이 저마다의 팻말을 들고 구호를 외치고 다녔다. 국채구입선전단이 가장 활발하게 외쳤다. "국가 채권의 힘은 새로운 동아시아를 창조합니다." 전쟁 수행에 필요한 탄약과 식량 등 군수물자 확보를 위해 일본 정부는 국채를 살 것을 권유했다. 심지어 담배 가게에서도 소액국채를 팔고, 할아버지 담배 심부름 나온 아이들이 거스름돈으로 국채를 사는 행위가 바른생활 어린이의 표본인 것처럼 가르쳤다.

에렌이 혀를 찼다.

"애들에게 벌써부터 채권 사고파는 돈놀이를 시키면 되나."

"애국을 실천하는 애들이 기특하지 무슨 말이야."

고지식하게 말하는 교이치를 에렌이 놀려댔다.

"설마 당신도 순진하게 저 국채를 믿는 건 아니겠지?"

전쟁이 끝나면 휴지 조각이 될 것임을 교이치도 알았다.

"그래서 우리는 할당량을 제외하면 안 샀잖아. 남들이 사는 국채는 대동아전쟁에 유용하게 쓰일 게다. 너나 그 애국심에 찬물 끼얹지 마."

에렌이 웃었다.

"모범 공직자의 좋은 자세야."

그때 한 여성이 에렌에게 다가왔다. 이 몸뻬 여성의 접근에 에렌이 경계하며 한 발짝 뒤로 물러났다. 이 여인은 부드러운 목소리로 에렌에게 말했다.

"아시아 제국 건설을 위해 화려한 의복과 귀금속 착용을 자제하고 사치한 생활을 하지 맙시다!"

에렌은 놀라서 입을 딱 벌린 채 말도 못 했다. 에렌은 당신이 무슨 상관이오, 따지고 싶은 것을 누르고 입을 꽉 다물고 여자 옆을 지나쳤다. 동경 긴자 거리에서도 젊은 귀부인들의 치장에 훈계를 주는 부녀단속반이 무리 지어 돌아다닌다는 것을 익히 들어온 터였다.

"전쟁 따위 싫어. 입고 싶은 것 못 입고, 먹고 싶은 것 못 먹고. 일본군 전쟁에 조선인까지 덩달아 고생시키는 건 뭐니."

에렌은 실크 원피스와 보석 귀걸이에 작별해야 했을뿐더러 그녀가 좋아하던 먹을거리도 입에 대기 어려워졌다. 쌀과 밀가루가 귀해지고 거의 대부분의 곡식은 군용 식량으로 공출되었다. 농민들은 힘겹게 농사지은 쌀을 1차로 군용미로 뺏겼으며 2차로 일본 내지인 입에 들어갈 밥으로 뺏겼다. 쌀보다 하급으로 쳐서 그나마 넉넉했던 잡곡들도 이제 일본 본토에 보내기 위해 싹쓸이당했다. 일본은 그동안 거들떠보지도 않았던 고구마줄기마저 쓸어가 사람들은 남은 고구마잎을 이리저리 해 먹으며 끼니를 때웠다. 공출당하고 남은 온갖 허드레 잡곡을 사람들은 어떻게든 먹을 수 있는 것으로 만들기 위해 애썼다. 한 줌 쌀에 무엇이든 섞어 밥을 만들었다. 섯보리밥, 감자밥, 두불콩밥, 빼때기밥, 강냉이밥, 송기밥, 명아주밥, 비름밥, 개자리밥, 조밥, 풀밥, 칡밥, 이름 모를 잡초밥. 보리쌀이나 조에 섞을 수 있는 모든 것을 섞었다. 그나마도 밥을 할 만한 한 줌 잡곡도 없어 물만 잔뜩 넣었다. 송기죽, 섯보리죽, 호박죽, 피죽, 강냉이죽, 난시죽, 꿩마농죽, 보말죽, 풀죽. 무엇이든 죽이 되었다.

도시인도 쌀이 없기는 마찬가지였다. 백화점과 상점들은 대체식품 매대를 만들어 쌀과 밀가루를 대용할 음식을 팔았다. 들 숲에 먹을거리 캐러 가지 못하는 도시인들은 배를 채우기 위해 이런 급조된 식품에 돈을 낼 수밖에 없었다. 식료품점은 감자와 호밀로 만들어진 음식들이 매대를 채웠고, 식당은 쌀 없이 감자를 채워 눈속임한 초밥을 내놓았다. 쌀과 밀가루가 들어가던 음식들은 메밀가루와 보릿가루로 바뀌었다. 가루 한 움큼도 값비싸서 사람들은 사온 보릿가루나 메밀가루를 온갖 재료에 넣어 범벅을 만들었다. 감자, 무, 호박, 누룽낭 무엇이든 푹푹 익히다가 메밀가루를 풀어 넣었다. 걸쭉한 것이라도 먹을 수 있다면 다행이었다. 된 것은 안 됐고, 진 것을 먹었고, 그보다 더 부족할 때는 묽은 것을 먹었다.

식료품점에서 에렌은 호밀로 만든 국수를 손에 들고 코를 쿵쿵거리다가 한숨을 쉬고 값을 치렀다.

"러시아 호밀빵처럼 시큼하다. 간을 잔뜩 쳐서 냄새를 가리든가 해야지."

교이치가 설교조로 말했다.

"전시 중이야. 이만큼 먹는 것도 감사한 거야. 요새 풀뿌리는 고사하고 벗겨 먹을 나무껍질도 없대. 흙으로 떡을 빚어 먹는다더라. 넌 적어도 밥은 먹잖아."

"밥 잘 먹으려고 일본남자와 결혼했지. 굶을 바에는 뭐하러 왜놈과 살아."

상처가 될 말일지라도 자명한 진실이라면 서슴없이 내뱉는 에렌이었고, 그런 그녀의 날선 말에는 교이치도 무디어져 있었다. 교이치가 머뭇거리다 입을 열었다.

"그리고 네가 어디 가서 말 잘못할까 봐 일러주는 건데……, 조선과 일본은 하나야. 일본이 승전하면 조선도 승리하는 것이고 그러니 같이 싸워야지."

다른 때라면 크게 깨우쳤다는 몸짓을 과장되게 했을 에렌이 빈정거릴 기운조차 없는지 멀거니 그를 바라봤다.

"대외용 멘트 나한테 날릴 필요 없어. 당신네들부터가 조선을 벌레 취급 하는데 같이 싸우기에는 당신네가 너무 고귀하시지."

교이치는 머쓱해졌다. 천성이 배우인 에렌이 어련히 알아서 할까. 교이치는 괜히 오지랖을 떤 기분이었다. 최근 저기압이던 에렌의 기분은 몸뻬 여성이 준 충격 때문인지 더욱 가라앉아 있었다. 교이치는 그녀를 어떻게 달랠까 골몰했다. 하지만 이제 초콜릿으로 에렌의 기분을 풀어주는 것도 요원한 일이었다. 에렌이 그토록 좋아하던 초콜릿이나 아이스크림은 맛보기 어려워졌다. 여전히 상류층은 귀한 설탕이나 밀가루와 달걀로 만든 카스텔라와 만주를 맛볼 수 있었지만 예전과 달리 귀한 것이 되어서, 손님 대접할 때도 아껴가며 내놓았다. 팥은 일본 내수 식량으로 우선시되어 단과자 앙금으로 쓰기에는 사치였다. 작은 만주 하나가 여간 고급품으로 승격한 것이 아니었다.

"외식이나 하고 들어갈까."

교이치는 에렌이 기분전환이 될까 해서 말했다. 에렌은 흥미 없다는 표정을 짓다가 "시큼달달한 감자초밥 사줬다가는 당신 미워할 거야" 하며 못 이기는 척 따라왔다. 에렌이 종알거렸다.

"죽 같은 것 말고 덩어리진 것, 된 것을 먹고 싶어. 설탕이 먹고 싶어."

"어디 과자집이라도 갈까" 하고 교이치가 두리번거리는데 또 한 무리의 모집단이 지나갔다. 길거리의 온갖 선전단에 교이치도 이골이 텄으나 종군위안부 모집은 질색이었다. 모집 중개인은 위안의 실제적 의미를 분명히 밝히지 않은 채 간호사의 일종이며 병사들을 편안하게 해주는 작업이라고 얼버무렸다. 길을 지나는 사람들이라면, 이 업무가 병원에 있는 부상자를 방문하고 붕대를 감는 정도의 일이라고 생각할 수밖에 없었다. 그 위선적인 술책이 태연자약하게 이루어지는 것에 교이치는 치를 떨었다. 특히 그는 중개인을 혐오했다. 교이치는 에렌에게 정색을 하고 물은 적도 있었다.

"설마 넌 아니지? 넌 일본어도 잘하고, 친한 기생도 많아. 그렇다고 네가 그 여자들을 그런 곳에 넘기지는 않겠지?"

에렌에게는 기생 친구들이 많았고 이들의 일본행을 돕기도 했다. 일본어에 서툰 친구가 도항증을 만드는 것을 돕고 권번이 신분 확인을 안 해준 기생의 보증을 서기도 했다. 카페에서 잔뜩 빚을 진 카페걸 친구들도 에렌을 찾았다. 에렌은 이들이 몰래 일본으로 건너가도록 해줬다. 빚만 남기고 튀어버린 카페걸에 화가 난 카페 주인이 에렌에게 항의해도, 총독부 고관 부인이자 명망 있는 배우인 그녀에게 큰소리를 치지 못했다.

"아예 빚을 갚아주는 게 장기적으로 낫지 않아?"

이런 교이치의 의문에 에렌은 "갚아주면 카페는 아무 손해 안 나잖아. 악덕 카페들 골탕 좀 먹으라고 해. 또 한두 명도 아닌걸. 당신 월급이랑 내 수입 갖고 그 빚 갚아주다가는 우리 파산할걸" 하고 답했다. 기생과 카페걸이 일본에 건너가 하는 일은 한정적이었다. 가장 빨리 전파되고 가장 뿌리 깊은 것이 유곽 사업인지라, 강제병합 이전부터 조선에 게이샤가 들어선 지 오래였고, 반대로 일본에는 식민지 여성에 대한 특이 취향을 지닌 남성을 대상으로 기생 주점이 형성되고 있었다. 물론 교이치가 혐오하는 것은 이런 자발성을 넘어서 관이 주도하는 강제였다. 장기화된 전쟁은 군인들을 피폐하게 했다. 전쟁터라는 제한된 공간에 내몰린 군인들의 사기를 위해 일본 당국은 지구상 가장 오래된 담론 중 하나인 성을 국가적으로 이용했다. 군대의 편의를 위한 일이라는 게 어떤 일인지 잘 아는 일본 유녀들은 종군에 적극적이지 않았고, 잘 모르는 식민지 여성들은 교묘하게 꾀어내는 당국에 무방비 상태였다. 교이치는 신성해야 할 전쟁에 수치스러운 일이 국가적으로 자행되는 것에 분노했고, 그의 노여움을 애꿎게 대신 받게 된 에렌은 눈썹을 찌푸렸다.

"적어도 내가 보낼 때는 당연히 그 길로 안 가길 바라. 그쪽으로 안 빠질 똑똑이인지 아닌지는 제 요량이야."

"이건 한낱 매춘이 아냐. 네 친구들을 전쟁터로 떠넘기는 건 아니겠지?"

"당신 나라 좋으라는 당신네 정책인데, 왜? 당신이 생각해도 반인륜적인가?"

오늘 따라 에렌의 말장난은 교이치의 신경에 거슬렸다.

"네 동포는 네가 챙겨야지, 네가 선 긋는 그 당신네 나라에 팔아넘기는 것 말고."

교이치도 비아냥거렸다. 여기에 에렌이 속사포처럼 말을 쏟아냈다.

"당신 지금 나를 포주 취급 하는 거니? 세상에, 당신이 그러면 안 되지. 당신이랑 결혼해서 내가 얼마나 고생했는지 알아? 당신이랑 결혼하면서 이미 동포를 판 변절자 소리 듣고 있어. 조선인들은 내가 나온 영화를 욕하고, 조선 감독은 내 남편이 일본인이라고 나를 경멸하고, 일본 감독은 내가 조선인이라고 배역을 안 줘."

교이치가 울컥했다.

"그래서 나랑 결혼한 게 싫냐?"

"이제 와서 유치하게. 왜 그래? 당신은 모르잖아? 일본인과 결혼하면 얼마나 욕 먹는지.”

“그동안 배불리 먹고 산 건 뭐야? 영화감독들도 네 남편 지위 높다고 널 막 대하지 못한 건 사실이잖아.”

“아, 그래, 당신 지위 높아. 당신 머리 좋고 능력 좋은데, 당신 권력은 거기에서 나오는 게 아니라 일본인이라는 데서 나오는 게 문제야.”

“대체 뭐가 문제야? 너도 다 알고 결혼한 거잖아.”

“권력으로 여자를 갖는 건 흔한 일이지. 그런데 그 권력이, 능력이 좋아서도 집안이 좋아서도 외모가 잘나서도 아니고, 나라가 그 나라라서 나오는 거야. 결국 여자는 그 권력에서 평생 못 벗어나. 피를 바꿀 수는 없으니까.”

교이치의 화는 점차 곤혹스러움으로 바뀌었다. 그에게 과거의 일이 떠올랐다.

“당신네가 아무리 내선일체니 부르짖어도 안 되는 게 왜인지 알아? 나라가 지닌 권력으로 남을 농락하기 때문이야.”

자신도 권력을 내세워 에렌을 독점하려 했고, 아버지도 권력으로 시라렌을 위압했다. 그렇게 생각하자 교이치는 흥분이 가라앉고 미안한 마음이 들었다. 과거 일에는 교이치는 한없이 약해졌다. 에렌이 기억 못 하는 과거를 교이치는 평생 속죄하려 했다.

에렌이 몸을 획 돌렸다.

“이런 기분에 괜히 먹었다가는 소화 안 되고 얹혀. 나 안 먹어. 집에나 가자.”

“케이크 사줄게.”

“누구를 돼지로 아니? 러시아 초콜릿 사와.”

그 말에 교이치는 웃었다. 예전 버릇을 내는 것은 에렌이 보내는 화해의 신호였다.

"우리 연애할 때는 널린 게 호떡집이었는데."

"연애를 하다니? 당신이 일방적으로 날 쫓아다녔지."

"호떡 사주려고 한 것 취소다."

"사준다고 엄청 생색낸다. 나도 출연료 받아서 돈 많네요."

"그럼 나한테도 뭣 좀 사줘봐."

"이 기막히게 아름답고 지력과 순정을 겸비한 '나'라는 선물을 가져놓고 뭘 또 바라니?"

교이치가 박장대소를 했다. 전쟁이 나도 에렌 넌 변한 게 없어. 어떻게 그렇게 전형적일 수 있지.

"선물이라니. 너 같은 요물단지를 떠안아서 내가 말라죽겠다."

"당신 자꾸 이러면 나 확 도망가버린다. 어디 멀리 가서, 하얼빈 가서 카바레 뛸 거야."

"협박이냐? 네 나이에 카바레에서 현역으로 뛸 수 있을 것 같아?"

티격태격할 수 있는 순간들은 전쟁으로 각박해진 세상을 잊고 잠깐이나마 옛날로 돌아가는 때였다. 교이치와 에렌은 모집 중개인의 피켓을 외면하고 지나갔다.

외사국에 몸담은 교이치는 이 모집의 심각성을 알고 있었다. 총독부 외사국에서는 종군위안부의 여권 발급을 문제로 외사부장이 직접 일본 외무성에 답을 구했었다. 정식으로 여권을 내주면 훗날 큰 화를 부를 수 있는 일임을, 일본 당국도 총독부도 다 알고 있었다. 결국 외무성의 지시로, 종군위안부들은 여권 없이 군 증명서 한 장 갖고 군용선에 태워졌다.

교이치는 외사국에 신물이 났었고, 마침 그는 현재 진급 예상 일순위 관리였다. 칙임관으로서 잘하면 도지사나 부윤이 될 수도 있었다. 그가 진급되면 가장 먼저 하고 싶은 일은 친구 겐타로의 전근이었다. 겐타로를 자신의 부서 쪽으로 돌려 좀 더 그에게 알맞은 직책을 주고 싶었다.

사람 좋고 지나치게 바른 겐타로의 성미는 동경제대를 졸업한 수재라는 출신에도 불구하고 그의 출세를 더디게 했다. 평안도의 종군위안부 이송 업무를 담당하게 된 겐타로는 경성에 올라왔던 어느 날, 그답지 않게 술에 취해 교이치에게 괴로운 심정을 토로했다.

"중개인들에게도 할당량이 있어. 더 많이 꾀어내려고, 더 그럴싸한 거짓말을 지어내는 경쟁까지 해. 그들도 이 일을 하고 안 하고를 선택할 수 있다면, 안 하는 쪽을 택할 거야. 아니 저들은 그만둘 수라도 있지. 관리 책임자인 난 뭐지? 군수공장이다, 종군병원이다, 봉급 많고 가족 빚 청산해준다, 야학으로 학업도 병행할 수 있다, 이딴 감언이설을 눈감아야 하는 나는 뭐냐고."

아무것도 모른 채 군용선을 타는 소녀들의 순박한 댕기머리와 빳빳이 풀 먹인 낡은 저고리를 볼 때, '차마 못할 짓이다' 생각한다고 겐타로는 말했다. 이 일이 주어진 것이 저주스럽다고까지 했다. 겐타로는 술 취한 고개를 폭 수그렸다.

"이렇게 저주받은 일을 일이라고 하고, 그게 일이라고 차츰 무뎌지는 나 자신에게도 화가 나."

교이치는 만약 자신이 군인의 길을 갔다면, 겐타로처럼 후방에서 위안부 충당을 하는 게 아니라, 아예 전방에서 이들을 직접 접했을 것이라는 사실을 자각했다. 그러자 혐오감이 밀려왔다. 교이치는 벌떼같이 위안소에 달려드는 군인들을 인간으로 보지 않았다. 벌레보다도 못한 영혼이라고 경멸했다. 여기에 꼬부라진 혀로 겐타로가 반박했다.

"나라를 위해 옥쇄를 각오한 군인들인데, 술김에라도 위안부에게 정보를 흘렸다가는 즉결처형된다고."

일본군이 취중이라도 군사정보나 기밀을 발설하지 않도록 얼마나 혹독한 훈련을 받는지 교이치도 몸소 체험해서 알고 있었다. 눈앞의 겐타로는 이제 곯아떨어져가고 있었다.

겐타로의 말을 곱씹으며 교이치는 처음으로 군인들에게 측은함을 느꼈다. 승전을 위해 제 목숨 버릴 각오로 의기 탱천한 군인들이다. 그런 그들이 위안소 안에 들어서는 순간 인간 이하로 전락함에 한편으로는 불쌍했다. 애국심과 본능 양쪽에 충실한 그들은 생사를 건 전쟁터에서 자신도 모르게 벌레가 되는 순간을 겪을 수밖에 없고, 이것은 그들에게도 비극이다, 이러한 사고 끝에 교이치는 흠칫 놀랐다. 우월감을 갖고 남을 내려다보는 영방의 습관이 내게도 옮은 것인가.

카페걸들만 개명한 것이 아니었다. 조선인들은 창씨개명을 해야 했다. 의무는 아니었다. 그러나 일본식 성을 갖지 않은 이들은 실생활 곳곳에서 불이익을 당해 자체적으로 바꿔나갈 수밖에 없었다.

옥천에서 영방의 부친이 키우던 사치코의 딸은 '오아미'의 이름으로 무럭무럭 자라 학교에 갈 때가 되었다. 예정대로라면 오아미는 경성에 돌아와 국민학교에 입학하기로 했었다. 그러나 경성의 유수한 학교들은 창씨 하지 않은 아이의 입학시험 신청서조차 접수하지 않으려 했다. 학교 측은 정중히 답했다.

"시험을 보는 것은 당사자의 자유입니다만, 채점하기도 전에 제외될 겁니다. 지원자는 많고 저희도 탈락의 기준을 정하기 어려운 와중에, 창씨개명 안 된 조선인이 많을수록 총독부가 불이익을 주니까요……. 확률이 거의 없습니다만, 그래도 신청서를 내시겠습니까?"

오아미의 입학 신청서는 그대로 접혀져 돌아왔다.

옥천의 국민학교도 상황은 마찬가지였다. 가까스로 입학한 학교에서도 오아미는 창씨를 하지 않았다 하여 차별을 받았다. 학생들의 창씨개명 비율에 따라 학교에 지방보조금이 지급되고 있었다. 때문에 담임교사는 인원수를 채우기 위해 오아미와 조선 이름의 학생들을 닦달했다. 제멋대로 일본식으로 아이를 불러놓고 대답을 하지 않으면 벌점을 줬고, 조선식으로 불러서 대답하면 구타를 가했다. 조선식 성씨는 아예 학적에서 지우겠다는 위협에, 한 아버지는 아이에게만 창씨를 해주고 자신은 죽음으로 조상에게 사죄하겠다며 들보에 목을 맸다.

오아미의 온몸에 검은 먹으로 커다란 X 자가 쳐져 온 날, 분을 이기지 못한 영방의 부친은 결국 그녀를 퇴학시켰다. 고금의 지식을 정수만 모아 그 어떤 서당보다 곧은 길로 가르칠 선생이 바로 영방의 부친이자 오아미의 할아버지였다. 오아미는 한때의 부제학을 단독 스승으로 삼는 영광을 누리게 됐다.

정작 학교에서는 위인의 업적과 정신을 본받고자 세운 동상이 철거되고 있었다. 군수품을 만들기 위해 일본은 철제품과 청동을 수거해갔다. 청동의 위인 동상은 철거되었고 빈약한 비금속제 위인상이 임시로 세워졌다. 철제 난간도 철거됐다. 절에서는 놋쇠 촛대와 향로를 뺏겨 대포 만드는 데 바쳐야 했다. 금속 수거반은 경학원에 공자상 하나 없냐며 아쉬워했다. 유림들이 목제 위패를 정중히 가리키자 금속 수거반은 입맛을 다시더니, 경학원 사무실의 철제 캐비닛을 압수해갔다. 급하게 서류를 옮겨 넣은 나무 캐비닛은 밤에 쥐가 쏠까 늘 노심초사해야 했다.

일본의 전쟁 수반에 따라 피폐해지는 경성에 염증 난 영방이 경학원을 그만두고 시골로 내려갈 뜻을 밝혔을 때, 교이치는 반대했다.

"연혜는 낭군 따라갈지 몰라도, 에렌이라면 잘도 시골 내려가겠다."

빈정거리던 교이치가 물었다.

"거기 전기는 들어오나?"

"전력이 필요할 때 공동 발전기를 돌린다더군."

"깡촌 벽촌은 아닌가 보군. 연혜를 생각해서 지방으로 내려가지 마라. 너도 정신근로대가 군수공장만이 아니라 일본군의 다른 용무에도 차출된다는 걸 눈치챘을 텐데."

"난 총독부 고관인 자네만큼 정보에 밝지 않아."

"여자를 납치해서 위안소로 끌고 가기도 한다."

"기혼 여성은 데려가지 않는다고 알고 있네."

"너희가 얼마나 안다고? 동남아에서는 모녀가 같이 끌려가는 일도 허다해. 대만 시골에서는 또 무슨 일이 벌어지는지 알아? 여기 경성 같은 대도시에서는 차마 그 정도는 못 할 것이다. 그러니 지방 외지로 내려가지 마. 일본인인 내가 하는 말이니 믿어라."

"일본인이 조선인에게 하는 말이니까 믿으라고?"

영방이 비아냥거리자 교이치가 "내가 국가 정보에 정확하니까"라고 하다가 곧 말을 바꿨다.

"에렌의 남편으로서 하는 말이니까 믿어라."

일본을 넘어 식민지 조선의 남자들에게까지 징용의 범위가 확대되면서, 영방은 자의로든 타의로든 경학원을 계속 다닐 수밖에 없었다. 징병 모집자는 "조선인의 징용은 드디어 조선인이 일본인과 동등한 위치에 올랐다는 것이다" 외쳐댔으나, 총알받이가 될 남자들은 아무도 그에 감격하지 않았다. 경학원은 총독부 학무국 관할이었다. 총독부에 연을 두고 있는 것이 강제징병을 피해갈 방도여서 영방은 꼼짝할 수 없었다. 심지어 조선유림대회에서 본론은 제쳐두고 두 시간 연속 내선일체를 떠들어야 할 때도 있었다. 영방은 자기 목구멍에서 '황도유교'란 말이 흘러나오는 것이 죽기보다 싫었다. 아니, 사실은 죽는 것이 더 싫었다. 그래서 그는 참고 강연을 했다. 예전의 취조실을 떠올릴 때면 영방의 마음은 약해지곤 했다.

총독부는 경학원에도 궁성요배만을 강요했다. 일왕이라는 천자가 존재하거늘 공자를 기리는 제는 성립될 수 없다며 문묘대제도 금지했다. 성현의 위패를 둔 명륜당 문을 닫을 때, 원로 유림들은 감시하러 온 순사들에게 울분을 토했다.

"공자와 맹자가 무슨 해가 된다고 이러시오? 다시 살아나서 독립운동이라도 할까 봐 걱정될 만큼 자신이 없으시오? 우리는 몇천 년을 내려온 도와 덕을 이어가고자 할 뿐이오. 고금의 저서 뒤에 숨어 조용히 학문을 닦겠다는데 그만한 자유도 앗아가려오?"

아직 어린 말단의 순사는 쩔쩔맸다.

"저희도 위에서 지시가 내려온 것이라서……. 참으세요. 지금은 오로지 황국에 충성을 해야 할 때입니다."

분을 이기지 못한 유림들 몇몇이 쓰러졌고 화를 못 이겨 몸져누웠다.

전쟁은 모든 일상을 파괴시켰고, 착취와 억압을, 혼란과 공포를 가중시켰다. 한 치 앞을 알 수 없는 나날이 계속됐다. 늘 위태위태하던 에렌과 연혜의 상황은 이처럼 시국이 불안정한 시대에는 더욱 위험했다. 앞으로 얼마나 빠른 주기로 얼마나 절체절명의 상황에서 연혜와 에렌 사이를 오갈지 몰랐다. 또 어떤 예측 못 할 돌발 사건으로 그녀가 제3의 인물로 분화될지도 모를 일이었다. 교이치와 영방이 그녀를 치료해야 할 필요를 지금처럼 강하게 느낀 적이 없었다. 아직 어느 의학계에서도 속 시원히 밝히지 못한 치료법을 두고 교이치와 영방은 골몰했다.

"둘 중 하나는 사라져야 병이 나았다고 할 수 있는 것 아닌가?"

"누구를 사라지게 하고 누구를 남기지?"

영방이 교이치의 눈치를 보며 답했다.

"원래 연혜였으니까 연혜를……."

교이치는 연혜만 남는 것이 싫었다. 에렌이 떠난다면, 자신은 연혜에게 가까이 갈 방도 없이 영원히 살아야 하는 것이다. 교이치가 반론했다.

"그냥 그게 둘 다 그 사람 자체라고 생각하고 둘 다 두면 안 될까. 에렌도 자신의 명을 갖고 살아온 건데. 에렌의 꿈이 있는데, 그 꿈을 향해 달려온 에렌이 있는데. 그걸 병이라고 생각하지 말자."

영방이 안됐다는 눈으로 교이치를 바라보았다. 그 시선을 교이치는 피했다. 에렌의 꿈을 들먹여 영방의 동정심을 받아내기는 했으나, 실은 그녀를 잃어야 하는 쪽이 자신이기에, '꿈'이란 거창한 걸 들먹였다는 것을 알았다. 만약 반대로 에렌과 결혼한 쪽이 자신이 아닌 영방이었다면, 교이치 스스로가 먼저 에렌을 사라지게 하자고 주장했을 것이었다. 꿈, 이상, 희망, 유토피아처럼 형이상학적인 것들에 약한 영방에게 '꿈'이라는 개념을 들먹이면 그의 약한 부분을 건드릴 수 있다는 것도 계산한 것이었다.

영방이 부드러운 어조로 말했다.

"연혜 씨가 더 이상 자네를 싫어하지 않도록 내가 옆에서 잘 신경 쓰겠네."

이 남자가 내 속마음을 꿰뚫어 본 게 아닌가, 교이치는 화가 나서 항변했다.

"하지만 그녀의 과거를 알고 있는 사람은 나야. 과거를 기억해주는 사람이 곁에 있어주지 못한다면, 그 사람의 과거는 누가 증명해주지? 한 사람에게 과거가 없다면 그의 인생은 무엇이겠어?"

영방은 서글픈 눈으로 맞받았다.

"그래서 자네는, 과거가 없는 에렌과 그 과거를 혼자만 알고 있는 자네, 그렇게 둘을 세상에 남기려는가?"

영방은 교이치의 쏘는 눈빛에 고스란히 맞서며 덧붙였다.

"내가 연혜 씨와 이혼하고 자네가 연혜 씨와 결혼할 수 있도록 할게."

교이치는 말문이 막혔다. 여기에서 '정말 그래줄 수 있어?' 하면 속내가 들여다보이는 것이다. 또 이 남자는 연혜를 포기하면서까지 그녀의 병을 고쳐주고 싶을 만큼 연혜를 사랑하는 것인가 싶었다. 자신의 사랑의 방식에 문제가 있는 것인가 열등감마저 느껴졌다.

두 자아 중 본연의 자아를 가린다면, 과거의 소유 정도가 측도가 돼야 할까. 하나의 몸이 지닌 과거가, 현재의 한 명을 택하는 것이었다. 에렌을 떠나보내기 싫은 교이치는, 그러나 연혜를 보내는 것 또한 원치 않았다. 연혜가 사라짐은, 그와의 과거가 사장됨으로써 자신과 한 가닥이나마 이어져 있던 연이 끊어지는 것 같아 싫었다. 과거의 연혜를 몰랐다면 지금 에렌을 이렇게 사랑할 수 있을까, 에렌에 대한 사랑을 시작이나 했을까. 하지만 에렌이 없어진다면 마음 놓고 사랑할 대상이 곁에서 사라지는 것이다. 양손에 쥔 것 모두 아까워 전전긍긍하는 꼴이 지금의 교이치였다.

에렌의 치료를 뒷전으로 미뤄야 할 만큼 그녀에게는 중요한 공연이 기다리고 있었다. 만주국 군부대 위문공연이었다. 위문공연을 요리조리 피해온 에렌이었으나 이번에는 꼼짝없이 동참해야 했다. 처음에 에렌은 딱 잘라 거절했다.

"내가 왜? 기모노를 입고서 노래하라고? 싫어. 난 카페에서도 양장만 했지 기모노는 안 입었던 사람이야."

"옷이 뭐가 문제인데? 당신은 명색이 배우잖아. 배역 맡아서 연기하는 거려니 생각하고 해줄 수는 없겠어?"

"기모노 입은 일본여자 역은 맡지 않는다고. 양장한 사쿠라 상은 연기해도."

결혼식 때 기어코 후리소데를 입지 않았던 에렌을 떠올리고 교이치는 한숨을 쉬었다.

"그럼 한복을 입고 노래해."

조선인 여배우와 일본인 관리의 결혼은 그 자체로 내선일체의 표본이라, 그녀의 조선 민족성을 드러내는 것도 나쁘지는 않았다. 하지만 여전히 에렌은 거부했다.

"일본 노래 부르기 싫어. 전쟁 나가서 죽어서 백골 되어 오라는 황군 노래 싫어."

교이치가 간청하고 윽박지르고 애원해봐도, 에렌은 완강했다. 부실한 이유를 대가며 거절하는 게 그녀답지 않았다. 평소라면 이유 같지도 않은 것을 이유 드는 에렌은 전에 없이 완고했다. 에렌의 고집을 꺾을 재간이 없던 교이치는 포기하고 당부했다.

"알았어, 하지 마. 대신 내주 고관 모임 연회에는 참석해라."

"부인네들이 은근하게 나를 깔보는 거길 또?"

"연회 음식 괜찮을 거야. 간만에 너도 고급진 것 먹어."

"내가 식충이냐."

에렌은 입을 삐죽이면서도 참석했다. 식탐이 동해서가 아니라, 진급을 위해서 교이치가 상부에 밉보여서는 안 되기 때문이었다.

총독부 소속 고관들이 모이는 연회는 어느 정도 격식의 선을 놓지 않아 옛날의 영화를 느끼게 했다. 카나페와 술이 있었고 음악이 있었다. 전문악단이 있고 보이들이 오갔다. 부인들도 모처럼 단장하고 나왔다. 전쟁 중이라 화려한 옷을 입기 어려운 시절, 상부에서 내려준 비단은 부인들의 마음을 휘어잡았다. 이 주직물은 부인들이 기모노 옷감으로 가장 좋아하는 니시진에서 만든 것이었다.

고관 부인 중 물과 기름처럼 겉돌고 때문에 가장 눈에 띄는 사람이 에렌이었다. 커다란 꽃과 나비 문양의 문단 직물은 기모노에나 적합한 것이지만 에렌은 그것으로 한복을 만들어 입고 나타났다. 큰 무늬의 한복은 전례에 없던 것이며 더군다나 폭이 좁아 한복도 이브닝드레스도 아니게 보였다. 그럼에도 에렌의 화려한 이목구비와 천연덕스러운 태도로 그녀에게 그보다 더 잘 어울리는 옷도 없어 보였다. 에렌과 팔짱을 끼고 연회장에 들어서며 교이치는 안도했다.

"생각보다 네 괴상한 옷이 괜찮은가 보다."

에렌이 여보란 듯 말했다.

"내가 유행시키지. 일본여자들도 한복을 입게 하는 거야."

"사치코처럼?" 무심코 물었다가 교이치는 침묵했다. 지금 사치코는 일본에서 교이치와 에렌의 딸 아미를 키우고 있다.

연회장에는 서양인도 보였다. 영국인이라 했고, 조선어도 일본어도 못했다. 양인이 참석함은 신기한 일이었다. 일본은 영미귀축을 부르짖으며 전쟁 중이었고 진작에 영국과 외교는 단절되었다. 더군다나 일본 당국이 국외 첩보기관을 소탕하겠다는 의지로, 때때로 전국에 헌병을 동원해 외국인을 수색하는 바람에 로이터통신사 동경지국장이 투신자살을 하는 사건이 일어났다. 영국 핼리팩스 외상이 직접 항의에 나서고 영국과 일본의 관계는 악화일로를 걷고 있었다. 일본에 있는 영국인들은 라디오 안테나만 뽑아 들어도 무전기로 오인되고, 편지만 써도 암호문으로 의심을 받았다. 조선에 있는 영국인들의 상황도 다를 것이 없어서 일상의 모든 행위가 스파이 활동으로 억지 꿰어졌다. 이제 조선에서 자유로운 양미인을 보기는 어려워졌다.

교이치가 친한 관리들과 담소를 나누는 사이, 에렌은 할 수 없이 부인네들의 대화 속에 끼어 있었다. 고관 부인들 사이에서 에렌은, 하등한 조선 태생이나 그 미모와 유명세로 무시 못 할 여자이자, 카페와 영화계를 흔든 요녀이자, 환락 속에서 튀어나온 요지경이었다.

"이런 옷을 짓다니 발상이 참신하네요. 나도 에렌 씨 따라 한복 한 벌해 입어볼까요."

영락없이 에렌은 딴지를 걸기 시작했다.

"참된 한복의 미는 순백색에서 나오지요. 흰옷을 금지하지만 말고 식민지 문화로 장려해보세요. 문화의 다양성이라고 말씀들은 훌륭히 하시면서. 일본인들도 조선인과 달라 보이는 것, 좋아하시잖아요?"

칙임관으로 발령될지 모르는 교이치의 상황은 에렌을 함부로 대할 수 없는 존재로 만들어서 그녀에게 직접 토를 다는 사람은 없었다. 어느새 다가온 정무총감이 에렌에게 말을 걸었다.

"듣던 대로 조선여인의 기상은 과연 다르군요. 이것이 논개와 계월향을 타고 전해지는 조선여인의 기백이겠지요. 다소곳하기만 한 일본여성들에게 에렌 씨가 귀감이 될 겁니다. 듣자니 만주 위문공연에 불참하신다고요?"

에렌은 당황하는 기색 없이 화사하게 웃어 보였다.

"제가 반전주의자라서요. 전쟁 나가 명예롭게 옥쇄하라는 노래는 무서워서 못 부르겠어요. 살아 돌아와 동아의 일꾼이 될 기회도 줘야 진정한 성전 아닐까요."

다른 사람이 말했다면 성전을 모독했다 하여 경고를 받았을 것이며, 조선 명사였다면 이것으로 꼬투리 잡혀 어떤 취조를 당할지 모를 말이었다. 그러나 정무총감은 빙긋 웃었다.

"에렌 씨 같은 이상주의자들이 많아져 하루빨리 세상이 평화로워지길 바랍니다."

뒤이어 정무총감이 정중한 어조로 물었다.

"부군께서 진급을 앞두고 있지요?"

"제가 공연 간다고 바로 남편이 승진하는 것도 아니잖아요?"

"승진에 직결되지는 않지만, 그 반대에는 영향을 줄 수 있겠지요."

선만일체의 국책사업에 에렌의 비협조적인 태도가 교이치에게 이로울 것 없다는 협박이었고, 에렌은 교이치가 얼마나 이번 진급을 바라는지 알고 있었다.

"동아 대단결에 내세울 조선 배우가 저밖에 없는 것도 아닌데, 왜 꼭 제가 가야 하나요?"

"조선 배우는 많지만 에렌 씨처럼 아름다운 인텔리 배우가 없군요. 영어까지 유창한 미녀 배우는 드물지요."

정무총감의 손짓에 연회장의 유일한 서양인이 다가와 에렌과 인사했다. 당국이 에렌을 필요로 한 것은 위문공연보다도 이 영국인 기자의 통역이 필요했기 때문이었다. 이번에 만주까지 공연단과 동행할 이 영국인 기자는 싱가포르에서 막 조선에 온 상태였다. 싱가포르가 일본에게 함락

당한 후 대다수의 영국인은 섬을 떠났고, 빠져나가지 못한 소수의 영국 인은 일본에 협력할 수밖에 없었다. 포로로 사로잡힌 이 영국 언론인도 만주국에서 펼쳐지는 내선의 대동아 공영 의지를 미화한 대외용 기사를 쓸 임무를 맡았다. 미인계에 재미를 붙인 총독부 외사국은 이번에도 에 렌에게 그를 안내할 것을 부탁했다.

"싱가포르도 각박해졌다고 들었어요."

에렌이 말을 걸자 영국인 기자의 얼굴에 반가움이 떠오르며, 글 쓰는 사람다운 답을 했다.

"더 이상 영국과 일본은 장미와 국화를 맞잡고 선 동지가 아니라, 총칼 을 겨눈 적이 됐으니까요."

에렌이 그의 팔장을 끼고 속삭였다.

"쉿, 여기 일본인들도 다 엘리트들이라 영어 몇 마디 쯤은 알아듣는다 고요."

에렌의 만주행은 결정되었으나, 더 큰 고비는 연혜였다. 혹여 만주 땅 에서 에렌이 연혜로 바뀌어 깨어날지 모를 만약의 사태를 대비해야 했 다. 연혜에게도 만주행을 권하고 영국 기자의 통역을 부탁했다. 뿐만 아 니라 위문공연 당일에 연혜로 깨어날 것을 대비해 공연 무대에 올라달라 고도 청했다. 교이치는 식은땀까지 흘리며 연혜에게 자초지종을 전했다. 연혜는 교이치의 부탁에 차갑게 답했다.

"군인은 신발이 없어 발이 썩어가고, 아이들은 굶어 죽어가는데, 위문 이라고 가무에 연극 공연을 펼친단 말이지요. 군인들은 남의 전쟁에 억 울하게 죽고, 남겨진 식구들은 배급이 모자라 모래 섞은 밥조차 층층시 하 나눠 먹기 부족한데, 그런 건 뒤로하고 깨끗한 곳만 골라 다니며 아름다운 것만 골라 양인 기자에게 보여야 한단 말이지요."

연혜가 냉랭하게 말했다.

"하긴, 나라 없는 사람이, 나라를 부정당한 사람 데리고, 나라가 아닌 만주국에 가는데, 무슨 연극을 하든 상관있겠어요? 마음 같아서는, 음지에서 활동하는 조선 여자들이 얼마나 고충을 겪는지 보여주고 싶군요."

자리에 있던 교이치와 영방 둘 다 아무 말도 할 수 없었다. 연혜가 말했다.

"아무도 험난한 역은 맡지 않으려고 해요. 그게 인간이니까요. 우리는 누구나 깨끗하고 아름다운 역만 맡고 싶어 해요. 사실 세상에는 못 입고 못 먹고, 헐벗고 굶주리고, 냄새나고 더럽고, 추레하고 추잡하고, 폭력에 힘 한번 못 쓰고 가련하게 스러지는 이들이 수두룩한데요."

영방도 교이치도 이렇게 냉소적인 연혜는 이제껏 본 적이 없었다. 연혜는 슬픈 분노를 눈에 담은 채 말을 이었다.

"그게 내가 되기는 싫은 것이지요. 어렵고 괴롭고 아픈 건 나는 싫고, 누군가 전시용이 있어서 그를 보며 동정하고 분노하고 슬퍼하는 구경꾼이고 싶은 것이지요."

연혜는 난생처음 조소를 보였다.

"그래서 영화 산업이 발달했겠지만요."

침묵을 지키던 교이치와 영방은 숙연해졌다. 왠지 그래야만 할 것 같았다. 연혜가 한마디를 더했다.

"안내, 맡지요. 새 의상을 맞출 비용은 외사국에서 부담해주세요."

선만철도를 따라 만주군 위문공연단을 태운 기차가 달렸다. 열차 몇 칸을 전세 내다시피 하고 탄 가수, 무용수, 소리꾼, 기녀, 만담가, 교향악

단, 곡예단 등이 모여 오합지졸을 이루었으나 황도 공연이라는 임무가
이들을 교묘히 격상시켰다. 조선인인 에렌도 이들과 같은 칸에 타야 했
으나, 일본 고관과 결혼한 특수한 신분이라 인정되어 특등석에 올랐다.

에렌이 교이치와 나란히 특등칸에 타는 모습을 뒤로하고 영방은 삼등
칸에 몸을 실었다. 영방도 교이치도 이번 만주행에 함께했다. 둘 다 에렌
이자 연혜인 자신들의 아내가 걱정되어 도저히 경성에 붙어 있을 수가
없었다. 교이치는 위문공연단의 관리와 영국 기자의 취재를 수행한다는
임무를 빙자해 동행했고, 영방은 절대 무대에 오를 일 없는 황도유교 공
연을 억지로 만들어 연설자로 따라갔다. 이번 위문공연단은 여느 때보다
규모가 컸다. 공연 단원들뿐만 아니라 수행원들까지 붙어 북적였다.

만주국 수도 신경에 공연단이 도착했을 때는 아직 오전이었다. 기차에
서 내려서 신경역에 발을 내려놓자마자 경성역과는 다른 풍경이 펼쳐졌
다. 중산복(中山服)을 입고 동그란 모자를 쓴 사람들이 많았고, 북위의 차
가운 공기에 경성보다 옷이 두터웠다. 신경역 앞으로 넓고 곧게 뻗은 중
앙길을 따라 공연단은 제일 먼저 신경 신사에 참배를 했다. 단체버스를
빌려 타고 공연단은 거대한 건물의 만철신경지사를 견학한 후 극장에 들
어가 리허설을 했다. 점심때가 지나 단원들은 길야정에 가서 밥을 먹고
거리를 구경했다. 길야정의 은방울 가로등이 경성의 본정통을 옮겨놓은
듯했다. 가게마다 술 장식이 주렁주렁한 천막 간판이 치렁치렁한 것이
경성과는 다른 점이었다.

신경역 뒤로 무너진 성벽을 눈으로 따라가던 교이치는 쓰러진 화표에
애상에 젖었다. 이 화표는 망군출일까, 망군귀일까. 방탕한 궁 생활을 꾸
짖어 내보내는 망군출일까, 돌아오기를 하염없이 부르는 망군귀일까. 그
무엇이든, 보냄과 돌아옴을 챙기며 무사하기를 간절히 바라주는 대상이

있음은 복된 것이리라 생각했다.

교이치와는 달리 이국이 처음인 영방에게는 모든 것이 낯설고 힘들었다. 음식은 기름지고 짰다. 왜 이런 음식을 연혜는 맛있다고 추억했는지 도통 알 수가 없었다. 더욱이 그가 보기에 지금의 그녀는 연혜로 분한 상태도 아니었다. 영방은 완전히 홀로 된 기분에 쓸쓸했다. 저녁상에 나온 찰밥을 먹을 때 영방은 비로소 연혜가 예전에 만들어줬던 쫑즈를 떠올렸다. 젓가락으로 찰밥을 조금씩 떼어 먹으며 영방은 외톨이가 된 이곳에서 연혜를 그렸다.

공연 날 극장은 만원이었다. 극장 안의 꽃나무들이 빽빽한 향을 풍겼고 숙녀들의 인공적인 향수와 신사들의 머릿기름 내가 뒤섞여 공기는 뜨겁고 탁했다. 좌석은 빼곡히 관객들로 채워져 근래 가장 사람이 많이 몰린 날이었다.

막이 올라가고 1막은 고전적인 아름다움을 주제로 펼쳐졌다. 소녀가 극단의 앙증맞은 색동 동자춤으로 시작한 무대는 관중의 미소를 자아냈다. 무용수의 장구춤은 끊어질 듯 이어질 듯 신묘했다. 장승무의 흰 적삼이 하느작하느작할 때 사람들은 숨을 죽였다. 고수가 가야금을 연주하고, 양악단이 바그너의 곡을 연주했다.

무대 장막이 쳐지고 1막과 2막 사이 휴식 시간에, 교이치는 분장실을 가보겠다고 일어났고 영방은 만주에서의 그녀를 보기가 어쩐지 두려워 그냥 자리에 남았다. 영방의 뒷좌석에 도란도란 소리가 들려왔다. 단체 관람을 온 일본 관리들이었다.

"……만주국이 세워진 후 정말 좋은 점은 일본과 조선이 가까워진 거예요. 만주에 비하니 확실히 일본과 조선만큼 뿌리가 흡사한 사이도 없구나 다들 재인식하게 됐으니까요."

"일본인 중에 조상이 조선에서 건너온 이들도 많고요. 역시 내선만 한 게 없어요.

"조선에 지원병제도가 허가되길 고대했는데, 드디어 조선인도 참전할 자격을 갖게 됐어요. 이런 게 내선일체인데 그동안 안 하고 뭐 했대요?"

"조선인 군인들이 황국신민서사나 외울 줄 안대요?"

"그래도 벌써 전사한 군인도 있는걸요."

"전사라……, 제법 구실을 하네요."

"세계대전이란 게 천만 군인으로 막아지는 게 아니니 동아의 단결이 절박하다는 것을 갈수록 깨닫겠죠."

"지난번에 만철을 보러 신경에 온 참관단들이 그러더군요, 일본이 영미귀축을 몰아내야 동양이 함몰당하지 않는다고, 그래서 동아를 지키는 그런 중대한 국책수행에 조선인도 기여해서 진정한 황국신민으로 거듭나야 한다고요."

영방은 구토가 났다. 농담이라도 무서울 공상허언을 이들은 진지하게 하고 있다. 이들은 이런 가공된 억지를 믿을 만큼 순진한 것일까. 이들의 눈동자에는 어떤 의심도 없었다. 무지한 사람이 믿음이라는 것을 갖기 시작하면 그보다 더 위험한 것도 없었다.

"……잡혼이 으뜸이에요. 가장 즉각적인 결과를 내는 데 잡혼만 한 게 없어요. 바로 저 다카오카 부부처럼."

"특히 내선처럼 인종적 동질성을 지녔을 때는 후생에 실패할 확률이 적어요. 다카오카 내외는 선남선녀라 우생학적 상향으로도 완비된 모범 사례죠."

"조선 사람들과 혼담이 오가는 단계까지는 어찌어찌 돼도 막상 결혼은 쉽지 않아요. 부모까지는 허락하더라도 친지들이 가만있지 않으니까요."

"젊은 사람들끼리 좀 붙여봐요. 뒷감당은 우리 노친네들이 해준다고 하고."

"아직까지도 순혈주의를 고집하는 사람들이 있는 게 복병이에요."

"반나치즘이 왜 있겠어요. 혈통의 순수 어쩌고 따라하다가는 배일만 부추기고 세계융합은 물 건너 갈 거예요."

영방은 이들의 대화에 찡그리고 쓰게 웃었다. 스스로를 지식인이라고 믿어 의심치 않으며, 세계의 평화와 화합이라는 거대한 담론을 풀어낼 수 있는 것은 자신들의 현안뿐이라는 양 논하는 것이다. 영방은 자신의 옆에 연혜를 세워봤다. 필경 연혜는 저들의 거들먹거리는 무지를 간파하고, 저들에게는 표정 없는 비웃음을, 영방에게는 공감의 눈짓을 보낼 것이다. 영방은, 말하지 않아도 모든 것을 꿰뚫어보았던 연혜의 총명이 그리워졌다. 연혜야말로 자신이 그리던 짝이라는 것을 그는 이 만주 땅에서 깨달았다.

화려하게 정렬된 무대 위와는 달리 무대 뒤는 통로까지 공연 의상과 화장품이 뒤섞여 어수선했다. 간신히 분장실까지 찾아 들어간 교이치는 영국인 기자와 함께 있는 에렌을 보았다. 오늘은 그녀가 아침부터 바빠서 말 한마디 할 틈도 없었다. 한복을 입어 에렌으로도 연혜로도 보이는 그녀가 영국 기자와 이야기를 나누고 있었다. 이들의 대화가 뭔가 묘하게 들리는 것을, 사실 잘 알아듣지 못하겠는 것을, 교이치는 자신의 짧은 영어 탓으로 돌렸다. 2막 시작을 예고하는 종소리가 울렸다.

"이제 다시 시작이네요. 곧 제 차례가 올 거예요."

전구가 잔뜩 달린 전신거울 앞에서 오늘의 여배우가 매무새를 다듬으며 기자에게 말했다. "걱정 마세요, 남은 공연 재미있게 보시고요." 기자와 교이치는 각각 자리로 돌아갔다.

2막 공연이 시작됐다. 다시 소녀가극단이 등장해 이번에는 구슬 달린 소고를 들고 중국인형춤을 췄다. 이어서 서커스 묘기가 펼쳐지고, 무용수들은 황금빛 의상을 입고 손짓 하나하나에 힘을 주어 태국 전통춤을 췄다.

해삼위연예단과 경성양악대의 합동 공연은 커다란 갈채를 받았다. 해삼위연예단 단장인 나타샤의 피아노, 최니콜라이의 발랄라이카, 황미하일의 바이올린 연주는 동서양이 오묘하게 섞인 음색이 시베리아의 매서운 바람에 켜켜이 쌓인 한을 풀어내는 듯했고, 임세르게이의 흰 아카시아 노래에 어우러진 발랄라이카 소리가 신묘했다. 어리고 깜찍한 박소피아의 러시아 해군 무도는 푸른 치마를 팔랑거리며 재간 있게 발을 놀리는 춤이었고, 비행선 무도는 기이하고도 경쾌했다.

미인으로 유명한 이혜련의 독창은 특색 있는 얼굴과 아리따운 눈동자에 특별히 조선 한복을 입고 노래하여 인기를 끌었다. 재즈가 금지되고 조선어 노래와 귀축영미의 노래가 금지된 시대에, 그녀는 허용되는 한도 안에서 가장 아름다울 수 있는 노래를 불렀다. 총후부인 노래나 황군의 꽃 노래는 아니었다. 일본어가 아님에도 극장에 울릴 수 있는 허용된 외국어, 독일어로 그녀는 가곡을 불렀다. 그녀의 목소리를 타고 슈베르트의 들장미와 백조의 노래가, 차가운 하늘에 바람마저 파란 만주 벌판의 극장 안을 메웠다.

24 욕망과 허망, 희망 한 장

반세기를 앞둔 세상은 많은 것이 달라져 있었다. 패전으로 항복한 일본을 두고 일순간, 조선인이 우위에 서는 것이 타당한 풍경이 되었다. 일본인에게는 세상의 전복이었고, 조선인에게는 불가능해 보였던 염원의 실현이었다.

조선에 거주하던 일본인들은 각양각색으로 대처해갔다. 약삭빠른 일본인은 수단 방법을 가리지 않고 더 많은 재산을 일본으로 빼돌리고자 했으며, 선량한 일본인은 조선인들의 광분 어린 한풀이에 속수무책 당했다.

일본 총독은 해임됐고 미국 소장이 미군정 장관에 임명되었다. 미군정청은 여덟 개 부서의 일본인 국장들을 모두 해임시켰다. 교이치도 자연히 사퇴했다. 그는 아직 일본에 돌아가지 않고 있었다.

조선 생활에 인이 박인 일본인들이나 조선에서 태어난 일본인 2세들은 본국으로 돌아가기를 꺼렸다. 그들에게 일본은 낯선 조국이었다. 돌아가도 그들에게는, 식민지에 기생하여 호화 생활을 누린 착취자, 패전으로 피폐한 일본의 식량을 축내는 염치없는 귀향자, 기여한 것도 없이 고국의 일자리를 넘보는 낯 두꺼운 이직자라는 멍에가 메일 것이었다. 때문에 패망과 상관없이 계속 서울에 머무르려는 일본인들이 있었다. 이들은 귀국을 차일피일 미루며 가재도구를 헐값에 내다 팔아 연명해갔다. 교이치의 따사롭던 이웃들도 졸지에 거리에서 비단 보료와 향나무 의자, 옷가지, 반찬 그릇마저 팔았다. 교이치는 옆집 아이가 바이올린을 팔기 위해 거리로 나선 것을 보고 애잔해졌다. 아이는 바이올린을 팔아야 한다는 사실보다, 자신의 소중한 물건을 사람들이 적산이라고 거들떠보지 않는 현실에 더 충격을 받았다. 이 일본 아이는 경성에서 태어나서 경성을 온 세상인 줄 알고 살다가, 변해버린 세계에 눈만 껌뻑였다.

얼마 지나지 않아 일본인 강제송환이 실시됐다. 정직한 일본인은 공식 송환선에 오르고, 몰래 물자를 챙긴 일본인은 밀항선을 타고, 각자 본국으로 물러났다. 이중 힘 있는 일본인은 로비 행각을 벌여 몸과 동산의 안전한 귀환을 도모하여 피난하는 중에서도 권력 구조를 연장했다. 좋으나 싫으나 일본인들은 떠나야 했고, 떠날 수 있는 것도 다행이었다.

소련이 점령한 이북의 상황은 더 혹독했다. 평양으로 이전했던 겐타로는 무사하지 못했다. 평양 기생 손목 하나 잡아볼 넉살도 불량기도 없이, 근무 성실히 하고 일본의 약혼녀를 불러와 결혼하고 신혼여행 후에도 바로 밤샘 근무를 했던, 정해진 공식처럼 바른 생활을 했던 그였다. 그런 그가 식민 통치의 공직자라 하여 투옥되었고, 얼마 후 시베리아로 압송되었다. 겐타로의 재산은 몰수되고 부인도 일본에 바로 귀환하지 못하고 수용소에서 집단생활을 했다. 교이치는 자신이 평양 기생이나 대동강 물에 현혹되지 않았던 것을 다행으로 여겼다.

몇 년에 걸친 끈질긴 송환 정책으로 일본인들은 서서히 한국에서 물러나갔다. 교이치의 이웃들도 사라져갔다. 조선인 여성과 결혼했던 교이치는 스스로를 잠정적 귀화 상태라고 주장해 한국에 남을 수 있었다. 교이치에게는 차마 한국을 떠날 수 없는 이유가 있었다.

실직된 교이치를 위해 영방이 경학원에 일거리를 주선해줬다. 일본에 의해 왜곡됐던 경학원은 다시 성균관으로 환원됐고 명륜전문학교는 대학으로 승격됐다. 영방은 문학부의 교수가 되었다. 사실 황도유교를 주제로 만주 위문공연까지 갔던 영방이 교단에 서기는 쉽지 않았다. 소외되고 배척당하던 영방을 다시 교원으로 부른 것은 동철 강사였다.

황국화를 부르짖는 시기에 동철 강사는 그 꼿꼿한 기상으로 강단에 서기를 거부했다. 그의 절개가 높이 평가돼 그는 해방 후 바로 학술원장으로 추천됐다. 동철 강사는 연혜에게 받은 고마움을 이제야 갚는다며 영방을 보듬었다.

동철 강사는 교이치에 대해서 마뜩잖아하면서도, "연혜 씨와 가까운 사람이었다면 악인은 아니겠지요" 하고 눈감아줬다.

교이치에게 주어진 일은 학내 관리소장이었다. 그는 영방의 중재로 명색이 장을 달았으나, 실상은 새벽에는 청소를 하고 낮에는 보초를 서고 밤에는 순찰을 돌아야 하는, 청소부이자 야간 경비원이었다. 처음에는 일본인이라 욕하고 침 뱉는 학생들도 있었으나 묵묵히 제 할 일만 하는 교이치에게 곧 잠잠해졌고 무관심 속에 놔두었다. 아무도 그가 이전에 육군사관학교와 고등문관시험을 거친 뛰어난 두뇌에 정부 고위에서 호령하던 화려한 시절이 있었음을 몰랐다. 묵묵히 비질을 하는 그는 패전국의 초라한 일본인이었다.

일본에 돌아가면 다카오카 본가가 일구어놓은 길에 따라 편안한 생활을 영위할 수 있는 그가 이 같은 궁색함 속에서도 한국에 남은 것은 한 여자를 찾기 위해서였다. 그를 한국으로 오게 한 이유가 됐던 여자, 그녀를 찾기 위해 조선에 왔던 그는, 이제는 그녀를 찾기 위해 한국을 떠날 수 없었다.

연혜를 잃었던 것은, 조선 해방 이전에 있던 만주 위문공연 때였다. 무대가 무사히 막을 내리고 다음 날은 공연단들의 신경 관광이 있었다. 영국인 기자를 의식하여 외사국의 지정 장소대로 일행은 움직였다. 사전 지시에 따라 자로 잰 듯 정비된 곳들을 둘러보고 나면, 점심 식사 후 오후 기차로 귀국할 터였다. 식당에서 영국 기자는 연혜와 따로 시찰할 곳이 있어서 하루 더 머물겠다는 뜻을 교이치에게 전했다. 연혜도 그와 함께 남겠다고 했다.

위문공연단을 무사히 경성까지 다시 돌려보내야 하는 의무가 교이치에게 있었다. 공연단 전체의 체류를 연장할 수도 없었고, 중구난방 모인 공연단을 자신의 감독 없이 먼저 보낼 수도 없었다. 때문에 처음에 교이치는 거절하려고 했다. 무슨 까닭인가 싶어 연혜를 보기도 했다. 그녀가 남고 싶다고 말했다. 사실 연혜인지 에렌인지 알 수도 없었다. 워낙 차분하여, 연혜인가 했다. 교이치는 연혜에게 그 무엇도 강제할 수 없었다. 연혜가 바라는 것은 다 들어줘야 할 것 같았다.

교이치는 영방을 그들에게 붙여놓았다. 연혜가 이번에는 영방에게 먼저 경성에 돌아가라 청했다. 영국 기자도 열심히 "노 프러블럼, 유 캔 고"하며 그를 설득했다. 영방은 그들의 결연한 눈을 보고 탈출을 예감했다. 정균을 탈출시켰던 것처럼 연혜는 이 영국 기자도 탈출시키려는 것이다. 영방은 무력하게나마 반대했다.

"위험하잖아요."

"난 하나도 위험하지 않아요."

"여기는 남의 나라잖아요."

"난 외국에서 많이 살아봤어요."

내 나라가 아닌 곳에 대한 겁은 나한테만 있는 걸까, 생각하던 영방은 과연 돌아갈 조선도 내 나라라고 할 수 있을까란 생각에 빠져들었다. 그 생각은 영방의 마음을 약해지게 했다.

"그럼 내일 기차로 돌아오는 건가요?"

그녀의 깊은 눈매가 영방을 응시했다.

"저는 언젠가는 꼭 돌아왔잖아요."

그 말을 듣고 영방은 대항할 힘을 잃었다. 영방이 짐짓 농담처럼 말했다.

"영혼으로 돌아온다는 건 아니죠? 죽지 말고 돌아오기만 하면 돼요."

나직하게 그녀는 답했다.

"나는 죽지 않아요. 죽어서가 걱정이거든요. 살아 있는 동안 그토록 우아한 척 고상한 척 가증을 부렸는데 죽어서는 추한 일 벌일까 봐."

그녀다운 말이었다. 영방은 교이치에게 그럴듯하게 둘러댔다.

"배우 이혜련이 하루쯤 늦게 귀국하는 것은 다카오카 교이치의 부인으로서 아무 문제 없을 것이네. 그러나 공연 단원에 속한 내가 귀국 명단에 없다면 무슨 꼬투리가 잡힐지 몰라. 나는 이미 이정균의 탈주 방조범으로 수사를 받았던 적이 있지 않은가. 나를 요시찰에 넣을 생각일랑 말게."

신경역에서 영방과 교이치 두 남자를 태운 기차는 출발했고, 연혜는 미소를 지으며 이들을 배웅했다. 그 미소에 마음을 놓아버렸던 것은, 이후 교이치와 영방이 죽어서도 잊지 못할 통한의 후회로 남았다.

탈출은 했다. 그러나 용케 만주를 탈출했어도 중국 대륙 곳곳이 일본 군에게 함락되어 있었다. 연혜와 영국인 기자는 피난민들을 따라 남쪽으로 서쪽으로 소도시를 따라다녔다. 피난은 끝이 없었다. 이 도시가 점령당하면 난민들은 저 도시로 도망을 갔고, 일본군은 어김없이 따라왔다.

점과 점 사이로 쫓고 쫓기는 전쟁의 참혹함은 계속됐다.

모든 도시가 가뭄과 기근을 앓고 있었지만, 피난민이 모이는 곳들은 유독 폭풍에 지진, 메뚜기 떼까지 휩쓸고 지나가 고난을 더했다. 피난길을 실감하게 해주는 것은 추위와 전염병이며, 그중 제일은 배고픔이었다. 한 줌 낱알을 서로 훔치고 한 그릇 죽에 서로 죽이는 일까지 일어났다. 딸을 파는 것은 예사요, 아내를 팔기도 했다. 그렇게 배를 채우고 나면 양심의 가책에 울부짖었다. 슬퍼서 울고, 서러워서 울고, 억울해서 울고, 배고파서 울고, 전쟁은 모든 것을 아수라장으로 만들었다.

영국 기자는 계림이나 곤명 등지로 아직 일본군의 손안에 떨어지지 않은 곳을 찾아가고 있었다. 궁극적으로는 서방세계로 돌아가는 것이 목표였지만 지금은 점령되지 않은 곳, 남국 어디라도 좋을 것 같았다. 중국어를 잘해 중국 여인으로 보이는 연혜가 곁에 없었다면 벽안의 그는 여기까지 오지도 못했을 것이었다. 기자가 연혜에게 왜 자신을 돕겠다고 이 고생을 하는가 묻자, 연혜는 "당신을 돕는 것뿐만 아니라 나도 바라는 것이 있어서"라고 했다. "어렸을 때 만주 땅, 일본 땅에서 갖은 고생을 다 해봐서 지금도 견딜 수 있어요"라고 한 연혜는, 일본에서의 조선 노동자의 삶도 다를 것 없었으며, 만주에서의 돌밭을 가는 조선인들도 하루하루를 죽는 듯 살았다고 했다. 연혜는 "운 좋게 남쪽 나라로 갈 수 있다면 새 삶을 살고 싶어요"라고 말했다. 영국 기자는 약속했다. 목숨 걸고 자신을 도와주는 만큼 자신도 반드시 연혜가 새롭게 살 수 있도록 도와주겠노라고.

미처 피난을 가지 못하고 일본군에 점령된 곳의 사람들은 몰살당하거나, 끌려가 죽음보다 나을 것 없는 노역에 시달렸다. 밤을 타서 많은 사람이 탈출을 시도했고 그중 많은 이들이 기관총 세례를 받았다. 일본군은 점령지마다 먼저 곡식, 보석, 여자 들을 모아들였다. 보석은 저들이 갖고 곡식은 일부 배급했다. 배급 쌀을 받으러 가면 인력 공출이다 차출당하기도 했다.

여자들을 일본군에게 욕을 보인다고 하여, 머리를 짧게 잘라 남자인 척하고 다녔다. 스무 살 처녀가 등에 물건을 지고 싸매 구부정 할머니인 척하기도 했다. 연혜는 머리를 틀어 올려 모자를 쓰고 다녔지만 머리칼을 싹둑 자르지는 않았다.

모래 섞인 쌀이나 밀가루만 주던 배급소에서 닭과 오리를 준다고 했을 때 사람들은 흉흉해졌다. 진짜 보석이든 모조품이든 가리지 않고 반지, 귀걸이 등을 들고 가면 닭이나 오리를 준다고 했다. 그 진의를 알아챈 사람들은 수군거렸다. 작은 반지, 귀걸이 한 짝 따위의 그런 장신구들을 마지막 비상책으로 갖고 있을 사람이, 여자들 말고 누가 있겠는가.

남자 혼자 반지를 들고 나갔다가는 아무것도 못 얻고 비명횡사했다. 딸만 있는 집은 딸아이를 붙들고 울었고, 아들만 있는 집은 어머니가 굶어 죽어가는 아이들을 보며 마음을 다잡았다. 연혜는 자신의 구슬 귀걸이를 들고서, 딸을 보내려는 집으로부터는 어린 딸과 산호 브로치를, 어머니가 나섰던 집에서는 그 아들과 칠보 팔찌를 각각 대동하고 나섰다. 연혜는 머리를 풀어 곱게 빗고는 치마까지 빌려 입었다. 그녀는 영국 기자에게 자신을 뒤따르되 마지막 순간에는 도망치라고 했다. 어느 때든 카메라 챙기는 것을 잊지 말아달라 했다.

배급소에서 연혜는 귀걸이, 브로치, 팔찌를 각각 밀가루와 닭과 오리로 바꾸고, 아이들은 보내달라 말했다. 남자아이의 손에 오리가 들려 나갔다. 여자아이가 닭을 갖고 나가려 하자 군인들 사이에서 술렁임이 일었으나, 연혜가 "장성한 여자 하나가 꼬마의 두 배 몫은 하니까 입 하나줄이세요"라고 했다. 군인 중 대장 격인 사람은 열 살도 안 된 여자아이를 가두어두는 것이 비인도적이라는 것을 알고 있었다. 여자아이는 산호 브로치와 닭을 무사히 맞바꾸어 갈 수 있게 됐다. 영국 기자는 밀가루 주머니를 받아 들고 떠났다. 그는 연혜가 자신에게 부탁한 것이 무엇인지 알고 있었다.

탈출 내내 기자는 무엇이든 찍고 기록했다. 그중에는 물론 연혜의 마지막 순간도 있었다. 밀가루를 구정물로 반죽해 대충 불에 익혀 먹고 끊임없이 남으로 서로 걷던 기자는, 마침내 연합군을 만나 긴 피난의 종지부를 찍었다. 이후 기자가 자신이 겪은 참상을 남김없이 보도한 것은 당연했다. 당초에 대동아 건설을 선전하려 그를 포섭했던 외사국의 계획과는 전혀 다른 기사들이 세상에 드러났다.

전쟁 중에는 교이치가 숙부를 통해 일본 수뇌부만이 통하는 비공식적인 경로로 기사를 받아 보았으며, 해방 후에는 공식적으로 이 영국 기자와 선이 닿게 되었다. 영국 기자는 자신이 차마 공개하지 못한 사진이라며 필름 원본을 보내왔다. 암실에서 영방이 조심스레 현상한 사진을 교이치와 영방이 들여다봤을 때, 둘은 충격으로 말을 잇지 못했다.

사진 속 건물 앞 공터에 큰 가구들은 깨진 채 널려 있었고 잡다한 집기들이 바닥을 뒹굴고 있었다. 긴 총대를 매단 군인들이 보였다. 그리고 부서진 장롱 문짝 하나에 묶인 채 강제로 머리를 잘리는 여자가 있었다. 여자가 발버둥치는 것을 저지하려는 듯 군인 하나는 여자의 다리를 붙들고 또 하나는 여자의 가슴을 누르고, 다른 하나는 여자의 머리채를 움켜쥐고서 가위질을 했다. 그 지옥 속에서도 여자의 머리칼은 새카맣게 빛났고 치맛자락이 고아한 곡선으로 바람에 날리고 있었다.

아무 설명 없는 사진 한 장이 영방과 교이치의 마음을 아프게 찔러댔다. 사진 속 여자는 연혜이며 에렌이었다. 교이치와 영방을 앞에 두고 희생자와 방관자에 대해 운운하던 연혜의 발언이 떠올라 둘은 섬뜩했다. 그녀는 스스로 직접 전시품이 되는 희생을 작정했던 것일까. 교이치는 영국 기자와 동행할 때 그녀가 구사했던 영어가, 연혜 때와도, 에렌 때와도 달랐다는 것을 깨달았다. 영방도 아무리 고전의 가곡이라도 그녀가 독어 노래를 한 적은 이전에 없었다는 사실을 깨달았다. 세 번째 그녀라고 그들은 생각했다. 연혜의 사려 깊은 우아미도 에렌의 찬란한 화사함도 희생할 수 없어 세 번째 그녀가 나타난 것이라고, 두 남자는 생각했다.

둘은 초조했다. 교이치와 영방 모두를 기억 못 하는 그녀가 돌아올 곳을 찾지 못하는 것이 아닐까. 그동안 사람찾기 전단을 뿌리고, 심지어 '배우 이혜련을 찾습니다' 광고를 하고 사례금까지 붙여도, 그녀를 목격했다는 이는 찾을 수 없었다. 교이치는 차라리 그녀가 입버릇처럼 말하던 하얼빈 카바레에서나마 살아 있기를 바랐다. 영방은 차라리 그녀가 남의 글을 써주고 남의 애를 품어주고서라도 생의 한 자락에 있기를 바랐다.

해방 후에도 영방과 교이치는 근로보국대 귀국자 명부, 총후선발단 귀환자 명단, 위안부 생포 삐라까지 꼼꼼히 살폈다. 연혜의 행방에 대해 아무것도 확실한 것이 없으니 모든 가능성을 염두에 두어야 했다. 어쩌면 연혜는 어디선가 무사히 살아 새로운 생활을 잘해나가고 있을지도 몰랐다. 또 다른 그녀는 힘차고 똑똑한 인물이라 그들의 걱정을 비웃듯 보란 듯이 잘 살아갈지도 모른다. 그렇게 영방과 교이치는 자위하며 하루하루를 보낼 수밖에 없었다.

영방의 부친은 해방된 조국을 눈에 담고 편안히 세상을 떠났다. 사치코의 딸 오아미는 학교에 입학했고 한국인 선생 밑에서 한국어 수업을 듣게 되었다. 수업의 질은 높지 않았으나 내 나라에서 떳떳이 공부한다는 것에 영방의 부친은 만족해하며 눈을 감았다. 임종 직전 부친은 영방에게 오아미를 부탁하며 말했다.

"해방됐다 해서 당장 대동사회가 펼쳐지지는 않을 게다. 유학자는 늙어 죽을 때도 유학자라고, 숨넘어가는 순간에도 대동사회를 그려보는구나. 해방이 돼도, 모두가 성인인 척하는 게 모두가 타락한 것보다 더 위험한 세상이야. 평생 유학을 한 유학자도 결국은 대동사회에 매달리다 죽는구나. 재화가 헛되이 땅에 버려지지 않고 그걸 누구 하나만 독식하지 않는 세상, 노인이 여생을 편안히 마치고, 젊은이가 능력을 발휘할 일을 갖고, 아이는 건전하게 자랄 수 있는 곳, 그것이 대동사회다. 자기의 어버이만을 어버이로 섬기지 않고, 자기의 자식만을 자식으로 여기지 않는다, 그것이 대동사회다. 곧 갈 사람이 이렇게 고루한 걸 외우다니 난 뼛속까지 유림인가 보다."

부친은 잠시 숨을 골랐다.

"영방아, 해방된 조국에서는 어떤 아이도 불행한 세상을 홀로 짊어지고 떨지 않았으면 하는구나. 이 땅의 아이들이 건강해야 앞으로의 세상이 더 크고 대동의 길로 나아가. 영방아, 너도 네 사람만 귀히 여기는 아집에서 벗어나. 자기 자식만을 자식으로 여기지 않는, 대동사회에 일조 좀 해주려므나."

부친은 예전에 오아미에게 준다던 옥가락지를 영방에게 맡겼다.

"영방아, 네가 진정 네 딸로 생각되는 아이가 생기면 이걸 주렴."

그리고 부친은 눈을 감았다. 그렇게 영방의 손에 맡겨진 오아미는 영방을 꼬박꼬박 아버지라 불렀다. 영방은 십 년 만에 보는 아이로부터 난

데없이 아버지 소리를 들어서 어색했으나, 지금껏 들어보지 못했던, 그리고 가끔씩은 듣기를 꿈꾸어봤던 호칭이 나쁘지 않았다. 영방은 우려했던 것과는 달리, 오아미를 볼 때면 다카오카 아미로 자라고 있을 자신의 딸이 떠오르지 않는 것은 아니었으나 그렇다고 오아미에 대한 미움이 생기지는 않았다. 영방은 이제 별 거부감 없이 옥가락지를 오아미에게 내줄 수 있었다.

영방은 오아미를 서울 집으로 데려와 학교에 등록시키고 방을 만들어줬다. 영방의 집에는 예전의 구두닦이 소년이 함께 살고 있었다. 공부보다 사환 일이 편하다며 애써 등록시킨 학교도 빼먹던 구두닦이 소년이, 오아미의 등하교를 봐주고 아이가 동네 아이들에게 소외될까 으름장을 놓는 역할도 마다하지 않았다. 오아미도 소년을 잘 따라서 소년이 습관처럼 구두통을 매고 거리를 나설 때면 따라나갔다. 가끔 영방은 오아미가 교이치의 조카라는 사실을 상기했다. 오아미가 영방의 집무실에 놀러온 날, 영방은 교이치를 불러왔다.

교이치는 오아미를, 영방의 새 딸이나 자신의 조카라기보다는, 사치코의 딸로 먼저 보았다. 그는 오아미를 보고 할 말을 고르다가, 끝내 아무말도 떠올리지 못하고 그저 "착하게 자랐구나" 한마디 했다.

오아미는 또렷하게 "고맙습니다" 말했다. 교이치는 열심히 아이를 들여다보며 사치코의 흔적을 찾다가 말했다.

"네 엄마를 닮은…… 것도 같다."

아이는 "정말요?" 하더니 영방을 향해 "우리 어머니는 어떻게 생겼나요?" 물었다. 사치코를 한 번도 본 적 없던 영방이야말로 당황해서 교이치를 바라봤다. 교이치가 입을 다시며 "네가 거울을 보고 상상해봐라" 하고 어려운 답을 남겼다.

핏줄이라는 게 있는 것인지 교이치는 오아미와 친해졌다. 오아미는 사치코의 어린 날처럼 하얗고, 가느다란 눈썹에 실금같이 웃는 눈이 목각 인형을 닮았다. 오히려 영방이 오아미를 대하기 어색했다. 그러나 영방의 부친은 그에게 "내가 너에게 남기는 가장 귀중한 유품이 이 아이다"라는 말을 남겼다. 그래서 영방은 오아미를 볼 때, 교이치도 봉자도 얼굴도 모르는 사치코도 생각나지 않았다. 영방에게 오아미는 부친의 마지막을 기억하게 하는 창이었다.

모두가 신의로써 더불어 화목한 대동사회는, 부친의 바람과는 달리 나날이 요원해졌다. 두 동강이 난 한국은 전쟁에 휘말렸다. 일본의 지배하에서는 독립이라는 거대한 가치가 모든 것을 압도했다. 이제 항거해야 할 폭압의 대상이 사라지자 각각의 이념이 서로를 헐뜯으며 반목하고, 이 비극 속에서 사람들은 정신을 차릴 새도 없이 피난 가는 데 전력을 다했다.

교이치도 영방도 피난의 필요를 느끼고 있었다. 영방은 우선 오아미를 데리고 다시 고향집으로 내려갈 것이었고, 교이치에게도 함께 가기를 권했다. 태평하게 차편을 고르는 영방에게 구두닦이 소년이, "차를 얻어탈 수 있다는 발상을 하다니 여전히 백면서생이시군요" 했다. 남쪽 출신인 구두닦이 소년이 발품 인생인 자기가 옥천까지의 도보 길을 안내하겠다고 하여, 영방, 교이치, 오아미, 구두닦이 소년, 이 넷은 고락을 함께할 피난 식구가 되었다. 구두닦이 소년은 교이치를 보며 "저 인간은 뭣하러 데려가노" 하는 뚱한 표정을 지었다.

그러나 짐을 꾸리고 주변을 정리하고 갈팡질팡하던 사이, 서울은 북에서 내려온 사람들로 채워지기 시작했다. 남보다 앞서 피난 가면 제대로 피하는 것이요, 남들과 함께 피난을 가면 절반쯤 살 것이요, 남들 떠나는 뒷모습을 보고 피난을 가면 죽은 목숨이었다.

더 이상 지체할 수 없다는 것을 모두 느끼고 있었다. '오늘 당장 떠나자' 하던 찰나에 인민군 부대가 영방의 집에 들이닥쳤다. "여기 반동분자가 있다던데!" 부대장이 눈을 번뜩였다.

영방은 직감적으로 누군가의 밀고가 있었음을, 그리고 그것이 그간 그가 일본인 총독부 관리와 가까웠던 것을 못마땅해했던 이웃들의 밀고임을 알았다. 이웃이 어린아이 입에 들어갈 좁쌀 한 줌이 다급해서 부득이 그를 팔았다는 것도 알았다. 영방은 그들을 원망하는 한편 그들을 이해했다. 하지만 당장은 영방이 살아야 했다.

부대는 집을 포위했고, 영방과 교이치에게 당장이라도 따발총을 들이댈 것 같았다. 영방은 급한 마음에 "이정균의 안위를 내가 보살폈소이다!" 외쳤다. 생사를 알 수도 없는 정균의 이름을 꺼낸 것은 영방이 절박한 상황에 되는 대로 지푸라기를 잡아본 것이었다. 부대장은 갸웃하며 "이정균?" 하더니 "한때 신문에 몇 번 났지. 독립운동가에 견실한 사회주의자라고" 했다. 영방이 정균과 주고받았던 편지, 그가 맡기고 간 노트, 그의 손가방 등을 찾아와 보이자 부대장은 반신반의하면서도 누그러졌다.

부대는 그날 밤 영방의 집에서 진을 쳤다. 다음 날 부대장은 그새 본부에 연락해서 정균과 연결됐다며, 영방에 대해 완전히 믿음을 굳혔다. 뿐만 아니라 정균이 하는 보답을 대신 전하는 것이라며 어디서 돼지고기를 구해 가져다주기도 했다. 그러나 부대는 영방의 집을 본거지로 삼을 요량인지 며칠이 지나도 떠날 생각을 안 했다. 연혜가 별식을 담아두곤 했던 단지가 거친 움직임에 무참히 깨지는 것을 영방은 슬프게 바라봤다.

눈에 띄지 않게 최대한 조용히 움직이며 지내는 교이치를, 구두닦이 소년이 불러 으슥한 곳으로 데려갔다. 소년이 먼저 교이치를 찾은 것은 이번이 처음이었다. 소년이 거만하게 말했다.

"니 권총 있제? 염병할 총독부 고관대작 시절에 차고 다녔던 것. 니가 쭉 권총 숨겨왔던 것 다 안다. 그런 물건을 숙직실에 두고 오지는 않았겠지. 지금도 갖고 왔을 게 뻔해."

소년이 승자의 미소를 띠었다.

"내가 니 권총을 고발하믄, 일본인인 니는 살인 음모까지 조작한 민족의 적으로 처단받을 게다. 그치만 그 보상으로 오 선생님과 오아미는 피난 갈 여비와 시간을 벌게 될 게야."

소년이 그토록 오만한 것은 처음이었으나 그의 말은 얄밉도록 사람을 솔깃하게 했다. 순간 교이치는, 여기에서 자신의 희생이야말로 숭고한 것이 아닐까, 지금껏 일본 고관으로 편히 살아온 죗값을 여기에서 치를까, 고민했다. 쿵쾅거리는 마음의 갈등 끝에 교이치는 눈을 똑바로 뜨고 소년을 바라봤다.

"내가 너를 고발할 수도 있지. 권총을 네 구두통에 숨겨두고 이 악동이 살인귀라고 말야."

소년은 여유 있게 답했다.

"글쎄, 지금 세상에서 일본놈 말을 믿어줄까?"

교이치가 단호히 말했다.

"지금은 안 된다. 지금은 절대 안 되는 이유가 있어."

소년이 콧방귀를 뀌었다.

"꼭 인간들은 죽기 아쉬우믄 저한테 대단한 걸 갖다 붙이더라. 그래 그 이유나 한번 들어보자."

교이치가 하늘을 바라봤다.

"기다리는 사람이 있거든. 앞으로 잘 살아나갈지, 내가 만나서 확인하기 전까지는 안 된다. 만나고 나서는 날 어떻게 하든 상관없다."

"기다리는 게 누군데? 줄 빠져라 찾아다녔던 네 마누라 이혜련? 아니면 네 마누라랑 똑같이 생긴 백연혜 사모님?"

"아니. 그의 딸."

다카오카 아미가 도착했다.

태평양전쟁의 공습 위험 속에서도 아미를 보다 안전한 서울로 이주시키지 않고 동경에 두었던 교이치였다. 다카오카 가에서조차 "조선 땅은 폭격은 안 당할 것" 하고는 아미를 교이치에게 보내려고 했으나, 교이치는 아미를 동경의 방공호 속에 둘지언정 경성에는 오지 못하게 했다. 아미가 다른 땅을 밟아, 그 머리와 가슴에 다른 세계가 들어차 자신의 세계를 잃을까 두려웠다. 그렇게 딸을 잃게 될까 봐 교이치는 두려웠던 것이다.

정작 한국이 전쟁에 휘말린 시기에 아미를 데려옴이 얼마나 비이성적인지 교이치 스스로도 알았다. 그럼에도 교이치는, 오래전 에렌과 결혼하려 필사적이었을 때와 같은 불가항력적인 운명의 끈을 다시 느꼈다. 의아함과 반가움과 책망이 뒤섞여 이유를 묻는 영방에게는 짤막하게 답했다.

"에렌이나 연혜가 있었다면, 딸에게 너희 '해방된 조국'을 못 밟게 하는 나를 원망했을 것 같다."

그 다카오카 아미가 부산항에 도착했다는 전보가 교이치와 영방이 있는 집으로 날아왔는데, 정작 둘은 집을 벗어나지 못하는 것이었다. 인민군에게 둘러싸여 꼼짝할 수 없었다. 부대장이 전보를 집어 들었다. 전보에는 오로지 '亞美'만 쓰여 있었다.

호기심에 묻는 부대장에게 영방은 최대한의 기지를 짜냈다. 우리 아이 태명인데, 이제 해산이 임박했다는 뜻이다, 나도 진작 고향에 돌아갔어야 하는데 후회된다, 아내부터 보냈는데 지금 가는 길에 도중에 어떻게 됐는지도 모르겠다. 주절주절 입에서 나오는 대로 늘어놓았다.

임기응변처럼 지어낸 엉터리 해석이 부대장의 호방한 결정을 이끌어 낸 것은 다시 봐도 믿기지 않는 일이었고, 하늘이 무너져도 솟아날 구멍이 바로 그것이었다. 부대장은 정균의 뜻이라며 "백연혜에게 은혜 입은 것이 크니 전적으로 조력해줘야 한다더군" 하고 영방 일행이 떠나는 데 뒤를 봐줬다. 먹을거리와 짐 보따리를 가져갈 수 있게 허락해줬고, 심지어 아내 해산에 쓰라고 마른미역을 챙겨주기도 했다. 고마워하는 영방에게 부대장이 간략하게 말했다.

"말했잖소, 이정균이 하는 보답을 대신 전해줬다고 생각하시오."

영방은 자신들이 떠나면 이제 집은 완전히 인민군 부대의 초소로 넘어가리라는 것을 알았다. 그래도 영방은 살아서 떠날 수 있다는 것이 감사해서 조용히 교이치, 오아미, 구두닦이 소년과 함께 밤을 틈타 남쪽으로 향했다.

구두닦이 소년의 말은 사실이었다. 옥천까지 걸어야 하는 길은, 그것도 피난으로 걸어야 하는 길은 험했다. 네 사람은 가다 쉬다를 반복했다. 어린 오아미가 있어서 속력을 낼 수는 없었다. 오아미가 걷다 지쳐 주저앉으면 영방과 교이치가 번갈아가면서 오아미를 업고 갔다. 넷은 처음에는 주먹밥으로 연명했고, 곧 보자기에 붙은 곰팡이 핀 밥풀을 먹었고, 나뭇잎을 잘근거리고, 솔방울을 씹으며 남으로 남으로 내려갔다.

네 사람이 도착했을 때 옥천에는 아직 충청북도 경찰국이 주둔하고 있었다. 넷은 일단 한숨 돌릴 수 있었다. 종가는 마당의 돌멩이 하나도 고즈넉함을 그대로 품고 있었고, 대청호는 검푸르렀고, 홍도당과 고직사는 조선과 일제와 대한을 다 거친 연륜으로 굳건히 서 있었다. 연로한 어른들은 세상을 떠났고 젊은이들은 징집되었고 아낙들과 아이들은 피난을 떠나 있었다. 사촌형수와 종가를 지키며 몇몇 남아 있던 여인들이 영방을 반겼다. 이들은 영방이 와서 안심하고 떠날 수 있겠다고 진심으로 반가워했다. 다른 가문의 귀한 여식이었을 이들에게, 오래된 집과 생사를 같이하라는 잔혹한 의무를 지울 수는 없었다. 영방이 온 다음 날, 그녀들은 아이들을 데리고 부리나케 떠났다. 영방은 어머니처럼 다정했던 사촌형수에게 그동안 해드린 것 하나 없었는데, 마지막에 떠나는 그녀의 발걸음이라도 가볍게 해줄 수 있어 다행이라 생각하기로 했다. 엉겁결에 고향 종가는 영방의 세상으로 들어왔다.

교이치는 부산으로 갈 계획이었다. 그곳에서 여차하면 일본행 배를 구할 작정이었다. 교이치는 오아미를 일본에 보내고자 했다. 교이치는 일본의 지배에서 벗어나겠다 결사항쟁했던 조선인들까지는 이해할 수 있었다. 그러나 반도 안에서 서로를 치열하게 물어뜯는 지금의 그들은 이해할 수 없었다. 독립을 했으면 평화롭게 여보란 듯 살아야지 왜 전쟁으로 힘들게 되찾은 강토를 피로 물들이는지. 지배 속에 타율적일 수밖에 없었던 국가가 갑자기 자유를 얻었을 때, 지도자라는 공석이 부르는 수많은 이들의 야망이 위험하다는 것을 교이치는 아직 몰랐다.

교이치는 영방에게도 일본행을 권유했다. 영방은 고개를 저었다.

"조선인으로 살아왔고 한국이 내 터전일세, 일본은 내게 그저 먼 나라일 뿐이야. 이제 막 해방된 내 나라 내 땅을 떠날 수 없네. 총알이 날아다니고 피가 튀어도, 여기가 나의 곳일세. 내 나라가 피할 수 없는 것을, 나만 피하는 건 이제 않겠네. 그러고서 무슨 애국을 논하겠나."

영방의 말에 교이치는 "언제 죽을지 모르면서 저 허세는 여전하군" 하고 그에게 더 이상의 권유는 하지 않았다. 교이치는 말없이, 언제든 영방이 함께 떠날 수 있도록 자리를 비워달라 연통을 넣었다.

오아미를 일본에 보내는 것은 확정되다시피 한 것이었다. 사치코가 일본에서 자신의 친딸 오아미를 맞을 준비를 하고 있었다. 교이치가 못을 박았다.

"이 애에게 다카오카 가의 피가 흐르는데. 조선에서, 아니 한국에서 헛죽음시킬 수 없어."

영방은 쓸쓸했다. 전쟁으로 내일이 불확실한 한국에 오아미를 둔다는 억지를 부릴 수는 없었다. 무엇보다 오아미의 안전을 생각해서 그도 어디든 포탄이 없는 곳에 오아미를 대피시키는 데 찬성이었다. 그래도 허전한 것은 어쩔 수 없었다. 오아미마저 데려가면 혼자 남겨진 세상에서 어떻게 견딜까 암담했다. 사람 먹을 것도 없는데 소 먹이 주게 생겼느냐는 교이치의 핀잔을 들으면서도, 영방은 꼬박꼬박 여물을 가져다주며 외양간의 소에게 정을 붙이고 있었다.

교이치는 낙동강 너머로는 가야 한시름 놓을 수 있을 거라고 여겼다. 그는 새 행장을 꾸려 다시 피난 갈 것을 독촉했으나 영방은 꿈쩍도 하지 않았다.

"가려거든 자네나 오아미를 데리고 가게나."

교이치는 그의 안위도 걱정되었고, 또 일본인인 자신이 영방 없이 피난길을 제대로 갈 수 있을지도 자신 없었다. 교이치가 딱하기도 하여 영방은 구두닦이 소년에게 교이치와 함께 내려가줄 것을 부탁했다. 소년은 단칼에 거절했다.

"내보고 저 총독부 개자식 길 안내를 해주라고요? 가다가 인민군에게 팔아먹고 혼자 갈 겁니다."

　부산에 있던 다카오카 아미가 교이치가 머물고 있는 옥천 집까지 올라왔다. 이 전쟁의 혼란통에 사람을 사서 아미를 올려 보내기까지 일본의 사치코가 얼마나 많은 돈을 대주고 있는지 충분히 짐작이 됐다. 자라난 아미를 영방으로서는 처음 대면하는 것이었다. 영방은 그로서는 보기 드물게 노골적인 시선으로 아미를 쳐다보며, 보지 못했던 딸의 지난 십수 년간의 변화를 읽어냈다.

　다카오카 아미가 입을 다물고 있을 때면 또래답지 않은 성숙함이 보였다. 처음에는 새하얀 옷이었을 테지만 지금은 먼지와 때에 더럽혀진 잿빛 옷을 입고 머리카락을 질끈 묶었다. 까만 머리채 아래, 까만 눈이 컸다. 두 아버지 앞에 선 다카오카 아미는, 교이치에게는 시라렌을 처음 만났을 때의 그녀의 재현이며, 영방에게는 보지 못했던 연혜의 어린 시절이었다.

　구두닦이 소년이 휙 휘파람을 불렀다. "정말 사모님을 쏙 빼닮았구마."

　연혜를, 에렌을 닮은 다카오카 아미가 영방에게 공손히 또박또박한 한국어로 "안녕하세요" 인사했다.

　"조선어를 가르쳐왔다. 한국인이라고 해도 문제없을 거야."

　교이치의 말에 영방이 어쩔 줄 몰라 하다가 "안녕, 반갑구나" 했다.

　아미가 영방을 보고 처음으로 미소 지었다.

　"아저씨가 어릴 적 저를 많이 챙겨주셨다고, 제가 태어났을 때도 곁에서 봐주셨다고 들었어요."

　아미의 말에 영방도 웃었다.

　"그래 그 조그마한 애가, 제 엄마 위하려고 잘 울지도 않던 갓난아기가 이렇게 클 줄 몰랐구나."

다카오카 아미를 데려다준 사람 편에 사치코가 식량까지 넣어줘서 모처럼 이날은 숟가락 젓가락을 놓고 밥 먹을 만했다. 배가 고팠던 다카오카 아미와 오아미, 구두닦이 소년은 밥상에 얼굴을 묻고 밥을 먹었다.

교이치와 영방은 자신들의 밥도 이 어린 사람들에게 밀어주고, 밖으로 나왔다. 둘은 마루에 나란히 걸터앉았다.

"아미를 데려와서, 이제 어쩔 작정인가?"

영방이 물었다. 그는 교이치를 보지 않고 정면에 의미 없는 시선을 둘 뿐이었다.

"나한테 딸 얼굴 한번 보여주겠다고 아미를 데려온 건 아니겠지. 오늘 부녀 상봉이 끝나면 아미와 부산에 가서 다시 일본에 보내는 건가?"

교이치도 영방을 보지 않은 채 답했다.

"처음에는 그러려고 했다. 그런데 지금은 생각이 바뀌었다."

교이치는 여전히 마당의 키 작은 나무에 시선을 꽂고 말했다.

"일본에는 다카오카 아미의 호적이 있다. 에렌의 소생이지. 여기에는 내 사촌의 딸 오아미가 오씨 문중에 올라있겠지."

교이치가 떠듬떠듬 말을 이어갔다.

"내 사촌누이는, 사치코는, 딸을 데려가도 자기 밑에 올릴 처지가 못 된다. 그래서, 지금 내 딸로 올라 있는 다카오카 아미의 호적을 쓰게 하면 어떨까 한다."

숨도 쉬지 않고 영방은 교이치의 다음 말을 기다렸다.

"너희 오씨 가문 손녀 오아미, 오영방의 여아 오아미. 그 이름을, 에렌의 딸, 연혜의 딸, 아니 너와 나의 딸이 쓰자는 것이다."

해방 후 종로 인종이 울렸을 때 감격의 종소리는 거대했다. 그 육중한 종소리가 영방의 머릿속에서 울려댔다. 영방이 겨우 물었다.

"아이들을 바꾼다는 뜻인가?"

"간단히 말하면 그렇다고도 할 수 있겠지."

영방이 몸을 돌려 교이치를 바라봤다.

"아이를 내가, 한국에서 키워도 되겠나?"

"거처는 이제 네 마음에 달렸지. 다만 어디가 저 애에게 안전할지 잘 판단해라. 애를 여기 두었다가는 열 살 나이에 장사 치르게 될 거야. 나랑 같이 부산이든 어디든 내려가자. 애를 위해서라도."

영방이 고개를 들어 주위를 둘러봤다. 마당은 고요했고 대문의 문턱은 반질했고, 집을 받치는 오래된 기둥의 옹이 자국이 선명했다. 이번에는 고개를 숙여 댓돌에 놓인 다카오카 아미의 신발을 보았다. 이윽고 영방이 결심하고 말했다.

"어디든 가겠네. 딸을 살리기 위해서라며 아버지가 돼서 뭔들 못하겠나. 땅바닥을 기고, 돌먼지를 먹고, 낙동강을 헤엄쳐서라도 안전한 데로 아미를 데려다놓을 거야."

"잘 생각했네."

교이치가 영방의 어깨를 툭툭 두드렸다. 그제야 마음 놓은 교이치가 농담처럼 물었다.

"너, 정말 안 죽을 자신 있어?"

영방이 오랜만에 환한 웃음으로 크게 고개를 끄덕였다. 교이치가 말했다.

"그럼 네게 우리 아미를 맡긴다."

둘은 열린 창문으로 방 안을 들여다보았다. 아이들이 열심히 밥을 먹고 있었다. 두 여자아이의 삶은 바뀔 것이다. 오아미와 다카오카 아미는 달라진 이름에 몸을 맡기고 달라진 세계에 들어갈 것이다.

또르르 커다란 눈이, 붓으로 그린 듯 가느다란 눈이, 각자의 제 어미들을 똑 닮은 두 아미들을 보며, 영방과 교이치는 두 소녀에게 미안했다.

평소 느긋하고 신중했던 영방에게 전쟁이 요하는 재빠름은 따라가기 벅찼다. 옥천에서는 빠르게 국군이 후퇴하고 인민군이 들어왔다. 마을에서 가장 커다란 집인 영방의 종가는 당장 표적이 되었다. 이번에는 일개 분대가 아니라 인민군 중대 하나가 들어와 종가를 차지하고 본부로 삼았다.

피난 가던 영방 일행은 멀지 않은 곳에서 곧 붙잡혀왔다. 중대장은 이들이 도주 중인 것을 알고 있었으나 "종가의 주인을 뵙게 되어 다행입니다. 집주인에게 허가받고 방을 쓸 수 있어 무단침입은 면하게 됐습니다" 하고 능글맞게 이들을 붙잡아 앉히고는 잡역을 시켰다.

큰 방은 중대 본부가 되어 중대장이 연일 회의를 열었고, 마루에는 포로 감옥이 설치되어 사람들이 자아비판을 하고 끌려가고 때로는 처형당했다. 인민군의 주둔에 조력한다 하여 영방과 구두닦이 소년은 의용군으로 징발되지는 않았으나 무거운 짐을 나르고 군인들이 먹을 밥을 지었다. 어린 다카오카 아미와 오아미는 작은 손으로 당장 빨래를 해야만 했다. 교이치는 행여 일본어 억양이 섞여 나올까 아예 반벙어리로 살았다. 도처에 '조선인민은 각기 소재지에서 궐기하여 일본인을 살상하라'는 명이 뿌려진 때였다. 교이치만 벙어리는 아니었다. 다들 서로에게 말을 걸지 않고 지냈다. 상황이 주는 피폐함과 두 아미의 복잡한 관계는 서로를 부를 힘조차 나지 않게 했다. 영방과 구두닦이 소년도 묵묵히 일만 할 뿐 서로를 부르는 일은 없었다.

반바보로 굴어 감시망에서 느슨해진 교이치는 조금씩 외부와 연결해 갔다. 사치코의 재력은 전쟁통에서도 사람을 붙게 할 만큼 막대하여, 교이치를 몰래 찾아오는 이들이 있었다. 그들은 위험을 돈과 맞바꾸고는 교이치에게 바깥소식과 지도, 그리고 우마차를 가져다줬다. 마을 밖까지만 이것을 끌고 가면 당장 여기에 준비된 말을 매달아 도망칠 것이었다. 우마차가 오던 날, 교이치는 이것을 수풀에 숨기고 영방과 구두닦이 소년, 두 아미 들에게 몰래 차비할 것을 일렀다.

도둑 걸음으로 살금살금 우마차를 끌고 가는 다섯 사람을 별도 달도 없는 하늘이 내려다봤다. 갑자기 깜깜한 밤공기가 횃불로 확 밝아지고 수레가 선연히 드러났을 때, 영방과 교이치는 모든 것이 끝났다는 절망에 사로잡혔다.

중대장은 여전히 유들거렸다.

"우마차라…… 여기에 소가 있어야 어울리갔다. 고런데 여기 외양간에 딱 한 마리 있는 소는 너무 늙었어. 이거 끌다가는 가다가 중간에 죽갔는 걸. 죽은 소 치우는 수고는 미리 덜어야 하지 않갔디?"

곧 외양간의 소가 구슬프게 우는 소리가 들리고 잠잠해졌다. 영방은 어릴 적부터 함께해온, 성질 순한 긴 꼬리 소를 그렇게 죽게 만든 것에 속으로 울음을 삼켰다. 중대원들이 도살한 소를 가져와 우마차 위에 실었다.

"우리는 지금 날래 대대 본부로 가야 해서. 가는 길에 이것도 가져갈 긴데."

중대장이 짐짓 주위를 둘러보았다.

"밤 마실 가기 딱 좋은 때라 다들 싱숭생숭하갔디만……, 우리 다녀올 때까지 기다려주지 않갔습네까?"

영방 일행의 도주에 대한 위협이자 경고였다.

"기다리시느라 심심할 테니 우리 병사라도 붙여주고 싶디만, 아쉽게도 이번에는 전 대원이 다 집결해야 해서…… 아, 대신에 한 분 모셔가서 우리 대대 본부를 구경시켜드리리요. 누가 좋을까."

중대장은 다카오카 아미를 가리켰다. 아미를 제대로 본 적도 없는 중대장이었으나 첫눈에 인질로 가장 위력 있는 대상을 고른 것이다. 흰색 모포를 둘러쓴 아미가 몸을 떨었다. 그것을 본 교이치는 어리고도 성숙한 아미에게서, 자신이 어릴 적 봉천에서 처음으로 시라렌을, 연혜를 봤을 때의 모습이 시작되고 있음을 알았다.

중대원 두 명이 양쪽에서 아미의 어깨를 잡고 걸음을 떼는데, 구두닦이 소년이 크게 외쳤다.

"제 동생은 아직 어려요! 저를 데리고 가세요!"

소년은 몸을 휙 돌려 영방을 보면서 또 크게 말했다.

"그래도 되겠죠? 아버지!"

소년의 말에 대원들이 쑥덕였다. 중대장이 영방에게 '아들이었소?' 입 모양으로 물었다. 소년의 속내를 알 수 없어 영방은 우물쭈물했으나, 그 편이 오히려 아들을 아끼고 숨기려는 아버지처럼 비쳐졌는지 중대원들은 그대로 믿어버렸다. 그들은 잠시 쑥덕거렸다. 종가라면 아들이, 장자가 귀할 거라고 판단한 모양으로 중대장은 아미 대신 소년을 데려가겠다고 했다.

영방이 소년을 보며 탄식했다.

"어쩌려고 그랬니?"

구두닦이 소년은 그의 앞을 스치며 아주 작게 한마디만 했다.

"사모님을 닮은 아를 그렇게 보낼 수 없었습니다."

소년은 물러서서 다시 큰 소리로 떠들었다.

"금방 올 테니까 무겁게 짐은 지고 가지 않을래요."

사투리 억양을 애써 지워가며 소년이 구두닦이 통의 뚜껑을 열었다. 그는 지금 이 통을 메고 간다면 의심을 사리라는 것을 알았다. 분신과도 같던 구두통과 그는 작별을 했다. 소년은 통에서 팸플릿을 꺼냈다. 돌돌 말아 팸플릿을 주머니에 꽂고는 그는 씩씩하게 손수레 쪽으로 걸어갔다.

"아버지, 제가 밤길 밝은 것 아시잖아요. 무사히 잘 올 테니, 걱정 말고 일 보세요."

일부러 또박또박 말하는 것으로 구두닦이 소년은 '빨리 달아나세요'를 전하고 있었다. 그 예전 연혜가 도망치는 그의 뒷모습에 힘주어 말했을 때를, 소년은 간직해왔던가. 영방은 옛 생각에 뭉클했고, 교이치는 희생하라 강요하던 소년이 정작 자기 자신이 몸을 내던진 것에 감격했다. 이번에는 도망가지 않고 당당하게 걸어 나가는 소년의 뒷모습은 이제 청년이 되어 있었다.

부산 거리는 새로이 유입된 피난민들과 이들을 상대로 온갖 군상이 펼쳐졌다. 국제시장에는 각종 보따리장수들이 고질고질한 물건들을 팔았다. 사십계단에는 털퍼덕 주저앉아 참았던 울음을 쏟아내는 실향민이 있었다. 피난민 수용소에는 꾸역꾸역 사람으로 넘쳐났다. 여관과 같은 숙박시설은 물론이고, 극장, 공장, 학교와 같은 공공장소가 피난민 수용시설로 변모했다. 어여쁜 여배우가 사랑의 대사를 속살이던 극장도, 모국어로 수업하는 자유를 전쟁통에 못다 누린 학교도, 난민이라는 남루함과 피로한 냄새에 절었다. 민가까지 피난민과 나누었으나, 이 모든 것이 그 많은 사람을 건사하기에는 턱없이 부족했다.

사람들은 임시로 판자를 갖다 대 집을 지었다. 해안가 산턱을 따라 판잣집이 다닥다닥 붙어 줄지었다. 한 사람이 겨우 누울 판잣집은 그나마도 부족해 피난민이 넘쳐났다. 한 칸 판자방조차 얻지 못한 이들은 천막을 치고 간신히 머리만 드밀었다. 공동 우물에서는 사람들이 다퉈가며 물 한 병이라도 더 떠가려 실랑이 벌였고, 공중변소에서는 오물이 넘쳐 흘렀다. 악다구니 속에서도 영방과 교이치는 초연했다. 영방은 사람의 삶이 얼마나 종잇장 같으며 또 얼마나 강하게 생의 끈을 붙잡는지 내내 생각했다.

교이치는 이따금 부산항에 나갔다. 부산항은 그 어느 때보다 사람과 물자가 꾸역꾸역 오갔다. 항구에는 입국하는 미군 부대를 환영해 태극기와 성조기, 유엔기가 펄럭였다. 탱크와 화약을 실은 트럭이 영도대교를 따라 줄지었다. 부두에는 양곡, 밀가루, 옷, 성냥과 같은 구호물자가 쏟아졌고, 전쟁 중에도 초콜릿, 커피, 캐러멜 등 미군의 기호품은 도리어 풍족했다. 넘치지도 넉넉하지도 않은 물자들이 그마저도 밀가루와 커피, 담배는 물 새듯 행상인에게 빼돌려져 암거래상에 흘러들 것이었다.

부산항에는 전쟁 중 파손된 장비와 고철을 일본으로 싣고 가는 수송선이 있었다. 일본인들이 일하기도 했다. 함정을 수리하거나, 항만 준설 작업을 하는 일본인들이었다. 파손 장비를 수선하거나 녹여 새로 제련하기도 했다. 이를 옮기는 수송선은 자주도 가끔도 아닌 정도로 일본과 부산을 오갔다. 교이치는 이 배에 타기로 오래전부터 물밑 작업을 해왔다.

부산에 도착해서부터 교이치는 다시 영방을 설득하고자 노력했다.

"정말 한국을 떠나지 않을 거냐? 잠깐만 피신한다고 생각하고 같이 떠나자."

영방은 단호하게 거절의 뜻을 비쳤다.

"연혜가 오면 반겨주는 사람이 있어야지. 자네는 그곳에서 연혜를 기다리고, 난 여기에서 기다리겠네."

수많은 이유를 두고 그 한마디로 모든 것을 설명하는 그에게 교이치는 탄복했다. 교이치 또한 에렌의 나라를 떠나고 싶지 않았다. 그러나 떠나지 않을 이유를 뚜렷하게 들 수 없었다. 교이치는 침묵하다가 자문하듯 말했다.

"정말 연혜를 찾을 수 있을까?"

"연혜가 숨어 있을 거라고 생각하나? 살아 있다면, 필경 세상에 무언가를 행할 사람이야."

교이치는 고개를 끄덕였다.

"그래, 그래서 금방 알아볼 수 있을 거야."

이번에는 영방이 교이치에게 물었다.

"자네야말로 정말 떠날 것인가?"

"미군이 엘에스티선에 일본인을 싣는다고 들었어. 난 해군은 아니었지만 잘못하다가는 사관학교 출신에 지한파로 엘에스티로 끌려갈지 모르겠는데. 조선어도, 아니 한국어도 잘하겠다, 서울 지리도 훤하겠다, 정보 조직원이 돼서 다시 오는 끔찍한 일이 생길지도 모르겠군."

"다시 오는 게 끔찍한가?"

"전쟁 같은 것은 하기 싫다."

그 말을 들은 영방이 드물게 솔직한 심정을 꺼냈다.

"자네와 나는 연적이었던 것 같은데, 우리는 늘 전쟁을 하고 살아온 것 아닌가."

교이치가 그런 영방에게 놀란 듯 그리고 반가운 듯 답했다.

"그래서 내가 전쟁을 싫어하는 거야."

"부산은 경성보다도 하늘이 맑구나."

교이치가 사치코의 딸을 데리고 떠나는 날, 영방은 그의 딸 아미와 교이치 일행을 배웅하러 부산항에 나왔다. 맑은 하늘이 더욱 서글펐다.

"봉천은 늘 흐리다고 했던가?"

"글쎄. 기억도 나지 않아."

교이치는 고개를 수그렸다. 영방은 말하지 않아도 그를 이해했다. 봉천의 하늘은 연혜가 있어 그 맑음도 흐림도 그에게는 먼 대기일 뿐이며, 경성의 하늘은 에렌이 있어 봉천보다 밝고 청명했을 것이다. 영방은 이 일본인이 자신보다 더 경성을 사랑했을지 모른다고 생각했다. 아니, 경성을 사랑하려 노력했던 것이고, 인위적인 애정이 이제 숙명이 되었으리라. 그 경성으로 영영 돌아가지 못할 것을 직감하는 이 남자는 지금 얼마나 허망할 것인가. 영방은 자신에게는 돌아갈 희망이 있어서 교이치처럼 절망에 빠질 리 없음을 알았다. 영방은 교이치가 안쓰러웠다.

"자네의 인생은 조선의 독립으로 엉망이 되었구나. 미안하네."

"미안? 네 나라 찾은 게 뭐가 미안하나? 애국지사 지식인이 그런 말 하면 못쓴다."

교이치는 먼 곳에 시선을 두고 말했다.

"그동안 조선의 독립에 대해서 깊이 생각해본 적은 없었다. 독립에 대한 조선인의 염원은 머리로는 이해했었다. 하지만 내심 조선 독립을 바라지는 않은 것 같다. 이건 내가 식민지를 잃기 아깝다는 등의 이유가 아니야. 조선이 다른 나라가 되면, 에렌이 남의 나라 사람이 되고, 그래서 나와 멀어지는 것이 싫었다. 에렌의 나라가 통제할 수 있는 나라이기를 바랐다."

교이치는 픽 웃으며 고개를 저었다

"내가 미안하다. 한 여자를 갖고 싶어서 나라를 갖고 싶어 한 내 망상이 지나치게 컸다."

눈앞에 교이치가 탈 수송선이 해치를 열고 짐을 실었다. 곧 떠날 것이었다.

"잠깐 부탁 좀 하겠다."

수송선 바로 앞에 앉아 영방에게 두 아미를 맡기고 교이치는 일어났다. 교이치는 홀로 항구를 거닐었다. 그의 첫사랑이 살던 나라, 그래서 그의 청춘이 동경했던 이곳 한국에서 그는 이제 떠나야 했다. 교이치는 한국의 모든 것을 눈에 꼭꼭 눌러 담았다. 전쟁 중에도 백의를 고집하는 한국인들의 흰 옷자락이 부둣가 바람에 펄럭였다.

자리에 남은 영방이 곁에 앉은 다카오카 아미와 오아미를 바라봤다. 이제껏 두 아미의 거처에 대해 정작 본인들에게는 물어본 적이 없다는 것을 깨달았다. 아버지들이 회한과 숙업으로 마음대로 정한 결정에 딸들의 마음에는 눈물이 흐르고 있었던 것은 아닐까.

"한국에서 살게 되는 것이 괜찮니?"

다카오카 아미에게 조심스레 영방이 물었다. 오아미는 일본에 반사적인 반감을 내비쳤으나, 아직 어린 마음에 전쟁 없는 곳으로 가고 싶어 일본행을 받아들였다. 하지만 다카오카 아미는 일본의 귀족집에서의 생활을 두고 여기 한국의 피난지에서 고생해야 하는 것이다.

"괜찮아요. 제가 여기 있어야 엄마가 절 보려고 찾아올 거라고 오토상(일본어로 아버지)이 그랬어요. 전 엄마를 만나고 싶거든요. 아저씨는 우리 엄마 아신댔죠? 정말 올까요?"

교이치가 그런 말로 아미를 속인 것인가. 그의 말은 아미를 달래고자 한 거짓이자, 교이치 자신의 미신적 염원이 담긴 진심이기도 하리라. 영방은 아미에게 미안해졌다.

"응, 그럴 거야."

영방은 대답하고, 만약 무슨 일이라도 생기면 아미만큼은 다시 일본으로, 아니 그 어느 곳이든 안전한 곳으로, 책임지고 보내리라고 마음먹었다.

아미가 이제껏 꼭 끼고 있던 작은 주머니 가방을 열었다. 안에서 아미는 빨간 작약꽃 반지를 꺼냈다.

"이건 제 엄마가 남겨준 것이래요. 오토상이 줬어요."

어린 아미의 손가락에 아직 반지는 헐거웠다. 아미는 반지를 다시 가방에 넣었다. 오랜만에 다시 보게 된 반지로 떠오른 옛 생각에 울 것만 같아 영방은 급히 다른 말을 꺼냈다.

"그 가방에는 뭘 넣어놓고 다니니? 아저씨에게 한번 보여줄 수 있니?"

아미가 가방을 톡톡 털어 소녀의 전 재산을 보여줬다. 반지, 손수건, 머리끈, 이 빠진 빗, 영화배우 팸플릿 몇 장과 다 쓴 분통 안에는 사탕 껍질이 들어 있었고, 종이는 꼬깃꼬깃 접혀 있었다.

"일본에서는 잘 지냈니? 누구랑 살았니? 다카오카 종조부님? 그 따님? 그분들은 네게 어땠니?"

"사치코 님은 제게 잘해줬지만……, 저와 같이 잘 있지 않으시려고 했어요. 그래도 잘해주셨어요."

더 이상 말하기는 난처한 듯 아미가 입을 다물고 팸플릿을 팔랑팔랑 넘겨 보여줬다. 그중에 에렌의 영화 팸플릿도 있었다. "조선의 맑은 눈 이혜련, 조선의 베티 데이비스 이혜련" 그 낡은 문구에 어린 부질없던 열정이 떠올라 슬펐다.

"이걸 어떻게 갖고 있니?"

"오토상이 엄마 얼굴이라고 준 거였지만 몰래 갖고 있으랬어요. 한국에 오려고 짐을 쌀 때 이것도 챙기다가 사치코 님이 봤어요. 사치코 님이 버린 걸 제가 다시 주워 왔어요, 사치코 님은 이게 제 엄마인 줄 모르고 버리셨다지만, 어떻게 모르실 수 있죠? 정말 제 엄마가 맞나요?"

"……응, 확실히 맞아."

처음으로 아미가 활짝 웃었다. 확신을 갖게 된 자만이 지을 수 있는 만족한 미소였다. 일본에서 바늘방석으로 살았을 아미가 가여워진 영방은 그녀에게 다른 화두를 던졌다.

"너는 앞으로 뭐가 되고 싶니?"

"가수요."

"뭐?"

영방은 생각지 못한 아미의 대답에 놀랐다. 이 단정해 보이는 소녀가 예인의 꿈을 품고 있었던 말인가. 연혜의 딸로만 보였던 이 아이에게 에렌의 한 부분이 흐르고 있구나.

"우리 엄마도 노래를 잘했다면서요?"

아미가 팸플릿의 에렌 사진을 가리키며 말했다.

"그랬지……. 그런데 왜 하필 가수니?"

"내 노래를 누군가가 불러주니까요. 그림은 내가 그리고, 영화는 내가 찍고, 달리기는 내가 달리는 것으로 끝이지만요. 노래는, 사람들이 내 노래를 불러주니까. 다시 내 노래는 살아나니까. 그럼 내가 계속 살아 있는 거잖아요."

아미의 말은 확신에 차 있었다.

"어느 나라 말로 노래할 거야? 일본어? 조선어?"

"무엇이든, 내가 할 수 있는 말이라면 뭐로든 부를 거예요."

"그래, 세계 어디 말이든 다 불러서, 세계 어디에서든 다 살아 있으렴."

잠시 입을 다물었던 영방이 다시 장난스럽게 물었다.

"학자가 될 생각은 없니? 이 아저씨가 공부 하나는 잘 가르쳐줄 수 있는데."

아미가 볼멘소리로 답했다.

"사람들이 내가 예쁘게 생겼댔어요."

간만에 영방은 크게 웃었다. 아마도 교이치라면 아미의 이 당돌함이 누군가를 생각게 하여 눈시울을 붉혔으리라.

팸플릿은 에렌의 것도 할리우드 배우의 것도 있었다. 영어가 휘갈겨진 꾸깃꾸깃한 종이도 나왔다. 종이가 구겨지고 닳아서 글자가 찢겨진 것도 있었다.

"이게 뭐니? 너 영어도 할 줄 알아?"

"아니요, 사치코 님이 버린 걸 다시 주워 와서 보니까, 이것도 같이 끼워져서 소각장에 있었어요. 사치코 님은 제가 이걸 가져온 걸 보시고도, 도로 가져가지도 다시 버리지도 않으시고 절 주셨어요. 무슨 내용인지 모르겠어요. 아저씨는 아세요?"

종이는 편지문 같았다. 영어를 잘 모르는 영방은 내용은 알 수 없었다. 그러나 편지 말미에 쓰인 발신인의 이름은 영방의 눈이 번쩍 뜨이게 했다. 그 영국 기자다. 만주 위문공연을 갔었던.

적힌 대로라면 영국인 기자가 이 편지를 보낸 날짜는 한 달 전쯤, 영방 일행이 아직 옥천 종가에 있고, 아미가 한국에 오기 전이었다.

"네 당고모가 버린 것에 이게 같이 있었다고?"

재차 확답을 받은 영방은 두 아미에게 "여기서 가만히 기다려라" 하고서 달려 나갔다. 교이치를 찾아야 했다.

온 항구를 뛰어다니는 영방에게 교이치는 보이지 않았다. 한참을 찾아 뛰어다니다 딸들이 걱정돼 다시 자리로 돌아오니, 그새 교이치가 돌아와 있었고 선원이 그에게 독촉하고 있었다. 갑판구에는 이미 오아미가 일꾼에게 들려 안겨 있었다. 보는 눈을 피해 아이를 천으로 둘둘 말아놓아 짐 꾸러미처럼 보였다. 배가 곧 떠날 시간이었다.

"애들만 놔두고 어디 갔다 온 거야. 배 떠날 때 다 됐다고. 이거 우리 작별 인사도 제대로 못 하겠는데."

흥분해서 뛰어온 영방에게 교이치가 눈살을 찌푸렸다. 숨이 턱까지 차올라 영방은 말도 못 하고 교이치에게 종이만 내밀었다. 종이를 본 교이치의 안색이 달라졌다. 교이치는 읽기도 전에 바로 알아챘다.

"내가 사치코에게 이 영국 기자에게서 소식 오면 꼭 챙겨두라고 했거든. 이 편지 어디서 나왔어? 사치코가 아미 편에 보냈대?"

영방은 교이치가 끝까지, 사치코가 편지를 소각장에 버렸었다는 사실을 모르기를 바랐다. 사치코라는 여인 역시 크나큰 고뇌 속에 싸웠을 것이 어렴풋이 느껴졌다.

교이치가 빠르게 편지를 읽어나갔다. 군데군데 벗겨진 글자를 해독할 때는 눈에 핏발을 세웠다. 영방이 바짝 붙어서 물었다. 뭐라고 쓰여 있어? 편지에 코를 박고 있던 교이치가 고개를 들었다.

"연혜가 돌아올 수도 있겠다."

수송선이 출항을 알리는 고동소리를 냈다.

"뭐라고 쓰여 있는데?"

"솔직히 나도 잘 몰라. 안 보이는 글자도 많고 모르는 말들도 있어. 그 기자가 연혜의 행방을 수색해보겠다고 했거든. 드디어 뭔가 알아냈나 봐. 여기 써 있는 대로라면 연혜가 돌아올 가능성도 아주 없지 않다."

선원이 교이치에게 승선을 재촉하고는 배를 향해 뛰어갔다. 화물창의

문은 곧 닫힐 것이었다.

"오아미가……, 아미가 저기 있는데……."

교이치가 배를 한번 보고는 급히 영방을 돌아봤다.

"이제 어쩌지? 오영방 넌 아마, 기다릴 거지?"

영방은 고개를 끄덕이고서 교이치에게 되물었다.

"기자가 줬던 필름, 그 사진 내가 써도 될까?"

"그래, 너 가져. 그걸로 뭐 할 건데?"

"연혜를 찾을 거야. 사진을 온 세상에 알려서라도 찾을 거네. 그녀가 백연혜도 이혜련도 아닌 이름으로 살고 있더라도 사진 속 자신은 알아보고 찾아오겠지."

"그런 사진이라고 연혜가 부끄럽다고 숨어버리면 어쩌려고."

"연혜는 그럴 사람이 아니네. 애초에 그럴 사람이었으면 그 양인 기자와 피난길을 가지도 않았고, 기자에게 그 참상을 기록해달라 부탁하지도, 자기 사진을 찍어달라 하지도 않았을 거네."

영방이 눈은 엄숙히, 입술은 평온한 미소로 교이치에게 말했다.

"사실 난 혼자 생각하네, 연혜는 사진이 알려지기를 더 바라지 않을까. 일부러 알려지라고, 군부대를 찾아간 목적 자체가 알려질 사진, 알려질 그 무엇인가를 위해서였다고."

그의 말에 교이치는 희미하게 웃었다.

"연혜를 먼저 안 것은 나지만, 연혜를 끝까지 이해한 건 너구나."

둘은 연혜가 했던 말의 뜻을 깨닫게 되었다. 연혜가 영국 기자에게 '새 삶을 살겠다'라고 했다던 것을, 처음에 둘은 연혜가 무엇이 아쉬워서 새 인생을 바랐을까 안타까워했었다. 그러나 연혜도 에렌도 아닐, 새로이 생겨날 그녀가 바랐던 것은, 세상에 더함이 될 수 있는 삶이었다. 영웅처럼 거창한 것이 아니더라도, 세상의 정의나 이상을 향해 가까워지는 것이라면 그녀의 새 꿈이 담긴 새 삶이 될 터였다. 그리고 그녀는 지금 그 삶을 살아가는 중인지도 몰랐다.

수송선은 물결을 만들며 떠날 태세를 갖추었고 교이치도 더는 배에 오르는 것을 지체할 수 없었다. 교이치가 영방의 손을 쥐고 그의 말투를 흉내 내어 말했다.

"자네에게 부탁하네."

배에 올라서는 교이치의 팔을 영방이 붙잡았다. 교이치는 영방을 처음 만났던 그날처럼 씩 웃으며 말했다.

"이것만은 선생을 믿소."

영방은 교이치를 놓았다.

교이치는 돌아서 성큼성큼 올라갔다. 오아미를 안고 다가온 선원에게 그는 가방을 맡기고 대신 오아미를 받아들었다. 밑에서 영방과 함께 배웅하던 다카오카 아미가 "오토상!" 하고 교이치를 불렀다. 영방이 아미에게 뭔가 속삭였다. 아미가 외쳤다. "아버지!"

교이치가 몸을 돌렸다. 그의 발은 다시 선창 아래로 내려올지 그대로 갑판에 오를지 둘 곳을 정하지 못해 허공을 맴돌았다. 영방은 빙긋이 웃었다.

햇살이 눈꺼풀에 부딪혀 새하얗게 명멸했다. 사람들은 눈을 깜빡였다. 하얗고 붉은 잔상이 생겨났다. 사람들은 저마다 거기에서 꽃 백탑 구름 면사포와 앵두와 목련과 설탕과자를 그려냈다.

작가의 말

소설은 하나의 세계라고 생각합니다.

소설 한 편 한 편이 모두 저마다의 세계로 세상에 생동하고 있어, 도서
관에 가면 그 방대한 세계의 무게에 짓눌릴 듯 숨이 막혀오기도 합니다.

세계를 탄생시킨다며 저도 모르게 주위의 소중한 이들을 괴롭혔는지
도 모르겠습니다. 혼자 만들었다고 호언해도 알게 모르게 지나간 시간과
현재의 장소, 그곳의 사물과 사람, 모든 것들이 근간이 되고 바탕을 이루
어, 세상에 혼자 태어나는 창조물은 없지요. 그 모두에게 감사합니다.

나의 지식이라고 생각하여도, 그것이 지식이라는 이름으로 나의 머리
에 들어오기까지, 발굴하고 공개하며 공유하는 모든 과정을 고심분투한
연구자들에게 빚을 졌다는 사실을 잊지 말아야겠습니다. 더불어 옛날의
자료들을 복원하며 깨알같이 작은 글씨와 낡은 종이 내에 시달리는 연구
원들에게도 감사와 응원을 보냅니다.

어려운 시기에, 아마도 겨울이었던 것 같습니다, 소설의 프롤로그를
썼습니다. 컴퓨터에 워드 프로그램을 띄운 것도 아니고, 반절 공책에 연

필로 휘갈겨 내렸습니다. 본문은 몇 번 고쳐 쓰면서도 프롤로그는 크게 손댄 적이 없는 것으로 봐서 이미 이 이야기는 제 스스로 어떤 형상을 갖춘 채 의식 속에 찾아들었나 봅니다. 소설에 장을 나누는 것은 매우 좋아하면서도, 프롤로그의 유무에 대해서는 여전히 의문을 갖고 있습니다. 그럼에도 지우지 못했습니다. 아마도 이 이야기를 온전한 세계가 되도록 깎고 연마하는 원동력이 되어줬음은 물론, 절로 펜을 들 수밖에 없도록 등을 밀어주던 보이지 않는 손이었기 때문이겠지요.

그래서 어쩌면 시대적 민감한 사안과 조심스러운 소재에도 이를 소설로 만들기를 멈추지 못했습니다. 글로 써내라고 계속해서 의식 속에서 퐁당거리는 이야기를 끝내 외면하지 못했으니까요.

암흑기로 인지되는 통한과 질곡의 시기를 행여 가벼이 다루는 결례를 범했나 뒤늦은 걱정을 해봅니다. 거창하게 '세계'라 지칭하면서 한편으로는 '교양인의 즐길 거리'인 소설로 쓰겠다고, 자칫 선조들의 의열함에 누를 끼치지는 않았나 자문해봅니다. 어느 시대든 우리는 살아왔고, 시대를 관통하는 보편적인 감정이 있다는 것을 저는 믿고 내보이고자 했습니다.

홀로 취해 웃고 아프고 초조하고 불안했던 순간들을 지나 이야기는 손을 떠났습니다. 세계를 잉태하고 하늘 아래 내놓기까지의, 무릇 사람이라면 모두 지는 산고의 고통을 혼자 겪는 듯 몸부림쳤던 저를 인내하고 감수해준 가족과 지인들에게 고마움을 전합니다. 부족한 글을 책으로 엮어준 이들, 거리에서 잠시 이 책에 손길을 준 이들에게 감사드립니다. 이분들에게 진 빚을 갚도록 펜 끝을 더욱 신중하고 겸허히 하겠습니다.

저는 여전히 진지하게 허구의 세계를 만들고 있습니다. 그 세계가 조금이나마 진실과 맞닿아 있어, 마주하는 이들을 즐거이 혹은 작은 감정하나 일게 해드리고 싶다는, 진심을 담아서 말이지요.

　누추한 세계의 무게 하나 더 세상에 얹은 것에, 속죄하는 마음으로 한 자 한 자 쓰겠습니다. 지금 계신 그곳의 세계를 축복합니다.

2015년, 어느 달을 지나 보내며

박초초

모던 마리아 못된 마돈나

초판 1쇄 인쇄 2015년 12월 28일
초판 1쇄 발행 2015년 12월 31일

지은이 박초초
펴낸이 이수철
주 간 신승철
편 집 정사라, 최장욱
마케팅 정범용
관 리 전수연

펴낸곳 나무옆의자
출판등록 제396-2013-000037호
주소 서울시 용산구 한강대로 109 용성비즈텔 802호(04376)
전화 02) 790-6630 팩스 02) 718-5752

페이스북 www.facebook.com/namubench9
카페 cafe.naver.com/namubench
인쇄 제본 현문자현 종이 월드페이퍼

ⓒ 박초초, 2015
ISBN 979-11-86748-52-7 03810

• 이 도서의 국립중앙도서관 출판예정도서목록(CIP)은 서지정보유통지원시스템
  홈페이지(http://seoji.nl.go.kr)와 국가자료공동목록시스템(http://www.nl.go.kr/kolisnet)에서
  이용하실 수 있습니다. (CIP제어번호 : CIP2015034362)